大鱼

有爱的青春陪伴者

喜欢你，全世界都不知道 上

清枫语 / 著

四川文艺出版社

图书在版编目（CIP）数据

喜欢你，全世界都不知道：全二册 / 清枫语著.
成都：四川文艺出版社，2025. 7. -- ISBN 978-7-5411-
7340-0

Ⅰ. I247.5

中国国家版本馆 CIP 数据核字第 2025WX1827 号

XIHUANNI,QUANSHIJIEDOUBUZHIDAO:QUANERCE

喜欢你，全世界都不知道：全二册

清枫语 著

出 品 人	冯　静
责任编辑	邓　敏
特约编辑	裴欣怡
装帧设计	Insect　孙欣瑞
责任校对	段　敏

出版发行　　四川文艺出版社（成都市锦江区三色路 238 号）
网　　址　　www.scwys.com
电　　话　　0731-89743446（发行部）　028-86361781（编辑部）

排　　版　　长沙大鱼文化传媒有限公司
印　　刷　　天津睿和印艺科技有限公司
成品尺寸　　145mm×210mm　　　开　本　32 开
印　　张　　19　　　　　　　　字　数　580 千字
版　　次　　2025 年 7 月第一版　印　次　2025 年 7 月第一次印刷
书　　号　　ISBN 978-7-5411-7340-0
定　　价　　65.80 元

- 上册 -

XIHUANNI
QUANSHIJIE
DOUBUZHID'AO

目 录 ▾

- 下册 -

XIHUANNI QUANSHIJIE DOUBUZHIDAO

目 录 ▼

第一章
重逢

年前的冬天异常冷。

林初叶呵着气，推着行李箱在狭长的青石板巷小心慢行，穿堂的夜风吹得她围巾翻飞。

正在阳台收腊肉的邻居婶婶先看到了她，颇有些意外地探头打招呼："哟，大明星回来了。"

她的这声高呼惹来众人的注意，邻居们纷纷从栅栏和阳台探出头来，招呼声此起彼伏：

"初叶，今年回外婆家过年呢？"

"初叶，好多年没见你回来了，又变漂亮了。"

"初叶，听说你去拍电视剧了，拍了哪个？我怎么从没在电视上见过你？"

"初叶……"

林初叶只是微微笑着，在一片招呼声中推开了院子的大门。

她外婆正在客厅里烤火。

林初叶叫了她一声："外婆。"

老人家回头，眯着眼盯着林初叶看了好一会儿，才颤颤巍巍地站起身。

"初叶？"老人家不太确定地叫了她一声，"是初叶吧？怎么突然回来了？也没听你舅妈说你要回来啊。你看你，这么冷的天，也不提前说一声，好让你表哥去接你。"

老人家絮絮叨叨地上前，心疼地拉住林初叶，把她往火炉旁拉。

林初叶的心思全落在了后半句，有些意外："表哥也回来了？"

话音刚落，便见她表哥傅远征正单手端着水杯从楼梯下来，上身仅穿了一件黑色休闲毛衣。毛衣不算贴身的设计，但他人长得好，个高腿长、身形匀称，略显休闲的款式软化了他脸上的淡冷气质。

"表哥。"林初叶轻轻地打了声招呼。

傅远征看了她一眼："回来了。"

他的声音很淡，面色也是淡淡的，很平静，并没有因为她的突然回来而表现出丝毫意外。

林初叶早已习惯这样的相处，轻轻地"嗯"了声，解下围巾，拉过矮凳，在火炉旁坐了下来。

傅远征也在火炉旁坐下，这才看向她："不是说最近很忙吗？怎么突然一声不吭就回来了？"

"是的啊，距离过年还有好一阵呢，怎么突然跑回来了？是不是遇到什么事了？"林初叶的外婆也担心地接话。

林初叶微笑："没有的事。就是叶欣的培训机构缺人，让我回来帮她一阵。"

老太太困惑地皱眉："那你那个拍电视剧的活儿不干了？"

老人家不懂什么是拍戏，也不太清楚林初叶在做什么，只是听人说林初叶是拍电视剧的，以后能在电视上看到林初叶。可是这么多年了，她在电视里来来回回找了好几回，也没见过林初叶。

"那个是有活儿就干，没活儿就休息。"林初叶微笑着解释，"我就回来帮叶欣一个小忙，不影响。"

老太太似懂非懂地点了点头，说："哦。你什么时候上电视了也和我说一声，我每次找老半天都没找着你。"

林初叶笑着说了一声"好"，也没再多说什么。

傅远征也只是静静听着祖孙两人闲聊，没插话。

深夜，各自回房休息时，在房门口傅远征突然叫住了她。

林初叶纳闷地回头。

傅远征："工作要是遇到什么麻烦，可以和家人说。"

林初叶点头："嗯，我会的。"

与他道了声"晚安"，这才各自回房。

房门关上，林初叶打开手机，手机已经被电话打爆。

大多数是她经纪人冯珊珊打过来的，掺着几个周瑾辰——她现任老板的电话。

林初叶给冯珊珊回电话过去。

"你人呢？"电话刚接通，冯珊珊便问，声音是平静的，并没有因为她的离开而暴怒。

对于林初叶，冯珊珊是有些心疼的。

冯珊珊当年挖掘林初叶时，她才十八岁，刚进大学，似乎是家里遇到了什么事正缺钱，冯珊珊靠着三部戏约和提前一次性支付片酬与林初叶签了一份十年合约。

事实也证明，她没有看错人。

林初叶虽然不是科班出身，但演戏有天赋。她长得好看，气质又清新，带着一股淡淡的书卷气，扮相宜古宜今，演什么像什么。出演的三部戏都不过是没多少戏份的女N号，风头却压过了女一号，在当时还成了出圈角色。

在冯珊珊看来，林初叶是有大火潜质的，她给林初叶的事业规划也做得很好。坏就坏在，周瑾辰看上了林初叶，那年的林初叶刚满二十一岁，正是准备在事业上发力的时候。

周瑾辰是她们的老板，一个并不缺钱的富二代，人很狂傲但能力不差，一个玩票性质的经纪公司被他经营成了众多艺人挤破头想进的公司。

周瑾辰并不在乎林初叶能不能大红、能不能给公司赚钱，对他来说，一个没有人气、没有粉丝，也没有靠山的林初叶更容易操控。因此在追求林初叶无果后，周瑾辰靠着林初叶当初签下的那份经纪合约，否掉了林初叶所有戏约，不给她任何曝光机会，而在林初叶打算退圈另找工作时，又会给她塞些烂片小角色，靠着不定期的戏约锁住林初叶，让她没法脱身去找需要长期稳定上班的工作。

周瑾辰也不图别的，就是想让林初叶有求于他，甚至是依附于他。

偏偏林初叶外表看着温淡没脾气，骨子里却是个倔的。周瑾辰不让她接戏，她也没去找周瑾辰闹，一声不吭就向法院申请了解约，一边准备考研，如今连研究生都毕业了，合约却还是没能解成功。

这前前后后一耽搁就是近五年，对女演员来说，这是最黄金的五年。

再多耽搁两年，这个圈子留给林初叶的机会会更少。转行的话，一个没什么工作经验又在适婚育龄期的女孩，社会同样给不了她太多机会。

冯珊珊没想到当初出于好意的那份合约会成为林初叶人生的一道紧箍咒。

以林初叶名校的学历，不演戏做其他也远比现在混得好。

所以对于林初叶，冯珊珊是内疚的。

林初叶不知道冯珊珊此时心里的千回百转，笑着道："我回宁市了。"

冯珊珊也笑："我猜也是。下午判决书下来，周瑾辰特地去办公室找你，发现你不在，又疯了一回。"

林初叶："让他疯吧，反正也不是第一次了。"

冯珊珊："那你接下来有什么打算？"

那份判决书，是要林初叶继续履行合约。这意味着，除非周瑾辰放人，否则她还要被星一娱乐锁死两年。

林初叶："还没想好，再看吧。"

她才研究生毕业半年不到，也有别的收入渠道，并没有很着急。

冯珊珊反倒是很替她着急："最近我听说华言影视十年前和星一有过一个艺人让渡协议，据说是当年那场股权之争的遗留产物。星一虽然名义上脱离了华言控股，但华言那位少股东当年留了一手，暗中拿捏住了星一的艺人协议，只是这十年两家发展井水不犯河水，华言家大业大也看不上星一这点小汤小水，也就相安无事。但据说华言现在掌事的这位，也就是当年那位少股东，是个惜才的人，也不爱搞那些什么权色交易。你看看要不要试着去找找他，把你的合约转入华言影视？"

"算了吧，别又是一个吃人不吐骨头的。"有周瑾辰在前，林初叶没什么兴趣，"况且华言影视人才济济，人家凭什么为了我去动这道暗门啊。"

"试试嘛，万一呢。"冯珊珊嘴上虽这么劝，心里却是不大有底的，"不过他们家那位掌事的也是个神人。做这行的，从不在公众场合露面不说，也不接受任何采访，不出席任何业内活动，要联系上他怕是也不容易。"

"优秀的人多少有点小怪癖吧。"林初叶并不想继续这个话题，"珊珊，你不用担心我，我会安排好自己的生活。"

冯珊珊："难道你还要再去拼个博士熬过这两年啊？"

"读书就算了，我也想先歇会儿。不过，"林初叶想了想，"结婚生子倒是可以先考虑一下，两年的时间刚好，半年磨合，一年怀孕生娃，剩下半年刚好带到断奶，到时就可以全力搞事业了。"

冯珊珊被她呛到："醒醒，林初叶，你是个演员。想什么呢，到时你一出来就是个孩子妈，你让粉丝怎么去嗑你的CP（情侣）？"

"演员也只是一份工作而已。"怕冯珊珊真被她气上头，林初叶赶紧软声安抚，"好啦，我就是随便说说。结婚人选哪有那么好找的，适合做父亲的人，起码得三观正、有责任心、有耐心、懂得包容，我的工作还不适合长期在家带孩子，他还得愿意主内……"

"打住！林初叶。"冯珊珊直接叫停了她，"别畅想，一畅想你就没了。"

她可没忘记当初林初叶和她说考研时也是说随便说说，自己静不下心看书，结果，好家伙，这会儿硕士毕业证都拿到手了。

林初叶被冯珊珊逗笑："好啦，放心吧，这和考研也不是一回事。考研我能靠自己，生娃我还能靠我自己啊？"

"反正打消这个念头。合约的事我再替你想想办法，年前你就先安心度假。周瑾辰那儿我替你顶着，不会让他找到你那儿去。"

"好。"

挂了电话，林初叶看到叶欣发过来的微信视频。

她按下接听，叶欣神采飞扬的脸出现在手机屏幕上。

"你猜我今天在班长空间发现了什么？"

林初叶："什么？"

叶欣给她发了一张照片过来。

林初叶点开，是高三毕业那年聚会的照片，也不知道是谁抓拍的。众人正围着圆桌喝啤酒，或坐或站地笑闹成一团，青春的脸上还带着独属于那个年纪的青涩。

林初叶在照片左下角看到了自己，一个人坐在最左侧的圆桌前，侧着身子，微笑着看着众人笑闹。

叶欣已经在电话那头问开："看到你了吗？这是谁拍的啊，拍得可真好啊。"

林初叶不禁看了眼照片里的自己，确实拍得很好，从五官到神态都抓拍得恰到好处。

叶欣："还有温席远，你看，就你左上一点。"

林初叶压在屏幕上的手微微一顿，又放开，看向照片里的温席远。

一个正偏着头、漫不经心看她的温席远。

他眉目疏淡，星眸半敛。也不知道是不是镜头的氛围感拉得太满，他漫不经心的眼神下莫名带着几分专注，一种若有所思的专注。

林初叶心头微微一跳，又若无其事地移开，闲聊般问叶欣："温席远……后来去哪儿了啊？"

叶欣茫然地摇头："这谁会知道，你那时和他不是熟一点吗？"

林初叶："我……和他哪里熟了。"这话应着应着就虚了下去。

叶欣没留意到。想想也是，温席远在他们高二时才转学过来，而林初叶高三时就转学回老家了。她和温席远还有两年同窗情谊，但林初叶和温席远也就同窗了一年。

不过叶欣也确实不太了解温席远的情况，他比他们都要大许多，甚至直接大了林初叶三岁，根本不像是同一届的，但他的成绩也完全不是会留级的人。

那时他转来之前，林初叶的成绩一直是年级断层第一。温席远来了以后，年级第一的宝座便在两人之间轮换，不分伯仲。

只是大概因为半路插班的缘故，温席远和班里的大多数人保持着距离，都不太熟，和林初叶的接触可能还多一些。毕竟是备受器重的两个学霸，各科成绩都是班里拔尖的，老师有事没事地就爱找他俩，两人合作的机会自然也会多一些，不过也没见他俩有多熟的样子。

叶欣记得高三毕业聚会的时候，转学一年的林初叶回来了，那时从不参加班级活动的温席远也意外地出现了，但两个人也只是客气地点点头打个招呼而已，各自坐在长桌一头，也没说话，看着比他们还生疏。

第二天林初叶一早就走了，温席远也是早早不见了人影。

后来再有同学聚会，林初叶从没参加过，温席远也从没出现，两人甚至连班群都没加，就这样一毕业就各奔了东西。

"估计也就班长还能联系得上他，改天问问班长。"

"问这个做什么啊？"林初叶转开了话题，"对了，我明天几点过去合适？"

叶欣："十点吧。"

林初叶点点头。

叶欣和她是高中同学，自己开了一家培训机构，主要面向中小学生，最近寒假正缺老师。林初叶横竖也没什么事做，刚好要回这边过年，挨不住叶欣求，干脆来试试，就当体验一下不同的生活。

挂了叶欣的视频后，手机屏幕又切回了还没关掉的老照片上——还是被放大了忘记缩回的温席远。

林初叶怔了怔，又眉目平静地按熄了屏幕。

第二天，林初叶一早就去了叶欣的"欣文"培训机构。

她到的时候，叶欣正在等她。

看到林初叶，叶欣扬起一个大大的拥抱迎上前："大明星终于来了。"

林初叶笑着拍开她伸过来的手："你可别消遣我了。"

叶欣看着她："还是解不了约？"

林初叶点头："嗯，官司又输了。"

说是这么说，林初叶的脸上倒没见半分沮丧。

叶欣就喜欢林初叶这一点，心态平稳，任何时候不大悲也不大喜，不会一惊一乍，但也不卑不亢，遇事不慌，也不纠结沮丧。遇到好事低调不爱张扬，遇到坏事也不会自怨自艾，反而会根据实际情况认真评估利弊，找出最有利于自己的解决办法，把损失降到最低。

就像她被周瑾辰使绊子这件事。合同是她年少时签下的，那时她刚进大学没几天，还在什么也不懂的年纪。出于对冯珊珊的信任，林初叶没认真琢磨合同，虽然她也觉得合同中有些条款过于严苛想要改，但因为改合同流程烦琐，每改一个条款就要经过冯珊珊的部门领导、公司老板和法务等几道工序，来回折腾耗时又费劲。

冯珊珊估计也是个怕麻烦的，就劝她说合同只是个形式，现实操作中活动空间大，没多少人真会去抠着合同细则来较真。再说，她在冯珊珊手上，以后就是冯珊珊管她，接什么戏、不接什么戏，冯珊珊还不是优先以她的意愿为主吗……

林初叶那时太年轻，被磨了几次就松动了，加上那会儿她也急用钱，救命用的，也确实等不起，就在忐忑中签下了那份制式合同。

开始时也确实像冯珊珊保证的，一切以林初叶个人意愿为主。

她那时还是学生，要求以学业为主，冯珊珊也没强行给她安排工作，只给她安排了寒暑假或者利用周末假期就能完成的工作，完全不会耽误她学习。如果不是周瑾辰的横空杀出，这份合约于林初叶反倒是个很好的保障。

但后来周瑾辰要拿合同下手，林初叶也知道自己胜算不大。合同是她亲自签下的，有些条款虽严苛但并不存在胁迫、欺诈等问题，因此在向法院提起诉讼后，她就开始准备考研，试图利用学历提升来抵消合约期带来的时间损失。

她也确实做到了。

叶欣自认换她是做不到林初叶这样的，哪怕明知道没结果，还是坚持和周瑾辰对抗到底。

但一个什么也没有的女学生和商业运作条件成熟的资本家撕破脸，这结果可想而知，估计早被黑得体无完肤了。

林初叶聪明就聪明在，她不给周瑾辰这个机会。

她甚至不会对周瑾辰说重话，面对周瑾辰就一直是客气有礼的"谢谢周总""不好意思，我最近课比较多，没时间呢""好的，这个戏我可以接""没关系的，我没放在心上"。

几年了，来来回回就这几句话，让周瑾辰每次怒意横生时都像拳头打在棉花上，气得无力又狠不下心对她下重手。

"说起来，这周瑾辰对你也是真爱了，这么多年还不放弃，我看你要不还是从了他算了。"

叶欣曾跟着林初叶在北市住过小半年，是见识过林初叶对周瑾辰的态度的，就纯粹是故意气周瑾辰。

林初叶没说话，瞥了她一眼。

叶欣赶紧做投降状："我开玩笑的。"上前拉过她，"走，先带你去熟悉一下学生。"

叶欣让林初叶帮忙带的班级都是十岁左右的孩子，人数不多，十多个学生，教的课程还是林初叶以前成绩比较突出的数学。这对林初叶来说没什么压力，昨晚她已经提前备过课，因此在叶欣给大家介绍今天要换新老师上课后，林初叶就走上了讲台。

林初叶长得好看，声音也温软好听，说起话来语速不疾不徐很温柔。十岁的孩子还是在颜控又天真单纯的阶段，看到林初叶都"哇"地叫了一声，上课的兴致也变得高昂起来，除了左侧最角落坐着的男孩。

男孩五官很出色，在人群中一眼就能让人注意到，看着也很乖，就是……好像有点忧郁。

明明看着是在认真听课，但又心事重重的样子，神色似乎还有些痛苦。

林初叶看了眼座位表，何鸣幽，名字和脸也很搭。

她有些不放心他，借着布置学生们写习题的空当走了下去。

原本很忧郁的小朋友马上拘谨地埋头写习题，左手捂在右侧的肚子上。

林初叶担心地俯下身问他："何鸣幽，怎么了？是不是身体不舒服？"

小朋友迟疑又纠结地摇了摇头，又点了点头，说："老师，我肚子有点不舒服，可以请假吗？"

他这小模样看着很乖，林初叶看着有些心疼，连嗓音都不自觉地软了下来："当然可以啊。很难受吗？要不老师送你去医院吧？"

小朋友很贴心地拒绝了："不用了。老师您还要上课，我让我舅舅送我就好，他就在外面。"

林初叶点点头："那也行。你等会儿，我送你出去。"

林初叶掏出手机给叶欣打电话，让她过来看一下。

叶欣很快过来，看到何鸣幽时狐疑蹙眉："怎么又是你？"

何鸣幽有些委屈："昨天我的肚子不小心被割伤了，伤口疼。"说着手还难受地往右腹部捂了捂。

林初叶垂眸看去，看到他捂着的右腹打底毛衣处隐约有点血迹，担心地看向叶欣："小朋友爱打闹，磕磕碰碰也难免。你先在这儿看会儿，我送他去他舅舅那儿，让他舅舅送他去医院看看，别是伤口又开裂了。"

叶欣也怕出事，点点头。

何鸣幽马上起身收拾文具，也不知是不是不用上课了心里高兴，动作有点过于轻快，推开椅子时一个没留神，右腹一下磕在了桌角上，伴着一声闷哼，他左手急急压在了右腹上。

林初叶本能地看向他的右腹，看到大片血迹从浅色的毛衣迅速蔓延开来，惊得面色一变，伸手就要拉开他手看伤口情况。

何鸣幽紧紧地捂住："疼……疼……"

林初叶不敢再乱动。

"我先送你去医院。"她很快镇定下来，弯身就想打横抱起他。

何鸣幽被吓到："不……不用，我能自己走。"

林初叶被他毛衣上大片蔓延的血色刺得有些慌，怎么也不敢再让他自己一个人走。

她直接弯身抱起他，又扭头冲已经被吓得白了脸的叶欣吩咐："你先看着他们，我送他去医院。"

叶欣连连点头，帮忙扶着何鸣幽送他们出了门。

好在从教室出来就是大门口，林初叶的车就停在那里。

林初叶把何鸣幽放在车后座上，顺手拉过他的电话手表："你舅舅的电话号码多少，我先送你去医院，让他直接过去。"说话间，已翻到一个标注为"舅舅"的电话，她直接拨了过去。

何鸣幽挣扎着想抽回手，人都结巴了："不，不，不用了……我舅舅……就……就在那里。"

他的手指向不远处蹲在围墙边抽烟打电话的年轻男人。

电话手表那头已经传来低沉的男声："何鸣幽？"

声音隐约有些耳熟。

林初叶顾不得其他，着急地对那边道："你好，何鸣幽的伤口裂开了，我现在送他去市医院，麻烦您赶紧过来一趟。"

电话那头的人："……"

何鸣幽已着急得不行，拼命冲还在打电话的年轻男人招手。

男人终于看到了他，起身朝他走来。

何鸣幽："舅……舅舅来了……"

林初叶朝来人看了一眼，发现离他们这儿还有段距离，走过来还需要点时间，何鸣幽毛衣上蔓延的血迹太过惊悚，她不敢多耽搁。

"我已经让他直接去医院了。"她轻声安抚，上了驾驶座。

何鸣幽："……"

然后眼睁睁看着林初叶把车驶了出去。

他生无可恋地回头看了眼骑上摩托车准备跟上来的年轻男人。

医院很快就到了。

林初叶停稳车，下车要抱何鸣幽去急诊室。

何鸣幽一只手捂着肚子，一只手死死拽着座椅不肯下车，一边结结巴巴："我……我不要去医院，我害怕打针……"然后抬眼间看到赶到的年轻男人，赶紧高声冲他喊，"舅……舅舅。"

一辆黑色轿车恰在这时在旁边停下。

车里的男人眉目平静，淡淡地朝他瞥了一眼。

何鸣幽的面色"唰"一下就白了，死扣着车座的手慢慢松开。

林初叶早在听到何鸣幽喊舅舅时扭头，看向朝他们走来的年轻男人，有些着急："你好，你就是何鸣幽的舅舅吗？他的伤口裂开了，不肯下来看医生。"

回头时，林初叶的视线与从隔壁车上下来的高大身影相撞。男人冷峻好看的眉眼落入眼中时，林初叶微怔。

温席远也看到了她，视线微顿，而后平静地从她脸上移向她拉着的何鸣幽身上，朝他们走了过来。

何鸣幽也已下了车，两手交叠在小腹前，规规矩矩地站在林初叶身侧，乖得不行，然后忐忑地冲温席远叫了声："舅……舅舅……"

林初叶一下有些蒙，扭头看向已走到近前的年轻男人。

年轻男人尴尬地冲她露出一个笑，举棋不定地看向何鸣幽。

何鸣幽还在紧张地看着温席远。

温席远的视线从何鸣幽的脸上移往他被血色染红的毛衣上，微顿，不发一语地上前，一手拉开他的领口一手直接伸了进去，然后，掏出一个还在滴着"血"的血包。

林初叶："……"

何鸣幽努力挤出一个笑容："不……不小心……把口子给扎大了。"

温席远瞥了眼还在尴尬地看着他的年轻男人："他是谁？"

何鸣幽："花……花钱请来的舅……舅舅……"

林初叶："……"

餐厅的卡座上，林初叶和温席远并排坐着。

何鸣幽低垂着头站在两人对面，不时偷眼瞥着桌上的餐点，不敢动筷子，也不敢坐下。

假舅舅已经被打发走，真舅舅还在慢悠悠地喝着茶，看着他不说话。

何鸣幽求助的眼神投向林初叶。

在他的认知里，新老师看着温柔很好说话的样子，和他也不是亲戚关系，一般都不敢下狠手管教他，而且还有他那么帅的舅舅在，她多少要表现一下，他扮一下弱说不定她就心软替他说话了。

没想到，面对他可怜兮兮的眼神，林初叶只是淡淡地瞥了他一眼，然后以和他舅舅同样的频率捧起茶杯，慢悠悠地喝着茶，不理他。

何鸣幽："……"

他觉得这一幕异常眼熟，像他家"男女混合双打"后的"三堂会审"。

"舅舅……"何鸣幽终是憋不住，气弱地叫了他一声，"你什么时候来宁市了？也不告诉我一声。"

温席远终于放下茶杯："告诉你了，又怎么会知道有人顶着我的名号在外面坑蒙拐骗？"

"我就只骗老师而已。"他小声嘀咕着，看到林初叶也放下茶杯看他了，声音又慢慢弱了下去，没敢在当事人面前太嚣张。

温席远看着他不动："多久了？"

"今天是第一次。"何鸣幽很认真地保证，"真的，以前我每次假装肚子疼请假，老师都会找我爸妈，然后我爸妈一来就揍我……我觉得反正你不在这里，也没人认识你，才花钱找个人假扮你带我出去的。"

"那这个怎么回事？"温席远瞥了眼桌上已经流尽"血"的血包。

何鸣幽："就……肚子疼太多次了有点假，我怕老师不相信我，本来想弄个假伤口的，没想到新老师太好骗了，我一下子太高兴，不小心磕到桌角，就破……破了……"

林初叶："……"

温席远偏头看了眼林初叶。

林初叶端端正正地坐着，目不斜视。

温席远重新看向何鸣幽："哪儿来的？"

何鸣幽："找道具叔叔买的。"

温席远："假舅舅呢？"

何鸣幽："找的群……群众演员。"

温席远："你还挺有钱的。"说着把手掌伸向他。

何鸣幽有些莫名："怎么了？"

温席远："活动资金，没收。"

何鸣幽嘴一瘪，看着要哭，求助地看林初叶："老师……"

温席远："找谁都没用，拿来。"

林初叶也看向他："交吧。"

何鸣幽纠结又心疼地从书包里掏出一小沓钱，颤颤巍巍地交到温席远手上。

温席远看着他不动："还有呢？"

何鸣幽又伸手进书包里掏啊掏，终于掏出两张百元大钞。

温席远："继续。"

何鸣幽快哭了："没了。"

温席远瞥向他的裤子："裤兜。"

何鸣幽慢吞吞地去摸裤兜，舍不得掏出来。

温席远："我数到三。一！二！……"

何鸣幽红着眼眶又掏出了两张钞票，生无可恋地塞到温席远的手中。"这次是真没了！"

温席远瞥了眼手中揉成一团的钞票，看向他："然后呢？该干什么？"

何鸣幽有些茫然，又求助地看林初叶。

温席远："不用看她。你做了什么，还要做什么？心里没数吗？"

何鸣幽继续茫然地摇头。

温席远："那就什么时候想起来了，什么时候坐下吃饭。"

说完，他拿过餐具，给林初叶添了一副，又给自己添了一副，伸手去拿茶壶。

林初叶也刚好伸手去拿，尾指不小心碰到温席远的，又触电般一下收回。

她尴尬地笑笑，没说话。

温席远给她碗里倒了些热茶："先洗一下。"

这才给自己倒。

"谢谢。"林初叶轻声道谢，面对温席远多少还有些不自在。

吃饭时两人没什么交流，都是沉默又优雅地各吃各的。

何鸣幽被忽略得很彻底，他很是委屈地叫了一声："舅舅。"又看向林初叶，"老师。"

林初叶终是不忍心，抬头看他，温声提醒他："你做了什么？"

何鸣幽："我骗了老师。"

林初叶："所以呢？"

何鸣幽终于明白过来了。

"对不起，老师，我错了。"何鸣幽认错的态度很干脆诚恳，"我不该欺骗您。"

温席远也终于抬头看他："还有呢？"

何鸣幽："我以后再也不敢了。"

温席远往旁边的空座瞥了一眼："坐下吧。"

何鸣幽一扫刚才的郁闷，很是开心地坐下，拿过筷子就要去夹肉，还没碰到，筷子就被温席远的筷子打掉了。

何鸣幽茫然地看着他。

温席远也正看着他："何鸣幽，我告诉你，你以后要再欺负新老师，小心我收拾你！"

何鸣幽鸡啄米似的连连点头："不……不敢了。"

说完，他小心翼翼地伸筷子去夹肉，这次没被打掉。他又忍不住偷眼看林初叶，又看温席远，两个人已恢复各自沉默吃饭的安静模样。

这顿饭吃得何鸣幽无比闷，他们两个人，一顿饭，竟然一句话也没说！

饭后，准备离去时，两人终于有了今天以来的第一句交流。

温席远问林初叶："你怎么回去？"

林初叶："哦，我开了车过来。"

温席远点点头，一边单手把何鸣幽塞入车里，一边看着林初叶道："今天麻烦你了，实在对不住。"

林初叶笑笑："没关系。"然后手指了指身后的车，"那我先走了。"

温席远："慢点开，注意安全。"

林初叶点点头，转身上了车。

温席远也上了车。

何鸣幽好奇地趴在座椅上问他："舅舅，你和我们新老师认识啊？"

温席远没理他，启动了引擎。

何鸣幽继续叨叨："你看你们两个，第一次见面，没有打招呼，也没有自我介绍，然后就一直啊你的，如果不是以前认识，这也太不礼貌了。可舅舅你不是不礼貌的人啊，新老师也不像是。"

温席远终于有了反应。

"滚下去！"

何鸣幽闭了嘴。

林初叶回了培训机构。

叶欣还在那儿，看到她，急急地迎了上来。

"什么情况啊？怎么去了这么久？何鸣幽呢？"林初叶稍早前给她打过电话，简短地说了下何鸣幽没事，让她别担心。

"他舅舅带他回去了。"林初叶说，想了想，又忍不住问叶欣，"你知道他舅舅是谁吗？"

叶欣茫然地摇头。

林初叶："温席远。"

"啊？"叶欣很是意外，"真的假的？"

林初叶："真的，我今天见到他了。何鸣幽花钱请了一个假舅舅想掩护他逃课，我不知道那是个假的，当时以为情况紧急也来不及等人，就用他的电话手表给他舅舅打电话，结果把真的给招来了。"

叶欣："……然后呢？"

林初叶："就，一起吃了个饭，然后就回来了。"

"就这样？"叶欣有些意外，但好像又不意外。温席远和他们同窗两年都不熟，更何况只同窗了一年的林初叶。

林初叶："那要不然还要怎样啊。本来就不太熟。"

说到后面三个字，林初叶又不自觉气弱了下去。

其实她和温席远真的算不得多熟，只是那时因为两个人成绩比较出众，老师找得比较多，学习的事、学生会的事，多是只交给他们两个人来办。偶尔参加一些省外竞赛什么的，能进决赛的大多也是他们两个，一起搭伴去外地比赛考试的机会也相对多一些，然后就培养了一些默契，但学习外的交流并不多。

后来高三她转学回了老家，和温席远也就没了联系。

高考结束后，班里有毕业聚会，以前的同学都让她回来和大家聚聚，一年没见她也有些想念，她就回来了。她没想到温席远也在，他从来不会参加这些集体活动。

那天晚上因为是高中毕业的最后一次相聚，一边是高考解脱的放松，一边又是即将各奔东西的感伤。在这种快乐又伤感的矛盾氛围里，大家都喝了酒，林初叶也喝了一些。她酒量不太好，喝得有些微醺，后半夜时就有些扛不住，她去楼顶吹风，然后在那里看到也同样在吹风的温席远。

温席远应是也喝了酒，身上有淡淡的酒味。

许是因为一年没见，也没联系，看到他时林初叶总有些说不上来的拘谨和不自在，也不知道该和温席远聊些什么。她努力保持淡定，和他各自坐在一角，沉默地看了半夜星星后，她起身下楼，他也跟着下楼了。

然后两人刚走到天台门时，一股妖风吹来，一下就把门给吹合上了。那时她站在门前，温席远就站在她身后，本来是要抬手阻止门被合上的，但没来得及。她那一下有些蒙，茫然地回头看温席远，就形成了温席远将她圈拢在他胸膛和门板间的暧昧画面。

两人的视线一相撞，就慢慢胶着在了一起，然后在酒精和夜色的双重作用下，温席远吻了她。失控的、克制的，又略显强势和温柔的。他抱着她，手没入她的发中，来回吻着她。

林初叶至今还记得两人吻上时的那种怦然心动和心跳加速，还隐隐夹着内心深处某种隐秘的渴望得到满足的雀跃。

她那时也有些失控，但又是青涩、惶恐和欢欣的，然后在这两种情绪交织出来的不知所措里与他唇齿纠缠，从激狂到温柔缱绻。相贴的双唇慢慢分开时，两人并没有放开彼此，只是在鼻息交融的静默里微微喘息着，平复彼此身体的躁动。暧昧的气息在彼此慢慢对上的眼神中流转时，门被人从外面推开了。

巨大的关门声让楼下的其他人误以为楼上出了什么事，纳闷地上来查看。

被用力推开的门打断了这种暧昧，林初叶和温席远本能地分开，林初叶背过了身。

没有人发现异样，只是困惑地问他们怎么在上面，然后林初叶听到温席远平稳的嗓音："喝得有点高，上来吹吹风。"

之后便各自被男生女生推拥着下了楼，回了早已安排好的男女生寝室休息。

第二天一早，林初叶便要赶火车回老家，来之前就已经买好的票。

她那趟车很早，七点多发车，六点就得出门。

那时，林初叶其实走得很犹豫。在那样一个意乱情迷的吻后就各自被推回了寝室，她和温席远还没机会在清醒状态下见过。她想等温席远起来，告别也好，说清楚也好，总之就是想再见见温席远，虽然那个时候的她并不会有勇气去问温席远什么意思，但就是想见见他。

但另一方面，如果不回去，她又陷在一种不孝的负罪感中，能当天回去的火车就只有那一趟。那一阵正赶上她爸爸二次中风住院，病情虽然已经稳定了下来，但她总有种爸爸还在医院被病痛折磨，她却在外面玩乐的负罪感。当时就连过来参加同学聚会，她都是内疚且拒绝的。但对她爸爸来说，如果因为他的身体而耽误林初叶的毕业聚会，他同样负疚难受，毕竟是各奔东西前的最后一次狂欢了。所以那时在爸爸的一再劝说下，为了不让爸爸因此而内疚，林初叶安排了那个快去快回的行程。

最终，林初叶内心的负罪感还是战胜了心里的犹豫，她去了火车站，她表哥傅远征来送的她。

她坐上了那趟回程的火车。

林初叶期待过温席远的电话，她以为温席远至少会给她打个电话，然而并没有。她那时还比较内敛，也没好意思打电话给他，他们甚至连彼此的联系方式都没有。

虽然要打听并不难。

然后那一次还是和之前的无数次一样，一转身就再没了联系。

之后，一别经年。

这几年大家不是没组织过同学聚会，林初叶没再参加过。

"你说你们两个也是奇怪哈。高三毕业聚会以后，每次同学聚会你都不来，温席远也从没来过，然后班级微信群，也就你们两个没进。要不是我了解你，还当你们这些学霸看不上我们这些凡夫俗子呢。"耳边传来叶欣的叨叨。

林初叶有些心不在焉："太忙了嘛。开学的时候要上课，假期又要拍戏，都没什么自己的时间。"

"也是。"叶欣叹了口气，"你毕竟不像我们是自由身。不过既然温席远也在宁市，改天找个时间，大家约出来一起聚聚啊。你加他微信没有？"

林初叶尴尬地摇头："没有。"

叶欣："电话呢？"

林初叶依然摇头。

"呵呵……你可真不爱交际啊。"叶欣只能干笑，对林初叶这种偶遇老同学还不互留个联系方式的行为很是无法理解。

林初叶也扯开一个干笑算是回应，没接话。

下午没什么事，林初叶便先回了家。

家里只有她的外婆和舅妈许曼在。

许曼并不是傅远征的亲生母亲。

傅远征的爸妈在他六岁时就离了婚，双方闹得有些难看。他本来还有个孪生弟弟叫傅远行，但因为父母离婚，一人判了一个。傅远征被判给了爸爸，傅远行被判给了妈妈，之后便被妈妈带走了，从此老死不相往来。

许曼是傅远征爸爸后来再婚的妻子。他们再婚的时候，傅远征还不太记事，许曼人好，把傅远征当亲生儿子养，自己也没再生，因此母子俩关系一向很好，不是亲母子但胜似亲母子。

许曼对林初叶这个外甥女也很好。林初叶高中在这里借读的那两年就是由许曼照顾饮食起居，同样把她当亲生女儿一样养。

许曼和林初叶的舅舅一起在城东经营了一家小餐馆，回这边有点远，有时候忙太晚就直接睡在那边了。

昨晚林初叶回来的时候，许曼并不在，这会儿看到林初叶很是惊喜，在一番嘘寒问暖后便开始了老三套。

"初叶，有男朋友了吗？"

这是林初叶每次和许曼打电话都会被问到的问题。

林初叶一如既往地摇头："没有。"

许曼："有在发展的人选吗？"

回她的依然只有摇头。

"没有。"

许曼皱眉，说："你不是学理科的吗？理科的男生不挺多的吗？而且你又在拍戏，平时接触的帅哥应该不少才对啊，怎么会这么多年一个都没谈上？是你没看上人家吗？"

"也不是……就平时学习比较忙，不忙的时候也要写点稿子什么的，时间都被排得满满的了，也就没空想其他的了。"林初叶委婉地道，"拍戏的话，一般拍不了几天，和他们接触也不多，不太了解他们为人就不想尝试。"

林初叶性格喜静，拍戏候场时都是在一边安静地揣摩剧本和背台词，收工后就直接回酒店房间了，基本不参与剧组的剧外娱乐活动，顶多是在需要演员之间相互熟悉和找感觉时才会加入进去。但这种情况也不多，周瑾辰也担心她因戏生情，这几年塞给她的角色基本没有感情戏。

许曼一听就着急："你这样不行啊，要多接触才能了解啊。"可转念一想，又觉得，"不过这样也好，外面的那些人毕竟不熟，谁知道人品怎么样。还是自家人介绍，知根知底的放心点。说起来，我倒是认识几个条件挺不错的小伙子，父母大多是在单位上班，有做医生的，有做律师的……他们自己也优秀，工作单位都不错，人长得也可以，要不给你介绍一下？"

"先……"林初叶犹豫了一下，"不用了吧。"

她虽然觉得可以利用这两年时间完成结婚生娃的人生大事，但想象一下和男人亲密接触，她又隐隐有些抗拒。

许曼苦口婆心："初叶，如果你不是不婚主义，也没打算孤身到老，有合适的机会还是要多认识人，多接触接触，这样才知道谁适不适合你啊。你别把自己拖大了，到时再随便找个人凑合。"

林初叶："我再考虑一下吧。"

林初叶只考虑了一晚就答应了。在她给自己的人生规划里，确实包括了家庭和孩子。

她渴望有自己的小家，这个时间也刚好。

只是怕另一半不好找。

她对另一半的要求，她也不知道算不算高。在物质上，她没有任何要求，她能挣钱养家。

　　但对男方自身的软硬件，她觉得她要求不少。就像她和冯珊珊说的，要求三观正、人品好，有责任心、有耐心、懂包容，愿意照顾家庭和孩子。学历高一点的话更好，这样以后孩子的学习和教育问题也能省点心，要是身高、颜值也好，在她看来就是基因满分了，特别适合做孩子的父亲。

　　但这种在林初叶看来是可遇不可求的，不能强求。

　　许曼一听说林初叶愿意相亲就马上张罗开了，而且效率奇高，第二天下午就给林初叶安排了一场。

　　对方名校毕业，做金融的，收入高，据说为人谦和有礼，长得也高，有一米八。

　　名校毕业与谦和有礼几个字打动了林初叶，而且一米八的话，对以后孩子在基因遗传上也是优势。

　　她同意了这场相亲。

　　许曼把相亲安排在她城东的小餐馆里，这样也好方便她和林初叶的舅舅暗中给林初叶相看。

　　林初叶接到许曼打过来的相亲安排电话时正在办公室，叶欣也在，听说林初叶要去相亲，立刻瞪大了眼，很不可思议："你要去相亲？你这样的条件还要去相亲？"

　　她嗓门大，办公室又离教室近，吼得坐在最后排的何鸣幽都听见了。

　　他本来就是个闲不住的，当下放下笔，好奇地探头往办公室看，然后看到林初叶点头。

　　"嗯，反正这两年也比较闲，正好趁机生个孩子。"

　　何鸣幽挠头想了想，给温席远打了个电话："舅舅，我们新来的林老师要去相亲了哎。"

　　温席远不咸不淡的声音从电话那头传来："关你什么事吗？"

　　何鸣幽："我好奇啊。为什么林老师这么漂亮都要去相亲啊？她还说想生孩子。你说林老师这么漂亮，要是相到一个很丑的男的，那生出来的孩子会不会也很丑啊？"

"好好上你的课。"温席远挂了电话。

何鸣幽："……"

略显年代感的老旧阁楼里，夕阳懒洋洋地洒下余晖，落满天台。

温席远躺在藤编摇椅上，单手支颐，正漫不经心地盯着旁边的绿植出神。

摇椅旁的小圆桌上还搁着刚放下的书和挂断电话的手机。

绿植蔓延爬过的地方，是已经有些掉漆的青色木门。

温席远想起天台那一夜，月光倾洒一地，被困在怀中的女孩茫然回头，眼神一如既往的安静无声，又带着几分酒精醺染过后的懵懂迷离，就那样求助似的、满心信赖又不知所畏地仰头看着他……

手机突然响起的铃声打断了温席远的走神。

他拿起看了眼，徐子扬，这个房子的前一任住客，刚从这里离开半天的落魄编剧。

他落魄到温席远从小巷子路过都能听到街坊邻居对他摇头叹气："你说现在的年轻人，也不知道怎么想的，年纪轻轻的，有手有脚，长得也人模人样的，听说学历也不错，怎么就不好好找份工作？整天闷在家里也不出门，连吃个饭都要靠外卖，就是随便找个送快递的工作也比'家里蹲'强啊。"

温席远接通电话："还有什么事？"

"也没什么事。"电话那头的落魄编剧边啃馒头边敲键盘边含糊地叮嘱，"就是家里没吃的，你要是想吃饭，就让附近的'许家餐厅'给你送，或者直接过去吃也行，这一带就他家做的本地菜最正宗。"

温席远："嗯。"

徐子扬："我那老破车你不用的时候记得送去保养，可别让它报废了。

"然后你到时离开前记得找人把房子收拾妥当，我以后还要回去找灵感的，你可别把我的路给断了。

"还有院子里的流浪猫盒，记得每天准点放猫粮，它们每天晚上会来的。

"天台的花，记得每天浇水，别让它们枯了。

"还有还有，天台的藤椅是我花了大价钱淘的宝贝，你不用的时候记得搬回屋里……"

徐子扬喋喋不休还想再说，温席远直接挂了电话，起身，拿过小桌上的书下楼。

他看了眼表，已到吃饭时间，但徐子扬的冰箱比他的脸还干净。

想到徐子扬在电话里提到的许家餐厅，温席远弯腰拿过茶几上的钥匙，出了门。

许家餐厅里，林初叶正百无聊赖地坐在吧台前的餐桌上玩手机。

老板娘许曼半个身子探出吧台，正对林初叶恨铁不成钢："你说你啊，相亲约的下午六点半，你六点就到了，哪有女孩子等男孩子的，待会儿人还以为你迫不及待贴上去呢。"

林初叶："……"这是个问题吗？她完全没想到。

"我是担心路上堵车，迟到了不好。"林初叶也觉得有点无辜，"谁知道今天路况这么好。"

许曼知道她是不爱迟到的人，想了想妥协了："算了算了，就当是对对方人品的一个考验吧，他要真敢这么以为，直接换下一个。"

"那可不是。"领班也忍不住过来攀谈，"小细节见人品，是要全方位考验。"

许曼看领班过来，终于放过林初叶，惦记起客人的事来："小阁楼那边送饭了吗？"

领班："今天没订餐。"

许曼担心地皱眉："是出什么事了吗？"

"怎么了？"林初叶看她神情担心，忍不住问道。

许曼："没什么，就前面开五金店的李叔家一个远房亲戚，来这边没地方住，看上了我爸留给我的那个老阁楼。我想着闲置着也没什么用，就低价租给他。他爱在我们这儿订餐，平时都让我们这儿给送餐过去的，今天也不知道怎么回事，没让送。该不会是出事了吧？"

林初叶："可能自己做饭了吧。"

"没可能的事。"领班想也没想就给否了，"李叔家这亲戚……我就没见过那么颓废一男的，整天不出门，也不上班，听说就每天闷在屋里打游戏、睡大觉，也不知道怎么想的。你说这人长得人模人样的，听说还是个名牌大学毕业的，该不会是受什么打击了吧？"

"可能……人家只是想先调整一段时间。"林初叶不认识对方，也不好妄加猜测。

"我看不像，估计就是人生不得志，一蹶不振了吧。"领班猜测，抬头看到走进来的温席远，马上换上职业笑容迎上前，"您好，请问先生几位，有预约了吗？"

温席远："一位，没有。"

刚要低头看手机的林初叶下意识地循声抬头，温席远也正好看过来，目光微顿，而后平静地走向她身后的空桌，坐了下来。

"有什么推荐吗？"

林初叶顿时如坐针毡，也不知道为什么会不自在，就是当着老同学的面相亲总有种莫名的尴尬感。

她正琢磨着要不要换个地方的时候，相亲对象来了，西装革履，戴着一副金边眼镜，看起来斯文有礼，身高目测应该有一米八，没弄虚作假。

早在许曼敲定相亲安排的时候，就让两人互加过微信，简单聊过几句，许曼也给双方发过照片。相亲对象一进来，就认出了坐在吧台前的林初叶，礼貌地上前："不好意思，我来晚了，没让你久等吧？"

对方客气有礼，声音洪亮，身后的温席远全都听得一清二楚，林初叶也不好意思提换地方的事了，起身回以一个礼貌的笑容："没有没有，我也是刚到。"

刚接过菜单的温席远瞥了一眼林初叶，而后平静地点菜。

相亲男已走到桌前，拉开椅子坐下，让服务员送了菜单过来，然后把菜单递给林初叶:"看看想吃点什么?"

林初叶摆手拒绝了他递过来的菜单:"你点吧,我都可以。"

"好。"相亲男也不推辞,大方地将菜单转向自己,每点一道菜都要抬头问一句林初叶,"吃这个吗?"看林初叶点头,才让服务员记下。

林初叶觉得这个男人确实像传闻说的那般谦和有礼,会照顾女生,初步印象不错,心里默默给他打了个80分。

两人最终点了火锅。

男人并没有做甩手掌柜等林初叶下菜烫菜,反而包揽了所有,还细心地把烫好的肉和菜盛到林初叶的碗里,很体贴娴熟。

许曼和林初叶舅舅在一边早已看得眉开眼笑,不停地互相使眼色。

身后的温席远头也没抬头吃饭。

林初叶在和相亲男有一搭没一搭的聊天中不断地在心里给他打分,早已忘了身后坐着的温席远。

这顿饭结束的时候,林初叶给男人打的印象分还是停留在80分。他虽然体贴周到、会照顾人,但似乎有点话痨。

林初叶不喜欢话痨的男生,她更喜欢话少一些、沉稳一些,能有自己个人空间的。

她本身也不爱说话,在她看来,两个人在一起的时候,各忙各的,互不打扰是最好的状态。

"那个……我能问你一个问题吗?"林初叶小心地看向他,也觉得自己的要求可能有点过分,"你能接受婚后分房睡吗?就是各自保留各自的私人空间那种。当然,夫妻义务肯定是要履行的,我指的是平时的时候。"

温席远抬头看了眼林初叶。

林初叶没看到,还在看着相亲男,等他的答案。

她以为男人不会同意,没想到他笑着点点头:"当然接受啊,我也比较倾向于保留自己的私人空间。"

"叮!"林初叶在心里直接给男人加了5分。

她忍不住微笑："我以为一般人不会同意。"

男人："说明我不是一般人啊。"

林初叶干笑，觉得刚才的 5 分好像加多了。

她笑起来很好看，很甜，男人看得有些痴。

林初叶慢慢止了笑："怎么了？"

男人回神，笑着摇头："没事。我有没有说过你笑起来很像一个人？"

林初叶茫然地摇头："像谁啊？"难道他看过她的剧了？

相亲男："像我未来老婆。"

温席远的目光直接从男人脸上移向林初叶。

林初叶很勉强地扯出一个干笑，默默把刚加上的 5 分全减掉了，还倒扣了 5 分，过于油腻。

男人从林初叶的干笑里大概也意识到她不喜欢这样的土味情话，马上调整过来。

"一会儿去看电影？"男人温声问。

林初叶觉得虽然倒扣了 5 分，但对方还在及格线上，不能一句话打死，想了想，答应了。

"你想看什么？"她拿过手机，打开买票软件，决定她来买票。

男人压下她的手机："还是我来吧，不能让女孩子花钱。"

林初叶笑笑避开他压过来的手："这有什么，还是我来吧。你想看什么电影？最近有几部好莱坞大片和国产电影都不错, 票房和口碑都挺好的，你想看哪个？"

相亲男："看动画片吧。"

林初叶："……"

本已低头吃饭的温席远动作略顿，看了眼男人。

相亲男还在对林初叶微笑："今晚有什么动画片？"

林初叶翻了翻："好像都是《喜羊羊与灰太狼》之类的呢。"

相亲男："没关系，就看最近的一场吧。"

林初叶迟疑着点了点头："想不到你还童心未泯啊。"

不过这样也好，以后带孩子看动画片的事可以交给他，他和孩子也不用担心有代沟。

这么想着，林初叶又默默给相亲男加回了 80 分。

最近的一场动画片差不多九点开场，从餐厅过去时间刚好。

林初叶和相亲男吃完饭的时候，温席远也买了单。

他直接走了出去，走到门口又停下来，想了想，掏出手机，买了一张动画片电影票。

工作日的电影院没什么人看动画片，尤其这个时间点。

林初叶和相亲男走进放映厅的时候，里面空无一人。

林初叶并不觉得意外，她也不喜欢看动画片，只是没想到会相到一个童心未泯的男人。

电影开场时，厅里的灯光一下暗了下来，温席远也走了进来。

林初叶是个对周遭环境不关心的人，她正在认真盯着电影银幕看，没注意到。

她虽然不喜欢看动画片，但作为一个还算专业的演员，她平时有拉片的习惯，因此电影一开场，她就沉浸到电影里，边看边在心里分析剧情结构和镜头语言，十分专注。

反倒是一直嚷嚷着要看动画片的男人，心思全不在动画片上，不时扭头看林初叶，然后，试探性地朝林初叶伸出手，握住了她放在大腿上的手。

林初叶被吓了一跳，本能地将手抽了回来。

男人轻咳了声，坐正看向电影银幕。

林初叶忍不住扭头看男人。

男人也扭头看她，冲她微微一笑，然后，手搭在了她肩上，揽住了她的肩。

林初叶挣开了。

"你别这样。"她低声喝止。她没有相亲经验，不知道别人是怎么样的，但男人这样的节奏让她有点慌，更多的是抗拒。

温席远皱眉，但并没有动。他就坐在距离他们三四排的位置，能清晰地将两人的动作收入眼底。

他看到男人低声道歉："对不起。"

然后看到林初叶勉强扯出个笑，但没回应。

男人重新坐正，认真地看向电影银幕。

林初叶也端端正正坐着，眼睛紧盯着电影银幕，但人有些紧绷，再没有刚才进场时的放松。

她以为男人想看动画片只是因为童心，没想到还有一个可能是，动画片场次没有人，可以任由他为所欲为。

林初叶决定走人，只是人还没来得及起身，身侧的手又伸了过来，握住了她的右手，另一只手伸向她脑后——男人突然朝林初叶吻来，惊得她用力推开了他的脸，连他脸上的眼镜也一并打掉了。

温席远起身，走向林初叶，弯身拉起她的手："走！"

在男人看过来时，温席远直接一拳将他的脑袋重新揍回了原处，而后拉起林初叶，出了门。

电影放映厅是在影院的三楼，从三楼到一楼广场有一段长长的步行阶梯。

温席远一路拉着林初叶下了楼，走向路边的停车场。

天气冷，这个点的马路上已经没什么人。

昏黄的路灯将两人的身形拉出两道长长的影子，影影绰绰地交叠在一起。

林初叶有些失神地看着那只紧握着她的手，修长有力、骨节分明，与她的纤细柔弱呈现出截然相反的力量感。

温席远似乎没意识到他还在握着她的手，从电影院将她拉起，他就没松开过，也没回头看她，但脚步是明显放慢了的，让她不至于追得狼狈。

走到车前时，温席远终于放开她，回头问她："住哪儿？"

林初叶揉着被他握过的手，报了她外婆家的地址。

温席远拉开了副驾驶的车门。

"谢谢。"林初叶轻轻道了声谢，上了车。

温席远也上了车，娴熟地系上安全带后，车子驶了出去。

林初叶不禁扭头看他。

温席远正认真开着车，窗外的光线将他好看的侧脸勾勒得越发深邃立体，有种剪影般的线条分明感。

林初叶一直知道温席远是好看的，以前就是一种介于少年感和成熟男人间的独特气质，几年的磨砺下来，上天对他越发厚爱了。眉眼间明明能看到被岁月打磨过的凌厉沉稳，但偶尔的漫不经心里又带着几分不问世事的清俊淡雅。

"有什么事吗？"温席远突然开口。

林初叶："没。就是想谢谢你。"

温席远："不用谢。"

人并没有看她。

林初叶并没有在意，只是好奇："你怎么也会去看动画片啊？"

然后她看到温席远搭在方向盘上的手略顿了下。

"何鸣幽闹着要看。"

林初叶看到他平静开口。

"哦。"林初叶半懂不懂地点头，"那他人呢？"

温席远："没去。"

林初叶："……"

总觉得哪里不对，但两人到底不熟，林初叶也不好继续追问下去，就闭上了嘴。

温席远扭头看她。

她坐得很端正，两只手拘谨地收拢在身前，交叠在大腿上，眼睛安静地直视着前方。

温席远收回视线。

半个小时后，车子在林初叶外婆家门口停下。

"我先下了，谢谢你。"林初叶解开安全带，边推门下车，边轻声道谢。

第三次道谢了。

但这次温席远没有像前一次那样回她"不用谢"。

"林初叶。"他突然叫她名字。

林初叶困惑地回头看他。

"当年为什么不推开？"他问。

"啊？"林初叶一下子没明白过来。

温席远："毕业那天晚上，我吻你的时候。"

"……"

林初叶的大脑有那么一下是空白的，然后在大脑能正常思考前，嘴巴已本能替大脑做出了回应："我喝多了。"

温席远看了她一眼，头微微偏开，又看向她。

"那次我很抱歉。"他说，"我也喝多了。"

林初叶勉强牵唇笑笑："没关系的，我早忘了。"

温席远嘴角微微勾了下，"啪"一下按下车窗控制按钮。

车窗摇上时，车子已驶了出去。

车速很快，毫不留恋。

林初叶有些怔，看着车子消失在夜色中，久久没动。

"看什么？"身后传来傅远征的声音。

林初叶回神，回头看他："没什么。"

傅远征："听说你今天去相亲了？想什么呢？"

林初叶："就想看看有没有适合结婚的人。"

许曼早已迫不及待等结果，看她回来忙迎上来。

"怎么样？和小吴处得还可以吗？"

林初叶摇头："不适合。"

许曼不解："为什么啊？你们吃饭的时候不挺好的吗？小吴这个人看着还挺会照顾人。"

林初叶："感觉就是个老司机。"

许曼："怎么会？听说从来没有谈过恋爱的。"

"那可能是……他天赋异禀吧。"林初叶也不瞒许曼，"在电影院就动手动脚的，这才第一次见面呢。"

"那是不能要。"许曼马上就把人给否了，"回头我再给你介绍别的，这次我要先看清楚人品才行。"

"先看看吧。"林初叶今晚受的冲击有点大，相亲男要和她亲近时她心里异常抗拒，甚至有点绝望，她觉得自己似乎没法接受和异性的肢体接触。

这种感觉和当年温席远吻她时的感觉完全不一样，那时是心脏剧跳、期待、雀跃，又带着些说不清道不明的欢欣，整个人轻飘飘的，像踩在云端上，甚至是渴望进一步接触的。

"也行。"许曼同意了，"我先帮你留意着，有合适的再给你介绍。"

她又转头叮嘱傅远征："你身边优秀的男孩子多，平时也多帮初叶留意留意。"

傅远征扫了眼林初叶："她不需要相亲。"

"……"林初叶觉得她挺需要的，只是她暂时被打击了而已。

回到房间时，叶欣已经迫不及待打电话过来询问她相亲的进展。

"直接被拍死在了第一张相亲桌上。"林初叶把相亲过程和叶欣简单说了一下，很是困惑，"你说我这是什么体质啊？第一天上班，就遇到了何鸣幽这种玩血袋装伤患的，那一身的血差点没把我送走。然后第一次相亲吧，又遇到个急色的。本来印象还挺好的，要是不出么蛾子我觉得是他了，速战速决多好，结果……"

这个问题，叶欣也没法解答。

"我也没遇到过。"叶欣老实回答，"尤其是何鸣幽这种，我教学这么多年，从没见过为了逃课这么努力的。还道具齐全。"

"天将降大任于斯人也，必先苦其心志，劳其筋骨……"林初叶默念着这句古训，"难道上天还要派我去拯救地球？"

叶欣："也可能是，让你去拯救某个男人？"

"……"林初叶被她恶心了一把。

叶欣："那还要继续相吗？"

林初叶想了想，迟疑地点点头："相吧，总不能一竿子打翻一船人。"

第二章
择偶标准

　　林初叶愿意相亲，许曼却是不敢随便给林初叶安排见面了，怕又遇到个急色的。不过，她倒是想了个办法，巧用了点小心思，让她看上的男人到店里来吃饭，她和林初叶舅舅暗中观察他们接人待物时的反应再做判断，还以店里人手不够为由，让不知情的林初叶到店里帮忙，借此看那些男人看到林初叶的反应加以衡量。

　　林初叶不知道许曼这些安排，只当是店里真的缺人手，也没推托，每天下午下班的时候就过去帮忙收银，偶尔在她舅妈的安排下去上个菜。

　　但这上菜的安排也很奇怪。

　　有时林初叶看服务员忙不过来想上前帮忙，许曼会将她拦下，让她在吧台盯着，而有时服务员不忙她又忙得脱不开身时，许曼又会把刚做好的菜端到她面前，让她帮忙去上个菜。

　　林初叶也闹不懂许曼葫芦里卖的什么药。

　　许曼一边操心着林初叶的人生大事，心里也没忘记小阁楼里那位众人口中抑郁不得志、一蹶不振、颓废又落魄的稳定顾客。

　　这天看领班路过，她就把人招了过来，担心地问："小阁楼那位这几天还是没订过餐吗？"

　　领班点头："对啊，一直没订过。"

　　"别出什么事了吧？"许曼容易把事情往坏处想，尤其偶尔看到有人在房间猝死几天后才被发现的新闻，"要不找个人去看看吧？"

"能出什么事啊，一大男人。"领班是凡事往好处想的人，不以为意，"这会儿大家忙着呢，估计都抽不开身。"说完拿着新下的单匆匆进厨房。

林初叶看许曼忧心忡忡，想着那小阁楼还是许曼家的老房子，要是人在里面出什么事了，怕是也不好交代。她这会儿也没什么事，于是起身对许曼说："我过去看看吧。"

许曼不放心她过去。

林初叶："这有什么啊，才五点多呢，太阳都还没下山。而且周围都是邻里邻居的，我就在院子外敲个门看看，不会进去的。"

许曼想想也是，把一份新做出来的简餐盒饭递给她："他要是出来，你就说是店里回馈老顾客，要不然这样贸然上门多尴尬。"

林初叶接过盒饭："好。"

小阁楼距离门店不远，在巷子深处，转个弯再走几分钟就到了。

林初叶到小阁楼时，院门紧闭，里面的大门也紧闭着，也不知道有没有人在。

院门口装有门铃，林初叶上前按了两下，等了一会儿没见有人出来。

林初叶有些担心，又进不去，想了想，边踮起脚往院里看，边高声问："你好，请问有人在吗？"

"你找谁？"身后突然传来声音。

林初叶下意识地回头，看到温席远，他一只手里拎着刚买的菜，另一只手还拿着串钥匙。在她看过来时，他已面色平静地上前，把钥匙插入锁孔，拧开了院门。

林初叶："……"

"原来你住这里啊？"

林初叶有些意外，想到这几天领班和她舅妈讨论的抑郁不得志的落魄男人，又忍不住朝他看了眼，精气神倒没见有任何颓丧，也不像避世的样子。

温席远淡淡应了一声"嗯"，推开了院门，这才看向她："有什么事吗？"

林初叶把许曼准备好的简餐递上："哦，没什么。就是店里搞了个回馈老顾客的活动，我舅妈让我给你送一份过来。"

说完，她想起温席远也不知道她舅妈是谁，又往身后指了指："就外面那个许家餐厅。"

"谢谢，不用了。"温席远推开了院门，看她还捧着餐盒站在院门口没动，客气问了一句，"要进去坐会儿吗？"

林初叶摇头："不用了，我还要回店里帮忙。"上前一步，把餐盒塞入他手中，"这个你还是收下吧，刚起锅的，还热着。"说完，礼貌道了声别，"我先走了。"

人已经转身走了。

温席远朝林初叶走远的背影看了眼，又低头看了眼手中的餐盒，也没说什么，进了院子，顺手把院门带上了。

林初叶刚回到店里，许曼就觉得她有些不对劲，一副若有所思的样子。

"怎么了？"许曼担心地问她，"见到阁楼里的租户了吗？他没事吧？"

林初叶点点头："嗯，见到了，人挺好的。他就是自己去买菜做饭了。"

"他还真自己买菜做饭了？"路过的领班觉得很不可思议，"一年了哎，老李头都不知道吐槽过多少次了，说他这个亲戚的儿子都成废人了，不上班不出门，让他去家里吃个饭都叫不动，就每天吃外卖打游戏，一点上进心也没有。他亲戚都愁死了。"

林初叶不知道为什么听着心里有点不太舒服，她见过温席远优秀的样子，很难把当年那个严谨自律的男人和领班口中只会吃外卖打游戏、不上班也不出门的落魄男人联系到一起。

"可能人家只是遇到了什么事，暂时在低谷期而已，调整好了就好了。"

领班摇头叹气："低谷期那就更要努力了，自暴自弃的话就更没救了。"

林初叶没再接话。

第二天，办公休息的时候，林初叶忍不住问叶欣："你觉得温席远是个什么样的人？"

"很厉害的人，不是我等凡人能肖想的人。"叶欣随口答，觉得奇怪，"你怎么会突然问起他了？"

林初叶没有回答她，只是若有所思地附和着她前一句话："是吧，我也觉得他应该是很厉害的人，怎么会变成了这样？"

后半句是低喃出声的，叶欣没听清。

"什么？"

林初叶摇摇头，看向她："你说，一个各方面能力都很出色的人，会因为什么堕落啊？"

"事业不顺，被打压了，觉得没意思，失去了奋斗意志。或者爱情不顺，被女朋友抛弃了，自暴自弃。抑或是过于理想主义，被现实教做人后，找不到方向了。还有就是可能以前太优秀了，没经历过挫折，抗压能力太差了，遇到点打击就扛不住了。"叶欣掰着手指头数，"反正原因有千千万，具体问题要具体分析，不能一概而论。"

林初叶："被女朋友抛弃也会自暴自弃的吗？"

叶欣无言看她："姐，我说了那么多，你怎么就只盯上了这个？"

林初叶："我，我就只记住了这一句嘛。"

叶欣的双眼不停地眨："有情况？"

林初叶："没有。我就是最近听到了些八卦，有点想不明白而已。"

"什么八卦？"叶欣也好奇，"刚还聊着温席远呢，怎么就跳到这个问题上来了？不对……"

叶欣皱眉："你不会是在说他吧？"

林初叶赶紧摇头："没有。就我舅妈家一个远房亲戚。"

她私心里希望温席远在旧友面前还是以前优秀高光的模样。人都会有低谷的时候，除非当事人自揭，她作为旁人并不适合与其他人谈论猜想他的落魄。

叶欣认识林初叶多年，知道她是不会说谎的人，也没疑心。

"这种人还是挺多的，人生不如意事十之八九，想通了就好了，不用担心。"

林初叶点头："嗯。"

她也觉得自己不应该担心，也没立场担心，温席远怎么样和她其实没有任何关系。

但下午去舅妈店里时，林初叶还是忍不住绕了下路，从温席远居住的小阁楼路过，然后，又遇到了刚好买菜回来的温席远。

林初叶："……"

温席远也看到了她，皱眉："还有什么事吗？"

林初叶摇头："没有，我只是路过。"目光不自觉地移向他手里拎着的食材，"你又去买菜啊？"

温席远："嗯，出去走走，顺便买点菜。"

林初叶："你最近好像还挺喜欢做饭。"

温席远："我不喜欢外卖。"

林初叶皱眉："那你之前怎么还天天吃外卖啊？"

温席远看了她一眼："你怎么知道？"

前一阵一个项目赶着开机，这是温席远很看重的一个项目，因此很少参与到项目筹备的他选择了全程亲自跟进，从剧本围读到修改，他全程参与。但为了避免不必要的麻烦，温席远并不是以他的身份参与，只是以制片助理身份旁听，每天陪着大家封闭开会，一个个忙得脚不沾地，一日三餐都靠外卖送到会议室。

项目前几天在宁市顺利开机。温席远想再盯几天看看成片效果，另一方面，对于这座他曾待过两年的城市，温席远还是有些特殊情结的，也就暂时住了下来。

只是剧组都住的酒店，一日三餐还是只能靠外卖和堂食。

温席远的亲姐，也就是何鸣幽的妈妈倒是定居这边，但温席远并没有和人同住的习惯，也就没过去。

刚好苦熬了一年的编剧徐子扬在十几轮修稿后，剧本终于到了围读环节，要赶回去开会，房子暂时空置下来。

温席远看中房子的独门独户环境清幽无人打扰，也有厨房，而且不用再另花心思找房子和搬家，就暂住了过来。

林初叶被问得有些哑口无言，也不好说是店里人说的，那些话说得也有些难听，怕传到他耳中又是另一种打击。

"我猜的，现在大家不是基本都靠外卖吗？"她轻声说，脸上并无异样。

温席远点点头，也没再说什么，推开了院门，看林初叶还站在原地没动，下巴往院里稍稍一点："要进去坐会儿吗？"

林初叶有些犹豫："方便吗？"

温席远："没什么不方便的。"

林初叶想了想，还是决定说清楚："我的意思是，你有女朋友吗？或者结婚了吗？"

说完，她又怕他误会，赶紧解释："你别误会，我没有打探的意思。只是如果有的话还是要避下嫌，被误会了……"

温席远打断："没有。"

林初叶："哈？"

温席远看向她："我没有女朋友，也没有结婚。"

"哦。"林初叶被他盯得气弱，然后在他的盯视下拘谨地进了院子。

温席远把院门关上。

一直趴在栅栏边的白色小比熊摇着尾巴跑了出来。

林初叶有些意外："你还养这种小型犬啊？"

温席远："不是我养的。"

林初叶更意外了："那你把它照顾得很好哎，看着完全不像流浪狗的样子。"

温席远也不禁看向小比熊，他倒没听徐子扬提过这是一只流浪犬。

也不知道打过疫苗没有。

眼看着林初叶就要蹲下身和小比熊打招呼，温席远把她拉了起来："也不知道打没打过疫苗，你逗它做什么。"

"哦。"林初叶后知后觉，有些意外于温席远的细心，不由得扭头看他。

温席远已进了屋，把刚买的食材搁在流理台上，而后取出还活蹦乱跳的鱼，另一只手拿过水盆接了半盆水，把鱼放了进去，这才回头看林初叶。

"吃过饭了吗？"

林初叶摇头："还没。"

"那吃了饭再走吧。"

温席远说着已取过电饭锅内胆，从米桶里多量了一杯米，倒进内胆里，左手已推着内胆往水龙头下接水，一整套动作流畅娴熟。

林初叶不由得走到厨房门口看他："你以前经常做饭吗？"

温席远："没有。只是最近有点时间，犒劳一下自己。"说话间已把洗好的米放入电饭锅，按下"煮饭"键，这才回头看她。

"你随便坐吧，不用客气。"

"嗯。"林初叶点头，但并没有走开，也不太好意思干坐在一边等饭吃，想了想还是忍不住问他，"那个……需要我帮忙吗？"

温席远有些意外地回头看了她一眼："会切菜吗？"

林初叶迟疑地点点头："会吧。"

温席远往旁边挪了个位置，把刚洗好的胡萝卜递给她。

林初叶迟疑地接过，她其实并不太会。

从小她爸妈就没怎么让她做过家务，她从初中就开始住校了，下厨的机会并不多。

旁边的砧板和菜刀已经洗好。

林初叶站在砧板前，左手拿着胡萝卜，右手拿着菜刀，小心翼翼、一片一片地切。

温席远就站在她旁边，在处理鱼。

厨房空间小，两个人几乎贴着站在了一起。

林初叶本来就不太会切菜，温席远又站在旁边，明知道他没在看她，但还是有些紧张，切起胡萝卜来也更加小心谨慎了，每一刀都重重地切下去，直切到底部，让新切片彻底和母体分离后，再小心把它从刀片上拿下来放到一边的盘子上，再去切下一片。

温席远处理完鱼一转头就看到林初叶这种慢刀割肉似的笨拙切法。

"菜不是这么切。"他淡声提醒，音落时，右手已握在了林初叶握刀的右手上，左手也覆住了她拿胡萝卜的左手。

林初叶一僵。

温席远也反应过来，动作停下，人却没动，眼睑低垂着，覆在她手上的手并没有收回，甚至有些克制地微微收紧。

林初叶明显感觉到被握着的手在收紧，心跳因着相贴的肌肤慢慢加快，有些紧张，也有些慌。

她试着动了动手，被握着的手一松，温席远抽走了她手中的胡萝卜和菜刀。

"我来吧。"他平声说，手掌压着砧板朝他面前挪了挪，左手压着胡萝卜，右手握着刀，利落地切了起来。

温席远刀工很好，"嘚嘚"几下，胡萝卜便被切成了一排厚度一致、排列整齐的薄片。

胡萝卜片切完的时候，他左手把那一排薄片微微一推，刀落下时，整齐的胡萝卜片变成了大小一致的胡萝卜丝。

林初叶不由得看向温席远。

他眉眼低敛，神色平静且专注。

林初叶想不明白，切个菜都这么认真专注的人，怎么就一蹶不振了呢？

温席远切菜的动作缓了下来，然后慢慢停下，偏头，看向她。

"怎么了？"

偷看被逮了个正着的林初叶有些尴尬。

"没有，只是看你切菜的样子好像很认真。"

说完便见温席远很是奇怪地看了她一眼："谁切菜敢不认真吗？"

林初叶："……"好像也是。

温席远已经把胡萝卜切妥，看林初叶还站在原地没动，也没赶她，一边把切成丝的胡萝卜装盘，一边问她："什么时候回来的？"

林初叶："嗯？"

温席远："什么时候回的宁市？"

林初叶："上周回来的。"

温席远："怎么突然回来了？"

林初叶："我外婆在这边，想回来看看她，顺便帮叶欣个小忙。"说完又忍不住问他，"你呢？怎么也在宁市啊？"

温席远："有点事。"

"哦。"林初叶自动解读成不想多谈，也就聪明地没有再追问下去，反倒是温席远似乎比较有聊天兴致。

"怎么会想着去相亲？"他问，扭头看了她一眼，"你也没多大。"

林初叶觉得和温席远讨论这个问题还是有些尴尬的，但还是老实交代。

"我想结婚了。"

温席远很是意外地打量了她一眼："为什么？"

林初叶："早日完成任务，专心搞事业啊。"

温席远："你把结婚当任务？"

林初叶不解："难道不是吗？我不是不婚主义，那结婚生孩子是迟早的事，对女孩子来说，这两个都很耽误事儿，尤其是生孩子，至少得把一年半搭进去了。如果是在事业上升期，那我觉得可以先拼一把事业再考虑结婚生孩子的问题，但我现在是空档期，那我觉得与其等以后想拼事业的时候被迫面临结婚生孩子的选择，不如趁现在有空先把任务提前完成了呢。"

温席远转头看她："看不出来，你还挺会规划。"

林初叶总觉得他这句话像讽刺，没接话。

温席远："你是不是连 KPI（关键绩效指标）都制定好了？找到符合 KPI 指标的男人就算任务完成？"

林初叶："……"

她没想过，但也不是不可以参考。

温席远从她眼中读出了她的打算，他手掌往她肩上一推："你先去客厅待着吧，厨房小。"

林初叶被他推出厨房，回头想看他时，温席远已"嘭"一声把厨房推拉玻璃门关上了，她只能看到个模糊剪影。

林初叶挠头，努力去想是不是哪句话惹他不快了，是把结婚当任务这句吗？

林初叶其实是知道大家普遍不太能接受这种想法的，谁不向往从爱情走到婚姻，可爱情是什么？

除了高三毕业那晚，她觉得她离爱情很近过以外，这么多年下来，她没遇见过爱情。

她也没见过所谓的爱情。她的爸妈也不是因为爱情走到一起的，只是在媒人介绍下、彼此觉得合适就领了证。婚后和大部分普通夫妻一样，虽没有什么轰轰烈烈，但也没什么争吵，就这么相互扶持着平淡走过了一生。

林初叶觉得这也没什么不好，感情本来也是在日久天长的相处中滋生出来的，所以对方只要符合她各方面的要求，和谁结婚，又有什么关系呢。

温席远半个小时后便做了三菜一汤出来，人刚从厨房出来便看到林初叶正坐在门口的观景桌上，单手托着腮，在走神。

西下的太阳还剩最后一缕余晖，被秋冬烘染成的偏暖色调全打在了她身上。

她身上本就穿着驼色呢子大衣，是和秋冬几乎融成一体的色调，人就这样静静坐在夕阳下，有种说不出的恬静柔和。

温席远一直知道林初叶性子偏静，气质也是偏静的，哪怕年少时也鲜有那种张扬恣意的时候。

但这种安静并没有让她在人群中被埋没掉，她长得太招眼了，这种不同于同龄人的沉静气质反而在熙攘人群中凸显了出来。

温席远转学的第一个晚上就注意到了林初叶。

他跟着老师走上讲台，在老师介绍他的转学情况，所有人都或惊叹或好奇地鼓掌对他的加入表示欢迎时，正在做习题的林初叶茫然抬头四下看了看，象征性地跟着鼓了鼓掌后，继续低头写她的习题。

温席远注意到她并不是因为她没像众人一样对他的出现表露情绪，而是她身上那种置身于热闹之外的沉静气质。

不喜欢，就不强融。

林初叶隐约感觉有人在看她，下意识地回头，看到端着菜站在厨房门口的温席远，便站起身来。

"你做好饭了？"她朝他走去，很自然地接过温席远手上端着的菜，"我来帮你吧。"

温席远任由她接过菜，回厨房把煮好的饭端了出来。

林初叶很自觉地拿过碗给他盛饭。

温席远也并没有和她客气，不会因为她是客人就抢着给她盛饭。

林初叶盛好饭坐下以后，才有空看温席远做了什么。

色香俱全的三菜一汤，卖相很好。

林初叶试着夹了一筷子，味道也很好。

"你是真的在认真犒劳自己啊，味道很好呢。"林初叶忍不住夸道。

温席远："还好。"又看向她，"你似乎不会做饭？"

林初叶老实点头，说："嗯，这几年都在学校，每天都吃食堂，练手的机会少。"

温席远："以后呢？"

林初叶摇头："不做啊，我又不爱做饭。"

温席远："吃外卖？"

林初叶："可以请阿姨啊，我多挣钱就好了嘛。"说完又觉得自己在落魄的人面前说这样的话会不会不太好，温席远亲自下厨做饭未必就是自己喜欢，也可能是生活所迫，又忍不住找补说，"不过我也就说说啦，我哪请得起阿姨啊。"

温席远看她："你现在做什么？"

林初叶不好意思说自己是一个演员，也怕温席远好奇找她以前拍过的戏来看，她觉得那时的演技还是有点尬的，并不是很想让温席远看到，也就委婉地回道："自由职业。"

温席远却不放过她："具体是什么？"

"就……网上写点东西。"林初叶稍稍提了另一个职业，也确实是她闲暇时会做的事。

温席远："网文？"

林初叶轻咳了声，怕再说下去就要被温席远扒马甲了："不说这个了。你呢？现在做什么啊？"

温席远也似乎不想多谈："没做什么。"

林初叶理解，估计他就是低谷期的蛰伏调整了，没调整完成前，并不想多谈自己。

她是了解这种状态的。她决定考研那阵，她的经纪人冯珊珊和公司好几个关系近些的同事也以为她因为周瑾辰的故意施压一蹶不振，尤其看她每天约她也约不出去，视频里也邋邋遢遢没收拾的样子，都误以为她被打击到变颓废了。

但其实她那时就是想考研究生继续深造几年，而她之前因为合约的事没和周瑾辰谈妥，也不敢贸然决定，备考也就比别人迟了些，留给她的时间不多，她只能分秒必争地复习，哪还有时间收拾自己和外出吃喝玩乐。而且她也怕考研考不上，提前说了让大家白欢喜，就干脆一直捂着，等出结果了再告诉大家。

林初叶估计温席远也是这么个状态，只是外人不了解，对他横加猜测和妄议。

但她自认对温席远多少还是有些了解的。他高中时就不爱社交，那时都还是同窗学习、每天朝夕相处的同学呢，眼下附近邻居于他只是陌生人，他懒得打交道也确实像他会做出来的事，更何况身处低谷的时候。换她，她也会选择独处。

温席远看林初叶突然沉默下来，不由得看了她一眼，却见她正在看他，而且眼神……似乎有些同情？

"怎么了？"他问。

林初叶："没有。我只是想到我之前考研的事，那一阵一直闭门不出，我朋友还以为我受了什么打击，都很担心我，脾气急的还对我恨铁不成钢，说什么遇到点挫折就一蹶不振了，那以后要怎么办啊，人生还那么长呢。但其实那时我就知道自己想要什么、要做什么，也有在努力，他们只是太担心我了。"

温席远："挺好的。"

"不过。"温席远抬头看她，"你那时都知道要好好努力，怎么现在就只想完成结婚 KPI 了？"

林初叶："……"

手机恰在这时响起，林初叶拿起看了眼，傅远征打过来的。她接了起来。

"跑哪儿去了？"电话刚接通，傅远征平静的嗓音便从手机那头传了过来，"不是说要来店里吗？怎么半天不见人？"

温席远吃饭的动作微顿，抬头看她。

房间静谧，依稀能听到话筒里的男声。

林初叶手捂着话筒半转过身："我路过了小阁楼，进来坐坐。"

傅远征："你就给人送过一次饭就登堂入室了，有没有点安全意识？"

林初叶："……"

傅远征："我去接你。"

"不用了，我马上就回去了。"林初叶下意识地阻止，但傅远征已经挂了电话。

林初叶不得不把手机收起，看向温席远，有些歉然："我得回去了，谢谢你的晚餐。"

温席远盯着她看了会儿，点了点头："先把饭吃完吧。"

"嗯。"

林初叶碗里的饭还没吃多少。

外人对温席远这种生活态度普遍不友好，尤其店里的人把温席远说得那么难听，她怕傅远征过来看到了人也表露出这种不友好的态度。

傅远征虽然平时和她交流不多，但林初叶知道他有时候也是护妹狂魔，到时看到她和一个外人眼中颓废不上进的男人混在一起，大概率会误会成是她单纯善良被温席远皮相给骗了的，态度怕是好不到哪儿去。

林初叶并不希望给温席远一种自己身边的人看不起他的错觉，因此想着速战速决，赶在傅远征赶到前吃完走人，吃起来就有些赶，但人一赶就容易被呛到。

在她好不容易把最后一口饭塞进嘴里的时候，人就被呛了个彻底。

温席远把汤推给她："你就那么害怕被看到？"

林初叶已经呛得快说不出话，边摇头边接过汤，灌了一大口下去才稍稍缓过来些，还没来得及说谢谢，院子外就传来傅远征的声音："林初叶。"

林初叶赶紧把汤放下，急急站起身。

"我先走了，今天真的谢谢你。"

温席远看着她，没动。

林初叶没留意，起身拿过沙发上搁着的包就出了门。

温席远的目光移向她奔向院门的身影，看到了站在院外的傅远征。

院门不高，院外的傅远征露出半个头。

傅远征也正往院子里看，也看到了屋里坐着没动的温席远。

两人的目光在空气中相撞。

温席远看到他眼眸困惑地眯了眯，但只一瞬，他的视线已转向到门口的林初叶。

"你来这里做什么？"

温席远听到傅远征问。

"没做什么，就路过进来看看。"林初叶一贯平静的声线隐隐有些心虚。

傅远征："只是进去看看，你心虚什么？"

林初叶无言："我哪里心虚了。"

人已往外面走。

傅远征也跟着转身一起离开。

院里篱笆栽满了藤蔓，枝丫伸出了墙外。

林初叶走在靠里的地方。

傅远征看她的头发就要被枝丫勾到，抬手替她拉开了枝丫。

温席远转开了目光，静默了会儿，又看向桌上已经没了热气的菜，一下就没了食欲，干脆放下筷子，推开碗筷起身。

林初叶没留意到傅远征替她拿开枝丫的事，困惑地扭头看他："你今天怎么来店里了？"

傅远征："在附近办点事，过来吃个饭。"

"哦。"林初叶没再追问。

傅远征："屋里那个男人是谁？"

林初叶："就租客啊。"

傅远征只知道他外公留下的这栋老房子早早就租了出去，但租给什么人，他并不了解，也没什么兴趣了解。

他更在意的是："我见过那个男人。"

林初叶有些意外："什么时候啊？"

傅远征："你高中毕业回来那次，我送你去火车站的时候。我在火车站见过他。"

林初叶心脏微微狂跳："你说你在火车站见到他？"

傅远征点头："嗯，我刚送你进站，回头时看到了他。"

那时，两人的目光不经意相撞，他看到对方面无表情地转身离开。

傅远征还纳闷自己是不是做了什么得罪人的事而不自知，加上温席远本就容貌气质出众，傅远征又是擅长记人脸的，因此一看到温席远，他一下就想起了这事。

"他……"林初叶也不知道自己还想问什么，心神一下有些乱。温席远那天为什么也会在火车站？他也是那个点的火车离开宁市吗？还是，他是去找她的？

如果是去找她的，那为什么不叫她？

难道当时她和傅远征在一起让他误会了？

林初叶努力回想那天早上傅远征送她的场景，但年代已经有些久远了，她想不起细节了。

她只记得她那时因为这种匆匆的离别心情沮丧，但又陷在不走又对她爸爸内疚的情绪里，整个人的精气神肯定是看着不太好的。傅远征细心，肯定会安慰她。

但有没有拥抱，她不记得了。

只是她和傅远征是表兄妹，傅远征帮她推行李箱，过关卡上台阶时偶尔搭把手扶她一下，或者鼓励性地摸摸她头之类的肢体接触肯定是有的，在外人看来都是亲密的。

所以，是真的被误会了吧？

林初叶想事情想得出神，转角时也没看路，差点撞上屋角，傅远征及时抬手替她挡了下。

"想什么呢，路都不会看了。"傅远征说着看向她，"你和他，有故事？"

林初叶赶紧摇头："没有。我就是比较惊讶而已。"

傅远征看她的眼神明显不信。

林初叶有些心虚，避开了他的眼神。

好在傅远征也不是爱打探的人，他没再追问下去，只提醒她："不管你和他过去有过什么，你们两个，毕竟孤男寡女在一个空间里，注意安全。"

林初叶总觉得傅远征话中有话。

她轻咳了声："我明白的。"

回到店里，许曼已经担心地围了上来："你怎么一个人跑小阁楼去了？他就一个大男人在家，你一个女孩子过去，要是出事了可怎么办哦？"

"是啊。"领班也上来告诫，"意志消沉的人更容易报复社会，要是人家看你长得漂亮对你心生歹意，到时哭都没地儿哭，女孩子还是要注意安全的。"

林初叶尴尬地笑笑："我会注意的，你们不用担心。"

但她的心思却全落在了当年温席远去过火车站的事上。

第二天在培训机构的时候，林初叶忍不住拉住了叶欣："高三毕业聚会那次，第二天早上你们都什么时候走的啊？"

这个问题问住了叶欣。

她皱眉想了半天："应该都是吃完饭就陆陆续续走了吧，都早八百年的事了，哪里还记得啊。你问这个做什么？"

林初叶："没什么，就昨晚做梦梦到那一次聚会，还挺遗憾的，第二天早上都没来得及好好和大家告别就走了。"

"那是真挺遗憾的。"叶欣也记起了这个事，"当时早上起来，听说你已经走了以后，大伙儿还挺郁闷的，尤其偷偷喜欢你的那几个男生，跟被霜打了似的，都蔫了，本来下午还有活动安排的，有些人干脆不去了。"

"啊？"林初叶皱眉，她不知道这些事，"都有谁啊？"

"就……"叶欣皱眉回忆了几个名字，但没有提到温席远。

林初叶犹豫了一下，还是忍不住先提了他的名字："那温席远呢？"

"他也一早就走了啊。"叶欣心思敏感，再看向林初叶时就带了丝不怀好意，"你怎么又提他？你和他有情况？"

"没有。"林初叶没好意思承认，毕竟没在一起过，"就好奇嘛，他那种从不参加集体活动的人那天晚上都来了，还以为他第二天还会跟着你们安排走。"

叶欣："怎么可能。他本来毕业聚餐都没准备参加的，一开始就拒绝了，后来不知怎么回事又改变了主意。那天晚上他来的时候大家还很惊喜呢。"

温席远虽然不爱参加集体活动，但他成绩好，人又长得好看，待人接物也客气有礼，篮球也打得好，带着他们这个班拿下不少篮球赛冠军，校运会长跑和接力项目上也表现惊艳，尤其接力赛，每次他们落后于人时都靠着他最后的逆转反杀，学校里有很多他的迷妹，更何况同班的。

林初叶意外："他是后来改变主意才去的啊？什么时候的事啊？"

叶欣："不记得了。反正统计人数的时候班长问他，他说没时间，不去了。之后最后一个统计的你嘛，班长不是给你打了电话吗，问你回不回来，他那时候也没说要参加，就聚会那晚上才临时去的，所以大家才很惊喜嘛。"

林初叶："那第二天早上呢？他什么时候走的？"

叶欣又想了半天，说："好像……就在你后面走。那时起来的人还不多，班长不是刚送你出去回来吗，其他人看到他从外面回来就问他去哪儿了，他就说去送你，你家里有事先走了，然后……当时温席远刚好从房间出来……"

叶欣仔细想了想，那时温席远似乎是脚步一顿，然后直接下了楼，在门口拦了一辆车就走了，连声招呼都没打。

叶欣狐疑地看着林初叶："不对啊，温席远当时像是追着你出去的。我想起来了，他是听到你走了以后马上下楼出门拦车，我还从没见他那么着急过，当时大家还纳闷发生什么事了，是班长那头猪，他说温席远去追薛柠了。薛柠也是那个点走的。"

薛柠是以前班里的另一个女生，好像是高二下学期才转学来的，林初叶对她没什么印象。

她只是意外，原来那天早上，温席远是真去找过她的。

那……他找她，是为了什么？

林初叶想得太入神，没留意到一旁的叶欣朝她挤眉弄眼。

"咳……"叶欣重重咳了一声。

林初叶回神，看向她。

叶欣："初叶啊，我们都这么熟了，你不觉得，应该，老实，交代一下吗？"她说话时还故意顿了几顿。

林初叶有些无言："交代什么啊？"

总不能告诉叶欣，她和温席远喝酒误事，不小心吻到了一块，然后又都假装什么也没发生吧。

林初叶想想都觉得尴尬，偏偏叶欣没放过她的意思："交代你和温席远啊。你们两个，暗度陈仓多久了？怎么那时候一点预兆都没有？"

林初叶："……"

"哪有什么暗度陈仓，我和他根本不熟。"

叶欣："真的？"

这话问得林初叶不敢干脆点头。

不熟是真的不熟，但吻也是真的吻了，而且还……挺火花四射。

林初叶想起那天晚上温席远抱着她，低头吻她的样子，人还没想好怎么回答，叶欣已在一边提醒她："你脸红了。"

林初叶不自在地拨开披散在肩上的头发："屋里暖气太热了。"

叶欣直接给她一个白眼，那眼神分明是"你继续装"。

"真的没有什么。"林初叶说，"我们都没联系过。"

这是大实话，因此在叶欣再次投来的审视眼神下，林初叶可以做到不避不闪也不心虚。

叶欣被林初叶的态度闹迷惑了："难道真是我理解错了？班长和温席远关系比较好，他确实可能更懂温席远一点。"

林初叶没接话，虽然她不知道她走后这一年班里发生过什么，但她表哥不会骗她，那天早上的温席远确实是去找她的。

可惜，她平时没有回头看的习惯，进站后就直接走了。

如果她当时回一下头，会怎么样？

林初叶其实不太想象得出来，她想象不出来如果她回头看到温席远会怎样。

他追过来，是有话要对她说，还是只是为了道歉，她没有答案，有些事错过了就是错过了。

林初叶觉得有点遗憾，又隐隐有些释然。

至少证明温席远不是不负责任的人。

在那个吻以后，他至少是想过给她一个交代的，道歉也好，别的也好，只是阴错阳差错过了而已。

想是这么想，但林初叶发现，她隐隐还是想知道那个答案的。

于是下午去店里的时候，林初叶又特地绕了下路，去了温席远居住的小阁楼，但这次没上一次走运，院门是紧闭着的。

林初叶想了想，还是去按了门铃。

门铃响了会儿，门才被人从里面打开，温席远站在门前，垂眸看她：
"有什么事吗？"

林初叶点点头，迟疑了下，仰头看他："我今天听说一个事，就……毕业聚会那一次，那天早上我走了以后，你也去了火车站？"

温席远点头："嗯。"

林初叶："是去找我的吗？"

温席远："是。"

林初叶："是……有什么事吗？"

温席远："没什么。只是，欠你一个道歉。"

林初叶心里有种得到答案的释然，又夹杂着些许她说不上的失落。

她笑笑："这样啊。其实也没关系啦，本来就是都喝醉了的，有时候行为也会有点不受大脑控制。"

温席远看着她没动："嗯。"

林初叶冲他挥手道别："我先回去了。"

温席远："好。"

林初叶转身，身后传来关门声。

林初叶觉得有点难过，也不知道为什么要难过，这种感觉就像小时候得不到的小红花。她以为是她缺席的那半天导致她失去了那朵小红花，以为自己把假条补上，和老师说明缘由小红花就会送还给她了，但其实那朵小红花早就内定给别人了，自始至终都和她没关系，那不过是她自己心理戏太多了而已。

回到店里，许曼明显感觉到林初叶情绪低落，自从外面回来就一个人坐在后面的餐桌旁，单手托着腮看着外面风景出神。

"出什么事了吗？"许曼担心地过来问。

林初叶回神："没有啊，就外面的夕阳很漂亮，想多看会儿。"

许曼抬头往门外看了眼，她觉得这夕阳每天都一个样，没看出哪里好看。

她在林初叶对面坐了下来："话说，你还要不要继续相亲啊？"

林初叶想了想，点头，说："相吧。有合适的你多安排几个吧，这样效率高点。"

这时，门外传来领班的招牌式欢迎词："欢迎光临。您好，请问几位呢？"

"一位。"

熟悉的男声传来时，林初叶下意识地回了下头，看到走进来的温席远时怔了下，没想到他会来吃饭，刚在他家看到他的时候他似乎并没有出门吃饭的打算，但她又很快恢复正常，看向许曼。

许曼没回头，正拿着手机给林初叶看照片："喏，我给你筛了好几位，都是暗地里考察过的，不会像上次那个那么急色了。"

林初叶："没关系，都见一下吧。"

许曼觉得今天的林初叶不太对劲："不对啊，你怎么突然这么着急了？是不是远征和你说什么了？"

她唯一能想到的就是傅远征了，明明之前还好好的，就昨天下午傅远征去接了趟林初叶，林初叶当时回来就不太对劲了。

"啊？"林初叶也被许曼闹得有点蒙，"和他没关系啊。是我自己的事，我就是想快点定下来，不想浪费时间而已。"

许曼怀疑地看着她，想想又觉得是："不过也是，他本来就不爱管你，又怎么可能和你说什么。反正别管他就是，你想找什么样的就找什么样的，随便挑。"

　　林初叶点头，起身回吧台，转身时忍不住看了眼温席远。

　　他就坐在面对吧台的位置，正双臂环胸偏头看着窗外夕阳，很闲散的坐姿。

　　林初叶也不知道他为什么会来吃饭。

　　她没有上前打招呼，两人本来也没有多熟，好像也不是很需要刻意去打招呼。

　　她没有在店里待太久，交代收银员给温席远打折后就先走了。

　　温席远看着她出了门，坐在原处没动。

　　手机在这时响起。

　　助理打过来的电话，问他什么时候回去。

　　"明天吧，帮我订晚上回北市的机票。"温席远挂了电话，起身扫码付了款，没等上菜，就先走了。

　　他走到马路外时，林初叶还在等车。

　　"去哪儿？我送你吧。"他对林初叶说。

　　林初叶摇头拒绝："不用了，我已经打到车了。"

　　"夜车不安全，还是我送你吧。"

　　温席远的车就停在巷子口，还是徐子扬那辆开了近十年的二手车，有些破，但还能用。他只是过来出个差，对车没那么讲究，能代步就行。

　　他把车开到了林初叶身旁停下，摇下车窗："上车。"

　　林初叶有些犹豫，但看温席远并没有要离开的意思，还是拉开副驾车门，上了车。

　　"去哪儿？"温席远问，并没有看她。

　　林初叶报了她外婆家的地址后，就没再说话，车里放着音乐，一路上两人都很安静。

　　快到的时候，温席远终于开口："怎么还在相亲？"

林初叶："还没找到适合的结婚对象啊。"

温席远："之前的都不合适吗？"

林初叶："之前就一个，都被你揍过了，他肯定不行。"

温席远："其他的呢？"

林初叶摇头："没了。"

温席远皱眉，看向她："昨天的是谁？"

林初叶："我表哥。"

她看到温席远搭在方向盘上的手顿了下，然后平静地应了声："哦。"

"你和你表哥，感情不错。"他说，声音有个明显的停顿。

林初叶觉得他这话有点奇怪，忍不住看了他一眼，还是点点头："嗯，挺好的。"

"你想找什么样的？"温席远偏头看她。

林初叶："什么？"

温席远："你的 KPI 对象。"

"那是结婚对象好吧。"林初叶有些无言，但还是忍不住掰着手指头数，"人品好，三观正，有责任心，有耐心，懂得包容，愿意照顾家庭和孩子。最重要的是，还要……"林初叶想了想，还是忍不住说了出来，"能生。"

温席远："……"

车子刚好行进到十字路口，正是等红灯的时间。

温席远把车停下，转头看林初叶："你到底是想结婚还是想要孩子？"

林初叶有些尴尬："是想要孩子啊。我喜欢孩子，也有这个经济能力和耐心去抚养，但也总不能为了生孩子去借……那个啥……"

林初叶不太好意思说，就含糊着带了过去："这样对男方未来的妻子和孩子也不公平，所以婚姻是最好的解决办法，既能给孩子完整的成长环境，也有人帮忙分担一部分育儿压力。当然，前提是对方人品和三观在线，然后相互之间三观合得来，互相忠于家庭，而且对家庭负责。不过最重要的，还是他也认可这种模式，并且愿意接受和尝试。"

温席远："那如果对方不如你预期呢？"

林初叶："那就不要他了啊。"

温席远："去父留子？"

林初叶轻咳了声："这……算是不得已而为之的选项了吧。愿意为了家庭和孩子共同努力那肯定是一起努力的，但对方如果只提供了一个……那啥，就什么都摆烂不管了，那还要他做什么啊。"

林初叶觉得自己疯了，为什么要和温席远聊这么隐私的话题，这是闺密间的话题，不是男人和女人的话题，至少不是两个曾吻得难分难舍又实际上不熟的年轻男女间的话题。

可偏温席远并不打算就此打住，他单手搭在方向盘上，微微侧转身看着她。

"感情呢？不在你的考虑范围？"他问。

林初叶摇头："感情可以培养的啊，只要初步接触不反感就好了。"

温席远点点头，问她："既然如此，这么多年了，你怎么就没培养一个出来？"

林初叶："我忙着学习和挣钱。"

温席远："就没遇到过喜欢的？"

林初叶老实地摇头："没有。"

温席远："以前呢？"

林初叶迟疑了下，摇头："没有。"又忍不住问他，"你呢？怎么也还单着啊？"

温席远："忙。"

"那……"林初叶迟疑了下，"人呢？也没有喜欢的吗？"

温席远："没有。"

林初叶："从来没有吗？"

温席远搭在方向盘上的手略顿。

"没有。"他说，看红灯已转绿，人坐正了回去，重新启动车子。

林初叶的视线也转向流光四溢的马路。

"你应该眼光挺高的吧。"她开玩笑，转头看了眼他过于平静的侧脸。

温席远也抽空瞥了她一眼："说得好像你不是似的。"

"我这个应该不算高吧。"林初叶也有些困惑，"我只是对品性比较有要求而已。"

温席远："嗯，是不高。大街上一捞一大把，祝你成功。"

林初叶扭头看他，也无法从他平静的脸上判断出他是在开玩笑还是认真的。

她把视线转向了车窗外。

这个点还是马路繁忙的时候，车水马龙，马路边林立的店铺也热闹异常，是林初叶熟悉的烟火气，也是她喜欢的烟火气。

这种感觉是她在北市不曾体会过的。

她在北市读的书，但可能是因为独自在异乡，漂泊的感觉还是比较重的。北市繁华归繁华，但于她而言更像一个短暂栖息的城市，没什么归属感。

其实林初叶已经不太明白归属感是什么。

自从她爸妈都不在以后，她的家也就没了。

很多时候，她回到黑漆漆的出租房时，潜意识里还是渴望推开门的时候，屋里是有人在的。

她是渴望有一个自己的家的。

林初叶外婆家没多久便到了。

温席远像上次一样把车停在了巷外。

林初叶也依然像上次一样道谢。

"不客气。"温席远说，这次是真的客气。

林初叶笑着点头，也没说什么，下了车，和温席远挥手告别。

温席远也挥手告别，看她转身离去后，才把车窗合上。

旁边放着的手机里进了短信，是航班订票成功的信息。

温席远拿起手机看了眼，盯着那条短信有些失神。

人有时就是那么奇怪，年少时曾执着的人和事，明明偶尔想起时，还是会涌起些淡淡的遗憾，可是再遇见时，又似乎觉得，维持现状是最好的选择。并不是谁变了，林初叶没变，他也没变，只是横着的八年里，他已经习惯了这种无牵无挂、没什么波澜却平稳的生活状态。

温席远按熄了手机，重新启动了车子。

助理给温席远订的是第二天晚上七点的航班。

温席远五点出的门，他没有通知任何人，就像他来宁市时一样。

但他的亲姐、何鸣幽的妈妈还是从助理那里打探到了他的航班信息，一边在电话里叨叨他来宁市也没和她说一声，一边说要去送他。

林初叶还在上课，刚要下课便见何鸣幽举手说要请假。

林初叶没忘记第一天上课他为了逃课有多努力的前科，于是走到他桌前，问他："为什么要请假？"

何鸣幽："去送我舅舅。"

林初叶皱眉："怎么又是舅舅？"

何鸣幽很认真地保证："真的，我舅舅要走了，我妈让我和她一起去机场送他。她怕时间赶不及，让我直接在学校门口等她。"边说边给林初叶看电话手表上刚收到的短信。

林初叶不太敢相信，毕竟连假舅舅都敢请的人，让人改个名字发个信息也不是多难的事儿。

"你给你舅舅打个电话，我问他是不是。"

林初叶以为何鸣幽会不敢，那次温席远训他的画面，林初叶记忆犹新，小屁孩明显是怕他舅舅的。

没想到何鸣幽当下拨通了温席远的电话。

"舅舅，林老师不相信你要走了。"

林初叶："……"

她不是这个意思好吗。

电话那头有短暂的沉默，然后温席远平静的嗓音徐徐传来："你把电话给林老师。"

"哦。"何鸣幽利落地取下了电话手表，递给林初叶。

林初叶有些尴尬："是何鸣幽说要请假去送你，我担心他在找借口，就想和你确认一下。"

温席远："他没骗你。"

林初叶不禁拿紧了电话手表："怎么……突然要走了啊？"

温席远："这边的事忙完了。"

"是吗？"林初叶微笑，心里不知道怎的有些空，又觉得这样挺好的，他终于不再颓废下去了。

"挺好的。"她说，"一路平安。"

温席远："谢谢。"

林初叶没再说话，挂了电话，把手表还给何鸣幽。

何鸣幽觉得林初叶的手好像有些抖，困惑地问她："老师，您怎么了？"

林初叶微笑，声线还是平稳的："没什么。我陪你去门口等你妈妈吧。"

她还是不太放心让何鸣幽一个孩子独自出去，刚好也已经下课。

许曼掐着点给林初叶打来电话："初叶啊，微信还没见你回我，六点半的相亲你可别忘了啊。"

林初叶上课前就有看到许曼的微信，只是昨晚和温席远谈过后，她对相亲又莫名生出些许排斥，刚好要赶着上课，就没回她。

但林初叶发现现在她似乎也没有很排斥了，本来就是和谁结婚不是结婚的事。

"好，我一会儿就回去。"她轻声说，挂了电话，抬头看到何鸣幽正鼓着那双漂亮的眼睛好奇地看她。

"老师，您这么漂亮，为什么还要相亲啊？"他问出了他困惑很久的问题。

林初叶觉得这个话题实在不适合和小朋友聊，没回他，只是微笑着拉过他，说："走吧，我送你出去。"

何鸣幽还在上次和温席远探讨的困惑中纠结，很慎重地叮嘱林初叶："老师，您要找好看一点的男人，要不然以后生出来的孩子变丑了多可惜啊。"

林初叶被他的话闹得哭笑不得，也就顺着他的话说："嗯，他很好看的。"

何鸣幽放了心："那就好。"

林初叶把何鸣幽送到门口时，何鸣幽妈妈也刚到，道谢着接走了何鸣幽。

林初叶看着母子俩上车离去，这才转身回办公室，想了想还是去洗手间收拾了一下，补了个淡妆，让自己看起来没那么敷衍。

林初叶赶到店里时，相亲男人已到了，没有上次那个高，但长得还行，人也挺客气有礼。看林初叶过来，他微笑着起身替林初叶拉开椅子让她坐下。

林初叶也不知道是不是昨晚和温席远的闲聊影响了她，这次有点不认真，没记住对方叫什么、做什么的，只能陪着尬聊。

好在对方确实是经过许曼精挑细选的，人确实很不错，谈吐大方，待人接物也很有礼貌，不会让人有任何不适。

但林初叶还是觉得自己状态不对，有点没耐心聊。

对方也发现了她的心不在焉，担心地问她："怎么了？是哪里不舒服吗？"

这样的关心让林初叶有些内疚，她摇摇头，努力打起精神："没有，就是上了一天班，有点累。"然后主动打开了话匣子，问他，"哎，你平时会做饭吗？"

相亲男对她对他感兴趣也似乎很惊喜，点点头："会啊。"

林初叶："那你喜欢做饭吗？"

男人微笑着点头："挺喜欢的。"又问她，"你呢？会做饭吗？"

林初叶摇头："不会。"

男人："没关系，以后我给你做。"

林初叶笑笑，没接招，转开了话题："你会教育孩子吗？"

男人："当然。"

林初叶："我指的是，你在孩子面前会比较有威严吗？"

男人："当然。我家亲戚家的小朋友都怕我。"

林初叶："那如果你女朋友被人吃豆腐了，你会为她挺身而出吗？"

男人："当然要啊。"

林初叶："那……如果你女朋友或者孩子去逗流浪狗，你会阻止吗？"

男人微笑："不会啊，他们喜欢最重要。"

林初叶皱眉："那你不会担心流浪狗没打疫苗吗？"

男人："……"

这是什么刁钻角度？

在一边紧盯着两人的许曼也觉得林初叶的问题有点无厘头，前面那些做饭啊，教育孩子什么的要了解清楚还能理解，但逗流浪猫狗的是什么鬼？

她不知道林初叶还有逗弄流浪狗的癖好啊。

难道这是网上流行的考验男朋友的"我吃药的时候看了一条新闻"的进阶版？

她忍不住担心地看向相亲男。

相亲男显然也被林初叶打了个措手不及，一改之前的放松，变得紧张起来。

他干笑着努力给自己找台阶："我倒是没想到这一层面来，光想着你们开心最重要，反而忽略了安全问题，还是你细心。"

林初叶被他一提醒，才知道自己无意识间问的是什么刁钻问题，瞬间尴尬了。

"没有，我就随便问问，你别放心上。"她尴笑着道歉，笑着笑着，笑容又慢慢僵在了嘴角。

她这些问题，每一个都在下意识地以温席远为参考模板。

相亲男也发现了她的笑容凝滞，担心地问她："怎么了？"

林初叶微笑着摇头："没事。"

机场。

温席远还坐在车里没下车，没有上锁的手机屏幕还在亮着，屏幕背景里偌大的数字提醒着他登机时间就要到了。

外面的机场广播也在提醒旅客抓紧时间办理登机手续。

温席远在车里坐了近一个小时。

他从不是浪费时间的人，更不是做事犹豫的人。

但他浪费了将近一个小时，在思考要不要走。

北市并没有他非现在回去不可的理由。

他花了八年建立起来的管理体系不会因为他的短暂缺席而失去运作能力，真有紧急事务也还能通过线上视频处理。

但宁市也并没有需要他留下的理由。

剧组的成片他看了一点，算是超出他预期的质量。

只要质量过关，底下人汇报的导演脾气躁、目中无人等小毛病都是小问题，跟组制片就能处理。

脑中回想起稍早前接到的何鸣幽的那个电话，以及电话那头林初叶平静带笑的"是吗？挺好的……一路平安"，温席远的视线从手机屏幕转向车窗外已经转暗的地下车库，静默了会儿，解开安全带，一把拿过搁在一边的手机，推门下车。

电话在这时响起。

何鸣幽妈妈温书宁打过来的。

"你人呢？"电话那头的人困惑，"不会已经进候机大厅了吧？"

温席远："没有，你们在哪儿？"

温书宁："就安检口这边啊。"

温席远："我马上到。"

温席远上了楼，去办了托运，这才看向安检口。

温书宁和何鸣幽已经在头等舱专用通道等他。

温席远上前："大老远特地跑来送我，有事？"

话音刚落，便被温书宁翻了个白眼："我就不能专门来看看我弟弟了？我可不像某些人，一年不见，来宁市都快半个月了，连自己亲姐也不去看一眼。"

　　温席远："没空。"

　　温书宁："是，大忙人。你每天除了忙就没别的爱好了？"

　　温席远："没有。"看了眼表，"有事说事，我得登机了。"

　　温书宁也不浪费时间："妈让我悄悄问你一下，有女朋友了吗？"

　　温席远："没有。"

　　温书宁："打算什么时候找？"

　　温席远："不找。"

　　温书宁："不打算结婚了？"

　　温席远："不结。"

　　温书宁："原因。"

　　温席远瞥了眼正好奇四下张望的何鸣幽："等你把这小鬼头整明白了再说吧。"

　　被点到名的何鸣幽很无辜："又关我什么事？"

　　温席远看他："你做了什么事，自己不知道吗？"又警告他，"在学校别欺负老师。"

　　"我哪里敢欺负老师啊，老师一个比一个凶。"何鸣幽嘀咕，"也就新来的林老师……"

　　话没说完，他便见头顶两道凉飕飕的视线扫来。

　　何鸣幽是个识时务的，马上改口："也就林老师温柔一点，我都舍不得欺负她。"

　　温书宁还惦记着刚才的问题："你还没告诉我原因呢，我可编不出来给你交差。"

　　温席远："没有原因，只是习惯了现在的生活。"

　　温书宁："借口。"

　　"舅舅是没人要吧？"何鸣幽忍不住插话，"去相亲嘛，学我们林老师，相亲多好，可以相到好多好看的。"

温席远瞥了他一眼。

何鸣幽以为温席远不信，他还记得上次很担心地问他舅舅要是林老师相到很丑的男人，生出来的孩子很丑怎么办的事，担心他舅舅被误导，又赶紧保证："真的，林老师这次相亲的男的很好看，林老师自己说的，以后生出来的孩子一定也很好看。"

温席远直接转身："走了。"也不管温书宁和何鸣幽母子俩话说没说完，直接进了安检口。

前面的登机口已经排起长队。

温席远走着走着，脚步慢慢缓了下来，直至停下。

温席远微微仰头，闭了闭眼，再睁开时已恢复清明冷静。

他走向登机口，毫不留恋。

登机牌递过去的时候，手机响了。

温席远接起。

"温总，剧组那边出事了。"

第三章
相信你/

林初叶和相亲男吃饭的途中接到了冯珊珊的电话。

"听说孟景弦那边剧组出事了，有说是新搭的影棚倒塌，也有说是拍摄事故，听说还挺严重的，伤了好几个人。也不知道孟景弦什么情况，他的电话、助理的电话一个也打不通，你能不能过去看看，剧组也就在宁市郊区。"

林初叶："好，我马上过去。"

挂了电话，林初叶歉然和相亲男告别："不好意思，我临时有点事，得先走一趟了。"

相亲男隐约听到电话那头的着急，也看到林初叶的面色一下变得凝重，担心地站起身："发生什么事了？需要我送你吗？"

"不用了，我自己开车过去就好。"林初叶谢绝了相亲男的好意，借了许曼的车。

孟景弦所在的剧组就在城外古镇景区附近，距离城里不远，开车半个多小时就到了。

孟景弦比林初叶早一年进公司，和林初叶一样，都是冯珊珊名下的艺人，因此两人也比较熟。

林初叶二十一岁的时候，孟景弦已经小有成绩，形象和人气都不错。当时冯珊珊给林初叶的职业规划里是打算让孟景弦带林初叶，让两人演荧屏情侣，只是周瑾辰突然横插一脚，取消了冯珊珊给两人量身订造的两部戏约，这个安排也就不了了之。

林初叶在圈里不认识什么人，加之她这几年忙于学习，和圈里的联系也少，也就冯珊珊和孟景弦还稍微保持着点联系。

林初叶赶到孟景弦剧组时，在门口就被拦了下来，需要出示出入证，但她没有。

"我找孟景弦。"她说，"能麻烦您帮忙叫下他吗？"

谁知，门卫直接一口回绝了："他不在。"

林初叶："那他去哪儿了？"

门卫："不知道。"

摆明了不放人也不通知人。

门口距离里面的棚景拍摄区还隔着一段距离，加之天色已黑，看不清里面发生了什么，只是隐约听到吵嚷声和有人着急来回奔跑，并不是拍戏的状态。

林初叶直接问："孟景弦是不是出事了？"

门卫："没有，他在拍戏。"

林初叶："你刚告诉我他不在，现在又告诉我他在拍戏，前后矛盾太明显了。我现在联系不上他，要么你让我进去找人，要么你帮我去通知一声，要么，我报警。"

林初叶说着掏出手机。

门卫做了第四个选择，抢手机。

林初叶侧身一避，躲开了他伸过来的手。

门卫再伸手去抢。

林初叶再避。

温席远的车子刚好到门口，他一抬头就看到门卫在抢林初叶的手机。

"这是做什么？"他推门下车。

林初叶回头看到温席远，有些讶异，但也顾不得困惑，对他说："我听说里面出事了，我联系不上我朋友，想确认一下他的安全。"

温席远看向门卫。

门卫不认识温席远："都说了要出入证才能进去。"

温席远递了一张出入证给他："现在可以了吗？"

路灯暗，温席远又是直接把出入证递过去的，林初叶没看清出入证上写的什么，只看到门卫狐疑地看了眼温席远，但还是转身开了闸门。

温席远和林初叶一块进去。

棚景区已经乱糟糟一片，确实塌了一部分。

林初叶着急拉了一个人问："你好，请问出什么事了？孟景弦在里面吗？"

被拉着的人没见过林初叶，大概是怕乱说话要担责，没直接回林初叶，只是反问她："你是谁啊？"

林初叶："我是孟景弦的朋友，找他有事，但电话联系不上他，请问他在里面吗？"

对方迟疑地点点头："在里面的。"

温席远："他在哪儿？"

温席远来过剧组，虽还是以制片助理兼场务的身份过来，但对方是认得他的，看到是同剧组里的人就稍稍放了些心，指了指一边的帐篷："在里面，受了点伤。"

"好，谢谢。"

林初叶道了声谢便赶紧往帐篷去，一眼便看到躺在休息椅上闭目休息的孟景弦，两道血迹凝固在额角，看着有些触目。

助理正在一边小心地替他清理血迹。

"出什么事了？"林初叶担心地上前。

助理还是个刚毕业没多久的年轻女孩，没什么社会经验，抬头一看到林初叶，叫了声"初叶姐"后，嘴一瘪，看着情绪就有点绷不住了，想哭不敢哭。

正闭目休息的孟景弦听到林初叶的声音，睁开眼，一双带笑的桃花眼瞬间盈满笑意。

"初叶？你怎么过来了？"

他边说边挣扎着坐起身，也不知道是不是扯到了伤口，起到一半便见他"嘶"地痛呼了一声，林初叶赶紧蹲下身压住他的肩。

"你别乱动。"她轻声说，"哪里受伤了？看过医生没有？"

温席远朝林初叶看了眼，又看向孟景弦。

他对这个演员没什么印象，但人长得不错，尤其现在身上还穿着袭玉白镶纹的古装戏服，看着有几分玉面书生的清雅贵气，和林初叶身上流露的温淡书卷气有股莫名的适配感。

人看着应是个温和爱笑的，面对林初叶的担心，依然是微笑着安抚她："我没事，就一点小伤。"

性格、气质看着也是符合林初叶要求的。

就是头上的伤……

温席远没忘记来这边的目的，他看向孟景弦："到底发生什么事了？怎么会受伤？怎么不去医院处理？"

孟景弦看了眼温席远，眼神审慎。

林初叶是明白孟景弦的顾虑的，剧组人员复杂，谨慎的人对组里的事一般不敢随便和外人说，都怕说错话被误传给剧组带来不良影响，也怕担责。

一边的小助理到底是年轻没经验，一看有人问就绷不住了。

"摄影棚不知道为什么突然倒塌了，压伤了好几个人。导演怕事故传出去对项目影响不好，不让出去，也不让我们和外面联系，说跟组医生可以处理。"小助理哽咽着声音说，"其他人都是受的小伤，当然可以不用去医院，可弦哥被砸到的是脑袋，要是脑震荡或者脑出血了可怎么办啊？"

温席远回头朝还乱糟糟一片的棚景坍塌区看了一眼："我过去看看。"然后对助理说，"赶紧把他送医院。"

助理哽咽着连连点头，就要扶孟景弦起身，被孟景弦阻止了。

"不用了，我没什么事。"

温席远明白他的顾虑，怕得罪导演和其他人影响了以后的发展。

"你放心去医院，出事了我替你担着。"温席远说完，已掏出手机打电话叫救护车，人往外面走。

林初叶担心地往温席远的背影看了一眼，又看向孟景弦。

孟景弦："我真不用去医院，这点伤死不了人。他一个小小的场务能替我担什么事？"

林初叶皱眉："他是场务？"

这也解释了他为什么会有出入证了，有些场务是负责剧组人员调配和开具各类证明证件的。

孟景弦点头："嗯。跟在制片身边的一个场务，见过几次。"

林初叶担心地看向温席远的背影，看他的样子似乎是要去找导演。

这个导演她听说过，本事大脾气也大，人也傲慢，除了他御用的导演组成员，其他人都不太看得起，更何况一个小小的场务。

林初叶不放心，站起身。

"你们先在这儿休息会儿，我过去看看。"

说完，人已追了出去。

温席远到坍塌区时，导演正指挥工作人员清理和找人，现场人员多且杂，多一个人少一个人一时半会儿也难发现。

温席远四下扫了眼，现场人不少，却没见任何专业救援人员和医护人员，显然就是小助理说的，导演怕传出去影响不好，自认事故小想自己把事情压下来。

导演在圈里地位高，人脉也广，就是在剧组里，连项目最大的负责人张制片都怕导演半路撂挑子不干导致项目超预算，平时也都是哄着他的。其他人都要在这个圈子混的，更宁愿多一事不如少一事，能不得罪就不得罪，因此都是按照导演的意思来处理。

但能让他这样费心隐瞒的，怕是他自身也有责任。

温席远直接掏出手机报警和叫救护车。

一边正着急指挥人的导演听到他在打电话报警，回头看到是温席远，气急败坏："干什么？都说了不要把事情闹大，耳聋了是吗？"说完就指挥底下两个人去抢温席远的手机。

林初叶刚好赶到看到。

"你们干什么？"她上前，挡在温席远身前，把手机屏幕转向其他人，"我开了直播，现在不少人在看着呢。"

她这一声果然喝阻了所有人。

温席远垂眸看她，人还是小小个的，骨架纤瘦，个头也就到他肩膀的位置而已，就老母鸡护犊似的挡在他身前，面容沉定、不慌不乱、不惊不惧，也不急躁，就这样平静地与对方对峙。

温席远还从没有过这种被人护在身后的经历。

从十六岁开始，就是他站在人前，把所有人护在他身后。

他也习惯了这种他一个人在前面冲锋陷阵，家人在他身后安稳度日的生活。

这种被人护着的感觉对他来说很新鲜，不讨厌，甚至有些好奇林初叶会做什么。

因此他选择了按兵不动，目光从林初叶沉静的侧脸扫向导演。

导演显然也是惧怕林初叶手中的在线直播，动作停了下来，但态度还是傲慢的。

"你懂什么？"导演怒斥，"你知道一部戏凝聚着多少人的心血吗？他一个小小的场务凭什么替其他人做决定？出了事他负得起责任吗？"

林初叶："他只是一个场务又怎样？场务就不配路见不平了吗？人命关天的事，你们也要……"

导演没让她继续说下去，趁她注意力在他身上，旁边两个男人倏然冲上前要强抢林初叶的手机，防止她下面的话泄露太多。

林初叶拿着手机的手本能收回，人也跟着转身想避开，忘了温席远就站在她身后，这一转身就直接撞入了温席远怀中。

林初叶只感觉手臂一紧，人已被他拉着推到了身后。她仓促抬眼时，看到温席远直接扣住了男人袭过来的手，毫不客气地往后一拧，男人的惨叫声伴随着骨节错位的声音响起。

然后，在这片惨叫声中，温席远平静如常的声线跟着响起："你们制片呢？张井荣去哪儿了？"

导演被温席远的气势震慑到，看向温席远的眼神带了一丝探究。毕竟在这个环境待久了，他，乃至他身边的绝大部分人，都早已习惯了捧高踩低。以温席远小场务的身份，制片人是他的直接领导，但他这样直呼制片名字的架势哪里是找领导，分明是找下属问责的态度。

林初叶也是见惯了捧高踩低的人，这样的温席远让她很是意外。明明是没什么话语权甚至可能要看人脸色吃饭的人，面对不公的事，依然是不卑不亢，完全不怕丢饭碗或得罪人。

意外之余，她又有些欣慰。这样的温席远还是她认识的温席远，并没有因为生活不如意而放弃他的原则。

各方就这样在各自的审视和猜测中对峙并沉默着。

不知道是谁最先打破了沉默，忐忑地小声插话："制片已经在赶回来的路上了。"

但还没等到制片赶来，孟景弦的助理就突然哭着跑过来说孟景弦不知道怎么回事，突然吐起来了，精神状态也不太好。

林初叶面色微微一变，转身就朝帐篷走去。

温席远也快步走了上去，边走边问："救护车还没到吗？"

导演和团队的一众人也赶紧跟上。他们虽然想把事压下来，但也不敢真搞出人命来，只是自认事小，大家都受的皮肉伤，不是多大事，没必要张扬开。

众人赶到帐篷时，孟景弦已没有刚才的精神，整个人看着蔫蔫的。

温席远当机立断："我先送你去医院。"

上前就要扶起孟景弦时，外面响起了救护车的声音。

温席远帮着医护人员一道把孟景弦送上了救护车。

制片人张井荣也在这时匆匆赶到。

警方也到了。

温席远看向已经跟上车的林初叶，说："你先陪他去医院看看，我一会儿就到。"

林初叶点点头："好。"

救护车门合上，车子疾驰离去。

温席远这才转头看向张井荣："怎么回事？"

导演看到张井荣额头上已经沁出了层细汗，也不知道是跑着来的，还是其他，但看他脸上再无平日的从容。

导演心里觉得奇怪，直接看向张井荣："他是谁？"

张井荣干笑，没敢直接回答。温席远平时就不爱在人前曝光，一是不喜欢应酬和交际，二来也怕曝光以后再无私人空间。他现在圈内的地位加上他的个人形象，曝光后太容易招来媒体关注和跟拍偷拍，再加上自媒体时代的便利，曝光基本等于没有了私人空间。因此他平时从不参加业内活动，哪怕是遇到像这样需要他亲自参与的项目，也多是以制片助理的身份或其他身份参与，面上没什么存在感，但背后统筹的都是他。

张井荣不敢直接回答导演，只是以询问的眼神看向温席远。

温席远没搭理他，只说了一句："导演换人。"

导演面色微微一变，看向温席远。

张井荣也急出了汗："片子都开拍这么久了，现在换人一下子找不到合适的人选接手，项目只能暂停下来等，但各种场地租赁费和服化道等都是钱啊，每天在白烧着呢。"

温席远："人你尽快找，这期间的亏损我来补。"

张井荣还是有些犹豫："这也没到要换人的地步吧。今天的事也不全是周导的错，他也是太想把成本控制下来，搭景急了点，没有听美术的劝，但本意还是……"

温席远打断："这是小问题吗？人命都不放在眼里，还能指望他拍出什么好作品？"

张井荣不敢再吭声。

温席远也没再多言，让他留在现场处理善后，就赶去了医院。

孟景弦的检查结果已经出来，颅内有出血点，估计是外伤导致，好在出血点不大，出血量也不多，目前没有手术的必要，以保守治疗为主，但要住院观察几天。

温席远赶到时，林初叶刚和冯珊珊报告完孟景弦的情况，正要回病房，一抬头就看到从电梯出来的温席远。

"他怎么样了？"温席远走向她，问道。

"有一点点脑出血，但还好，出血量不大，要观察几天。"林初叶把孟景弦的情况大致说了一下。

温席远点点头，也总算放下心来。

他跟着林初叶回病房看了眼孟景弦。

孟景弦还在打点滴，人已经睡了过去，脸色看着比之前好了不少。

小助理还在一边守着他。

林初叶另外给孟景弦请了护工，让护工和小助理一起照顾孟景弦，一直折腾到了快零点才回去。

温席远送她回去。

兵荒马乱了一晚上，林初叶终于有空和温席远说谢谢。

温席远回她的还是万年不变的三字经："不客气。"

"你怎么又回来了啊？"林初叶好奇，这个问题从骤然看到他时她就想问了。

温席远搭在方向盘上的手微顿了一下。

"想换一种生活试试。"他说。

林初叶听不懂："不是走了以后才是新生活吗？"

温席远："不是。"又问她，"那个孟景弦，是你什么人？"

林初叶："算是我师兄吧。"

温席远："人挺不错的。"

林初叶点头："嗯，人很好，一直挺照顾我的。"

温席远："责任心怎么样？"

林初叶："很好啊。"

温席远："耐心和包容心呢？"

林初叶："也很好啊。"

温席远："三观呢？"

林初叶被他问得有些莫名："也很好啊。"

温席远："那你怎么就放过了他？"

林初叶终于反应过来："哦，他不合适。"

温席远扭头看了她一眼："怎么不合适了？"

林初叶："他家太有钱了，门不当户不对。"

温席远："……"

他扭头看了她一眼："看不出来你还是个小古板。"

林初叶："这是现实问题。我的挣钱能力已经满足我的物质欲望了，我觉得找个和我差不多的，一起努力就够了，这样自在一点。太有钱的，尤其遇到父母强势的，会比较被动，我不喜欢被要求。"

温席远又扭头看了她一眼，倒是没说话。

相较于温席远对林初叶KPI对象的兴趣，林初叶对今晚的温席远更意外一些。

"看不出来，你还挺……不畏强权的。"她看着温席远，忍不住开玩笑道。想到他晚上撑导演的气势，她又觉得心里挺高兴，他完全不是领班她们口中那种自甘堕落、颓废无能的人。

温席远："……"

"不畏强权……"温席远轻喃着这几个字，扭头看她，"你是这么看的？"

林初叶点头："你看那么多人在那里，肯定不可能每个人都认可导演的处理方式，但没一个人敢站出来指正，也没人敢报警和叫救护车。如果不是你，孟景弦还不知道会怎么样呢，还有其他伤者，谁知道会怎么样啊。"

温席远："如果是你，你会报警处理吗？"

林初叶："当然会啊，人命关天呢。"

温席远："不怕得罪导演和制片吗？"

"真到那个时候哪里还会想那么多啊。而且得罪就得罪了，又不是离了他们就活不了了。倒是你，"林初叶担心地看向他，"你是真得罪了，以后打算怎么办啊？"

温席远扭头看她。她神色是真担心，估计是导演那句"不过一个小小的场务"让她深信不疑了。

"你真认为我是场务？"温席远问。

林初叶困惘："啊？不是吗？那你是做什么的啊？"

孟景弦说他是场务，导演也说他是一个小小的场务，林初叶自从和温席远重逢以来，好像也确实没见他做什么事，就每天买菜做饭而已。

温席远看她神色困惘，并没有直接回答她，反而问她："假如孟景弦只是一个场务，你会考虑他吗？"

林初叶："……"

温席远的话题跳跃有点大，她有点跟不上。

"怎么又扯到他了？"

温席远："好奇。"

林初叶仔细想了想，然后摇摇头，说："我不知道。这个假设根本不会成立。"

温席远点点头，没再和她继续探讨下去，也没有探讨的必要，省得探讨出个毫不犹豫的"会"来。

孟景弦是不会成为场务，但可能会破产啊。

林初叶还惦记着刚才的问题："你还没回答我呢。你是做什么的啊？"

温席远："也算是场务吧。那不过是一份临时工，得罪了就得罪了，不去就是了。"

林初叶："那你以后怎么办啊？"

温席远："再看吧。年后再考虑。"

林初叶点头："也是，快过年了。"

想了想，她又忍不住问他："你以后想做什么啊？"

她看到温席远脸上掠过沉思。

隔了好一会儿，她才听见他轻声说："多拍些好电影。"

林初叶很惊喜："原来你也喜欢拍戏啊。"难怪他会去做场务了。

温席远没点头也没摇头，拍戏他做不来，倒是可以提供资本支持，让有才华的人来，专业人做专业事。

"你呢？想做什么？"他问，把问题转回林初叶身上。

"我啊？"林初叶偏头想了想，"挣钱。"

温席远："……"

"你还真……朴实无华。"他说。

林初叶笑笑，没接话。

她以前的梦想是接一些好本子，演一些好角色，拍一部好作品，但这些不是她努力就能实现的。演员这一行就是一个被动选择的行业，运气和机遇很重要。

偶尔她也会遇到一些不错的机会，但也伴随着某些不可说的东西。要她为了角色去臣服于这些不可言说的规则，她也做不到。一个角色再好，对她来说也只是体验，她并不想为此去打破自己的底线和原则。

后来被周瑾辰强行干涉后，林初叶选择了去写故事，边读书边写故事，从一个被动选择的行业转向一个相对可以主动掌控的行业。

写之前她专门研究过市场，虽然天赋有限，但努力加上勤奋还是给她带来了不错的收入，至少能保证自己衣食无忧，不用受制于周瑾辰。

只是梦想于她，还是有些遥远，虽然她也还在努力和等待机会。

第二天一早，林初叶去医院看孟景弦。

刚到病房门口就听到小助理惊喜地对孟景弦说："导演被换掉了。现在还没找到合适的导演接手，这几天全剧组放假啦。"

"为什么会换掉啊？"林初叶有些意外，"项目已经开机了，这样临时换人，停工损失很大呢。"

小助理："听说是昨晚的事传到了华言影视幕后主事那儿，他大发雷霆，当场把人给换了。"

"华言影视？"

林初叶依稀有些印象，之前冯珊珊有和她提过，说这家公司和星一当年有过一个艺人让渡协议，是当年那场股权之争的遗留产物。他们现在幕后主事这位，就是当年那位在和星一的股权之争里留了一手的少股东，是个惜才的人，也不爱搞那些权色交易，有建议她去找他试试看能不能把她的合约从星一转入华言。

小助理当她不知道，给她科普："华言影视就是咱们这个项目的出品公司，制作、投资和发行都是他们在做。听说他们幕后主事很看重这个项目，所以才这样雷霆手段处理。昨晚公司公关部就针对片场事故发了一个详细说明和后续处理办法，道歉态度也很好。"

"哦，那还挺不错的。"

林初叶也当八卦听了下，孟景弦没事就好，对于华言她没什么兴趣，本来就是从没交集的公司，也不是她这种小十八线能肖想的。

孟景弦能进这个项目也是靠的他和导演的关系，是通过了导演的试镜进来的，因此听说导演被换，孟景弦心情其实是有些复杂的。

"和你签合同的是片方，又不是导演，换了就换了吧。"林初叶安慰他，"如果你是因为他被换而内疚，那更大可不必。是他让你半个月下不了床，不是你让他丢的饭碗。"

孟景弦故意重重咳了声："说的什么虎狼之词，什么叫他让我半个月下不了床，要被误传出去那还得了。"

林初叶被他的样子逗笑："你懂就行了，没必要和我纠字眼。"

孟景弦直接赏她一个大白眼。

温席远刚走到病房门口便看到林初叶和孟景弦在笑闹，晨光中的脸上挂着浅浅的笑意，安静好看，和平时对外人那种客气礼貌的微笑不一样，眉眼里都透着和孟景弦的熟稔。

孟景弦先看到的温席远，愣了愣。人他倒是认得，昨晚和林初叶一起进剧组的场务，还挺勇的，就是不知道叫什么名字。

林初叶也留意到他视线的停滞，下意识地回头，看到进来的温席远，也诧异地起身："你怎么过来了？"

温席远："制片托我代表剧组过来看看他。"

林初叶很惊喜："你们制片没为难你啊？"

温席远看向她，她是由衷在为他高兴。

他点头："嗯。"

"那就好。"林初叶也松了口气，"我刚刚才知道这个项目原来是华言的重点项目，说明制片能力和人脉都不错，你能跟在他身边做事，以后机会肯定不会少，有机会接触到主流圈子。"

温席远看向她："你似乎挺推崇华言？"

林初叶摇头："也没有。只是华言的地位和影响力有目共睹嘛，你以后想做电影的话，肯定是跟着他们这一圈的人机会大一些。"

孟景弦不想泼林初叶冷水，但还是忍不住提醒林初叶："他们那个圈子不是那么容易混进去的。"

更何况只是一个小小的场务。

这句话他没说出口。

"别人不好说，但温席远肯定可以的。"林初叶倒没在意，毫不避讳在外人面前夸温席远，"他以前在学校就很厉害了。"

孟景弦偷偷看了眼温席远，除了长得好看了点、性格虎了点，倒没看出厉害在哪儿，一身蛮力全用在了做杂工上。

温席远淡淡瞥了他一眼。

孟景弦突然就打了个激灵，明明只是平平静静一眼，莫名就带了股压迫感，让他一下就气弱了下去。

温席远看着他，温声叮嘱："下午制片会带组里其他人来看你，你先好好休息，有什么不舒服的记得叫医生，别耽搁了。"

"好的。"

顺从的两个字就这么不由自主地从嘴里出来。

应完，孟景弦也愣了愣，反应过来又稍稍坐正了些，端着客气的笑容补充："麻烦你们了。"

温席远轻颔首，看向林初叶："你一会儿是不是还有课？"

林初叶点头："嗯。你怎么知道？"

"我听何鸣幽说的。"温席远看了眼表，"快到上课时间了，我送你吧。"

孟景弦也赶紧看表："几点的课？你可别耽误了。"

林初叶点头，看时间也差不多了，和孟景弦道了声别，叮嘱了小助理些有的没的，这才和孟景弦一起离开。

"你就对我这么有信心？"车上，温席远问林初叶。

林初叶点头："嗯。我觉得学习能力强的人做什么都不会差的。"

温席远："那只是学生时代。我们有八年没见了吧，这八年我做了什么你并不知道。"

林初叶："但精气神可以看得出来啊。我虽然不知道你这么多年做了什么，但你的精气神是骗不了人的。"

温席远似是笑了下："你算命呢？"

没想到林初叶真老实地点了点头："我低谷的时候真的研究过八字和面相。"

温席远："那你看我是什么面相？"

林初叶转头看他，但半天没说话。

温席远："还没看出来吗？"

"算是……有点大器晚成吧。"林初叶斟酌着开口，又信誓旦旦和他保证，"但最多也只晚到三十岁，三十岁之后就好了，所以很快了。"

温席远瞥了她一眼："你是掐着我身份证算的吧。"

林初叶坐得端正，慢声细语地否认："才没有。你不要侮辱我的专业知识。"

温席远："这么专业，你算一下你什么时候结婚。"

林初叶："医者难自医，度人难度己。算命也一样。"

温席远看她："那我呢？"

林初叶的视线和他对上，莫名有些尴尬。

她轻咳着转开了视线，坐正。

"三十吧。"林初叶胡诌了个时间。

温席远扭头看了她一眼："你算得不准。"

过完年他也就才二十九岁。

林初叶不理他，端端正正地坐着。

她本来也不会这些东西，就想借玄学安抚他来着。

车很快开到了培训机构。

培训机构入口是个大椭圆形的大厅。

正入口已经停满了车。

温席远把车停在靠近教室一侧的入口。

正在教室里东张西望的何鸣幽一眼便看到从车上下来的林初叶，以及驾驶座上的温席远，他惊得嘴张成了一个大大的"○"形，一下就蹿到了窗前，挥着手冲窗外两人喊："舅舅，林老师。"喊完又问温席远，"舅舅，你不是走了吗？怎么又回来了？"

林初叶皱眉，困惑地看着温席远："你不是说何鸣幽告诉你我的上课时间的吗？他不知道你没走啊？"

温席远："他妈妈把他的课表发我了。四舍五入等于何鸣幽说的。"

林初叶："……"

正在办公室忙着的叶欣听到何鸣幽的声音，下意识地抬头看窗外，看到车里的温席远很意外，隔着窗子冲温席远打了声招呼后，人就走了出去。

"前几天就听初叶说你回宁市了，还说要约着一起吃个饭来着。"叶欣笑着走向温席远，"怎么样，大忙人，赏脸一起吃个饭吗？"

温席远的视线停在林初叶身上。

叶欣秒懂，也看向林初叶。

林初叶有些莫名："都看我做什么？那就吃饭啊。"

叶欣："要把其他同学一起约上吗？这么多年没见了，每次聚会就缺你们俩。"

温席远："我没意见，看林初叶。"

答案和叶欣的目光再次被抛回林初叶身上。

林初叶被盯得压力有些大。

"我也没意见。"

叶欣当下拍板："那我就把大伙儿都约上了哈。明晚怎么样？刚好周末了。"

林初叶点头："我可以。"

温席远也点头："可以。"然后看向林初叶，"明晚我接你。"

林初叶："我明天的课要到六点，到时我和叶欣一起过去就行了。"话音刚落，大衣下的手就被叶欣狠狠拧了一把。

温席远看了眼叶欣，又看向一脸蒙的林初叶，点点头："也行。"

叶欣是行动派，当天晚上就把人全通知到位了，还留在宁市的人也不多，十个左右，刚好凑了一桌。

林初叶上完课和叶欣一起过去的，到那边时人已来得七七八八了，大多是男生。

温席远也到了，正坐在侧对门口的桌前，安静地看其他人在闲聊。

他旁边的座位基本快坐满了，只剩下左手侧还剩两个。

林初叶和叶欣走到门口时，男生们很惊喜。

"林初叶？"

"我没看错吧，林初叶，你竟然会回宁市？"

说话间，人已纷纷站起身，拉开旁边的椅子想让座。

温席远没起身，只是转头看林初叶。

林初叶客气地和大家点头打招呼，跟着叶欣一块往里走。

叶欣直接带着林初叶往温席远左侧两个空位走，人没走到桌前，男生间已再次起了骚动。

"薛柠？"

"薛柠怎么也来了？"

林初叶对这个名字还有印象，前几天叶欣刚提过，也就下意识地看向门口，是个长得很美艳大方的女孩，扎着高高的马尾，利落且干练，脸却是没什么印象。

薛柠的注意力不在她身上，反而落在了她身侧的温席远身上。

林初叶看到薛柠面色微微变了变，一下变得恭敬起来：

"温……"

温席远轻咳了声。

薛柠欲出口的"温总"两个字硬生生被歪成了"温……席远？"，显然是不太习惯叫这个名字的。

林初叶困惑地皱眉，看向温席远，却见温席远只是面容平静地端着茶在喝。

薛柠已走到近前，很是大方地问温席远："你怎么也会在这儿？"

看着还挺熟。

林初叶忍不住想，手无意识地伸向最近的椅子，还没碰到，一只手已从身后伸了过来，一把拉过她欲拉的椅子，人也一屁股坐了下去。

林初叶："……"

看向已挨着温席远坐下的薛柠。

薛柠显然是真没看到林初叶的，连坐下时脸都还是偏向温席远一边的。

但温席远留意到了，皱了皱眉，提醒她："这儿有人了。"

"啊？"薛柠终于发现了问题，瞬间尴尬起来，"不好意思，我没注意。"

说着起身就要让座。

林初叶赶紧阻止她："不用了，不用了，你坐吧，我就是刚好走到这里。"

林初叶对面一个长相白净的男生已招呼林初叶："林初叶，这边还有座，来这边吧。"

"好。"林初叶轻声道谢，和叶欣一块坐到了白净男生旁边。

薛柠早已尴尬得不行，连声冲林初叶道歉："不好意思啊，我刚真没留意到还有人。"

林初叶微笑："没关系的。我也就刚好看到那里有个空座，坐哪儿都一样的。"

薛柠笑："你还是和以前一样，一点也没变啊。"

林初叶觉得这种时候最尴尬了，对方能清楚地记得自己年少时的样子，能说出"和以前一样、一点也没变"之类的话，自己却对对方没什么印象了，礼貌地回一句"你也一样"或是"你变漂亮了"都容易出错。

她怕说多错多，因而只能尴尬地回了句"谢谢"，脑中拼命去回想，想把这个名字和脸对上号，但到底还是年代过于久远了，她有些脸盲，加之那个时候班里人多，有六七十号，她又不爱社交，实在想不起来。

薛柠一看林初叶的样子就知道对方没记起她，笑着提示："我是高二下学期才转学过来的，那时住在别班的宿舍里，成绩差，也比较那什么，霸道，哈哈……"

她说完先笑了："你应该不记得我了。"

她这一提醒，林初叶倒是想起来了。印象中好像是有个挺张狂霸气的女生，人长得高瘦身材好，留着那个年代特有的杀马特披肩长直发，一刀切的厚直刘海几乎遮住了眼睛。

平时喜欢和男生混一块，满口脏话，上课时还和老师干过架，有点小太妹的气质，和她们这些怕事的乖学生不像一个世界的，因此那时的林初叶和她也没什么交集。

现在的薛柠和那个时候的她已经是截然两种气质了。那股飒爽劲还在，但整个人看着明艳漂亮许多，全无当年学生时的戾气。

"你变化有点大。"林初叶由衷地夸道，"又美又飒，艳光四射，我完全认不出来了。"

"谢谢。"薛柠大方地收下林初叶的赞美，转头看向正面色淡淡看着林初叶的温席远，"当年多亏了温席远，要不然我现在还不知道变成什么鬼样子。"

她这一声夸惹来众人故意拉长的"哦——"声。

"你们两个有故事哦。"不知道谁先开了口，"说来听听呗。"

其他人也跟着起哄。

林初叶下意识地看向温席远。

温席远看了她一眼，看向众人。

"没故事。"他淡声说。

"骗鬼呢。"起哄的男生笑着拆台，"毕业聚会第二天早上，人家薛柠前脚刚走，也不知道是谁后脚就急匆匆地追了出去。"

薛柠惊诧地看向温席远。

温席远："和她没关系。"目光已看向林初叶。

林初叶被温席远看得心头一跳，心虚地避开了他的目光。

一边看着的叶欣重重地咳了一声，提醒道："那天早上林初叶也是一大早走的。"

但她的提醒并没有让大家往两人有猫腻的方向上联想，反倒是惹来了众人的讨伐。

"对对，林初叶也是。一大早就走了，连声道别都没有。林初叶，你可太伤我们的心了。"

"可不是，枉我还精心准备了一番告白，结果话全烂在肚子里了，一句也没用上。"

"哟……原来你早盯上了我们初叶妹妹。怎么样，现在是打算再续前缘吗？"

温席远看向说要告白的男生，是个以前就大大咧咧的男生，长得高高壮壮，人已有点发福的迹象。

面对众人的调侃，他毫无被拆穿的尴尬，反而大大方方地看向林初叶："那也得看我们初叶妹妹是不是还单身啊。就算我喜欢人家也不能横刀夺爱不是？"

叶欣看热闹不嫌事大："单身，绝对的单身，各位男士都有机会。"

林初叶悄悄扯了扯叶欣的袖子："别闹。"

坐在林初叶旁边的白净男生微笑地安慰林初叶："大家只是开个玩笑，别担心。"

他温和有礼，还体贴地给林初叶倒了饮料。

"谢谢。"林初叶客气地道谢。

白净男生微笑："客气了。"

温席远看了眼白净男生，又是一个看着斯文有礼的男人。

是林初叶的菜。

名字似乎叫吴云峰？

温席远皱眉回忆着名字。

薛柠看众人也各自和坐在身边的同学聊开，便转头看温席远，压低了声音问他："你当年还真追出去了啊？"

温席远转头看她："和你没关系。我也是刚知道你是那天早上走的。"

薛柠笑，并没有在意他的态度："我又没说和我有关系，就是好奇问一下嘛。"

温席远没再回她。

薛柠往其他人那儿看了眼，朝他坐近了些，叫他："温总。"

温席远端起茶喝了一口，低声："私人时间不谈工作。"

薛柠："可工作时间我也找不到您啊。"

温席远没理她，只是往林初叶那儿看了眼。

林初叶正偏头和叶欣聊天，没留意这边。

薛柠也大概了解温席远的顾忌，她觉得略微能明白他为什么不想在大家面前暴露身份。

毕竟他家大业大，在座的都是普通人，要是让人知道了他的真实情况，托他帮忙安排工作什么的不好拒绝。

她又朝温席远凑近了些，以手半掩着嘴，压低了声音问温席远："温总，我手上的那个项目，我真觉得前景不错，契合当下主流，话题度也高，要不我给您看看，您给它过了呗？"

温席远也以杯子半掩嘴："找你们总监。"

薛柠："总监对我有偏见。他手上有指标，肯定优先给他亲信了。"

温席远扭头看她。

薛柠看着他的眼睛："我不是在故意编派。要是他能公平公正，我还越级上报干吗？"

温席远依然是看着她没动，像在研判。

薛柠："不信你看看他最近半年批的项目，是不是全是他那一派的人做的。质量好也就算了，但有些都是什么玩意儿啊。"

温席远看着她："就你们那点地儿还搞派系？"

薛柠："有人的地方就有江湖。我是看在这是老同学的公司才敢这样背刺领导，要是别人我才懒得理。"

温席远瞥了她一眼："少邀功。你为你手上的项目就直说。"

薛柠笑："那还不是一样吗？要是挣钱了，最后还不是给你挣的钱？"

林初叶一抬头就看到温席远和薛柠在咬耳朵。

薛柠看温席远的眼神大胆直接，眼神也直勾勾的，两人看着是真熟呢。

是什么关系啊？

林初叶心里思忖着，人一走神，就有点不知道自己在干吗了，手很自觉地端过最近的杯子，慢条斯理地喝完，又倒了一杯，再喝。等她放下杯子要继续倒时，一抬头发现众人都很是震惊地看着她。

林初叶有些蒙："怎么了？"

"你喝那么多酒干什么？"坐她对面的班长问，"五十二度的老白干呢，你酒量可真好。"

林初叶低头看向手里拿着的瓶子，"老白干"几个字映入眼中时，惊得她一下就把它放回了原地。

"我……"林初叶努力维持镇定，"我看错了。以为是饮料。"

班长："外包装能看错，口感你都能搞错？"

林初叶很尴尬地扯出一个笑："喝……喝习惯了。"

温席远面露担心地看她："你没事吧？"

林初叶想摇头，但摇不下去。

怎么可能会没事，当年她两杯啤酒下肚就有微醺的感觉了，现在两大杯白酒……还五十二度的……

不知道现在去催吐还来不来得及……

温席远一看她可怜兮兮又完全蒙了的神色就知道她会扛不住，马上起身说："我先送你回去。"

这时，门口进来一人。

"哟……大学霸竟然回来了。"流里流气的嗓音带着几分淡讽。

林初叶下意识地看向来人。她认得，这是当年和薛柠一起混的男生，好像叫钟树凯，学生时代是真混混，现在看着倒是有几分社会精英范儿了。

其他人还没反应过来，薛柠已经先出声："钟树凯，你放什么屁呢！"还是有点当年的飒爽劲儿。

钟树凯："我就和老同学打个招呼，你激动个什么劲儿？"

他说完，手就自来熟地搭在了温席远的肩上："听说你最近混得不怎么样，都跑剧组给人打杂去了。是不是有什么困难？要不要哥几个借你点？"

"真的假的？"众人意外，"温席远再怎么样也不至于给人打杂吧。"

"当然是真的。我有哥们儿在那剧组里做群众演员，还给我发过照片呢。"钟树凯说着掏出手机翻照片，"有句古话叫什么来着，小时了了，大未必佳……"

薛柠直接打断他："钟树凯，你给我闭嘴，人家温席远……"

"最近手头确实有点紧。"温席远平静地打断，转头看向依然亲密搭着他肩的钟树凯，"你方便的话，就借我点。"

钟树凯故意露出夸张的表情："真的假的？当年不可一世的大学霸如今都要向我这种学渣借钱了。"

林初叶看不下去，直接朝温席远温声问："对了，温席远，说到剧组我才想起来，我师兄他托我问你，剧组大概要停工到什么时候？他想请几天假，但制片说要经过你同意呢。"

大家都被林初叶这一出搞蒙了，全下意识地看向林初叶。

林初叶完全拿出了她专业演员的素养来，一脸蒙地对大家说："哦，温席远是我师兄他们剧组项目的总负责人，有时会去现场帮忙搭个手。"

"……"温席远皱眉看着林初叶。

林初叶已走向他，轻声问："我刚有点喝高了，你能送我回去吗？"

温席远点点头："好。"

林初叶歉然地和大家告别，拉着温席远出去了。

走到外面时，林初叶就有点扛不住了，酒劲上来，脚步有点打飘。

温席远扶住她："还好吧？"

林初叶点点头，稳了稳心神："还好。"又对他说，"你送我到附近的酒店就行，现在回去外婆看到了会担心。"

温席远："先回我那儿吧，我给你煮点醒酒汤。"

林初叶想了想，点点头："也行。"

她上了车就有点扛不住酒劲了，头靠在车窗上闭眼睡了过去。

聚会的地方距离小阁楼不远。

停稳车的时候，温席远叫了她一声："林初叶。"

林初叶迷迷糊糊地睁眼："到了？"

她挣扎着就要下车，温席远压住了她："别乱动。"

林初叶困惘地看着他，眼神已有些迷离。温席远下车拉开副驾的门，一把将她打横抱起。林初叶挣了挣，似是要下来。

温席远的手臂收紧了些："别乱动。"

怀中的人当即安静下来。

温席远有常年运动健身的习惯，抱林初叶并不费劲。

小阁楼就在眼前。

温席远甚至还能腾出手来掏钥匙开门。

他推开客厅的门，这才有空低头看林初叶。

她正睁着双漂亮的眼睛直勾勾地盯着他看，眼神带着几分懵懂迷离，完全是酒醉后的模样。

"林初叶。"他叫了她一声。

"嗯？"她应，还能正常和他对话。

"你还好吧？"他问。

林初叶点头："嗯。"

然后又听她问他："温席远，你和薛柠什么关系啊？"

温席远："没关系。"

林初叶："那你喜欢她吗？"

温席远："不喜欢。"

她"哦"了一声。

温席远没再说话，把她放在沙发上坐好："你先坐会儿，我去给你煮醒酒汤。"

她点头："好。"

他转身，她突然拽住了他的衣服。

温席远困惑地回头看她。

"钟树凯的话，你别放在心上，他就是嘴贱。"她看着他说。

温席远失笑："我没放在心上。"

林初叶点头："嗯。"

人却还是看着他的。

"你现在只是龙困浅滩，以后肯定能一飞冲天的。"她看着他，轻声说，"没关系，我先养你，等你有机会飞了，再带我一起飞。"

温席远动作一顿，看入她眼中。

屋里还没来得及开灯，她的眼睛在黑暗中熠熠生辉，带着酒醉后的迷离。

他盯着她看了许久，轻声说："好，你养我。"声音有些低哑。

她似乎很高兴："那，如果你也还没有喜欢的人，你别那么快对别人感兴趣，再等等我。"

温席远："等你做什么？"

林初叶："看你适不适合结婚啊。"

温席远："怎么看？"

林初叶："还没打完分呢。"

温席远："还缺几项？"

"嗯……"林初叶认真地想，"担当有了，责任心也有，三观也正，有理想，有抱负，细心、体贴，对人包容，会做饭，会教育孩子，在孩子面前也有威严，就是不知道会不会有耐心？"

说完，她又看他："所以你要等等我，我要再看看。"

温席远笑了下："好。"又朝她俯近了些，看入她眼中，问她，"林初叶，你是真喝醉了吗？"

林初叶点点头："嗯。"

温席远："明天酒醒后你会不会不认账？"

林初叶摇头："不会啊。"

温席远："好。"

音落时，他的手已穿过她的头发，托住她的后脑勺，低头朝她吻了下去。

屋里很暗。

这种黑暗催发了彼此体内潜藏的隐秘渴望。

喝醉酒的林初叶反应直接且热烈，还夹着一股初生牛犊不怕虎的青涩生猛。

她也紧紧抱着温席远的脖子，将他拉得更近，唇舌的纠缠从磕磕绊绊慢慢变得熟练热切。

　　林初叶努力挣扎想反客为主都被温席远给压了下去，双方在这种力量的对拉中推升了空气里弥漫的暧昧，理智随着越来越深的唇舌纠缠渐渐被抽离。

　　从客厅到卧室，两人像失控的兽，纠缠着彼此，却在最后关头，温席远紧急刹了车，到底还是记起了怀中的女人还在醉酒中。

　　林初叶不明所以，茫然地看着温席远，眼神里还是醉酒后的迷离。

　　温席远直接拿被子往她身上一盖，团成一团，然后把她往怀中一带。

　　"乖，睡觉。"

　　林初叶乖巧地"哦"了一声，躺着没动了。

　　酒劲还在，在刚刚的运动中又消耗了些体力，林初叶很快就睡了过去。

　　温席远没她心大，人还绷得难受，也不太放心睡去，怕她半夜呕吐什么的，处理不及时堵塞了气管。他守着她大半夜没敢睡，天快亮时才另外拿了一床被子，允许自己闭上眼眯一会儿。

　　生物钟向来准时的林初叶就在他睡过去的空当里醒了过来。

　　宿醉后的脑袋像被人用锤子锤过，身上也有一些不太熟悉的小酸痛，尤其……

　　林初叶困惑地掀开被子朝身下看了眼，衣……衣服呢？

　　林初叶惊得一下把被子给压上了，刚睡醒的脑袋还有些蒙，有点想不起自己身在何方，惊恐地转了个身，人还没反应过来，一只手便隔着被子落在了她的腰上，她被连人带被地搂入一个温热的胸膛中。

　　"……"林初叶惊恐地抬头。温席远好看的睡颜落入眼中时，她的大脑一下就被糊住了。

　　某些火热的逐吻片段随之在脑中反复。

　　林初叶："……"

　　她偷偷看了眼温席远。他还在沉睡，也不知是不是人类寻找热源的本能作祟，他勾着她的腰往怀里带了带，将她抱紧了些，下巴也轻蹭在她头顶。

林初叶靠在温席远坚实的胸膛中，隐约能看到他结实的肌理，鼻息间都是独属于他的温热气息。

林初叶的脸烫熟一片，她小幅度地、极其小心翼翼地从他怀中挪出来，蹑手蹑脚地下了床。

还好昨晚的衣服已经被收好叠放在桌上，不像断片的记忆里那样散落一地。

林初叶拿起衣服去洗手间换了，没敢多待，匆忙留下一张写着"我先回去了"的字条就赶紧跑了。

林初叶回到外婆家时刚好遇到从楼上下来的傅远征。

"昨晚没回来？"傅远征问。

林初叶努力保持镇定："嗯，昨晚同学聚会，我喝高了，就住在叶欣那儿了。"

傅远征点点头，视线从她脖子处的红痕上扫过。

"脖子。"他提醒。

林初叶："哈？"

傅远征在自己脖子的相同部位点了点，林初叶下意识地拿手机摄像头看了下，然后石化。

傅远征轻咳了声，问她："对方是谁？"

林初叶说话都结巴了："一，一个同学。"说完又忍不住澄清，"没，没有发生什么，不是你想的那样。就，就喝高了不小心擦枪走火了一下下，而已。"

傅远征点头："嗯，女孩子注意保护好自己。"

林初叶点头，很尴尬地回了房。

温席远一睁眼，就发现屋里少了个人。

他皱眉，掀开被子起身，四下看了眼，没看到林初叶，反倒在茶几上看到了她留下的字条。

　　我先回去了。

　　字写得歪歪扭扭，完全不是她平时印刷体似的端正娟秀。

　　温席远摇头笑笑，放下字条，拿过昨晚被搁在茶几上的手机。上面有几个未接来电，全是温书宁打来的。

　　温席远盯着看了会儿，回拨过去，温书宁很快就接通了。

　　"什么事？"他问。

　　电话那头传来温书宁的质问："这话不是该我问你吗？昨晚一晚上干吗去了，一个电话也不接。"

　　温席远："有事。"

　　温书宁变得八卦起来："什么事能忙到连电话都接不了的？"

　　温席远轻咳了声："你就说你什么事吧。"

　　温书宁不禁好奇："听何鸣幽说你还在宁市？"

　　温席远语气平淡："嗯，落了点东西。"

　　温书宁："什么东西？"

　　温席远没回答她的问题："不说事我挂了。"

　　"等等。"温书宁阻止了他，"没什么事，既然人还在宁市，就来家里吃个饭。"

　　"不……"温席远刚想说"不用"，瞥到林初叶留下的字条，又改了口，问她，"何鸣幽今天几点去补习？"

　　"下午两点。"温书宁困惑，"怎么了？你最近似乎还挺关心他。"

　　温席远："没什么，我过去吃饭。"

　　挂了电话，温席远洗漱了一下，换了套衣服，开车去温书宁那边。

　　温书宁刚准备好午餐，开门把他迎进来时忍不住唠叨他："我是让你过来吃晚饭的，你这么早过来干吗？"

　　"没吃午餐。"温席远说着已当自己家般走向餐桌。

　　何鸣幽正在吃午餐，看温席远过来，很是乖巧地喊了声"舅舅"，喊完就极其好奇地凑近温席远，小声问他："舅舅，你那天为什么会和我们新来的老师在一起啊？"

温书宁正给温席远盛饭，听完挑眉看温席远："有情况？"

温席远的视线从何鸣幽露出好奇表情的脸上移向温书宁同样好奇的脸上："他不愧是你生的。"

何鸣幽没听懂他的讽刺，特地搬了个椅子朝温席远挪近些："舅舅，我昨晚真想了一下。林老师单身，你也是单身，你们两个长得都好看，生出的孩子肯定也好看，干脆你们两个在一起算了，我给你撮合撮合。"

温席远偏头瞥了他一眼："你为什么就那么执着于林老师生的孩子好不好看？"

何鸣幽挠头："那是因为我听到林老师说想趁这两年有空生个孩子啊。"说完又搬着椅子朝他坐近了些，"要不要嘛，我帮你追呀。"

温席远把何鸣幽推开："用不上你。"

何鸣幽又朝他凑近："你看你都单身快三十年了，说明靠你不行。"

温席远偏头看他："真想帮忙？"

何鸣幽很兴奋地点头。

温席远下巴一扬："行，晚上把作业带上，去我那儿。"

何鸣幽警觉："干吗？"

温席远："写作业。"

何鸣幽马上远离了温席远："我不帮忙了。"

温席远："由不得你。"

温书宁也劝儿子："你舅舅以前可是顶级学霸，有他给你辅导功课你烧高香吧。"

何鸣幽很坚决地摇头："我不要。假期白天上一天课已经很可怜了，哪有晚上还要写作业的。"

温席远毫不留情："谁让你没遗传到你爸妈的脑子，学霸不做，非要做学渣中的战斗机。"

温书宁提醒温席远："那个，晚上血压飙升的时候可别怪你姐，我尽力了。"

温席远瞥了眼一脸抗拒的何鸣幽："没事，扛揍就行。一会儿我送你去学校。"

何鸣幽："……为什么？"

温席远："你不是对你舅舅情深吗？都舍得花钱请假舅舅陪你上课了，今天真舅舅免费陪你。"

饭后，何鸣幽被温席远拎上了车，一起被拎上车的还有装满作业本的书包。

何鸣幽生无可恋。

第四章
不速之客

　　林初叶在家里补了个觉，下午一点多的时候才出发去培训机构。

　　她刚到机构门口就看到了温席远停在那儿的车，看着人似乎也是刚到，温席远正从车上下来。

　　林初叶本能地背过身，想假装没看到。昨晚的事对她的冲击有点大，还没调适好。

　　偏偏跟着下车的何鸣幽看到了她，兴奋地冲她大喊："林老师。"

　　林初叶不得不硬着头皮转身，继续假装没看到温席远，脸上保持着平日的客气笑容，对何鸣幽说："来上课了。"

　　何鸣幽："嗯，我舅舅送我过来的。"

　　林初叶不得不看向温席远。

　　温席远正看着她，动也不动。

　　林初叶硬着头皮打招呼："何鸣幽舅舅好。"

　　温席远眉目不动："林老师好。"

　　林初叶尴尬地点头，手往身后指了指："那个……我还得去备课，就先走了。"

　　温席远点头："嗯。"

　　林初叶转身加快脚步往办公室走。

　　何鸣幽盯着林初叶的背影，困惑地挠头："奇怪，舅舅你和林老师那天不是挺熟的吗？怎么今天又变回你们第一次见面的样子了？"

温席远不理他，拎起他的书包，往培训机构里走："走吧。"

何鸣幽难以置信地跟上："你还要进去啊？"

温席远："不然怎么叫盯着你呢？"

何鸣幽："……"

下午是两点正式上课，林初叶拿着教材走上讲台的时候，习惯性往台下一扫，一眼便看到了坐在教室最后的温席远——就坐在何鸣幽斜对面。

"那个，何鸣幽舅舅是有什么事吗？"林初叶不得不问。

温席远抬头看她："没事，我和叶校长申请了旁听。"

林初叶下意识地看向何鸣幽。

何鸣幽正可怜巴巴地看着她，还是一脸的生无可恋。林初叶也想回他一个同款表情。

这节课是林初叶上得最漫长的一节课。

她觉得温席远不是在盯何鸣幽，是在盯她。

好在再漫长的课总有结束的时候。

林初叶凭着专业的演员素养，极力忽略掉教室后那两道存在感极强的视线，很圆满地上完了这节课。

一下课，她就回了办公室。

叶欣也还在，看到林初叶进来，好奇地问她："哎，你昨晚和温席远的感情是不是突飞猛进啊？他今天都追到这儿来了。"

"他是送他外甥来上课。"林初叶说，俯身看向叶欣，"倒是你啊，叶校长，学生家长能随便进课堂的吗？"

叶欣："这不是他家有个问题神兽吗？要是何鸣幽能像普通孩子那么听话，哪里还需要家长盯着。"

林初叶无法反驳。

叶欣继续好奇她和温席远的事："话说，看不出来你还挺护着温席远的，昨晚回击起钟树凯来，杀人不见血啊。你都不知道你们走了以后，他的脸多臭，还以为能借机羞辱温席远，没想到人还是个大 Boss（老板）啊。"

林初叶没告诉叶欣那是她信口编的，省得到时传到钟树凯那儿又是新的一轮羞辱——她看不得温席远被人这样羞辱。

"钟树凯和温席远到底什么仇啊，要这样对温席远？"这是林初叶想不通的，记忆中两人也没什么交集。

"和薛柠有关吧。"叶欣也不太清楚，"估计有什么误会，反正高三下学期开始他就一直挺针对温席远的，都这么多年了，还是没变。"

林初叶"哦"了一声，想到昨晚薛柠对温席远的态度，觉得这个可能性确实挺大。

这时，门口响起敲门声。

是何鸣幽，他探了颗脑袋进来，叫林初叶："林老师，我有道题不会。"

林初叶不得不跟他去教室。

其他学生已经走完了，教室里只剩下温席远和何鸣幽。

温席远正在接电话，背对着门口站在窗前。

逆光的背影英俊挺拔，明明是穿着普通的黑色休闲夹克，人也是一手接电话一手插裤兜的闲适站姿，但莫名就带了股指挥若定的从容，有种高山远水般的难以企及感。

林初叶蹙眉，不明白怎么会突然生出这样的错觉。

背对她而立的温席远像是感应到她的目光，慢慢转过身。

他黑沉冷锐的眸子和她的刚对上，她马上佯装淡定地转开视线，走向何鸣幽。

"哪道不会？"

何鸣幽的手往空白的练习册上一扫："全部。"

温席远挂了电话走过来，替他把练习册合上："晚上回去再做吧。"而后看向林初叶，"林老师，晚上一起吃个饭吧。"

林初叶轻咳了声，回避了温席远的眼神："我晚上还有点事呢。"

本来正想着晚上要怎么逃脱舅舅补习魔爪的何鸣幽眼珠一转，心思马上活络起来了。

他可怜兮兮地看向林初叶："老师，您晚上就和我们一起吃饭嘛，我还有好多作业不会。"

他觉得只要林老师在，舅舅就不会有空给他辅导作业了。

林初叶为难，她不是没空，她是面对温席远尴尬。

何鸣幽继续睁着他那双漂亮的眼睛哀求："好吗？老师。"

林初叶明知道这小鬼头满肚子心眼，但还是扛不住他撒娇的眼神和软嗓，于是在理智占上风之前，她先点了头，这就导致她在下班后和温席远、何鸣幽以一种诡异的一家三口模式去超市买了菜，然后回了温席远居住的小阁楼。

林初叶一踏进这屋子就有点扛不住了，从客厅到卧室到处是昨晚她和温席远肢体纠缠的火热画面。

而且她似乎还挺生猛主动。

"那个，我舅妈店里还有点事，我先过去一下，晚点……"

林初叶想先去外面缓缓，人还没能踏出去，小臂就被温席远扣住了。

"吃了再走吧。"

然后人就被拽进了厨房，"嘭"一声轻响，厨房的门也被关上了。

窄小的厨房里只有两个人。

林初叶被迫和温席远贴站在一起。

热气遍布全身，明明都还穿着厚大衣，肌肤也没有任何相触的地方，林初叶莫名就想起了昨晚肌肤相贴的亲昵。

林初叶以手半掩面转开了头，尴尬得不想面对。

温席远转头叫她："林初叶。"

林初叶不肯回头。

"你先不要和我说话，让我缓缓。"她低低地说，声音无比懊恼。

温席远被她鸵鸟似的自欺欺人逗笑。

"缓什么？"他问。

林初叶："我昨晚喝醉了。"

温席远："嗯。"

林初叶："所有反应不能代表我个人真实意志。"

温席远皱眉，看向她："什么意思？"

林初叶硬着头皮回头看他："我还是很矜持的。被酒精控制的某些行为不作数。"

温席远眼中隐隐带了笑意，但看到她羞得通红的脸，还是很给面子地忍了下来。

"嗯。"他说。

林初叶觉得应该算谈完了，手往门外指了指："那，我出去了。"

温席远："就这样？"

林初叶困惑地抬头看他："还有什么事吗？"

温席远："你还记得你昨晚说了什么吗？"

林初叶迟疑了下，摇摇头。

温席远眯眸，看着她的眼神带了审视："真不记得了？"

林初叶还是略迟疑了下，点点头："我喝断片了。"

温席远："真的？"

林初叶："真的。"

温席远盯着她看了会儿，一只手突然往她后脑勺一罩，另一只手拉开厨房的门，把她往外面推了推。

"出去吧。"他低喃了两个字，"骗子。"

林初叶假装没听到，很听话地走出去了，还不忘替他把厨房的门拉上。

何鸣幽正快乐地跷着腿在沙发上玩手机，看林初叶出来，好奇地盯着林初叶看："老师，你的脸好红啊。"

林初叶面对温席远一时半会儿淡定不了，但面对小屁孩还是很能克制住情绪的。

"厨房太热了。"她看向他搁在沙发边的厚厚的书包，想起他稍早前说不会做题的事，于是拎过他的书包，"你不是说不会做题吗？刚好现在我们都有空，我教你。"

何鸣幽"噌"一下蹿起，抢过书包："不，不用了。老师您先休息，或者，您……去厨房，帮舅舅做饭。"说着就放下书包，起身推林初叶进了厨房，不忘对温席远交代，"舅舅，林老师说要来帮你做饭，我把她交给你啦。"

说完，他冲林初叶笑："老师，我舅舅交给您了。"

又"嘭"一声把厨房的门给拉上了。

林初叶："……"她好不容易才逃离这个小厨房。

温席远笑着看了她一眼："那就，帮忙做饭吧。"说着把没处理完的菜交给她。

这次是黄瓜，又是要切的。

温席远替她取出砧板和刀，洗干净，平铺在流理台上。

林初叶这次很老实地承认："我不会切。"

温席远朝她勾了个手指，让她过来。

林初叶不明所以地走近。

温席远拉过她的左手搭在黄瓜上："食指和中指压在黄瓜上，其他三根手指从不同方向帮助抓牢，手掌弯成弓形。"

他的手有些烫热，交叠着握在她手指上时，她忍不住瑟缩了一下，想抽回，还是尴尬和不自在作祟。但温席远没让她退缩，又把她的手抓了回来，牢牢压在黄瓜上，然后抓起她的右手把刀塞入她手中，握着她的手握住。

左手还只是手指贴着手指，右手已经是整个手掌包覆住了手掌。

温热的触感从相贴的肌肤传来。

林初叶动了动手，还是想抽回，被温席远强行扣在刀柄上。

"握稳。"他说，"别分心。"

林初叶不得不握紧刀。

温席远握着她的手给她指点："手腕稍稍托在砧板上，刀口抬起时不要超过中指第一个关节，左手掌一直保持内收状态，刀口沿着指尖方向垂直向下切。"边说边带着她的手一起切。

温席远就站在林初叶右侧，两只手从右侧伸过来教她的，并不是多暧昧的站姿，但到底是昨晚刚发生过某些不可说的身体接触，温席远人又长得高，这样站在她身侧就给了她极大的压迫感，林初叶不是很能专心一意地跟着温席远的刀法来。

温席远也察觉到了她的心思浮动，提醒了她一句："专心点，别切到手。"

"哦。"林初叶不得不极力忽视温席远的强烈存在感，心思慢慢转到切菜上来，在温席远的带领下慢慢上了手。

见状，温席远松开了手。

林初叶沉浸在刀起刀落的淋漓畅快里，也怕切到手，格外专注。

温席远的视线不禁从她切菜的手上移向她专注的侧脸，看得有些失神。

林初叶很顺利地切完了一根黄瓜，忍不住惊喜地回头看温席远："这样真的快了好多哎。"

她披在肩上的头发因为她转头的动作而有一部分甩到了肩后，露出小半截纤细白皙的脖子，也露出了颈项间还没消散的细小吻痕。

温席远的视线在那个吻痕上停了停，移向她惊喜带笑的脸，并没说话。

林初叶明显感觉到了空气中的暧昧波动，像高三毕业聚餐那一夜，她和温席远也是在这样的沉默中视线慢慢胶着上的。

她看到了温席远眸中渐渐浓郁的墨色，嘴角的笑容慢慢凝住。她艰难地想转开视线，温席远的手掌突然就落了下来。他捧住她的脸，头朝她侧低下来。

唇瓣相贴时，林初叶的大脑有那么一下的空白，理智刚要拉回又被他渐深的吻吮压得抽离。

她被推抵在身后的冰箱门上。

温席远一只手没入她发中托着她的后脑勺，一只手滑入她纤细的脖颈处，越发深切地吻她。

林初叶发现自己也是有些喜欢和他这种接触的，因此遵从了身体最诚实的渴望，手也无意识地没入他发中，将他拉近。

这样的主动险些让温席远失控。

人几乎将她压抵进了冰箱门中，动作因渴望而渐渐变得激烈，但又在理智彻底抽离前强行停了下来，额头抵着她的额头，微微喘息着，慢慢平息体内的躁动。

林初叶的气息也有些喘。

两人还在平复时，厨房的门突然被人一把拉开，紧接着是何鸣幽欢快的声音："对哦，还要多久可以吃饭啊？"

林初叶本能地一把推开温席远，转身就去拿刀，想假装还在切菜，但拿得太急，差点切到自己的手。

温席远轻咳了一声，转头看何鸣幽："干什么？"

何鸣幽只探了半颗脑袋进来："如果要等的时间长，我就先去外面玩会儿，如果时间短我就……"

"想都别想。"温席远直接打断，"写作业去。"

何鸣幽很不服气，说："为什么？你都没空辅导我了，为什么还要我写作业？"

温席远："晚饭后，我有的是时间。"

好半天，何鸣幽才憋出一句话："你不讲武德。林老师都还在呢，你不陪她，陪我写什么作业？"

温席远："我乐意。"手往客厅一指，"把今天要写的作业拿出来，会的先做完，不会的留下，晚饭后检查。"

何鸣幽跺跺脚，很憋屈地走了。

温席远转身看林初叶。

林初叶轻咳着放下刀。

"那个，我，我去辅导何鸣幽写作业。"

说完，她就侧着身子从温席远和冰箱的缝隙里钻出来，走出厨房，还不忘把厨房的门给他带上。

温席远回头看了眼满桌的食材，认命地拿起锅。

何鸣幽气呼呼地坐在客厅的书桌前，转头从书包里翻出一本练习册，一二三四五六……一口气翻到底，又塞回书包里，又拿出第二本，照着同样的方式翻了个遍，又塞回去，又拿出第三本，边翻边冲厨房的方向高声喊道："我全部不会做。"

林初叶估摸着他和温席远斗上气了，替温席远特赦了他："先别写了，吃完饭再写吧。"

何鸣幽马上眉开眼笑："谢谢老师。"

林初叶笑道："不过只能玩到晚饭前，吃完饭要认真写作业了，听到没有？"

何鸣幽鸡啄米似的连连点头："嗯。"

手已经去摸手机了。

温席远做完饭出来就看到他在玩手机，倒是没责怪他，只让他去洗手吃饭。

林初叶很自觉地过去帮温席远端菜盛饭。

何鸣幽也放下手机窜进厨房洗手，迫不及待地吃饭，边吃边对林初叶夸赞："老师，我舅舅做饭可好吃了，您都不知道要让他做一顿饭有多难。"

温席远看了他一眼，轻咳了声。

何鸣幽立马闭嘴，却还是忍不住偷偷看林初叶，然后他发现今天的林老师吃饭时特别斯文优雅，像第一次和他舅舅吃饭那天一样。

那时他舅舅训完他，她和舅舅都是这样沉默优雅地各自吃饭，那顿饭吃得他无比闷，两个人一顿饭下来竟然一句话也没说。

何鸣幽又忍不住看他舅舅，温席远一个凉凉的眼神扫来，何鸣幽赶紧埋头认真吃饭。

结果这顿饭成了他吃得最闷的第二顿饭。

他舅舅和林老师，又是一句话也没说！

饭后，他看到他们终于有了这顿饭以来的第一次交流。

看到林老师要收拾碗筷去洗，他舅舅说："放洗碗盆吧，我晚点再去洗。"

何鸣幽没忘记饭后还要写作业的事，马上跟着点头说："嗯，老师，您放下吧，让舅舅洗就好。"

温席远横了他一眼："我洗，你的作业也跑不了。"

何鸣幽不敢再吱声。

林初叶不好意思白吃还不洗碗："不用了，还是我去洗吧，你们先忙。"说完就把碗筷端进厨房，很自觉地承包了洗碗的活儿。

温席远看向还想偷溜的何鸣幽："去写作业。"

何鸣幽委屈巴巴："我不会。"

"哪里不会？"温席远走向书桌，拿出他的练习册，翻了翻，"过来。"

何鸣幽憋屈归憋屈，却是不敢不从。

林初叶洗完碗从厨房出来就看到温席远在辅导何鸣幽写作业。

大概是怕温席远，何鸣幽虽心不甘情不愿，却是难得地认真起来。

林初叶不好出声打扰，就在一边的沙发上坐着等，不时看两人几眼。

开始时，温席远脸上还是平静无波，虽然会不时地用凉飕飕的眼神睨何鸣幽几眼，但仍极其耐心地给他讲解。

一个小时后，温席远还是很耐心，但眼神已经不是凉飕飕的了，而是冰冷。

何鸣幽也越发小心谨慎了。

再到后来，温席远就不再有耐心，他的声音微微拔高："什么是 2 的倍数？"

林初叶看到何鸣幽回以一脸蒙。

温席远耐心地给他重复："个位上是 0、2、4、6、8 的整数，都是 2 的倍数。比如 24，个位是 4，是吧？"

何鸣幽："是。"

温席远："所以它是 2 的倍数，对吧？"

何鸣幽："对。"

温席远："再比如 16，个位是 6；42，个位是 2——所以它们都是 2 的倍数，对吧？但 17，个位是 7，不属于 0、2、4、6、8 中的任何一个，所以它就不是 2 的倍数，明白了吗？"

何鸣幽点头："明白了。"

温席远："好，那 78 是 2 的倍数吗？"

何鸣幽犹豫："不是？"

温席远瞥了他一眼："为什么不是？"

何鸣幽马上改口："是。"

温席远看着他不动："为什么是？"

何鸣幽支支吾吾说不出话。

林初叶看到温席远深吸了一口气，把刚才关于 2 的倍数的举例又重复了一遍，然后问他："明白了吗？"

何鸣幽狂点头。

温席远："好，71 是不是 2 的倍数？"

何鸣幽很坚定地点头："是。"

温席远看着他："是？"

何鸣幽马上摇头："不是。"

温席远："为什么不是？"

何鸣幽又是一脸蒙。

温席远："什么是 2 的倍数？"

何鸣幽继续蒙蒙地摇头。

温席远"啪"一声把笔扔在桌上，三个小时了！

整整三个小时，他还没能教会何鸣幽什么是 2 的倍数！

他直接起身，弯身拿过茶几上的手机，给温书宁打电话："马上过来把你的宝贝儿子带走。"

温书宁一头雾水："怎么了？"

温席远："他都要把我送走了，你说呢？"

温书宁："……"

温席远挂了电话，走向林初叶，说："以后你要是生一个这么笨的，我得给孩子请一打家教。"

林初叶："……"关她什么事？

温席远挨着林初叶坐下，一张俊脸已被气得毫无表情。

林初叶还从未见过这样的温席远，不由得看了眼何鸣幽。

何鸣幽正鼓着一双眼睛无辜地看着她，又不时地偷看温席远，大概也知道自己把人气惨了，没敢吱声。

林初叶看着这舅甥俩，不知道为什么，莫名地有点想笑。她还从没见过温席远这个样子。

虽然眼下也不算是失控，但和平时那种气定神闲还是有些距离的。

她一个没忍住，"噗"的一声笑了。

温席远扭头看她，也没说话，就是用看何鸣幽式的同款眼神凉凉地看着她。

林初叶努力想憋住笑，想照顾一下他的面子，但实在没憋住。

"教小朋友不是你的专长，你又何必给自己找不痛快。"

温席远："谁害的？"

"这个跟我没关系啊。"林初叶回以一脸无辜，这"锅"她可不背。

温席远瞥了她一眼，没说话，看向何鸣幽。

"何鸣幽，你过来！"

何鸣幽不敢不过去，两手交叉在身前，规规矩矩地站在温席远面前，也不敢坐。

温席远双臂环胸，偏头看他："我讲了三个小时，你是没听进去还是装不懂？"

声音倒听不出脾气了，就是还有股威严在。

何鸣幽不敢答，求助地看向林初叶。

林初叶看他这小模样实在可怜，今晚被温席远虐了三个小时也确实惨，忍不住替他说了一句："你别摆出这种教训人的架势来，小朋友都要被你吓坏了。学习这种事多少有点看天赋，有些人就是接受能力快一些，有些人慢一些，不能一概而论，你要多点耐心。"

何鸣幽很认可地点头："我也觉得舅舅没有耐心。"

温席远："闭嘴。"

何鸣幽嘀咕："脾气还不好。"

温席远看着他："你还要怎样有耐心？就刚那道题，三个小时，我就是教一头猪它都能说话了。"

何鸣幽看了他一眼，没敢说出让他去教一头猪试试的话来。

"我这……虽然是让人着急了点，但，往好处想……"何鸣幽偷偷看了眼林初叶，又看向温席远，"这也算是给你制造机会啊。"

温席远："什么机会？"

何鸣幽小心翼翼："在林老师面前表现的机会，可惜你没把握住。"

林初叶："……"

温席远："我谢谢你。"

何鸣幽不敢吱声了。

好在何鸣幽妈妈来得快，人还没进屋就开始唠叨："我都提前给你打预防针了，血压飙升的时候别怪你姐，我已经尽力了，他出生时就没把脑子带上，你看你非不听……"唠叨的话在看到屋里的林初叶时一顿，疑问的眼神扫向温席远。

她是谁？——温书宁使眼色问自家弟弟。那天去培训机构接何鸣幽，虽是林初叶送何鸣幽出去的，但她那时着急赶路也没细看，所以一下没认出来。

温席远没理自家亲姐，下巴往何鸣幽那儿一点："把他带走。"

"急什么，又不怕他跑了。"温书宁微笑着走向林初叶，自我介绍，"你好，我是温席远的姐姐，请问你是？"

林初叶也微笑着自我介绍："你好，我是何鸣幽补习班的老师。"

温书宁瞬间失望："只是何鸣幽的老师啊。"

她的失望表现得太过赤裸，林初叶都忍不住尴尬起来，干笑着点头。

何鸣幽暗示他妈："她就是我们林老师。"

温书宁瞬间了然："那个，林老师啊，我这个弟弟人不错的……"

温席远直接打断她："还走不走？"

"走啦走啦……"温书宁对温席远没好气，又怕林初叶误会，转向林初叶时已是另一副面孔，"我们家就是这么相处的，习惯了，你别放在心上哈。"

林初叶尴尬地笑："不会，你们这样挺好的。"

温书宁笑："那就好。"

道过别，才拉着何鸣幽离开。

两人一走，林初叶在这个房间就待不住了，稍早前在厨房里的那个吻的记忆还在，现在又夜深人静孤男寡女的，面对温席远，她心跳有点加速，有点荷尔蒙要上升的感觉。

"我先回去了。"她轻声和温席远告别。

温席远拿过茶几上的车钥匙："我送你。"

林初叶点点头。

车停在巷子外。

近晚上十一点的冬天，巷子里没什么人。

林初叶和温席远一前一后地走着，被路灯拉长的身影交叠在一起。

许是因为厨房里那个吻，那个两个人在完全清醒状态下的吻，让林初叶的心跳不受控地加快，有种说不清道不明的小期待，又有点小雀跃，像高三毕业聚会那天晚上。

温席远也没说话，只是跟在她左侧，没有太近，但也没有很远，行走间，两人的手指偶尔会不小心碰到一起。

她的手冰凉，温席远的手却是暖热的。

明明不是一个温度的触感，但短暂的肌肤相触还是像带了电流。

林初叶藏在大衣衣袖下的手指不由得微微蜷缩，想假装没事发生，蜷到一半，手突然被握住。

不是试探性的一点点握住，而是干脆的直接握住，把她的手掌紧紧裹覆在他手掌中，替她挡住了深夜冬天的寒意。

林初叶的心跳因为这种不经意的贴心举动再次加快。

她忍不住偷看温席远。

温席远的手机进来一个电话，他正在低头看手机屏幕，似乎没意识到自己做了什么，握她手的举动仅是一个本能的保护性反应。

林初叶没有动，安静地任由他握着她的手，也没出声打扰他。

被他手掌紧覆住的手很快暖了起来，甚至有些熨热感，烘得她的心脏也像被裹进了软棉里，暖烘烘的，有种踩在云端上的轻飘感。

温席远打电话的时间并不长。

林初叶只听到他淡而平静的嗓音在耳边轻响：

"什么事？"

"我知道了。"

"回头我再给你电话。"

寥寥几句话，平稳沉定的语气总给人上位者特有的指挥若定感，全无世人印象里落魄不得志者的谨小慎微。

林初叶不由得皱眉，扭头看向温席远。

温席远挂了电话，看她满眼怀疑地看他，问道："怎么了？"

林初叶："我觉得你不像外人传的那样，颓废落魄、一蹶不振啊。"

温席远："……"

"外人传的那样？"

林初叶点点头："嗯，他们都说住小阁楼里的男人每天除了吃就是睡，那么大一个人也不上班，就整天闷在屋子里，也不知道怎么想的，就是随便找份送外卖的工作也比整天'家里蹲'强啊。"

温席远："……"

这段话他耳熟，刚来找徐子扬的时候，从小巷子路过就听到邻居在摇头讨论阁楼里"落魄"的徐子扬大编剧。

他想起林初叶第一次在他家吃饭，她问他做什么而他说没做什么时，她眼神里的同情，以及她那番不着边的闭门考研被朋友误以为一蹶不振的理论，敢情她把自己当徐子扬在安慰呢。

林初叶以为他被这番话伤到了，有些后悔太过直言不讳了，又忍不住找补说："他们就是闲得无聊瞎说的，不了解全貌就凭自己的经验乱下定论，你别放在心上。"

温席远看着她："你不嫌弃吗？"

林初叶摇头，说："干吗要嫌弃啊。别说你根本不是他们形容的那样，就算是，那谁都会有低谷迷茫的时候啊，需要时间去思考和调整的。主要是这个调整的时间别太长，也别自暴自弃和摆烂什么也不做，那又有什么关系呢？"

温席远："这个调整时间，在你看来，多长才是长？"

林初叶："那得看具体情况啊。假如你什么也不做，也不知道自己要做什么，就每天在那儿瞎想，那肯定是时间越短越好。你有这个时间在那儿浪费，还不如随便找份工作干着，和人接触，至少能让你精气神看着好一些，而且对生活也能保持点期待感，说不定还能在工作中找到机会。但如果你知道自己要做什么，你在利用这个时间潜心学习，那就看你自己的准备情况来定嘛。"

说完，便发现温席远正在定定看着她，眼神里的专注让她有些不好意思，她轻咳着转开视线，边补充道："我就举个例子。"然后又忍不住困惑地抬头看他，"不过我感觉你好像两种都不是？"

温席远轻咳了声："我……算是第二种吧。最近也在学习中。"

"哦。"林初叶点头，虽然还是觉得有违和感，倒没有去怀疑温席远的话。

有些人就是天生傲气和气场强，尤其是有实力的人，心里有底气，不管身在哪个位置都不会折了一身傲骨。她觉得温席远就是这类人，有实力，有底气，有气度，所以无所谓流言蜚语，更不在意别人怎么看他。那天面对钟树凯的故意羞辱，他没有丝毫恼羞成怒或者自卑难堪，更没有强行辩解。

她喜欢这类人，不在意外人眼光，不与人争高低，也不与人计较。

车子已在眼前，温席远替她拉开了副驾车门，看她上了车才把车门关上，自己绕过车头上了车，娴熟地系上安全带，换挡杆往前一推，车子缓缓驶了出去。

做事也干脆利落丝毫不拖泥带水，还让人很有安全感。

偷偷观察温席远的林初叶忍不住想。

温席远几乎拥有所有她喜欢的特质。

而且她似乎还对温席远的身体有渴望。

林初叶搭在大腿上的手有些紧张地绞紧。

温席远一扭头就看到她白皙的手指麻花似的缠搅在一起。

"怎么了？"他问。

林初叶摇头："没，没什么。"

车子在林初叶外婆居住的小巷外停下。

林初叶纤长的手指还麻花似的缠搅在一起。

温席远看了眼她的手，又看向她明显紧张纠结的脸。

她这一路都是这种状态。

"林初叶。"他叫她的名字。

"哈？"她像是刚回神，茫然地扭头看他。

温席远："你一路都在紧张。"

林初叶缠绞着手松了开来："哦，这个车好像有点飘。"

温席远："是吗？"

他解开安全带，扭头看她："晚上在厨房，你应该没喝酒吧？"

林初叶："啊？"

她一下没反应过来。

温席远提醒她："我吻你的时候。"

林初叶："……"

温席远还在看着她："这次应该没喝醉了吧。"

"那个……"林初叶觉得这样堂而皇之地讨论这种问题还是有点心理障碍的，想了半天终于憋出一句话，"饮……食男女，人之大欲存焉。"

温席远点头，像是受教了："哦，饮食男女……"

他突然朝她倾身。

林初叶紧张地看着他，她还被安全带锁在车座上动弹不得。

她看着温席远的俊脸在眼前一点点地放大。

温席远也在看她，眼神很静。

但与他黑眸里的安静形成强烈对比的，是他从她左侧脸颊没入发中的手掌，以及落在唇上的吻，火热、狂肆、温柔，却又缱绻。

林初叶这次没敢回应，只是紧张地看着温席远，却又被他的吻勾得心尖发痒。

温席远似是被她的反应逗笑，唇上的动作暂停了下，林初叶也跟着恍神了那么一下下，然后就在她恍神的空当，后脑勺突然收紧，唇上的温柔变成了攻城略地的强横。

林初叶在这种强横中理智失守，不由自主地回应。这种回应加重了温席远的力度。

渐渐粗重的喘息在黑暗窄小的空间中渐起。

黑暗刺激了彼此的感官。

温席远吻得越发深切，好一会儿才渐渐转为温柔，直至慢慢停下。

温席远并没有放开她，嘴唇还轻贴着她的嘴唇，然后慢慢看入她还有些迷蒙的眼眸，低哑的声线缓缓对她说：

"饮食男女，人之大欲存焉。嗯？"

林初叶："……"

林初叶回到家里时，傅远征还在客厅，一看她眉眼，突然就问了她一句："谈恋爱了？"

"没有啊。"她想底气十足地否认，但一张口就变成了气虚。

许曼刚好从厨房出来，闻言脚步一顿："真谈恋爱了？"

林初叶赶紧否认："没有的事。"又怕被问根问底，赶紧找了个理由先回房了。

许曼却没打算放过她，过来敲门。

林初叶把人让进了屋。

许曼不直接问她是不是真谈恋爱了，就问她："那个相亲的事，就上次那个小刘，你们谈得怎么样了？"

小刘是上次那个相亲对象。

林初叶："哦，那次吃过饭后就说开了，彼此都觉得不是很合适，后来就没聊了。"

许曼了然地点头："哦，那还要给你再安排一个吗？"

林初叶摇头："不用了。"

应完便见许曼一副"你还不交代"的眼神看着她。

林初叶也没打算隐瞒，她只是没想好怎么说而已。

"我……遇到一个挺适合结婚的人了。"她有些不好意思。

以前聊起相亲结婚这件事，她完全没觉得有什么，感觉就像在谈工作，但不懂为什么一提起温席远，就多多少少有些不好意思，脸颊发烫。

许曼很为她高兴："谁啊？"

林初叶想着温席远还是众人口中落魄不上进的人，怕告诉许曼名字后她担心和反对，不好直接说。

"一个朋友。"她说，"但人挺好的，各方面条件都很合适。"

许曼："什么时候带回家里啊？让家人也帮你看看。"

林初叶尴尬："我还没问过人家呢。"

许曼："……搞半天你单方面看上人家啊？"

"也……也不叫……看上吧。"这话林初叶说得有些心虚。

她轻咳了声："就各方面都挺合拍的，主要是性格和三观方面比较合拍，然后人也很细心，很体贴，有担当，反正人品什么的各方面都挺不错的。"

许曼："经济条件怎么样？有房吗？有车吗？做什么的？年薪多少？有没有存款？父母是干什么的？有没有养老保险？"

林初叶被问住了，不知道说不知道会不会被许曼打死。

许曼一看她的神色就猜到了个大概，当下皱了眉："都没有？"

"不是不是。"林初叶赶紧否认，"车子他有的，工作也还可以。父母应该还好，我见过他姐姐，人挺好的，至于房子，我有啊。"

许曼皱眉："听着条件不怎么样啊。"

林初叶努力帮温席远在许曼面前刷好感："他基因好啊，个高腿长，好像有一米八五，身材比例也好，长得也好看，智商也高，名校毕业，有助于改善下一代基因。"

许曼："……"

"那你也得先带人来让我们帮你相看相看吧。"好一会儿，许曼才勉强松了口。

林初叶这个是真为难，一边是怕许曼先入为主了，不喜欢温席远，一边也觉得自己还没问过温席远就自作主张把他带去见家人难为情，要是人家根本没结婚的想法呢。

许曼看出她的为难，提了一个折中的办法："你要是觉得不方便，什么时候你和他来店里约个饭，我们偷偷帮你看看，这总可以吧？"

林初叶还是觉得不妥，即使要见，她也希望温席远是被她大大方方地带到家人面前，介绍给他们的，而不是这样偷偷摸摸让家人先暗地里评估一番。

"再说吧。"她说，"现在八字还没一撇呢。"

许曼点头，她好奇归好奇，担心也是真担心，但也尊重林初叶的决定。

她倒不认为林初叶会看错人。

她从小就聪明，做事也有分寸，该做什么不该做什么，她一直拎得很清，从来没让家里担心过。

对于恋爱婚姻，她更是谨慎，不是认定的人她不会轻易恋爱，更何况是婚姻。

许曼只是好奇，能让林初叶这样小心维护的男人会是什么样的。

林初叶自然知道许曼的好奇，她也想满足许曼的好奇，可是想到直接去问温席远要不要结婚，她有点难为情。而且这样没头没脑去问人家，会不会显得太虎了？

林初叶很纠结。

一边是心动难耐，怕自己纠结犹豫把温席远给错过了，毕竟要遇到个各方面特质都满足她想象的男人不容易，而且慧眼识珠的也不止她一个，薛柠还虎视眈眈着呢。

一边又怕自己太虎把人给吓跑了，那就是真遗憾了。

另一方面，林初叶也是真难为情。

于是，几乎从不失眠的林初叶在这样的纠结里失眠了两夜。

这天下午林初叶去许曼店里帮忙，她单手托着腮坐在吧台里冥思苦想，看着有点精神不济。

吧台是个"L"形的一米二高的双层错落柜台，桌面只有八十厘米高，围挡有四十厘米高，人一坐下就看不到外面。

林初叶就坐在吧台的收银桌前。

许曼直接靠站在吧台前，一边留意外面客人，一边看林初叶。

"还在为你的结婚对象发愁呢。"

许曼一眼看穿林初叶的心事，边问着她边瞥向走进店里的男人，习惯性招呼了声："欢迎光临。"

又冲在布置餐桌的领班使了个眼色，让她去招呼客人。

温席远在靠近吧台的座位坐了下来，眼睛有意无意地往吧台方向搜寻了一圈，没看到林初叶。

两天没见她，他有点不习惯。

他知道她这个点会在这里，没想到竟没见着人。

领班已端起职业笑容上前招呼："你好，请问要吃点什么？"

温席远拿过菜单随便点了两道菜："就这两个吧。"

还在走神中的林初叶早已自觉屏蔽了所有声音。

许曼看她真走神得厉害，轻轻推了她一下，重复刚才的问话："还在为你结婚对象发愁呢。"

"嗯。"

林初叶略带点愁苦的软嫩嗓音从吧台传来时，温席远合菜单的动作微微一顿，又若无其事地继续翻。

许曼不认识温席远，注意力全落在了林初叶身上。

"这有什么好愁的，直接上去问啊，要不要结婚。不要的话，换下一个。"

林初叶慢吞吞地扭头看她："太虎了，被吓跑了怎么办？"

许曼："跑了就跑了呗，也不是多好的条件。"

"我觉得他好。"林初叶又软趴趴地趴了下去，"多好的基因啊。"

温席远翻菜单的动作一顿，继续若无其事地翻。

许曼："嗯，个高腿长，好像有一米八五，身材比例也好，长得也好看，智商也高，名校毕业，有助于改善下一代基因。你说的这些，就你工作的圈子，除了名校毕业这个可能难找了点，其他哪个不是这个条件？你就随便找一个，基因也有了，以后就算不走运，离婚了，至少婚姻存续期间你还能花他的钱。这个你图他什么呢？"

林初叶："图他好看。"然后又补充，"当然，主要还是看中了内核。内外兼修，所以哪儿哪儿都好。"

许曼："我看你是情人眼里出西施。"

林初叶："……我才没有。我已经很客观了，他就是有那么好的。"

温席远嘴角浮现笑意，摇头笑笑，没出声打断，继续翻他的菜单。

许曼没留意温席远这边，对林初叶的强调"哧"了一声。

"初叶，你可别天真哈。"

"我没天真。"林初叶忍不住解释。

她其实有理性分析过。她虽然算不上财富自由，但也算是相对自由了，找个年薪三五十万、有房有车的男人对她生活不会有质的提升。再往上，那种年薪几百几千万甚至家产上亿的，别说不好找，就是找到了，大概率也不如她现在自由。既然这样，她就没必要按照经济条件去找。

所以在她看来，找个品性好、三观合得来又看着舒心的，比经济条件重要。她那么努力学习和挣钱，就是为了有条件选择自己喜欢的、舒服的生活方式，而不是为了迁就别人的目光去做所谓的适配选择。

许曼是了解林初叶的，林初叶对物质生活没什么要求，她的挣钱能力已经完全能满足她的物质欲望，还攒下了不少钱，另一半的钱对她来说确实属于——有就是锦上添花，没有也不影响她的生活质量。好像房、车这些对她也确实不是什么必要条件。

如果林初叶和普通人一样，领着不算高的薪水，还在为房贷、车贷、孩子教育支出头疼，或者她对高奢生活有追求，许曼毫不怀疑林初叶会优先以对方经济条件为考量。

她知道自己要什么。

"我说不过你。"许曼心里承认了，嘴上还要继续倔强。

林初叶笑："你别那么勉强好不好。我和他是同学，真的有认真判断过他的人品的。你要相信我的眼光。"

许曼："我这不是怕你看走眼嘛，让你带来让大家帮你参考参考，你又不愿意。"

林初叶咕哝："都说八字还没一撇了。"

"再说看走眼这种事，谁结婚不是在赌运气呢。你要往好的方面想嘛，"林初叶努力找措辞去打消许曼的顾虑，"你想啊，我结婚就是想有个孩子，他基因条件那么好，以后生出来的孩子肯定不会差的。那到时孩子都生了，他要真的不行，总还可以离婚的吧。"

温席远慢悠悠地把菜单合上，重重咳了一声，提醒她当事人有在现场，麻烦照顾一下当事人的感受。

这一声咳咳得林初叶当场石化。

许曼不知情，以为温席远有什么要求，客气地上前："先生，您好，请问您有什么需要吗？"

温席远微笑着看她："能麻烦你们收银过来一下吗？"

许曼："……"

她困惑地看了看温席远，又看向吧台里满脸尴尬的林初叶，再看向温席远："请问您找她有什么事吗？"

温席远："我是她同学。"

许曼一下没能把温席远口中的"同学"和林初叶口中的"同学"联系起来，冲吧台里的林初叶喊："初叶，你同学找你。"

林初叶用手半挡着脸不想回应。

许曼又叫了一声："初叶？"

温席远也不着急，端着茶杯，慢吞吞地喝茶。

林初叶不得不起身，勉强牵了牵唇，冲许曼笑了笑："哦。"然后看向侧对她坐着的温席远，好看的脸上是一派的平静。

林初叶做了好几个深呼吸，才能忍下满心尴尬，走向温席远。

"你……今天怎么有空过来吃饭了？"短短几个字像含在唇齿里，林初叶说得含糊不清，根本不敢面对温席远。

都明知她已经没脸见人了，还要故意拿着个大喇叭，敲锣打鼓地通知她。

温席远终于放下茶杯，看向她："哦，今天耳朵有点发烫，想着可能有人在念我，就出来看看。"

这时，门口进了人。

大厅里又响起领班制式化的"欢迎光临"。

林初叶这会儿就是进来一只狗都要偏头去看了，更何况是人。

然后这一眼看过去，她就像看到了救星，进来的是吴云峰，同学聚会那天晚上招呼她坐旁边的白净男生。

吴云峰也看到了她，很是惊喜地叫了一声："初叶，"边朝她走来边笑着道，"原来你真在这儿啊。他们告诉我，我还不信呢。"

林初叶也客气地笑着打了声招呼，看向依然一派平静看着她的温席远，笑容又转为了尴尬，下一句话也在唇齿里含着咕哝而出："他也是我同学呢，没说你。"

温席远瞥了眼吴云峰："他没一米八五。"

林初叶："……"

林初叶依然手掌半张着挡了大半张脸，头微微偏开不想再看温席远，嘴上还在死鸭子嘴硬。

"真没有在说你。我大学同学那么多，一米八五的也很多，每个都个高腿长还高学历呢。算了，你不要说话了，我不想和你说话。我不认识你……"

自言自语到最后，林初叶已经自暴自弃放弃挣扎了，面对温席远哪还有什么旖旎心思，她只想原地消失，再也不要见温席远。

她想到做到，当下站起身："我走了。"

手腕突然被拉住。

林初叶的脸一下有些烫，想抽回，没抽动。

温席远看着她，软声安抚她："我知道不是在说我，我没说是说我。好了，不尴尬了。"

林初叶还是很想死，这种哄小孩的语气也让她有些别扭，有种三岁小娃捂着眼睛说"我藏好了"大人还假装什么也没看见地找半天的尴尬感。

她别扭地转了转手腕，想把手腕抽出来，但还是没抽动。

温席远还在不轻不重地握着她的手腕，忍着笑安抚她的小性子："你在我面前什么话没说过，这算什么啊。"

"这能一样吗？"

林初叶忍不住嘀咕。她尴尬是对着许曼无脑吹嘘温席远，还让本人全听了去。

但人被他这么软着嗓子安抚，那股脚趾抠地的尴尬感倒是消散了些，取而代之的是小情侣闹别扭的另一种尴尬。

吴云峰已经走到眼前，震惊地看着温席远握着她的手腕。

"你们？"

林初叶这会儿才想起吴云峰来，稍稍一用劲把手抽了回来，尴尬地冲吴云峰笑了笑。

"你怎么过来了？"

吴云峰也尴尬地笑了笑："那天晚上你走得太急了，还没来得及加你微信。听说你最近晚上在这边，我刚好在附近上班，就想过来碰碰运气，没想到你还真在这儿。"

说着，吴云峰又忍不住看了眼眉目清冷的温席远，想到他刚才拉着林初叶的样子，心里又有些微微沉。

林初叶也尴尬："哦，这样啊。我最近有空，偶尔过来一下而已，平时一般不会在这儿。"

　　她这几天来得勤快的另一个原因，是温席远也住附近，心里也藏着与他偶遇的隐秘期待。只是没想到偶遇没成功，倒是背后说人被抓了个现行。

　　这样想着，她又忍不住偷偷看了眼温席远。

　　温席远已转向吴云峰，很客气地冲他招呼："坐下来一起吃吧。"

　　林初叶也客气地招呼他："对啊，坐下一起吃吧。"

　　"好啊。"吴云峰只犹豫了半秒，便爽快地拉开椅子坐了下来。

　　温席远拿过菜单递给吴云峰："看看想吃点什么，随便点。"

　　俨然主人的姿态。

　　林初叶想着温席远穷，这顿饭肯定不能让他买单。吴云峰是客，也不能让他买单，这顿饭还是得由她来免单，因此也招呼吴云峰说："嗯，随便点，不用客气。"

　　吴云峰看着两人这俨然情侣的姿态，心情有点差。

　　温席远像是没察觉到他嘴角渐渐僵硬的笑容，体贴地拿过他的餐具替他拆了，拎过茶壶给他倒热水烫碗，边把拆下来的包装垃圾递给林初叶。

　　林初叶很顺手地接了过来，然后指向温席远面前还没拆的餐具："把你那个也拆了给我吧，我一起扔了。"

　　温席远直接把没拆封的餐具递给她："你来吧。"

　　"好。"林初叶再次很顺手地接了过来。

　　吴云峰："……"

　　他不想吃这顿饭了。

　　温席远看着吴云峰垮下的脸，问他："点完了吗？要不让初叶给你推荐一下吧，她比较熟。"

　　然后，他看了眼林初叶："林初叶。"

　　被点到名的林初叶马上"哦"了一声，看向吴云峰，问："你喜欢什么口味的？吃辣吗？"

吴云峰早已没食欲，勉强笑了笑："我都可以。"

林初叶点头，给他点了几道招牌菜。

温席远早前点的几道菜也已经端了上来。

温席远一边招呼吴云峰随便吃，一边转向林初叶，给她夹菜。

"你喜欢的鱼香肉丝。"

这一夹不仅让吴云峰食不知味，林初叶吃饭的动作也变得僵硬了些。

她忍不住偷偷瞥了眼温席远，他半敛着眼眸，优雅又温柔地给她添菜。

鱼香肉丝确实是林初叶喜欢的，很下饭。

她想问他怎么知道她爱吃鱼香肉丝，但看吴云峰在，又不好问，嘀咕着道了声谢。

温席远："你和我还客气什么。"

林初叶："……"

她和他好像也没有很熟。

吴云峰已经彻底不想吃了，他和温席远、林初叶本来就是学生时代没什么交集的人，现在也没什么共同话题。

林初叶从学生时代起就是习惯性不主动找话题，还不会因为冷场而尴尬的人，尤其这个饭局不是她组的，她就当自己只是个陪吃饭的背景板而已。

温席远虽然会有一搭没一搭地陪吴云峰聊天，但吴云峰觉得他还不如不开口，他和林初叶这一对比，完全是男主人的待客礼仪。

吴云峰本来是打着追林初叶的心思来的，结果现在不仅要被强行喂狗粮，还要面对温席远的男主人气场。这顿饭他吃得索然无味，随便吃了点坐了不到半个小时就走了，新点的菜都没上完。

林初叶不懂吴云峰肚里的百转千回，看他说家里还有事要先走一步也没多想，只是觉得点了一桌的菜有点浪费。

温席远看吴云峰走了，这才看向还在埋头干饭的林初叶。

看她碗里的菜空了，他又给她夹了一筷子鱼香肉丝。

"谢谢。"林初叶道谢着抬头。

吴云峰走了，她也终于能问出心里的疑惑："你怎么知道我喜欢吃鱼香肉丝？"

温席远："高二那会儿吃食堂，你每天打这个菜，有这么好吃吗？"

林初叶的心跳因这句话而漏跳了几拍，她高二时从没和温席远一起吃过食堂，只是同个班，下课时间都一样，吃饭时间自然也差不多，在食堂里确实会经常遇到，常常是前后排坐着，各吃各的，并没有交流。

林初叶吃饭的动作慢慢地慢了下来，那种紧张又轻飘飘的感觉又来了，只是这次还没等她梳理完情绪，手机"叮"地响了一声，进了微信通知。

林初叶拿起手机看了眼，是冯珊珊给她发的微信信息：我刚刚才知道，周瑾辰去了宁市。

林初叶动作一顿。

温席远担心地看她："怎么了？"

林初叶摇摇头："没事。"

眼睛还盯在手机屏幕上。

冯珊珊的信息继续发来：他看到了你那天在孟景弦片场的那段直播。

那段直播是当时林初叶情急之下为了喝止导演几个人对温席远的暴力抢手机而临时开的。

她和温席远面对对方的人多势众，开着直播是最好的保护方式，至少对对方有威慑作用。

林初叶从不营业，抖音上没什么粉丝，事后华言影视公关也处理得及时，林初叶在送孟景弦去医院路上就删了直播视频，因此这段视频并没有传播开来，没想到周瑾辰竟然还能挖到。

她给冯珊珊回了一条信息：他什么时候过来的？

冯珊珊：中午的飞机，估计早到了。

周瑾辰从不打无准备的仗。

他人能飞过来，估计连林初叶在哪儿都提前摸清楚了。

林初叶也是这样的想法，因此在大厅里再次响起制式化的"欢迎光临"时，她本能地抬头往门口看了一眼，就看到了掀帘进来的周瑾辰。

他身上还穿着高端的定制西装。从小含着的金钥匙把他养得贵气逼人，狂妄和沉冷两种截然相反的气质在他身上矛盾切换。

他一进屋就先往大厅扫了一圈，然后黑眸就锁定在了林初叶身上，举步朝林初叶走来。

"好久不见。"他微笑着冲林初叶打招呼，眼眸里并没什么笑意。

林初叶也客气地勾唇："好久不见。"

周瑾辰走到近前，看到坐在林初叶旁边的温席远，看向林初叶："他是谁？"

林初叶知道周瑾辰在影视圈人脉不差，怕他记住了会对温席远使绊子，影响温席远以后想拍电影的梦想，因而就客气地回周瑾辰："我同学。"然后轻声对温席远说，"要不你先回去吧。"

温席远却只是淡淡地瞥了她一眼，问她："他是谁？"

温席远知道周瑾辰，一个靠父母那点人脉在圈子里兴风作浪的纨绔子弟，狂妄自傲，做事全凭个人喜好，喜欢他的和不喜欢他的形成两个极端。

只是周瑾辰未必认识他。

温席远想知道的是，林初叶和周瑾辰为什么会扯上关系。

从周瑾辰进门温席远就留意到了林初叶的眼神变化，那是她面对其他男人不会有的眼神，不是爱恋也不是平静，而是像突然加了一道锁，变得厚重又深远起来，让人摸不到也探不到。

林初叶没瞒他："哦，他是我老板。"

温席远皱眉："你老板？"

林初叶点点头，看向周瑾辰。

周瑾辰的眼神已经有了戾气，他很不喜欢她和温席远之间的互动。

他甚至已经开始打量温席远，一种由上而下的审视姿态，在心里评估温席远和林初叶的关系。

林初叶并不认为周瑾辰有什么一手遮天的本事，只是手里有点人脉，和熟人打声招呼，用某个人不用某个人这种小事还是能轻易办到的，尤其是一个可以随时被取代的场务。

她不希望温席远被无辜卷入她和周瑾辰的事中，因此又轻声对温席远说："你先回去吧，我和我老板有点事要谈，晚点我再去找你。"

温席远看了她一眼，没说话。

林初叶软声催他："温席远？"

他看她的眼神突然带了些冷意，然后一声不吭地起身，离开。

林初叶看着他的背影，心情一下就低落下来，有点难过。

一直在吧台看着这边的许曼明显看到了林初叶的面色变化，担心地上前："怎么了？"又忍不住打量周瑾辰。

周瑾辰冲她微笑："您就是初叶的舅妈吧？您好，我是初叶的老板，周瑾辰。"接着，冲门外说了一声"都进来"，然后就有人一个接着一个端着名贵的礼盒鱼贯而入。

温席远面无表情地与他们擦肩而过。

周瑾辰冲许曼微笑："一点见面礼，希望您别介意。"

"拿回去。"林初叶突然开口。她没有看周瑾辰，还保持着刚面对温席远的姿势，一向平静的脸上已经有些冷漠了。

周瑾辰微笑地看着她："只是一些薄礼而已。"

"拿回去。"林初叶第二次重复。

周瑾辰没搭理她，让人把东西放在吧台前的空地上。

"我让你拿回去！"林初叶突然失控，冲周瑾辰吼。

周瑾辰认识林初叶这么多年，她从来是平静温和的，别说失控，就是脸色都没见她摆过，一时之间有些愣住，怔怔地看着林初叶。

林初叶眼眶有些发红，一声不吭地转过身，抱起搁在地上的礼盒，往他怀里狠狠一塞。

"滚！"

周瑾辰："……"

别说周瑾辰被林初叶吓到，就是看着林初叶长大的许曼也没见过这样的她，一时间也愣在了原地。

其他还抱着礼盒的人也有些不知所措，放也不是，不放也不是。

林初叶也不管，直接推着被她惊蒙的周瑾辰出了门，"嘭"的一声就把门关上，然后看向其他还愣在当场的人。

"你们从后门走。"

没人再敢留下，本来也就是被周瑾辰花钱雇过来帮忙搬礼物的而已。

许曼已经被林初叶这一顿猛如虎的操作给彻底震惊到了，这还是那个她从小看着长大的、温婉平和、从不会发脾气的林初叶吗？

"初叶？"许曼有些担心，"你没事吧？"

林初叶摇摇头，眼眶还有些红。

"刚刚，被我赶走的那个，就是我和你说的，我想和他结婚的那个。"她说话时已经带了点哽咽。

许曼理解的"被赶走"的应该是周瑾辰。

她不解地皱眉："你让他滚那个？"

"不是。"林初叶摇头，"我让他走那个。他叫温席远。"

许曼有印象，长相气质和谈吐都挺不错的一个男人，主要是他看林初叶的眼神，藏着宠溺。林初叶看他的眼神，也柔得能掐出水来。

"人看着挺好的。"许曼说。

林初叶点点头："嗯，他一直都挺好的。"

她只是觉得，她刚才让温席远离开，让他受委屈了。

她那会儿有点想岔了，怕不怕被影响，要不要留下，应该由温席远自己决定，而不是她自以为是地以为他好的名义替他决定。

"我去找他了。"林初叶低声说，转身就出了门。

温席远刚回到小阁楼，一眼便看到正在院门前踮脚探头往里看的薛柠。

"有什么事？"温席远直接出声。

薛柠被他吓了一跳，拍着胸口回头。

"我说怎么按半天门铃没人开门，原来您不在啊。"

嘴上用的是敬称"您"，语气里倒毫无恭敬之意。

温席远没理她，掏出钥匙走向院门："怎么找过来的？"

薛柠："问徐子扬啊。"

温席远："找我什么事？"

薛柠把手上抱着那一沓文件朝他举了举："找您毛遂自荐来了。我跟您说，我那个项目真的很有前景，我把策划案、剧本大纲、人设和前两集剧本都给您带过来了，您就抽空看一下，真的花不了您多少时间的。"

温席远还是那句话："找你们总监。"

薛柠："我都说了，他对我有意见。"

温席远："为什么有意见？"

薛柠："想潜规则我，我不从啊。这不想着办法拿捏我吗？"

温席远开锁的动作微微一顿。

薛柠看到温席远似是走神了，忍不住小心翼翼地叫了他一声："温总？"

温席远回神，瞥了她一眼："那就给你们副总。"

薛柠："那给他不也还是越级吗？既然都是越级，还不如直接找您，您给批了，谁还敢多说啊。"

温席远："这不归我管。"

薛柠："张制片的项目不就是您在管吗？"

温席远看向她："是我看中的项目，委托给张井荣替我负责，而不是张井荣把项目交给我替他背书。你别把因果搞错了。"

温席远说着推开了院门，又看向薛柠："公司有正常的评估流程，如果你确实认为评估有猫腻，建议找公司监管部门申诉，同时找你们副总聊聊，公司会保证你的个人隐私。至于你们总监的事，我会让人调查清楚，真有问题公司也不会姑息。"

"不是。"薛柠想跟上去解释，门突然"嘭"一声，温席远已当着她的面关上了门。

薛柠还是忍不住去拍院门："不是，温大总裁，温老同学，我们好歹同学一场，不说给我开绿色通道，我人都到你家门口了，好歹让我进去喝口水吧。"

"家里没水。出门右转，往前一百米有便利店，慢走不送。"温席远平静的嗓音从院子里传来，伴着开门声。

薛柠："……"

薛柠从来就不是轻易放弃的人，学生时代就天不怕地不怕，连老师都敢对着干。现在长大了虽然收敛了些，但骨子里那股劲还在。不是她不想找副总，而是副总好不容易混到这个位置，做事一向小心谨慎，生怕行差踏错被对手抓到把柄。在这样的情况下，她越级找他，多半还是会被打回总监那里。

薛柠学生时代就不是守规矩的人，这会儿有温席远这层同学关系在，更不想去守着公司那些死板规定来说服温席远，要比把稿子一遍遍地打回去折磨编剧策划容易太多了。

心里这么想着，她后退了几步，四下看了眼，看到爬满藤蔓的石砌围墙有一处因藤蔓干枯而留白出来的墙体后，直接走了过去，身上的大衣脱下往腰间利落一绑，踮着脚把手中材料搁到墙头后，从隔壁搬来一块石头，人踩在石头上，两只手往墙头上一扒，人便跟只猴子似的，脚蹬着石墙上的凹凸，蹬上了墙头，然后直接从墙头跳了下去。

落地时重心没把握住，薛柠一屁股摔在了地上，衣服沾了一地灰。她也不管摔疼的屁股，一边拍着衣服上的尘土，一边一瘸一拐地往温席远的客厅走去，边走边朝他喊："温大总裁，温老同学，我进来了。"

温席远刚好端着水杯从客厅路过，扭头看到一瘸一拐朝他走来的薛柠，当下拧了拧眉，瞥了眼因为陌生人闯入而已经吠着朝薛柠奔过去的比熊犬，冲它喊了一声："小白，把她轰走。"

薛柠所有注意力本来都在温席远身上，听到温席远吩咐才下意识地扭头，一眼就看到凶猛朝她吠扑而来的小不点，一身白毛脏兮兮的。

她也顾不得还在疼着的屁股，吓得三步并作两步便朝温席远窜来。

"哪儿来的流浪狗，打没打疫苗啊？咬到我怎么办？"

温席远在她的手抓上他胳膊前往旁边挪了一步，一心只想着躲狗的薛柠脚步躲闪不及，身体一下扑空，直接就摔趴在了门口的观景桌上，小不点也扑咬上她的裤腿，使劲拽着她想把她拖走。

薛柠吓得尖叫："温，温席远，你快把它搞走，我怕狗。"

温席远没理她，转身回房。

林初叶告诉他周瑾辰是她老板的一幕在眼前浮现，他动作微顿后，掏出手机，给助理打了个电话。

"星一娱乐都有哪些签约艺人？"

助理正在电脑前忙，闻言顺手打开了星一的官网，照着上面的名单一个个念名字。

温席远直接打断："有没有一个叫林初叶的女孩？"

助理拖着网页往下找了一圈，又在检索栏用查找功能查了一遍。

"没有。"他说。

温席远皱眉："怎么会没有？"

助理被问得很莫名，又小心谨慎地再确认了一遍："是没有啊。"

温席远沉吟，林初叶不可能会骗他，难道不是做艺人，是公司员工？

"你看看有没有办法查一下星一的员工名单。"温席远吩咐，"要完整的名单。"

"好。"助理点头，不过还是困惑，"要这个做什么？"

"你查就是。"温席远说，准备挂电话，想了想又嘱托了一句，"还有他们的签约艺人名单也发一份我，附上个人照片。"又提醒了一句，"不要网上的。"

"好的。"助理一头雾水地应承了下来。

温席远挂了电话，手机有一下没一下地在掌中翻转。

林初叶看着不像是在做艺人的样子，没有哪个艺人像她这样，既做培训老师，还跑堂做服务员兼职收银，也不怕被人拍下来把照片拿出来看图说话。

毕竟她人长得招眼，她舅妈家餐厅又是口碑餐厅，不少网红爱来打卡，私下里还不知道多少人会忍不住偷拍她。

但如果只是一个公司工作人员，现在并不是公休假期。

年前公司都忙，这个时候一般不会批这么长的年假，尤其看周瑾辰还千里迢迢飞过来找她的样子，怎么可能给她这么长的假期？

温席远想不明白，打开手机百度了下林初叶的名字，没搜到百科词条，倒是有几部戏的演员名单里搜到她的名字，都是几年前的老剧，冲量的水剧，剧名听都没听过，连打分的人都没几个。

温席远在那些剧相关的剧照里看到了林初叶，一个介于他认识的十八岁和即将满二十六岁的林初叶之间的林初叶，五官看着倒没太大变化，眼神可能是因为塑造角色的不同，有乖巧的，也有灵动娇俏的，倒是他从没见过的林初叶。

温席远忍不住摇头笑，刚想找她演过的那些剧点开看看，院门外就响起了门铃声。

温席远往窗外看了眼，按熄了手机，走了出去。

薛柠还在狼狈地和小白对峙。

那么点大的狗对她并不会构成多大的威胁。

可薛柠就是怕狗，更怕没打过疫苗的狗，被咬到了她还得连夜去打狂犬疫苗。

看到温席远出来，薛柠忍不住着急冲他喊，嗓音都带了一丝哭腔："温席远，你赶紧把它带走啊，我们好歹老同学一场。"

在门外按门铃的林初叶闻言动作一顿，迟疑地往院门看了眼。

温席远平静的嗓音从院内传来："谁让你自作主张进来的。"

声音随着脚步声在靠近。

林初叶按在门铃上的手有些犹豫，就在犹豫的当口，门被人从里面拉开了。

温席远看了眼她悬在门铃上的手，看向她，面色平静得有些冷淡："有什么事吗？"

林初叶抿唇仰头看他："我来找你道歉。"

温席远"哦"了声，面色还是平静得有些冷淡，也不知道是不是还在生气。

他一冷淡，林初叶就莫名有了点拘谨的感觉。

"对不起啊。"她忍不住低声说，"我当时是怕他找你麻烦才让你先走的。他虽然不是什么一手遮天的大人物，但人脉还是不差的。"

温席远看向她的面色终于和缓了些："我没生气。"又问她，"你老板走了？"

林初叶点头，想到刚才听到的薛柠的声音，又忍不住往他身后看。

看到半伏在圆石桌前，端着讨好的笑在不停和小比熊商量的薛柠。

温席远也回头朝薛柠看了眼，而后看向林初叶："她过来有点事，刚到。"

温席远拉开了院门："先进来吧。"

林初叶依然轻轻点头，一声不吭地跟着他进了院子。

好不容易和小比熊商量好，薛柠一抬头就看到了进来的林初叶，颇感意外。

薛柠："林初叶？你怎么过来了？"然后又看向温席远，"喂，温席远，你过分了，都是同学，凭什么林初叶过来你就让她从大门进来，我过来你就让我爬墙？"

温席远："你搞错了，不是我让你爬墙进来，是你自己未经允许私闯民宅。"

薛柠瞪向他："不是，都是同学你还玩起区别对待来了。"

温席远："我乐意。有问题吗？"

薛柠："……"

林初叶有些尴尬地看着两人斗嘴，也插不上话，目光随意移动，看到薛柠面前摆着一份资料袋，是透明的塑料文件袋装的，隐约能看到里面的文字，似乎还有"华言影视"几个字，心里一时好奇，就忍不住伸长脖子想看清楚。

温席远一把抽走了文件。

林初叶困惑地看着他。

温席远面色如常："朋友托她带过来的一个项目，想让我也看看有没有兴趣。"

林初叶了然地点头："哦。"

温席远看向薛柠："项目我会抽时间看，看完了我答复你。"

薛柠顿时眉开眼笑："谢谢温……"

"总"字没说出口，温席远已平声打断她："不客气，你可以走了。"

薛柠撇嘴："不要那么小气好不好？难得林初叶也在，老同学都还没来得及叙旧呢。"说完已转向林初叶，笑得很开怀，"哎，林初叶，你怎么也会来这里？"

林初叶不好说来找温席远道歉："哦，我亲戚在附近开了个店，我过来坐坐。"

薛柠："你一直在宁市啊？"

林初叶："没有，最近刚回来的。"又问她，"你呢？"

薛柠："我也是这两天才回来的。"

温席远看两人已经聊上了，轻声对林初叶说："你先坐会儿，我去放东西。"

林初叶点头："好。"

薛柠已不管温席远，也早忘了对小比熊的恐惧："原来你之前没在宁市啊，那你在哪儿啊？"

林初叶："这几年在北市呢。"

薛柠很意外："你也在北市啊？我和温席远之前也在北市，都没听他们提过你也在北市。早知道就约起了。"

林初叶心里慌了一下："你和温席远以前也在北市啊？"

"嗯。我们以前一个大学。"薛柠说起这个还很得意，"想不到吧，我一个学渣都能和大学霸考上同一个大学。"

林初叶勉强牵了牵唇："那很厉害了。"

"你和他……还挺熟的。"她忍不住说。

薛柠："也没多熟，他那样的人能和谁熟啊。"

林初叶笑笑，没接话，倒是稍稍放了心，至少证明她和温席远不是情侣关系。

她忍不住往屋里看了眼，没见温席远出来。

她过来原来是想找温席远谈谈的，想借着被周瑾辰气起来那股劲问温席远，要不要结婚，但没想到薛柠也在，刚才好不容易被激起的勇气又因为第三者的存在慢慢消了下去。

眼下看薛柠也没有要离开的意思，想到刚才温席远说的薛柠有个项目找他谈，林初叶估计两人还要谈事情。她看了眼表："那个，我亲戚店里还有点事，我就先回去了，回头再聊。"

薛柠意外："啊？怎么这么快就走了？"

林初叶："店里忙呢。"和薛柠道了声别便先走了。

温席远在房间里接了个电话，出来就不见了林初叶的身影。

"林初叶呢？"四下看了眼没看到人，温席远皱眉问。

薛柠："走了。"

温席远眼神一顿："你和她说什么了？"

薛柠也是一脸蒙："没说什么啊。"

说着，她把刚才的话重复了一遍，却见温席远眉头皱得更深，已经可用面无表情来形容了。

"我和你只是凑巧同一个大学，但我们从没见过，谢谢。"温席远提醒她，"麻烦你以后不要乱说话误导人，尤其是林初叶。

"最后，走的时候，麻烦把门带上。"

说完，人已拉开院门追了出去。

薛柠被训得一脸蒙："我只说和你一个大学，没说和你有什么啊。"

第五章
露馅 /

　　小巷清静幽长，却不见林初叶身影。温席远脚步不由得有些急，下意识地掏出手机想给林初叶打电话，掏到一半才想起两个人从没留过电话。

　　温席远给何鸣幽打了个电话："把你们林老师的电话号发给我。"

　　何鸣幽一脸困惑，说："你要她的电话号做什么？我怎么会有林老师的电话号？"

　　温席远："老师上课不都给你们留电话号吗？"

　　何鸣幽："哦，我没记。"

　　温席远："……"

　　何鸣幽："那就把你们叶校长的电话号给我。"

　　何鸣幽在叶欣那儿补习时间长，她的电话号他有存。

　　他磨磨蹭蹭了半天终于找到了叶欣的电话号，念给了温席远。

　　温席远找叶欣要了林初叶的电话号，没想到打过去时电话是通话中。

　　温席远直接去了许曼那儿。

　　"她不是去找你了吗？"许曼也是一头雾水，"会不会是在附近河边散步？她平时喜欢在那边散步。"

　　"谢谢。"

　　温席远道了声谢，转身就走。

　　林初叶确实在河边散步，一个人慢吞吞地走。

冯珊珊刚刚给她打了个电话，问她是不是被周瑾辰找到了。

林初叶将自己毫不客气地把周瑾辰轰出门的事和冯珊珊复述了一遍。

电话那头的冯珊珊静默了好一会儿，长叹一口气对她说："我还是赶紧给你想办法把合约转到华言吧。"

林初叶并不认为冯珊珊会有什么办法，华言确实不是冯珊珊够得到的圈子。

但她也不认为周瑾辰敢对她怎么样。

其实周瑾辰这几年除了在她解约和离开问题上异常反骨外，别的方面倒还挺顺着她。

他这人很矛盾，一边对她有着变态的控制欲，一边又只要她不离开，便会对她表现出极大的宽容度，不管她怎么作怎么不理他，哪怕是当她面发了顿脾气，转个身就都能当什么也没发生过一样容忍她。

这是林初叶不理解的。

但林初叶也无心去想周瑾辰会怎样，她更在意的是，温席远会怎样。

刚才院门前温席远的态度让她有点捉摸不透，她觉得自己和周瑾辰一样，都在执着一个对自己没什么意思的人，并不是对方多好，而是各种品性、脾气、性格特质和长相气场都满足了自己对另一半的想象。

这样的人可遇不可求，因此真要说服自己去放手时，林初叶又有点舍不得，总想试试，万一呢。

林初叶在这种困惘中重新走回了小阁楼。

温席远在河边找了一圈并没找到林初叶，心里的焦灼让他忘记还可以继续通过电话联系人。

他在这种焦灼中绕回了原路，然后，在狭长的巷子里看到迎面缓步走来的林初叶。

两人都不约而同地停下脚步，看向对方。

温席远手机还拿在手上，助理的电话很不凑巧地在这时打了进来。

温席远看了眼林初叶，接起："什么事？"

助理："有个叫冯珊珊的经纪人想约您……"

"不见。"温席远直接挂了电话，看向林初叶："刚去哪儿了？"

林初叶手迟疑地往身后指了指："就在河边走走……"

话到一半，她的手机也响了。

"我先接个电话。"林初叶轻声说，把手机接起。

冯珊珊惆怅的声音从电话那头传来："约不到人啊。我好不容易打听到他助理的电话，好不容易鼓起勇气打那个电话，结果人家直接一句不见，没了。"

林初叶一下没明白过来："约谁啊？"

冯珊珊："华言幕后那位啊。你今天把周瑾辰得罪得这么狠，我不得给你找出路啊。"

林初叶明白过来，说："哦，你不用担心我，不会有事的。你也别去找人家了，这不是我们能够得上的人，别浪费时间了。"

冯珊珊担心："这不是想试试嘛，万一呢……"

"你不用担心，真不会有事的，你相信我。"林初叶软声安抚，"我还有事，先挂了，回头再给你电话。"

林初叶挂了电话，看向还站在原处看她的温席远。

"你怎么跑出来了？"

温席远："找你。"

林初叶的心跳因为这两个字加快了几下。

"怎么一声不吭跑出来了？"温席远问。

"我怕薛柠找你有事，就想先出来走走。"林初叶说，没敢告诉他她出来重新积攒勇气。

温席远下巴往小阁楼微微一点："回去吗？"

林初叶迟疑了下，点点头。

温席远走向她，手很自然而然地就拉过了她的手，握在掌心里，和那天晚上一样，像一个本能的动作。

林初叶不由得看向温席远路灯下的侧脸，心跳因为要出口的话不断在加快。

"温席远。"回到院门口时，林初叶终于忍不住轻轻叫了他一声。

"嗯？"温席远回头看她，眼角瞥见身后一辆摩托车飞飙过来，面色微微一变，一把将她拉了过来。

动作太急，林初叶的手肘不小心撞上墙壁，疼得她吸了一口气。

温席远看到林初叶微微皱了皱眉，小心地拉过她的手，问："是不是撞到了？"

林初叶摇头："没事。"

温席远却是不放心，开了院门，进了屋，让她在沙发上坐下，便捋高了她的衣袖查看。

林初叶皮肤白皙，手肘刚那一撞，青黑了一大片，有些地方还磕破了皮。

温席远眉心当下拧了起来。

林初叶安抚他："我真没事。"

她想要把袖子捋下来，温席远压住了她："我去拿药。"

林初叶看着他转身，在客厅电视柜上翻找，翻出了一个小药箱，又转身朝她走来。

他重新把她的袖子推高，边用棉签沾消毒水边轻声叮嘱："可能会有些疼，忍一下。"

林初叶轻轻"嗯"了一声，看着他小心地把消毒水涂在伤口上，灯光下的眉眼专注且温柔。

"温席远。"林初叶终是没忍住，看向他，"你有想过结婚吗？"

温席远动作微微一顿，看向她："嗯？"似是意外于她的突兀。

林初叶有些不好意思："就是我觉得我也到了适婚的年纪，你也是。刚好我们两个，都没有喜欢的人，那……我们有没有可能凑合着试试？我觉得你会是个好父亲，而我也……"

"好。"

林初叶愣住："哈？"

温席远："我同意结婚。"

林初叶："……"

他答应得太痛快，林初叶一时间不知道该怎么反应。

"但我有两个条件。"他说。

林初叶："什么？"

温席远："第一，我不同意婚后分房睡；第二，不许去父留子。"

林初叶："……"

温席远："我们明天就领证。我的户口还在宁市。"

林初叶："……"

"不，不是。"林初叶好半天才结结巴巴地找回自己的声音，"不先试一下吗？"

温席远："试什么？"

林初叶："不……不能先怀孕后再领证吗？"

温席远："……"

"所以，"好一会儿，温席远才若有所思地看着她问，"你还是打着去父留子的主意？"

林初叶赶紧摇头："我没有。"又解释道，"我就觉得这样去领证太仓促了，需要再接触一段时间看看，然后接触的这段时间可以用来备孕，如果怀上了就去领证嘛。"

温席远："你可真会合理利用时间。"

林初叶假装听不懂他的讽刺："那也比明天直接领证好啊。"

温席远："我看你还是想着，把我用完就丢吧。"

林初叶很严正地否认："我才没有。"

她之前确实是因为想有个孩子才想着利用这两年空档期完成结婚生娃的任务，但遇到的人是温席远，哪怕他真不能生，她也不会因为这个离婚，她就是想和他这个人在一起的。

但立场一换到男方身上，他会不会和她一样就不好说了。她身边不是没有女性三五年没怀上孩子被出轨和离婚的，要是她看走眼，温席远也是那种绝世大渣男，到时还得花时间和精力去离婚，多麻烦，怀上孩子再领证就省掉了这些不必要的麻烦。

温席远一眼就能看穿她在想什么。

"我不会。"他看着她，一字一顿。

林初叶："我就是怕万一嘛。要是你爸妈特别想要孙子什么的呢。"

"不会出现那样的情况。我们家我说了算。"温席远强调，然后瞥了她一眼，"倒是你，就不怕怀上孩子了我始乱终弃？"

林初叶想也没想："不会啊，我相信你。"

温席远："我看你不是相信我，是松了口气吧。"

林初叶："……"

温席远："不是吗？到时你孩子也怀上了，还管孩子爹在哪儿呢？反正你找我，也不是图我钱或者我人什么的，就图我基因好。"

林初叶："……"

温席远："然后呢，你有足够的经济能力去单独抚养孩子，能提出这样的建议，怕是也做好了应对各种情况的心理准备。你并不惧怕独自抚养孩子，说不定生完孩子，你还巴不得孩子爹原地消失，对吧？"

林初叶："……"

温席远看着她："怎么不说话了？"

林初叶："话都让你说完了，我还说什么啊。"

温席远："怎么会说完呢。你是不是还想再加一句，怀上孩子的时候，假如发现我们不适合，你会选择把孩子生下来，并独自抚养孩子长大，所以我要不要先考虑清楚，是吗？"

林初叶："……"

温席远："嗯？"

林初叶已经被噎得说不出话，腮帮子都鼓起来了。

偏温席远还保持着偏头看她的姿势，等她说。

林初叶于是从善如流："所以，你要再重新考虑一下吗？"

140

温席远："不用。"

林初叶有些意外："你同意啊？"

温席远："不同意。"

"那……"林初叶被他搞迷惑了，"现在要怎样啊？"

温席远："领证时间可以暂缓。我们可以先以男女朋友的方式再接触一段时间，但领证前我不会让你怀孕。"

林初叶："哦。"

温席远："你似乎还挺失望？"

林初叶摇头："没有。"

看他眼神明显不信，她又忍不住补充："我就是想着速战速决。早点有孩子的话，那还可以多点时间陪孩子。"

温席远轻咳了声："林初叶，麻烦照顾一下工具人的感受。"

林初叶："……"

"或者，"温席远看她，"你实在想速战速决的话，我们明天就去把证领了。我身体健康，饮食作息正常，常年保持规律运动，无不良嗜好，某方面的质量活力高，要让你受孕应该不是难事。"

林初叶："……"

温席远："你实在不放心的话，也可以先婚前试试？"

林初叶一时间没反应过来："试，试什么？"

温席远看着她不动："你说呢？"

林初叶当下反应过来："不，不用了。我很放心。"

人也不自觉地往旁边挪了挪，手无意识地捋着袖子，想把袖子捋下来，捋到一半就被温席远制止住了。

"还没消完毒。"他说，重新把她的手拉了过去，替她把余下的地方重新消毒。

林初叶看着他被灯光柔和了的侧脸，心里一下也柔软了下来，于是就鬼使神差地开了口："温席远，我户口本没带在身上，明天还领不了证。"

温席远轻轻"嗯"了一声，抬头看她："那什么时候可以？"

"估计得年后了。"林初叶又有些犹豫地看他，"我的户口和户口本都在北市，我今天听薛柠说你以前也在那里，那你到时愿意和我回北市生活吗？不用住很久，两年就够了。"

温席远抬头看她："好。"

林初叶："那明天，你愿意和我去见见我家人吗？他们也很想见见你。"

温席远："好。"

他答"好"字时嘴角是带笑的，看着她的眼眸也隐隐带了笑，灯光落在瞳孔里被揉碎成片片星光状，眼神里有种说不出的温柔。

林初叶被看得不太好意思，别扭着转开了视线。

温席远替她将伤口处理好，然后将她的袖子捋了下来，顺道看了眼时间，十点多了。

他看向她："今晚，要留下来吗？"

林初叶赶紧摇头，嘴上放得开是一回事，想到要和温席远做让人怀孕的事，她还是有点心理障碍，太尴尬了。

温席远站起身："刚才不还挺生猛的吗？"

林初叶也跟着起身："那，理论和实践还是有区别的。"

温席远摇头笑，弯身拿起茶几上的钥匙："走了，我送你回去。"

林初叶："嗯。"

温席远把林初叶送回了她外婆家。

"明天定好时间我给你打电话。"下了车，林初叶转身对车里的温席远说，说完才想起她还没问温席远的电话号，"对了，你的电话号码多少？"

温席远把手伸向她："手机给我。"

林初叶将手机递了过去，看他在她手机上输了一串号码，按下"拨号"，没一会儿，温席远口袋里的手机便响了。

温席远替她存了"温席远"三个字，这才把手机递还给她。

"好了。"

林初叶笑着接过，手往身后指了指："那我先回去了。"

温席远轻轻点了点头："去吧。"

看她走进了院子，他这才开车离开。

大概因为今晚的事太过顺利，林初叶的脚步都不自觉地轻快了许多。

刚走进客厅傅远征就看出了她的异样。

"什么事这么开心？"

许曼和林初叶舅舅也还在客厅。

林初叶犹豫着看了眼众人："那个，我可能要结婚了。"

傅远征刚含进嘴里的那口水差点没被她呛进喉咙里。

"你说什么？"

林初叶："我要结婚了。"

傅远征："对方是谁？做什么的？你对人家了解多少？"

林初叶："他是我同学，就是你上次见过的那个。"

傅远征对温席远有印象，眼神太凌厉，看着不像是林初叶能驾驭的。

"什么时候约他和家里人一起吃个饭吧。"他说。

林初叶点点头："我已经和他说过了，看你们安排。"

傅远征："那就明天中午吧。"

林初叶点点头，想了想还是忍不住提醒："他经济条件不太好，可能不太符合你们对我找男朋友的期待。但我看中的是他的人品，如果你们对他有什么想法的话，别当面说，和我私下说就行。"

傅远征点头："我知道分寸。"

吃饭的地方还是定在许曼的许记餐厅，为了宴请温席远，中午还特地挂了"歇业"的牌子。

林初叶担心温席远给家人的第一印象不好，还特地给他准备了几份见面礼，一大早送过去给他，刚到小阁楼，却见温席远早已准备好，看着还挺名贵。

林初叶是知道温席远穷的，当下皱了眉："你哪儿来的这些？"

温席远："之前还有些存款。第一次见你家人，总不能太寒酸了。"

林初叶一听就皱了眉："你的存款先留着啊，以后你要用怎么办。我家里人都不是那种在意礼品贵重的人，主要是心意到了就好了。"

温席远笑："没事，又不是每次见面都会这样。第一次见面礼数总要周到些。"

到底是林初叶家人，又是第一次正式见面，温席远还是希望能显得有诚意一些，就怕这诚意一出来，到时真就成了一双人去，一个人回了。

"你以后别这样了。"林初叶叮嘱，"我们家不讲究这些，没必要浪费。"

温席远点头："好。"

两人差不多中午过去的，到店里时，除了傅远征，其他人都已经在了。

许曼是见过温席远的，对他印象不错，又是家里的女主人，温席远一来就热情地迎上前。

领班也过来把人招呼到餐桌前。

林初叶原来还担心她们因为小阁楼男人的传言对温席远戴有色眼镜，还想着找个时间和她们提前招呼一声，但一早忙着准备见面礼倒把这个给忘了，现在看到两人就像对普通客人一样，热情周到，也就放了心。

这顿饭其实也不是要做什么，就是让双方见个面，增进一下相互了解。

许是温席远在人际交往中表现得成熟周到，让许曼很满意，也可能是许曼本身也是个颜控，见到温席远前，许曼还和林初叶念叨着房子、车子、工资、工作、父母养老的问题，这会儿见了人，这些问题她早忘了个干净。

傅远征是在众人入席后才匆匆赶过来的。

"不好意思，单位有点事耽搁了。"人一到，傅远征便客气地向温席远敬酒道歉。

温席远也起身回敬："没关系，这么忙还特地让你赶过来，是我没考虑周全。"

傅远征笑了笑，没接话，人一坐下，就一副审人的架势："温先生是做什么的？"

林初叶一看着架势就担心温席远招架不住，替温席远先回答了："他拍电影的。"

四舍五入，做场务也算是拍电影了。

傅远征看了她一眼，又看向温席远："拍电影？平时会不会很忙？我听说做你们这一行的，诱惑一般会比较多？"

林初叶："那个不会，他接触不到。"一般人也注意不到场务。

傅远征不理林初叶，依然看着温席远。

"诱惑确实会有一些，但我一般接触不到，我只负责一些幕后工作。至于忙不忙，要看具体情况，但休息时间一般可以自己调控。"温席远委婉回答。也不算在骗人，他确实负责公司幕后管理而已，因此诱惑虽大，但身处幕后的好处就是可以拒绝所有诱惑和不必要的交际。至于休息时间，公司已经进入平稳上升期，现在的架构很完整，各个岗位各司其职，并不需要他事事亲力亲为，时间确实相对自由。

林初叶也在一边给温席远做保票："对，其实哪行哪业都有诱惑，主要还是看人。"

这个许曼认可："对，前面那个李大爷，就做个保安，一个月两三千的工资都能出轨好几年，人品这种事不能用行业和收入来衡量。"

林初叶跟着点头。

傅远征瞥了两人一眼，继续看向温席远："你爸妈呢？他们做什么的？"

这个问题林初叶没法替温席远回答，忍不住担心地看着他。

好在温席远面对傅远征的审问还是应对得有礼有节："他们以前是生意人，现在都退休在家。"

傅远征："做什么生意的？"

"卖片的。"温席远委婉道，发行是公司的主营业务之一，往小了说，也算是卖片了。

傅远征皱眉："卖片？"

林初叶理解的卖片是90年代街头小巷的各种DVD（数字光盘）摊子，

林初叶怕"卖片"两个字触动了傅远征敏感的职业神经，赶紧替温席远解释道："就以前街头那种卖DVD的。"

温席远看了眼林初叶，看傅远征还在探究地看着他，也就点点头："嗯，差不多是这类。"

也不算骗傅远征，他爸那个年代做的发行里确实包括正版DVD。

傅远征："温先生家里还有什么人吗？"

"哦，他有个姐姐，在宁市成的家，我见过，她的儿子还是我学生，就在叶欣班里。"林初叶又替温席远做了抢答。

傅远征直接不理她，依然看着温席远。

温席远："对，是有个姐姐在宁市成的家，还有个弟弟，现在在北市。"

傅远征："姐姐做什么的？"

温席远："在院线做发行。"只不过是自己家的院线。

傅远征："弟弟呢？"

温席远："也差不多，做管理。"

傅远征："你们一家，全从事影视相关工作啊？"

温席远点头："我爸妈以前是做文艺方面的工作，后来才转行做生意。我们从小接触这方面相对比较多，所以在职业选择上多少会受些家庭影响。"

傅远征点点头，没再追问，听着倒不像是什么游手好闲的家庭出来的，也不像编造的家庭背景。

傅远征看人还是比较准，看温席远的眼神和气度也不像是吃软饭和心术不正的。至于温席远拍电影这个事，具体是拍电影里的哪个职位他没有深究，不管是哪个，和林初叶也算是同行了，相互间也还能有个共同话题，关键时刻还能相互扶持。

因此他没再多言。

林初叶一看傅远征的神色就知道他认可了她的选择，心里替温席远松了口气的同时，也稍稍放了心，至少证明她对温席远不是滤镜作祟。

她其实不介意把温席远当小白脸养着，因为她知道温席远不是不思进取的人，只是每个人气运不同，有些人在追求自己梦想的路上确实要比别人走得坎坷一些。

这一顿饭吃得很和谐，林初叶也吃得很开心。

饭后，许曼趁温席远去接电话的空当偷偷问林初叶："温席远，我看着是挺不错的。但大多数家庭普遍是男人挣钱比女人多，家里大头也都是男人在负责，你们两个刚好反过来。你不会因此心理失衡我是知道的，但他呢？以后他会不会因为挣钱没你多而自卑啊？"

林初叶没想过这样的问题，从认识温席远开始，他就从没过任何自卑情绪。

"不会的。"她安抚许曼，"他不是那样的人。"

傅远征瞥了眼远处打电话的温席远，再看了眼林初叶，看向许曼："你也不看看他们两个现在谁压谁。"

温席远的气场都不知道压了林初叶几头。

许曼仔细打量了会儿，好像还真是，又忍不住忧心忡忡，就怕温席远气势太盛压了林初叶，有钱也就算了，别到时要林初叶挣钱养家还要听他的。

"初叶啊，你可别恋爱脑上头，家里谁挣钱多谁掌握话语权，你可别以后挣钱养家靠你，当家做主却靠他啊。"

林初叶被提醒得有些尴尬，说："我知道分寸的。"她既然能做出这样的选择，必然是各种好的不好的情况都设想过并且综合考虑过了。

她唯一担心的是，温席远会不会出现许曼说的，长期女强男弱情况下形成的心理不平衡问题。

她其实心里并不认为她和温席远属于这样的组合，她觉得这种强弱问题不是从经济能力这一个维度去衡量的，还包括彼此的处世能力和承担的家庭责任等，但她是这样想，温席远未必就是这么认为的。

因此回去的路上，林初叶很委婉地问温席远："你会介意女方收入比你高吗？"

温席远："不介意。"

林初叶："那你会介意男主内女主外吗？"

温席远："不介意。"

林初叶不太放心："真不介意啊？"

温席远点头："嗯。"

林初叶："那，反正你现在还在低谷期，我就先负责挣钱养家，你就先负责照顾家里和孩子？"

温席远："我们不谈孩子。"

林初叶："那就家里嘛。"

温席远："照顾你可以。"

林初叶眉眼顿时带了笑："好啊，那我先努力挣钱养你，你不许有任何不平衡，我还要等你以后带我飞。"

温席远失笑："你还真不怕人财两失。"

转念一想又觉得，她哪是怕什么人财两失，她不过惦记着他的基因罢了。

林初叶也从他眼神里读出了他对"去父留子"的怨念。

"说好不谈孩子的。"她想了想，觉得还是要照顾一下温席远这边的面子，又问他，"那我家人你见过了，你家人，我还有必要见一下他们吗？"

林初叶看到温席远动作微微一顿，然后陷入沉吟。

"见肯定是要见一下的，但他们现在人都不在宁市，又是临近春节，票怕是不好买。"温席远看向林初叶，"要不我们先去姐姐那儿吃个饭，就当先和他们正式见个面，年后回北市后我再带你回去看看父母？"

林初叶觉得可行，她倒不是非要见温席远家人不可，只是怕温席远心里不舒服，毕竟他都来见她家人了，她却端着不见他家人的话，怕他多想。

她点点头："好啊，你觉得怎么方便就怎么安排，到时我配合你就行。"

温席远点头："好。"

但要安排林初叶和温书宁见面并不是那么容易的事，倒不是都忙得抽不开身，是温书宁家的别墅太壕了。上千平方米的独栋别墅，前有院子游泳池，后有私人大后院，哪怕说是温书宁嫁得好，总还是让人有差距感。

和林初叶接触这些日子以来，温席远是看出来了，她人看着娇娇弱弱，温淡没脾气，但骨子里住着个行侠仗义、仗剑走天涯的女侠。别人是慕强，她是怜弱。

一个习惯性心疼弱者的女孩，温席远有些头疼。

在温席远头疼的时候，温书宁倒是琢磨着要怎么撮合林初叶和温席远。

那天晚上在温席远那里见过林初叶，温书宁对林初叶印象很好，她喜欢长得温婉文静、有书卷气的女孩。

她家算是书香门第，后来虽然去做了生意，家里产业也越做越大，但多少还是和文化有关的产业，一家子人骨子里都比较传统，都是比较注重对方内涵品性多于其他的人，有钱没钱倒不是很重要，毕竟她家也不缺对方家里那点钱。

因此对于林初叶，她是被惊艳到了。

林初叶长得虽然好看，但对于长期在娱乐圈见惯了帅哥美女的温书宁而言，林初叶惊艳到她的不是五官，而是气质。

那种腹有诗书气自华、不争不抢、平和怡然的气质。

一种活得很通透洒脱却又不张扬的沉静气质。

莫名地，温书宁觉得林初叶很适合温席远。

温席远同样不是张扬恣意的人。从他十八岁那年戏剧性地将那场堪称剧变的公司股权之争扭败为赢，并将华言控股股权牢牢掌握在手中以后，温席远在整个家里就一直是大家长一样的存在，也因此有着超乎同龄人的沉敛包容。但年少时被迫从豺狼环伺中扛起的责任也逼出了他骨子里杀伐果断、狠绝薄凉的一面，而自小书香世家耳濡目染中长大的经历，以及他爱读书的习惯，又让他有着书墨沉淀过后的从容稳重，以及几分看透世事的漫不经心。

温书宁也不知道为什么会觉得两人合适，明明都属于偏静的气质，任哪一个和别人放在一起都有把人憋死的本事，偏偏两个放在一起就有了同类的适配感。

最重要的是，林初叶是温席远第一个带回家的女人。

虽然是别人的房子，中间也有何鸣幽的原因在，但温书宁总觉得温席远对林初叶是有那么点意思的，要不然不会把人带回来。

但也仅限于那么点意思了，那天晚上看两人并没有很熟。

总还是需要点契机推动的。

也因此，回到家后，她就忍不住琢磨着撮合两人。

但温书宁和林初叶不熟，不好去给她和温席远制造机会。

温席远熟倒是熟，却是个三句话能把人噎死的主。

她唯一能指望的也就何鸣幽了，林初叶到底是何鸣幽的老师。

温书宁在琢磨一番以后，决定假借感谢之名让何鸣幽邀请林初叶来家里做客，再顺道以什么冬至、元旦类的节日之名让温席远也过来吃个饭。

何鸣幽对撮合温席远和林初叶一事有阴影。

上次他就是随便和舅舅说撮合他和林老师，结果就被舅舅盯着上了一下午课，害得他上课连转个身都不敢，一节课下来坐得他腰酸背痛，之后还被逼着学了整整三个小时的"2的倍数"。

他怕把撮合一事落实到行动，他舅舅对他就不只是三个小时的数学折磨了。

因此他很干脆利落地拒绝了他妈妈的建议："不要。"

温书宁："你还要不要舅妈了？"

何鸣幽："要舅妈也没用，舅舅只会盯着我。"

温书宁："那是因为林老师还没成为你舅妈啊。要真成了舅妈，谁还有空管你。"

何鸣幽有些犹豫："那要是林老师成不了舅妈怎么办？"

温书宁："呸呸，别说晦气话。你要往好的想，林老师要是成了你舅妈，以后舅舅要是再收拾你，林老师就会收拾舅舅了。"

何鸣幽还是很纠结："那舅舅又要教我数学怎么办？"

温书宁想也没想："想什么呢，他不揍你就不错了，还想他教你数学？"

"那……"何鸣幽纠结了又纠结，"好吧。"又不放心地叮嘱温书宁，"舅舅要是还要再教我数学，你要拦着他点。"

温书宁敷衍地点头："知道了，放心吧。"

谁还敢想不开去教他。

温书宁自认和何鸣幽他爸学生时代都算学霸级了，尤其是数学，两人都是班里的数学课代表，不知道怎么就正正得负了，生出了这么个明明满脑子鬼点子偏对数学一窍不通的"神兽"。

辅导作业这种事她只在他一年级的时候亲自上手过，差点没被送走后就再也没给他辅导过，全花钱请人了。

她也没明白他那个向来不会管闲事的弟弟那天为什么会想不开要给何鸣幽辅导数学，他就是随便挑个语文、英语都行啊，也不至于被气成那样。

不过温席远自小就是个有耐心的温书宁是知道的，从不发火的人，他也不需要发火，一个眼神扫过去没人敢吱声。

温书宁有点想象不出来温席远和女人在一起的样子——又有点担心会不会也这样硬邦邦、冷飕飕，把人吓跑了。

温书宁决定约林初叶成功以后要提前和温席远提个醒。

何鸣幽在经历舅舅要继续教他数学和有舅妈舅舅就不敢收拾他的各种矛盾纠结后，选择了相信他妈。

于是上完课的时候，何鸣幽很积极地朝林初叶举手喊："老师，我有道题不会。"

林初叶刚收拾完教具准备出去，难得看到他这么好学，便走向他。

"哪道题不会？"

何鸣幽胡乱指了一道："这个。"

林初叶看了一眼，差点没昏厥。又是 2 的倍数。

她耐心地和他重新讲解："个位上是 0、2、4、6、8 的整数……"

何鸣幽没记住这句话的意思，但记得这句话带来的阴影，当下打断她："老师，要不换一道吧。"

他迅速地把练习本合上，对林初叶说："老师，我妈妈说您辛苦了，想邀请您来我家吃个饭。"

林初叶只当他是在开玩笑，笑着道谢："谢谢，不用了，老师不辛苦。"

人刚拒绝完，温书宁就掐着点打配合打来了电话。

"林老师您好，我是何鸣幽的妈妈。这段时间您带何鸣幽辛苦了，一直想谢谢您却没找到机会，刚好何鸣幽他爸这两天带了些海味回来，都是新鲜的，就想着约您到家里来一起吃个饭，聚聚，也可以趁机了解一下何鸣幽在学校的学习情况，您看您方便吗？"

林初叶方便倒是方便，主要是身份尴尬。

她估计温席远还没把他们要结婚的事告诉她，她不知道以什么身份过去合适。

要是以温席远的结婚对象身份过去，不准备见面礼说不过去。

可准备了见面礼，对方又是不知情的，又怕显得过分隆重。

她觉得她和温席远的事，还是由他亲自和家人说比较合适。

温书宁没听到林初叶这边的回应，担心地问她："不方便吗？"

"不是不是。"林初叶尴尬，"我只是觉得您太客气了，这本来就是我的工作。"

温书宁："不客气，客气啥，何鸣幽多难教您又不是不知道，应该的。"说完又怕林初叶拒绝，温书宁直接给她下了决定，"要不这样，我已经让人去接何鸣幽了，一会儿下课您就和何鸣幽一起回来，好吧？"

林初叶："不用了，下次……"

温书宁不给她拒绝的机会："就这么决定了哈，林老师晚上见。"

就这么挂了电话。

何鸣幽已经利落地把书包收拾妥当，很欢快地叫林初叶："走啦，老师。"

林初叶很勉强地冲他挤出一个笑："好。"

林初叶陪着何鸣幽走到培训机构大门口。

何鸣幽家的司机已经等在那里了。

何鸣幽很自然地过去拉开车门，扭头看林初叶："老师，走啊。"

林初叶不得不上车，心里着急，想给温席远发微信告诉他这件事，掏出手机才想起，她和温席远连微信都没加。

她直接给他发短信：你姐让我今晚去她家吃饭，怎么办啊？我要告诉他们我们要结婚的事吗？还是你来说？

温席远刚换了衣服，正想着去接林初叶下班，一起去买菜做饭什么的，就当提前体验一下同居生活。

人刚要出门就看到了林初叶发来的短信，脚步当下一顿。

温书宁电话在这时打了过来："温席远，你姐夫这两天带了些海味回来，都是新鲜的，你也来家里吃个饭，聚聚吧。"

温席远："你是不是把林初叶也接过去了？"

温书宁诧异："你怎么知道？"

温席远："他们到哪儿了？"

温书宁："司机去接他们了，估计这会儿正在路上，应该很快就到了。"

温席远："……"

温书宁不明所以："怎么了？"

温席远："把司机的电话号给我。"

温书宁："做什么？"

"你别管，发我就行。"温席远又叮嘱，"你和姐夫来我这边吃饭吧。我让司机直接送他们过来。"

温书宁被搞蒙了："不是，来我家不行吗？地方大，也宽敞舒服，你那住的什么地方啊，过去多挤。"

温席远："我最近喜欢小房子。"

温书宁："……"

"我挂了，记得把电话发我。"温席远说，又叮嘱了句，"穿朴素点。"

温书宁有些莫名其妙，不明白温席远怎么还管起她的穿着打扮来了。好在家里氛围使然，她也不是追求名牌的人，除了一些特定工作场合对穿着比较讲究外，她平时穿着还是以舒适为主，价格也不是很贵。

但不解归不解，温书宁还是很快把司机的电话号给温席远发了过来。

温席远给司机打了个电话，报了个地址，让他把何鸣幽和林初叶往小阁楼带。

司机是认识温席远的，眼看着已到路口，当下掉转车头转个方向。

何鸣幽是认识回家的路的，一看方向不对，马上提醒："陈叔叔，这不是回我家的路。"

司机："你舅舅让我带你们回他那儿，今晚在他那儿吃饭。"

林初叶估摸着是温席远看到了她的短信，本来还悬着的心稍稍放下了些。

何鸣幽却是对小阁楼阴影巨大，声音当下就带了哭腔："为什么又要去舅舅家啊？"

说完，他还忍不住看了眼鼓鼓的书包。

司机被问住："你舅舅电话里是这么说的。"

何鸣幽不干了："我不要去。我要回家。"还掏出手机给他妈打电话，"妈，你不是说舅舅不会再教我数学了吗？他又让我去他家。"说到后半句时人又快哭了。

"你舅舅就是让你过去吃个饭，他才没那个闲工夫教你。"温书宁劝他。

何鸣幽："他上次也说是吃饭！"

温书宁也没了辙，她也不想去温席远那小木屋，地方太小了，但她也劝不动温席远挪窝。

"要不你和舅舅商量一下？回我们家吃饭？"温书宁建议。

何鸣幽老实地摇头："我不敢。"

"但是……"何鸣幽又补充，"电视里不是都有说什么……先斩后奏吗？如果我们都回到我们家了，那舅舅肯定只能来我们家。"

温书宁觉得这也是个办法，人都到她家了，温席远总不至于这么折腾，还让人特地回他那儿吃饭，他家木头又不是香得能配饭。

"行吧。"温书宁当下同意了，"你把电话给陈叔叔。"

何鸣幽当下把手机给了司机："陈叔叔，我妈找你。"

司机接起。

温书宁叮嘱："老陈，你还是把他们送回我家吧，温席远那里我晚点打电话和他说。"

司机点头："行。"

挂了电话，又在下个路口把车头掉转了回去。

林初叶是看着何鸣幽情绪转变的，她也没想到他会对温席远有那么大的阴影，也不好再建议回温席远那儿，只给温席远发了一条信息告知他这个事：何鸣幽似乎对你给他补习的阴影有点大，不肯去小阁楼，我们还是先回他家了。

温席远正在买菜，挂了司机老陈的电话后他就去了附近菜场，想着既然都让人来家里吃饭了，还是得准备些菜品。

做饭是温席远忙碌工作外的小爱好，平时工作忙也没时间下厨，这阵休假中也就当满足一下自己的小乐趣，因此虽然是邀请温书宁一家过来，温席远并不头疼于做饭，反而是想着多挑几个菜，到底也算是林初叶和他家人的一场正式见面了，也不能太寒碜。

他这一认真挑菜就多花了些时间，等温席远从菜市场出来已是十多分钟后，他习惯性地掏出手机看信息，一眼便看到了林初叶发过来的信息，脚步当下一顿。

十五分钟前的短信，估计他们都快到温书宁家了。

温席远头微微偏向别处，一时间竟不知道如何是好，不过真要面对时反而坦然了。

他慢悠悠地提着菜回了家，把东西放下，这才给林初叶打电话。

"到了吗？"

林初叶："还没呢，路上有些堵。"又手捂着话筒压低了声音问他，"那个，你现在过来了吗？待会儿见面要怎么说啊？我要不要先在外面等等你啊？还有见面礼，我什么都没准备呢？"

温席远："你们到哪儿了？"

林初叶往车窗外看了眼："二中这边了。"

温席远估算了下路程，和他这里开车到温书宁那儿的路程差不多，估计是差不多同时到。

"你一会儿先和他们进去，东西我来买。"温席远说。

林初叶担心要他花钱："要不还是我来吧，我让他们在下个路口停车，我在那里等你。"

温席远："没关系，你先和他们进去，其他交给我就好。"

林初叶迟疑地点点头："也行。"

温席远挂了电话，拿过车钥匙，开车出门。

一路上，温席远想象林初叶看到温书宁家的样子，心里有些烦躁，并不太愿意去深想。

和林初叶在一起的这些日子，他很轻松，也很快乐，并不太希望被打破，但有些东西不得不面对。

在转入前往温书宁家方向的主路时，温席远看到了司机老陈的车，以及车里的林初叶。

她正困惑地往车窗外看。

这边是宁市最豪华的别墅区，俗称的富人区，林初叶知道。

温席远看到她眼中的困惑不解在不断加深，还隐隐藏着些不安。

温席远搭在方向盘上的手有那么一瞬的收紧，又慢慢放开，这是迟早要面对的事实。

他不是林初叶误以为的穷小子，也不是她一门心思想养着以后带她一起飞的落魄有志青年温席远。从一开始，他就是事业有成，只是阴错阳差下住进了那套小阁楼，被她误会了而已。

温席远甚至冷静地想，如果她不愿意，那就放过她。

没有谁离了谁活不了的道理，时间是治愈一切的良药。

林初叶也发现了并排开车的温席远。

他并没有看她。

冬日的夕阳从车窗穿过，落在他身上，莫名就有了一种隔着重重迷雾的不真切感。

深邃的侧脸线条依然好看，只是脸上挂着她不熟悉的冷淡疏离，甚至是薄凉。

那是她从没见过的温席远。

林初叶看得有些怔。

温席远微微扭头，视线和她有短暂交错，而后平静地移开，转向手挡旁搁着的手机。

微信家人群里进了信息。

是温简发过来的：@温书宁 表姐，我和江承准备到宁市了，有空一起吃个饭吗？

温简是温席远的表妹，他父亲的亲妹妹温司屏的女儿，幼年时和他们同城住过一阵，两家关系一向交好。

温书宁的信息很快回过来：是高铁过来的吗？怎么也不提前说一声，我和你表姐夫好去接你们。

温书宁这时候很为难，温席远知道。

一边是快接到家的林初叶不能扔着不管，一边又是多年不见的表妹温简。

温席远只用了不到一秒便做了决定。

他并不想放过林初叶。

他把手机拿到嘴边，按下说话键："你们几点到？我去接你们。"然后温席远冲司机老陈做了一个停车的手势，让他把车靠边停下。

司机老陈一脸莫名地停下车。

温席远也将车靠边停下，走向后座车门，拉开车门，把林初叶拉了出来。

"陪我去接个人。"

她又对车里目瞪口呆的何鸣幽吩咐："回去和你妈说，我和你舅妈去接表姨和表姨夫，就先不去你们那儿了。"

何鸣幽："……"舅妈？

温席远已拉着林初叶上了车。

车子驶往高铁站。

林初叶视线从窗外大片豪华别墅移向温席远略显紧绷的侧脸。

"接谁啊？"她轻声问。

温席远转头看她："我表妹，和她老公。"

林初叶笑："哦。"

温席远看到她慢慢靠回椅背上，随意垂在大腿上的手无意识地绞紧。

"林初叶。"他叫她。

"嗯？"林初叶微笑着看他，却先他一步开了口，"你说，我这样半路下车会不会不太好？你姐他们还在家里等着呢。"

语气听着颇为苦恼。

温席远盯着她看了会儿，而后微笑："没关系，她会理解的。"

"就是可能……"温席远声音略顿，"会有点惊吓过度。"

林初叶想到何鸣幽刚才瞪大眼、张大嘴的惊愣模样，也不由得笑了笑："你吓到何鸣幽了。"

温席远："没关系，和他做的那些事比，这个算不了什么。"

林初叶笑，目光却是慢慢偏向了车窗外。

温席远扭头看了她一眼，她的头是微微侧向车窗外的。

他只看得到她的侧脸，面色依然沉静平和，气质与冬日的黄昏异常般配和谐。

温席远轻轻吐了口气，还是叫了她的名字："林初叶。"

"嗯？"她扭头看他，却还是先他一步开了口，"哎，你表妹是做什么的啊？"

温席远："她是个警察。"

林初叶很意外："她居然是警察啊。我小时候的梦想也是做警察，但长着长着就忘了。"

温席远看她："后来去做了什么？"

林初叶笑："也没做什么，就这么瞎混日子。"

温席远："那你拿什么来养我？"

他说着，视线瞥向她又慢慢缠绕在一起的手。

"好像真的养不起你呢。"林初叶笑着看向他，"那不养了行不行？"

温席远："不行。"

"我会做饭，吃得不多，花得也不多，很好养。"他又补充，"或者，我努力点工作，换我……"

林初叶轻声打断了他："想养我的人很多，你别做他们。"

温席远笑，没说话，手突然伸向她，在她头上轻轻揉了揉。

林初叶没有避开，只是安静任他揉着，甚至有些享受。

她的头小，他的手大，这样有一下没一下地轻揉，莫名就带了点宠溺的温柔。

林初叶觉得有点遗憾。

再晚一点点发现就好了。

高铁站很快就到了。温席远和林初叶到出站口时新的班次也刚好到站，出站口人多。

温席远本能地拉住了林初叶的手，然后明显感觉到她的手瑟缩了一下，似乎想抽回，但又停了下来。

温席远看了她一眼，没说话，只是握紧了她的手。

温简和江承刚从出站口出来，一眼便看到人群中的温席远，以及他身边被紧紧牵着手的林初叶。

温简一愣，困惑地看着温席远。

温席远面色平静依旧，冲她和江承招了招手："这边。"

温简和江承出了站，走向温席远和林初叶。

温席远指着两人给林初叶介绍："江承，林简简。"

他习惯于叫温简年少时的名字林简简，又指着林初叶给他们介绍："林初叶。"

温简小心地看温席远，试探地问了一句："表嫂？"

温席远点头："嗯，表嫂。"

温简马上从善如流地自我介绍："表嫂你好，我是他……"

她指了指温席远："亲表妹，林简简，这是我……"

她抱住江承的手臂，想说"老公"，又有点别扭叫不出口，干笑着抱紧了他的手臂，忽略了称呼："那个，江承，他叫江承。"

江承偏头看了她一眼。

温简背脊微微挺直，眼观鼻鼻观心地站得笔挺。

江承把手臂抽出，改而揽过她，这才看向林初叶，客气地点头："你好，我是她老公，江承。"

林初叶看着两人恩爱的模样，也不由得微笑："你们好。"

想到两人刚到站，这个点又刚好是饭点，她又问道："你们还没吃饭吧？是要在外面找家店吃还是？"

她说着转向温席远，征询温席远的意见。

"在外面吃吧。"温席远看向江承，"你们想吃什么？"

江承转头看温简："想吃什么？"

温简："我们都可以的，随便吃点就好。"

温席远点头，却是转头问林初叶："你看去吃点什么好？"

林初叶其实也是不太习惯于安排的人。

"你来定吧，我也不知道简简他们喜欢吃什么。"

温席远点头，又问她："要不去吃火锅？"

林初叶："我都行。"

温简也点头："就吃火锅吧。天气冷刚好也适合火锅。"

温席远带他们去了市区的热门火锅店。

服务员递了两本菜单过来。

江承和温席远各接了一本，而后各自把菜单递给身边坐着的温简和林初叶。

"看看要吃点什么。"

连出口的话都一模一样。

温简轻轻应了声"我看看"就接过了菜单。

林初叶没接，轻声对温席远说："还是你来吧。"

温席远看了她一眼，翻开菜单："毛肚？"

林初叶点头："好。"

温席远："虾滑吃吗？"

林初叶依然点头："好。"

温席远："肥牛呢？"

林初叶依然只是点头："嗯。"

对面，温简和江承也是以同样的方式点完了菜，只不过是她负责询问，江承负责点头。

合上菜单时，温简看到温席远还在一道道菜地问林初叶，林初叶也配合着不停点头。

温简困惑地扭头和江承对视了一眼，觉得两人的相处模式客气得不像情侣。

江承只是安抚地看了她一眼，让她别担心。

温席远点好了菜，伸手招来服务员，这才看向温简和江承。

"怎么突然跑宁市来了？"

温简："最近休年假，想回来看看，就过来了。"

说完，她又忍不住看了眼林初叶，又看向温席远："表哥，你和表嫂什么时候在一起的？"

她记得不久前温席远他妈还在群里感慨温席远不肯结婚，想托人给他介绍女朋友。

温席远："最近。"

温简："藏得还挺深啊。"

温席远瞥了她一眼："有你深吗？那会儿才多大点，不好好读书，就早恋。"

温简不服气："我们哪里算早恋了？我和江承那会儿就是纯洁的同学关系，连手都没敢牵过。"

林初叶忍不住看了眼温简，又看了看江承，明显能看得出两人的恩爱。

温席远指着温简给林初叶解释："她小时候躲人衣柜里，被江承从衣柜里捡出来的。两个人也不知道怎么做到的，她躲他家四天没让大人发现半点痕迹。还有高三那次也是，半夜三更不睡觉，去爬他窗户，差点没把她婆婆吓没。"

林初叶讶异了一声："啊？"

她觉得自己已经很生猛了，但也仅限于嘴上，没想到温简直接落实到了行动上。

"你不要总结性描述，会让表嫂误会的。我那是有原因的，好不好。"温简有些不好意思，不想提这两件事。

江承很自觉地替她接过了锅："嗯，是我的原因。"

温简好奇地看着林初叶："表嫂，你和我表哥是怎么认识的啊？"

温席远替她做了回答："同学。"

温简："那是怎么走到一起的？"

温席远轻轻咳了声，不想回答这个问题。总不能说她要借基因生子，他刚好撞进了她的坑里。

林初叶也有些尴尬："那个……就……"

她也说不出来怎么就走到一起了。

温简也发现自己可能问了一个不合时宜的问题，尴尬地笑笑。

江承适时转开了话题："怎么这么久还没上菜？"

林初叶起身："我去问问看吧。"

说完不等其他人应便先出去了。

温席远扭头看林初叶的背影，神色已慢慢收起，清俊的脸上是温简熟悉的深沉。

温简也收起了刚才的放松，轻声问他："表哥，你和表嫂怎么回事啊？"

温席远看了她一眼："没事。"

温简迟疑了下："是真表嫂，还是只是你找来糊弄家人的？"

温席远："你有什么好值得糊弄的？"

温简："……"

温席远起身："你们先坐会儿，我出去看看。"

温席远从包厢出来，一眼便看到站在吧台前的林初叶，手里还握着个手机，手机屏幕微贴在胸前，神色看着有些犹疑。

"怎么了？"温席远走向她。

林初叶回神："哦，他们说去厨房问一下，还没出来。"又问他，"你怎么出来了？"

温席远："不放心你。"

林初叶笑："这有什么好不放心的。"

温席远看着她没说话，黑眸幽深平静，明明一句话也没说，却隐隐藏着压迫感。

林初叶不自觉地回避了他的眼神，眼眸转向厨房门口。

服务员刚好从里面出来。

林初叶借着询问上菜情况打破了温席远带给她的压力："您好，请问七号包厢什么时候能上菜？"

服务员："马上就来。"

"好的，谢谢。"林初叶微笑道谢，转向温席远，"回去吗？"

温席远点点头，伸手揽过她，与她一道往包厢走。

林初叶印象中这还是两人第一次这样进行肢体接触。

他们牵过手，接过吻，但这种搂腰的接触是第一次。

林初叶没有挣开，只是安静地任由他搂着她的腰回了包厢。

"服务员说马上来。"林初叶微笑道，和温席远一块落座。

温简也微笑："没事，不着急。"

视线不动声色地在温席远和林初叶身上转了圈，她看到了林初叶脖子上的微微紧绷感，明显还是不太习惯于和她表哥的这种亲密接触。

温简很自觉地没再去追问两人的感情情况，只是聊着各自的日常，以及一些学生时代的糗事。

这顿饭大家都吃得很开心。

饭后，林初叶拿过账单想去买单。

温席远手伸向了账单："我来吧。"

"好。"林初叶轻应，把账单递给了他，没和他抢。

温席远想起稍早前说去温书宁那儿，他说他来准备见面礼，她担心他多花钱，犹豫着想要下车自己去准备的事，眼睑稍稍低垂了下来，却没说什么，拿过手机扫了码。

温简忍不住朝两人各看了眼，是真的生疏，有点当初她和江承刚重逢时的那种感觉。

十年不见，高考前夜的暧昧和来不及告别的遗憾在乍见到江承的那一瞬间被无限放大，遗憾、惊喜、难受、爱恋和陌生等种种情绪交织在一起，让她在面对江承时多少带了些束手束脚的拘谨，但和林初叶又不太一样。

林初叶明显是在抽离。

温简不由得又看了眼温席远，他依然是眉眼淡淡的，面目平静沉稳，看着和平日无异，但精明如温席远，不可能感觉不出来。

桌下的手被江承轻轻握住。

温简扭头看江承，眼里有着担心。

江承冲她笑了笑，握了握她的手，眼神无声安抚。

"他们不会有事，别担心。"

只要有一个人不放手，就不会有事。

显然，温席远是不会放手的那个。

江承看了眼温席远。

温席远已买完单，看向他们："酒店订了吗？今晚住哪儿？"

人显然已经恢复成平日里掌控全局的冷静模样，和稍早前在高铁站还收敛着的模样不太一样。

温简点头："订了的。"说着报了酒店地址。

地址距离温席远住的小阁楼不远，温席远点头："我送你们。"又转头看林初叶，"一起吧？"

林初叶点点头，刚要起身，手机便进了电话。

林初叶看了眼手机，有些歉然："不好意思，我先去接个电话。"

温席远点点头："去吧。"

温简也笑："你先接电话吧，没事，都不着急。"

林初叶点点头，拿起手机走了出去。

林初叶刚接起，冯珊珊头疼的声音便从电话那头传来："初叶啊，周瑾辰不知道又发的什么疯，那天被你气得当场买票飞回了北市，二话不说给你塞了一部戏，现在片方让你马上进组！"

林初叶："……"

冯珊珊："而且你知道是什么戏吗？就是周瑾辰最近监制的那个，他常驻剧组。"

"最重要的是，"冯珊珊已经有些哭笑不得，"他又让法务同步拟了你的违约诉状，你要是不去，公司将以违反公司合同的名义正式起诉你。"

这几年周瑾辰没少干这种事，一被林初叶气上头就临时给林初叶塞戏，都是要马上进组的戏，还把违约起诉书同步准备好，但她也不知道林初叶怎么做到的，没见她听过几回话，法院传票倒是从没收到过。

这次她也只是作为经纪人对林初叶行个告知义务，她以为林初叶又会和前几次那样，云淡风轻地来一句"那就让他告吧"，没想到林初叶轻轻说了一句："接吧。"

冯珊珊以为自己听错了："你说什么？"

"这个戏，我接。"林初叶又问她，"剧组在哪儿？你给我订个票吧，我明天一早过去。"

冯珊珊没想到林初叶答应得这么干脆，有些担心："初叶，你没事吧？"

林初叶笑："我能有什么事。就好久没拍戏了，想过过戏瘾。"

"可是……"冯珊珊还是觉得不对劲，但又说不出缘由。

林初叶笑："真没事。我这边的工作本来就是临时的，那时候回来就已经猜到周瑾辰会随时发疯，有提前和叶欣说过的，到时和她电话里交接一下就好了。"

冯珊珊："可是你这答应得也太快了点，不再考虑一下吗？"

林初叶："不用了。你回头把航班号发我就行，我还有事，先挂了。"

林初叶挂了电话，退出的手机界面里还保留着她和许曼的微信聊天记录。

是她出去问服务员什么时候上菜时发给许曼的信息："舅妈，小阁楼的租客叫什么名字？"

"徐子扬。怎么了？"

这几个字是许曼在她信息发出后的几秒回的，她一直还没回许曼。

林初叶回了她一句"没什么"，按熄了手机，转身，动作又微微顿住。

温席远不知道什么时候已站在她身后，正在看她，面色很静。

"徐子扬是我朋友。"他说，"那几天他有事要离开一阵，我刚好在找房子，就住了进来。"

林初叶微笑："好巧。"

温席远也笑："嗯，很巧。"

林初叶往他身后还关着门的包厢看了眼："走了吗？"

温席远点点头："走吧。"

他把手伸向她。

林初叶迟疑了一下，把手伸了出去。

手掌刚搭上，他的手掌便被他紧紧握住，把她拉到了身边。

温简和江承刚从包厢出来便看到了两人交握的手。

温简笑着看着两人："走吧。"

这边到酒店半小时左右。

温席远和林初叶开车把两人送到了酒店。

分别时，温简没敢说等着喝两人喜酒之类的话，只是笑着邀请两人有空去松城玩，她和江承住在松城。

林初叶微笑着点头："好啊。"

看着两人办理完入住进了电梯，林初叶这才和温席远一道回了车上，各自系上安全带。

温席远把车开回了小阁楼。

车停稳时，谁都没动，也没说话。

林初叶垂在大腿上的手有些无意识地绞在一起，像他送她回外婆家那晚。

当时她有话想对他说，紧张了一路没说出口。

这次也是，但不是紧张，是犹豫。

"温席远。"她轻声叫了他的名字，扭头看他。

温席远轻轻"嗯"了声，轻声问她："进去坐会儿吗？"

林初叶犹豫了一下，点点头："好啊。"

两人下了车，一前一后地往小阁楼走。

被路灯拉长的身影依然紧紧交叠在一起。

温席远开了院门，又开了大厅门。

林初叶跟着他进了客厅，门关上，但谁也没说话，也没开灯。

林初叶抬头看温席远，他微微仰着头，背影高大而挺拔，凌厉而清冷的气质在夜色下无所遁形。

明明是上位者的气质，林初叶也不知道自己怎么会眼瘸误以为他落魄不得志。

温席远回头看她，视线落在她微微仰起的脸上。

她眼眸里依然是平和沉静的，还带着些许目光突然撞上的不好意思。

看他看过来，林初叶不好意思地冲他笑笑："不开灯吗？"说着转身伸手想去开灯。

温席远的手突然从身后伸来，压住了她准备压往开关的手。

林初叶身体微微绷住，明显感觉到他身体的靠近。

温席远勾着她的腰将她翻转了个身，手还抓着她的手，顺势就将她压抵在了墙上，头侧低而下，重重吻上了她的唇。

林初叶在他唇贴上来的那一下也放弃了所有矜持，踮起脚抬手去勾他的脖子。

火花一下被点燃。

从客厅到卧室，衣服随着彼此的纠缠散落一地。

林初叶被温席远压进床榻时，迷蒙中看到他伸手从床头柜里取出一盒东西，不知道什么时候买的。

她喘息着轻声问他："能……不戴吗？"

说完便被温席远冷冷扫了一眼。

"林初叶，你想都别想！"

音落时，人再次被他重重吻住。

两人都是初体验，但大概是男人在这方面的本能使然，相较于她的不知所措，他展现出了极大的掌控力和游刃有余，全程掌控着她的情绪和反应。

林初叶刚才不管不顾勾温席远的那股劲下去之后，理智一回笼只余下尴尬和害羞，不太敢面对温席远。

温席远的手臂横过她的腰，把她揽入了怀中。

"林初叶，你为什么就不能再笨一点。"沙哑的嗓音在耳边低低响起。

林初叶笑："聪明多好，以后孩子可以少操点心。"

"那倒未必，你看何鸣幽，他爸妈那么聪明的脑袋，怎么就生出他那么个榆木疙瘩？"依然还是沙哑得像在呢喃的声音。

林初叶："可能……只是还没开窍呢？"

温席远轻笑："以后我们的孩子可别像他。"

他明显感觉到怀里的身体僵了一下，他胸口的火热也一点点降了下来。

"温席远。"林初叶轻声叫他的名字，"我不能和你结婚了。"

温席远没说话。

"我喜欢的是小阁楼里的生活。无论我在哪儿，每天收工回到家，有人陪我一起做饭，听我叨叨生活的日常，饭后我们各忙各的事，不需要很多交流，但我们一个眼神，都能明白彼此在想什么。他可以没什么钱，但他一定有自己的梦想，我努力挣钱养着他的小梦想。可惜，这不会是你生活的常态。"

这是她想象中的和温席远的生活，没有太复杂的圈子，不用太忙碌，也没有谁高攀不起谁，就简简单单的，一起携手打拼，一起过好自己的小日子。甚至在她有戏拍的日子里，可以带着他一起四海为家，一起继续小阁楼里的简单生活。

但现实中的温席远条件很好，可能是超乎她想象的好，不是她可以肖想和圈养的。

温席远依然没说话。

小阁楼确实不是他生活的常态，也不会是。

这一阵只是他忙碌生活里偷得的半日闲。

林初叶也没再说话。

她有点难过，也有点遗憾。

她以为她找到了那个想象中陪她一起奋斗，愿意为她洗手作羹汤的人。

可惜，温席远不是。

第六章
女主角/

第二天温席远醒来时，林初叶已经不在了。

床头有林初叶留下的字条：这段时间我过得很开心，谢谢你，保重。

温席远把字条揉成了一团，狠狠扔进了垃圾桶，给助理打电话。

"给我订回北市的机票，最近的航班。"

助理点头："好的。"

"对了，您托我查的星一娱乐签约艺人完整名单，已经查到了，需要直接发您邮箱吗？"

温席远："不用了。"

温席远挂了电话，转身收拾行李，收拾着收拾着，动作又慢慢停了下来，给助理打电话。

"名单里是不是有个叫林初叶的女孩？"

助理翻了翻："对，是有的。"

温席远："官网为什么没她名字？"

助理："她被公司雪藏了，这几年一直在打解约官司，没赢过。"

温席远静默了会儿。

助理心里奇怪："温总？"

"我知道了。"温席远淡声应，挂了电话。

他转身看了眼收拾到一半的行李，又将目光移向窗外。

"温席远，你现在只是龙困浅滩，以后肯定能一飞冲天的。"

"没关系，我先养你。等你有机会飞了，再带我一起飞。"

她喝醉酒那天晚上，她看着他，轻慢而认真的话语还在耳侧，甚至连她说话时微小的眼神变化，他都还记得一清二楚，那样的谨慎认真，夹着怕刺痛他自尊的小心翼翼，又带着些许对自己胆大言论的不好意思。

还有她求婚的那天晚上，她看着他时的开心雀跃和等他答案的屏息期待："我今天听薛柠说你以前也在那里，那你到时愿意和我回北市生活吗？不用住很久，两年就够了。"

骗子！

喉结因情绪起伏而剧烈滚动着，温席远收回了目光，蹲下身，把衣服胡乱往行李箱一塞，盖子一合，落了锁，起身。

温席远扫了眼房间，并不算大的空间，哪儿哪儿都是林初叶的影子。厨房里笨拙切着胡萝卜的林初叶，学会切黄瓜惊喜回头看他的林初叶，被他按在冰箱门亲吻过后眼神迷离看他的林初叶，餐桌前以自己的考研经历委婉劝他振作的林初叶，醉态娇憨着说"我养你"的林初叶，坐在沙发上小心而认真地问他有没有想过结婚的林初叶，甚至是连门口的观景台上，都有她托腮看夕阳的沉静背影。

明明不过短暂时间里的短暂相处，生活里却已经到处是她的身影。

那天在机场，他就不该回头。

温席远想。

助理那个电话，只是告知他片场出事了，但事情并没有大到需要他亲自去现场处理，一个电话就能让张井荣赶回片场处理妥当。

温席远还记得他听到助理说片场出事，歉然从空姐手上取回登机牌并说临时有事不登机时，助理在电话那头诧异："温总，已经有人通知张制片过去处理了，不用您亲自过去的。"

他自然知道那个片场不是非他不可。

他不过是想换一种生活试试，一种有林初叶的生活。

即使没有助理那个电话，温席远知道，他一样会转身。

只是那个电话，给了他名正言顺转身的理由。

事实证明，改变不如不变。

温席远强行将目光收回，弯身拉起行李箱，头也不回地出了门。

趴在院门口的小白屁颠屁颠朝他跑来，林初叶意外地看向小比熊的样子又出现在眼前。

"你还养这种小型犬啊？"

"不是我养的。"

"那你把它照顾得很好哎，看着完全不像流浪狗的样子。"

……

温席远再次面无表情地移开了目光，掏出手机给徐子扬打电话："我今天回北市。你院里的比熊打算怎么办？"

徐子扬："没关系，我晚点给房东打电话，让她过来帮忙照顾就好，她就在附近。"

"嗯。"温席远挂了电话，拎着行李箱出了院子，锁要落下时，温席远动作又片刻停滞。

温席远很清楚，这把锁锁上的，不仅仅只是这座小阁楼，还有所有和林初叶有关的记忆。

这里面的记忆会慢慢被其他人覆盖。

"那，如果你也还没有喜欢的人，你别那么快对别人感兴趣，再等等我。"他答应让她养他时，她眼中涌起的高兴还在眼前。

骗子！

温席远"啪嗒"一声，面无表情地落了锁，转身欲走，可脚底却似有千斤重，迈不出去。

最终，温席远掏出手机，又给徐子扬打了个电话。

"你问一下房东，小阁楼卖不卖。"

"哈？"正坐在电脑前打瞌睡的徐子扬被惊坐起身，"你买它做什么？"

"你别管，你就问房东卖不卖，价格随他开。"

"你没事吧，大哥？"徐子扬虽然喜欢那阁楼，但买的性价比并不高，租就够了。

温席远没管他："这房子的东西你别动，以后你要想回来，我另外给你租房子，不会比这个差。"

徐子扬换了只手拿手机："不是大哥，这房子是我先看上的，你这才借住几天啊，就横刀夺爱，过分了吧？"

温席远："反正你也买不起。"

徐子扬无话可说。

温席远："记得问下房东，有消息了给我电话。"

温席远挂了电话，走到巷口时，左侧是去机场的方向，右侧是许曼家的餐厅。

温席远站在巷口静默了会儿，走向许记餐厅。

许曼刚从厨房出来，一眼看到拖着行李箱走进来的温席远，一愣。

"你也要走了？"

温席远点头："林初叶是不是走了？"

许曼也跟着点头："对，说是有个戏要进组，一大早就去了机场。"

温席远："哪个剧组？"

这个许曼真不知道，她摇摇头："她没说。"

温席远："哪个城市？"

许曼被问得一愣，她倒是也没问。

"应该是北市吧。"许曼也不太确定。

温席远："她在北市住哪儿？"

许曼也不知情，她和林初叶没相互寄过快递，也没去过北市，加之林初叶会经常打电话回来，她倒是没想起过问她具体住哪儿。

温席远点点头，没再追问。

许曼掏出手机："要不我给你问问吧。"

她感觉温席远和林初叶有点奇怪，两人都要结婚了，还对彼此一无所知。

温席远摇头阻止了她："不用了，谢谢。"

"你和初叶……"许曼想了想，还是忍不住开了口，"是不是发生什么事了？"

温席远笑了笑："没有。"

他看了眼表："我一会儿还要赶飞机，先走了。这段时间麻烦你们了。"

许曼尴尬地笑："有什么麻烦的。有空常回来看看。"

温席远点头，转身走了。

许曼看着温席远渐行渐远的背影，心里涌起些惆怅。

也说不上是为什么惆怅，就是想起前几天大家还在其乐融融地吃着饭，突然间就各奔东西了。

领班也看到了温席远的离开，担心地上前问："发生什么事了？前几天不是还好好的吗？"

许曼摇头："我哪里知道。"

早上林初叶回家收拾行李时，她就隐约觉得不对劲，人明明看着和平时无异，但总有些心不在焉，走神得厉害，常常是行李收拾着收拾着，动作就停了下来，脸色空茫得厉害，偏也问不出什么，一问说是昨晚没睡好。

她叹了口气，正琢磨着要不要给林初叶打个电话，手机先响了。

徐子扬打过来的，说他一个朋友看上了小阁楼，想买下来，价格随她开，问她愿不愿意卖。

许曼有些犹豫，价格随她开她很心动，毕竟是老房子了，留着也租不了几个钱。

但要卖她又有些舍不得，到底是她曾住过的地方。

许曼在犹豫中打电话给傅远征征询意见。

傅远征想起早上送林初叶去机场时她面上空茫的模样，以及那次去小阁楼找她时她眼神里的光。

"别卖。"傅远征说，"留给林初叶。"

许曼愣住："啊？"

傅远征："那房子也值不了几个钱，就当留给她做嫁妆吧。"

"可对方说价格随我们开。"许曼倒不是舍不得留给林初叶，"把房子高价卖了，还可以给她置换一套新房子呢。"

傅远征："意义不一样。总之，这套房子你先别动。"

许曼犹豫着答应下来，但觉得还是想问问林初叶的意见。

因此，当林初叶打电话回来报平安时，她就忍不住问林初叶："初叶，有人想买下小阁楼，价格随我们开，你觉得有必要卖吗？开多少合适？"

林初叶正在去剧组酒店的车上，冯珊珊和剧组司机过来接的她，闻言动作一顿。

"谁啊？"她轻声问。

许曼摇头："还没问，就一个租客说他朋友想买。"

林初叶心里空了一下，想问她能不卖吗或者能留给她吗，她花钱买下来，又觉得不合适。

许曼人好也大方，她要是开了这个口，许曼怕是直接不卖就留给她了，但那到底是个房子，不是她说送她就能收的。

"你想卖吗？"林初叶轻声问。

许曼也有些犹豫："这不是想和你商量吗？你表哥让我别卖，留给你。可是我又想着既然对方让我们随便开价，我们不如高价把它卖了，再给你置换一套婚前房。"

林初叶心里有些暖："不用了，谢谢舅妈和表哥。"

许曼："那怎么行，当初你给我们买房的时候就说好了的，以后舅妈要给你准备婚前房的。"

四年前，林初叶把挣到的第一笔版权费，拿来给他们买了一套房。房子就买在她店楼上。

他们店距离林初叶外婆住的房子远，每天来回不方便，尤其中午休息的时候，一个来回就差不多了，根本没时间休息。小阁楼靠河边太潮了，林初叶舅舅有风湿，腿脚也不方便，住小阁楼也不太受得住。许曼又舍不得乱花钱买个房子当中转休息地儿，那时傅远征也不在国内，不了解他们的情况。林初叶心细，直接把店面楼上的一套小两房买下来给他们，让他们不用每天这么赶着来店里，中午也有个休息的地方。

林初叶笑："真的不用给我买房。我又不能回来常住，没必要。"

许曼想想也是："那就先把小阁楼给你留下吧。"

"不用了。"林初叶微笑拒绝。不是她不想留，但那毕竟不是她的房子，她不能要求许曼留着不卖。她可以暗中托人花钱买下来，但不想让许曼因为她错过机会。

许曼却是不管她："就先这么定吧，本来我就没舍得卖。"说完又想起上午温席远离开的事，又忍不住问，"对了，温席远也走了，他和你说了吗？"

林初叶神色顿了一下，又笑了笑，轻声说："嗯，我知道的。"

许曼稍稍放了心："那就好，还以为你们出什么事了。"

"没事儿，你别担心。"林初叶笑着安抚她，看车已慢慢驶入剧组酒店，"我到酒店了，先挂了。"

许曼点头："好的，照顾好自己。"

林初叶挂了电话，手里握着手机没说话。

冯珊珊正盯着她打量："你有事。"

林初叶点点头，也没打算瞒她："我最近遇到了一个特别适合结婚的男人。差一点我就和他领证了。可惜了。"

冯珊珊差点没被她吓出魂来："谢天谢地，你及时醒悟了。"

林初叶摇头，看着有些兴致不高："没醒悟，我只是怂了。"

冯珊珊："怂什么？"

音落时，冯珊珊想给自己一个大耳瓜子，这话听着要给林初叶壮胆。

林初叶微微抿唇，看向她："就比如你去平价商场买包，看到个款式不错的，你很喜欢，以为就三两百块钱，欢天喜地地抱着它去结账，结果人家告诉你，那是个爱马仕喜马拉雅，价值两百多万，你敢抱回家吗？"

冯珊珊："谁能在平价商场买到那种包？"

林初叶："所以啊，我的生活就是个平价商场。我以为我看上的只是个普通包，结果人家是个顶级高奢，你说我敢不尿吗？"

冯珊珊："你怎么能眼瘸成那样？"

林初叶想了想："可能，被美色迷了眼吧。"

冯珊珊："很帅？"

林初叶："嗯，和你名下那些男艺人比有过之无不及。还是个学霸，名校毕业，三观正，脾气好，有修养，有耐心，懂包容……"

冯珊珊做了个打住的手势："我相信你是真的被美色迷了眼了。你这是完全在照着你的理想型在给他套模。"

林初叶瞥她一眼，依然是意兴阑珊的模样："才没有。"

如果不是个顶级爱马仕，说不定明年她连孩子都生了。

冯珊珊皱眉："后来你是怎么发现你眼瘸的？"

林初叶："他姐姐住的地方，每卖一套别墅都会被当地地产中介发朋友圈大肆宣传，某某湾别墅又被某富豪榜排名前多少多少的某神秘富豪连夜抢购，有钱如他们都不敢等，你还在等房子降价吗？配图里还要附上销售群的房源签订成功截图和价格。那边是知名的海边度假区，房价几年前就被炒上了天，普通人连个厕所都肖想不起。"

"会不会是他姐姐嫁得好？"冯珊珊忍不住问。

林初叶扭头看她："你能联系得上华言影视幕后掌权那位吗？"

冯珊珊被她突然跳跃的问题问得一愣，摇摇头，说："联系不上，没有人脉和渠道搭线啊。好不容易找到他们助理的电话，人家可能连通传都懒得通传。"

林初叶："那不就是了。不是一个圈子的人，哪儿来的人脉和渠道啊。"

冯珊珊想想也是，又好奇："那个男人做什么的？"

林初叶摇头："不知道。"

她是真不知道，也没问过，但估计职位不会低。

其实早在同学聚会那天晚上，薛柠看到温席远脱口而出的"温……"时，她就觉得奇怪，只是她当时没细想，也可能是下意识去忽略才不去深想。

薛柠当时的嘴型分明是"温总"，只是在温席远的轻咳提醒下被她硬生生扭成了"温席远"。

她后来听别人说薛柠在上市集团上班，还是个很大的跨国公司，只是林初叶没问什么行业，她对别人的事没有追根问底的习惯。

但听说薛柠在公司职位不差，温席远能在上市集团做到"总"的，估计怎么着也得是个高层领导了，而且这个时间还能随意度假的，搞不好还是自己家公司。

林初叶想到那次在华言片场他沉着指挥现场的画面，动作又不由得一顿，问冯珊珊："对了，华言那位幕后掌权的多大年纪啊？"

"得有三四十了吧。"冯珊珊也不太了解，掰着手指头给她推算，"他十年前在华言那场股权之争中脱颖而出，一下子拿捏住了华言影视的绝对控股权，能有这个魄力和能力，怎么也得二十七八岁甚至三十往上了吧，现在十年过去了，三四十总有的。"

林初叶若有所思地点头，年龄对不上，十年前温席远也还只是个学生而已，那就不可能是他。更不可能是他爸，三四十岁还生不出他这么大的儿子。

林初叶估摸着他那次正好在宁市，受人所托帮处理片场的事。毕竟那次和她家人吃饭的时候，他有提过他姐姐做院线发行，估计是家里有这方面的人脉。

但那么有钱，显然不是普通发行，不会是自家开院线和地产娱乐一起做那种吧？

而且他说他爸妈"卖片"的，也勉强说得通。

"怎么了？"冯珊珊看林初叶想得出神，忍不住推了她一下。

林初叶回神："没什么。"

冯珊珊用手肘推她："那个男人条件那么好，做豪门太太不好吗？少奋斗几十年呢。"

林初叶瞥了她一眼："豪门悬浮剧看多了吧？哪儿来的豪门太太，就算有，你以为真那么好当啊。"

林初叶没见过什么豪不豪门。

她记得她十八岁时，她爸二次中风住院，那几年因为她爸第一次中风的事，家里为了给他治病和康复治疗，早已是负债累累，她妈要照顾她中风的爸爸也没法去上班，那时候她家是真的穷，穷得街坊邻居都知道。

但可能因为她长得还可以，颜值不知道怎么就入了同一条马路住的、家里开个大厂子、生意做得不错但早早辍了学的二代的眼，追了她一阵没追到后，也不知道他怎么和他家人说的。在林初叶家最难的时候，他妈妈带着三十万彩礼直接去她家提亲，说什么让她别读大学了，辍学嫁给她家里陪她儿子一起管理厂子，同时希望她婚后能尽快生孩子，也不要求多生，两个儿子就行。

话里话外都是你家这个条件，你家姑娘以后也找不到什么好人家嫁，现在她儿子看上了你家姑娘是你们的福气，那副施恩的嘴脸差点没把林初叶爸爸气进医院。

那天许曼刚好也在，二话不说把他们拎过来的见面礼全扔了出去，连同那对母子一起轰出了家门，并掏出了所有积蓄给林初叶爸爸治病。

那时许曼家生意也刚好遭遇低谷，也还在负债中，能帮到的有限。

但林初叶已是万分感激。那个时候她家就是个无底洞，家里爸爸病重在床，妈妈也病弱还要照顾病重的爸爸，她才刚十八岁还是个学生，家里也没有其他的兄弟姐妹，整个家没有一个劳动力，她也不知道以后能不能挣到钱，借钱给她家大概率是肉包子打狗的事，别的亲戚那里已经借不到了，只有许曼和她舅舅还在倾尽所有地帮她家，因此林初叶一直记着许曼的这份恩情，她挣到钱的第一件事就是给许曼和她舅舅买了套房，以方便他们工作生活，尽管那个时候他们已经富有得不需要她这套房子了。

当时林初叶其实已经有接受那三十万彩礼的打算了，虽然那不是她想要的生活，但她更害怕失去爸爸。

就在她犹豫的时候，冯珊珊找上了她。

冯珊珊看好她，为了签下她，对她异常慷慨，直接预支了她几十万片酬锁了她十年。

那几十万彻底解了林初叶的燃眉之急，不仅让她有条件给她爸爸安排一个很好的医疗和康复环境，也让她家得以还清外债，她也因此入了行。

虽然最终命运也没能为她留下爸爸，甚至连妈妈也没能留下，但至少那笔钱能让她爸妈在临走前度过一段相对富足无忧的生活，因此林初叶心里是感激冯珊珊的，也一直想着好好演戏不辜负冯珊珊，不能让她给公司签军令状讨来的几十万打了水漂。

当年冯珊珊给她规划的路线是捆绑孟景弦出道，但那个时候的孟景弦也还年轻，孟景弦的妈妈不放心他，全程跟在他身边，一边鼎力支持他，一边又把他盯得很紧，生怕乱七八糟的绯闻毁了他的星途，而林初叶作为孟景弦要炒 CP 的对象，自然被孟景弦妈妈看成了眼中钉。

那个时候的林初叶除了颜值还什么也没有，但孟景弦已经在圈子里小有成绩，而且他家境不错，妈妈一直是全职照顾他的生活起居，这是公司上下都知道的事。

孟景弦妈妈认为林初叶想要通过勾搭孟景弦，嫁入孟家来摆脱娱乐圈混不开的惨状，明里暗里不知道暗示过她多少次，他们家只接受名气配得上孟景弦的，不可能接受她一个小透明。如果林初叶真那么想嫁入他们孟家，就必须按照她的想法来，然后一二三四五六七八给她列了一堆要求，搞得林初叶一头雾水。好在周瑾辰后来横插一脚，强行中止了冯珊珊给她安排的和孟景弦的所有戏约以及 CP 炒作安排。

林初叶那会儿还以为遇到了救星，没想到却是来了个王炸。

周瑾辰追林初叶追得轰轰烈烈，闹得公司上下尽人皆知，连周瑾辰那个对他混娱乐圈一事睁一只眼闭一只眼的父亲也特地找到她，警告她别试图通过周瑾辰上位，他们家只接受清清白白的圈外女孩。

后来周瑾辰的父亲看周瑾辰追她追得实在太疯，大概也怕自己过于强硬闹得周瑾辰逆反，他又来找林初叶立了一堆和周瑾辰在一起后应该遵守的莫名其妙的规矩。

林初叶也不知道她上辈子是刨了谁家祖坟，这辈子总遇到这种事，接二连三地不是用钱砸她，就是当她贪慕虚荣怕她扒着他们家钱不放的，然后理所当然地给她搞一堆规矩和要求，让她都有应激反应了。

明明她什么也没做，被纠缠被困扰的一直是她，但因为她长得不错，又没有背景，在这个圈子里孤军奋斗，所以就随意被曲解和解读，甚至是被支配被要求。

林初叶一向不在意别人的眼光，但这些经历让她发现，她自己要是没底气，确实只有任人宰割的份。

但对那时的她来说，她事业的上升通道已经被周瑾辰堵住了。哪怕她通过别的渠道解约成功了，以周瑾辰的性子和人脉，她在这个圈子依然没有路，但她还想偿还冯珊珊的知遇之恩。

因此权衡过后，林初叶选择了继续提升学历，并利用课余时间写书。

在考上研究生后，她就开始以笔名"叶初"在网上进行小说创作。

林初叶是专门研究过市场才选择写书的，那也是她那个时候唯一能选择的路。

不耽误学习，不违背公司合约，不受朝九晚五上班打卡限制，有相对足够的自由权，最重要的是，写得好挣到钱能让她不用受制于周瑾辰。

对那个时候的她来说，有钱才是她最大的底气。

因此她一开始就奔着挣钱去写故事，入行前也是专门做过准备的。

许是因为对于年少时阶段暗恋的遗憾，她的第一本书《全世界都不知道》就是写的关于暗恋的青春校园故事，虽没有太多技巧，但胜在感情真挚，把女孩暗恋男孩的小心思以及那种爱而不得的遗憾展现得淋漓尽致。女主和男主最终错过彼此的结局也看哭了很多人，因此这本书一经推出就小火了一把，并为她带来了一笔不错的版权收入。

林初叶没有因此而松懈下来，靠着摆脱周瑾辰控制的强烈愿望催生出的自律，她每年稳定输出三本书。得益于她当初为了做一个好演员养成的每天大量阅片和拉片的习惯，以及她从小喜欢看书带来的文字敏感，她在无意中形成了比较强的编剧思维和市场敏锐度，刚好又赶上热钱涌入市场的时代，林初叶之后一直保持着稳定的版权输出。

几年下来，她的小金库存款颇为可观，虽不至于大富大贵，但至少让她有足够的底气去选择自己想要的生活。

唯一让林初叶没预料到的是，她以为周瑾辰对她的兴趣不会持续太久，因此那个时候她优先选择了学历提升而不是其他。她以为等她研究生毕业，周瑾辰早已找到新目标，忘了她这个人。没想到从他关注到她到她决定考研，从备考到三年研究生生活结束，整整五年了，周瑾辰还没放弃。

剧组安排的酒店在距离片场三四公里外的地方。

林初叶到酒店时先办理了入住。

周瑾辰给她安排的房间还可以，档次只比男女主角的套间低了一个档，是个自带厨卫和小阳台的公寓式大开间，原木色的日式装修让整个房间显得明亮又温馨。

冯珊珊随林初叶一起回到房间，边走边忍不住感慨："你说周瑾辰这人怎么就那么奇葩，剧组拍戏食宿安排上从不舍得亏待你，无论多小的角色，每次都给你比照女二号的待遇来安排，可就偏偏不肯给你接戏，也不让你走。"

周瑾辰虽是正儿八经给冯珊珊发薪水的老板，但她吐槽起周瑾辰来从不客气，不过这种不客气也只敢在林初叶面前表露。

在冯珊珊看来，她和林初叶早已超越经纪人和艺人的关系，两人更像是革命情谊。

当年她把宝全押在了林初叶和孟景弦身上，本来是想着借林初叶走上人生巅峰，结果半路杀出的周瑾辰毁了她的巅峰梦想。

这么多年来她手下除了孟景弦发展得不错，别的都是提起名字都要想半天是谁的，她的金牌经纪人梦想也就此止步，因此对于周瑾辰，冯珊珊的怨念不小，但他到底是她的衣食父母，她也做不到林初叶的潇洒，说不理周瑾辰就不理。

"他什么时候正常过。"面对冯珊珊的吐槽，林初叶仅是淡淡回了一句，并不在意周瑾辰这个人。

"对了，这次是什么角色？"把行李箱放下，林初叶已转向冯珊珊，"剧本和大纲人设都给我一份吧，我先看看。"

"算是个女四号吧。"冯珊珊从帆布包里取出剧本和大纲人设递给林初叶，"一个小成本古装剧，演女主的贴身丫鬟，人设一般，就前期白莲花后期黑化那种，黑化原因似乎是爱上了男主，所以想弄死女主。"

林初叶面上毫无波澜，接过剧本："我看看。"

冯珊珊看着她翻剧本的沉静模样："我怎么觉得你和女一号站一起，她才像是那个想要弄死你的丫鬟。"

女一号冯珊珊见过，和林初叶站一起确实丫鬟气质更明显。

林初叶瞥了她一眼："你这话可别在外面瞎说。"

冯珊珊翻了个白眼："还用你提醒啊。这剧女主角是周瑾辰硬塞进来的，资质不太行，听说导演非常不满意她，一直想把人换掉。"

林初叶："导演是谁啊？"

冯珊珊："谢志霖，谢导，你应该听说过。前两年拍了个大爆的古装剧，身价跟着水涨船高。他比较擅长拍男女主之间的细腻互动，很会抓男女主CP感，所以各个古装言情剧都爱找他。但他为人比较严谨刻板，对演员演技要求高，喜欢一遍遍重拍，反复磨镜头，所以拍他的戏也比较磨人，压力会很大。"

林初叶点点头，她听说过这个导演，也看过他的剧，确实很擅长拍细节，尤其是在男女主之间的暧昧和情感转换的表达上，他很擅长以局部的眼神或者肢体接触特写来凸显男女主之间的氛围感。

看得出来是个对自己有要求的导演。

林初叶没和他合作过，隐隐有些期待，她喜欢对自己有要求的人。

"明天有我的戏吗？"林初叶边翻大纲边问，问完又抬头看冯珊珊，"对了，你把通告单也发我一份吧，我看看后面的拍摄安排。"

通告单是每天的拍摄安排，一般会注明当天拍哪集哪场戏，在哪儿拍，什么时候拍，需要哪些演员到场等。

冯珊珊直接在微信上把电子通告单发给了林初叶。

林初叶打开看了眼，头两天没她的戏，那还有时间琢磨剧本。

这时响起敲门声。

周瑾辰的声音跟着响起："林初叶。"

林初叶和冯珊珊互看了眼。

冯珊珊直接翻了个白眼，压低声音："跟狗一样，嗅觉真灵敏，你刚到马上就寻着味儿找过来了。"

林初叶笑，推了推她，让她去开门。

冯珊珊不得不过去开门，看到周瑾辰时马上换上恭敬的面容："周总。"

周瑾辰目光越过她的肩膀，看向她身后的林初叶，对她说："过来了？还没吃饭吧，一起吃吧。"

林初叶："不用了，谢谢周总，我吃过了。"

周瑾辰像是早料到她会拒绝般："那就陪我一起吃。"抬起的右手食指往屋里微微一勾，已有服务员端着菜鱼贯而入。

冯珊珊回头偷偷冲林初叶做了个无可奈何的表情。

林初叶也眉目不动地看着服务员把菜一一放在房间的吧台餐桌上，而后又礼貌地撤离。

周瑾辰瞥了眼冯珊珊："你先回你房间吧。"

林初叶："珊珊姐不能走，我们一会儿还要一起探讨一下剧本的事。"

林初叶说着在吧台前坐了下来，拿过碗筷，给冯珊珊摆了一副，招呼她："珊珊姐，过来吃饭吧，忙活了一天，你也还没吃吧。"

冯珊珊点着头："是真饿坏了。"

说着，人已松开握着的门把，自觉在吧台前坐了下来，拿起筷子就开吃。

林初叶也拿起筷子就吃，完全不管周瑾辰。

冯珊珊偷偷瞥了眼周瑾辰，看着他喉结滚动，像是在强抑情绪。

她又偷偷瞥了眼林初叶。

林初叶慢条斯理地在吃饭，眼皮也没抬一下。

周瑾辰最终还是压下了所有脾气，走了进来，在林初叶对面坐了下来，拿起筷子端起碗就吃，匆匆扒拉几口就又放下了碗筷，也不说话，就睁着那双略显狭长的桃花眼，一直盯着林初叶看。

林初叶像是没察觉，依然慢条斯理地吃着饭。

周瑾辰最终先忍不住："林初叶，这部戏女一号我可以给你。"

林初叶很是奇怪地抬头看他一眼："谢谢周总，我不需要。"

周瑾辰："林初叶，你怎么就油盐不进呢？"

林初叶给了他一个万金油答案："谢谢周总厚爱，但我能力有限，驾驭不了女一号，现在的角色就挺好的。"

周瑾辰："那就是个烂角色。"

默默吃饭的冯珊珊想翻个白眼送他，原来你也知道啊？

林初叶微笑："没关系，我能把她演好。"

周瑾辰："项目过几天才会正式开机和官宣男女主角，你还有机会。想清楚了可以来找我。"

林初叶依然是微笑着点头："好的，谢谢周总。"

对他的态度还是和过去多年一样，那天晚上在宁市的失控仿佛只是他的错觉。

周瑾辰不由得多看了林初叶几眼，想到那天她对温席远轻声细语的态度，再对比温席远走后她的反常，他忍不住皱了皱眉。

冯珊珊一看他皱眉，心就微微提起，就怕他又突然发疯。

周瑾辰的发疯不是情绪失控的发疯，而是反反复复的自我推翻，比如现在说把女一号给林初叶，下一秒他就能马上收回成命。

冯珊珊还是挺希望林初叶能抓住这个机会的，难得有周瑾辰松口的时候。

好在他只是皱了皱眉，却转开了话题："女四号一直没找到合适人选，你人虽然是我塞进来的，但谢导并不同意用关系户，你明天就去试个镜，走个过场，先看他怎么说。"

　　林初叶依然是温顺地点头道谢："好的，谢谢周总。"

　　周瑾辰瞥了她一眼，起身，临走时，还是给她撂了一句话："不过你放心，这个剧组还是我说了算的，你要是想通了想演女一号，可以找我。"

　　林初叶："我会好好考虑的，谢谢周总。"

　　周瑾辰没再理她，转身出了门，还把房间门关得"乒乓"作响。

　　冯珊珊确认门是真的被锁上了，才过来见林初叶："周瑾辰转性了？居然肯让你演女一号了，机会难得啊。"

　　"你以为他没条件吗？而且，"林初叶起身，"这种靠潜规则抢来的角色我不想要。"

　　她可以接受公平试镜获得演出机会，但接受不了周瑾辰这种简单粗暴的潜规则式换人。

　　冯珊珊认识林初叶多年，了解她的坚持。

　　她不像一些人，把红当梦想。她纯粹就是体验角色，把演戏当工作，试镜于她就是面试。

　　面试能过，她兢兢业业把角色演好；面试不过，她也就遗憾一阵，继续在家研究别人的演技。

　　冯珊珊也不好评价她这种坚持好不好，其实在林初叶被周瑾辰雪藏的这几年，她并不是没机会，但凡她愿意点个头，也不是现在的境况。

　　就是在外戏上，她也因为这种坚持失去了很多机会。但相应的，她的坚持让她至少还能做她自己。

　　因此，冯珊珊又是矛盾的。一方面希望林初叶能大红大紫，不要被埋没，另一方面又乐于看到她能活成自己想要的模样。

　　因着这份矛盾，她也不多劝，只让她好好准备明天的试镜。角色虽然不好，但驾驭好了，也算是一个露脸的机会。

　　林初叶点头，倒不觉得角色真有多差。编剧笔下的人设有好有差，演得好，三分人设也能拿到七分好评，演得不好，十分人设也可能只拿到三分同情分，主要还是看她个人发挥。

　　冯珊珊走了以后，林初叶花了一晚上通读剧本，一点多时才洗漱熄灯上床，躺下前手习惯性拿过手机，看到有个未接来电，她手指微微一顿，点了开来，看到了"温席远"三个字。

　　那天晚上他们互留手机号时，他帮她存了手机号和名字，但从没拨过。

　　林初叶盯着那个名字有些失神。

　　人在极端忙碌时容易忘掉许多事，但夜深人静时，又会想起许多事，细节和感受会被夜色无限放大。

　　林初叶觉得心里有些空，手指压着"温席远"三个字微微左滑，红色的"删除"两个字出现在眼前，她手指压下，想点，又停住。

　　她把头转向窗外，又转回，手指直接按下了"删除"，然后一把将手机扔开，掀被上了床。

　　这一晚林初叶没睡好，她失眠了。

　　还好林初叶向来习惯于隐藏情绪，第二天早上起来时浅浅化了个妆便遮住了脸上的憔悴，没人瞧出她的异样，就连亲密如冯珊珊也没看出她的情绪不高。

　　试镜的地方在酒店会议室，剧组专门搭出来的试镜场地。

　　林初叶和冯珊珊过去时导演已经到了，现场还有几个制片人，但除了同公司的几个，好些都是没见过面的，他们到得早正在聊天。

　　对林初叶的出现，现场的人并不抱任何期待，都知道她是周瑾辰强塞进来的角色。

　　导演甚至没让她做自我介绍，看她进来直接扔了一页剧本给她，便喊了声："开始。"

　　林初叶看了眼手中剧本，是这个角色黑化的一场关键戏，和女主角的对手戏。

　　导演对林初叶虽不看好，但对戏是认真的，专程叫来了女一号来配合她试戏。

女一号就坐在台下，神色看着有些不耐烦。

林初叶昨晚才接触到剧本，只是大致通读了一遍，但没提前给她试戏的本子。她还没来得及背台词，因此面对导演开始的要求，林初叶不卑不亢地问导演："不好意思，导演，这场戏我刚看到，能先给我几分钟，背下台词吗？"

她的要求让坐在导演身边的男人颇为意外地抬头看了她一眼。

男人留着显然许久没修剪过的中长发，看着有些颓丧，又有几分落拓不羁，但五官是好看的。

他没等导演开口，就先开了口："那就背吧。"

"谢谢。"林初叶轻声道谢，微微侧转过身专心背台词。

现场的嘈杂没影响她的专注。

这场戏不长，是一场单纯怯懦的小白花女配黑化的戏。

女配原本是女主的贴身丫鬟，是女主捡来的哑女，孤苦娇弱，单纯善良，为人怯懦，经常受人欺负。年幼时曾被女主从恶霸手中救下并带在了身边，对女主忠心耿耿，在外人眼中就是个单纯的小丫头，女主对她信赖有加。

林初叶试的这场戏是掌握男二贪腐证据的女主被困家中，发现插翅难逃时，为将男主绳之以法，在一番思想挣扎后，女主把暗中搜集到的证据交给哑女，让她交给身为大理寺卿的男主。哑女带着女主交给她的证据转身离去时，露出了终于可以复命的松了口气的表情，与此同时，女主骤然联想到哑女与男二接触的种种反常，意识到哑女有问题，着急拦下哑女要将证据取回，没想到一向单纯怯懦的哑女却突然像变了个人般，狠辣地与女主缠斗了起来，并欲取女主的性命，却又在压制住女主时陷入天人交战。

因为前期是哑女伪装的设定，台词不算多，但女配的变化层次多，从怯懦无措到如释重负，再到狠辣黑化，最后在杀不杀女主之间的挣扎，再到被女主使计夺回主动权的不可置信和受伤，虽只有短短几分钟的戏，但是极其挑战饰演者的演技。

林初叶只花了几分钟就把台词背了下来。

她朝导演做了个"可以了"的手势。

导演坐直，让女一号上场。

女一号意兴阑珊地上了场。

导演让灯光摄影一起准备妥当，才喊了声："Action（开始）！"

导演指令一下，林初叶马上进入戏剧状态，面对女主临危时托她把证据带出去的交代，她抖抖索索地伸出手，想接不敢接，蓄满泪水的眼睛也担心地看向女主。

导演和身边的落拓男人原本只是随意看着，但很快就被林初叶带入了状态。她的眼神戏很有张力，泪在眼眶里疯狂打转却强忍着不让它们落下的倔强和害怕，对女主的担心全藏在了眼神里，微微哆嗦着的嘴唇和不断摇着的头也泄露了她的害怕无措，以及对女主处境的担忧，完全贴合了剧本里忠心耿耿但单纯怯懦的人设。

女主已经没时间管她的害怕，看她一直拖着不敢接，直接拉起她的手，强行把重要证据塞入她手中，冲她暴喝了一声："走！"

哑女被迫转身，但在转身的那一瞬，她脸上所有的担心、害怕和无措秒变成了终于完成任务的如释重负，妆造和神色明明都没变，但眼神在那一瞬发生了变化，整个人像变了一个人般。

坐在导演旁边的落拓男人差点就站了起来，又被导演强拉住了衣角。

场上的女主在这时突然想起了什么般，一声"等等"后便将手伸向哑女。

原本柔弱无力的哑女突然动作极快地出手，动作迅疾利落，眼神狠辣冷酷，全无前期的怯懦小白花模样。

女主在中毒和震惊下，一个恍神的工夫，哑女双指精准锁住了女主的喉咙。

林初叶的这场打戏特别漂亮，无论是毫无预兆地转身攻击女主，还是锁住女主喉咙，每一个动作都干脆利落，没有任何拖泥带水，神色和眼神也冷酷狠辣得再次像变了个人。

落拓男人和导演眼中的兴奋已经难掩，但谁都没有喊停，只是紧紧地盯着场上的林初叶和女一号。

女一号已经明显接不住林初叶的戏了，除了瞪大眼睛惊恐地看着林初叶，再无其他。

她连台词都忘了，只是惊恐地盯着林初叶看了半天，终于毫无感情地挤出了一句："为什么？"

这不是剧本上的台词。

但林初叶脸上不见丝毫慌乱，只是面无表情地盯着她，有了她上场以来的第一句台词："你不该动齐司衡。"

嗓音是久不开口说话的沙哑和生涩，甚至带着点破锣音，完全贴合了剧本里哑女嗓子受伤失声的设定，但这场戏的剧本里并没有体现，林初叶显然是看过全剧本做过功课的。

女一号在这时也想起了剧本接下来的剧情，神色震惊地看向林初叶："你会说话？"

林初叶依然面无表情地看着她："我从没说过我不会说话。"

女主开始控诉哑女骗了她，细数两人相识以来的种种，声泪俱下，不可置信。

台下的导演和坐他旁边的落拓男人同时皱起了眉。

但台上的林初叶并没有被女一号打乱节奏，神色已经随着女主的回忆和控诉从毫无感情的冷酷慢慢变得有了一丝松动、挣扎和恍惚。

女主趁机反杀，夺回主动权。

林初叶落入女主的掌控中，喉咙被死死掐住。

她的脸色换上濒死的痛苦，眼神已无刚才的狠辣和挣扎，只有不可置信，不可置信中又掺杂着"小姐终于长大了"的淡淡欣慰。

这也是剧本发展到后期时哑女领盒饭才揭露的人设。

"卡！"导演及时喊停。

钳制林初叶喉咙的女一号当下松了手，边嫌弃地拍着手边漫不经心地转过身就要走。

林初叶的神色也已切回了平日里的平和谦逊，她冲台下众人鞠了个躬，正要退场时，导演突然开口："等等。"

190

林初叶困惑地转身看他。

导演："你和女一号换换。"

林初叶愣住。

女一号也愣住。

导演就一个字："换！"

反倒是坐他旁边的落拓男人难掩兴奋地催她："抓紧时间，你们角色对调一下。"

林初叶一头雾水地点头。

女一号的人设更贴近林初叶本人。

刚才试戏的女一号没演出来的感觉，林初叶全演了出来，从前期被困房中的焦急担心，到下定决心冒险让哑女带证据离开，再到骤然想起哑女反常做出的反应，以及察觉被背叛时的受伤和迅速做决定扭转局面的聪明，林初叶把刚才女一号没演出的感觉全演了出来，不仅让观众迅速代入了进去，而且毫无表演痕迹，完全是浑然天成的感觉，仿佛角色就是她，她就是角色本身，把一个只有七十分的人设演了九十分的味道，完全演活了女主本人。

她显然极其理解人设的深层次逻辑，并将人设的层次感完美演绎了出来，眼神戏和微表情尤其到位，台词也清晰而富有感情，音色好听，现场收音就能用的地步，显然也是下过苦功练习的。再加上她本身偏小白花的清纯气质和长相，几乎在她鞠躬道谢的那一瞬，落拓男人就兴奋地站起身，冲导演喊："导演，她更适合女主角，我建议用她。"说完已兴奋地朝林初叶自我介绍："你好，我是本剧编剧，徐子扬。"

林初叶一愣，徐子扬？

她记得那天问她舅妈小阁楼租客是谁时，她舅妈提过这个名字，是撞名还是同一个人？

她愣神的当口，导演也已起身看向她："林初叶是吧？你最近三个月有档期吗？"

"她不能演女主角。"

周瑾辰的嗓音在这时插入，音落时，人也已到门口。

导演和徐子扬俱是一愣，同时看向周瑾辰。

林初叶和冯珊珊毫无意外地对望了一眼。

林初叶面色平静，冯珊珊直接对天翻了个白眼，一脸看透了的架势。

她已经记不得这是第几次了。

相似的场景，同样的结果。

一次又一次！

林初叶靠自己赢得的每一次机会就是这么被周瑾辰扼杀的。

但这次的导演是个硬茬。

"为什么？"他直接问周瑾辰。

周瑾辰："她不合适。"

导演："我和编剧都认为再没有人比她更适合这个角色。"

徐子扬也跟着笑着起身："对对，林初叶和我笔下的女主比较贴脸，而且演技也不错，我认为她更合适。"

周瑾辰："她咖位不够，会影响公司项目成交的价格。"

徐子扬一下语塞，确实会有这方面的顾虑。

这部戏属于几家公司联合先行垫资拍摄，成片效果和演员咖位确实会对价格有直接影响，甚至关系到能否卖出去，启用新人确实风险很大。

原定女一号虽然不是什么大红大紫的流量小花，但已经在好几部网剧里稳定刷脸，也在大制作的上星剧里演过女二，虽然演技一直被诟病，但有一定的国民度和知名度，购片方和大众会比较认可。

男一号楼远航还是个没什么作品但潜力极佳的新人，长了一张所谓的男主脸，身高腿长身材比例好，演技虽然还生涩，但胜在眼神戏好，看女演员的眼神很深情，情感丰沛，天生自带苏感、容易和女演员出 CP 感。

这部剧星一的定位就是想利用女一号带带楼远航，如果女一号也换成纯新人，确实会让资方承担很大的风险。

徐子扬只是个还在金字塔底部打转的小编剧，没人认他，也不能带来任何助益。

因此徐子扬只能寄希望于导演，毕竟导演是有过大爆剧的人，业内还是比较认可的。

他眼巴巴地看着导演，希望他能硬气点。

导演也正在沉吟，和他做同样的考量。不是谁都有这个魄力去启用新人，尤其在资方不同意的情况下。

导演的态度让徐子扬有些担心，他又忍不住看向林初叶。

林初叶已经在靠窗的候场区坐下，面上沉静依旧，没有欣喜，没有着急，也没有失落，就很平静地坐在那等结果，看着甚至是有些放空和走神的，带着几分漫不经心的随意，人就这么平静地看着他们对峙。

那股从容的劲儿活脱脱是他笔下的女主角。

人长得还甜，动起来时顾盼间娇憨恬静可爱，演起戏来小动作小表情运用自如，身形、个头也娇小，从形象到眼神戏都是容易和男主角出 CP 感的款。

徐子扬越看越心动，实在不想错过，看导演还在犹豫，忍不住提议："要不让男一号也过来和她试一场？看看两人之间有没有火花？"

导演当下点头同意："可以。"

周瑾辰阻止："没这个必要。两个都是新人，风险太大。"

导演："先试试看。如果她确实不错的话，可以考虑换一个人气高点的男演员来带她，成本也是一样的。"

周瑾辰："不行。这部戏就是为楼远航量身打造的。"

导演还是想看看林初叶和男一号的碰撞："那也没关系，先试试看吧。"说着已让副导去叫人。

周瑾辰沉了脸，直接对林初叶喊："林初叶，你先出去。"

导演阻止了她："林初叶，你留下。"

周瑾辰："出去！"

导演："留下！"

林初叶："……"

她看向冯珊珊。

冯珊珊以眼神劝她留下，难得遇到一个敢和周瑾辰杠的，万一杠赢了呢。

林初叶没冯珊珊乐观，导演再硬气，到底底子还弱，没有优秀到让周瑾辰非他不可的地步。

争执下去的结果一定是周瑾辰换导演。

她了解周瑾辰。

林初叶心里感激导演对自己的认可，但并不想害他丢饭碗，因而客气地走向他。

"谢谢导演对我的认可。"林初叶微笑道谢，真心感激，"不过这个角色我确实不是很能驾驭。"

导演瞥了她一眼："你甭谦虚，这个角色你明显游刃有余。"

眼角瞥见男一号已经随副导演进来，又对林初叶说："你上去准备一下，和男一号试场戏看看。"又看向周瑾辰，"周总，我就让他们试一场戏。如果达不到我的要求，我不会坚持。"

周瑾辰直接拒绝："没必要。"

他看过林初叶的戏，知道她不可能达不到导演的要求。试下去的结果只会让导演更笃定自己的坚持。

但导演没理他，直接当听不见，把要试的那场戏的剧本飞页分别递给了林初叶和男一号。

"你们试试。"

林初叶一看周瑾辰的神色就知道他已经动了怒，试过了还是一样的结果，到时导演和周瑾辰的争执只会大不会小。

"导演。"

她刚要开口拒绝，导演已先她一步安抚："你不用担心，我有我的打算，你放开演就是。"

徐子扬也笑着看向林初叶："试试吧，你也不一定能过。导演眼光刁

194

钻着呢。"

林初叶也笑："对啊，反正也不一定能过，就算了吧。"边说着边歉然把剧本飞页递还给导演，又歉然回头冲楼远航笑了笑，"不好意思。"

楼远航长得高，正低头看她。

她看他时是微微仰头的，眼神里落了光，就这么一仰头一微笑的画面，导演心里的想法就更加强烈了，他非要林初叶试试。

"你就放心大胆地去试，我不会用你，你放心。"他说，"我就找找感觉。"说着不由分说把剧本飞页重新塞入林初叶手中，同时吩咐摄影灯光准备。

林初叶看了眼导演，看着他脸上的坚持，终是迟疑地点了点头。

这是一场男女主诀别分手的戏。原本深爱彼此的男女主因为立场问题被迫分开，两人都克制着自己的情感祝对方安好，而后各自转身，渐行渐远时男主终是克制不住对女主的情感，转身拽住了女主的胳膊，强硬逼她留下，是一场无声胜有声、虐得观众眼泪直掉的感情戏。

林初叶没有用大开大合的情绪去演，反而选择了一种非常平静的演法，把女主微笑和男主说"保重"时的强撑和心痛，以及男主突然转身扣住她的胳膊强硬要求她留下时她的欣喜和矛盾全演了出来。

她的眼神和小表情配合得极其让人心疼和怜爱，强忍眼泪微笑的样子和转身时慢慢收起微笑的表情，以及眼角大滴滚落的眼泪形成强烈反差，一下就把看客的眼泪勾了出来。

导演当下鼓掌起身，手指着林初叶对周瑾辰推翻了自己刚刚许下的承诺："我就要她。"

周瑾辰已是面无表情："我不会同时用两个新人。"

导演："他们俩有爆的希望。"

周瑾辰直接起身："这个剧本没那么优秀。要么继续原来的演员班底，要么换导演。你自己看着办吧。"

说完人已直接走了出去。

林初叶无奈地和冯珊珊互看了眼，果然是她猜想的结局。

林初叶走向导演，真心道谢："导演，谢谢您。不过这个戏我不会接，我就是最近遇到了点事，过来打打酱油散散心而已，谢谢您对我的认可。"说完歉然冲他点了个头，和冯珊珊先走了。

徐子扬满脸遗憾："导演，要不还是算了吧。"

他一小编剧也没什么话语权，决定不了用什么演员，但现在导演好歹是定了的，是他满意的导演，他怕这一折腾把导演也给折腾走了。正想着要怎么安抚，导演已收起桌上的文件，转身就走。

"我辞导。"

徐子扬被惊得一下起身，急忙拉住导演："老哥，别冲动，别冲动。周总就是一下脾气上来了，说了重话，他缓过来就好了。"

导演不搭理他，直接出了门。

徐子扬头疼，后悔自己多事建议找男一号来和林初叶搭戏，还以为这样能说服周瑾辰，没想到遇到一块茅坑石，又臭又硬。

徐子扬长长叹气，收起桌上剧本刚想出去，手机响了，温席远打过来的。

"怎么样？房东怎么说？"

徐子扬这才想起温席远要买小阁楼的事，许曼当天就回绝了他，微信里回绝的，但她回他信息那会儿他正在开会，看完信息就忘了，连许曼的信息都没记得回，更别说温席远。

"房东说了，不卖，要留着。"徐子扬边往外走边说。

温席远皱眉："多少钱都不卖？"

徐子扬："嗯，人家不缺钱。"

温席远沉默了下来，身子慢慢靠向椅背，转头看向窗外。

"那就算了吧。"好一会儿，他终于开口。

徐子扬"嗯"了一声，想到刚才的糟心事，又忍不住和温席远吐槽："我今天遇到了我心目中的女主角。"

温席远没兴趣听他的八卦："恭喜，祝你三年抱俩。"

徐子扬："说什么呢。我说的是我剧本的女主角，我遇到了个形象和演技都特别贴人设的，我和导演都同时看中了她，你说这得多难得。"

温席远："嗯，是不容易。"

徐子扬："所以啊，你说投资商是不是脑袋有坑？那么好一苗子他不敢用，说是两个都是新人，风险太大。"

温席远："这不挺正常吗？"

"是正常。可人偶尔还是要有点冒险精神不是？谢导谁啊，那眼光多绝，你看现在流量不错的几个小花里，有两个就是他戏里出来的。要不……"徐子扬轻咳了声，"温总要不要考虑增资支援一下？这剧真有大火潜质，能给你挣大钱的。"

温席远："不是我打击你，你有几斤几两我还不知道？投资你就等于打水漂，没必要做这种冤大头。"

徐子扬："哥，别那么直接好不啦。你看看人家谢导，人家拍 S 级大项目的，都甘愿来接我一小 A 项目，这不就是看中我的潜力吗？还有我们这项目的投资商，人家甘愿自己垫资拍，这不已经说明潜力巨大了吗？"

温席远："那就祝你新剧大爆。"说着就要挂电话。

徐子扬赶紧阻止了他："哎，别啊，你再考虑考虑，增个资什么的，把主控权抢过来，替我做个主，留下我的女主角和导演呗，我难得遇到一回这么适配的组合，不是吗？"

"公司暂时没有这方面的业务计划。"温席远直接挂了徐子扬的电话。

一个新人也不值得冒这样的风险，尤其还不是本公司的艺人。

徐子扬瞪着手机，叹气。

他倒没真指望温席远会投资。

华言影视虽是属于全产业链布局，公司业务也涵盖了影视制作、发行、投资、院线和艺人经纪、广告等方方面面，但侧重点主要还是在电影方向，电视剧的业务也多以主旋律为主，或是偏向大制作的剧情片，主做精品剧，和星一这种只能在各种小成本网剧和偶像剧里打转的不太一样，是属于业内认可，却不是一般人能够得上的主流。

温席远在做剧方面要求一向高，一定是剧本精良、导演优秀和演员适合才会启动拍摄，从不会为了赚钱而随便砸钱找流量组盘子去拍摄，对后期制作要求也严格，因此华言出品的剧都被默认为国剧良心，是冲奖的精品。每部剧前期刚出策划消息，各大平台和电视台就开始争相预购，各个年龄段的大咖也为了角色挤破头，甘愿降薪加入。

徐子扬和温席远关系虽好，但他个人职业生涯发展定位和华言影视的业务定位不一样。他就是个写小成本偶像剧的编剧，只爱写些男女间的小情小爱，别的他写不来，因此只能在各种小成本古偶和现偶里打转。

温席远也不太可能来做偶像剧，倒不是他看不上，而是他没有这方面的兴趣，更何况要去捧一个他不认识的新人，还是个别家公司已经签走的艺人。他又不是做慈善的，不可能会特地花巨资去捧别人的潜力股。

因此对于温席远的拒绝，徐子扬倒没意外，只是有点遗憾。

他看得出来，林初叶资质是真的不错，人也努力，她就是缺一部担主的剧。

有她在，说不定能给这个项目和她带来个双赢的结果。

可惜了。

徐子扬再次长长地叹了口气，目光从试镜室内的剧作海报扫过，敲不到林初叶，导演又要走，他也被搅得有些意兴阑珊了。

走出试镜室，他一眼看到正被男一号拦下聊戏的林初叶。

酒店外部是新中式回廊，两人就站在回廊下，身上还穿着刚才试戏时的戏服，一个仰头，一个低头，活脱脱就是一出偶像剧啊。

徐子扬拿起手机顺手拍了下来，想发给温席远以增加说服力，还没来得及发，听到声响的林初叶已回头，看到是他，客气地打了声招呼："编剧老师。"

剧组里无论是谁，大家都习惯以老师相称。

徐子扬收起手机，也微笑着点头："还没回去呢。"

男一号楼远航笑着接话："对，刚和林老师对的那场戏很过瘾，所以想拉林老师一起探讨一下剧本。"

徐子扬听得心口在滴血，他更过瘾，他心目中的男女主角就在眼前，他却不能用。

面上他还要假装什么也没发生地夸一下："挺好的，都演得不错。"

林初叶微笑："谢谢。"

连微笑道谢的模样都是他剧本里女主角的样子。

徐子扬再次心痛，已经完全把林初叶代入他女主角出不来了。

明明那么适合的角色，对还是新人的她来说也是个很好的机会，她完全是靠自己能力征服的导演和编剧，偏让周瑾辰一票给否决了。

徐子扬莫名有点心疼林初叶。

"林老师，你最近都会在剧组吧？"徐子扬终是没忍住，开了口。

林初叶觉得他看她的眼神有点奇怪，但和徐子扬到底不熟，她好奇心也不重，就没问，点了点头："嗯。"

却没见他多说什么，只是看到他似是松了口气，留了句"等我"就先走了。

林初叶被他闹得有点奇怪，却也没琢磨出他什么意思。

回神时，发现楼远航还在看她。

他有些不好意思："林老师，方便加个微信吗？"说完又像是怕林初叶误会，解释道，"你别误会，我只是觉得你对剧本的解读比较深刻，我也还是个新人，在这方面的经验也还比较欠缺，想和你多探讨一下人物角色的情感变化。"

林初叶被他夸得也有些不好意思："你别这么说，我也是个新人。"

看他还举着微信二维码等她扫，也就掏出手机扫了下，加了他的微信。

楼远航收起手机："谢谢林老师，以后估计要多麻烦你了。"

林初叶也客气地回："没事，是我要向你们多学习。"

相互客气一番后才道了别。

徐子扬直接带着剧本大纲人设和项目策划书从剧组直奔温席远的家。

剧组在北市郊区的古装影视基地内，到温席远家有将近两个小时的车程。

徐子扬特地等下班时间才自己开车过去。

温席远这人向来奇怪，度假的时候非重要工作一律不管，全权交给底下人处理。但工作时又是个标准的工作狂魔，把办公室当家那种。

他度假也是随机的，要么几年不休息，要么一年休几次，随便找个犄角旮旯一住就是十天半月甚至更长，反正做什么全凭他心情。

徐子扬估摸着八九点温席远应该到家了，没想到等他到了温席远家门口，屋里却黑漆漆一片。

他忍不住掏出手机给温席远打电话："还没下班呢你？"

"嗯。"电话那头的温席远淡声应道。

他确实没下班，倒不是有多忙，只是不太想回去面对空荡荡的屋子。

于温席远而言，这明明是他过去几年的常态，却有了不适应的感觉。

助理看他没下班，自己也不敢下班。

这次温席远回来，他隐约感觉温席远变了，以前还是个有温度的老板，虽然也不会和他们这些下属打成一团，但整个人气场是温和的，现在完全一副生人勿近的冰冷模样，搞得他面对温席远心里有点发怵。

温席远看到了助理偷偷看他的眼神，也看出了他眼中的困惑。他这两天确实脾气不太好，虽不至于冲无辜下属发火，但周身的低气压还是让身边的人胆战心惊。

他冲助理挥了挥手，让他先下班。

电话那头的徐子扬已经在催："什么时候下班？"

温席远："什么事？"

徐子扬："就今天和你说我那个项目的事。"

温席远当他是项目上遇到了困难："公司目前确实没有往偶像剧方面的投资计划。如果你那项目确实有困难，我可以以我个人名义给你投一笔钱，把资金缺口补上。"

"不是钱的问题，是项目主控权。"徐子扬在电话里一时半会儿也说不清楚，"你先回来，我和你详细谈。"

温席远点了点头："嗯。"

挂了电话，温席远想要关电脑，看到公司邮箱界面还开着，助理前两天给他发的星一签约艺人完整名单还在未读邮箱里没打开。温席远压在鼠标上的手微微一顿，点开了邮件。

鼠标下拉，在女艺人最后一栏看到了林初叶。

照片应该是她几年前拍的，看着还有些青涩。

简介很简单，年龄、籍贯、毕业大学和院系专业、拍过的剧和角色等。

"官网为什么没她名字？"

"她被公司雪藏了，这几年一直在打解约官司，没赢过。"

那天助理电话里的话在耳边响起。

温席远压在鼠标上的手慢慢停下，看向外屋收拾妥当准备下班的助理："小黎，你进来一下。"

正要走的助理黎锐忐忑地走了进来："温总，怎么了？"

温席远抬头看向他："林初叶为什么会被公司雪藏？"

黎锐茫然地摇头："不清楚呢。"

温席远之前只是让他找完整艺人名单，没有特别提林初叶的名字，他也就没想着要多问一嘴。

温席远："她和星一的合约签了几年？还剩几年？"

黎锐的背脊已经开始冒汗："回头我问一下吧。"

温席远："星一最近开了什么内戏吗？"

黎锐依然只能茫然地摇头，这种非竞品公司，他平时也关注不到。

"温总问这个是要做什么吗？"他不明白温席远为什么要关心星一最近开了什么戏，两家公司现在完全不搭边。

温席远："没有。你帮我查一下，林初叶为什么会被星一雪藏，她和星一的合约签的具体是什么合约，签了几年，还剩几年，以及，星一最近有没有什么内戏在拍或者待开，剧组在哪儿，明天给我结果。"

黎锐赶紧点头："好的，温总。"

温席远点点头："你先下班吧。"

视线移往电脑屏幕上的林初叶，盯着出神了会儿，面色又淡了下来，一声不吭地关了邮箱，关了电脑，起身，就要下班，手机响了。

温席远看了眼，温书宁打过来的。

温席远接起，拿过衣帽架上的外套，关了灯，边往电梯外走边问："什么事？"

温书宁："听说你回北市了？怎么这么突然？"

温席远："有事。"

温书宁："那林初叶呢？那天让你们过来吃饭，你让何鸣幽带话说和他舅妈去接人，怎么接着接着人就飞了。"

那天温席远接到温简和江承后，温简在家人群里告诉大家温席远已经带他们在外面吃饭了，问他们要不要过去一起吃，那时温书宁还处在何鸣幽带话回来的林初叶是"舅妈"的震惊中，家里饭也已经都准备好了，就没出去，晚上给温席远打电话他没接，她当他和林初叶在招待温简和江承，就耐着性子没打扰，赶上这两天忙，就给忙忘了，今晚才缓过来，却同时收到温席远回北市上班了和何鸣幽困惑的"林老师走了"的消息，她一下子有点蒙，这两人关系变化太快她有点追不上。

"别和我提那天晚上。"温席远淡声回应，按下电梯按键。

温书宁明显感觉到了温席远的情绪起伏，声音不自觉地小心翼翼起来："你和林初叶……吹了？"

温席远直接挂了她的电话。

温书宁被震得一脸茫然，看向还在眼巴巴地看她等林老师消息的何鸣幽。

何鸣幽看她看他，马上问："林老师呢？"

其实林初叶走的那天虽然来不及和他们告别，但上课时通过大屏幕和他们视频了，说遇到了点事要出差一阵，等忙完了再回来。

但她视频里没说去哪儿，何鸣幽有点好奇林老师去哪儿了。林老师长得好看，他还蛮喜欢她，想知道她在哪儿好有空去找她。

202

温书宁摇头："不知道。"

何鸣幽："她不是舅妈吗？怎么不和舅舅在一起？"

温书宁双手一摊，回他一个同款不知道的表情。

她估摸着温席远和林初叶真出问题了，温席远对她这个姐姐虽然一向没大没小，但从没这样撂过她的电话，哪怕是赶不及接电话，事后也会在微信补她两个字"活着"，这样直接撂电话的还是头一回。

她有些担心，但不敢再去电话询问，想了想还是微信给他发了个信息：小两口闹矛盾是常有的事，床头打架床尾和，男人大气一点，哄一下就没事了。

温席远看到她的信息时，人已经在车上，正启动了引擎准备开出去，手机冷不丁进了信息，他就顺手打开看了眼，没想到是一堆废话，没一个字说到点上。

林初叶哪是在和他闹矛盾，分明是跑路。

温席远直接按熄了手机，手往手挡利落一推，脚板压下油门，车子缓缓驶了出去。

温席远回到家时已是十点多，下车便在门口看到了像是从荒野求生回来的徐子扬，他怀里还抱着一个文件袋，蹲守在他家门口。

温席远只一眼就明白小阁楼邻居为什么会当他落魄不堪，连带让林初叶全算在自己头上来了。

想到林初叶的阴错阳差，温席远看到徐子扬的面色就好不起来。

"你就不能好好修理一下自己？"大拇指压向指纹锁，温席远冷着嗓子问。

徐子扬大手把长发往脑后一拨："这不是没时间嘛。"

温席远："你有工夫在这儿蹲守两个小时，还抽不出半小时去理个发？"

徐子扬："主要是一出门我写稿状态就被打散了，我不能轻易出门。"

温席远："那你还过来做什么？"

推开房门，徐子扬跟着他入内，一边把门带上，一边从档案袋里取出剧本和项目策划书："这个项目你一定要看看。真的值得。"

温席远伸手接了过来："你怎么和薛柠一个德行，正规渠道不用，非要走绿色通道。你这个项目要是前景好可以直接投给公司项目部。"

徐子扬："这不是你们的主攻题材，投他们没用。"

温席远随便扫了几眼，还给他："给我一样没用。"

"你先别急着否认。"徐子扬重新把策划书塞入温席远手中，"我这次是为我的女主角来的，我和你说，这女孩肯定要大火。"

温席远："关我什么事，又不是我公司的艺人。"

徐子扬："可以挖过去啊。尤其她现在没火，肯定便宜。"

温席远："我公司不缺艺人。"

徐子扬："但肯定缺这一款。"

徐子扬边说着边掏出手机，翻出今天抓拍的林初叶和男一号站在一起的养眼照片："你看你看，是不是很打眼？尤其和旁边的男演员站在一块儿，那简直就像偶像剧走出来的情侣。"

温席远瞥了眼他手机，目光顿住。

徐子扬当他被林初叶吸引了，继续夸："是吧？你看，你也挪不开眼了。你看她和男演员站在一起那股 CP 感，是不是绝了，两人对视的眼神都能拉出丝来了，这两人搭一起绝对能火，我跟你说。而且这男演员人也不错，家里条件不好，但人很上进，也认真努力，在剧组里很会照顾同剧组女演员，风评很好，不会搞那些乱七八糟的绯闻，不用担心塌房，你可以趁机把两个一起签了……"

温席远打断他："她在哪儿？"

徐子扬："哈？"

温席远："林初叶在哪儿？"

徐子扬："……"

徐子扬缓过神来："不对，你怎么知道她叫林初叶？"

他仔细回想了一遍，自己并没有提过这个名字。

温席远没回他："她在哪儿？"

徐子扬："就我们剧组啊，北市城外的古装影视基地。"

温席远若有所思地点头："周瑾辰的剧？"

徐子扬诧异："你怎么知道？"

温席远："她是周瑾辰公司的人。"

徐子扬连连点头："对对。资质是真不错，就不知道周瑾辰为什么不捧她。"

温席远："她在你们这个剧演什么角色？"

徐子扬："周瑾辰想让她演一个女四号，一个丫鬟角色。但是今天试镜以后，我和导演都觉得她更适合女一号，想争取一下，被周瑾辰否了。"

温席远记得他白天电话里有说周瑾辰否定的原因，说是她和男一号都是新人，风险太大。从业内角度来说，似乎也无可挑剔，毕竟是公司垫资拍摄的，成片效果也还看不到，没一个有市场号召力的人，片子很可能砸手上。

温席远："原定的女一号是谁？"

徐子扬："许安然，一个拍过好几个网剧的女演员，都是演的女一号，资质一般，但运气不错，做镶边女主的两部戏小红了一下，给她蹭到了不错的数据，有一定的粉丝基础。那两部剧算是平台比较赚钱的剧，平台也比较认她。目前是星一力捧的女演员。"

温席远对这个名字略微有点印象，价位不高，粉丝基础可以，确实算是小成本剧里性价比比较高的一个演员了。

"男一号呢？"温席远问。

徐子扬："叫楼远航，是个有天分又能吃苦的演员，资质很不错，刚出道星一就给他安排了一部男主剧，虽然是小成本剧，但反响不错，给他吸了不少女友粉，挺有潜力的一个男孩子。目前星一计划把他当未来一哥捧，所以这部戏打算用许安然带他。"

温席远皱眉："这么一看，周瑾辰的顾虑似乎没什么问题。"

徐子扬："那是因为你没看过许安然和林初叶的对手戏。许安然全程被吊打。而且从长相、气质、路人缘、天赋、资质和对剧本的态度来说，林初叶也是全方位吊打许安然，但周瑾辰偏放着这么个林初叶不捧，去捧许安然，你不觉得奇怪吗？"

徐子扬说着打开今天试镜的视频，找出林初叶和许安然试镜的那场对手戏给温席远。

"你看看，林初叶这灵性，是不是比许安然更值得捧？"

温席远全程看完，林初叶确实是有灵性的，也确实全方位吊打对手。

她没什么演戏经验，也不是科班出身，不存在什么技巧，整个就是一种浑然天成的状态，演起戏来松弛有度，收放自如。

而且她的长相甜软沉静带书卷气，气质清新，笑起来又带着那么点少女的羞涩可爱，眼神清澈平和，确实是比较容易让人有好感的类型。

"林初叶是什么态度？"他看向徐子扬，"她想接这个角色吗？"

"是个人都想吧。"徐子扬也不太确定，"你想，一个一直被打压的新人，突然这么一个大好机会送到她面前，很难不心动吧？"

温席远瞥了他一眼："林初叶可未必。"

"你这么了解她？"徐子扬好奇，"你们两个，什么关系？"

温席远还是没给他任何探听的机会，转开了话题："你们和周瑾辰争执不下的时候，她在现场吗？她什么态度？"

"在的。"徐子扬回想林初叶当时的样子，其实她全程都很平静也很平和，但能被认可……

"她应该也是蛮高兴的。"徐子扬边回忆着边说，"她还向导演表达了她的感激，但可能是当时导演和周瑾辰的对峙太过剑拔弩张，她不想连累导演，拒绝了导演的好意，就连导演让她和男一号对一场戏的要求也被她拒绝了，后来是导演再三向她保证不会用她，她才同意演的。但那场戏演得太好了，演完导演当场自我打脸，和周瑾辰坚持要用林初叶，后来周瑾辰直接撂话，要么保留原定演员班底，要么换导演，现在导演也闹着要辞导了。"

徐子扬说到这个就惆怅，要是导演也走了，这个剧组他估计也是待不下了，就让孩子自生自灭吧。

温席远看着他："我看看那场戏。"

徐子扬翻出了林初叶和男一号试镜的视频给他。

是男女主分手的那场戏。

温席远看着看着，目光就慢慢顿住了，视线胶着在屏幕上的林初叶脸上没动。

他想起她猜到他身份那天，在车里，她微笑着对他说"好像真的养不起你呢。那不养了行不行"，以及那天晚上她背对着他躺在他怀里，轻声对他说"我不能和你结婚了"时的平静，这种平静和微笑与现在戏里的她一模一样，除了她转身时眼神里的悲伤和难过。

那天他在开着车，没时间长时间看她的眼睛。

那天晚上，她是一直背对着他的。

徐子扬看温席远盯着手机屏幕久久没动静，神色似乎有些走神，忍不住看了眼手机，那段试镜视频早已播完，最后画面定格在了林初叶转身慢慢收起的微笑和落下的那滴泪上。

这个表演状态的林初叶情绪确实很有感染力，一种无声胜有声的感染力。

他忍不住推了推温席远："是不是演得很好？"

温席远点点头："嗯，演技确实不错。"

徐子扬："所以啊，她这样的资质，埋没了多可惜。"

温席远没回他，手伸向他："大纲人设给我，还有策划案。"

徐子扬马上把资料呈上。

温席远快速扫了一遍，又拿过他的剧本，看了前三集，角色确实适合林初叶。

徐子扬一看他眉目平静就知道有戏。

"怎么样？不错吧？"

温席远把剧本递还给他："还可以。但华言投资不了这部戏。"

徐子扬一愣："为什么？"

温席远："这部戏已经签给了星一，目前是星一主控在做，是星一自己的项目，已经到投拍阶段，星一不可能让别家公司介入摘了桃子，况且星一和华言还有些世仇，更不可能让华言介入。"

徐子扬心下一凉："就没别的办法了吗？"难道真要他放弃自己的孩子了？

徐子扬虽然总说着导演不在他就让孩子自生自灭去，但这个剧本到底是他花了很大精力和心思写出来的，他是真舍不得被糟蹋了。

温席远沉吟了会儿，看向他："这剧联合出品公司有哪些？"

徐子扬被问住，他倒没注意这个。

温席远："这个剧既然是星一垫资投拍，按照星一的体量，周瑾辰应该不敢百分百自己全资，太冒险了，他肯定找了别的公司分担风险。"

"我看看。"徐子扬边说着边翻出手机，找聊天记录，"对对，确实找了两家公司联合出品，一个叫青空娱乐，还有一个叫南山。"

温席远若有所思地点点头。

徐子扬："有办法？"

温席远："只能试试控股其中一家公司，再以这家公司名义增资这个项目。周瑾辰签订的合同应该是以出资比例来确定主控权。"

徐子扬当下松了好大一口气，手臂重重搭在温席远的肩上，简直要感激涕零。

"好兄弟，我就知道你不会放着我不管的。"

温席远直接把他"爪子"给拉了下来："我不是为你。"

徐子扬："……"

温席远："这个剧计划什么时候开机和官宣？"

徐子扬："本来是计划两天后的。但现在导演闹着要辞导，一时半会儿应该还找不到适合的导演，估计安排会有变。"

温席远点头："那你就想办法让导演和周瑾辰多僵持一阵，给我腾点时间。但别真让他走了，他适合这个项目。"

徐子扬连连点头："没问题。"

"还有，"温席远拿过他的剧本，"趁着这段时间，把剧本再给我好好磨磨细节，女一号人设不稳定，有些地方槽点太多。"

徐子扬："……"又一个不把编剧当人的资本家。

不过只要能留下林初叶和导演，他能改，便是温席远要他把女一号改得前无古人后无来者的好，他一样能改给他。

温席远看着他豪情万丈的脸，没出声打击他，他改不出那么好的戏，但林初叶有能力处理。

他看过林初叶试戏的那两场剧本，确实只是很普通的两场戏，但林初叶把戏演活了，而且她能调动对手的情绪，看得出来她为了演好戏是下过功夫的。

第二天，温席远刚到办公室，助理黎锐就来找温席远汇报调查结果。

"林初叶和星一签的是全线经纪合约，她所有的商务活动和演艺活动都要经过星一批准才能接，违约的话，赔偿比较重，基本算是业内最严苛的了。"

温席远："签了几年？"

黎锐："十年，但已经过去八年了，还剩两年。"

温席远皱眉："十年？"

十八岁就入行，至今没有戏拍？

助理点头："听说刚开始几年是有计划捧她，但那时她还在读大学，要求学业为主，公司尊重她的个人意愿，在她大四以后才开始密集给她安排戏约，确实有捧她的计划，但据说是，她得罪了老板，被雪藏了，她就去继续读书了，这几年也就基本没怎么拍戏。"

温席远："周瑾辰吗？"

黎锐点头："对。"

温席远："怎么得罪的？"

黎锐摇头："这个没有统一说法。有人说是拒绝了老板给她安排的戏，也有说拒绝了老板追求，还有说……"

黎锐停顿了一下，还是硬着头皮说了："她在孟景弦和周瑾辰之间周旋被老板发现了，惹怒了老板，反正说法不一。"

黎锐刚说完便见温席远面色沉了下来，他有些后悔多嘴提后面这一句。

好在温席远没有迁怒。

"我知道了。"他起身，"你帮我约一下青空娱乐的老板。"

黎锐点头："好。"

看温席远取过衣帽架上的外套，看着要出去的样子，忍不住问了一句："温总，你是要出去吗？"

"嗯。"温席远把外套穿上，"我出去一趟，有事电话联系。"说完又转身看他，"青空娱乐那边尽快约，下午给我结果。"

黎锐点头："好的。"又忍不住问他，"您是要去哪儿啊？"

温席远瞥了他一眼："私事。"

第七章
他带她飞

　　林初叶是看到导演打包行李才知道他要辞导的事。

　　她和冯珊珊下楼取剧组盒饭，发盒饭的和导演住的同一层，取盒饭时剧组其他人也在，林初叶听到了他们的窃窃私语，说导演在打包行李准备走了，都在纳闷导演为什么要辞导。

　　林初叶心里当下便"咯噔"了一下，看窃窃私语的几人还不时探头往走廊方向看，也就跟着探头看了眼，果然看到导演房间开着门，有工作人员拿着纸箱进出，显然是在帮忙打包行李。

　　冯珊珊和林初叶对视一眼。

　　看林初叶似乎要放下盒饭过去找导演，冯珊珊冲她微微摇了摇头，阻止她过去。

　　现在女一号的事会不会定下林初叶还没最终结果，要是真换成了林初叶，而导演最后也没走成，她这个时候去找导演会惹人非议，以为她靠被导演潜规则挤走了许安然，冯珊珊并不希望林初叶陷入这样的非议。

　　林初叶自然明白冯珊珊的顾虑，也没真敢过去。她拿着盒饭回了房间，想了想，看向冯珊珊："你帮我约一下周瑾辰。"

　　她不留周瑾辰电话，也拉黑了周瑾辰所有电话和微信，不让他私下找她，也从不私下找周瑾辰，任何事都通过冯珊珊联络。

　　冯珊珊正打开了盒饭准备吃，闻言眉头一皱："你找他做什么？"

　　林初叶："你别管，就说我有事找他。"

冯珊珊迟疑着给周瑾辰打了电话，结果不到五分钟，门外响起了敲门声。冯珊珊去开门，把人让了进来，房间门开着。

"找我什么事？"周瑾辰显然已经吃过饭，一进来就开门见山。

林初叶看着他："导演辞导了？"

周瑾辰："嗯，正式打了申请。"

林初叶："您批了吗？"

周瑾辰："准备批。"

林初叶点头："我也申请辞演。"

周瑾辰眯眸："林初叶，你在威胁我？"

林初叶坦然地点头："对啊。"

周瑾辰被她气笑："林初叶，你还真仗着我对你的偏爱有恃无恐了？"

林初叶依然平静："我不敢。但我接这个角色是冲着导演去的，不是冲着这个角色。他人走了，我就没有留下的必要。"

周瑾辰："林初叶，你知道你做不了主。"

林初叶："我是做不了主，但如果我摆烂不去片场，我不上场去演，您还能架着我上场吗？到时让整个剧组的人在等我，您的经费烧得起吗？"

周瑾辰冷脸看着她："你真以为你有那么重要吗？"

林初叶摇头："我从没这么以为过。但怕我跑了的人不是周总您吗？您看我才离开北市多久，您就迫不及待塞个戏约绑住我。但错过了这一部，公司下一部戏得到四月了吧，还有好几个月呢，现在我毕业了，没有学校的课程约束我，也没有戏约绑着我，我确实可以说走就走了。"

周瑾辰眼神更阴鸷，但林初叶说的也确实是事实。她毕业了，失去了学校的约束，如果也没有片约约束，她确实随时可以说走就走。

他以前可以放心让她在学校不管，是因为他知道，林初叶就是个彻头彻尾的书呆子，每天除了上课就闷在家里不出门，最大的娱乐也就是坚持每天跑步保持身材。她甚至连健身房都不去，只买了器材在家里跟着App（应用程序）练。她那个学校好虽好，但她身边的异性圈子他留意过，外形和性格都比较普通，她连他和孟景弦都看不上，更遑论她身边那些。因此她

212

在学校的这几年，他很放心，也由着她。

但现在不一样，她毕业了，只要她离开她稳定的生活圈子，就随时可能会出现变数，那天在宁市遇到的男人就是其中之一。

想到她那天对温席远温声细语的态度，周瑾辰的眼神又阴鸷了几分。

他从不否认他喜欢林初叶，也不惧怕别人知道他喜欢她，他甚至不惧怕她的拒绝，因为她不只是拒绝他，她拒绝的是所有男人。所以和别的男人比，他有更持久的耐心，而且他还年轻，他耗得起。他唯一惧怕的，是她的生活出现变数。

但林初叶拿捏住了他的软肋。

他不知道她是什么时候发现这个软肋的，她从没用过这个武器。对于他在她长假中时不时的短戏约安排，她一向表现得顺从且听话。如果说她在宁市那次能称为亮出她的爪子的话，那这是第二次，无声无息，却一刀毙命。

自始至终她都是平静且恭敬的，但周瑾辰知道，她的目的达到了。

他阴沉着脸，狠狠瞪了林初叶一眼后，一言不发地出了门，还把房门甩得乒乓作响。

冯珊珊胆战心惊地看着两人对峙，直到门被带上提着的心才稍稍放了下来。

"你惹他做什么？导演真要走谁也拦不住啊。而且你这个角色，谁导不一样？"

林初叶："这件事毕竟是因我而起的。导演现在也就是在气头上，等过几天缓过来就好了。他在这行摸爬滚打了十几年，不可能不知道什么叫身不由己，就是被周瑾辰的态度给气伤了。周瑾辰拉下面子去求他就没事了。"

她看了眼还没动过的盒饭，也没什么食欲，干脆放下筷子。

"我去外面走走。"

走到楼下大堂时，林初叶看到了拖着行李箱准备去办理退房的导演。

编剧徐子扬急得满头大汗地跟在他身后想拦下他，却又找不到合适的理由，只能去拉导演的行李箱，不停重复让他再等等，别冲动。

　　导演一句"没时间浪费"就把他给堵了回去。

　　徐子扬正急得不知道该怎么办时，看到了林初叶，直接就冲林初叶招手："林老师，你过来一下，你帮忙劝劝导演。"

　　被点到名的林初叶一头雾水，她哪有那个本事劝导演。

　　徐子扬却不管她，温席远让他想办法拖住导演就是为的林初叶，他不能让她半点力气不出，因而不管不顾地上前拉过林初叶。

　　"快，帮忙劝劝导演。"

　　林初叶："……"

　　导演也看到了林初叶，当下停下脚步，边掏出手机边走向林初叶："对了，你微信多少，我加下你。你戏演得不错，有适合的角色我找你。"

　　林初叶被他肯定得心一暖，不由得微笑："谢谢导演。"

　　她又看了眼他的行李箱，还是忍不住劝了劝："导演，您戏拍得好，人也很好，大家都希望您能留下，希望您能再考虑考虑。周总就是脾气急了点，说话不太好听，但他本意还是希望您能留下的。他作为一个公司领导，要考虑几百号人的饭碗问题，肯定不能意气用事，现在的选择确实是最保险的方案。"

　　导演面色有些许松动，在这行混这么久，他自然能理解周瑾辰的难处，用许安然虽不一定能爆，但至少能保证片子卖得出去，能回本。用林初叶虽然有大爆的希望，但同样面临压剧卖不出去的风险。两相权衡，肯定是保本为主。

　　林初叶看他面色有松动，正要再多劝几句把人留下来，周瑾辰的助理就走了过来。

　　"谢导，周总说，希望您能慎重考虑辞导的事。合同您已经签了，咱们剧的场地、道具、演员什么的都已经全定下来了，经费每天在烧，您这个时候辞导就是恶意违约。如果您执意要走，公司只能按照合同规定追究您的违约责任。在找到新的导演接任之前，这期间因您辞导导致的所有经费和片酬支出都需要您全额负责。而且每个演员给的档期是固定的，如果后续因为您的辞导导致他们不能在档期内如期完成拍摄任务，这期间造成的损失也需要您全权负责。"

林初叶差点没翻白眼。

这处理很周瑾辰。他永远拉不下面子去哄人，也永远不会软下态度去哄人，他只习惯性利用自己手中的合同作为武器，以威胁为手段，以达到留人的目的。

果然，导演刚松动的脸色当下被气得绷起，但人到底是理智的，这责任不轻，要是周瑾辰拖两三个月不找下个导演，这期间的经济损失全算他头上，他得赔得倾家荡产不可。

因而他气归气，倒是不敢不管不顾地走了，但面子还是要的。

"行，那就让你们法务过来，我们好好把合同掰扯清楚。掰扯清楚了我再走。"

说完，他已经拖着行李箱往电梯走。

徐子扬大大松了口气，周瑾辰这操作简直是神来之笔，当下不仅帮他留下了人，还给他腾出了时间。

按导演这被气上头的操作，如期开机基本是没可能了。

徐子扬跟着离去时忍不住偷偷冲林初叶做了个"比心"的手势，林初叶这运气似乎有点好。

"……"林初叶被徐子扬这个比心的手势闹得有点蒙。

楼远航刚好从电梯出来，看到大堂里闹哄哄的，一抬眼看到一脸蒙的林初叶，就担心地朝她走来："林老师，怎么了？"

"没事。"林初叶回神，看他身上穿着古装戏服，就顺口问了一句，"你还要去拍戏啊？"

楼远航："哦，对。之前公司有个戏也是在这里拍，让我过去客串几天，今天给排了戏。"又问她，"要过去看看吗？"

林初叶是喜欢看人拍戏的。她演戏经验不多，找镜头方面还是有些欠缺的，所以她喜欢站在导演机器前琢磨，看演员不同站位和角度在镜头前呈现的细微变化，因而略作考虑后，点了点头，答应了。

"好啊。"

她和楼远航刚走出酒店大门，温席远便开着车从外面驶了进来。

楼远航人长得高，又穿着宽袖的古装戏服，先看到有车过来，很绅士地站在林初叶左边，抬手挡在她和车子之间。

温席远抬头只看到了穿着古装戏服的男人抬臂护着一个女孩，他的身形和宽大的袖子完美挡住了女孩的身形和脸。

男人也只是看到一个背影。

温席远只瞥了一眼便转开了视线，把车在酒店门前的停车场停下，轻吁了口气，静默了一会儿，掏出手机，翻出林初叶的电话，盯着看了一会儿，手指按了下去。

林初叶刚到楼远航的片场，手机便响了。

她拿起手机看了一眼，是一串数字，没存名字，直接便掐断了。

待接听的等待音冷不丁转成忙音，温席远拿下手机看了一眼，又再次拨了过去。

电话再次被掐断。

温席远："……"

他直接改拨了徐子扬的电话，推门下车。

徐子扬电话一秒接通。

温席远开门见山："林初叶在哪个房间？"

徐子扬一愣："你找林初叶？她刚不是在楼下大厅吗？"

坐在他旁边的副导演小声提醒："她刚和楼远航出去了，两人好像去楼远航隔壁那个剧组了。"

他声音压得低，温席远还是听到了。

"在哪儿？"他直接问。

副导演："就隔壁拍唐剧那个，转个弯就到了。"

"谢谢。"温席远挂了电话，转身出了门。

林初叶陪楼远航到隔壁片场，正赶上选角副导演在安排群演上场，群演还不够，副导演正拿着喇叭到处喊谁能上场替一下，喊着喊着看到随楼远航进来的林初叶，当下眼前一亮："那谁，楼远航，能让你朋友帮忙上场凑个数吗？还缺个宫女，现场实在找不着人了，有酬劳的。"

楼远航当下为难："她可能不太方便。"

副导演却已经不管不顾地冲到林初叶面前，着急地问她："美女能帮个忙吗？很快，就一场戏而已，如果你不想露脸，后期我会让他们处理掉。"

林初叶看他态度真诚，人也是真着急，就点了点头："好的。"

副导演当下招呼化妆师："快快，带她去换套衣服，抓紧时间。"

林初叶被带去了隔壁的化妆间。

温席远从外面踱步走了进来，四下扫了一眼，没看到林初叶，倒是看到了刚才进酒店停车场时遇到的穿古装的男人，当时虽没看到脸，但衣服是认得的。

温席远走进片场，目光从现场人群的脸上一一扫过，没看到人，长指在掌中手机摩挲了几下，再次摁下那个被两次挂断的电话。

林初叶刚好换好戏服出来，看到手机响，就掏出手机看了眼，还是刚才那个她挂了两次的电话。

她迟疑了下，接了起来："您好，请问您哪位？"

温席远："……"

电话那头沉默的当口，林初叶被赶时间的化妆师匆匆套上个古装发套推了出来。

林初叶没得到电话那头的回音，又重复了一句："您好？"

"林初叶，你把我电话删了。"

温席远平静低沉的嗓音从电话那头徐徐传来，同时传来的，还有眼前。

林初叶脚步一顿，下意识地抬头。

温席远也刚好转身，一眼便看到穿着唐代宫女装的她，视线从她脸上慢慢下移，落在她胸前的抹胸上，又微微移开了目光。

林初叶后知后觉地下意识低头，在看到胸前的大片雪白肌肤和被柔软布料勾勒出来的起伏后，脸颊一热，下意识抬手挡在了胸前，不大自在地转开了目光。

副导演已着急上来推人："快快，赶紧上场，别拖。"

林初叶手机还拿在手上，戏服没口袋，下意识地喊了声："等会儿，我手机还没放好。"

温席远看了她一眼，手伸向她："手机给我。"

林初叶迟疑地看了他一眼，把手机递了过去。

放下手机时，手指又不可避免地碰到了他的手，也不知道是不是分别前那一夜的记忆太过亲密且火热，肌肤相触的那一瞬一下就带起了那一夜的记忆，林初叶尴尬地缩了下手指，不太敢看温席远。

温席远也轻咳着微微转开视线。

"你先去忙吧，我在这儿等你。"

温席远这一等就等了将近一个小时。

主角拍戏反复NG（失误），身为背景板的林初叶不得不跟着反复重拍。

寒冬腊月，宫女衣装本就单薄，拍完从片场下来时，林初叶已经被冻得双颊通红。

温席远直接脱下自己的大衣裹在了她身上。

"先去换衣服。"说着已拥着她往化妆间走。

林初叶被冻得有点蒙，人缩在他大衣带来的温暖里，本能地跟着他脚步走，没意识到人是被他整个搂在身侧的。

这个场景被刚下戏的楼远航看到了，他困惑地看了眼温席远，但没上前打扰。

林初叶换回自己衣服才稍稍缓过来了些，从换衣间出来，一眼便看到背对她站在化妆间的温席远，逆在光影里的身形被明暗对比的光线勾勒得越发挺拔好看，气质也卓然，缩在化妆间里躲寒风的其他公司经纪人已经忍不住相互打听他是谁家艺人。

林初叶低头看了眼抱在手里的黑色羊绒大衣，上前，把衣服递给温席远。

"谢谢你的衣服。"林初叶习惯性地道谢。

温席远瞥了她一眼，淡声回了她一句："不客气。"

楼远航已担心地上前："林老师，没事吧？"

林初叶微笑："没事。"

温席远看到他身上的戏服，想到刚开车进酒店时他抬袖护着的女孩，偏头看了眼林初叶。

楼远航看向温席远开口道："这位是？"

"哦。"林初叶给他介绍，"这是我朋友，温席远。"

"朋友"两个字又换来温席远平平静静的一眼扫下。

他人本就长得高，她身高只及他肩膀往上一点，他这低头扫她的姿势就带了点居高临下的味道，看得林初叶莫名有点心虚。

楼远航没留意到两人的暗流涌动，已经大大方方和温席远打招呼："你好，我叫楼远航，是林初叶同一个公司同事和同剧组演员。"

温席远也客气地和他打了一声招呼："你好。"而后看向林初叶，"吃过饭了吗？一起吃个饭吧。"

林初叶点点头，看向楼远航，客套问了句："楼老师一起吗？"

楼远航还有戏要拍，微笑着摇头："你们去吧，我一会儿还有戏要拍。"

林初叶点头："好，那你先忙。"

说完和温席远一块往外面走。

影视城内都是仿古建筑，沿街布局错落的古栈道和绿植，天气虽冷，游客却不少。

林初叶和温席远都穿了长款大衣，两人长相气质出众，这样并行着走在一起就像是偶像剧里走出来的男女主，尤其在天空还飘着细雪花的环境下，一下就吸引了路人的眼球，有人还好奇地四下张望看有没有机器，有人则忍不住掏出手机想偷拍。

温席远没说话，只冷冷静静地扫了眼想偷拍的人。

眼神明明是平静的，却莫名带了一股不怒而威的压迫感，对方当下尴尬地压下了手机，又有些依依不舍，想拍但不敢拍。

林初叶没留意到路人的反应，微微侧转身看向温席远："你怎么会在这儿？"

温席远："路过。"

林初叶："哦。"

温席远看着她："怎么把我的电话删了？"

他的眼神让林初叶感到压力有些大，默默转开头："就……不小心……误删了吧。"

温席远瞥了她一眼："精准误删啊。"

林初叶清了清嗓子没回应。

温席远也没抓着这个问题不放，只是平静地问她："又在物色新目标了吗？"

"哈？"林初叶一下没明白，困惑地回头看他，脚步也不由得停下。

温席远也停下脚步看她，提醒："你的KPI对象。"

林初叶终于反应过来："没有啊，还没时间呢。"刚应完便见温席远又是平平静静一眼扫下："你还真打算啊。"

林初叶："……"

他这分明是在给她挖坑，她压根儿没想起过这个事。

温席远："怎么不说话了？"

林初叶："不敢说，你这处处在给我挖坑。"

语气听着有些委屈巴巴。

温席远被她气笑："你要没这打算还能跳坑里？"

林初叶："我才没有。我现在只想认真搞事业。"

温席远："怎么突然想起搞事业来了？你不是心心念念着生孩子吗？"

林初叶："幻想破灭以后，我觉得搞事业比搞孩子简单多了。"

温席远看着她不动："那可未必。"

他眼神过于直接，让林初叶再次想起那夜。

林初叶手半遮着脸默默转开视线，和温席远讨论生孩子这种事让她心理压力有点大。到底和之前不太一样了，之前可以口无遮拦是因为还没有过进一步亲密接触，现在相互间做过男女间最亲密那种事，再讨论这个问题眼神里都像带了勾引。

林初叶从不否认温席远于她是有吸引力的，一种从心灵到身体都渴望接触的吸引力。

但她不敢随便染指了。

这种感觉就像看到橱窗里的顶级爱马仕，明明心动，但想想自己过于羞涩的钱包，又只能无比遗憾地转身走了。

温席远看着红云从她耳根一点点往上蔓延，并有转向脸颊的趋势。

"瞎想什么呢，耳朵都红了。"

林初叶："冻的，天气太冷了。"

"嗯。"

温席远像是了然点头，手突然伸向她，林初叶还没反应过来时，他两只手已经捂住了她通红的耳朵。

"这样会好些吗？"他问，嗓音一下低软了下来。

他的手刚还在大衣口袋里揣着，手掌心很暖，林初叶被他手掌心烘得脸颊发烫。

她自认不是容易害羞的人，但被温席远这样捂着双耳，低头垂眸轻声问她"这样会好些吗？"的时候，她窘迫得不敢直视他的眼睛，只能低低地回了个单字音："嗯。"

温席远似是有些意外于她的害羞反应，笑了下，倒没收回手，只是这样轻捂着她的耳朵，垂眸看她。

冯珊珊刚从酒店出来就看到了两人这亲昵的一幕，惊得她脚步当下一顿，错愕地看向林初叶，但俊男美女的养眼搭配又让她舍不得出声打破。

徐子扬也刚好从里面出来，人就跟在冯珊珊身后，也没看路，她突然急刹车，他差点没撞上她，连声道歉着连连后退，抬眼时看到冯珊珊还在满脸震惊地看着前方，也就下意识顺着她的视线看过去，一眼看到在给林初叶捂耳朵的温席远，当下失声叫了声："不是，你们两个什么情况？"

他的惊呼让林初叶本能侧头避开了温席远的手，循声看向徐子扬，还看到了一脸震惊的冯珊珊。

温席远也扭头看徐子扬，人倒是平静如常："你不用改剧本？"

"我就是要改剧本，也得先填饱肚子啊。"徐子扬边说着边走向温席远，边不忘吐槽，"酒店的盒饭太难吃了，我出来找点吃的。"

说话间已走到温席远旁边，忍不住好奇看了眼林初叶，又扭头看了眼温席远，眼里带着询问和揶揄。

温席远明显看到林初叶的尴尬，轻咳了声提醒徐子扬别追问。

徐子扬很识趣地马上闭了嘴，冲林初叶打招呼："林老师。"

林初叶也尴尬地和他回了声招呼："编剧老师。"

冯珊珊也已走上前，视线还在温席远和林初叶身上来回打量。

温席远也不动声色地打量冯珊珊，她看林初叶的眼神，似乎有股老母鸡护蛋的架势。

林初叶拉过冯珊珊给他们介绍："这是我经纪人，冯珊珊。"

冯珊珊？

"有个叫冯珊珊的经纪人想约您……"

温席远想起林初叶和他提结婚那夜，两人在小巷里遇见，助理打来的电话，不由得看了眼冯珊珊。

林初叶看他眼神不对，不由得问了句："怎么了？"

"没事。"温席远淡声回，看向冯珊珊，朝她伸出手，"你好，我叫温席远，是林初叶的……朋友。"

冯珊珊也微笑地伸手和他握手："你好，我叫冯珊珊，很高兴认识你。"嘴上说着高兴，但看着温席远的眼神却是带着防备和打量，还有一种发现好苗子的兴奋。

林初叶一眼就能看出她在想什么，轻咳了声，提醒她注意点。

冯珊珊稍稍收敛了些，以主人的身份招呼："温先生应该也还没吃饭吧，一起去吃个饭吧？"

温席远点头："好，麻烦冯小姐了。"

几人就近找了家餐厅，刚入座，温席远的手机就响了。

"不好意思，我接个电话。"温席远歉然侧转过身，接起电话。

徐子扬也忙着回复微信里的语音催稿，没空理她们。

冯珊珊就坐在林初叶身侧，忍不住以手肘捅了捅林初叶，手挡在嘴前，压低了声音："这温席远到底何方神圣？你们到底什么关系？我看他资质真不错，你帮我问问看，他有没有兴趣进娱乐圈，我保证把他捧得大红大紫。"

林初叶轻咳了声，压低声音提醒她："顶级爱马仕。"

也不知道温席远是不是听到了，他突然扭头看了她一眼。

林初叶当下微微坐直了身，拿过菜单，假装无事发生地递给温席远和徐子扬："你们看看要吃什么。"

温席远单手接过看了眼，又递回给林初叶："你们点。"

徐子扬也是大剌剌地冲林初叶和冯珊珊挥手："你们点就好，不用管我们。"

林初叶按着温席远在许家餐厅的点餐习惯给他点了几道菜，又低声问冯珊珊："看看你想吃什么。"

冯珊珊一掌推开她递过来的菜单："让我缓缓。"

她还沉浸在温席远是顶级爱马仕的震惊中，一方面心塞于到手的好苗子要飞了，顶奢估计看不上她这个小作坊；另一方面又担心飞的可能不只是没到手的鸭子，连林初叶都怕是要被拐跑，毕竟这个可是差点让她领结婚证的男人，眼下还千里迢迢追到剧组来了。

想到林初叶可能要被拐跑，冯珊珊瞬间食欲全无，连带着看温席远都不大顺眼了。

温席远挂了电话便发现林初叶的经纪人对他似乎有点敌视，那股老母鸡护蛋的架势又来了，像是生怕他把林初叶拐跑。

他不由得看了眼林初叶，后者还在认真点着菜，也不知道她之前和经纪人说了什么，让经纪人对他防成这样。

顶级爱马仕？

想到两人刚才自以为他听不到的窃窃私语，温席远摇头笑了下，看向林初叶："为什么是顶级爱马仕？"

"……"林初叶压在菜单上的手指一顿，然后继续若无其事地扫菜单，她没有他耳聪目明，什么也没听到。

温席远却不放过她，直接点名："林初叶。"

林初叶不得不硬着头皮抬头看他："夸你呢。"

徐子扬后知后觉："夸他什么？"

冯珊珊直接替林初叶回答："顶级奢侈品。只适合摆在橱窗里观摩，不能摸也不敢摸那种，消费不起。"

"不能摸也不敢摸？"温席远琢磨着这几个字，黑眸瞥向林初叶。

林初叶清了清嗓子坐直身，把菜单给两人看，很淡定地转开话题："你们看一下，点这几个菜合不合你们的口味，还要不要换？"

徐子扬瞥了一眼："可以可以，我不挑。"

温席远瞥了一眼林初叶，这才慢吞吞地看向菜单。

"再加个鱼香肉丝。"他说。

话一出口，冯珊珊不由得看了眼温席远，眼中的防备更重了。

了解林初叶口味，还懂得从细节处下手，这完全是在戳林初叶的死穴。

林初叶这个人，面对豪车豪礼她能无动于衷，但无声处的一点小体贴她就能感动好几天。

冯珊珊有点头疼，温席远再在剧组多待几天，搞不好她真屁颠屁颠跟人去领证了。

毕竟如果顶级爱马仕自己纡尊降贵跟着她跑菜市场，她也不会介意用来当买菜包用。

她觉得得找个时间好好敲打敲打林初叶，靠山山会倒，靠男人男人会跑，靠自己才是最保险的。该拼事业的年龄就不要去想男人，尤其是人见人爱的顶级高奢，哪怕不能用来显摆也还能换钱，谁能不爱。这潜在的情敌数量不是林初叶能搞定的。

温席远不动声色地看着冯珊珊眼中的算计，他倒觉得先给林初叶换个经纪人才是当务之急。一个人间清醒已经很让人头大了，两个叠加基本没他什么事儿。

林初叶没留意到两人眼神里的打算，心里还在因问温席远那句"加个鱼香肉丝"暖了下，默默加了上去，伸手招来了服务员，报了菜名，这才看向几人，发现除了徐子扬还在为他剧本的事忙着回微信，温席远和冯珊珊都各自若有所思。

"怎么了？"她困惑地问。

"没事。"两人连回应的步调都出奇的一致。

冯珊珊笑着看向温席远："今天工作日，温先生不用上班吗？"

温席远点头，瞥了她一眼："不用。"

冯珊珊笑："你们老板可真大方。"

温席远点头："确实。"

徐子扬抽空指了指温席远："他自己就是老板，想给自己放假没人敢有意见。"

冯珊珊："……"还真让林初叶猜对了。

温席远看向她："冯小姐做了几年艺人经纪了？"

冯珊珊："我从大学毕业就做这行，有十二年了。"

温席远："林初叶一直是你在带吗？"

冯珊珊："当然，林初叶是我挖掘的。"

温席远："那怎么没给她安排戏约？"

林初叶轻咳了声，并不太习惯自己成为焦点。

"你们要喝点什么茶？"她试图转移话题。

但温席远只留了句"随便"后黑眸依然紧盯着冯珊珊，在等她的答案。

"老板不同意啊。"冯珊珊说到这个也一肚子牢骚，连带着看温席远也友好不起来，"就你们这些资本家，就喜欢拿捏……"

"为什么？"温席远打断她。

冯珊珊："老板想让林初叶做老板娘啊。"

话音刚落，便见温席远和徐子扬同时看向林初叶。

徐子扬是意外。

温席远则是若有所思。

林初叶被两人盯得很是不自然，刚要开口，温席远已先开了口："周瑾辰在追林初叶？"

冯珊珊："对啊，追了五年了。"

她回答这个问题只想告诉温席远，林初叶油盐不进，他别白费心思拐林初叶，没想到温席远只是上下把林初叶扫了一圈，若有所思地问她："周瑾辰怎么追的林初叶？"

冯珊珊掰着手指头就要给他数，还在忙碌中的徐子扬随口搭了一句话："你这是在给他避坑。"

冯珊珊当下回过神来，这是打算摸着周瑾辰过河呢。

温席远侧头瞥了眼徐子扬。

徐子扬后知后觉："哈？"

温席远拎过茶壶，给他满上一杯茶，搁他面前："没事，忙你的。"

徐子扬看了眼眼前被满上的茶杯，一下就想起那句"酒满敬人，茶满送客"，狐疑地看了眼温席远，再看向林初叶。

林初叶被他们来来回回的眼神和讨论闹得心理压力有点大，忍不住提醒："请你们照顾一下当事人的感受。"

温席远把刚倒好的半杯茶搁她面前："也没见你照顾过我的感受。"又将另一个半杯茶搁冯珊珊面前。

徐子扬默默看了眼自己的满杯，还真是让他滚啊。

吃过饭后，徐子扬很自觉地选择了滚："我还要回去改剧本，我先走了。"还不忘拉上冯珊珊，"冯老师，我这女主戏得再精修一下，你过来帮我斟酌斟酌。"

冯珊珊拒绝道："你女主跟我又没关系，我也不是专业的，你拉我干什么。"

"林初叶符合女主的感觉，我想照着她改一版，你和她熟，多少能揣摩她的想法和处理方式，你就帮我一下，回头我请你吃饭。"徐子扬说着不由分说地拉走了冯珊珊，完全不给她拒绝的机会。

餐厅门口一下只剩下林初叶和温席远。

温席远看向林初叶："一会儿什么安排？"

林初叶："还要回去看剧本呢。新剧过两天就要开拍了，我还没认真看完。"

温席远点点头："我送你。"

林初叶："不用了，酒店就在隔壁。"

温席远："我车也在那儿。"

林初叶没了拒绝的理由。

温席远送她回到了酒店门口，林初叶原以为他要走，正要转身和他告别，温席远已开口："哪个房间？"

话题一具体到房间，林初叶就想起了那一夜，想到回到房间又变成了孤男寡女，酒店大床这种极具暗示性的元素，她的心跳就有些不受控。

"到这里就可以了。"她忍不住轻声阻止。

温席远轻咳了一声："你不是天不怕地不怕还想着去父留子吗？现在大好机会送到你面前，你还怕什么。"

林初叶脑子一下就跟着短路了："酒店房间也有避孕套的。"

温席远："……"

反应过来的林初叶闹了个大脸红："不是……我的意思是我现在要专心搞事业了，别的不想了。"

温席远瞥了她一眼："你还特地检查过酒店房间呢。"

说着已往电梯走。

林初叶不得不跟上。

"哪里需要检查，一打开床头抽屉就看到了。"

温席远："你还挺遗憾。"

"你不要曲解我好不好，我才没有。"林初叶又忍不住嘀咕了句，"我现在心术正得很。"

看电梯门开，她率先走了进去，温席远也跟着入内，手指伸向按键盘，看向她："几楼？"

林初叶不得不报了楼层。

电梯里就她和温席远两个人，他又贴着她站在她身后，属于身体晃一下都能碰到的距离。密闭的空间里，这种近距离的接触让身体都不自觉地跟着升温。

好在楼层不高，电梯一下就到了。

温席远跟着她回了房间。

这还是温席远第一次进林初叶的私人空间。

因着剧组的人随时可能相互间串门商讨工作的事，她的房间收拾得很整齐干净。统一装修的酒店内部，也不存在什么个人风格。

但看得出来，林初叶在剧组的待遇不错。

"看来周瑾辰在某些方面对你挺上心。"温席远打量着房间，说。

林初叶没否认："某些方面确实是。"

温席远看向她："怎么没考虑他？又是因为有钱吗？"

林初叶摇头："不是，就是单纯不喜欢吧。我不喜欢他的处事方式。"

"那孟景弦呢？"他问，漫不经心的语气，但盯着她的黑眸却像是揉入了碎冰，锐利冰凉。

"你喜欢他，只是他家太有钱了？"他淡着嗓子继续，不疾不徐的语气，却带了丝锋锐。

林初叶下意识地摇头："没有。"

人不由得困惑地朝温席远看了眼，也不知道刚是不是错觉，却见温席远目光已转向她电脑桌上摊开的剧本，周身平和依旧。

剧本上做了不少笔记，上面附注有她对角色的解读，只有对女四号的解读，没有任何女一号相关的。

温席远随意翻着剧本："我听徐子扬说，你试镜的时候导演想让你演女一号，你不愿意？"

林初叶："没有什么愿意不愿意的。有些东西也不是你想争取就能争取的，也不是你想得到就一定能得到的。"

温席远回头看她，她站在窗前，西向的窗子，太阳已经西斜，阳光从窗栏照进来，落在她身上，神色是一贯的平和，没有沮丧，也没有失落，是经历万事后沉淀出来的平和。

"你争取过吗？"他问。

林初叶："以前争取过，后来发现争取没用，还可能连累别人后，就不强求了。"

她从语气到神态、眼神都是平静的，没有任何的怨天尤人或者心有不甘，就和普通的闲聊一样，稀松平常得仿佛在聊天气。

温席远突然生出了些许心疼的情绪。

他合上剧本，走向她，在她面前站定，也没说话，只是抬起手，在她头上揉了揉。

"林初叶，你喝醉酒那天晚上，还记得你说了什么吗？"他轻声问。

林初叶一下有些愣，她那天晚上说了很多，有些记得，有些不记得。

温席远的话题跳跃太大，她一下没抓住他想说什么。

温席远没提醒她，只是看着她，手依然一下没一下地揉着她的头发。

"温席远，你现在只是龙困浅滩，以后肯定能一飞冲天的。但没关系，我先养你，等你有机会飞了，再带我一起飞。"

虽然她食言了，但没关系，他不介意调整一下次序。

他先带她飞，以后，她养他。

林初叶看着他眼睑半敛，不知道在想什么，心里困惘更甚，还没来得及深究，门外突然响起了门铃声，打破房间的静谧。

温席远扭头往门口看了一眼，转身去开门。

门外是周瑾辰。

他一愣，没想到林初叶的房间还有男人，视线从温席远的肩上穿过，看向窗前的林初叶，又移回温席远身上，视线带着探究。

周瑾辰认得他，是在宁市陪林初叶一起吃饭的穷酸男人。

温席远也在不动声色地打量他。

"你为什么会在这儿？"周瑾辰先出声，态度是一贯的高高在上。

林初叶怕温席远吃亏，他的气场虽强，但比较会照顾人的感受，不像周瑾辰那般张狂随性，因而赶紧走了过去，赶在温席远开口前回了他："他过来给我送点东西。"

温席远有些意外地看了眼林初叶。

她已走到了他身前，以一个护着他的站姿站在了他和周瑾辰之间。

这种明显护着温席远的架势让周瑾辰眼神瞬间变得阴鸷起来。

"送什么东西楼下拿不行吗？就非得到房间里？"

这话林初叶听着不舒服，有种以她男人自居的质问成分在，面色当下淡了下来。

"和您有什么关系吗？"

周瑾辰被噎着，确实和他没关系，他之于林初叶什么也不是，生活上他没有权利管林初叶和什么人来往，但工作上……

"这里是剧组酒店，我得对全剧组人员隐私和安全负责，你说有关系吗？"

"对不起，是我疏忽了。"林初叶神色看着有些歉然，"这样吧，我搬出去，这样就不会给周总造成困扰了。"

周瑾辰被她气着："林初叶你！"

"合同没规定演员一定要住剧组酒店，我个人不喜欢麻烦别人，今天确实是我没考虑周全，让周总为难了，抱歉。"林初叶歉然朝他点了个头，拉过温席远就要关门。

周瑾辰想着上次被林初叶叫"滚"是因为眼前的穷酸男人,这次被她喂冷刀子又是因为这个男人,偏温席远还在一边平静地看着林初叶和他,没有出声的意思,当下气不打一处来。

"你还是不是男人?就只会躲在女人身后,让女人替你出头?"

温席远淡淡地瞥了他一眼:"她乐意。"

周瑾辰当下冷了脸。

温席远不管他,一手拉过林初叶,一手握着门把,当周瑾辰面把门甩上了。

林初叶拖出了放在角落的行李箱。

温席远看她:"真要搬出去?"

林初叶边收拾边轻声回道:"嗯,我本来也没打算和周瑾辰长住一个酒店。"

她只是借着周瑾辰的发难打蛇随棍上而已,省得后面还要找理由。

温席远皱眉:"他骚扰你?"

林初叶:"他不敢。"说完看温席远还在皱眉看她,又解释,"他怕坐牢。"

温席远意外地挑眉看她。

林初叶笑了笑,没再说什么,转身去收拾衣物。

周瑾辰虽不敢用强,但他总喜欢来串门。她并不喜欢花时间应付周瑾辰,所以每次只要和周瑾辰同一个剧组,她一定会找理由搬出去。

今天算是误打误撞给了她个理由。

温席远过去帮她,倒不觉得意外,林初叶不是受委屈的性子,人还聪明清醒,周瑾辰要真敢对她怎样,她估计转身就拿着证据把人送进牢里去了。

周瑾辰冒不起这个险。

门外的周瑾辰还在气得火冒三丈又无计可施的状态。

他也不知道他怎么就栽在林初叶手上了,她一个油盐不进的主,花心思追也追不到，拿合同逼也逼不出来，直接用强更不行。

他还记得有一次他喝得有点高，当时被她拒绝得也有点上火，借着酒劲就不管不顾闯她房间，把她压在墙上想强吻，人还没吻到，她反手就打了个110，手上还不知道什么时候摸出了把小刀，刀尖直接抵在他身下那处，冷静告诉他，不管她现在做什么，都属于正当防卫。

他当场吓得酒醒，什么也不能做也不敢做，还让随后赶来的警察带走了，被教育拘留了几天。

他认识林初叶这么多年，就只有她想不到，但没有她不敢做的事。

可偏偏这样一个表面看着温淡没脾气，骨子里却比谁都韧的林初叶让他抓心挠肺地想得到手。

如果说最初还是美色所惑，交手到现在，他已经不知道是征服欲作祟，还是被她的性子所吸引了。

他脾气不好、容易狂躁他一直知道，但林初叶在身边，她的平和沉静和她的笑容能让他静下心来，他喜欢这种心静，可偏偏这样一个能让他感觉心境舒服的林初叶他追不到手。

自小优渥的成长环境和出众的外形让他从来不缺人追，也没有追不到的人，他习惯于被人追，也习惯于去追人，都是花点心思、花点钱就能搞定的事，再不济恩威并施也没有达不到的目的，但这一招偏偏就在林初叶身上失了灵。

周瑾辰不知道还能怎么办，林初叶的合约还有两年就到期了，合约到期了他更没有任何筹码。

周瑾辰还在门口头疼时，林初叶的房门开了。

林初叶和推着行李箱的温席远一起走了出来。

周瑾辰刚缓和的脸再次沉了下去，直接看向温席远。

温席远面色平静依旧，一手推着行李箱，一手虚挡在林初叶肩后，防止她不小心撞上门。

这是周瑾辰从不会注意的细节。

他从不会在意身边人怎么样，只是习惯于"我怎么样"。

这就是穷酸男人为自己增加竞争力的手段之一吗？

周瑾辰不由得看了眼温席远，不得不承认，今天穿上大衣的温席远和他那天在宁市看到的不太一样。

这大概就是所谓的人靠衣装吧。

自小被巴结惯了，周瑾辰习惯于从衣着打扮去判断一个人值不值得他一个正眼。那天在宁市的温席远穿着打扮属于那种他看一眼就不会再看第二眼的人，他也习惯于以第一印象去归类一个人。

周瑾辰不明白，为什么林初叶宁愿选择一个什么也给不了她的男人，也不要他。

他可以捧红她，让她受万众追捧，也可以让她衣食无忧地过好下半辈子，就只要她一个点头。

明明只是一个点头这么简单的事，她却这样和他耗了整整五年。

周瑾辰气怒攻心，看着要和温席远离开的林初叶，威逼利诱的话又习惯性脱口而出："林初叶，导演和编剧不是都想让你演女一号吗？你看导演为了你还不惜和我闹脾气辞导，现在我为你把导演留下了，只要你一个点头，我马上让你演女一号。"

林初叶微笑着和他道谢："谢谢周总，不过不用了。"

周瑾辰又气得改口："你就非得和我犟是吧？你以为导演拿辞导来威胁我你就有机会了吗？林初叶我告诉你，除非我点头，要不然谁来都没用。"

林初叶依然微笑："我知道的，谢谢周总。"

温席远看了眼周瑾辰。

周瑾辰脸色又憋屈又无可奈何，干脆掏出手机给助理打电话，冷声叮嘱道："你告诉谢志霖，这戏女主角只能是许安然，明天如期开机，他不想导就马上给我滚蛋。"

温席远摇摇头，约略明白他为什么做了五年无用功。

林初叶就是个吃软不吃硬的。

温席远没打断周瑾辰的无能狂怒，只轻声对林初叶说："走吧。"

林初叶点头，和温席远一块出了酒店。

温席远看向林初叶："有定好在哪里住吗？"

林初叶点头："有的。"

她来的当天就看过附近的住宿了，有看中附近的一个民宿，也提前和老板打过了招呼。

她在戏里虽只是个女四号，但戏份贯穿全剧，是要长期在剧组里的，剧组拍摄时间多久，她就得在剧组待多久。

这也是周瑾辰一直以来给她挑戏的标准，不看人设不看戏份，就只看通告安排里这个角色要拍几天，以及她的假期时间是不是吻合。

周瑾辰就是要锁住她的时间而已。

在学校的她放心得很，不仅是因为她宅，还有部分原因是当初他追她追得高调，学校里也是尽人皆知，都认为她名花有主，没人敢追她。

温席远陪她去了民宿，是个自带花园的中式风民宿，房间和林初叶在剧组酒店里的差不多，一个自带厨房和卫生间的大开间，但厨房面积大一些。

林初叶在生活上从不会亏待自己。

温席远打量了眼厨房，看向林初叶："不是说不做饭吗？"

林初叶："是不做饭啊。但这边的民宿酒店大都有这样的配置，估计是因为大多数人要长住这边拍戏，所以配置上相对生活化一点吧。"

温席远若有所思地点点头，看了眼表，看向她："那你先休息会儿，我公司有点事要先回去处理，有什么事给我打电话。"

林初叶点头："好。"

温席远拿过她的手机，重新存了他的电话，把手机递还给她："别再乱删了。"

提到这个事的林初叶就有些不好意思，有点被抓现行的尴尬，别扭地"哦"了一声。

温席远看她心虚的小模样，不禁笑了笑，抬手摸了摸她的头："好了，走了。"

从民宿出来，温席远给助理黎锐打了个电话："联系上青空娱乐的负责人了吗？他们怎么说？"

黎锐："他们愿意见一面，问您明天下午三点方不方便，想约您明天。"

温席远："不用等明天，就今天吧，我一个小时后到。"

黎锐诧异："这么急吗？"

温席远："你安排好，我现在过去。"

温席远赶到黎锐安排的餐厅时，青空娱乐负责人已经到了。

同时到的还有黎锐，温席远让他把合同一并送过来。

青空娱乐负责人是个四十多岁的中年男人，叫刘永，人不高，有点胖，留着板寸，看着有几分精明。

温席远是以华言影视执行董事的身份约的他。

他鲜以这个身份约人，哪怕遇到非他参加不可的合作，也多是让公司明面的代理总裁去，他作为助理随行。倒不是为的什么，纯粹是图个清静。

他不喜欢应酬，也不喜欢被人打扰，这样的安排可以让他减少许多不必要的打扰。

刘永显然也是知道他这个习惯的，从温席远进屋，便一直以一种探听八卦的眼神打量他。

温席远客气地朝他伸出手："刘总您好，我是华言影视的负责人，温席远。"

刘永也伸出手和他握了握，有些局促："温总您好，我是青空娱乐的负责人刘永。"

温席远招呼着坐下，而后开门见山："刘总，我今天约您，主要是想和您谈一下和青空娱乐合作的事。"

"合作？"刘永一愣。

温席远："确切地说，是并购。"

刘永当下起身："抱歉，温总，我并没有卖公司的打算。"

温席远坐着没动，只是朝黎锐使了个眼色。

黎锐拿出合同："刘总，您可以先看看合同再做决定。"

刘永有些犹豫。青空娱乐是他的心血，虽然没挣到什么钱，甚至大部分时候是亏损的，但他从没想过要把它卖掉。

温席远看出他的犹豫："刘总，华言收购青空娱乐并不是要您放弃公司，相反，有华言影视在背后做依托，青空娱乐在项目选择上会有更大自主权，刘总也将有更多机会去发挥您的才华。"

刘永皱眉不解："温总为什么会看上青空娱乐？我们公司并没有什么名气，也没有太大的利润空间。市面上随便一家公司都比我们有竞争力。"

温席远点头："确实。"

"但目前各公司在做的项目里，我对青空娱乐的项目更感兴趣。"温席远补充。

在做项目？

刘永皱眉："雁云楼？"

温席远点头："对。"

刘永眉头拧得更深，这部剧是周瑾辰找了他好几回他才忐忑同意投资的一部剧，但也只敢投个一千万，毕竟是要自己垫资的戏，卖不出去就全砸手上了。

剧本和班底他看过，中规中矩，就一普通古偶剧，还是个原创剧本，没有任何IP（成名作品）流量做保障，哪怕华言想在偶像剧市场试水，也多的是大IP选择，这个剧根本不是最优选择。

"为什么？"他还是忍不住问出了心底的疑问。

温席远："我要这个项目的绝对主控权。"

刘永："……"

他更加不理解了，这个项目有好到让只做主流剧的华言下凡来抢吗？

温席远没再进一步解答他的困惑，只是指尖压着合同稍稍推向他："刘总，您可以先看看合同。有什么不理解的地方，您也可以先咨询你们公司的法务。"

刘永迟疑着拿过了合同，这是一份很有诚意的合同。

温席远出的是高价，想收购青空娱乐 67% 的股权，刘永保留 33% 的个人股份。

温席远看着他神色松动："刘总，股权变更以后，公司现有人事结构不会作任何变动。合同签署以后，华言影视会向雁云楼剧组增资五千万，这部分投入全部由华言影视负责，但后期收益归入青空娱乐，刘总您享有绝对的利润分红。同时，青空娱乐作为华言影视绝对控股的子公司，同等享有华言影视其他子公司在项目和宣传上的资源倾斜。

"我唯一的要求是，我对公司拥有绝对的控股权和决策权。"

这样的条件于刘永具有很大的诱惑力。

虽然失去了决策权，但青空娱乐只是一家小规模影视公司，没有单独开发项目的能力，发行能力更是等同于零，他们只能作为联合出品公司的末位公司参与部分项目开发，在项目里同样没有任何决策权，顶多是博彩一样投点钱，挣点钱，但大部分投资里，都是亏损的。公司一直处于入不敷出的状态。

而且因为公司小，好的项目也轮不到他们。他们看上的项目，别人也看不上。这个公司对他来说，就是食之无味弃之可惜的典型。能傍上华言这条大腿，是刘永从不敢奢想的事。

一旦被并入华言，华言的资源倾斜带来的不仅是利润空间的指数级增长，更重要的是，让有影视梦想的他有机会接触到心仪项目，并拥有相对自由的主导权。

而且温席远开出的股权收购价格，完全可以让他一夜暴富的梦想变为现实。

有了这笔钱，够他再开个更大的青空娱乐了。

刘永很心动，又有些犹豫，就怕合同有坑。

温席远看出他的疑虑："刘总，您可以先把合同发给你们公司法务看一下，确认没问题后再签字。"

刘永当下发给了公司法务，也是他合伙的一个朋友。

温席远看着他，并不着急。

这份合同是他要求速战速决拿下的合同，合作上给予了最大的诚意。

有正常思考能力的人不可能不心动。

刘永的律师很快给他回了信息，文字里透着兴奋：条款没有任何问题，对方诚意很大，合作利大于弊，我认为值得签。

他就差没把"可遇不可求"写上了。

刘永稍稍放心了些，看向温席远："我同意合作。"

温席远下巴朝合同微微一点："麻烦刘总签个字。"

黎锐递上笔。

刘永麻利地签上了自己的名字，还盖上了公司印章，来吃饭前黎锐就沟通过让他带上。

温席远也签了字，盖了章。

放下笔时，温席远看向刘永："刘总，还要麻烦您个事。"

刘永困惑地看着他。

温席远："麻烦您给周总打一个电话。至于说什么，按照我说的来。"

剧组里，因为周瑾辰放了话要如期开机，大家都在胆战心惊地准备第二天开机的事。

原本因为导演辞导的事，剧组已经通知了开机仪式暂延，这才过去一天不到，又改成如期开机，大家也忙得有些忐忑，怕中途又再更改。

和核心层走得稍微近一点的都知道，导演还没松口答应留下执导，这要真如期开机，到时没导演还怎么拍？

但了解周瑾辰的人也能看出周瑾辰的意图。

开机仪式只是开机仪式，也不代表开机后马上开拍，只要剧组经费烧得起，周瑾辰不介意多等几天。他要的不过是一个正式官宣的由头，借此给林初叶下最后的通牒，她的机会只留到明天早上的开机仪式。

下午他在林初叶房门口撂狠话的事大家多少都知道，毕竟住同一楼层的不少，只是都了解周瑾辰的暴躁，没人敢开门出来偷看，但开着门缝偷听的不少。

不是星一的人不了解周瑾辰和林初叶的过往，但星一内部的人都知道，周瑾辰这又是让林初叶气上火了。

虽然周瑾辰被林初叶气到的次数不少，但被气成这样的不多见，大家都猜测和导演以辞导逼周瑾辰启用林初叶一事有关。

毕竟底牌在他手上，他不可能把这个筹码送给导演做人情。

另一个原因估计就和昨天出现在林初叶房间的男人有关了，但没人见过那个男人，只是从周瑾辰的狂怒里听出林初叶带了个朋友回来，成了这一切变故的导火线。

冯珊珊也是在徐子扬房间陪他改完几场戏才知道周瑾辰又被林初叶气了一场，还拿开机仪式作为最后通牒威胁林初叶。

其实周瑾辰一点胜算也没有，冯珊珊知道，周瑾辰也知道。

这一招要是行得通，林初叶就不是现在的林初叶了，周瑾辰和林初叶的关系也不会是现在的剑拔弩张。

他只是没招了，只能像困兽一样反复折腾。

如果是以往，冯珊珊会坚定地站在林初叶一边，让她别管周瑾辰。

但这次机会对林初叶而言确实可遇不可求。她遇到的是一个有能力又欣赏她的导演，甚至甘愿为她和周瑾辰对抗的导演。而且剧本……

冯珊珊想到陪徐子扬改剧本的这一个下午，徐子扬还在很认真地调整剧本细节，对女主形象不利的戏他也在大刀阔斧地删修，明显是要把剧本往口碑方向打磨。

冯珊珊觉得林初叶错过了会很遗憾，于是晚上去林初叶那儿时她就忍不住委婉地开口："要不，你和周瑾辰服个软？"

林初叶搬出去的事是在她安顿好后才给冯珊珊发的微信。

冯珊珊毫不意外，毕竟不是第一次了。

林初叶正窝在窗前的白色吊篮里读剧本，闻言抬眸瞥了她一眼："你以为，他要的只是服软？"

周瑾辰要的是她这个人。

冯珊珊知道，她也有些纠结："要不？你和他交往试试？说不定他只是因为得不到才偏执成这样，走近了就发现你不是他的菜了。"

"不用。"林初叶想也没想就拒绝了，继续低头读她的剧本，不时拿笔圈圈画画。

林初叶态度明确，冯珊珊也不好再劝，只是有些遗憾："今晚是最后的机会了，明天开机就官宣了。"

这次林初叶头也没抬，只是淡淡地回了她一句："没事。"

冯珊珊这次是彻底没了招，人在一边坐下，下巴都贴到桌上了，惆怅遗憾又无计可施。

手机在这时进了微信通知，是剧组工作群信息。

明天开机就要进入紧张拍摄中，今晚是最后一天放松，大老板请客吃饭，让人人到场。

冯珊珊把信息给林初叶看。

林初叶扫了眼，坐起身："去呗。"

只要不是踩着她的底线，她一向是最听话、配合的员工。

周瑾辰组织的聚餐安排在酒店附近的餐厅，他包下了整个大厅。

林初叶和冯珊珊过去时，其他人都已经到了，周瑾辰也已经在那儿，正站在大厅一头的小舞台上，拿着话筒感谢大家这一段时间的辛苦付出，并希望大家在未来三个月的拍摄中能继续努力。

只要不是面对林初叶，周瑾辰大部分时间还是正常的，尤其是这样拿着话筒站在舞台上，举手投足间有独属于他自己的潇洒和魅力。

看林初叶进来，他仅仅是淡淡瞥了眼，便继续他未完的话。

林初叶和冯珊珊找了个空位坐下，刚好和徐子扬同一桌。

徐子扬已经没了下午的神采飞扬，只是闷闷地喝着酒，看林初叶坐下，还无比遗憾地看了她一眼。

林初叶和他虽然一起吃过一顿饭，知道他是温席远的朋友，但和他没那么熟，只是客气地点了个头算是打招呼。

周瑾辰慷慨陈词完便是大家的用餐时间。

虽然一个剧组是由不同业务口的陌生人组成，相互间都不认识，但大都是年轻人，也都进组有些时日了，聊着聊着便都熟了起来，餐厅气氛热闹异常。

周瑾辰作为项目负责人，极尽主人之谊招呼着大家。

吃到后半场时，大家也慢慢放开，相互间串桌敬酒。

周瑾辰向剧组里比较有分量的一些工作人员和演员敬过酒后就来到了林初叶这一桌，人就站在林初叶身侧，端着酒杯冲大家微笑招呼："大家都辛苦了，我敬大家一杯。"

众人纷纷举杯起身，微笑着和周瑾辰碰杯。

林初叶也举了举杯，没去碰他的杯，周瑾辰却在和其他人碰过杯后特地把杯子转向林初叶，偏着头看着她，也不说话。

林初叶也就顺着他的意思举杯和他碰了下："恭喜周总。"

"谢谢。"周瑾辰嘴上说着谢谢，长臂一伸，手臂就搭在了林初叶肩上，在她耳边低声说，"林初叶，今晚是你最后的机会了。你真不考虑吗？"

林初叶不动声色地往旁边侧了个身，让他搭在肩上的手滑了下来，面上依然是客气微笑："谢谢周总，不用了。"

"不客气。"周瑾辰嘴角也勾着不达眼底的笑意，端着酒杯又和她的酒杯碰了碰，仰头一饮而尽，而后赌气般冲众人高声喊，"让我们有请我们的男一号楼远航和女一号……"

他手机很适时地在这时响起。

他歉然冲大家笑了笑："先接个电话。"而后掏出手机看了眼，是刘永打过来的电话。

周瑾辰接起："刘总。"

电话那头也客气地叫了声"周总"，而后直接进入正题："我这两天把剧本仔细研读了一遍，感觉这个项目有戏，我们这个投资额是不是有点少了？经费不够我怕影响最后的成片效果。"

周瑾辰笑："怎么，刘总打算追加投资吗？那我代表剧组表示感谢和欢迎。"

刘永听着像是有些为难："是有这个打算。我看了下现在的服化道，确实有点显廉价了，到时后期经费也跟不上的话，会有粗制滥造之嫌，所以您看，再追加点投资会不会好点？"

"当然。"周瑾辰从不会拒绝资金加入，"刘总资金充裕的话可以把追加金额直接转入剧组公账，按照合同来说，转账成功就算是增资成功了，到时利润分红会根据合同规定，按照实际出资比例进行结算。刘总不放心的话后续我会让人给你补个增资合同。"

刘永笑："不用，周总为人我放心，您稍等一下，我现在让人转过去。"

周瑾辰点头："好的。不着急。"

电话那头没回应，听着像是在忙。

周瑾辰等着也无聊，就随口问了一句："对了，刘总打算增资多少？"

刘永："五千万。"

周瑾辰面色一变："等等。"

电话那头的刘永声音听着有些茫然："周总怎么了？财务已经转过去了，估计很快就到账了。"

周瑾辰："……"

刘永："周总，我们合同上是不是有个条款约定了，出资比例最高的公司对项目享有绝对主控权？"

周瑾辰面色已经阴沉了下来："刘永，你在玩我？"

这个项目总共也就投资了五千万，星一投了三千万，青空娱乐和另一家南山各投了一千万。当时作为项目的主投方，周瑾辰特地在合同上约定了这个条款，就是防止其他两个公司仗着有投资在项目上指手画脚，影响项目进度。

那两个公司也是在同意这个条件的前提下签订的合作。周瑾辰虽然投的都是小项目，但眼光不错，投资的项目都赚得不少，所以青空娱乐和南

242

山也只想跟着赚一笔钱，无所谓有没有话语权。

但这个投资额对这个体量的剧来说是有点紧张的，预算随时可能超支。为避免后续拍摄出现资金缺口，周瑾辰在合同上留了个可随时增资并最终根据投资比例进行分红结算的口子。

青空娱乐和南山都是小体量公司，一千万已经是他们公司的大投资，勒紧了裤腰带才拿得出来的钱，还要分期给。周瑾辰从没想过，青空娱乐有朝一日会一口气砸进五千万，直接把投资额翻倍成六千万，以两倍于他的金额压下了他。

星一不可能再追投三千多万进去，这已经远超公司预算和风险能力了。

星一的发行能力没有强悍到能保证这六千多万不会砸手上。

相较于周瑾辰的气怒，电话那头的刘永依然是好脾气地对他说："周总，您这说的什么话呀？我这不是看这个项目好，怕粗制滥造毁了这个项目，最后钱砸手上了嘛。你看，现在多了五千万，我们就可以把它往精品剧方向打磨不是？"

周瑾辰还沉着脸没说话，但都说伸手不打笑脸人，那边的刘永虽然摆了他一道，却依然态度谦卑地和他解释。他有话也发不出，况且他也有点认可刘永的说法，有钱谁不想做好剧，谁愿意背着个做烂剧的骂名。

电话那头的刘永显然也察觉到他的松动，继续好脾气地劝导："周总，您不也是看中这个项目的潜力才冒险垫资拍摄的吗？我们目的是一样的，不是敌人。"

周瑾辰终于缓过来，语气还是不太好："刘总真是大手笔。"

刘永笑道："哪里哪里。这还不是想着和周总一起赌一把，努力做个好剧。"

周瑾辰："刘总费心了。"

刘永："应该的。就是演员方面，昨天助理给我看了所有演员试镜，我发现那个叫林初叶的新人似乎比许安然更适合女一号，我听说导演和编剧也在积极争取她。要不就换她吧。"

周瑾辰："她不行，风险太大。"

刘永："没关系。我这边已经和平台联系过了，平台已经通过了项目预购，他们也看了演员试镜，合同里明确要求女一号用林初叶。"

周瑾辰："……"

刘永："周总，预购合同回头我发您。演员的事就拜托您了，您也知道，我们和平台以后都是要合作的，不好得罪啊。"

周瑾辰好半天终于挤出一句话："刘总费心了！"

直接撂了电话。

林初叶明显看到周瑾辰面色阴沉得吓人。

他阴鸷地看了她一眼。林初叶被看得莫名其妙，却见周瑾辰已转向众人，继续刚才未完的话："让我们有请我们的男一号楼远航和女一号林初叶代表剧组为大家说几句话。"

全场俱静。

原本还随意闲聊的众人全都难以置信地看向林初叶和周瑾辰。

林初叶也愣住，下意识地看向周瑾辰。

这明显不是周瑾辰的本意。

周瑾辰被她看得有些难堪。

他从来不是示弱的人，哪怕心里明知自己错了，面上也绝不会松口认错。

他并不想承认自己妥协了，但形势比人强，平台点名要林初叶，他只能让林初叶上台。

他可以得罪导演、得罪编剧，甚至连投资商都敢得罪，换个合作对象就行，没什么大不了，但平台方他得罪不起，公司所有的剧都需要播放平台，艺人也需要平台机会。

他的剧不像华言的剧，华言已经形成口碑，有了品牌效应，拥有不可取代的江湖地位，主动权牢牢掌握在自己手上，平台愿意去争相讨好和抢购。

他的剧只是比同类好一点，但并非不可取代，对市场而言，他可有可无。

这就导致了他的被动。

作为被动方，周瑾辰只能选择不得罪。

此时面对林初叶的困惑，他只觉得难堪，干脆偏过头不看她。

冯珊珊也彻底愣了，事态发展转折太快，惊喜来得太突然，她和众人一样，有点反应不过来。

徐子扬是最先反应过来的，他在短暂错愕后最先回过神来，温席远搞定了青空娱乐！

他以他完全没料想到的速度搞定了青空娱乐。

徐子扬是全程看着周瑾辰的，接电话之前他根本没给林初叶女一号的打算，甚至是在他准备宣布前女一号时，还带着点故意气林初叶的成分，那个电话带来了转机。

徐子扬虽然不知道那个电话是谁打来的，电话里说了什么，但过程不重要，重要的是，林初叶女一号的事稳了。

他带头鼓起了掌，甚至站了起来，朝林初叶伸出手："恭喜恭喜。"

林初叶没有他的狂喜，很平和，还有点没反应过来的蒙。

那边和楼远航同桌的许安然和经纪人已经彻底黑了脸，连场面形象都不顾了。

楼远航却是真心为林初叶高兴。

他作为男一号先起身做了个简短发言，无非是感谢和希望在未来三个月里和大家合作愉快，自己还有诸多不足希望大家多多指教之类的话，说完就把话筒传给了林初叶。

冯珊珊这会儿也已回神了，兴奋得不行，和徐子扬一起鼓动着让林初叶起身说两句。

林初叶握着已经传到手中、还隐隐带着别人体温的话筒，指腹摩挲着话筒沉默了好一会儿，站了起身。

现场在徐子扬的带动下响起掌声。

但林初叶并没有表现出任何兴奋情绪，只是微微侧过头，看向周瑾辰，只平静地问了他三个字："为什么？"

这三个字也是在场所有人的困惑。

大家都看得分明，周瑾辰一开始并没有把女一号给林初叶的打算。

并不是所有人都看过试镜视频，林初叶以新人之姿抢了小有成绩的许安然女一号本身并不合理。

周瑾辰也看到了众人眼中的困惑，他看了一眼林初叶，拿过她手中的话筒："我们这个项目前景很被看好，青空娱乐增资五千万升级项目，项目目前已经通过平台预购，平台看了所有人的试镜视频，看中了林初叶的演技，指定由她出演女一号。"

众人俱是一愣，意料之外的答案。

没有潜规则，也没有暗箱操作，纯粹是林初叶的试镜表演征服了平台，被钦点为女一号。

大家是目睹了这个转变过程的，也看到了周瑾辰的不甘心和不得不妥协。

在场的一些人也参与了那天的试镜，见识过林初叶的演技，并知道她是如何让原本看不上她的导演对她印象改观，力排众议要推她演女一号，甚至不惜以辞导为要挟的。因此，在短暂怔愣过后，不知是谁带的头，现场再次响起掌声，伴随着此起彼伏的恭喜声，大家是真的为林初叶高兴，尤其是同一公司里一路见证过她是如何被周瑾辰打压的，鼓掌鼓得尤其起劲。

冯珊珊鼻子一下就酸了，眼眶也有些湿，她转身抱住了林初叶，林初叶没哭，她倒先哭了。

她是一路看着林初叶是如何从满怀憧憬到奋力争取，再到慢慢变得平和无波澜的。她陪着林初叶这一路走来，心疼归心疼，但她无能为力。

她已经不敢奢想转机了。

她没想到林初叶的人生还会有转机，而且来得如此毫无预兆。

林初叶也有点被冯珊珊的情绪感染，眼眶有些湿，但忍住了，只是微笑着拍了拍她的肩，安慰她。

周瑾辰看到了林初叶脸上的笑容，一下子有些怔，那是他从没见过的。

不是没见过林初叶笑，而是没见过笑得这样纯粹自然，散发着一种发自内心的、由内而外的快乐。明明只是浅浅淡淡的笑容，却像是带了光。

第一次，他开始怀疑自己对林初叶是不是用错了方法。

第八章
你情我愿

餐厅包厢里，挂了电话的刘永困惑又忐忑地看着对面的温席远。

刚才那番话，全是他按着温席远的指示对周瑾辰说的。

但没有一句是谎言，五千万确实让人转进了剧组公户，平台的预购意向书他也发给了周瑾辰，意向书上明明白白地写着，指定林初叶出演女一号。

他这次约他完全是有备而来。

"温总是打算捧这位林小姐吗？"刘永最终没忍住好奇。

"不是。"温席远起身，"她不需要捧，这本来就是她的机会。"

他只是把本该属于她的机会还给了她，仅此而已。

刘永不解。

"周瑾辰安排她试镜女四号，她靠演技征服了导演和编剧。导演给了她试镜女一号的机会，她也得到了导演的认可，导演为了留下她演女一号不惜辞导，编剧这才找上了我，我也才知道了她。"温席远看向刘永，"至于平台预购，确实是我搭了把手，给平台递了她的试镜视频，但最终让平台下定决心的是她，不是我。"

刘永恍悟："大家都说温总是个惜才的人，看来名不虚传啊。"

温席远只是笑笑，没搭话。

他抬腕看了眼表，看向刘永："刘总，今天真的麻烦您了。以后工作上有什么考虑不周的地方，还请多多担待。"

刘永被他谦逊的态度弄得诚惶诚恐："温总，您客气了，是我谢谢您。"

温席远："那以后剧组的事，就拜托您了。"

刘永："应该的应该的，温总您别这么客气。"

温席远笑了笑，和他道了声别，与黎锐一道离去。

黎锐也有点好奇林初叶是何方神圣，让温席远这样雷厉风行，这么短时间就把事情全解决了，并购了个公司不说，还间接接管了一个剧，还把剧给卖出去了。

他不敢直接问，选择了一个折中方式："温总，您这么大手笔砸下去，亏了怎么办啊？"

温席远："怕什么，林初叶会加倍赚回来。"

黎锐："……"

他想象中的答案是——"没关系，我的女人，亏了就亏了，就当给她买个高兴。"这样就算是间接承认林初叶的身份了，没想到是这个。

"她就只是您看中的一个投资项目啊？"黎锐半天没缓过来。

温席远瞥了他一眼："你要这么认为也行。"

他拉开车门："你先下班吧。我今晚不回公司，明天估计会晚到，有事电话联系。"

黎锐点头，想问他去哪儿又不敢问，看着温席远上了车，往出城方向去了。

聚餐闹闹哄哄到十点多才结束，除了极少数人，大部分人都是高兴的，这种高兴无关乎女主角是谁，而是项目被增资五千万，从小项目变成了大项目，这意味着能有更多的制作经费和营销经费，也意味着距离成功的机会又近了一些。

没有人不期待努力终有所报。

冯珊珊也高兴，喝得有点多，林初叶先送她回了房间，确认她没事后才回自己那儿。

为了拍戏方便，她订的民宿距离酒店也不远，走路只需要几分钟。

回到民宿门口时，她一眼看到正从车上下来的温席远。

温席远侧身对着她，棱角分明的俊脸被灯光打下一层疏淡的阴影，面容平和且冷淡。明明给人一种说不清道不明的距离感，举手投足间却又像自带磁力，让林初叶的脚步不由得停下，眼神也不自觉地停留在他身上，看着他白皙修长的手落在锃亮的车把手上，指节微屈，稍一用力便将车门甩上，拿着钥匙的另一只手也跟着按下电子锁键，"吱"一声轻响，车已锁上，温席远转身，看到正盯着他出神的林初叶。

"回来了？"他说，走向她。

身上的长款大衣随着他的走动像带了风。

林初叶的视线从他脸上移向他身后的车，再移回他的脸。

"你这么晚……还过来啊？"

温席远："嗯，家里钥匙不见了。"

林初叶："……可以叫开锁师傅啊。"

温席远："费钱。"

林初叶瞥了眼他身后的车，又看向他："你这车更费油。"

温席远也回头瞥了眼车："是吗？回头让助理换一辆。"又看向她，"还不回去吗？"

林初叶僵直着脖子点头，有意无意地往前台方向瞥了眼。

"要不，我给你另外开个房间吧？"

温席远："我没带身份证。"

林初叶："……"这分明就是要赖上她了。

林初叶想起小阁楼分离前那夜，也是这样的孤男寡女，夜色迷人，两人一进屋就……

火热纠缠的一幕在大脑中重现，林初叶默默偏开了头，不敢往下想。

温席远偏不放过她："还有问题吗？"

林初叶下意识地点头："嗯。"

温席远："什么问题？"

林初叶被问住，大脑一时有些空，然后在神思清明前，嘴巴先一步做出了反应："我房间没有那什么的。"

温席远："什么？"

林初叶不得不硬着头皮继续："就……可能会去父留子那个。"

温席远："……"

"所以……"林初叶已尴尬到不行，"我觉得，为了你的基因着想，你可以考虑，去和编剧老师挤一晚上，他应该不会介意。"

温席远盯着她看了会儿，笑了："不用麻烦。我的基因适应良好，匹配度高，重要的是，它也有点挑人，不介意让你借点。"

林初叶："……"这不是她设想的答案。

温席远看着她不动："林老师还有疑问？"

林初叶微微摇头，又点点头，在他微微挑眉的眼神注视下清了清嗓子，委婉地提醒他："那个……你知道的，我一直有觊觎你的基因，以前我还惦记着和你结婚，所以去父留子的想法不强烈。但现在我不打算结婚了，只想有个孩子。如果，真不小心闹出了人命，孩子我会留下，但我不一定会对你负责，也不需要你负责了，这样的话，你不觉得委屈吗？"

温席远瞥了她一眼："你那天晚上不就打的这个主意？那时怎么没见你替我委屈？"

提到那天晚上，林初叶就不太行了，稍稍转开了头。

"我……我当时就随口说说，你真同意了我还不敢呢。而且当时又不是我勾引的你，明明是你先……"林初叶的声音慢慢低了下去。

温席远却是盯着她不放："那怎么没推开？"

他黑眸深邃，墨黑的瞳孔深处凝出两道深锐的视线，就这么动也不动地盯着她，专注里却又带了灼人的热意。

林初叶不太招架得住，轻咳着避开了他的视线。

"你……你的基因太诱人，我没忍住。"连回应也气弱得像破罐子破摔的嘟哝。

温席远被她气笑。

第一次他问她毕业聚会那天晚上为什么没推开，她说喝高了。

第二次在厨房，她说饮食男女，人之大欲存焉。

一次是酒一次是色，这下好了，基因都冒出来了。

"我的基因现在依然很诱人。"他说，"我不介意借你点。"

那就是连被去父留子都不介意了。

林初叶心情有点复杂，抿着唇转开了话题："我明天四点还得起来定妆，得赶紧休息了。"

说话间，她掏出房卡往房间走去，温席远却拉住了她的手："先陪我去买点东西。"

林初叶不解地看他："这么晚还要买什么东西啊？"

温席远没多说："走吧。"

到了便利店，林初叶陪温席远走到内衣区才反应过来他要买的是换洗衣物，看到温席远手伸向盒装内裤时她不大自在地转开了头。

"我去看看牙刷……"她低声扔下一句，去了日用品区。

温席远看了眼她略显仓皇的背影，摇头笑了笑，没去阻止她。

林初叶在日用品区给他挑了一次性浴巾和牙刷等生活用品。

温席远过来买单时，林初叶把浴巾和牙刷递了过去："这个也一起带上吧。民宿的不太卫生。"

说完便见温席远看了她一眼，林初叶顿时反应过来，这话有歧义，有同意他和她同住之嫌。

"我的意思是，你待会儿另外开房间也需要这些东西。"她赶紧解释。

"我又没说什么，你心虚什么？"温席远把东西一并递给了收银员。

温席远注意力转向收银员，看她已经扫完单，举起手机扫了下码，手掌顺着林初叶的后脑勺轻轻一拍。

"走了。"

不疼，还隐隐夹着点宠溺的味道。

林初叶不由得看向温席远。

两人从便利店出来，昏黄的灯光落在温席远深邃好看的俊脸上，柔和的光影在他脸上交错出一种异常专注的温柔。

这样的温席远很好，虽然偶尔会揶揄她，但尊重她，不强求。

可惜这么好的他，她不敢要，她怕了那种被人拿捏和不能自由掌控自己人生的生活。

"温席远。"沉默许久，林初叶终是轻声叫他的名字。

温席远回头看她："嗯？"

林初叶："我不能和你一个房间。"

温席远回头盯着她看了会儿，而后微笑："好。"

林初叶也不禁微笑："你怎么能那么好？"

温席远笑："才发现吗？我以为在你决定对我下手时就发现了。"

林初叶想到当初误把他当落魄有为青年时的事，也有些不好意思。

"也……不叫下手吧，那分明就是商量。"

温席远似是笑了一下："哦，那叫商量啊。"

林初叶被揶揄得不好意思转开了视线。

路过前台时，温席远从口袋掏出身份证走向前台。

"开个房间。"

"好的。"前台接过了身份证，"请问是要标间还是大床房？"

温席远："大床房。103隔壁。"

103是林初叶的房间，林初叶不由得看温席远。

他正站在吧台前，神色淡而平静。

林初叶想到刚才回来他骤然看到她时眼神里的温柔，一时冲动，低软的询问就这么脱口而出："你今晚是特地来找我的吗？"

温席远回头看了她一眼，点头："嗯。"

"要不……"林初叶迟疑了下，"你今晚就住我那儿吧。"

温席远："林初叶，你知道你在说什么吗？"

林初叶迟疑了下，点点头："但我不能对你负责。"

她明显看到温席远看着她的黑眸里倏然淡下来的墨色，淡冷的神色让她不由得生出几分胆怯。

"那个，要不你还是另外开个房间吧。"

她想找补，但已来不及，温席远已收起身份证，一把拉过她，说："不用了。"

民宿房间门口，林初叶手里捏着房卡，迟迟没伸向房门。

温席远看了她一眼，长吁了口气，周身的肃冷气息已经敛了下来。

"我听说你拿下了女一号，所以想来看看你。"他说。

林初叶讶异地看他，但又觉得似乎没什么好讶异的，徐子扬毕竟也在现场。

"谢谢。"她轻声道谢，弯起的眉眼温柔且真诚，一下子软化了温席远脸上的线条。

他也露出了一个微笑："恭喜。"

"以及，加油。"他补充。

而后，他看到她眼眸里升起的光亮，一种对未来充满期待的光亮。

"嗯。"她重重点头。

温席远微笑，抬手揉了揉她的头，很怜爱的一个动作。

林初叶一下有些怔，心跳因为他的动作微微加快。

温席远已取过她的房卡，开了门，开了灯，手掌落在她肩上，轻轻推着她一块走了进去，习惯性地扫了眼房间。

房间是五十多平方米的大开间，一抬眼就能看到两米的大床。

床还保持着刚搬进来的干净整洁，空空旷旷的，刺激着林初叶不甚坚强的神经。

她写东西养成的脑补习惯让她看到床就想到和温席远滚到一起拥吻的火热。

林初叶默默转开了脸。

好在温席远没有她那些旖旎心思，只平静扫了眼房间后，便轻轻推了推她："先去洗漱。"

林初叶轻轻点头，找了睡衣就进了浴室。

温席远把新买的衣物拆洗了，过来林初叶这边是临时做的决定，倒不为别的，就是想见见林初叶。

他没带换洗衣物，只能随便买一套凑合。

洗完扔进烘干机后便见林初叶从浴室出来了，她身上已穿得齐齐整整，洗了头，头上还裹着厚厚的干发巾。

温席远走向她："洗完了？"

林初叶点点头："嗯。"

虽然是已经发生过亲密关系的人，但这样的深夜，这样孤男寡女的场景还是让她生出些拘谨的不自在。

温席远在她面前站定，手很自然地搭在了她的干发帽上。

林初叶脚步一顿。

温席远像没留意到，一边轻轻挤揉着干发帽，一边问她："这么晚还洗头？"

"明天早上要拍定妆照，总不能顶着个大油头去。"她轻声回答。

温席远点点头，伸手取过吹风机。

林初叶下意识地伸手去拿："我来就好。"

她的手被温席远挡开："站好别乱动。"

说完，他左手抓着她的干发巾揉了揉，吸了些水分，而后扯掉，长指撩起她的发丝，吹风口也转向了她的湿发。

温热的暖风落在冰凉的头皮上，林初叶一下就安静了下来。

温席远的指甲被精心修剪过，没有任何尖锐的地方，撩她头发的动作很轻。

指尖偶尔碰到她的头皮，也只是肌肤相触带来的温热酥麻感。

林初叶忍不住偷偷看了眼温席远，他依然是淡敛着眉眼，面容平静，就这样左手有一下没一下地撩起她的长发，右手拿着吹风机，一小缕一小缕地分区吹干。

技巧不算娴熟，但极具耐心。

林初叶不久前刚压下的心跳加速又隐隐有蹿起的架势，对于温席远，她从来就没什么招架能力。

尤其她和温席远还站得如此近，人几乎就贴着站在了他胸前，平目望去便是温席远微微起伏的胸膛，让林初叶一下就想起了那一夜，他俯身看她的样子，胸口紧致结实的肌肉线条被汗水润出诱人的光泽，禁欲又勾人。

那双眼眸明明清冷依旧，却在大片的墨色深处蔓延出小簇专注却浓烈灼人的光，就那样静静看着她。

林初叶不甚自在地稍稍侧转了个身，不太敢再继续盯着温席远的胸膛看，但耳后还是慢慢蹿起了热意。

"又在想什么？"耳边突然传来温席远低沉的嗓音。

林初叶微微挺直了背脊："什么也没想啊，吹风机太热了。"

本该理直气壮的话语到嘴边便成了死鸭子嘴硬的嘟哝，林初叶还飘忽着眼神不敢看温席远，边说着边无意识地把头发往一边拨了拨，纤细的脖颈一下暴露在温席远的视线下。

她的皮肤偏白皙，脖颈纤细修长，睡衣虽是特地挑了保守款来穿，但到底是为了舒适买的睡衣，人纤瘦，衣服又是宽松版，领口也有些大，头发这样一撩开，大片肌肤便撞入了眼中。

温席远只看了一眼便微微偏开了头。

林初叶还没发觉，也跟着微微侧了个身。

温席远撩着她头发的手在她头顶压了压。

"别乱动。"

"嗯？"林初叶茫然地抬头看他，仰起的小脖子里，是大片勾人的滑腻雪白，睡衣还隐有从肩上滑落之势。

温席远瞳孔眸色转深时，他按停了吹风机，抓着她头发的手改滑入她后脖，头就朝她低了下去。

唇瓣相贴时，林初叶眼珠子动了动，迷茫地看向温席远。

温席远压着她的唇吮了吮，又很快停下，只是用暗哑的嗓音问她："林初叶，你今晚还要不要睡了？"

话完时，手掌已抓着她衣领往上提了提。

林初叶："……"

她右手一把横过左肩，压住被提起的衣领，挡住胸口。

她瞪大的眼眸看着他，眼神里是一种愣在当场又掺着尴尬和不知所措的蒙圈感，就那样一脸蒙地与他对视。

温席远看了她一眼，压着她的唇就要继续下去。

林初叶终于回神，微微后挪。

"我们这样不太好吧……"她看着他，在和他交融的鼻息里，陷入天人交战。

"男未婚，女未嫁，没有男女朋友，没有喜欢的人，你情我愿，哪里不好？"

他也看着她的眼睛，低声呢喃，沙哑的声线勾得林初叶理智有点被抽离。

她似乎有点被他的逻辑说服，又有些怀疑地看着他。

清澈的瞳孔里映着他蛊惑的眼眸，看起来像在诱拐无知少女。

温席远轻轻笑了下，在她唇上轻轻咬了一下，终是放开了她。

"好了，明天四点多就得起来，赶紧去睡。"说完，他的手掌还在她头发上摸了一把，确定全干了才推了推她，"快点去睡。"

林初叶也不知是夜深大脑失去了思考能力，还是他的眼神和嗓音过分温柔和蛊惑，人愣愣地跟着他的指令点头，上床，直至温席远替她掖好了被子才彻底缓过神来。

温席远已取过衣服进了浴室。

浴室里很快传来水声。

林初叶几乎能想象温席远站在花洒下洗澡的样子，还是有点尴尬的，全程背对着浴室没敢乱动。

水声停下时，她也没能睡着。

身后传来开门声，伴随着脚步声，很轻。

林初叶能感觉到脚步声的靠近，心脏因为这脚步声而微微悬起，在想着是大大方方地转个身打个招呼"这么快洗完了"，还是假装已经睡着了时，身侧床榻微微下陷，温席远上了床，并"啪"一声关了灯。

整个房间也瞬间陷入黑暗，温席远挨着她躺了下来。

同一床被子下，林初叶几乎能感觉到他体温的靠近。

他朝她转过身，然后手臂搭在她小腹上，搂着她往怀里带了带。

林初叶身子一僵。

她明显感觉到他掌下的动作一顿，而后勾着她腰将她翻了个身，面向他。

"还不睡？"

林初叶不得不睁开眼，小声说："刚准备睡的。"

温席远的视线在她脸上扫了一圈："看着不像。睡不着？"

这话听着像是要做其他事。

林初叶赶紧摇头："没有。是真的要睡了。"说完背过身去。

温席远倒没强迫她面对着他睡，只是伸手揽住了她的腰，让她的背贴着他的胸膛，将她整个揽入怀中。

也不知是不是因为温席远的体温过于舒服，这一夜林初叶睡得很好。凌晨四点的闹钟准时响起，温席远陪她一起起了床。

林初叶虽然是临时被确定为女一号，但周瑾辰把开机时间定在了今天，各大媒体资源早就联系好了，场地也已备好，不好再更改，只能按原定计划先开机，林初叶也不得不提前几个小时起来定妆。

温席远陪她去了化妆室，在一边盯着化妆师给她做造型，做得不如意的地方他会当场提出并让其改正。

造型师已经小有名气，并不认识温席远，看他在一边指指点点，起初还客气配合，后来就不太乐意了，脸色也不太好，直接把温席远的话当耳边风。

温席远面色淡了下来，但没当场发难。

林初叶看出了温席远的情绪波动，笑着安抚他："没关系，这样也挺好看的。"

温席远看了她一眼，好看的是她本人，不是造型。

造型并没有成为她的加分项，反而是减分项，好在只是开机仪式上的造型，不能算是最终定妆，勉强还能用。

温席远对开机造型没太大要求，也不是每个剧组开机当天都用的剧里的人设造型，因此也就没管造型师，况且时间紧急，也来不及换人，只能先将就。

开机仪式在上午八点。

林初叶化完妆过去时，大部分人都到了。

刘永作为最大的出品公司青空娱乐明面上的负责人，也赶了过来。

周瑾辰看到刘永面色不太好，但还是客气地上前打了个招呼。

刘永终于能翻身做主人，整个人看起来神清气爽。

他没想到温席远也在，看到他和林初叶一起走来时，愣了愣。

温席远也看到了刘永，客气地冲他点了个头，算是打过招呼。

这个点头在刘永看来就带了点捉摸不透的意味，不知道是要他上前打招呼还是阻止他上前。

他知道温席远不爱在人前露脸的，剧组的事也是全权委托他明面上管理，这么一想，就忍不住猜测是不是温席远不喜欢他在人前和他打招呼，因此在一番揣测纠结后，他也忐忑地回了个微笑，而后转向了其他人。

徐子扬也在，看到陪林初叶过来的温席远，意外地挑了挑眉，视线在两人身上来回移动。

"怎么这么早过来了？"徐子扬上前，"你家过来可得花不少时间。"

林初叶假装没听到，微微侧过头。

温席远也手蜷成拳在嘴边轻咳了声，转开了话题："恭喜新剧开机。"

这句话徐子扬爱听："托你的福。"

温席远笑笑，拍了拍他的肩："加油。"

徐子扬豪情万丈地拍着胸："那必须的。"而后看向林初叶，"也恭喜林老师。"

林初叶客气地点头："谢谢。"

冯珊珊在不远处招呼林初叶过去，似乎是要开始拍照了，她和温席远低声说了句："我先过去一下。"

温席远点头："去吧。"

目送她走远。

徐子扬看向温席远："你和林老师到底什么关系，还不老实交代吗，温——总？"

后面还有些故意地拖长了嗓音叫他一声。

温席远回头瞥了他一眼："目前没关系。"

徐子扬一副"你骗鬼"的模样。

温席远不理他，目光移向忙碌的众人。

除了还在这里和他闲扯的徐子扬，剧组其余人员已经聚到香炉前，准备烧香祭拜。

林初叶虽为女主角，并没有挤到人群中央，只是保留着她一贯的习惯，站在人群角落里。

徐子扬的视线也落在林初叶身上，又移往人群 C 位的刘永，皱了皱眉："你不是收购了青空娱乐吗？怎么还是让刘永替你出面？"

温席远："他适合。"

徐子扬："怎么说？"

温席远："林初叶的经纪合约还在周瑾辰手上，我直接出面的话，周瑾辰有权利替她推掉这个戏，所以只能借平台方来指定，周瑾辰不敢得罪平台。而刘永是这个项目的联合出品方，他出面处理不会引起周瑾辰的怀疑，只当他有平台发行关系。至于事后他要怎么查，已经尘埃落定的事他也翻不出什么花来。"

徐子扬连连朝温席远竖了几次大拇指："没关系你都能为她做到这种程度，有关系那还得了。"

温席远："她要是没这个能力我也不会砸这个钱。"

徐子扬："我信你个鬼。"他直接翻了个白眼，看制片还在拿着喇叭喊着让全体工作人员过去，便拍了拍温席远的肩，"我先过去会儿。"

温席远点头，并没有过去，只是在人群外看着众人。

林初叶被人推到了人群中间。

她并不太习惯这种成为人群焦点的感觉，不大自在地冲旁边的工作人员笑笑，在原处站定，又忍不住回头四处找温席远，看到了独自站在人群外的温席远，黑西裤、黑衬衫、黑色长款大衣的禁欲穿搭，人很闲适地站在晨光里，双臂环胸，正微微偏着头看她。

林初叶不禁冲他微笑，手往身后指了指，眼神带着询问，想让他过去。

温席远也微笑，摇了摇头，让她不用管他。

林初叶点头。

烧完香合完影后，是剧组开机仪式大背景舞台上的大合影。

人群里的林初叶习惯性找温席远，生怕他被冷落了。

温席远安抚地冲她微笑，让她先忙她的。

林初叶配合着拍完开机照，人群还没解散，也不管其他人还在看着，就从舞台上跳了下来，走向温席远。

"他们今天安排了挺多拍摄任务的，估计得拍到晚上。拍戏挺无聊的，你要不要先回去啊？"

温席远被她的担心逗笑："没关系，我今天没什么事。"

他看她的头发似乎被蹭乱了些，又抬手替她理了理，边对她说："你先忙你的，不用管我。"

林初叶点头，有些不放心："我是怕你无聊，我知道等人的过程真的挺无聊的。我看了通告，今天的戏排得挺密集的，估计我一整天都会忙得抽不开身，可能会顾不到你呢。"

温席远依然微笑着看她："没事。你专心拍戏就好，不用管我。"

林初叶点点头："那你无聊了记得和我说。"

她回头看经纪人还在招呼她过去补拍单人剧照，又扭头对温席远说："那我继续去忙了？"

温席远点头："嗯，去吧。"

林初叶是真的忙，八点开机，拍完照已经过去半个小时。

九点就要开拍第一场戏，她还要化妆和换衣服，角色是临时定的，虽然她已经通读过剧本也琢磨过女主人设，但还没能抽出时间来背台词，只能边化妆边背，边揣摩剧本，就像她之前担心的那样，根本顾不到温席远。

温席远是了解她今天面临的兵荒马乱的。

她一向是追求完美的人，虽然是被临时换上去，但肯定不会容许自己敷衍，因此心思全落在了剧本上，连化妆都是像个提线木偶般任由化妆师摆弄，人甚至没时间看镜子一眼，就是在一边认真背台词。

温席远在一边照顾着，有人来找林初叶也帮她挡了下来，不让旁人打扰她，并在她水杯被喝空时给她满上水，或者给她披上外套。

旁边的工作人员只看到林初叶有经纪人，没看到助理，见温席远在一边细致入微地照顾，忍不住悄声问温席远："你是林老师的助理吗？"

温席远略愣，而后点点头："嗯。"

"那方便加你个微信吗？"对方问。

温席远看了她一眼，是个看着毕业没多久的女孩，眼神大胆而直接。

温席远微笑着拒绝："不好意思，老板不同意。"

女孩有些遗憾地看了眼林初叶。

林初叶刚好从故事里走出来，抬头看到女孩的满眼遗憾，有些莫名。

忍不住看了看女孩，又看了看温席远。

"怎么了？"

"没事。"温席远把她拉站起身，"准备开拍了。"

林初叶往导演方向看了一眼，确实已经让灯光和摄影准备好了，赶紧放下剧本，对温席远说："那我先过去了。你要是无聊的话……"

她想了想，无聊的话也没有排解的方法。

"要不你就过来看我拍戏吧。"她又有些不好意思，"不过我可能会有点紧张。你别一直盯着我看。"

温席远被她逗笑："没关系，我不看你。"

只是嘴上说着不看，林初叶真上场后，温席远还是忍不住站在导演身后看她，看着镜头前的她和机器里的她。

虽是第一次担任主角，但林初叶镜头感强，进入状态快，没有丝毫怯场和紧张，现场收音的台词也很好。

这场戏是林初叶一个人在房间的戏，她意外地一条过。

拍完时，导演都忍不住起身鼓掌，对林初叶的欣赏全写在了脸上。

其他人也忍不住跟着鼓掌，或羡慕或意外地看着林初叶。

徐子扬就站在温席远旁边，和他一起看的机器，也忍不住用手肘撞了撞温席远："不错啊。"

温席远偏头看他一眼，虽没回他，但眼神里分明藏着一种"我看上的人"与有荣焉的骄傲。

徐子扬又忍不住想糗他，用手肘往他的手臂上撞了撞："还不承认？"

"承认什么？"温席远淡声问，"事实就是你看到的那样。"

徐子扬："哪样？"

哪样温席远没回他。

林初叶已走下镜头，温席远拿着长羽绒上前，丝毫不避讳现场这么多人，羽绒服微微一抖，就披在了林初叶身上。

林初叶之前瞥到他在场下看，有些紧张地问他："怎么样啊？"

温席远看着她："非常好。"

林初叶被他这样直接地夸，反倒有些不好意思："那就好。"

还在一边看着的周瑾辰当下冷了脸，却还是顾忌着人多，没上前发疯，闷不吭声地转身走了。

导演也上前给了她一个鼓励的笑容："这场戏不错，一条过了。"

林初叶眼神里都带了光，她也有些意外。

"真的？"

她又忍不住道谢："谢谢导演。"

下一场是别人的戏，给林初叶空出了点时间。

她在短暂兴奋后又很快拿起了剧本，准备下一场戏。

别人的戏没她刚才这场拍得顺畅，演员还没怎么进入状态，加上要多镜头切换，这一场戏拍了一个多小时。

林初叶也利用这一个多小时把下一场戏琢磨得很透彻。

这一场戏是她和男一号的对手戏。

徐子扬写得比较俗套，是男一号躲避追捕误闯入女一号房间的戏，有一个女一号差点摔倒，男一号拽住女一号手臂将她救起，女一号撞入男一号怀中，眼神对视的场景。

也不知道是不是第一天拍摄人还紧张着，楼远航似乎没怎么进入状态，还没拍到重场戏就不停 NG 重拍。

这一拍就拍了近两个小时。

温席远已经和徐子扬并排坐了下来。

温席远坐的是给导演专门准备的竹制躺椅，也不管别人认不认识他，有没有人招呼他坐下，人看到躺椅空着就坐了下去，还很放松地往后靠躺，左腿搭在右膝上，漫不经心地盯着机器看，完全是老板盯梢的模样。

徐子扬没有他财大气粗，拿着塑料板凳，挨着他的躺椅扶手坐，看着无比卑微。

他看温席远完全没有要走的架势，忍不住推了推他，以只有两个人听到的声音问："你今天怎么这么有空，不用回去上班？"

温席远瞥了他一眼，声音也是低的："现在不就是在上班吗？"

徐子扬："……"还真是。

"你这大老板是真闲啊，还有工夫来我们这小小剧组监工。"

说完，他看到机器前的楼远航已进入状态，又忍不住兴奋："林初叶和楼远航这对 CP 绝对能火啊，营销经费安排上没有。"

温席远："不需要。"

徐子扬扭头看他："圈粉固粉懂不懂？"

温席远："林初叶不需要，她也不会喜欢。"

徐子扬："说得你很了解她似的。"

温席远："还真是。"

他瞥了眼显示器："她是演技派的实力，不会长期走偶像剧路线。这部剧只是给她刷脸。"

"倒是你。"他看向徐子扬，"少撒点工业糖精不会影响你故事的可看性。"

"哈？"徐子扬有点没反应过来，"说人话。"

温席远："少整些女一号动不动就摔倒被救的戏。"

徐子扬："……"

"观众喜欢嗑好吧。"自觉被侮辱了的徐子扬郑重地强调，"我那是顺应市场需求。"

"作为观众，我就没看出好嗑在哪儿。"温席远站起身，看了眼又失去状态的楼远航，也确实没什么兴趣继续留在这里，也没时间。今天纯粹是因为林初叶的第一部女主戏开机，意义不一样，这才过来的。

"好剧不是靠工业糖精凑出来的。"温席远看向跟着起身的徐子扬，"我看过你这个剧本，故事架构和剧情冲突都做得不错，人物关系的内在张力够了，也不是纯感情流，没必要频繁撒糖来冲淡节奏。"

温席远边说着边往外走。

徐子扬下意识地跟上："其实吧，说实话，这真不是我想加的，剧方让改了好几轮稿，一遍遍要求加进去的。资本爸爸的话我不能不听不是？"

温席远："那就改回去。"

徐子扬："……"

温席远拍拍他的肩："换爸爸了。你不知道吗？"

徐子扬："……"

还真是，新爸爸就在眼前。

但想到改稿，徐子扬也头疼："你们这些资本家能不能把编剧当个人看？"

温席远瞥了他一眼："改几场细节戏而已，没让你颠覆性修改。"

说话间，温席远从化妆棚走过，想到早上林初叶化妆时造型师的态度，往里面看了一眼。

造型师正在给其他演员化妆，态度和早上对林初叶一样，摆着一张臭脸，不太有耐心，造型做得也有些敷衍。

旁边的服饰看着倒是还可以。虽是一开始定位的小成本剧，周瑾辰倒是把钱全花在了服化道和制作上。

那天让刘永从服化道的廉价感下手，不过是为了先从心理上打压周瑾辰的期待感，但以这个体量的剧来说，算高配了。考虑到后续重新定制服装需要花费的时间成本，温席远略一琢磨便放弃了换服化道的可能。

徐子扬留意到温席远的目光："怎么了？"

"没什么。"温席远淡淡应道，往还在拍戏的林初叶看了一眼，零点睡四点起来的人，还能熬得住，神色倒没看出疲态来。

他看了眼表："我一会儿还有个会，先回去了。"

徐子扬点头，这才是正常的温席远，回归工作状态的他哪可能一直有时间守在剧组里。

温席远上了车，临走前给刘永打了个电话："把造型团队换了。"

电话那头的刘永一愣："这都开机了，临时换人一下子也找不到马上进组的人啊。"

温席远："没关系，先让他们休息几天吧。"说完便挂了电话。

他的工作原则向来是，在其位司其职，上岗之前就应该清楚知道自己的职业操守和职责所在，而不是通过别人的提醒来自我检视。

林初叶好不容易拍完了那场戏，兴匆匆下来时却已不见了温席远的踪影，只看到徐子扬独自一人坐在那里。

林初叶明显感觉到自己那一瞬的失落。

其实对于温席远，她情感上是有些复杂的。

当误以为他贫困潦倒时，她主动找他，毫无压力。

那个时候的她心理上认为她和温席远是平等的，也不用担心结婚以后他的家人会对她要求过多，因为她是挣钱养家的人，有底气不去在意任何人的指手画脚，也有信心不会对温席远做任何要求，同时自己也不会心理失衡。因此在他也认可这种模式的前提下，她有底气保证以彼此最舒适的状态共同生活。

但当她发现温席远的财力碾压她的时候，按照这个社会"谁有钱谁有话语权"的普适性规则，她可能不得不屈从于他家庭的种种规则和要求，这个不断放弃自己的过程一定会慢慢造成心理上的失衡，最后很大可能沦为一个两相厌弃的结果。

这样的可能性让她在那天晚上很干脆地选择了放弃。

或许是因为这么多年来一直活在被人拿捏的阴影里，她对于能掌控自己人生的渴望比任何人都要强烈。

和温席远发生关系的那晚，她其实一晚没睡，明明很累，却毫无睡意，只是心里很空。

这种感觉就像一个人在沙漠里孤独地走了很久以后，好不容易遇到了一个同行人，她满心欢喜地以为终于遇到了一个陪她一起走出沙漠的人，可一转身，他被直升机接走了，她依然只能一个人在这片茫茫沙漠里寻找出路。

她很难过，但她同样害怕继续那种不能为自己做主的生活。

她那时就知道，错过温席远她一定会遗憾。

这种遗憾她八年前就已经体验过了，所以再遇到温席远，她惊喜大于其他。

后来提结婚，她想养他，其实并不是因为他落魄或者其他，仅仅是因为，他是温席远。

林初叶心里其实很清楚，换了任何一个人，她都不会有这样的冲动。

从中学遇到温席远开始，能让她产生恋爱冲动的只有一个他。

只是学生时代懵懂矜持，错过了。

所以在宁市的重逢里，她大胆了一回，但没想到，终究不是他。

她那天晚上想了很久，一段可能继续被人拿捏和掌控的人生不是她想要的，她最终选择了放弃。

如果不是温席远找来，林初叶知道，她和温席远这辈子也不会再有什么联系。

对于温席远，他们之间没有任何误会和矛盾，彼此之间甚至还有很强的性吸引力，所以再相见时她和他都还可以像在宁市一样和谐。但林初叶知道，她不可能敢再和温席远提结婚了，她太害怕继续现在这种被人拿捏和掌控的生活了，但她同样知道，不以结婚为目的的接触对温席远是不负责任的。

昨晚她半开玩笑半认真地和他说，她一直有在觊觎他的基因，如果两个人真怀孕成功了，他可能真会被去父留子。

聪明如温席远，他不可能听不出她话里的意思，所以在她第二次对他说，他们这样不太好时，他说"男未婚，女未嫁，没有男女朋友，没有喜欢的人，你情我愿，哪里不好？"时其实已经是在告诉她，他不介意。

她心里先给自己预设了结果，所以她先拒绝了他。

他则选择了顺其自然，把主动权重新抛回了她手上。

所以她很矛盾，一边是心动，一边是几年积埋下的阴影，就像那天试镜一样，所有人都对她说，你做得很好，你来吧，这个机会给你。她满心欢喜想去尝试时，周瑾辰平平静静一句"林初叶不能演女一号"就可以否决掉她所有的期待，把她重新安排进她并不想要的女四号里。

这种矛盾在看到温席远已经空掉的座位时被放大。

"他……"林初叶迟疑了下，看向徐子扬，"他走了？"

徐子扬点点头："嗯，他公司还要开会，先回去了。"

林初叶轻轻"哦"了声，心里的失落并没有因为徐子扬的解释而消散。

温席远太温柔，又过于细腻和体贴周到，很轻易便让她对他产生依赖。

下午场的戏在林初叶这种失落情绪中度过，但得益于她这几年潜心磨炼出的专业性，她没有把个人情绪带入剧中，她的拍摄很顺利。

但由于每个人进入状态的快慢程度不一样，剧组这一天的戏还是磨蹭到了晚上十点才拍完。

收工时，剧组的车统一把人送回酒店。

林初叶还要准备明天的戏，要找人对戏，她没有助理，就找了冯珊珊一起，先陪她回了房间。

经过消防通道虚掩的门时，林初叶听到周瑾辰冷沉的嗓音从里面传来："刘永那小破公司怎么会拿得出五千万增资进来？"

电话那头不知道说了什么，只听到周瑾辰说："那就去查清楚怎么回事。把他那破公司卖了都换不来五千万。"说完便挂了电话，用力拉开了消防通道门。

林初叶和冯珊珊避闪不及，三人视线撞上。

林初叶平静地打了声招呼："周总。"

冯珊珊相对尴尬些："周总，不好意思，我们刚好路过。"

周瑾辰没说话，只是冷冷淡淡地瞥了眼林初叶，转身就走。

走到一半又停下脚步。

"今天表现不错，好好努力。"

林初叶依然是那句客气的道谢："谢谢周总。"

周瑾辰没再理她，走了。

林初叶和冯珊珊进了房间。

冯珊珊困惑地拉过林初叶："我怎么感觉周总对你的态度有点变了？"

林初叶没注意。

"是吗？"她随口应了句，翻出剧本，"先对戏吧，明天又得五点起床，待会儿时间来不及。"

"这拍摄安排也太紧张了。"冯珊珊也赶紧翻出剧本，还忍不住唠叨，"你说你昨晚九点多才被临时通知换成女一号，聚餐到十点多才结束，今天四点就让你起床定妆，然后开机，拍戏，收工都十点多了，这会儿回到酒店都十一点了，再搞搞剧本、洗漱一下什么的，就得折腾到两点了，明天五点又得起床化妆拍戏，这身体哪受得了啊！"

林初叶："工作嘛，没办法。"

话音刚落，她和冯珊珊的手机同时进了微信通知。

冯珊珊拿起手机看了眼，是制片在剧组群里发的通知：考虑到这几天的拍摄安排比较紧张，大家还没进入状态，同时组内部分人员调整等问题，刘总通知剧组停工三天，大家先休整一下。

"放假三天哎。"冯珊珊惊喜地看林初叶，"刚开工就放假，这个刘总可以哦，挺为剧组工作人员考虑的嘛。"

林初叶也不由得拿起手机看了眼，还真是放假三天呢。

她从昨晚就紧绷到现在的神经一下就放松了下来，轻轻吁了口气，当下合上剧本起身。

"那我先回去休息，明天起来再看。"

冯珊珊点头："去吧去吧。"又忍不住夸起刘永来，"说起来这刘总可真是你的大福星了，他一来直接就把女一号给了你不说，在你最忙最累最没时间调整的时候，冷不丁就给放了个三天假，这简直是天降贵人啊。"

林初叶收拾剧本的动作微微一顿，脑海中似有什么一闪而过，但闪得太快，她有点抓不住。

"怎么了？"冯珊珊看到她神色困惘，担心地看她。

林初叶摇摇头："没什么。"又忍不住看向她，"这个刘总……什么来头啊？"

她今天开机的时候见过他，但她很确定之前并不认识他，他也不像认识她的样子。

他们今天一整天也就是在制片的介绍下相互打了个招呼而已。

那时刘永看她的眼神似乎还带了些打量。

林初叶仔细回想和刘永打招呼时的画面，他眼神里确实带了打量，是好奇她为什么会被平台指定吗？

林初叶困惑地皱眉。

冯珊珊没留意到："就青空娱乐的老板啊，我们这个项目原来的联合出品方。"

林初叶皱眉："这个公司很有钱吗？"

要不然怎么会一口气增资五千万？

她印象中没怎么听说过这个公司的名字。

林初叶拿过手机，百度了一下，发现是百科都找不到词条的公司，网上和这个公司相关的信息也寥寥无几，偶尔能在几个小剧的介绍里看到联合出品的影子，但都是排在末位的，那些剧比她之前跑龙套的剧还小。

这个公司完全和她一样，基本属于网络上查无此人的类型，怎么会突然出手这么阔绰了？

冯珊珊也在百度，眉头同样困惑地皱起："这个公司看着好像真的没什么钱哎，难道最近遇到大佬，被投资了？"

林初叶打开天眼看了眼，青空娱乐最近的工商信息并没有任何变更，股东信息和变更记录从注册至今就没有过任何变化，企业年报还是去年的，显示上一年度没有发生过股东股权转让情况，也没有公司相关投资信息。

她把手机屏幕转向冯珊珊："上面没看到有。"

冯珊珊也不懂了："可能……刘总本身就是隐形大佬，以前是玩票性质，这次看重我们这个剧，才认真了？"

说着，她就想起了周瑾辰："你看周瑾辰不就是？他自己是钱不多，可他爹有钱啊。"

林初叶狐疑地看了她一眼，这么看好像也解释得通。

"而且你看那天晚上，周瑾辰亲口说的，刘总是把所有人的试镜视频都发给了平台，而不是独独只发了你一个人的，只是最后平台挑中了你而已。今天你和刘总第一次见面，他看你的眼神不是也一直在打量吗？根本不认识你但又挺意外的样子，这说明你会被平台选中他也很意外啊。"冯珊珊又补充。

逻辑上也确实没错。

林初叶还是有种说不上的不对劲，但也不知道是哪里不对劲，就是感觉太巧了。

她试镜被导演看上的事已经不是一次两次了，导演为了她和周瑾辰据理力争的情况也不是没有过，但每次都是以导演的妥协结束的，这次突然来了个大反转，让她有点不习惯。

"那人总不可能会一直低谷一直倒霉的啊，可能就是刚好你的时运到了呢。"冯珊珊倒没觉得这有什么奇怪，"都说机遇是留给有准备的人。你都准备那么多年了，偶尔被砸中一次不奇怪啊。可能就真这么凑巧，刘总刚好有平台发行人脉，刚好就和平台聊过了，结果平台很看好这个项目，想要加大投资，他就加投了一笔钱进去，刚好你又是这个时间点试的镜，就被一起发给平台了，加上导演和编剧的力荐，就这么好巧不巧地让你赶上了，这不是很正常的事吗？"

人有时候就是讲究点运气的。

天时地利人和赶上了，运气自然就来了。

冯珊珊一直深信这点。

林初叶看着她的眼神还是很狐疑，她自然相信人是需要点运气的，但从没想过这种运气会落到自己头上。

她从小到大习惯于"你只管努力，其他的交给时间"，这次时间给她回馈的惊喜有点大，让她还有点消化不了。

"可能，真的走了狗屎运吧。"想不明白，林初叶只能这么自我安慰。

她收拾东西起身："我先回去了，你也早点休息。"

冯珊珊点点头："嗯，回去后赶紧先补个觉，别想那么多。你也可以理解为，周瑾辰作恶多端，老天看不下去了，偷偷给你开了一扇窗，但能不能把握住机会就看你了。"

林初叶被她逗笑："知道了，走了。"

林初叶一个人回了民宿，房间里有点空，依稀还残存着温席远的气息。

今晚温席远并没有过来，也没有给她信息和电话。

林初叶有点不习惯，又似乎很习惯。

她和温席远在宁市就是这样，除非她去找他，要不然他们之间连电话都不会打，甚至连微信都没加。

但见面的时候又腻歪得似乎没有任何隔阂。

林初叶不知道别人是不是也是这样，还是只有她和温席远与别人不同。

她喜欢和他待在一起的感觉，那时也对他有所企图，所以那一阵她每天能满心欢喜去找他。她不知道她没去找他的时间里，他会不会想她，那个时候她没有去思考过这个问题，满脑子想的都是她想见到他，所以她要去找他。

这两天可能是有点习惯于他的陪伴，刚回到房间里，大脑一下子空下来，林初叶发现她也还是有点想温席远的，但现在她和他的角色对调了。以前她做的每个找他的决定和导致的结果，她都能负责得起，她就是奔着结婚去的，所以她敢主动。但现在，她不敢保证她能负责了，反而不敢主动去找他了。

第九章
当事人很后悔

温席远中午从剧组回到公司后一直忙到了晚上。

黎锐刚把综艺项目部策划的一档叫"喜欢你"的恋爱综艺提交给他审批，温席远粗略看了一眼，是针对明星和素人的恋爱综艺，策划得不错，有爆点，但大概是前期各部门审核花了不少时间，时间安排得有点紧，现在距离计划中的录制时间也没剩几天了。

好在华言综艺这几年起势明显，和平台的合作里爆了好几个综艺，业内都认可华言综艺，挤破了头想进，以华言综艺的招牌要迅速签下拟邀艺人并不难。

温席远看了眼拟邀的艺人名单，都是上升势头不错的艺人，还留了两个位置给没露过脸的新人，配置比较合理，当下签了通过，把它递还给了黎锐。

"刘永剧组现在什么情况？"温席远把钢笔帽合上，抬头问黎锐。

黎锐："按照您的意思，给剧组放了三天假。然后造型团队这边，直接安排了公司的造型团队过去，明天下午就可以进组了。"

温席远点头："好。我知道了。"

黎锐迟疑："那……是不是要改通知他们后天照常开工？"

温席远："不用。"

黎锐有些纠结："停工两天得花不少钱啊。"

温席远瞥了他一眼："把批你的年假扣两天回来，你愿意吗？"

黎锐马上摇头："那肯定不愿意。"

"那不就是了。"温席远站起身，"临时增资和敲定演员，各方总要花点时间调整工作安排和更换不合适的服化道，急不来。"

黎锐连连点头："是我没考虑周到。"

温席远取过衣帽架上的大衣："好了，你也下班吧，刘永那边的工作你盯着点，别出什么岔子。"

温席远开车回了自己家，洗漱过后才拿过手机看了眼，没有林初叶的电话和短信，他毫无意外。

只要他不主动，她可能可以一辈子都不找他。

这样的想法让温席远心里有点不舒服，但心里又很明白，这是事实。

他们受彼此吸引，又各自清醒独立。

在一起的时候会照顾彼此情绪，不让彼此受委屈，就像他看不得她明明有才华却一直被周瑾辰打压，而她也频频为他出头一样。但不在一起的时候，温席远甚至怀疑，她还记不记得这个世界还有一个温席远。

温席远有点怀念小阁楼的生活，当时的她满心只想着怎么把他带回家，陪她过着她挣钱养家，他在家育儿带娃的生活。那时的她对他抱有想法，花式找借口来找他，现在她对他不敢有想法了，心里有了顾虑，再不可能那样无所忌惮了。

温席远有点遗憾，心里的遗憾放大了那点不舒服感。

他并不在意谁先找谁，但很在意自己对于林初叶来说到底重不重要。

温席远心里很清楚，他不能去计较这个，林初叶要找的就是个基因，条件差不多她就可以将就。

但他不行。

他要的是人。活了这么多年，入得了他眼的，就一个林初叶。

温席远直接把手机按熄，扔到一边，沉默了好一会儿，又拿过手机，拨了林初叶的电话。

"喂？"夹着困意的声音从电话那头传来。

温席远声音不由得压低："睡了？"

电话那头迷迷糊糊地"嗯"了一声："这两天太累了。"又稍稍撑起精神问他，"你下班了吗？怎么这么晚还没睡？"

"嗯，刚下班一会儿。"温席远听她嗓音困意浓重，"很累吗？"

"也没有，还好的。"

温席远不太放心："你先休息，明天我再给你电话。"

"没关系。"电话那头的林初叶打了个哈欠，"我刚回来的时候就补了会儿觉，现在还好。而且明天不用开工。"

说到这个，她又忍不住和他分享这一好消息："我们剧组临时放了三天假，新主控的老板真贴心。"

温席远失笑："这么好？"

"嗯，对啊，业界良心老板。"说完林初叶又忍不住问他，"你怎么也这么晚才下班啊？"

温席远："公司事务多，比较忙。"

"哦，那你也要多注意休息，别太累了。"林初叶瞥了眼时间，都零点了，他今天也是凌晨四点就陪她起床的，忙到这个点……昨晚还没怎么睡……这么一想就忍不住担心地问他，"你要不要先去睡啊？明天还要上班呢。"

温席远："没事，还不困。"又问她，"怎么样，今天拍戏还适应吗？"

林初叶点头："嗯，挺好的。感觉还挺新鲜的。"

"那就好。"温席远笑，其实也没什么太多话题可聊，聊的话题也没有什么营养，但偏偏电话像带了魔力，拨通了就舍不得放下。

"对了，你什么时候走的啊？"林初叶问他，"也不和我说一声。"

温席远不大听得出来她是否有失落，他当时是要赶回去开会，但也确实带了那么一点故意，想知道她发现他不在时，会不会找他，虽然事实证明，她不会。

"差不多中午的时候。"温席远说。

"哦。"林初叶回想了下他走的那个时间，"好像那个时间都快到饭点了，你都不一起吃个饭再走？"

温席远看了眼墙上的时钟："要不，我现在过去陪你吃夜宵？把午餐补回来？"

"哈？"林初叶也下意识地看了眼闹钟，"不用了吧，都这么晚了。"

温席远笑："开玩笑的。好了，时候不早了，赶紧睡。"

林初叶"嗯"了一声："你也早点睡，那我先挂了？"

电话那头低沉的"嗯"声传来时，林初叶挂了电话，抱着手机又闭眼休憩了会儿，才打着哈欠从沙发坐起。

刚才回来时她实在困得不行了，换了睡衣想先在沙发上缓一会儿，没想到缓着缓着就睡过去了，还没来得及洗漱。

林初叶抓了把被睡乱的长发，打着哈欠起身洗漱。

温席远看着被挂断的电话，手机在掌心有一下没一下地转着。

他往落地窗外看了眼，外面已经漆黑一片，居民楼已陆续熄了灯，就连写字楼和商场外围闪烁的灯光都已关得差不多，整个城市已经慢慢陷入沉睡。

温席远收回目光，瞥了眼床上的时钟，放下手机，起身回房，没一会儿便换了衣服出来。他弯腰拿起茶几上的车钥匙，出了门。

林初叶洗漱完，人已完全没了睡意，想去继续补觉，又怕睡不着。眼角余光瞥见茶几上摊开着的剧本，又忍不住走向剧本，拿起看了起来。本想看到困意再来时就去继续睡，没想到没等到下一波困意来，门外却响起了敲门声。

"嘚嘚嘚"的轻敲，很有节奏。

林初叶困惑地起身，走向门口。

"谁啊？"她问。

"是我。"

温席远低沉的嗓音从门外传来时，林初叶动作一顿，而后拉开了房门。

一身黑色长款大衣的温席远正站在门口，手里拿着的手机正要贴向耳边，看她开门出来，冲她微微一笑："还不睡？"

"你……"林初叶有些愣住，但又很快被心底蹿起的雀跃拢住，也不觉微笑，"你还真打算过来陪我吃夜宵啊？"

"嗯。"温席远轻轻应了声，看着她没动，手机已慢慢收起。

"那……"林初叶的手往身后指了指，"我先换个衣服？"

温席远看着她没说话，视线还胶着在她脸上。

黑眸里的深锐灼烫让林初叶握在门把手上的手不自觉慢慢松开，心跳有些加快，甚至连眼神都开始变得飘忽起来，不太敢直视他。

温席远什么也没说，走向她，反手把房门推上，另一只手掌便绕过她纤细的脖颈，稳稳托住，人便朝她吻了下来。

林初叶只呆滞了一秒，想推开他，到半途时又停滞了一下，然后就不管不顾地去回应他的纠缠。

温席远气息一下加重，将她用力推抵在了墙上，动作也瞬间变得粗重强势起来。

林初叶也有些热烈，但还保留着一丝理智，趁着喘息时，低声对他说："温席远，你知道的，我现在不能和你……"

"嗯。"他沙哑着嗓音低声打断她，"别说扫兴的话。"

"好。"她轻应。

温席远笑了笑，手掌捧着她的脸，更加深重地朝她吻了下去。

这一吻就彻底放纵了彼此。

这一场过分耗费体力的运动让林初叶直接一觉睡到了第二天下午，中途睡得死沉，别说吃夜宵，她连早餐和午餐都错过了。

她醒来时温席远还在，正在阳台打电话，背对着她，人已换上昨晚来时的衣服，看着像是准备离开。

大概是怕吵醒她，声音压得很低。

林初叶低头看了眼被下，有些尴尬地把被子拢紧了些，想起床穿衣服，又顾忌着还在阳台的温席远，不起床，她肚子也饿得有点慌。

正想着要不要假睡到温席远走了再起床时，像是感应到她的视线，温席远突然回头，看向她。

林初叶躲闪不及，不得不尴尬地和他对望了一眼，又不太好意思地转开了视线。

上一次她在他醒来前就走了，没有这种坦诚相见后的尴尬。

这次到底是在亲密放纵过后的第一次完全清醒状态下的面对，又是青天白日的，和晚上不一样，林初叶还是有点心理障碍，没办法坦然迎视温席远的目光。

温席远低低对电话那头说了声"晚点我再给你电话"便挂了，走向她。

"醒了？"

林初叶轻轻"嗯"着点头，手还微微拽紧被角。

"你还不去上班啊？"

"一会儿去。"温席远朝她俯下身，"先起来吃点东西吗？"

林初叶迟疑着点点头，人没松开被子起身，只是轻声问："吃什么啊？"

温席远："厨房里熬了海鲜粥。或者我们去外面吃？"

"就喝海鲜粥吧。"依然是轻得不能再轻的声音，林初叶不太好意思看他，"你去给我盛点？"

"好。"回她的也同样是放软了的嗓音。

温席远摸了摸她的头："你先起来换衣服，我先去给你热一下粥？"

林初叶轻轻点头："好。"

视线小心地移向四周，想找她的衣服。

昨晚两人有点疯狂，从玄关就开始失控，一路纠缠到了床上。

衣服已经被温席远收起叠好，就搁在床旁边的沙发上。

林初叶看温席远去了厨房，稍稍朝沙发方向挪了挪身子，小心伸出一只手去够衣服，还不时警觉地看向温席远背影，就怕他突然转身。

好在床距离沙发不远，林初叶很快就够到了睡衣，她一把扯过，缩在被窝下小心换上，这才坦然了些。

林初叶去洗手间洗漱时，温席远还在厨房给她热粥。

厨房和洗手间平对着，林初叶下了床才发现腿有些软，夜色下过于疯狂的放纵都回报在了今天。

她努力克制着让自己走路看着正常些，但到底是没完全恢复过来，从温席远身侧经过时还是不小心跛了一下，温席远刚好回头，朝她身下看了眼，又看向她的脸，林初叶也刚好偷眼看他，视线一下撞上，那种微妙的尴尬感一下就在空气里蔓延开来，林初叶轻咳着转开视线，有点欲盖弥彰地解释：
"那个……腿有点麻。"

温席远也轻轻咳着"嗯"了声。

就在林初叶想继续假装什么事也没发生地进洗手间时，温席远又突然开口了。

"昨晚，抱歉。"

"没，没关系。"不大自在地应完，林初叶进了洗手间。

洗手间的门合上时，她才长长舒了口气。

林初叶在洗手间磨蹭了好一会儿，把心情调适了又再调适后才从洗手间出来。

温席远已经把粥盛好，正坐在餐桌前等她。

看她出来，他微微拧眉："没事吧？"

林初叶微微摇头："没有，我只是在洗漱。"

温席远点点头："先过来吃饭。"

林初叶点头，在温席远对面坐了下来，拿起调羹，低垂着眼，安静地喝粥，看着格外乖巧。

温席远轻轻咳了声。

林初叶喝粥的动作微微一顿，想假装没听到。

温席远却没让她如愿，叫了她一声。

"林初叶。"

林初叶不得不抬头看他："怎么了？"

温席远看向她："昨晚我们没有做安全措施。"

林初叶："……"

"而且，"温席远顿了顿，"不止一次。"

"……"林初叶一时间不知道是该先尴尬，还是应该先考虑现实问题。

她本来还处在这种放纵过后清醒的尴尬中没调适过来，温席远偏要来提醒她昨晚他们两个是怎样的过分和疯狂，还不止一次，她……

作为当事人，她会不知道吗？

"那个……"林初叶捏着小勺柄，实在不想这个时候和他讨论这种让人想入非非的话题，"我们能不能先别讨论这个？吃完饭你先去上班行不行？"

温席远被她鸵鸟式的样子逗笑："之前是谁大言不惭的，饮食男女，人之大欲存焉？"

"那是圣人说的，我只是引用一下而已。"咕哝声里已经带了点自暴自弃的味儿，但片刻后，林初叶还是忍着满腹不自在抬头看他，"我一会儿去买点事后药吧。"

温席远看着她没动："你觉得我昨晚是因为冲动吗？"

"……"林初叶好不容易建设起来的心理防线又瞬间被他攻破，为什么还要和她讨论细节？

两人都是成年人，她当然不会认为他们两个会冲动到忘记防范，虽然当时也确实有点失去理智沉溺在彼此的热情中。

"林初叶？"没等到她开口，温席远又叫了她一声，眼眸还在定定看着她。

林初叶不得不抬眸看他："你有话直接说吧。别重复细节了，当事人没失忆。"

后面一句快变成了咕哝。

温席远再次被她逗笑："不好意思，我以为当事人失忆了。"

林初叶不想理他，再次低头乖巧地喝粥。

温席远看着她格外认真喝粥的模样，轻声开口："林初叶，如果你怀孕，我们就结婚。"

林初叶喝粥的动作一顿，抬头看他："你这么坑我不好吧？"

温席远："不是你默许的吗？"

林初叶："那你也知道我有去父留子的想法啊。"

温席远："嗯。"

"所以……"林初叶看他，"你为什么也默许这种情况发生呢？"

温席远："因为我不会给你机会。"

"可是……"林初叶皱了皱眉，"孩子在我肚子里，我要是带球跑了你也不会有机会阻止啊。"

温席远看着她没动："你可以试试。"

他语气平静，嗓音平静，连看着她的黑眸也静如夜空，偏在那片深不见底的墨色里，林初叶看到了深藏其中的冷淡和锐意，以及上位者的稳操胜券。

以前林初叶只当温席远温淡平和，但这段时间的接触下来，林初叶知道，温淡平和只是他的表皮，就像夜色下的大海，一眼望去尽是平静辽阔，但平静的表象下，蛰伏着能侵吞所有的气魄和力量。

林初叶慢慢放下羹匙，抬眸看他："温席远，我不能和你结婚。"

温席远："为什么？"

林初叶："我不喜欢过自己无法掌控的生活。"

温席远若有所思地看向她："因为周瑾辰？"

林初叶笑了笑："也不是因为谁吧。我只是对这样的生活有点阴影，想自己掌控自己的生活。你们有钱家庭要求相对会多一些，我不适合。"

温席远："我们家没要求。"

林初叶："结婚前都会这么说。"

"你可以先试试，假如真的和你想象的有出入，你可以……"温席远声音一下顿住，发现自己对差点脱口而出的两个字并不喜欢。

林初叶笑着接过："离婚吗？你可以接受随时离婚吗？"

温席远看着她，摇头："我不会同意离婚。"

林初叶微笑："所以啊，你看，你现在就很抗拒讨论这个话题。如果真不幸有那么一天，到时我们两个都指不定得撕成什么样子，何必要去挑战呢。"

温席远："所以，你还是打算只要孩子？"

林初叶摇摇头："放心吧，昨晚是安全期，不会有孩子的。"

温席远："林初叶，没有绝对的安全期。"

林初叶想了想："那我一会儿去买点药吃吧。"

温席远沉默了会儿，看向她："林初叶，如果你真的做好了怀孕生子的心理准备，就别吃了，那种药伤身体。如果你实在不想结婚，那就不结婚，我陪你养孩子。"

林初叶讶异地看他。

温席远冲她微微一笑："赶紧吃饭，粥凉了。"

林初叶微微点头，迟疑着低下头喝粥，喝着喝着，又慢慢停了下来，抬头叫了他一声："温席远。"

温席远看向她："嗯？"

她又像和他求婚的那天晚上一样，有些不好意思："要不，我们这一次就交给天意？我就不吃药了，如果有了孩子，我们就结婚。如果没有，那可能是时候未到，我们就顺其自然？"

温席远笑："林初叶，你这样会被自己坑死的。那么大的事，别人几句甜言蜜语你就动摇了，要是遇上个骗婚的，你怎么办？"

"那也是因为是你我才会这样的好不好？"林初叶说这句话时还是有些不自在，稍稍避开了温席远的眼睛，"我也是有正常分辨能力的人，对其他人我才不会这样。"

说完，她怕他继续在这个问题上调侃她，又忍不住问他："你觉得怎么样啊？"

温席远盯着她看了好一会儿，轻轻笑着点头："好。"

林初叶也不禁笑了笑，又被他眼神里的专注盯得有点不好意思，稍稍偏开眼。

温席远突然朝她倾身，吻上了她。

轻轻吮吻，很轻柔。好一会儿，他才慢慢放开她，但嘴唇没偏离太远，额头还是亲昵地和她额头贴在一起，眼睛看着她的眼睛，在鼻息交融里轻声开口："我先去上班了。"

林初叶轻点头："好。"又轻声叮嘱他，"路上注意安全。"

"嗯。"温席远点头，又交代她，"我接下来几天工作会比较忙，需要出差，不一定有时间过来，你一个人在家注意安全，拍戏太累了就说。"

林初叶点头："嗯，你先忙。"

温席远点点头，唇压下，又吻了吻她才放开，起身去上班。

接下来的几天，温席远果然没再过来。

那三天假期给了林初叶充裕的时间休息和准备。

她利用那三天把台词全背了下来，再恢复拍戏时终于不用像第一天那样，争分夺秒地利用空余时间去背台词和研读剧本。

其他人在短暂休息过后也慢慢进入了状态。

周瑾辰虽然对林初叶多番打压，但对待工作是认真的。演员都是他做主控时定下的，虽然不属于高人气，但演技都不错，经过开始时的适应和磨合后，都很快进入了状态，整个戏拍得非常顺利。

剧组主控权虽然因为青空娱乐的增资发生了变动，但这种变动也只是大方向上的变动，剧组是周瑾辰亲自组起来的，剧组里的大小事，大家都还是习惯于请示周瑾辰。

周瑾辰也还是以监制身份留在剧组。

林初叶的每一场戏他都在现场观摩，是看得到林初叶的出色发挥的。

他看得出来，林初叶万分珍惜这个来之不易的机会，每一场戏都准备充分且演得认真，无论被要求重来多少次，没有一次是敷衍的。

人也并没有因为成了女一号而骄傲自满，依然和平时一样，待人接物谦逊有礼，也不爱凑热闹或者和人闲聊。候场时，她还是喜欢一个人坐在角落里读剧本和背台词，就像她常说的一样，演戏只是一份工作。

她的工作她会认真完成。

现在的她还没有粉丝，也不用花时间去营业。

周瑾辰忍不住怀疑，如果她有了粉丝，到底会不会营业。

看着角落里安静背台词的林初叶，周瑾辰忍不住朝她走了过去。

林初叶几乎在他靠近时就警觉到了他的存在。

她把剧本微微压靠在胸前，抬头看他，客气地打了声招呼："周总。"

"怎么不过去和大家一起？"周瑾辰拉了一张椅子在她旁边坐下，问。

现在是剧组休息时间，制片给大家点了奶茶和蛋糕，众人正在喝奶茶闲聊，也有在聊戏和嬉戏打闹的。混了几天，大家都相互熟了不少，玩闹起来没什么顾虑。

林初叶往笑闹成一团的众人看了一眼，又看向周瑾辰："待会儿要拍下一场，还没准备好。"

说完，她又翻下剧本，继续看，也不管他还在。

周瑾辰也习惯了她的这种忽略，要是以往他火气早蹿起来了，如今他竟奇异地很平静，甚至能很平和地打量林初叶。

他变正常了，林初叶反倒是不太习惯，不得不抬头看他："周总还有什么事吗？"

周瑾辰点头："你这个戏上了以后，估计需要配合着做些宣传。现在你的社交平台账号数据太难看了，我会给冯珊珊安排些经费，让她给你把人设和数据做起来，你也配合准备一些营业物料。"

林初叶微微一愣，并不觉得欣喜，反而隐隐有些抗拒。

她没有很强的表达欲和分享欲，不爱自拍，生活枯燥得有些贫瘠，也不养猫养狗，她实在没什么东西可分享的，也不爱分享。

至于做人设，那就更麻烦了。

林初叶知道社交平台上打造一个什么样的人设能火，她有过这方面的研究，但她并不喜欢这种火。高流量和人气会给她带来更多的选择，但相应的，也会失去很多自由。

不过林初叶也清楚，做演员就是有这种风险，所以她也做好了心理准备，接受演戏带来的一切可能性，但绝不包括营销带来的流量。

　　"可以先不管吗？"林初叶问，"剧上了我会认真配合宣传，但我觉得没必要做什么人设和营销。"

　　周瑾辰皱眉看她："林初叶，你不想红？"

　　林初叶微摇头："我不懂这算不算想红。作为演员，我肯定是希望我的演技和角色能得到大众的认可和喜欢，但我希望这种喜欢停留在角色里就好了，不要带到生活里来，也不要代入我个人身上。虽然我知道这很难，但您给我在社交平台上做人设营销肯定会放大这一方面的期待值和效果，所以如果可以的话，还是希望周总不要浪费这笔钱。"

　　周瑾辰并不意外，但还是忍不住提醒她："林初叶，你知道你签约公司的这几年并没有给公司挣什么钱，但公司在你身上的投入不算少，按照合同，你钱没挣够的话，两年后你可能也走不了。"

　　林初叶笑："这不是周总您导致的吗？"

　　周瑾辰在她身上投入确实不算少，花点钱给她搞点营销又撤点营销就是一大笔投入。

　　周瑾辰坦然点头："确实。但合同是你自愿签下的，并不存在任何欺瞒和强迫。"

　　林初叶："所以周总又打算怎么安排我呢？"

　　她的反问有些尖锐，周瑾辰从没想过这个问题，因为他根本不需要考虑，林初叶就像他手里的提线木偶，他工作上怎么安排她，她只能怎么跟着他的安排走。

　　林初叶看他不答话，也没生气，只是轻声提醒他："周瑾辰，以前我不搭理，是因为我还想读书，想再刷一刷学历，您也没有在学习上为难我，所以我不介意多花个三五年专心读完书，但现在我毕业了，我不可能会一直任由您拿捏。您别把我的顺从当无能。"

　　周瑾辰笑："法律并不支持你的解约诉求，你能怎么办？"

　　林初叶也笑："您知道我为什么这么看重这次机会吗？"

周瑾辰看着她没说话。

林初叶："因为我知道合约到期周总不一定会放人。所以我需要作品。只有拥有好作品，我才能让人看到我的能力和潜力，我才有底气去找人谈条件。"

周瑾辰："谁敢帮你，谁又帮得了你？"

林初叶："我听说星一和华言有一个艺人让渡协议，而且听说华言的幕后负责人是个惜才的人，周总觉得，我的能力能入得了他的眼吗？"

周瑾辰当下沉了脸。

林初叶没管他，继续平静地纠正："而且，不是帮，是交换。他们替我摆平这份合约，我替他们挣钱。

"本来我是计划先回老家好好过个年，年后再在别的项目上发力。我记得公司年后开机的项目是个大 IP，更受业内关注，但您非得这个时候把我叫回来，把这个机会送到我手上，我只能先抓住这个机会。"林初叶起身，没再搭理周瑾辰，往导演方向而去。

周瑾辰冷沉着嗓子叫住了她："林初叶，你就这么自信，华言那位一定会帮你？"

林初叶回头看了他一眼："本来是没有的，但周总对我的欲罢不能给了我这个自信，谢谢周总。"

没再理他，转身走了。

周瑾辰站在原地没动，被林初叶气起来的火"噌噌"往上蹿，又强自压着。

手机在这时响起。

周瑾辰看了一眼，助理打过来的，他接起："什么事？"

没能克制住的脾气全撒在了助理身上。

助理声音一下变得谨小慎微："华言综艺和平台一起搞了个明星和素人的恋综，打算年后上线，现在正式开放报名通道，这档综艺关注度比较高，艺人管理那边想让许安然等几个艺人报名试试，上去刷刷脸，想问问您的意思。"

周瑾辰脾气稍稍下来了些："什么样的综艺？"

助理被问得有点迷茫："就是明星和素人的恋爱综艺啊。不过这次节目组更看重每队 CP 之间身份内在联系的张力和情感冲突，比如欢喜冤家型的上司和下属，相互暗恋、久别重逢的老同学，或者是存在破镜重圆可能的旧恋人等，所以在人员选择上要求比较高。"

周瑾辰点头："知道了，你们看着办吧。"说完挂了电话，回头看向林初叶。

林初叶已走到导演边上，化妆师正在给她整理发型和妆容，准备上场拍下一场戏。

冯珊珊端了一杯水站在林初叶旁边，不知道在和她说什么，不时偷眼往他这边瞟。

周瑾辰估摸着又是在说自己，两个人咬耳朵多半是在讨论自己怎么暴躁疯狂。

他没在意，收起手机，朝林初叶走去。

看到他过来，冯珊珊果然马上闭了嘴。

林初叶从冯珊珊的神色里看出周瑾辰在身后，但她没回头，只是安静地任由化妆师替她整理好妆容，然后上了场。

这场戏是女一号和她父亲的戏，林初叶搭的是演技精湛的老戏骨。

戏份虽长，但两个人都演得很顺利，每个镜头的切换都是一条过。

林初叶演完准备下场时眼角余光瞥见了院门口撑伞走进来的温席远，他身穿黑色大衣，领口翻起白色衬衫衣领，撑着一把黑伞，身形高大挺拔。

林初叶不禁微笑，和导演点头告别后，就绕过人群，走向温席远。

其他人也不由得看向林初叶，看着她走向那个开机当天据说是她助理的高大男人，手掌挡在额前奔到他伞下，男人单手扶住了她的背让她站稳，伞也稍稍朝她倾斜了些。

众人都困惑地互看了一眼，好奇两人的关系。

周瑾辰也看到了，脸色当下不太好，看向冯珊珊："林初叶和那个男人到底什么关系？”

冯珊珊被问得一脸蒙，她也不知道林初叶和温席远的最新进展。

“就朋友吧。”

周瑾辰皱眉：“只是朋友？”

冯珊珊点头：“嗯，目前是。”

那就是随时可能不是了。

周瑾辰寻思，脸色越发不好。

冯珊珊偷偷觑了他一眼，又看向林初叶。

林初叶已仰起头看温席远，眉眼都是春色。

温席远也正低头看她，嘴角带着笑意。

林初叶不知道屋里众人的反应，只是意外地看着温席远：“你今天怎么过来了？不是说很忙吗？”

他那天走后就没空过来，两人这几天联系也不多，都知道彼此忙。

温席远：“再忙也总有结束的时候，这都忙了几天了。”

说话间，他瞥见她的头发因为仰起的脸微微飘入雨中，又伸手压了回来，问她：“今天的戏拍完了吗？”

林初叶点点头：“嗯，刚拍完最后一场戏。”

她扭头往屋里看了眼，转头看向温席远：“你先等我会儿，我去和导演说一声，顺便把衣服换了。”

温席远点点头：“好。”

陪她进了屋。

林初叶过去和导演告假，她的戏份拍得快，今天安排的戏份已经全部拍完了，留下来也没什么意义。

导演没为难她，很爽快地点头同意了，让她先走。

林初叶很快去换了衣服，出来时看到温席远还站在门口等她，于是走向他：“走吧。”

温席远点点头，与她一道离开。

片场外有家药店，路过药店时温席远脚步略顿了一下，若有所思地看向林初叶。

林初叶被看得有些莫名："怎么了？"

温席远摇摇头，拉过她："我们去买点东西。"

"买什么啊？"

林初叶一脸困惘地跟着他入内，却见他已平静地看向售货员："你好，麻烦给我一盒验孕试纸。"

林初叶："……"哪有这么快的。

店员已礼貌地看向温席远："好的，请问您要什么牌子呢？"

温席远似是被问住，扭头看林初叶。

林初叶同样愣住："我，我也没经验啊。"

温席远似是沉吟了下，看向店员："每个牌子都来一盒。"

林初叶："……"

她偷偷拽了拽温席远的袖子，压低声音："你买这么多做什么？又不是日用品还能囤着慢慢用。"

温席远也朝她稍稍侧头："有备无患，万一买到不准的呢？"

林初叶："……"

难道一个验出来没怀上，还要她全部换着测一遍吗？

温席远明显看出她眼中的疑虑，轻轻咳了声："为保险起见，还是换着用好点。"

她一时之间竟不知道该怎么反驳，眼睁睁看着店员愉快地把各个品牌的验孕试纸和验孕棒全装起来，而后递给温席远。

"谢谢。"温席远道谢着扫码付了款，左手搭上林初叶的肩，揽着她一块往外走。

林初叶偷偷瞥了眼他右手拎着的五花八门的验孕棒和验孕试纸，装在一个透明塑料袋里，她实在觉得尴尬。

倒不是怕被人看见影响名声什么的，就是觉得拎着个验孕棒跟拎着个避孕套似的，显得过分招摇。

她用手肘悄悄撞了撞温席远的腰肋，小声提醒："你挡一下。"

温席远笑看她："原来你还怕这个？"

林初叶："好歹照顾一下路人的感受。"

温席远笑，倒是没为难她，用雨伞稍稍遮挡了些。

好在今天的片场距离民宿不远，转个弯没一会儿就到了。

回到房间，温席远刚把东西放下就开始研究起来，认真的态度仿似他才是怀孕的那个。

"那个……"虽然还是有点小尴尬，林初叶还是忍不住提醒他，"没这么快测出来的。"

"没事，我只是怕你忘了，先给你备着。"温席远说，视线还胶着在包装盒背后的使用说明上，神色格外认真。

过分认真的神色让林初叶一时好奇，忍不住拉长脖子朝包装盒看去。温席远刚好回头，两人的视线一撞上，林初叶瞬间回神，尴尬感又来了。

她假借拨弄头发的动作掩饰尴尬，轻咳了一声。

"你不用研究这个，又不是你用。"

温席远看着她："我只是对比一下准确率。"

林初叶："……"

温席远终于放下手中的验孕棒，看向她："你后面几天的拍摄通告出了吗？"

林初叶点点头："出了。"

温席远："发我看看。"

"要这个做什么啊？"林初叶不明所以，打开微信，想给他发时才想起来，"我没你微信。"

说完，两人都互看了眼，又相互轻咳着转开脸，都这么久了，还没加过微信。

温席远先恢复正常，掏出手机，打开微信："我扫你。"

"嗯。"林初叶轻应着，打开自己的微信二维码，把手机伸了出去。

温席远扫了她的二维码，加好友信息很快发了过去，什么也没写，温席远的微信名字只有一个"温"，简洁利落，头像是阳光下枝头上的一片初生银杏叶。

林初叶目光一顿，看向温席远。

温席远面色平静："前几年旅游的时候随手拍的照片，意境看着不错，就随手换上了。"

林初叶"哦"了声，点了通过，她的名字也很简单，就一个"初"字，头像比温席远的有烟火气一些，是Q版少女头像。

看到她头像时，温席远抬头看了眼林初叶，这眼神分明是觉得这么Q版可爱的少女头像和她本人气质不太相符。

"我就是网上随便找的。"林初叶不大自在地解释，"看着好看就用了。"

"嗯，挺好看的。"温席远点头，点开了她的朋友圈，没两分钟就下拉到了底部，根本没几条朋友圈，原创一条也没有，为数不多的几个动态还都是不带任何文字的转发。

"你这朋友圈，还挺干净。"温席远委婉道。

"太忙了。"林初叶也好奇地点开了温席远的朋友圈，结果，一个动态也没有。

"你这个朋友圈，第一天就入土为安了啊。"林初叶看着他，"我好歹偶尔还会冒个泡。"

"忙。"他说。

"看出来了。"林初叶忍不住嘀咕，返回聊天界面，把最近的拍摄通告发给了他，"你要看这个做什么啊？"

温席远点开："我看看你最近的戏份安排有没有需要剧烈运动，或者情绪起伏大的。"

林初叶一下没反应过来："了解这个做什么？"

温席远往她肚子瞥了一眼："以防万一。"

林初叶："……"

温席远很快把她最近的拍摄通告看完，还好，还在棚内拍摄，都是文戏，没有安排任何骑马类或武打类的戏，也没有情绪起伏大的戏。

林初叶看着他明显松了口气的样子，忍不住提醒他："其实，不用这么小心谨慎的。"

温席远看她："我看网上说，受精卵着床期间剧烈运动容易引起子宫收缩，导致着床受阻，所以这个期间最好不要做剧烈运动，或者搬运重物。"

说完，他扫了一圈屋子："你这里，要不这几天我先给你找个钟点阿姨，嗯？"

"请人是可以的，我也没时间整理。就是……"林初叶小心觑着他的神色，"你是不是忘了？我还不是孕妇呢，你这样会把自己搞紧张的。"

温席远："万一呢？"

这个林初叶真没法反驳，真的就是不怕一万就怕万一。

"那，你把期待值稍微调低一点？"林初叶忍不住和他商量，"我怕你最后会失望。"

温席远看她："你觉得，我在意的会是孩子吗？"

林初叶一愣，看向他。

温席远已转开话题："一会儿想吃什么？是去外面吃，还是买回来自己做？"

"你想做吗？"林初叶有些期待地看他，"如果你想做我们就买回来自己做，我给你打下手？"

温席远笑："好。"

两人一起去了附近的生鲜超市买食材。

温席远闲暇时喜欢做菜，对食材和美食也有研究，进了生鲜超市就像进了自家菜园子，需要买什么，想买什么，丝毫不用犹豫。

林初叶就比温席远纠结许多，她也不知道自己想吃什么，她对吃食没什么讲究，全程跟着温席远的步调在走。

从生鲜超市出来时，两人遇到了刚好从片场离开的周瑾辰。

周瑾辰开着车，与刚好从生鲜超市出来的温席远和林初叶差点撞上。

温席远单手拎着食材，另一只手虚挡在她身侧，替她格挡开拥挤的人群和车流。

看到车子过来时，他本能地搂着林初叶的细肩往旁边挪了挪，半个身子挡在她身前。

周瑾辰被他们这样的姿势刺了一下。

那天温席远在片场说他是林初叶的助理时，他也在现场，温席远确实在给她做着助理的工作，就连现在提着两大袋食材和林初叶走在一起都像是助理在干的活。但下午林初叶看到他过来时，眼神里的欣喜和依赖看着又不像是单纯的助理关系，但要说是情侣也不像，他没有见过他们有任何情侣间类似于牵手拥抱的亲昵画面。眼下这个，他更倾向于温席远只是一个对林初叶的本能保护性动作，而不是亲昵。

而且冯珊珊和林初叶关系好，她既然说不是，那就还不是。

林初叶在站定后才看清了车里的周瑾辰，正面无表情地看着她和温席远。

林初叶客气地打了声招呼："周总。"

周瑾辰没应，视线在她和温席远身上来回打转，眼底的阴霾在蔓延。

温席远不动声色地看着周瑾辰眼中的阴沉，倒是想起今天来找林初叶的另一件事来了。

他也客气地冲周瑾辰打了声招呼："周总。"

周瑾辰的视线从他脸上的笑容移往他手里拎着的食材上，又慢慢移向他的脸，不屑地勾了勾唇，扔下一句"走路看着点"后，合上车窗，走了。

林初叶没忽略他嘴角的不屑，想着是针对温席远的，她心里有点不舒服，忍不住对温席远说："你不用在意他，他一向这样。"

温席远笑，没说话，只是揽过她，往民宿走，状似随意地问她："你当时怎么会签约星一？"

林初叶："就年少不懂事，然后那会儿刚好比较缺钱，也没得选择，就签了。"

温席远："什么时候签的？"

林初叶："刚进大学的时候。"

温席远皱眉："你那时还那么小，怎么会缺钱？"

"就……家里遇到了点事，比较急用钱。"林初叶并不想多谈这个话题，困惑地扭头问他，"你怎么会突然问这个？"

温席远："刚看到周瑾辰，突然想起。"又问她，"你想离开星一吗？"

他明显感觉到林初叶脚步微微一顿。

温席远扭头看她，看到她平静的脸上浮起笑意："想啊。"

语气平静，嗓音也平静，平静下又隐隐掺着些许说不清道不明的东西，不明显。

但温席远还是感觉到她谈到这个话题时笑容里的苦涩。

他把她搂紧了些，轻声问她："你和星一的合约还有多久？"

"还有两年呢。"林初叶轻声说。

温席远："合同能给我看看吗？"

林初叶意外地看他："看这个做什么？"

温席远："就想看看。"

林初叶点头："好啊。不过合同没带在身边，得过一阵了。"

温席远："在哪儿？"

林初叶："搁家里了。也是北市这边，但回去有点远。"

温席远："没关系，一会儿饭后我们回去拿一下？"

林初叶迟疑了下，而后点点头："好啊。"

饭后，林初叶和温席远回她在北市的小出租屋拿合同。

这套房子还是她读研期间租下的，就租在学校附近，方便上课。毕业后想着拍戏也是要到处漂泊的，住哪儿都差不多，也就暂时没搬出去。

她去年的时候给自己买了一套期房，但买在宁市。大概是这几年被人掌控的生活并不是那么如意，她并没有长留北市的打算。

那时误以为温席远落魄，她想着把他带回北市，陪她过完这两年合约期，到时她再陪他回宁市定居，只是没想到计划赶不上变化。

林初叶租的是一套两室一厅，一个房间做卧室，一个房间被她改造成了健身房。

房子小归小，却是被布置得很温馨，也收拾得很整齐干净，很符合林初叶自律的性子。

客厅里布置了一整面墙的书架，书架上摆满了各种各样的书。

书架下没摆放大沙发，只在地毯上摆了一张懒人沙发和一张圆形小茶几，旁边与阳台衔接处摆了一张大型工作台和电脑，书架对面是整面墙的投影仪幕布。

温席远几乎可以想象林初叶一个人窝在这里看电影和看书的惬意画面。

她的生活虽不像别人那样丰富多彩，但显然精神世界足够丰富，活在自己世界里就已经很快乐了，因此无所谓别人怎么看。

林初叶看他盯着她的客厅打量，客厅里也没个供人坐的沙发，她也有些不好意思："这里只有个懒人沙发和电脑椅，你随便坐就好，不用客气。"

温席远笑着看向她："好。"

林初叶的手往卧室指了指："那我先去找合同？你随便？"

温席远点头："去吧。"

林初叶进了房间。

温席远在客厅打量她的书架，形形色色，什么类型的书都有，心理学、佛学、国学、历史、刑侦、经济、法律、影视，还有一些言情小说和行业书籍，简直是一个小型图书馆，而且大多是翻读过的。

难怪她的朋友圈没什么东西可分享，大概大部分时间都花在了上课、学习和观影、看书上，不太花时间分享生活。

书架旁还贴了一张日程表。

温席远看了眼，六点起床，户外跑步一小时，七点半吃早餐，八点写稿三小时，十一点到一点午餐和看片，一点午休一个小时，两点到五点写稿三小时，五点健身半小时，六点到八点晚餐和观影，八点户外散步一小时，九点到零点洗漱和看书，十二点准时休息。

看着这份日程表，温席远无法理解周瑾辰对林初叶的执着，这样的林初叶于他应是乏味无趣的。

林初叶拿完合同出来就看到温席远在盯着她的日程表看，她有些尴尬："那个就是写下来督促自己的，假把式而已，也不是每天都能做到的。"

温席远扭头把她从头到脚扫了一遍："看着不像假把式。"

作为一个没怎么有机会出镜的演员，她的身材、体态和精神状态都保持得相当好，这明显是长期坚持运动才有的状态。

但她追求的不是肌肉和线条，只是坚持运动保持好的状态，所以她身上并没有很明显的健身痕迹。

至于读书观影这些，满书架被翻过的书、她演戏时表现出来的游刃有余、她那些异于常人的思想，以及她身上的书卷气，无一不是长时间沉淀出来的结果。

至于写稿……

温席远有些意外："你还写书？"

林初叶点点头："是写了一些。老板不做人，也不能指望他突然有良心，只好自己另谋出路，做点副业先养活自己，要不然只能跟着老板安排走了。"

温席远笑："看来你这个副业做得挺成功。"都有底气决定自己想要的生活了。

"还好。"林初叶说，倒不是谦虚，这点钱对娱乐圈来说其实算不得什么，对温席远更是，只是对于她不算高的物质欲望而言，确实非常够了。

温席远："写的什么书，我能看看吗？"

"还是别了吧？"林初叶不太好意思，她有拿她和他做原型写过，还是个遗憾错过的结局，要是让他发现……林初叶想想都能尴尬抠出栋别墅来。

温席远从她眼神里读出了心虚："不会是拿我当原型了吧？"

"没有的事。"林初叶很坚决地否认，把合同递给他转移话题，"合同在这里，你还要看吗？"

温席远看了她一眼："林初叶，你在心虚你知道吗？"

"我哪有。"底气不足的反驳里，林初叶手中合同又往他手里塞了塞，"你还要不要看啊？"

温席远接过了合同，翻了起来，翻着翻着，眉心就微微拧了起来。

"这种卖身契你怎么会签？"温席远问，这不像是林初叶能做得出来的事，哪怕她当时只有十八岁，但也不至于没有分辨能力。

林初叶微微抿唇，而后看向他："当它是你最后的救命稻草的时候，哪里还有工夫去管它严不严苛啊。"说完又忍不住冲他笑了笑，"不过说实话，我从没有后悔过签下它。这份合同让我爸爸……"

她想说让她爸爸余生过得舒坦了些，但想起她爸爸，她喉咙还是忍不住哽了一下。

虽然她爸爸已经离开五年了，但她从来没有走出过她爸爸离开的阴影。

当年这份合约换的那笔钱确实帮她延长了她爸爸的寿命，也让他余生过得轻松快乐了许多。她原以为她爸能多陪她一些时间，但没想到他还是在她大二的时候走了。

她妈妈本来身体就不太好，日夜照顾她爸而疏于照顾自己，加之那几年家里生活条件不好，身体不适也强忍着不敢看医生，把小病拖成了大病，以及她爸去世的打击……种种因素下，她在她爸去世两年后也因为呼吸衰竭去世了。

都说父母与子女是一场渐行渐远的修行，她没想到她和她爸妈今生的缘分会这么短，短到她甚至来不及尽孝，这辈子就这么散了。

她用十年想换他们余生的陪伴，但最终他们没能如愿留下，她却被困在这份合约里出不来。

温席远轻握住了她的手，没有多问。

林初叶不太好意思地冲他笑笑，好一会儿才低头轻声道："我爸爸其实已经不在了，他和我妈都走了，但因为有这份合同带来的那笔钱，让他们得以多陪我几年，我已经很感激。"

温席远看着她的目光一下柔软了下来。

他什么也没说，只是张开手臂，怜惜地抱了抱她。

林初叶突然想哭。

但她强忍了下来，抬头看他时，他的目光还怜惜地落在她的脸上，柔软中夹着淡淡的心疼。

"我没事。"林初叶冲他微微笑了笑，看着他眼眸里的柔光，一时间有些冲动，"要不等有空了，我带你回去看看他们？"说完便见温席远眼中的柔意更甚，又有些不好意思，不太敢和他眼神对视。

温席远笑了笑，轻轻回了她一声："好啊。"而后拿着合同冲她晃了晃，"这个能让我带走几天吗？"

林初叶困惑地看他："你要做什么啊？"

温席远："我找律师看看。"

"这个恐怕不太好解约呢。星一的法务很厉害，合约里的文字游戏玩得很溜，我起诉过几次了，都打不赢。"林初叶担心地看着他，"我怕你浪费时间。"

温席远："没关系，我先试试。"

林初叶盯着他看了好一会儿，然后笑着点点头："好啊。"

温席远看着她脸上略带羞涩的笑意，也不由得微笑，而后上前一步，揽住她，低头就朝她吻了下去。

林初叶悄悄推他："一会儿还要回去呢。"

"没关系，我会控制。"温席远在她唇边哑声说，再次低头吻了下去。

喜欢你，全世界都不知道 下

清枫语 / 著

四川文艺出版社

第十章
陷阱

　　酒吧，震天的音乐声里，周瑾辰端着酒杯，一杯接一杯地灌。

　　助理在一边担心地看着他，又不敢劝，回头看到酒保还在继续送酒过来，偷偷朝他摆了摆手，让他拿回去。

　　周瑾辰还沉浸在酒精带来的麻痹里，他重重打了个酒嗝，扭头问助理："你说，我对林初叶还不够用心吗？"

　　助理连连点头："够、够，非常够。"

　　他担任周瑾辰助理六年多，是一路看着周瑾辰怎么追林初叶的。

　　他一开始并没有用合同拿捏她，只是按照他习惯的追人套路，送惊喜，送花，送昂贵礼物等等，但这些套路在林初叶身上都失了效。

　　她没有惊喜，也没有被感动到，只是平静地感谢他，然后让他别在她身上浪费时间了，周瑾辰才气急败坏的。

　　从助理的角度，他确实觉得周瑾辰追林初叶追得有点心理扭曲了。

　　他还记得周瑾辰第一次看到林初叶时的情景，确实是见色起意后的眼前一亮。

　　那时是在公司年会上，然后他就像追其他女孩一样，主动过去和林初叶搭讪，还在年会上出其不意地把年会准备的惊喜礼物当场送给了林初叶，当着全公司员工的面，给了林初叶无上的面子和荣誉。

　　那时的周瑾辰潇洒帅气，长得高，颜值也高，有钱有势，还是公司老板，能被他这样关注到，是公司多少女孩梦寐以求的事，偏偏林初叶在微微的愣神后，平静地向他道了谢，并谢绝了他准备的惊喜。

　　这让周瑾辰面子上有些过不去。

　　助理还以为以周瑾辰的骄傲狂妄，林初叶这么不识好歹，他早就换目标了。

　　没想到周瑾辰在沉寂两天后，就开始对林初叶展开了疯狂追求。

　　她拍戏，他空降片场，给她准备惊喜。

　　她在公司，他带着花和礼物到她面前，并以高兴为名请全公司吃饭。

　　她在学校，他甚至开着豪车带着礼物专程到她宿舍楼下等她，然后请她们全宿舍去吃最贵的餐厅，体验最贵的生活。

　　层出不穷的惊喜没能赢得芳心，反而让林初叶避他更甚。

　　助理一开始还以为林初叶是欲擒故纵，在他看来，长得清纯的女孩子都爱玩这一套，林初叶可归类为清纯款的女孩，只是她的清纯里更带了一股通透。现在几年下来，助理很确定，林初叶是真不喜欢周瑾辰那些花里胡哨的东西。

　　"那你说，我对她这么好、这么用心，她为什么就不接受呢？"旁边的周瑾辰打着酒嗝问他，虽然一身酒气，但人没醉，"她宁愿找个穷酸男人卿卿我我，也不愿接受我的好，我到底哪里做得不好了？"

　　助理小心地看他："那周总，您有没有想过顺着她的意来呢？"

　　周瑾辰愣住。

　　助理从自己的观察臆测："现在的女孩子越来越不喜欢太大男子主义的男人了，那些体贴周到的男人反而会更受欢迎一些。您有没有想过，林初叶也是喜欢这个类型？"

　　"体贴？"周瑾辰重复，"什么鬼，我对她还不够体贴吗？她穷，我给她钱花；她没车，我自愿当司机接送她，这还不够，还想怎样？"

　　"是是是。"助理顺着他的话走，"但女孩子嘛，有时候会更在意细节一点。比如说，她肚子不舒服，您不要对她说多喝热水，而是马上去她身边，给她买药，或者带她去医院。她喜欢拍戏，您别威胁她说，做我女朋友我就给你女一号，而是直接把女一号给她，就是给她那种，我宠着你的感觉。"

周瑾辰瞥了他一眼："她凭什么值得我这样？她什么条件，我什么条件，我看得上她是她几辈子修来的福气好吗？"

助理忍着翻白眼的冲动，继续顺着他的话走："是是是，能被周总您看上确实是她几辈子修来的福气，是她林初叶不识好歹。"

周瑾辰："你凭什么这么说她？"

助理："……"

周瑾辰又给自己灌了一杯酒，重重放下，若有所思。

"要是她愿意听话一点，也不是不可以宠一下她。"

助理不知道该不该接话。

周瑾辰直接瞪他："说话。"

助理小心地斟酌着措辞："我觉得行。"

周瑾辰："放的什么屁。行行行，你倒是说一下怎么个行法。她电话拉黑我，微信拉黑我，看到我掉头就走，连说话的机会都不给我，我拿什么去表现？"

助理也犯了难，还真的是被拉黑一条龙了，根本没有任何表现的机会。

周瑾辰踢了他一句："给我想想办法。"

助理想了半天，蓦然想到他稍早前和周瑾辰提过的那个恋爱综艺："我下午说的那个恋综不是有老板和员工的CP要求吗？要不我给您和林初叶报个名试试？那个综艺每一期要录制两天，二十四小时朝夕相处的，只要你们一起上了那个综艺，这机会不就来了吗？"

周瑾辰狐疑地看着他。

助理再接再厉："您想啊，在镜头前她不可能给您甩脸子或者不见您啊。您和她缺的就是朝夕相处的机会，只要她有机会走近您，了解您，说不定就会被您打动了。当然，您也要抓住机会，好好表现才行。"

周瑾辰摩挲着下巴想了想："也是个办法哈。"而后看向助理，"给林初叶和我报个名。"

助理当下点头："没问题。"又有些为难，"就是这个节目还要面试，

301

林初叶不会去面试的吧？"

周瑾辰皱眉琢磨了一会儿，起身："你别管，报名就是。"

助理不知道周瑾辰要作何安排，作为拿工资办事的人，他很快就给林初叶和周瑾辰报了名，并很快通知了周瑾辰。

林初叶不知道恋综报名的事，她和温席远在当晚就连夜赶回了剧组。

第二天醒来时，温席远已经先离开，微信给她留了信息，早餐在桌上，公司有个早会，他得赶回去。

林初叶掀开菜罩，果然看到温席远准备的早餐，水煮鸡蛋、热牛奶、水煮玉米、烫青菜、吐司面包、营养粥、酱黄瓜，放在热菜板上温着，还冒着热气，也不知道几点就起来准备了。

林初叶按着说话键给他回了个语音信息："我看到了，早餐还热着，谢谢你。"

晨起的嗓音因为心情愉悦而不自觉带了丝撒娇的软嫩娇憨。

温席远不知道她察觉到没有，他倒是听出来了，不禁摇头笑了笑，连回她的嗓音也不自觉带了丝轻软："赶紧吃，热久了会干。"

林初叶回了声"嗯"，洗漱完吃过早餐才去片场。

许是心情好，林初叶的眉眼里都带了一股不可言说的轻松，刚到片场便见冯珊珊盯着她从上到下打量了一遍，而后问她："林初叶，你现在看着完全是恋爱中的小女人，恋爱了？"

林初叶不知道她现在和温席远算不算在谈恋爱。

"可能……是最近的戏太甜了？"她说。

冯珊珊瞥了眼不远处的楼远航，那个也是眉眼带春。

"你们两个不会是入戏了吧？"

林初叶看着她眼里的怀疑，赶紧摇头："没有的事。"

冯珊珊："那就是顶级爱马仕的关系了？"

她还记得昨天温席远来片场时，林初叶奔向他的样子，她什么时候见过林初叶这副小女人的模样了，满心满眼都是一个人，眼里还带着光。

林初叶不好意思地笑笑，转开了话题："你今天怎么这么早就过来了？"

她的戏安排在十点多，不用这么早过来。

冯珊珊其实不过来守着她也行，她是经纪人，也不是只管她一个，手底下还有好几个艺人，正常来说，开机后，拍摄过程顺利她待两天就可以走了。但林初叶没有助理，冯珊珊又是向来和林初叶关系好，眼下其他人也没什么工作安排，就干脆留在剧组陪她。

她这么一问，提醒了冯珊珊。

"哦，昨晚接到通知，华言有个剧最近在试镜女一号，我看着挺适合你的，就顺便给你报了个名，结果今天一早就接到试镜通知，他们想让你明天去试个镜，你看看明天要不要请半天假去试试？"

冯珊珊说着把组讯递给林初叶："这是他们发给各个公司的组讯，是个大IP，S级的大项目，制作班底不错，计划4月开机，刚好可以无缝衔接你这部戏，时间也很合适。最主要的是，女主人设不错，也很具有挑战性，我估计你会喜欢。"

"最最重要的是……"冯珊珊朝林初叶凑近了些，压低声音，"咱们不是想试试能不能把合约转到华言吗？这要是试镜成功了，还愁没机会搭上华言吗？"

林初叶看了她一眼："华言的剧哪里是想上就能上的。"

她粗略扫了眼组讯，确实从公司到IP到制作班底到主角人设都很不错，是个非常不错的机会，但是……

"华言的剧业内有名有姓的都挤破了头抢，怎么可能轮得到我？"林初叶把组讯还给冯珊珊。

"你不要妄自菲薄好吗？人家确实是通知你去试镜了啊。"冯珊珊把短信给林初叶看，"你也知道，华言的剧能捧人，他们不像别的公司，又要看艺人流量，又要看性价比什么的，他们就只看艺人的演技和工作态度，所以无所谓对方是当红流量还是小透明，主要是演技，演技，懂吗？"

林初叶狐疑地看了眼短信，是恭喜她通过履历筛选，并通知她明天下午面试的短信。

　　她看了眼发短信的电话号码，和组讯上的选角导演电话是一样的，看着并没什么问题。

　　冯珊珊一看林初叶的眼神就知道她在想什么："想什么？人家袁导刚才是亲自给我打过电话的，错不了。"说完又摇了摇她的肩膀，"林初叶，你要相信，属于你的运气和时代来了，别总疑神疑鬼的。"

　　"不是疑神疑鬼，是运气好得我觉得像个坑。"林初叶也说不上来，就觉得太顺利了，顺利得让她心里有点没底，而且以周瑾辰的个性，哪怕她试镜上了，也不可能会让她接这个角色，这不是周瑾辰的剧，他不用担心得罪平台，可以毫无压力地推掉。

　　冯珊珊看出林初叶的疑虑："哦，这个试镜我和周总报备过了，他没说什么。"

　　林初叶皱眉："他什么也没说？"

　　"嗯，就说那就试试呗。"冯珊珊点头，她也是有点蒙，"我本来也是和你一样，怕到时请假去试镜又被他否了，白忙活一场，就干脆先和他报备了，结果他竟然没阻拦。所以我才说机会难得嘛，趁着他反悔前赶紧试试。"

　　"我不去。"林初叶当下拒绝，"周瑾辰不反对才更有鬼。"

　　"可是他自从你被平台指定为女一号后就确实有一点点变了啊。"冯珊珊也说不上来，她拿出短信给林初叶看，"而且你看试镜地点，在华言大厦的演播大厅，这谁能作假啊？"

　　林初叶看了眼短信，试镜地点确实约在华言大厦演播大厅。

　　她一时间也有点拿不准了，联系人电话有假还能解释得通，没道理试镜地点还能作假。

　　"反正只是一个试镜，你就当去试试嘛，这可是难得一遇的免专人引荐进华言大厦的机会啊。"冯珊珊又忍不住朝林初叶靠近了些，"我之前为了你想办法解约，都摸到华言大厦大厅门口了，还是让保安给拦了下来。

人家公司规定很清楚，没有预约不能进，连前台都见不到。你要是进去了，打探一下，说不定还能打听出他们那位幕后少股东的办公室，到时就可以直接摸过去了。"

林初叶无言："那你当时怎么不守在门口，他们公司那么大，总会有人上下班，随便找个人打听就好了嘛。"

冯珊珊翻了个白眼："你以为我没试过啊，我狗仔出身的好吗。我还守过好几天呢，人是碰到不少，但都不认识，人家不敢冒险带我进去啊。而且我原来还想着总能守到那位少股东来上班吧，结果一打听，人家公司高层都是直接从地下停车场进的。就他们那个停车场，还特设了个什么封闭型的高层停车通道，车牌号都提前录入了系统，就只有系统登记的车才能随意进出，然后他们高层就直接从停车场专用电梯上去了。而且那个高层专用电梯，都是要刷卡的，我就是混进去了也找不着人啊。"

"所以，"林初叶看她，"你是觉得我能遁墙还是能上天入地？一进人家办公大楼就能畅通无阻地摸到他们老大办公室？"

冯珊珊："说不定试镜的时候他也在呢？"

林初叶："华言一年开多少项目，试镜多少人，你觉得，他有这么闲吗？"

没有。

冯珊珊鼓着的眼睛告诉了她这个答案。

林初叶："所以啊，你为什么要抱这样的期待？"

冯珊珊："那要是试镜上了呢？合作以后说不定机会就来了，他们那位少股东是个惜才的人。"

林初叶："周瑾辰不会同意合作。"

冯珊珊："我刚不是说了吗，他同意了啊。"

林初叶："这才是最诡异的地方。"

冯珊珊皱眉，正寻思着怎么个诡异法，眼角瞥见周瑾辰已经朝她们走了过来。

"如果你有本事试镜上华言的剧，我同意你们合作。"他说，显然是听到了她们的闲聊。

林初叶看他："我能知道周总改变的原因吗？"

周瑾辰："公司白养了你这么多年，最后两年你回馈一下公司怎么了？"

这话听着没毛病，但不是周瑾辰的作风。

林初叶觑着他的神色："周总很希望我去试镜吗？"

周瑾辰："当然，整个公司投了这么多简历，就你的被选中了。"

林初叶："那要不这样，我们签一份协议，协议内容由我自己来拟，就约定试镜成功后除非我不愿意或者片方不要，要不然任何人不得以任何理由取消合作。"

周瑾辰很痛快地点了头："可以。"当即转身对助理吩咐，"把笔记本借给她。现在就拟。"

林初叶狐疑地看着他。

周瑾辰："还有问题？"

林初叶："我还要再加一个协议。"

周瑾辰："什么？"

林初叶："试镜结束后，我们无条件解除合约。"

周瑾辰当场暴怒："林初叶，你做梦！"

林初叶点头："嗯。那我不去了。"

"你……"周瑾辰被气得当场语塞，回头狠狠地瞪助理。

助理被瞪得也很委屈，斟酌着开口："周总，要不各自退让一步，林初叶如果试镜成功，和华言的合作结束以后，就可以无条件解约？"说完又看向林初叶，"林小姐，你也知道公司在你身上投入了不少钱，你去试个镜就能无条件解约，这放哪儿都说不过去不是？"

林初叶确实知道这个要求很过分，任谁都不可能答应，周瑾辰答应了才是真的有鬼。

哪怕是他助理后面提的这个各退一步的条件都离谱得不行，送她飞升的机会还附赠解约合同，这怎么看都是给别人做嫁衣。

周瑾辰也直接否了助理的提议："没可能的事。我疯了，给别人做嫁衣？"

助理疯狂冲他眨眼暗示，林初叶在，他也不敢多说什么。

周瑾辰看不懂他的暗示，直接看向林初叶："反正机会就这么一个，你想抓住就去试试。我说了不会阻止你们合作就不会，信不过我你就拟你的合同，我签字盖章就是，但你想借这个机会解约，林初叶，你当我傻子吗？"

林初叶微笑："不敢。"

而后偏头看了眼冯珊珊还拿在手上的组讯，眼里还带着迟疑。

周瑾辰冷笑："怎么，还怕我卖了你不成？这是在华言大厦演播大厅的试镜，在华言大厦，别人家的地盘，你觉得我还能做什么？"

确实不能做什么。

林初叶不认为周瑾辰能耐大到能在别人家地盘做什么，但她同样不认为自己会运气好到被华言看上。

"谢谢周总愿意给我这个机会。"思虑良久后，林初叶最终拒绝了这次天掉馅饼的机会，"但我不认为我能胜任这个角色，就不浪费大家的时间了。"

"爱去不去。"周瑾辰撂下话直接走了。

冯珊珊想着这么好的机会被放弃了，心疼得不行："你说你，就算真有坑，你去看一眼也不会有什么损失啊，在华言大厦里他周瑾辰还能干什么啊。反正就请个半天假的事。"

林初叶："你就当我对他有 PTSD（创伤后应激障碍）吧。"

"可……"

冯珊珊还想说什么，林初叶已微笑地打断她："好了，你别劝我了。又不是试镜了就一定能上，你要往好的方向想，该是我的总会是我的，不该是我的努力也没用。我先去化妆拍戏了。"

"你连尝试都没尝试，上帝就是想给你开个窗也得先知道你在哪儿啊。"冯珊珊忍不住冲林初叶的背影喊。

林初叶没回她，好机会她当然愿意尝试，但以她对周瑾辰的了解，即使挂在她面前的是个喷香诱人的大饼，内里也一定裹着砒霜。

林初叶今天的戏排得很密集，一直拍到深夜才收工。第二天也是一大早就起来化妆拍戏，一忙起来完全把华言试镜这个事抛在了脑后。

下午三点多，林初叶刚从场上拍完戏下来，她手机便响了，是个有些陌生又有些熟悉的号码。

林初叶一时间没想起在哪儿见过，困惑地接了起来。

"你好，请问是林初叶林小姐吗？"对方是个男声，语气礼貌温和。

林初叶点点头："嗯，对，请问您是？"

"你好，我是《半城风雨》的选角导演袁纲，是这样，我们昨天通知你今天下午三点过来试镜，但现场没看到你，也没见有电话请假，能冒昧问一下，是什么原因没过来吗？"

林初叶一时间有些愣住，她没想到真有其人和其事，还把电话打到她手机上了。

"不好意思，我以为是朋友开的一个玩笑。"

"估计是我短信里没说清楚，实在抱歉。"对方有些歉然，"是这样，我们看了林小姐的一些试镜视频，觉得你的形象气质和演技都比较贴合我们的角色要求，所以想邀请你过来聊聊，试个镜看看，不知道你现在方不方便过来？"

林初叶有些迟疑："我一会儿还要拍戏。"

"没关系，我们试镜到六点才结束，你看看能不能稍微抽点时间赶过来？"对方说，"就在华言大厦三十三楼的演播大厅，我们都很期待和你有个面对面的交流。"

对方语气过于谦和有礼，约的地点又是华言大厦，林初叶向来对谦和的人没有抵抗力，下意识就点头应承了下来："好的。"

对方微笑："好，那我先不打扰林小姐了，我们一会儿见。"

"好，谢谢袁导。"林初叶挂了电话，手捂着手机，还有种不真实感。

冯珊珊就在一边，看她这模样，困惑地问她："怎么了？"

林初叶："刚袁导给我打电话，让我过去试镜。"

看冯珊珊面色困惘，她又提醒："就你昨天说的那个项目，华言的。"

冯珊珊当下惊喜地起身："真的假的？我就说吧，我没骗你不是？"说着就忍不住推林初叶，"赶紧去换衣服准备，人家都亲自给你打电话了，这诚意够大了。"

林初叶迟疑着点点头："我先拍完最后一场戏。"

林初叶最后一场戏短，过得很顺利，没一会儿就拍完了，换完衣服冯珊珊在门口等她，陪林初叶一起过去。

赶到华言大厦时，林初叶意外看到周瑾辰也在那儿，人就站在闸门入口，在打电话。

林初叶脚步慢慢停了下来，迟疑地四下看了一眼。

周瑾辰也看到了她，看完又冷淡地撇开了脸。

冯珊珊恭敬地冲他打了声招呼："周总。"打完招呼，还悄悄推了推林初叶。

林初叶也顺从地打了声招呼："周总。"

她掏出手机给袁导打了个电话。

对面很快接通。

"袁导您好，我是林初叶，我已经到你们公司楼下了，请问怎么进去呢？"

袁导："你稍等一下，我派人下去接你。"

"好，谢谢袁导。"林初叶挂了电话。

一边的周瑾辰也已挂了电话，像是在等人。

大概昨天被林初叶气得不轻，还板着一张脸不看林初叶。

林初叶也无所谓，只是打量着传说中的华言大厦。

这还是她第一次过来。

整个大厅看着华贵大气，浅灰色调的装修风格又没有显得过分张扬，整个大楼从外观到内部都透着一股高端写字楼的低调奢华感。

整幢大厦都是华言影视名下的产业，也是华言总部和各大子公司的办公区，因而整个一楼大厅也布置成了大型展厅，用来展示华言出品的影视剧。

整个展厅布置得错落有致。

林初叶不由得上前参观，然后在她看得入神的当口，一个略显矮胖的女孩匆匆走了过来，身上穿着适合走路的平底鞋和羽绒服。

看到林初叶和周瑾辰，女孩歉然露出了笑容："是林初叶和周瑾辰吧？不好意思，让你们久等了。"边说着边用工作牌刷了卡，"这边走。"

林初叶有些困惑地看了眼女孩，不知道女孩怎么会把她和周瑾辰并列称呼，试镜的只有她一个，但想到周瑾辰刚也在打电话，下楼的只有一个女孩，又估计是上面的人一起吩咐的，也就没多想，道谢着进了闸门。

周瑾辰和冯珊珊也跟着一起走了进去。

进电梯以后，女孩直接按下 33 楼的电梯键。

"我先带你们去演播大厅。"

"好，麻烦您了。"林初叶客气道谢，看去的也是 33 楼，心里又稍安。

33 楼很快就到。

一整层楼都是演播大厅，设置有舞台和观众席，看着像是录制综艺用的。

林初叶打量着整个演播大厅，里面没人，只有一个很空荡的大厅，她心里有些困惑，这么大的空间试镜能看得清吗？

女孩这时已朝他们招手往旁边休息室引："你们先在休息室坐会儿吧，可能得等会儿，导演他们还在忙。"

林初叶点头："好的，没关系。"

跟着女孩进了休息室。

休息室很大，黑白色调为主，配备了化妆镜和沙发，还有监控。

林初叶看到了镜头里的灯光闪烁。

女孩解释："哦，我们公司所有公共区域都会配备监控摄像头。这也是为了保护员工和艺人的形象安全。"

林初叶点点头。

女孩："那你和周先生就先在里面休息会儿，一会儿导演过来了我再通知你们？"

她又转向冯珊珊："您是他们的经纪人吧？您先随我去隔壁休息室吧。"说着就要和冯珊珊先出去。

林初叶不解："等等，为什么她要出去他却不用啊？"

她指着周瑾辰和冯珊珊问。

女孩："哦，规定是这样的，这边的休息室是专门留给面试人员的，我们给随行工作人员准备了专门的休息室，您放心。"

面试人员？

周瑾辰也要试镜？

林初叶皱眉，女孩已带着冯珊珊走了，还顺道把门带上了。

林初叶困惑地打量着整个休息室，一时间也说不上哪里奇怪，不由得看了眼周瑾辰。

相较于刚才，这会儿的周瑾辰放松许多。

他睨了她一眼："我就是来试镜的，有意见？"

林初叶很恭敬地摇头："没有。"说完也不搭理他，在一边的单人沙发上坐了下来，困惑地打量着四周。

周瑾辰在她侧对面的双人沙发上坐了下来，也看着她没说话。

林初叶把休息室打量了一圈后就慢慢收回了视线，也没看周瑾辰，就安静坐在那儿等通知。

周瑾辰盯着她看了好一会儿，突然叫她的名字："林初叶。"

林初叶扭头看他："嗯？"

周瑾辰："这么多年，你是不是很恨我？"

他的语气很平和，平和得不像是他该有的样子。

林初叶困惑地看了他一眼，而后微笑："周总说笑了。"

周瑾辰也跟着笑笑，笑容又很快敛起："其实他们很多人劝过我，让我别和你杠，你有你的梦想，我不该阻拦你。"

林初叶眼中困惑更深，今天的周瑾辰有点反常。

周瑾辰又展开笑："林初叶，我们讲和吧。以后我给你接戏，你想拍任何戏我都不会阻拦你，只要你喜欢。"

林初叶："……"

周瑾辰依然微笑着看她，向来桀骜暴躁的眼眸里甚至带了一丝深情和淡淡的宠溺，一种任由你笑闹的宠溺。

林初叶不由得清了清嗓子，想直接问他一句"您没事吧"，又顾虑着屋子里有监控在，于是只能继续微笑着客气道谢："谢谢周总。"

他眼睑垂下时，笑容也微微僵住，这样的周瑾辰让她有点不习惯。

"不客气。"周瑾辰微笑着回她，还是以那种深情又宠溺的眼神静静看她，也不说话，遑论暴躁。

这样的古怪让林初叶不太待得下去，她客气地起身："您先在这儿坐会儿，我出去看看。"

说着走过去开门，一拉开房门，林初叶当下愣住。

门外还有几个人，戴着工作牌，看着像工作人员，刚从隔壁房间出来。

看林初叶看过去，为首的男人微笑着道贺："恭喜林小姐和周先生通过我们节目组的面试。"

林初叶眉心一皱："什么面试？"

为首的男人说道："我们的恋爱综艺，《喜欢你》的面试啊。"

说着，他往她身后的周瑾辰看了一眼，又看向林初叶："你们不就是来面试综艺的吗？"

周瑾辰起身走了出来："对。"而后看向男人，"谢谢袁导。"

被叫"袁导"的男人微笑："不客气。周先生和林小姐方便的话，麻烦随我去隔壁签个合同。因为节目行程安排比较紧，预计下周就要准备录制第一期，所以时间上抓得比较紧。"

周瑾辰点头："好的，麻烦袁导了。"

说着就要和袁导去隔壁签约。

"等等！"林初叶出声，掏出手机，拨了稍早前通知她来试镜的袁导电话。

电话通了，但不是现场的袁导接的。

林初叶看了一眼对面的袁导，冷静地问对面："您好，请问是袁纲袁导演吗？"

电话那头："嗯，对。"

林初叶："我现在在华言大厦33楼演播大厅，请问您现在在哪儿？"

"哈？你说什么？不好意思……信号不太好……我听不到你在说什么……"而后电话被挂断。

林初叶扭头看周瑾辰："你的人？"

周瑾辰回避了她的眼神，看向袁导："袁导，我们先去签约吧。"

林初叶微笑着看袁导："袁导，不好意思，我是被骗过来的，这个节目我不参加。"

林初叶歉然冲袁导笑了笑，转身就走。

周瑾辰拽住她的衣服："林初叶，你知道，你没有选择的权利！"

林初叶冷冷地回头看他："那就试试！"

她用力扯回了衣服，头也不回地走了。

袁导皱眉看周瑾辰："周先生，那你们现在是？"

周瑾辰微笑着看他："不好意思，让袁导见笑了，她没事，合同我们签，我可以替她做决定。"

林初叶径直去了电梯，按下电梯按钮，电梯门开就进了电梯，眼睛被泪水打得有些糊，也没看清按键，看到最底排有个"1"就直接摁了下去。

她出了电梯才发现她去的是地下一楼停车场，她的脚步只停顿了一下，便直接朝着指示牌指示的最近的入口方向而去，心里被骗的屈辱和期待落空交织出的矛盾让她的脚步不由得越走越快。

温席远刚好开车从外面进来，一眼看到在地下室的林初叶，脚刹微微一踩，停下车，按了一声喇叭。

林初叶下意识地看向喇叭声，看到了车里的温席远，也不知怎的，眼泪一下子就下来了。

温席远面色一紧，停稳车，而后推开车门，下车走向她。

"怎么了？"他问。

林初叶摇摇头，眼泪却流得更凶。

她什么也没说，走上前，紧紧抱住了温席远。

"借我抱会儿。"她哽咽低声说。

"好。"温席远轻声应道，张臂轻轻抱住了她。

温席远从没见过林初叶哭。

他不是没见过她受委屈。

学生时代学校有个专门面向优秀学生的培优奖学金，含金量高，奖金也丰厚，评选原则是以成绩为最终参考条件，每个年级两个名额。但那一次年级第二的林初叶没能评选上，她被指控为有作弊嫌疑，原因是数学期考时她桌上突然飞来一个来路不明的纸团，而那个纸团刚好是某道题的答案。尽管当时老师表示相信她，但为避免落人口实，在评选时还是取消了她的资格，把奖学金给了年级第三的学生。

事后班主任为了安抚林初叶，特地把她叫到了办公室，很为难地和她说起这个缘由，说是因为当时小纸团的事全班同学都在看着，虽然他相信她没有作弊，但人多嘴杂，为避免争议，这次只能先给其他人，并劝她放宽心，不要在意这个奖金，以后考上好大学了，学校和校友提供的奖学金更丰厚。

那时的林初叶没有像老师以为的那样，安抚一下就接受了下来，只是很平静地反问班主任，这是奖学金的问题吗？

她要求学校彻查当初小纸团的事，谁扔过来的看字迹能分辨，她愿意和对方当面对质。

同时要求学校要么公开出具她作弊的证据，要么公开发声明澄清她作弊的指控，她不接受任何模棱两可的答案。

那一次温席远也在班主任办公室，在林初叶被班主任叫到办公室时他便借着找老师解答习题的机会也去了办公室。

温席远现在还记得林初叶那时的神色，沉静平和依旧，但漂亮的眼睛里是很少能看到的倔强，眼眶微湿明明是强忍泪水，却不怯不惧地定定看着老师，非要他给她一个结果。

班主任大概也没料到一向乖巧听话的林初叶会有这么坚持倔强的一面，一时间也有些哑然，试图以和稀泥的方式把林初叶安抚过去。

林初叶不退不让，坚持要学校给一个确切的声明，连年级组长都被惊动了过来。

几人围着她一个小姑娘，各种对她晓以大道理，劝着她，哄着她。

她自始至终没有退让半步。

最后是温席远出了声，直接问"第三名是不是校长亲戚"才结束了这场道德绑架。

最终，学校发了声明，贴了公告，表示计算机统计失误，漏掉了林初叶的成绩才导致了这场乌龙，并向林初叶道歉，把奖学金名额重新还给林初叶。

林初叶捐掉了那笔钱，学期一结束就转学走了。

就是那一次，遭受这么大的污蔑和委屈，温席远也没见她这样哭过。

哪怕在她和他说我不能和你结婚了的时候，她也是平静的。

从来没有像现在这样，哭得这么委屈过。

她的哭不是撕心裂肺的宣泄，她甚至没有哭出声，但她微微颤抖的身体还是泄露了她的压抑。

胸前被慢慢打湿的衣服也泄露了她的委屈和难过。

温席远什么也没说，也没问，只是将她抱紧了些。

好一会儿，林初叶的情绪终于稍稍平复了些。

她抬起头看他，眼睛已经哭得红肿。

"对不起。"她哑声道歉，看着他胸前被她打湿的衣服，抬起袖口想帮他擦拭掉。

"没事。"温席远轻轻拉下她的手，看向她有些哭花妆的脸，抬起手，用毛衣袖口的绵软布料替她把脸上的泪痕擦干净，这才看向她的眼睛，轻声问她，"发生什么事了？"

林初叶微微摇头，也不知道该怎么说，发泄过后好像也不是多大的事，她都不知道她为什么要哭，她向来不是爱哭的人，就发现受骗那一瞬情绪一下就上来了，控也控不住。

温席远没追问，只轻声问她："你怎么会在这儿？"

"我过来面试的。"林初叶说，提到这个好不容易平复下去的情绪又有点哽。

温席远："面试什么？"

"就……"林初叶想开口，喉咙又被哽住，说不出口。

温席远明显感觉到她情绪的变化，轻轻拍了拍她的背，轻声对她说："没关系，我们先不说这个。"又问她，"还要回去吗？还是我们先换个地方？"

林初叶摇头："我不想留在这里。"

温席远点头："好。"又问她，"那我们先回我那儿？离这里不远，我一个人住，家里没别的人。"

林初叶点点头："嗯。"

温席远带林初叶回了他那儿。

房子很大，是轻奢且极具质感的装修风格，一进门就能看到客厅一侧的大景观落地窗和超大阳台。

阳台外蜿蜒的江面点缀着各色灯光，波光粼粼，流光溢彩，依稀还能看到游船。

林初叶脚步有些停滞，想退回。

温席远手扶在她肩上，轻声说："我们先进去。"

进了屋，林初叶才发现温席远的房子没有刚才第一眼看到的冲击那么大，全落地的玻璃景观放大了空间感，屋内是很轻奢质感但偏宜居温馨的居家风格。

"这个房子就三百多平方米，四个房间，一个做了健身房，一个客房，一个保姆房，都空置着。书房和主卧做成了套房模式。"温席远介绍，随后看向她，"要先看看吗？"

林初叶迟疑了一下，点点头，跟着温席远参观了他的厨房、健身房和客房。

健身房很大，器材齐全，布置了一整面的镜墙，安装了壁挂电视。

"楼下就是江滩公园，晚上一般会到那边跑步。早上要上班，所以一般会在家里运动。"温席远轻声向她介绍。

林初叶点点头，回头看他："难怪你身材这么好。"

他衣服下的身材有多好她见过，浑身肌肉线条分明且好看，全身上下没有一丝一毫的赘肉。

他天生就个高腿长比例完美，再加上后天严格自律的身材管理，很难不好。

"这算是夸奖吗？"温席远问。

林初叶老实地点头："嗯。"

温席远笑，抬手揉了揉她的头："谢谢。"

林初叶被他客气得有些不好意思。

"其实也没有刻意去做什么身材管理，主要还是工作强度太大，需要靠运动来保持良好的体能和精力。"温席远放开了她，带她去看主卧。

主卧是比较私人的空间。

林初叶站在温席远房间门口，扭头看他："这样会不会不太好？"

温席远："你都不能看，还有谁能看？"

林初叶的眼眸与他的对上，看着他黑眸中流转的柔软，眼中也慢慢染上笑意。

"哦。"

明明很敷衍的一声轻应，却带出了温席远眼中的笑意。他左手搭在她肩上，右手推开了房门。

外面是书房，里边才是卧室。

书房和林初叶的一样，摆满了书，但比林初叶的大许多，办公桌旁还摆了一套沙发。

林初叶扫了眼书房，便看向温席远的卧室。

卧室是莫兰迪灰色系的装修风格，整个房间干净利落得像样板间。

林初叶不由得扭头看向温席远，笑道："你的房子真好看。"

温席远也笑笑："但少了些人气。"也少了一个女主人。

他的黑眸已看向林初叶，黑眸里的深邃和专注让林初叶突然有些不好意思起来，却又忍不住也迎视着他的目光。

温席远一向对这样的林初叶没有任何抵抗力。

他往前一步，低头就吻住了她。

林初叶稍稍推了推他。

"你别又来勾引我。"

呢喃的气音勾出了温席远的笑。

"是你在勾引我。"

他抵在她唇边含笑低语，说完，又再次吻上了她的唇。

林初叶心头被他撩得火热，忍不住踮起脚，环住了他的脖子，热切地回应他的吻。

温席远力道一下加重，手扶着她的后脑勺，压着她就往床上压去。

林初叶背脊被撞进绵软的床垫，手穿过他的密发，更加急切地与他回吻。

温席远也有些失控，吻从她唇上落向她往后仰起的脖颈时，手也剥向了她衣服，却又硬生生逼自己停下。

"还不行。"他说，将她压靠在颈窝处，气息还有些喘。

林初叶气息也不太稳，在她家她敢想着扑倒温席远，在温席远家，她却是连贼心都不敢动的。

"突然觉得，有孩子再结婚是个再糟糕不过的决定。"温席远垂眸看向她，"我既希望你怀孕，又怕你怀孕。"

林初叶也看向他的眼睛，声音很轻："谁让你那天晚上不用那啥的。"

温席远以同样轻软的嗓音问她："谁让某些人睡完就跑的？"

林初叶："那我也不是没提前告诉你啊。"

温席远："提前告知和先斩后奏有区别吗？"

没区别。

林初叶心虚地回避了他的眼神，不太敢看他。

温席远看着她心虚的小模样，人已经完全没了在停车场时的委屈难过，心稍安。

"林初叶。"他轻声叫她名字。

"嗯？"他语气里突然的认真让她不禁困惑地看他。

"下午在华言，发生了什么？"他问，语气轻软认真，又带着点怕勾起她伤心记忆的小心翼翼。

林初叶被他眼神里的小心翼翼触动。

她忍不住冲他露出一个笑："你别担心，其实不是多大点事，只是我那会儿情绪上来了，矫情了而已，没事的。"

温席远也微笑："真没事了？"

林初叶很认真地点头："真的没事。"又对他解释道，"就我接到个华言的试镜电话，说是认为我的形象气质和演技比较符合他们的角色定位，约我过去聊聊。我对华言一直都比较向往，突然接到这样一个电话，又是约在华言试镜的，所以就信了，当时心里可能还是比较期待吧，结果发现只是个骗局，心里一下有了很大落差，再加上这几年的一些事，情绪一下就有点失控了而已。没事的，都过去了。"

温席远眉心微微拧起："骗局？什么骗局？"

"就周瑾辰联合别人给我设计的一个骗局，说是华言的《半城风雨》在试镜女一号，看中了我的履历，然后一个叫袁纲的选角导演还亲自给我打电话约我过去，结果原来是……"林初叶提到这个还是忍不住顿了一下，还是有一种对自己认知错误的难堪。

现在回过神来，想也知道，她没有任何作品，也不是容颜和演技出色到让人眼前一亮的人，华言这样的公司怎么可能会挑中她演女一号。她当时明明一开始防住了的，明明当时清醒地知道这种天掉馅饼的事不可能存在，后来所谓的"袁导"电话和华言大厦面试不知道怎么就让她失去了戒备心。

温席远没接话，只是用拇指指腹轻抚她的额角和脸颊，无声安抚。

林初叶不好意思地冲他笑了笑："反正就是挂羊头卖狗肉。不过我自己也有问题，要是我对自己认知能清醒一点，也不至于着了人家的道。"

温席远也冲她微笑："不是你的问题，是对方太没下限。"

"而且，"他看着她的眼睛缓缓道，"你的认知没任何问题。你的长相和气质在这个圈子都是独树一帜的，属于老天赏饭吃的类型，有路人缘又有记忆点，演技也很有灵气，可塑性强，小荧屏、大银幕都适合，是很多大导都想合作的类型，只是他们还没机会认识你。"

林初叶视线在他脸上扫了一圈："你这样，以后会宠坏孩子的吧？"

"我只是客观陈述。"他说，落在她脸上的视线认真且温柔。

林初叶被他看得鼻子有些发酸。

她微微抬起身，抱住了他。

"谢谢你，温席远。"

温席远也抱着她，手掌轻抚着她的后脑勺。

"其实有一阵，我不停被解约，还挺受打击的。那时无论是口头约定好的角色，还是已经签下合同的角色，甚至是已经进组在拍的角色，都突然告诉我我不适合，要换人。我不知道原因，以为是我自己的问题，是我自己能力不足才导致不停被否定，被换掉，我还因此自我怀疑了很长一段时间，不知道自己怎么会变得那么差。那个时候已经无关角色不角色了，就是不停被人否定后产生的自我否定和怀疑，觉得自己哪儿哪儿都差，很失落很难过。后来珊珊告诉我说，是周瑾辰把我的资源置换给了许安然，不是我个人问题导致的角色被换。"

林初叶声音顿了顿："说实话，我确实被安慰到了，觉得可能是外因导致的问题。另一方面，我又还处在那种被否定的自我怀疑中，所以那几年我为了演戏格外努力，想尝试着突破自己，但一直没什么机会去实践。所以我一直有个执念，想在自己退圈之前，能有机会去检验一下，我这几年的付出是有成效的。"

　　林初叶说着抬头看温席远："虽然我后来在写书过程中慢慢调整了过来，已经不像二十岁时那样，需要借助别人的肯定和认可来获得认同感了。我也不知道我在这行能不能走得下去，但能被你这样肯定，不管是不是为了安慰我，我都很高兴。谢谢你，温席远。"

　　温席远笑："不是走不走得下去的问题，是看你想走多远的问题。"

　　林初叶也笑了笑，没接话。

　　她没有温席远乐观，她挣扎过，知道周瑾辰拿捏着的这份合约对她束缚有多大。

　　温席远看出她眼中的坦然，是对现下困境的坦然接受，忍不住叫了她一声："林初叶。"

　　"嗯？"林初叶困惑地看着他，没来得及问什么事，她的手机响起。

　　"我先接个电话。"她冲温席远歉然笑笑，掏出手机。

　　电话是冯珊珊打过来的。

　　冯珊珊在休息室等了半天都没等到林初叶和周瑾辰去找她，于是她出去找人但没找到，这会儿她急疯了，生怕发生什么事。

　　"林初叶你去哪儿了？怎么试着镜人就不见了？"

　　林初叶当时确实太过悲愤，确实没想起还在休息室的冯珊珊，甚至在短暂的时间里，潜意识里有那么几次把她归类为周瑾辰的人的想法。

　　"对不起，珊珊姐，我忘了。"林初叶轻声道歉，看着温席远已坐起身，也翻身坐起。

　　"你忘了？"冯珊珊声音差点拔高成了土拨鼠尖叫，"林初叶，你怎么回事啊？我这么个大活人在这里，你把我忘了？"

林初叶："你现在在哪儿？我去找你。"

冯珊珊："打车回剧组路上了。你呢？现在哪儿？"

林初叶："我也准备回去了，我一会儿去找你吧。"

林初叶挂了电话，看向温席远："我可能得先回一趟剧组。有点事要找我经纪人聊聊。"

温席远点点头："好，我送你回去。"

温席远送林初叶回了剧组酒店。

"需要我陪你上去吗？"温席远问。

林初叶摇摇头："不用，你在的话可能不太方便。"

温席远点点头："好，有事打我电话。我可能要先回趟公司。"

林初叶点头："嗯，你先忙你的，别太累了。"

"好。"温席远点头，看她解开安全带准备下车，又叫住她，"林初叶。"

"嗯？"林初叶困惑地扭头看他。

已经是第二次了，她明显感觉到温席远有话想对她说。

"怎么了？"

温席远想告诉她让她别担心，他会解决好她合约的问题，又怕她觉得他是在安慰她，况且在尘埃落定之前总还是存在变数，怕给了她希望最后又落空，想了想还是忍了下来，只是冲她笑笑。

"没什么。"他倾身吻了吻她，"照顾好自己。"

林初叶点头："嗯。"

推门下了车。

温席远看着她进了酒店，才离去。

路上，温席远给黎锐打了一个电话："《半城风雨》这个项目是谁在负责？"

电话那头的黎锐键盘音传来，他的声音也很快透着话筒传了过来："项目二部的刘制片在负责。"

温席远："最近在试镜演员？"

黎锐："嗯，对。"

温席远："选角导演是谁？"

黎锐："袁纲，袁导。"

温席远微微拧眉，那怎么会是骗局？

"你把他的电话发给我。"温席远挂了电话，借着等红绿灯的时间给林初叶发了个语音微信："你把联系你的袁导的电话发给我。"

林初叶刚被冯珊珊让进门，看到信息，困惑了一下，但还是把袁导的电话复制给了温席远。

冯珊珊在一边看到了，皱眉："电话不好外发给别人吧？华言的组讯都是直接发给各经纪公司的，不外发到公众平台上。"

林初叶抬头看她："骗子电话外不外泄无所谓。"

"骗子？"冯珊珊愣住，"什么骗子？"

"就那个袁导。他是周瑾辰安排的人。"林初叶说，看向冯珊珊，"周瑾辰想让我和他一起上恋综，需要面试。他知道我不会答应，也不会相信他说的试镜安排，就找了个人合伙骗我去了华言大厦。那个休息室也压根儿不是什么休息室，就一个面试大厅，有人在镜头后观察我们的反应来判断适不适合节目，结果很不幸，我和他都被节目组选中了。"

"啊？"冯珊珊嘴张了张，"还有这种事？这周瑾辰是成精了吧，这都能预料到。"

林初叶没接话："那份组讯是哪儿来的？"

冯珊珊："周瑾辰助理发给我的。前天晚上发的，说是华言有个新剧要开拍，在试镜女一号，我看着觉得不错就给你投了简历，昨天早上就接到了他们的试镜通知，回复了邮件和短信，还亲自给了我电话。"

林初叶："我能看看邮件吗？"

"可以啊。"

冯珊珊边说着边翻出邮箱，给林初叶看邮件，对方确实回复了她的邮件。

林初叶："当时周瑾辰的助理是怎么和你说的，我能看看你们的聊天记录吗？"

"当然。"冯珊珊边说边翻聊天记录，翻着翻着又停了下来，狐疑地看向林初叶，"林初叶，你不会怀疑我和周瑾辰是一伙的吧？"

林初叶想说不是，但她不习惯撒谎，她也不想撒谎。

"对不起，珊珊姐。"林初叶低声道歉，"我只是想了解清楚缘由，想知道周瑾辰从哪里开始给我设套。"

"我还在想你今天怎么会无缘无故撇下我就走了，连个电话也没有，我还纳闷我做错了什么。"冯珊珊说完又笑了，眼眶却有些湿，"原来你那个时候就把我归类为周瑾辰的人，认为我和他联手骗你去的华言。"

"不是这个原因，珊珊姐。"林初叶试图平静地和她解释，"我当时真的只是太生气太难过了，情绪完全失控了才没考虑到其他，就一心想着逃离那里而已。"

冯珊珊显然不信，就动也不动地直勾勾地看着她。

"我承认在我特别生气难过的时候，确实有产生过这样的怀疑。这件事你推动得太积极了，我没办法不去做这样的假设。"林初叶依然试图平静地和她解释，"而且你明知道我有多讨厌周瑾辰，从他开始喜欢我，就一直在控制我，极限打压我和拿捏我，这都是你看得到的，你也明知道我讨厌这样，可是你不止一次劝我接受他算了，所以我没办法不去做这样的联想。"

冯珊珊红了眼眶："林初叶，你还有没有良心？我要是周瑾辰的人，这么多年你被他雪藏，我还会管你死活吗？全公司谁不知道，除非他周瑾辰放手，要不然你林初叶基本就是跌进尘埃了，半点机会都不会再有，可是我放弃过你半分吗？把时间耗在你身上我图什么啊？女演员还有几个五年可以耗啊，你真以为我图你大红大紫然后带我翻身吗？"

林初叶看着冯珊珊发红的眼眶，心里也有些难受。

"珊珊姐，你明知道我没有这个意思。我信任你、依赖你，也感激你，可是我不想再继续被周瑾辰拿捏下去了，所以我想在离开之前弄清楚，你是不是完全站在我这边，你愿不愿意跟我走。我知道你心疼我，可是再怎么样，周瑾辰才是你的老板，他才是给你发工资的人，我和你，归根到底，还是存在利益捆绑的一面。当然，这不是说谁对谁错的问题，我只是不希望我们之间有任何猜忌，你懂吗？如果是以前，我可能就这样把日子混下去了，也就无所谓你站在谁一边。但今天周瑾辰真的触到我的底线了，我不可能和他在镜头前秀恩爱，哪怕这只是剧本或者做戏，我不想给我喜欢的人造成任何伤害。"

冯珊珊看了她一眼，没说话，但情绪看着平复了些。

"珊珊姐，"林初叶放软了声音，"如果我有任何不对的地方，我向你道歉。我真的很感激你当年认可我，并预支了我那么大一笔钱，让我有机会留住我爸爸。你在我心里，就一直是如再生父母一样。这么多年我也很感激你不离不弃地陪我走到现在，所以我并不希望我们之间有任何嫌隙和猜忌。"

冯珊珊撇开头："我没你说的那么老。"

"就一个比喻嘛。"林初叶小声说，觑着她的神色，迟疑着伸手拉了拉她的手，"我们别生气了，好不好？"

冯珊珊再次撇开头："生气。"

林初叶又拉了拉她的手："珊珊姐？"

冯珊珊直接按开她和周瑾辰助理的信息，把手机递给她："自己看，别烦我！"

嘴上还是凶巴巴，但刚才那股情绪显然已经过去了。

林初叶嘴上也故意委屈巴巴地"哦"了一声，拿过手机看了一眼。

这个圈套确实是周瑾辰故意设计的冯珊珊。

冯珊珊为人爽利，心直口快，不会像她这样，有那么多的顾虑。

周瑾辰助理把机会送过来，她也就满心欢喜地接受了。

但周瑾辰心里很清楚，林初叶不会那么轻易上当，但试镜地点在华言大厦，她又会倾向于相信一部分，所以冯珊珊还是不能让她信服的话，干脆让"当事人"联系她。

当事人和华言大厦试镜双重保险下，她很难再去怀疑什么，毕竟只是一个试镜，她又事先对恋综一事毫不知情，不可能防备得到。

甚至是，为了让她不起疑，估计连华言要试镜《半城风雨》女一号这件事都是真的，周瑾辰只是真真假假地利用了这件事而已。

林初叶看了眼冯珊珊放在桌上的组讯，拿起来看了一眼，打开微博实时搜了一下，确实有零星爆料说华言新剧《半城风雨》即将开机，目前正在甄选演员。

爆料时间也是最近两三天而已。

冯珊珊也看到了林初叶的微博页面。

"我只是活得粗糙了些，但我不是傻好吗？要不是在网上也确认过有这样的爆料，我才不会那么积极怂恿你去，还以为是天上掉馅饼，谁知道……"冯珊珊说到这个心里也来气，"又是周瑾辰的圈套。你说他那么多歪歪肠子怎么就不花在正事上，尽花在你身上了。"

林初叶放下手机，看向她："不生气了？"

冯珊珊又傲娇地撇开了头："生气中，不想和你说话。"

"珊珊姐，"林初叶又软着嗓子叫了她一声，也不太习惯撒娇，却还是忍不住扯了扯她的衣袖，"对不起啊。"

冯珊珊用力扯回袖子："林初叶，你烦不烦啊你？我要是再和你计较这个，你早被我轰出去了。"

林初叶："哦。"

冯珊珊终于扭头看她，一个没忍住，伸手捏着她的脸颊用力掐了掐："好了，不说这个了。之前劝你从了周瑾辰那些，我就是嘴贱，随便口嗨，没别的意思，你别放心上。你真愿意我还不乐意呢。"

林初叶终于露出了笑："我知道。"

冯珊珊也露出了笑，收回了手，刚要问她打算怎么走，门外响起了门铃声。

林初叶和她互看了一眼，冯珊珊过去开门，边问："谁啊？"

拉开房门时，却是周瑾辰，一愣，想关门已来不及。

周瑾辰看到了屋里的林初叶。

"既然你也在，就不用麻烦冯珊珊通知你了。"周瑾辰说着，把手中的文件冲她扬了扬，"这是《喜欢你》综艺的签约合同，下周一上午九点在华言大厦隔壁的华言酒店正式录制第一期，任何人不得以任何理由缺席，否则一律按照违约处理。"

"不是，周总，林初叶要拍戏啊。"冯珊珊试图以拍戏为由替林初叶挡下来。

周瑾辰："请假。"

林初叶看向周瑾辰，她经过一下午的沉淀已经能平静地面对周瑾辰了。

"周总先进来吧。"她说。

冯珊珊诧异地看了眼林初叶，连周瑾辰也诧异地看了她一眼。

林初叶只是平静地看他。

周瑾辰推开了门进来，冯珊珊把门关上，担心地看向林初叶。

林初叶正看着周瑾辰："周瑾辰，我和你谈个交易吧。我愿意去参加节目，也愿意不跟着台本演，在节目里给你最真实的情绪反应，但你必须答应我，节目录制结束当天，给我解约合同。"

周瑾辰看她："林初叶，你明知道不可能。"

林初叶："你这么处心积虑地设计我参加恋综，不就是想和我有个朝夕相处的机会，想让我重新认识你吗？我愿意给我们彼此这个机会，说不定等节目录制结束，我真就爱上你了呢，到时那纸合同又有什么关系呢？"

周瑾辰："你会吗？林初叶。"

林初叶微微摇头："我不知道。但就像你下午在华言说的，我们讲和，我想给彼此这个机会去尝试。"

说完，她也忍不住笑了笑："其实我也挺好奇，执着了我五年的男人真实的一面会是怎样的。这么多年我们一直在对抗中，我其实并没有机会了解过你。"

周瑾辰看着她没说话，眼神明显带着怀疑。

林初叶没让他看出半分不对劲,只是回以平静的眼神对视:"周瑾辰,五年了,其实你心里也很清楚,对我用强没用的。这是你和我唯一的机会,我愿意尝试,我希望你也别放弃。"

周瑾辰偏开了头,他摸不透林初叶的真实意图。

林初叶很少这样真诚平静地和他交谈。

不是没有过,在他刚追她的那段时间里,她其实是真诚过的,只不过是真诚地拒绝,真诚地希望他别把时间浪费在她身上。只是越是这样真诚的她,越让他欲罢不能。

他其实有点怀念这样真诚、不与他虚与委蛇的林初叶。

林初叶没催他:"还有几天,你可以慢慢考虑,协议我会拟好给你,要不要签字你自己决定。"

"其实今天在华言,你和我说,我们和解吧时,我被触动了,可惜,只是演戏。"林初叶的声音恰到好处地低了下去。

周瑾辰果然忍不住接了话:"我没有演戏。"

林初叶似是愣了下,而后看向他,微笑:"谢谢你。"

她瞥了眼他手中的合同,伸手拿了过来,看了会儿,合上,但没有还给他。

"合同我先带走了。"她仰头看他,"我希望我们能有一个面对面的、心甘情愿且真诚地重新认识彼此的过程,而不是像这些年这样剑拔弩张,要不然参加这个节目毫无意义,这不过是我们这几年生活的重复而已,我想你也不想这样。所以我愿意赌一把,希望你也是。"

她朝他微微颔首,回头看向一边已经看蒙的冯珊珊。

"珊珊姐,我先回去了。"

"啊?哦,我送你。"

冯珊珊反应过来,跟了出去,还不忘把房门带上。

"你这是要干什么啊?"冯珊珊看向林初叶已经平静到近乎冷淡的脸,压低了声音问她,"难道你还真要和他去录恋综啊?"

林初叶没有点头也没有摇头,只是看向她:"我和他,不破不立。"

而且周瑾辰心里其实很清楚这一点，所以才这样大费周章地骗她上恋综。他要的不是曝光，就是想让她了解他。

冯珊珊没听明白："什么啊？"

林初叶笑了笑："现在也解释不清。放心吧，我知道自己在做什么。"又推她，"你先回去吧，把人落那儿总不太好。"

冯珊珊点头："嗯，你注意安全。"

林初叶点头："嗯。"

温席远对比了林初叶发过来的袁导电话和黎锐发过来的袁导电话，同一个名字，同一个号码。

温席远被气笑了，他都不知道，他的公司竟然还有人领着他的工资，却是给周瑾辰打工的。

第二天一上班，温席远一到办公室便按下了助理内线："让袁纲来我办公室一趟。"

黎锐："好。"

十分钟后，门外响起了敲门声。

温席远："进来。"

抬头时便看到黎锐带着一个瘦高戴眼镜的男人走了进来。

"温总，袁导到了。"

温席远点头："你先出去吧。"

他低头瞥了眼桌上《半城风雨》的策划案和组讯，而后抬头看男人："你就是袁纲？"

眼镜男人拘谨地点头，惶恐地打量着温席远，只知道叫温总，但不太确定是多大的总。

高层办公室在顶楼，平时一般人没机会上来，温席远办公室也没贴标牌，公司公开的组织架构也没这个名字。

但没名字又在顶楼的人，只可能是一个人。

那个真正幕后掌控整个公司的少股东，也是公司不对外公布的执行董事。

袁纲不知道公司内部为什么要戏称他为"少股东"，他进公司后这个叫法就已经约定俗成了。

他更不知道，他何德何能会惊动到这位只在传说中听过却从未露过脸的少股东。

温席远等着他打量完，一把合上策划案："你昨天通知林初叶试镜，把她安排去哪儿了？"

袁纲愣住，一时间想不起林初叶是谁。

温席远提醒他："周瑾辰家的艺人，你通知面试女一号的女孩。"

袁纲摸不准温席远这么问的目的，他不知道温席远怎么会知道他找了林初叶。

公司那么多项目，那么多制片和选角导演，每个角色都是通过大量试镜选出来的。

试镜的演员那么多，在他答应周瑾辰骗林初叶过来试镜时，他根本不担心会被发现有问题，一句信号不好，演员迟到错过了试镜就能解决的事，只是他没想到，这个叫林初叶的女孩会惊动公司，还惊动到了最顶层的那位。

袁纲摸不准温席远特地问林初叶的意图，但在被发现他联合周瑾辰骗人试镜和温席远的询问只是巧合之间，袁纲冒险选了巧合："哦，应该自己回去了吧。本来是通知她来面试的女一号，但不知道怎么回事，打了个电话后人一直没出现，大家都赶着下班，等了半天没见人就默认她放弃了。"

"自己回去？"温席远笑了下，伸手拉过座机，"需要让保安调取监控，替你证实一下吗？"说着就要按下保卫室的电话。

袁纲脸色当下发白。

温席远平静地看他："怎么，还要我替你说？"

"她……我……"袁纲支吾半天，最后还是硬着头皮咬定，"我是真不知道她后来去哪儿了。她刚到公司的时候还给我打过电话，我还让助理小张去接她了。不知道是不是她带错了地方，后来一直没见她过来试镜，我还纳闷了会儿，但当时真的太忙了，试镜的人太多我一下子也没想起来，到点没人过来就下班了。后来她确实给我打过电话，但那会儿我在地铁上，赶上信号不好，也没能说什么，电话就被挂了。"

温席远冷冷看他一眼，按下助理黎锐内线："让袁纲的助理过来！"

袁纲面色已然苍白，却还在强撑。

没一会儿，昨天去接林初叶和周瑾辰的女孩忐忑地敲门走了进来。

温席远长指直接往键盘一压，袁纲刚那番话从电脑音箱传出。

袁纲面色已是尴尬。

女孩直接悲愤地扭头看他。

"袁导，明明是你让我把他们两个带去演播大厅一号休息室的。"

袁纲死命想挣扎："我说的是，让你把人带去试镜室……"

温席远直接打断，看向女孩："去演播大厅做什么？"

女孩："面试《喜欢你》节目组。"

温席远压在鼠标上的手一顿，看向女孩："他们通过了面试？"

女孩点头："嗯，对。节目组觉得他们之间的张力很强，所以当场通过了面试。"

温席远面色当下一冷，看向袁纲："袁纲！"

他面色冷，眼神更冷，凌厉且夹着锐意，全无刚才听他胡扯时的平和。

袁纲面色当下死白。

"我……"

温席远起身："你真当我闲得慌把你叫过来听你胡扯？"

他拿过桌上的组讯，"啪"一声扔桌上："我不管你和周瑾辰什么关系，你假借公司项目选角名义替他人坑蒙拐骗，侵犯的是公司名誉，公司有权追究你的法律责任。"

"温，温总，对不起，我错了。我没别的意思，就纯粹帮朋友一个忙，就这一次而已。"袁纲颤着嗓子保证，"真的，我保证。"

温席远看向女孩："以前发生过类似情况吗？"

女孩摇头："没有。以前都是让我把人带到试镜室的。"

袁纲也跟着点头："真的，小张可以做证。我就这一次被猪油蒙了心，朋友请求拉不下脸拒绝才这样的，我保证以后再也不会了。"

"这次是人情拉不下脸。"温席远面无表情地看他，"下次呢？是不是别人给你塞点钱就什么都往剧组里塞？"

温席远拿起他的简历看了眼："进公司两年不到，第一次做项目选角导演就敢滥用职权……"

温席远看向他："袁纲，你胆子不小。"

说话间，温席远已经按下黎锐内线。

黎锐很快敲门进来。

温席远看向他："把他交给人事部和法务部，该结的工资一分不少给他，该追究的法律责任也一分别落。《半城风雨》演员合同全部暂停，选角重来，选角导演换人！"

黎锐点头："好的。"

"你们先出去吧。"温席远说完，自己先出去了，他直接去了二十楼的《喜欢你》节目组。

"刘成在不在？"走进办公室，温席远直接问。

办公室其他人都还在忙，都是没见过温席远的，一时间有些困惑，都忍不住偷眼看他。

温席远扫了眼众人："刘成呢？"

刘成是节目组的总制片兼总导演。

"刘导出去了。"一个穿着黑色夹克的男人端着茶杯从里间办公室出来，"请问您是？"

温席远直接把工作牌朝他晃了晃。

黑夹克男人看了眼，执行董事：温席远。

他面色当下一紧，神色一下变得恭敬起来。

温席远直接走进办公室："我要林初叶和周瑾辰的签约合同。"

男人一愣："他们还没签约。"

温席远拧眉："没签约？"

男人点头："对。昨天周瑾辰想代林初叶签约，他们公司有这个权限，但刘导担心以后产生纠纷，就要求最好是当事人亲自签约，所以只让他把合同拿回去而已，还没签约。"

温席远点头："行。如果他们合同交过来，拒掉。"

男人想问为什么，但看到温席远神色又不敢问，低应了声："好。"

温席远没再说什么，推开门出去了。

有员工的电脑在播放艺人面试视频，都是分为休息室内的不知情状态下的自然相处面试和自我介绍。

林初叶和周瑾辰在休息室内的状态符合节目组要求的上司下属 CP 关系的张力，属于没到第二步就被定下来的这一对。

温席远视线在电脑上略顿后，脚步停了下来。

"我看看林初叶和周瑾辰的面试视频。"

员工赶紧打开了视频。

温席远只是瞥了眼周瑾辰，视线便一直落在林初叶的脸上。

不得不承认，镜头前的周瑾辰和林初叶很配，是一种从颜值到气场都很打眼的般配，尤其是周瑾辰看林初叶的眼神，毫不掩饰的霸道里藏着的深情正是时下备受追捧的男一号形象之一，尤其这种眼神看向的还是一个温婉沉静、气质清新平和的漂亮女孩。

温席远丝毫不怀疑，他们一旦上节目会给节目带来多大的流量和热度，也不怀疑他们爆火的可能。

黑夹克的男人也已走到旁边来，这样一对 CP 不能上节目他也心疼，忍不住想说服："温总，他们两个真的蛮适合上这个节目，说不定能……"

话没说完便被温席远扫过的冷眼给看得闭了嘴，不敢再吱声。

温席远也没说话，视线刚想从电脑屏幕移开便见林初叶起身开了门，而后在副导演"恭喜通过面试"的欣喜声中，温席远看到了林初叶脸上的不可置信，以及周瑾辰说她没有拒绝的权利时，她眼眸里强忍的泪光，以及眼神里的悲愤、屈辱和无助。

温席远偏开头，回了办公室。

视频中，林初叶强忍泪水的画面在脑中回转，温席远拨通了林初叶的电话。

林初叶还在民宿房间里，今天上午没她的戏份，她还在屋里研究周瑾辰给她的那份合同，是一份复印件。

落款盖章的地方因为墨水已经糊得看不清。

林初叶正盯着落款处沉思，看着不像是真合同。

然后在她沉思的当口，温席远的电话就打了进来。

"今天没拍戏吗？"低沉轻软的嗓音从电话那头传来时，林初叶脸上也不禁带上了笑："嗯，今天上午没排我的戏，可以休息半天。"又问他，"你呢？不用上班吗？"

温席远："在上。就是一会儿又得飞海市两天。"

低沉的嗓音听着有些头疼。

林初叶很难想象温席远对工作头疼的样子，明明没见过工作状态的温席远，但莫名有种他是那种工作狂类型的感觉。

"过去做什么啊？"她问。

"谈个投资案。"温席远又问她，"今天心情好点了吗？"

林初叶点头："嗯，没事了。"又忍不住告诉他，"好像周瑾辰昨天没坑到我。"

温席远有些意外："怎么说？"

林初叶："他昨晚给了我一份合同，我怀疑是假合同。落款的地方看不清公司签章。而且我昨天明确拒绝的情况下，华言应该不敢现场签约才是，要不然到时我找他们扯皮说不清啊。"

温席远："我听说，确实没签约。"

林初叶当下开心："是吧，我就知道这合同有问题。"

温席远也被她的笑容感染，不觉微笑。

黎锐正好来敲门："温总，得走了，要不然赶不上飞机了。"

电话这头的林初叶听到助理的催促："要不你先忙吧，别错过了飞机。"

又忍不住对他说："等你出差回来，我给你个惊喜。"

温席远："好。"

林初叶挂了电话，视线转向合同。

合同不是真的，但条款是真的。

华言的合约条款很厚道，尤其对于新人，价格不高，违约金也相应不高。

相较于星一的高昂违约金，华言只是小菜。

是她完全负担得起且不会心疼的金额。

这是离她最近且代价最小的机会。

林初叶知道她和周瑾辰必须做个了结，不是周瑾辰没坑到她，而是还没坑到。

节目组不敢要他当场签约的合同，但既然愿意让他把合同带回去，就还是有意向在争取他。

最后的结果，就是哪怕找人代签周瑾辰也会让人替她签了这份合同，所以结果不会变。

林初叶想赌一次，赌周瑾辰想要她的决心，所以昨晚在冯珊珊房间的时候，她也给他下了饵。

用他想改变彼此关系的迫切需求换她的解约合同。

对周瑾辰而言，她和他的关系比她和公司的关系重要。

第一次，她把她做演员的专业能力用在了周瑾辰身上。

她必须让周瑾辰相信，她也是在渴望改善彼此的关系，愿意给彼此机会。

林初叶并没有把握周瑾辰会不会信。

接下来的两天，周瑾辰异常安静。

他依然会在片场看她拍戏，但看她的眼神比以往深沉了许多。

林初叶下戏的时候，他也只是在一边沉默地看着手机。

林初叶不小心瞥到过一次他手机屏幕，他在看的是她和他在华言的面试视频。

她耐着性子等，没有催周瑾辰，甚至不敢表现出丝毫的急切，只是在与他偶尔的眼神相撞中，表现出些许欲言又止的情绪。

节目录制当天，正式录制前两个小时。

周瑾辰敲响了林初叶的房门。

"我同意！"他说，"但你必须把这份合同签了。"

林初叶瞥了眼合同，是他那天晚上给她的合同复印件的原件。

林初叶点头："我可以签，但你也必须把这份协议先签了。"

林初叶拿出她事先拟好的协议，递给他，都是她那天晚上在冯珊珊房间和他谈的条件。

其中最重要的一条，节目录制结束，星一必须同意和她无条件解约。

周瑾辰盯着合同皱眉。

林初叶的心微微提起，怕他看出问题。

她假装看合同，假装无意地提起："这个节目要录三个月啊……"

故意强调的时间在周瑾辰大脑中形成了诱惑，三个月就意味着三个月的朝夕相处。

如果三个月的朝夕相处还不能让林初叶对他改观，那余下的两年时间，不过是过去五年的重复。

最终，周瑾辰掏出笔，二话不说在协议上签了字。

林初叶提醒："公司签章。"

周瑾辰看了她一眼，掏出公司签章，利落地盖了章，然后把协议递还给她。

"到你了。"他催促。

林初叶也利落地签了字。

她的计划很简单，现场签约，现场解约。只要是开录后的解约，哪怕只录制了一分钟，也是录制，解约后的录制结束也是录制结束。

他们是临开录前才确定的名单，节目组一定会有备选人员，并不会太耽误节目组的工作。

去录制现场的路上，周瑾辰把合同扫描件发给了总制片刘成。

还在积极争取周瑾辰和林初叶的刘成当下眉开眼笑，让备选组先下去休息。

黑衣夹克男还在另一边忙，没有留意到这边的动静。

一路上，周瑾辰和林初叶都没有说话。

其实彼此心里都有些沉重，都不知道自己是否赌对了。

林初叶的计划是一回事，但真要去现场时，她心里还是沉重得难受。

如果有别的选择，她万万不会选择这么冒险的一条。

到节目组时，刘成看到两人是真的高兴，也不管两人咖位大不大，亲自上前迎接两人，把他们交给化妆师，之后便去忙了。

黑衣夹克男在化妆间看到林初叶和周瑾辰时当下狠狠愣住，转身就着急找导演："刘导？刘导呢？"

现场人多，却没有看到刘导。

录制前还有个开机仪式，虽然出于保密效果没有请记者，但名单是要官宣出去的，这要是官宣出去……

黑衣夹克男不敢往下想，他明明给刘导微信语音留言提醒过周瑾辰和林初叶不能用，上面特别交代过的，不知道怎么还会出了这么大的纰漏。

他掏出手机直接给刘成打电话，电话没人接，估计是录制在即，忙得没空接电话。

黑衣夹克男一急就彻底乱了方寸，找不到刘导，干脆直接给温席远打电话求助："温总，温总，完了完了，刘总可能没收到我的提醒，那个周瑾辰和林初叶来录节目了……"

温席远刚下飞机一会儿，正赶往林初叶片场的路上，闻言，脚下倏地一踩："你说什么？"

第十一章
幕后老大

开机仪式即将开始，开机舞台前围满了人群。

参加节目嘉宾按照咖位从大到小一一进场。

林初叶和周瑾辰咖位最小，最后一组进场。

别的嘉宾都是脸上带笑，只有林初叶和周瑾辰面色异常平静，但偏偏这样平静冷淡的脸吸引了导播镜头。

两人一起走上舞台时，灯光和镜头全聚焦在了两人身上。

温席远赶到开机现场时，看到的就是并排走向舞台的林初叶和周瑾辰。

他几乎想都没想，一把取下底下机器旁的话筒。

"林初叶不能参加这个节目。"

林初叶刚好走到舞台上，惊愕地回头，看到一身西装、拿着话筒朝她走来的温席远。

周瑾辰也看到了温席远，面色当下一冷，看向导演组："导演，他是谁啊？怎么能随便闯节目录制现场？"

刘成也困惑，拿过话筒刚要说话，被赶到的黑衣夹克男抢下来，拼命朝他暗示："老大，公司老大。"

刘成也当下愣住。

温席远已经走上舞台，伸手拉过林初叶，看向导演组："林初叶和节目组合约无条件取消，最终解释权归公司所有。"

周瑾辰当下急眼，伸手就要拉林初叶："不是，你是谁啊？林初叶是星一的艺人，凭什么你说取消就取消？"

温席远把林初叶稍稍往身后推了推，避开了周瑾辰伸过来的手。

"从现在开始，林初叶是华言的艺人。"温席远看着他，一字一句地说，"林初叶的经纪合同已经完成艺人让渡，已经经过公证处公证。从今天开始，她的经纪合约正式转入华言，星一无权再替她做任何决定。"

林初叶讶异地看着温席远。

他面容很平静，看着周瑾辰的眼神却凌厉且沉定。

周瑾辰也愣住，视线从同样惊愕的林初叶脸上移到温席远脸上。

"你到底是谁？"

温席远很平静："温席远。"

得不到答案的周瑾辰直接看向导演组，手指向温席远："他到底是谁？为什么你们让他这样胡闹？"

黑衣夹克男不得不硬着头皮顶上他的炮火："他……"

他迟疑地看了眼温席远，不说明估计这事过不去了，牙一咬，干脆直接说穿了："他是我们老大。"

周瑾辰："什么？"

黑衣夹克男："我们老大，公司的老大，背后那位。"

全场俱静。

林初叶也讶异地看着温席远。

周瑾辰更是直接僵在当场，看着温席远的眼神不可置信却又充满愤恨。

温席远面容依然平静，一手握着林初叶的手，一手拿着话筒，问周瑾辰："周总还有别的疑问吗？"

周瑾辰狠狠地瞪了他一眼，没说话，目光转向被温席远护在身后的林初叶。

"林初叶，你自己来说，你要不要参加？"

温席远也转头看向林初叶。

林初叶嘴角微微抿起，看向周瑾辰："周瑾辰，对不起，我从来没有打算过参加节目录制。今天即使不是温……"

林初叶声音顿了顿，在"温总"和"温席远"之间有过刹那犹豫，最后还是叫了他全名："席远出现，我也不会和你录这个节目。"

林初叶说完转向导演组。

她很抱歉地冲刘导和一众工作人员深深鞠了个躬，想开口，发现自己声音太小，又看向温席远，冲他笑了笑："能先借一下你的话筒吗？"

温席远深深看了她一眼，把话筒递给了她。

林初叶两只手紧紧握着话筒，沉默了片刻，看向导演组，神色歉然且内疚："导演，对不起，谢谢你们对我的认可和信任，也非常感谢你们愿意给我这个曝光的机会。但面试这个节目不是我本意，我是被骗过来的。就连拒绝参加节目也不是我自己能决定的，我很生气，但也很无力，所以我不得不假意答应参加。我知道这样的事有第一次就会有第二次，所以我很抱歉，我利用了节目组来达成我和经纪公司解约的目的。我本来是计划上台以后就叫停录制的，解约协议在我出发过来之前已经请了跑腿外送到贵公司法务部，估计这会儿已经送到了，我愿意按照合同约定承担所有违约责任。给你们工作造成不便我真的很抱歉。"

林初叶说完再次朝节目组鞠了一个九十度的深躬。

其实她心里清楚，节目组虽然不敢让周瑾辰现场代她签约，但在他们同意他把合同带回去的时候，就已经是默许了周瑾辰代签，只不过是把责任权责分清楚了而已。

带回去的合同无论是不是她亲签，纠纷方都在她和周瑾辰。但如果在现场，明知她不在场的情况下还让她签了合同，纠纷方就可能成了三方。所以节目组做了一个规避风险的选择，但结果不会变。

节目组想争取她，她很感激。

但这样的积极也成了他们对今天开录不顺利必须承担的部分责任。

周瑾辰眼眶已经发红，眼睛死死地瞪着林初叶，眼神里夹着被欺骗的愤怒。

林初叶很熟悉这种眼神，几天前她也刚经历过。

她转身看向周瑾辰，话筒已经被她关掉："周瑾辰，我必须和你说声抱歉。虽然今天的闹剧是你一手造成的，但我还是很感激你真心喜欢过我。那份协议，我是打算用来向法院起诉解约的。这么多年，我终于也自由了一回，谢谢你早上的仁慈，以及，你这么多年来的照顾。虽然有时候你真的让我挺痛苦的。"

林初叶说完也向他鞠了个躬。

回身时，林初叶看到温席远正在看她，五官分明的俊脸上平稳冷静依旧，看着她的黑眸却是一片不见底的深黑。

林初叶朝他露出了个笑："我很感动，也很惊喜。谢谢你，温席远。"

同样是感谢，但那天的感谢是靠近，这次是疏离。

对彼此差距的清醒认知后的退缩。

温席远眼眸未动，也朝她露出了个笑，没说话。

林初叶也笑笑，上前把话筒轻轻塞入他手中，微微颔首，转身想走时，温席远扣住了她小臂。

"陪我回趟办公室。"他嗓音很平静，但扣着她手臂的那只手掌微微收紧的手劲泄露了他克制着的情绪。

林初叶视线从他那只青筋微微起伏的手掌移向他平静的俊脸，微笑："好。"

这样一幕落入周瑾辰眼中，彻底激起了他所有的狂性。

他红着眼上前，伸手就要拽林初叶："林初叶，你过来！你给我解释清楚，你没有在骗我！"

温席远一把抓住了他伸过来的手，另一只手把林初叶推到了身后。

"周瑾辰，谁该解释你心里没数吗？"温席远面无表情地看着他，"这么多年，是谁一直假借喜欢之名，肆意限制、打压一个毫无反抗之力的孤弱女孩，又是谁生生把别人的路彻底掐断，把一个演员最青春宝贵的五年白白耗掉了，你没点数吗？你有什么资格和她讨说法？"

周瑾辰恶狠狠地看了他一眼，像困兽般使劲挣扎，挣不开，赤红受伤的眼眸又看向了林初叶。

林初叶抬眸看他："周瑾辰，你知道的，我最讨厌骗人，也很不喜欢给别人造成困扰。所以这么多年不管你怎么对我，我从不利用你对我的喜欢来骗你。可是这次你真的踩到我的底线了。如果不是你设计我在先，根本不会有后面这些事，所以原因不在我，你明白吗？"

周瑾辰没说话，只是愤恨又受伤地看着她，眼神里都是控诉。

林初叶平静地和他对视。

这样的平静让周瑾辰几欲癫狂。任何时候，他强硬也好，讨好也好，示弱也好，哪怕是狼狈如现在，他依然撼不动她半分情绪。

林初叶比他以为的要心狠千倍万倍。他就从没见过一个女人，能心硬到这个程度。

他甚至怀疑，她会不会有喜欢人的一面。

视线从林初叶脸上移往同样平静看他的温席远，周瑾辰笑了。

像在笑自己一样笑温席远。

他就算有钱有势、能翻手为云覆手为雨又能怎样，面对那样一个油盐不进的林初叶，他的下场比他好不到哪儿去。

温席远和他，不过是五十步笑百步。

温席远也看到了他眼中的可怜，眸色微微一冷，看向一边的保安："把他带下去。"又看向导演组，"节目要不要继续你们自己决定，至于周瑾辰，让他录！否则按照合同约定的违约金赔付。"

说完已拉过林初叶，转身离开。

众人看着两人离去的背影，面面相觑，眼神里的兴奋和八卦又藏不住。

现场除了参加节目的六对嘉宾，基本都是公司内部员工。

对于传言中的执行董事，绝大部分人都是没见过的。

都是只听说有这么个人，但到底是谁，长什么样子，大多没见过。

公司有外聘的总经理和CEO（行政总裁），对外的活动和年会都由他们出面，对于执行董事，他们的认知也只停留在这四个字上。

谁也没想到，这位执行董事这么年轻，甚至是这么高大帅气。

更没想到，他的出现是为了阻止一个女孩参加恋综。

对于林初叶，众人同样是陌生的。

两人一走，众人就忍不住相互打听起来。

黑衣夹克男早已是一身汗湿了又干，干了又湿，好在温席远来得及时，总算是没让他工作上的小纰漏变成大纰漏。

总导演刘成看着相携走远的两道人影，人也还是有些蒙的："那个林初叶和温总什么关系？为什么温总会亲自过来阻止？"

"我哪里知道。"黑衣夹克男也是一脸蒙，"温总前几天特地来节目组办公室索要林初叶和周瑾辰的签约合同，一再强调不能让他们参加这个节目。我那天还特地给你留言了，这几天没看到他们的合同我还以为你收到消息了，谁知道你今天一大早才给我弄了那么大一王炸过来，我到处找不着你只好通知温总，得亏他昨晚还给我打了个电话确认名单。"

刘成扭头看他："什么留言？"

"微信啊。"黑衣夹克男掏出手机，翻出那天给他发的语音留言。

刘成也翻出手机看了眼，60秒的语音留言，一长串的60秒未读。

刘成当下想踹他："这么重要的事你也敢给我发60秒语音，跟你说过多少次了，重要事情电话通知，还有，别再给我发60秒语音，我没空听，耳朵装饰用的吗？"

"这不是电话找不着你又事态紧急才给你微信留言的吗？"

黑衣夹克男也委屈，刘成这一阵忙得总是没空接电话，他也怕自己忙忘了，就赶紧微信通知了他。这几天收到的合同没有周瑾辰和林初叶的，他也就当他收到了通知，昨晚确定的最终嘉宾名单也没他们两个，温席远电话过来确认时他还信誓旦旦保证了，谁知道刘成还在争取周瑾辰和林初叶，把时间给他们放宽到了录制前。

刘成也没想着林初叶身上会埋那么大个雷，他纯粹是从专业角度看中了两个人之间的张力和矛盾性。为了节目效果，能不放弃他自然不会轻易放弃。谁知……

"通知备选组准备，半小时后继续。"刘成烦躁地冲工作人员喊了声，看向黑衣夹克男，"你去问问周瑾辰，他是要继续还是要解约赔钱。"

想到就这样错过这一对嘉宾，刘成有些心疼，又忍不住往已经走远的林初叶和温席远看了一眼。两人刚好走到楼梯口，下楼前有一个温席远垂眸看林初叶，林初叶扭头看他的眼神对视。

明明只是一个询问的眼神，偏偏这一个对视让刘成发现，那一对也格外养眼和有张力，而且和周瑾辰与林初叶间的那种霸道深情和懵懂柔弱形成的张力不一样，两人更是一种"你在闹，我在笑"的暖宠方向的包容感。

各有各的受众，偏偏每个举手投足和眼神对视里都能剪出适合营销的镜头和值得嗑的点。

刘成不知道这算不算林初叶的优势，她和异性的适配度比他想象的高。

这么看着想着，刘成的心疼感又重了一分，其实他不介意让温席远顶替周瑾辰和林初叶上节目的，不仅不介意，还大力欢迎，但温席远到底不是他敢肖想的。

温席远带林初叶回了隔壁的华言大厦。

两人坐的是高层专用电梯，一路上，温席远没说话，林初叶也没说话，平静而沉默地站在他身侧。

她还处在温席远是华言幕后掌事的不知所措中，这有点超出她的认知范围。

她不由得抬眼看了看温席远。

侧脸线条依然深邃平和，眉目里也还是她熟悉的淡冷，但不知道是不是在职场中的缘故，轮廓分明的侧脸线条已经带了一股凌厉感。

不知是不是她眼神太过专注，温席远突然转身，林初叶的眼神被撞了个正着。

她有些不好意思，牵唇笑笑。

温席远也笑笑，手臂抬起时，很自然而然地落在了她的肩上，而后明显感觉到她的身子有短暂的绷紧。

林初叶也察觉到了，尴尬地冲他笑了笑。

温席远也笑笑，捏了捏她的脸，放开了她。

电梯很快在顶层停下。

"先出去吧。"温席远轻声开口，有了他这一路上的第一句话。

林初叶轻轻"嗯"了一声，跟着他出了电梯。

这是林初叶第一次踏足这片禁地。

顶层的华言大厦装饰得奢华大气，办公区对面是大片的阳光房休息区，布置着沙发和小圆桌，搭配自助咖啡机和甜点，阳光从大片落地窗落下，明亮又惬意。

林初叶跟着温席远进了他的办公室。

依然是明亮宽敞的办公空间，但黑白色调的装修风格莫名带了一丝严肃感。

办公桌前摆放了真皮会客沙发，办公室里还设了私人休息室。

林初叶感觉她像进了大观园的刘姥姥。

华言明亮却严谨的办公环境让社会经验不多的她有了强烈的压迫感和拘谨感。

温席远也看出了她的拘谨，转头对她微笑："先坐会儿吧。"又问她，"要喝点什么吗？"

"来杯水吧。"林初叶说，在沙发一头坐了下来。

温席远给她倒了一杯温开水，一转身就看到她端正规矩的坐姿，拘谨得像个面试的新人，尽管面容依然沉静平和。

温席远端着水走向她，把水杯递给她。

"谢谢。"林初叶轻声道谢着接过。

"不客气。"温席远说，身子却微微朝她俯下，一只手搭在她身后的沙发背上，一只手搭在她左侧的扶手上，而后看向她。

"林初叶，你又在想什么？"

林初叶小口抿着水，好一会儿，才慢慢抬眸看他："我在想，你这么厉害，我又有点想跑了怎么办。"

温席远："为什么？"

林初叶："我以为我已经接受了你是顶级爱马仕的设定，突然发现，原来不仅是顶级高奢，还是个独家定制版，我有点不知所措。还能，退货吗？"

温席远摇头："不能。"

林初叶："为什么？"

温席远："已经不是原装了，拒绝退换。"

林初叶的视线在他近在咫尺的俊脸上睃了一圈："不是我主动拆的。"

温席远："但是你用的。"

林初叶："……"

他这句话暗示性太强，她不太扛得住。

温席远看着她："还有疑问吗？"

林初叶微微摇头："我觉得你像是在强买强卖。"

温席远："我既没有用暴力手段，也没有任何胁迫，怎么能算强买强卖呢？"

他离她太近，双臂撑在她身侧，俯身看她的姿势将她圈拢进了他胸膛和沙发围拢而成的小空间里，逼近的气息让她大脑有种缺氧的感觉。

林初叶忍不住抬手推了推他的肩："我觉得你这样有点坑啊。别人谈恋爱都还能分手呢。"

温席远："可是你连恋爱都没和我谈。"

林初叶一时间被堵住。

她心里其实有点乱，温席远的身份比她想象中的显赫耀眼得多。他们在同一个圈子，他在金字塔顶端，她却还在最底层挣扎。

她从来没有仰望过顶端，在她人生的规划里，也只是希望找个和她差不多层面的，一起奋斗一起努力。

后来在察觉到温席远和她不在同一层面时，她在放弃后又重新接纳的考虑里，也选择性地去忽略他的家庭、他的背景、他的工作，只是想着看着他这个人就好了。

但现在现实却告诉她，他们在同一个金字塔上，只不过一个在顶端，一个在底层，甚至是，温席远现在还成了她的老板。这就意味着，他们以后从工作到生活都要深度绑定在一起。

林初叶不知道她自己还能不能像之前那样不设防地与温席远平视，至少现在的她，在面对这样的温席远时，有一种她不太熟悉的拘谨和卑微的仰视。

这不会是她想要的自己，也不会是温席远想要的林初叶。

温席远看到了她眼中的矛盾，眼中的平和也慢慢敛起。

"林初叶。"他叫她名字。

林初叶抬眸看他："其实你今天为我做的这些，我真的很感动，也很惊喜，就那种我身陷囹圄、孤独无助时，我的盖世英雄突然踩着七彩祥云来救我的惊喜和感动，只是我……"

"十分感动但拒绝吗？"温席远打断了她。

林初叶微微摇头："我可能还需要点时间消化一下。你每次带给我的冲击都和我想象好的生活背道而驰。其实一直以来我想过的生活都是完全按照我的步调和节奏来，而不是配合任何人的节奏和步调。所以现在我其实挺惶恐和混乱的，我好像又要面临一种对设想生活的全新洗牌，我还没做好心理准备。"

说完，她又忍不住抬头看他："你还有什么惊人的身份是我不知道的，你全告诉我吧，让我一次性死个彻底。别每次我刚要挣扎，又让你一个惊天大雷给砸下去了，再这样仰卧起坐几次我人要没了。"

温席远原本胸口还压抑着的沉郁被她委屈巴巴又生无可恋的小模样逗散。

"你们这个剧的出品方，青空娱乐是我收购的，算吗？"

林初叶："……"

"五千万是你砸的？"她问。

温席远点头："嗯。"

林初叶推了推他："你还是别再说了，已经死得很彻底了。"

当初她竟然还不知天高地厚地说要养他，她凭什么啊。

温席远笑着看她："也没别的了。"

林初叶忍不住看他："还不够啊？"

温席远："不够。"

林初叶："那你还想要什么？"

温席远："你。"

林初叶："……"

温席远看着她："林初叶，高三毕业那天晚上，我没有喝醉。"

"我很清醒，我知道我吻的是谁，以及，我为什么要吻她。"他的脸朝她逼近了些，额头轻抵上她的额头，看入她眼中，"那天早上我刚起来就听说你走了，我去追你了，我想问你，愿不愿意做我女朋友，可惜看到了和你在一起的你表哥，你们之间太亲昵，我一直知道的信息是，你是独生女。那一下，我像被一盆冷水兜头淋下。我气你有了别人，但我的骄傲不允许我上前质问，更不允许我和你牵扯不清。那么多年，我虽然没有联系过你，可我从来没忘记过你。

"那天在宁市，你用何鸣幽的电话手表给我打电话，我当时就听出了你的声音。你告诉我何鸣幽出事了要去医院，其实我知道他没事，但我还是过去了。

"我很高兴能再次遇见你，也很高兴你还是单身。

"可在理智上，我很清楚，我们已经有了各自的生活圈子，也都习惯了各自的生活，要走到一起势必得放弃一部分的自己，重新去适应自己不熟悉的生活节奏。所以在你和我解释清楚他是你表哥的那天晚上，我很理智地选择了放弃你。

"我经历过为一个人牵肠挂肚的生活，也经历过那种求而不得的痛苦，但我已经走出了这种生活，我习惯了一个人无牵无挂的闲散，我不想再回到那种生活了，尤其那个人又是你。所以那天晚上，我真的不想要你了，林初叶。包括你走后的那几天，我都告诉自己，就这样吧，有林初叶和没林初叶又有什么关系。可是，每当我想起未来的某一天，我们在路上偶遇，你陪在另一个男人身边，牵着我看着陌生的小男孩或小女孩的手，我们互相微笑着打招呼的画面，我发现，还是不一样的。我无法接受那样的可能性，所以我去找了你。

"林初叶，生活本来就是一个不断放弃自己又寻找自己的过程，我们总要在不断的选择和放弃中试错前行，没有绝对对或者错的路。我愿意放弃一部分的自己和你试试不同的人生，你能不能也试试，放下你的忐忑和不安，或许这样的选择没你想象的糟糕。"

"我……"林初叶嘴张了张，声音又低了下去，"我现在其实有点不知道什么对我来说才是最重要的。就像我刚才和你说的，我每次都会对我未来的生活有一个很美好的构想，然后在我已经接受这个构想的生活并开始为它努力的时候，你总会给我一次暴击，这种暴击并不是说你不好，而是它让我产生了巨大的心理落差。这种感觉就是，一开始我以为我捡了只受伤的哈士奇，我满心欢喜地照顾它，并想象着它陪我走过漫长岁月时，却突然发现，它不是需要我照顾的哈士奇，而是一头攻击性很强的孤狼，我在它面前会忍不住害怕和小心翼翼，这种时候我可能就需要点时间去调整这种落差。"

说着，她又抬头看他："你先给我点时间调整好吗？我现在真的有点惶恐和混乱。我希望我和你还是能像之前那样，能以一个放松平等的状态相处。"

温席远点头："好。"

林初叶脸上终于露出了笑："谢谢你。"

温席远并不是很喜欢听这三个字，没应声，只是抬手摸了摸她的头，却还是忍不住提醒她："我可以给你时间去调整和适应，但就像之前约定的，如果你怀孕了，我们还是要领证。"

林初叶点点头。

"不过，"她静默了会儿，"应该不会有孩子了。我感觉我生理期要来了。"

从昨晚开始，这种经期前症状就开始明显起来了。

温席远也沉默了下来，手掌有一下没一下地抚着她的长发。

林初叶看着这样的温席远，那种心疼的感觉又回来了，人一下又有些冲动，轻声安慰他："没关系的，以后会有的。"

温席远眉眼瞬间染上了笑："好。"

林初叶被他带笑的眼眸看得又有些不好意思，不大自在地转开了眼，之前那种对他的敬畏拘谨倒是在这种不自在中消散了些。

她自己没注意到，温席远发现了。

他没出声提醒她，他并不需要她的敬畏和拘谨。

他想要的是小阁楼里的林初叶，误把他当成受伤哈士奇，大胆直接又护犊子的林初叶。

林初叶自己也很清楚，那个时候的她才是她最原本也最舒适的状态，所以她需要时间去适应这种角色调整带来的落差。

温席远并不介意多等等。

他想起刚才在楼下时，周瑾辰眼神里对他的同情。

他不否认，他在那一瞬产生了和周瑾辰惺惺相惜的感觉，有时候林初叶确实清醒得令人咬牙切齿却又无可奈何。

她清楚地知道自己要什么、不要什么，以及什么对她才是最重要的，所以她所做的每一个选择，在苦追她不得的周瑾辰面前都显得过分残忍。

甚至于是刚才她的犹豫，温席远心里都很明白，她之所以犹豫，仅仅只是因为，他之于她，还没有重要到可以不顾一切的地步。

事实虽然残忍，但温席远很清楚，这是现实。

这就好比一个面临远嫁的女孩，一边是生她养她的父母和她自小习惯的生活圈子，一边是全然陌生和未知的未来，这种时候她不可能不面临一个取舍艰难的问题。

所以温席远知道，他不能去逼林初叶。

不想，也舍不得。

想到她刚才软声安抚他的"没关系的，以后会有的"，温席远忍不住微微俯下身，抱住了她。

林初叶僵直着身体任由他抱着，没回抱他，但也没挣开。

温席远明显感觉到她抵在胸前的手有过矛盾的挣扎，但最终什么也没做。

他把她抱紧了些。

"林初叶，你不能出尔反尔。"他在她耳边低声说。

林初叶轻轻"嗯"了声，迟疑了下，抬手回抱住了他。

这一抱就让温席远心绪有点起伏。

他低头吻住了她，力道有点重。

林初叶喘息着，微微避开他的唇："你也不能出尔反尔。"

"这不冲突。"温席远低沉的嗓音有些气息不稳，"你不是也馋我的身体吗？"

林初叶："我那是不知天高地厚，误把金主当小白脸。"

"我又不收钱。"温席远低声说，唇压着她的唇，又吻了下去。

门外在这时响起敲门声，"嘚嘚"两声，门便被推开了，伴着黎锐的声音："温总，《半城风雨》……"

温席远一下把林初叶压靠在了怀中，低喝了一声："出去！"

"……"黎锐震惊地看着沙发上背对他的温席远，视线从他身上移向被他紧紧护在怀中的女孩，一时间忘了反应。

温席远轻咳了一声："黎锐！"

"……"黎锐终于满面通红地反应了过来，急急背过身。

"那个，我过来就是想问问您，《半城风雨》的选角导演已经定好了，选角是不是得继续推进了？"黎锐边说着边把手里新打印出来的组讯放在温席远的办公桌上，"组讯放您桌上了，我先出去了。"说完很快出去了，还不忘替他们把门关上。

林初叶默默偏开了头，虽然没被看到脸，但还是有种被抓现行的尴尬。

温席远轻咳着放开了她，替她把被揉乱的头发细细整理好，才看向她："《半城风雨》项目组最近确实在选角，联系你的那个袁纲也确实是公司员工，只是他受周瑾辰唆使，才假借项目试镜的名义约了你，人现在已经被辞退，项目组另外换了选角导演，女一号也还没定，你要不要去试个镜看看？"

林初叶抬头看他："这算是特权吗？"

温席远："不是，公司每开一个项目，每个艺人都有公平试镜的机会，你现在是华言旗下艺人，这是你的基本权利。至于会不会被导演看上，看你自己。"

"当然，如果你愿意，我也可以和导演说一声。"温席远说着看向她，"但我估计你不会同意，所以主要还是看你个人意愿。"

林初叶抿唇，笑着看向他："难怪有人想抱金主大腿，不用努力的感觉真好。机会、财富、名利，许多别人穷尽一生都努力不来的东西，突然一下就唾手可得了，我觉得我也要上瘾了。"

温席远："林初叶，我们之间和这些没关系。"

"但不能否认我确实因为你享受到了红利。认识你之前，这样的机会我连摸都摸不到。"林初叶微微抿唇，看向他，"温席远，我现在的女一号，是你给我的吗？"

温席远："不是。"

"是你的试镜表演征服了导演和编剧，是他们想要你演这个女一号，不是我。"他补充，"我只是把周瑾辰拿走的这个机会还给你而已，但最终敲定你演女一号的是平台。他们看了你的试镜，敲定了你。所有这一切，都是你自己努力的结果。"

林初叶眼眶有些湿，是有她努力的成分，但没有他，这一次还是和以前一样，最后不过是一个不了了之的结果。

"谢谢你，温席远。"她声音很轻，真心道谢。

温席远看着她微笑，没说话。

林初叶迟疑了下，最终还是上前，轻轻抱住了他。

"你放心，我不是排斥这些。每个人有每个人的际遇，我可能真的比别人幸运很多，有幸遇到了你。"她抬头看他，"我愿意接受你给我的机会，我也想去试镜看看，但能先别告诉其他人我们的关系吗？我不想这层关系影响他们的判断，这对其他人不公平。我一直在这个圈子底层打转，知道这其中的不容易，每个人都应该有被公平选择的机会。"

温席远点头："好。"

《喜欢你》节目组的插曲事件温席远让人进行了封锁，网上任何与他和林初叶有关的舆情一并控制了下来，没让人把这件事曝光到大众面前。

节目现场本身基本都是本公司员工，上面不让外传，也没人敢把相关信息外传出去，甚至连本公司内部都不敢乱传，怕丢了饭碗。

大家也不认识什么林初叶，不是什么大明星，也不是身边认识的人，八卦的心思也没那么重，两天过去后就没人再讨论这个事了。

反倒是徐子扬不知道从哪儿得到温席远"冲冠一怒为红颜"的消息，趁着温席远来林初叶剧组探班，特地和温席远打听："听说你把林初叶的合约转到了华言？"

温席远就坐他旁边，闻言扭头看他："哪儿听来的消息？"

林初叶的合约转到华言的事并没有正式对外公布，她的相关信息也还没转到华言官网上，除了当天在录制现场的人，并没有任何渠道查证。

"这不是听人说的嘛。"徐子扬拉着小板凳朝温席远坐近了些，"说起来，你们和星一那个让渡协议可是个大杀器，星一还是有不少资质不错的艺人的，就从没见你用来挖过人。以前那谁建议你来着，还让你给掉回去了，说什么不道德，没必要，华言不是培养不出一个谁谁谁，现在却这么大动干戈地挖一个林初叶，你的道德感呢？底线呢？"

徐子扬是一直知道华言有这么个让渡协议的，也知道温席远一直没用过，以前不管谁劝都没用，没想到他会用在林初叶身上，倒不是值不值得，而是温席远一向不齿于用。

要是温席远愿意，现在整个星一的艺人都是华言的。

周瑾辰就是白白给温席远做嫁衣。

虽然说导致这个结果的是周瑾辰的父亲，但周瑾辰也好，周瑾辰的父亲也好，他们并不冤。

要真严格追溯起来，星一还是华言被割去的一块血肉，趁着温席远家出事时一群狼子野心的人趁机分割出去的肉。

"要不要用不是看我道德感强不强，而是要看，给谁用。"

温席远看到林初叶已下戏，顺手拿过搁在一边的羽绒长外套，在她走近时便给她披上了。

"冷吗？"他替她将袖口拢好。

"不冷。"林初叶轻轻摇头，两只手却无意识地搓了搓，手已经冻得有些通红。

温席远顺手就拉过了她的手，把她的手包覆在掌心中。

"这么冰，还说不冷。"温席远边轻轻搓揉着，边皱眉。

林初叶声音不自觉就弱了下去："身上是真的不冷。"

徐子扬"啧啧"了两声，站起身。

林初叶不大好意思，手掌微动，想把手抽回，没抽动。

温席远捂着她的手，头也没回："徐子扬，你要真这么闲，就再去把剧本琢磨琢磨。"

徐子扬当下做投降状："好，我不说话，不说话行了吧。"嘴上说着不说话，却又忍不住瞥向林初叶，"林老师，我听说，我们温总冲冠一怒为红颜那天，场面很轰动，那可是从不在人前露面的温总啊。"

温席远瞥了他一眼："哪儿听来的消息？"

徐子扬："这你就甭管了。这种事封不掉的，不过你放心啦，也没几个人知道林初叶是谁，过两天就没人记得当事人是谁了，就只记得有个女孩录节目时被华言背后那位执行董事强行中断。我也就是因为认识你们两位才八卦一下嘛。"

说着，他又瞥向两人："你们两个什么关系，还不交代吗？"

温席远转头看徐子扬："交代什么？你是我老子还是我儿子，要向你交代？"

徐子扬："……"

温席远已转向林初叶："先去吃饭？"

林初叶点点头："好。"

她担心温席远刚才撑徐子扬的话会让他心里不舒服，又忍不住笑着看向徐子扬："徐老师一起吗？"

徐子扬想也没想："当然是要去的。你都不知道剧组盒饭有多难吃，我都馋了几天了。"

林初叶看他没放在心上，也笑了笑，心里稍安。

温席远一眼看穿她在担心什么："我和他从小就是这么互刺的，你不用担心他，皮糙肉厚，伤不着。"

"最重要的是……"温席远瞥了他一眼，"他可能根本不知道我们刚才在说什么。"

徐子扬果然很茫然地跟着来了一句："什么在说什么？"

他不是什么心思敏感的人，就只活在自己世界里，对外界一切反应都异常迟钝。

林初叶想起之前小阁楼里租客也叫徐子扬的事，忍不住问温席远："徐老师就是之前你那住小阁楼的朋友吗？"

温席远点头，看向徐子扬，说："嗯，看到他是不是觉得传言挺像那么一回事？"

徐子扬："什么传言？"

温席远："没什么。"

徐子扬这会儿倒是回过味来了，笑着看向林初叶："我和他从小就这么说话的，林老师不用担心，皮糙肉厚着呢，伤不着。"

林初叶笑着点头，没再说话。

徐子扬反倒是先忍不住："我和他从小一起长大哎，你不好奇啊？"

他以为林初叶会忍不住问他温席远以前的事——两人是情侣的话。

温席远轻轻咳了声，岔开了话题："先去吃饭吧。"

林初叶点头："好，我先去把戏服换下来。你们先等会儿。"

温席远点头："去吧。"

他看着她走远，视线还停在她身上没有收回。

徐子扬也看着林初叶的背影："你们两个有点奇怪啊，说不是情侣吧，看着又像一对。说是情侣吧，又好像差那么点意思。"

温席远："她有顾虑。"

徐子扬不理解："有什么顾虑啊？要是我能找个像你这样的富婆嫁了，一辈子让我给她洗衣做饭端洗脚水伺候她都没问题，只要别让我再写东西就行。"

温席远扭头看他："她要是有你一半的觉悟就好了。"

徐子扬摇头："身在福中不知福。我这辈子最大的梦想，就是嫁个富婆，一辈子不用努力。"

温席远："她的梦想是找个小白脸，在家为她洗衣做饭照顾孩子，她努力挣钱养家。"

徐子扬："那我和她挺合适的啊。"

温席远瞥了他一眼。

徐子扬尤不自知："要不你先和她扯个证，把财产分她一半。然后我嫁给她，她养我，你继续拼命搞钱，三赢！"说完还扭头看他，"反正你也只喜欢挣钱，动力也有了。"

温席远扭头看他："算盘打得不错。"

徐子扬："反正你和她也不是同路人，不如放过人家。"

温席远："不放。"

徐子扬："你对林初叶是认真的？"

温席远："不然呢？"

徐子扬："她知道你为了她买下青空娱乐并增资五千万吗？"

温席远："知道。"

徐子扬："她没有感动吗？正常这个时候，女孩子都要以身相许了。"

温席远："感动，所以她才矛盾。"

徐子扬不解地看他。

"这么说吧。你爱上了款蛋糕，市场没有卖，但你能做，就是需要花费你大量的心力和时间，还不保证一定能成功，这时候你是要尝试呢，还是放弃这块蛋糕？"温席远说着看向他。

徐子扬皱眉，有点选择困难。

温席远："这就是问题。我和她都是奔着结婚去的，我肩上肩负着华言的未来，我有我的责任和身不由己。她嫁给我，势必得配合我的节奏和步调。但她最大的梦想，是能按照她自己的节奏和想法生活，不受任何人掌控和约束。她好不容易达成所愿了，现在又要回到那种可能不受自己掌控的生活。换你，你不矛盾吗？"

徐子扬没说话，作为编剧，他其实能理解这种不自由。

许多他自己很喜欢的人设和情节，最后都因种种原因被要求删掉，换上别人的想法和构思。这种时候是他创作中最痛苦的时刻。

自己笔下的人物自己不能掌控，和自己的人生自己不能掌控，徐子扬并不知道哪种更痛苦一些。他没体会过后者，但从前者带来的茫然感里，他能理解林初叶的矛盾。

但相应的是，他也心疼温席远。

他从十七岁被迫退学两年，以一己之力扛起整个家和公司，并把公司发展成现在的地位。他是一路看着他走到现在的，也是看着他在那个尚属稚嫩的年纪是怎样逼自己迅速成长起来，并将所有家人稳稳护在身后的。

现在的温席远已经强大到可以保护他想保护的人，但他同样是孤独的。

所以其实徐子扬很希望林初叶能陪在温席远身边，毕竟是他看上的人。

但作为一个外人，他也不好劝什么。

因此吃饭时，徐子扬便时不时以一副欲言又止的神态看林初叶。

"编剧老师，你是想和我说什么吗？"趁着温席远出去接电话，林初叶忍不住问徐子扬。

"也没有，就是想问问你……"徐子扬想说想问问她对温席远是怎么想的，话到嘴边又觉得他们两个之间其实不需要他这样在中间传话，温席远那么了解林初叶，林初叶也未必了解温席远，于是又把话咽了回去，改口道，"就是听说你要去试镜《半城风雨》女一号，祝你试镜成功。"

"谢谢。"林初叶微笑道谢，"不过你从哪儿听说的？"

"你到底在我公司安插了多少眼线？"低沉的嗓音伴着椅子拉开的声音传来时，温席远已坐了下去，"怎么就没你不知道的事。"

徐子扬"啧"了一声："我是编剧，编剧好吗？你可以质疑我的专业能力，但别质疑我的人脉，这个圈子还有几个编剧导演是我不认识的。你们华言的剧我当然要关注一下，编剧又是我同学，我就顺手问一嘴女一号的事，人家告诉我有几个属意的人选，其中有一个就是林初叶。我熟人，当然要聊一下了。"

"哈？"林初叶有些意外。

徐子扬看她："我那同学虽然只看了你的一些老剧片段，但对你的评价可高了，我觉得你这次肯定有戏，加油。"

虽然他那老同学也和他一样，对角色没有太多话语权，最终决定权在导演手上，但徐子扬还是觉得林初叶胜算很大。

"谢谢。"林初叶微笑道谢。

温席远看林初叶："明天我会在现场。"

林初叶皱眉："不太好吧？"

温席远："我只是作为工作人员参与，放心，我不参与打分。而且，导演不是公司的，制片也不认识我，你不用担心，正常发挥就好。"

林初叶点头："好。"

试镜安排在华言八楼，林初叶赶过去时，候场室已经有不少人在候场，大多是线上叫得出名字的艺人，还有当红流量，都是林初叶在电视上见过但私下里没什么交集的人。

在场的也相互没什么交流，除了自家助理和经纪人，相互间也没打招呼。

林初叶也找了个角落坐下，安静候场。

她是一个人过来的，冯珊珊这几天因为工作上的事，暂时离开了剧组。

周瑾辰这几天也没了踪影，不知道是公司有事还是怎样，他没在，她也清静了几天。

林初叶刚坐下，就有工作人员把要试镜的剧本飞页递给了林初叶。

是个年代戏。林初叶试镜的这段戏是一场爆发戏，女一号发现男一号隐瞒欺骗，匆匆忙忙赶回家中，眼睁睁看着家人在烈火中惨死，以及面对匆匆赶来的男一号和女二号时的一场爆发戏，只有短短几分钟，却包含了女一号的着急惶恐、无助绝望、愤怒和心如死灰等种种情绪，现场也没有实景表演，挑战性比较大。

林初叶刚拿到飞页，就迅速扫了一遍，坐她旁边的女孩好奇地看了眼她手中的飞页，微笑道："你也是这场戏啊？"

女孩的主动让林初叶有些意外。

她知道她，华言这两年热捧的当红小花，叫刘知然，人气高，公众形象好，是路人好感度比较高的小白花路线。

林初叶也回以一个微笑："嗯。"

刘知然似乎很高兴，说："我也是这场呢。"又问她，"能先和你对个戏吗？"

林初叶点头："好啊。"

刘知然："那我先试试女一号，你先客串女二号和男一号？"

林初叶点头："好。"

她配合着刘知然对完了这场戏，不得不承认，长期在片场磨炼过的人和她这种只能自己在家对镜练习的人还是不一样，虽然没到惊艳的地步，但收放自如。

"你演得真好。"林初叶真心夸赞。

"你演得也很不错。"刘知然也微笑着夸道，站起身，"我去看看到我没有。"

林初叶微笑着点头："好。"

刘知然出去了好一会儿才回来，她是倒数第二个出场，林初叶最后一个。

她们同时被带进了试镜室。

林初叶刚走进去就看到了坐在评委席上的温席远。他穿着西装，身体微微后仰靠向椅背，双臂环胸，手中捏着一份名单，面容平静，却莫名带了一股威严感。

看到她进来，温席远看了她一眼，黑眸里的冷静褪去，换上暖意。

林初叶也回以一个眼神，没敢表现得太明显，仅是客气礼貌地看了他一眼。

她旁边的刘知然却回了一个甜甜的笑容，眼神都像带了光。

林初叶有些奇怪地看了她一眼，下意识地看向温席远。

温席远已恢复刚才的冷淡，看向台上。

刘知然上场后，中规中矩地完成了试镜。

之后是林初叶。

林初叶也以自己的方式诠释了这段试镜。

她不知道自己发挥得怎么样，表演完就下意识先看向了温席远。

温席远眼中已带了暖意，环抱在胸前的手朝她竖了个大拇指。

林初叶也不禁一笑，有些不好意思，再看向其他人，眼中似乎也都是满意的，只有导演那边皱了眉。

在她准备退场时，导演叫住了她："你再试一场女二号的戏。"

温席远眉心一拧，看向导演。

导演已让工作人员把要试镜的戏给了林初叶。

温席远看向林初叶。

林初叶心思已落在试戏的剧本上。

她很顺利地试完了女二号的戏。

导演当场下决定，用笔指着林初叶："这样吧，你来演女二号。"

温席远倏地扭头看向他。

导演看向刘知然："你来演女一号。"

其他工作人员面面相觑，似乎都对这个决定不解。

温席远眼睑微微敛起，手中名单"啪"一声扔在了桌上，站起身："对调！林初叶女一号，刘知然女二号。"

众人诧异地看向温席远，不明白他一个小小助理怎么敢做出这样的决定，试镜了这么久也没见他说过半句话。

但困惑过后，又忍不住揣测，这是不是上面的意思。

他今天是以总经办特助身份过来的，只是旁观，并不参与任何打分。

林初叶也诧异地看向温席远。她是被选方，并不知道发生了什么事。

温席远扫了一眼众人："谁演技更出色谁更适合，看不出来吗？"

这个问题有点仁者见仁。

虽然大部分人都认可林初叶的演技略胜一筹，表演更有层次感，但刘知然也不差，不是拉胯的演技。

在没有作品的纯新人和已经有基础的刘知然面前，从成片后的综合效益考虑，导演选择刘知然也不是不能理解。

毕竟自带粉丝基础的刘知然能保证片子基本的热度，对导演来说，他需要一个代表作品。

"刘知然从流量和作品角度综合分更高吧。"不知道谁答了一句。

"什么时候华言的剧也要考虑主演流量了？"温席远问。

众人一时哑然，这也是他们为导演选择刘知然想出的合理理由而已，真实原因他们也不知情。

导演笑呵呵地起身："都别生气，别生气……那要不，女一号就换成林初叶？"

说话间，导演已笑着看向温席远，神态里的讨好让温席远皱了皱眉，完全印证了心中的猜测。

他瞥了眼刘知然，正楚楚可怜地看着他，那根本不是看一个小助理的眼神。

温席远并没有天真到以为《喜欢你》节目组录制当天的事让不外传就真的会完全不外传，互联网的时代，手机一个随手拍的照片就能保存下来，私下小圈子传阅讨论也不是没可能的事。

导演知道他是谁，刘知然也知道他是谁。

所以在刚才他看向林初叶时，刘知然冲他甜笑回应了他的眼神，这一幕落在导演眼中就成了刘知然是他的人的证据。

导演会关注到温席远是谁，长什么样子，仅仅是因为温席远三个字所代表的资本和话语权。但林初叶只是一个名不见经传的新人，也没有任何显赫的家世地位，大部分人在八卦过后就忘了这个名字和这个人，只知道是个长得不错的女孩，是个任何人与温席远有个眼神对视都能被取代的女孩。

在导演认定刘知然是他的人以后，卖他面子选择刘知然也就成了顺理成章的事，毕竟刘知然的演技也摆在那儿，她的演技和人气基础已经能说服所有人。

唯一吃亏的是像林初叶这种演技略胜一筹却又没能全方位碾压且势单力薄的新人。

对大部分人而言，林初叶以一个新人之姿能拿到女二号已经是天大的运气。

温席远看了眼林初叶，她也正困惑不解地看着他。

身在局中的她并不知道到底发生了什么事，也不知道，她的机会已经在她身边女孩刻意的误导下易了主。

但这样的她更让他心疼。

温席远心里很清楚，以刘知然的路人好感度和粉丝基础，换人的事一旦爆出，舆论非撕了林初叶不可。

这才是温席远真正动怒的点，导演未经任何商量，就擅自宣布了女一号和女二号人选，直接堵死了把两人角色对调回来的路。

导演迟迟没等到温席远答复，又忐忑地叫了他一声："温……特助？"

导演过于客气的态度让现场的众人都奇怪地看了两人一眼，不明白导演面对一个助理态度为什么这么谦卑，虽然是总经办派下来的人，但这样的事不是没有过，也就是上面随机摸排一下试镜情况，看看选角过程公不公正，有没有人徇私舞弊。心里没鬼的这种时候一般都是直接忽略，做好自己工作就好。

温席远瞥了他一眼，到底没让林初叶牵扯进来："这不是换谁的问题。我记得华言选角的标准一向是综合大家意见考虑过后再作定夺，没有当场定演员的习惯，更没有一言堂的毛病。希望吴导能遵从公平客观原则，让每个试镜演员得到公平竞争的机会。就我个人感受而言，刘知然并不是最优选择。"

说完看了眼不解看他的林初叶，温席远找制片要了一份剧本和人设大纲，出去了。

导演有些为难地看了眼温席远的背影，又看了看台上面容失落的刘知然，一时间也陷入了两难，有些捉摸不透温席远的意思，不知道是让他别把潜规则做得太明显，还是直接否了刘知然。

他捉摸不透，也不敢贸然下决定，让大家先回去等试镜结果后便结束了今天的试镜。

在门外围观的众演员和工作人员也悻悻然地离场，一边是对刚才争议的困惑，一边又庆幸于还有机会。

刘知然并没有受刚才的小插曲影响太久，直接下了场，谦虚地和导演等一众工作人员道谢和探讨她刚才表演的不足。

她是新晋的流量小花，又是华言最近比较受捧的艺人，风头正盛，人也表现得谦虚，在场所有人都已朝她围了上去。

林初叶困惑于温席远刚才的发飙，直觉有隐情，看所有人注意力都在刘知然身上了，也就客气地和离她最近的工作人员打了声招呼就先走了。

人刚到电梯口，手机就响了。

温席远打过来的。

"你搭乘电梯到54楼，我下去接你。"

林初叶点点头："好。"

她到54楼时，温席远已经在那儿等她，就站在电梯口。

看到她从电梯出来，他什么也没说，手伸向她，拉过了她的手，带着她转乘了专用电梯，回了他办公室。

林初叶一进他办公室就看到了他办公桌上摆着的刘知然的履历，目光微顿。

温席远也留意到了，解释道："刚让黎锐送过来的。"

林初叶点点头，说："这女孩子外形气质和演技都挺不错的，红有红的道理。"

温席远点头，并不否认刘知然在演员领域的成绩。

林初叶："她似乎是你们公司最近在力捧的新人。"

温席远点头："她个人条件不错，加入公司以来成绩亮眼，商业价值节节攀升，算是个不可多得的好苗子，艺人经纪部确实在加注捧她。"

华言主营的是影视剧制作和发行，艺人经纪只是其中的一部分业务，并不是主要业务。艺人有专门的管理团队，艺人梯队分级也有严格的评估团队，谁的资质高，谁适合捧，谁适合什么样的资源，都有专业团队负责，且都是严格筛选的专业人才。加上华言组织架构完整，各子公司各部门各司其职，制度严格，监督制度完整，权责分明，因此对于艺人经纪这块，温席远向来只关注结果，并没有费太多心思在上面。

刘知然是公司新近力捧的新人。他知道，加入公司以来表现突出，商业价值明显，投资回报率高，单从商业角度考虑，确实有值得捧的价值。

温席远不知道刘知然是怎么知道他的。

她刚刚在试镜室那些小心思纯粹是为了拿到女一号，还是存了上位的心思，温席远也不清楚。

但这些都是他厌恶的。

他不愿在人前暴露身份，就是想避免这种被人有意无意地利用上位的情况。

林初叶并没有因为他对刘知然的夸赞而有任何不快，只是认可地点点头："看得出来，确实是棵好苗子。"

温席远看着她："你不在意？"

林初叶有些不解："为什么要在意？"

温席远盯着她看了会儿："林初叶，你是迟钝，还是根本无所谓我怎么样了？或者是，有恃无恐了？"

林初叶皱眉。

温席远："你就没想过，她可能是我捧起来的？"

林初叶没有往别的方面多想，他开经纪公司的，捧人是再正常不过的事，于是在这样的想法下，她困惑地问他："这，不是很正常吗？"

温席远："一个男人倾尽所有去捧一个女人，你觉得正常？"

林初叶怔了一下。

温席远盯着她沉默了会儿："林初叶，你还记得你喝醉那晚吗？我和薛柠多说了几句话，你灌了自己两大杯白酒，你问我，我和薛柠什么关系，我喜不喜欢她。你那时候不是挺能吃醋的吗？现在怎么都不会吃醋了？"

温席远补充："你有没有想过，导演为什么定的女一号是她，不是你？"

林初叶想到刚才温席远朝她看过来时，刘知然回以温席远的甜笑，心脏刺了一下。

"你不要误导我这些。"她轻声说，"我真去怀疑了，就很难拔除了。"

"我没有吃醋只是因为，这是你公司的业务之一，即使没有刘知然也会有下一个，所以我没有往别的方面多想而已。"

温席远盯着她看了好一会儿，也不知道为什么在看到她真心夸赞另一个被他正关注着的女孩子时情绪就上来了。她是同台竞技者，看不到自己表演和同台女孩的差距，也看不到对方的小动作，她根本不知道发生了什么事，不该接受他这种情绪上的不平衡。

"对不起。"他低低道歉，上前抱了抱她，又放开了她，而后看向她，轻声解释，"刘知然不是我捧的。"

林初叶点头："嗯。"又问他，"刚发生什么事了啊？你怎么会突然要干涉选角结果？"

温席远："她故意误导导演，让导演以为她和我关系不一般，所以导演把女一号给了她。"

林初叶"啊"了一声，有些意外："所以，这次不是我的问题啊？"

温席远点头："对。"

"所以这次选角，我会干涉到底。"

林初叶点头，抬眸看他："那现在，你是打算直接把女一号给我吗？"

温席远："这本来就是你的机会。如果刘知然是凭本事赢的你，我不会干涉，但她不是。她借我的光把我的人挤走了，我不可能视而不见。"

林初叶点点头，没接话。

温席远看向她："你不想要？"

"不是。"林初叶摇摇头，"我只是有些担心，这样会不会对公司，对你的名声都不太好。毕竟导演已经当众官宣了她演女一号，消息肯定已经传开了，这样换了她粉丝肯定要闹事的。"

她说着抬头看他："我其实没有很在意演什么，女一号和女二号对我没那么重要，最后都是靠实力说话的。"

温席远看着她没有说话。

林初叶："这次试镜确实让她钻了空子，如果真让她演了这个女一号，其他人肯定也会跟着效仿，所以能撤换肯定是最好的。"

"但是……"林初叶皱了皱眉，"我和你毕竟有这层关系在，要是直接把我换成女一号，我怕以后对公司影响不好，大家都会误以为你在任人唯亲。我们能不能，就按照导演决定的那样，女一号换更有实力的演员来，但我继续演女二号就好了？这个确实是我凭自己本事争取来的，以后不管别人怎么说，都没有抹黑你和华言的理由。"

这剧女二号和女一号有点类似双女主的存在，有自己独立的行为线和感情线，演得好的话比女一号出彩。别的方面她可能不行，但把角色演好的能力她还是有的。

温席远看着她："林初叶，没有人比你更适合这个女一号，它才是你凭本事赢来的。我不会让你受这个委屈。"

林初叶眼眶有些红，说不上是因为他的肯定还是其他，她上前抱住他："谢谢你，温席远。"

温席远看着她没动。

她仰头看他："但我真的不能要，你和华言走到现在不容易，我不想你们因为我而被抹黑。"

如果导演没有宣布结果，她的接受影响不了什么，但在已经宣布的情况下，大家看得到的结果是，刘知然一个当红流量小花靠演技征服了导演，是被导演当场钦点的女一号，结果官宣的时候，女一号换成了一个没有任何作品的新人，这个新人还刚刚挤掉已经进组的另一当红小花刘知然，空降女一号，而且这个新人不久前还让华言幕后执行董事温席远不顾一切地强闯恋综录制现场，强行中止合约带走。

这样的事一爆出来，首先陷入舆论风暴的就是温席远和被称为业界良心的华言。

华言有现在的口碑是温席远多年的心血换来的，她不希望毁在她身上。

"林初叶，"温席远沉默了会儿，"我既然有能力把华言做成今天的口碑，你觉得，我会连这点小事都处理不好吗？"

林初叶摇摇头："我没有这样想。"

"你有没有想过，你不想要，只是因为你潜意识里不想接受我给你的东西，你在做切割。"温席远看向她，"你无所谓我的过去，无所谓我是不是在捧另一个女人，无所谓我给你的这个机会，担心我因为你口碑受创，其实归根到底，是你不想和我牵扯太深，不想欠我，你想着随时抽离。"

林初叶怔住，看向他。

温席远轻轻推开了她，转身拿过办公桌上的车钥匙："我先送你回剧组吧。"

林初叶迟疑了一下，点了点头。

一路上两人都没说话，沉默的气氛在狭小的空间内蔓延。

车子在林初叶住的民宿门口停了下来。

谁都没动。

林初叶轻声开口："对不起，我没有想那么多。"

"你没有错，不用道歉。"温席远没有看她，"林初叶，你只是不需要任何人。"

林初叶怔了一下，看向他。

她没想过这个问题，也不知道该怎么去需要别人。从初三时她爸爸中风开始，她就一直只靠自己。

这么多年来，学习上、经济上、生活上，她一直是靠自己走过来的。哪怕偶尔遇到想给她依靠的人，也是像周瑾辰这种，需要代价的。

温席远："其实有时候，你也可以试着接受一下身边人的好，不是每个人都像周瑾辰。哪怕我们以后不能走下去，我也不会要你还我什么。"

林初叶轻轻点头："好。"

温席远笑笑，但笑容又很快收起。

"你先回去好好休息吧。"

林初叶轻轻点头："嗯。"

她推门下车。

温席远合上车窗，走了。

没有拥抱，也没有告别。

林初叶看着车子远去，有些茫然。

她没有考虑这么深。

这一路走来，她一直走的是地狱模式，也习惯了地狱模式下的"此路不通就另择它路"。突然进入轻松模式，她心理上还没跟上这种转变，还不习惯接受这种唾手可得的机会，也害怕自己给别人造成麻烦，哪怕这个人是温席远。

她以为自己做的是伤害值最小的选择，却不知道，这样的选择让温席远多么失望。

之后几天，温席远没再找过林初叶。

林初叶也不敢找他。

温席远的失望让她有点不知所措。

她不知道自己是又陷入了为他好的自我逻辑中，还是如他所说的，潜意识里不想欠他那么大的人情，但无论是哪种，对于温席远来说都是失望的。

这种失望里，还包括了他故意提起捧刘知然时她的不吃醋。

种种情绪杂糅在一起导致了他的失望。

林初叶有点不知道该怎么去化解这种失望。

第十二章
凭本事去拿

周瑾辰在消失几天后又回来了，人看着消瘦了些，在片场看到她时毫不掩饰眼中的讽刺。

"林初叶，我还以为你有多清高，原来不过是抱上了比我粗的大腿，看不上我这小山小庙罢了。"

林初叶没搭理他，她知道，这不会是周瑾辰一个人的看法。

她和温席远在一起总要面对这样的诋毁。

林初叶并不在意这个，她只是不想拖温席远的后腿而已。

就像她那天选择女二号，她当时考虑的也只是，她在剧里表现出色一点，然后向所有人证明，她可以驾驭温席远给她的任何角色，以后再遇到刘知然这种情况时，可以有底气地争取，而不是担心给温席远和华言抹黑。

周瑾辰看她不搭理他，又变了脸，还想开口时，林初叶的手机响了。

《半城风雨》剧组打过来的，恭喜她拿到女二号一角，并通知她过去签约。

"我能问一下女一号是谁吗？"林初叶轻声问。

"刘知然。"电话那头礼貌地回答。

林初叶突然觉得很难过。

不是因为没有拿到女一号，而是温席远的妥协。

他最终选择了不干涉，不管她，也不管这个项目会不会被刘知然之流搅得规则尽毁。

周瑾辰在旁边依稀听到一些，看她神色不对，讪笑了一声："看来你在他心里也不是多重要，怎么就给了你个女二号？连个女一号都舍不得给你吗？"说完却又敛起了讪笑，换上认真，"林初叶，你回来吧。我用最好的资源捧你。"

林初叶诧异地看了他一眼，这不是她认识的周瑾辰。

周瑾辰自嘲地笑笑，又收起："我这几天关起门来想了很多，这几年，我很抱歉那样耽误你。"

林初叶四下看了眼，看向他："周瑾辰，你葫芦里又卖的什么药？"

周瑾辰看着她："你就当我转性了吧。"

林初叶抿了抿唇："谢谢你，周瑾辰。"

周瑾辰眼神还是刺了一下，因为她语气里的拒绝。

林初叶没再多言，她给剧组回了个电话，得知刘知然还没签约，她去向导演请了假，换了衣服就出了门。

这个世界本来就是丛林法则，温席远是这个法则下的胜出者，他在他制定的规则世界里已经有了绝对做主权，不需要因为她去做任何妥协。

刘知然是枉顾规则抢到的角色，温席远的妥协其实是在打他自己的脸。

谁都可以演这个女一号，唯独刘知然不行。

林初叶不知道她还来不来得及阻止。

她赶到华言大厦时已是五点多。

签合同的地方约在法务部。

林初叶刚从电梯出来，就看到了温席远，正从会议室出来，西装革履，面容冷峻，身后跟着几个同样西装革履的男人。

她的脚步不由得微微顿住。

温席远也看到了她，视线冷淡地从她身上移开，直接走了过去。

林初叶微微抿唇，也没敢上前。

不远处，一身盛装打扮的刘知然正往法务部走去，看着像是要去签合同。

林初叶目光一顿，也走向法务部。

法务专员正把合同递给刘知然，林初叶直接从身后伸手，先她一步拿走了女一号合同。

"这个合同你不能签。"

刘知然诧异地看着她："初叶？怎么了？"

不过是第二次见面，已然叫得亲密。

"这个合同你不能签。"林初叶又重复了一遍。

刘知然微笑："为什么啊？"

林初叶也回以微笑："你知道的啊。"

刘知然的笑容僵了一下，但只是一瞬，脸上马上漾开了笑："你今天不用拍戏啊？"

林初叶："我请假过来的。"

旁边的法务专员困惑地看着两人："你们先把合同签了吧，准备下班了。"

刘知然迟疑地看了眼林初叶，而后微笑看向法务专员："先不签吧。"视线重新落回林初叶身上，"我隔壁有个新品发布会，马上就要开始了，你要不要过去啊？那里有很多记者和广告商，可以顺便介绍你们认识一下。"

林初叶看了她一眼。

刘知然笑容诚恳："要不了多久的，反正你也没事，就当过去看看。"说完朝她凑近了些，在她耳边低语，"我想和你谈谈。"

林初叶看了她一眼，点点头："好啊。"

刘知然的发布会就在隔壁酒店。

一路上，刘知然并没有说找林初叶谈什么，反而是极其亲切地挽着她的手，和她有一搭没一搭地闲聊着。

"有什么事你直接说吧。"快到发布会后台时，林初叶轻声开口，很平静。

刘知然像是没听到，热情地挽着她进了后台，微笑着和她说："你先等我会儿，这儿人多。"

　　林初叶看了她一眼，没点头，也没摇头，看了眼四周。

　　化妆间里人不少，都在各忙各的，没空搭理其他人，门外依稀还能看到拿着相机四处晃荡的记者。

　　在林初叶打量四周时，袖子被扯了扯。

　　正在补妆的刘知然歉然回头看林初叶："初叶，能帮我倒杯温开水吗？我一会儿要上台发言，得润润喉。"

　　林初叶看了她一眼，点点头。

　　饮水机就在刘知然侧身后不远。

　　林初叶去给她接了一杯温开水，递给她时看到了她掀帘进来的助理，有意无意地朝刘知然使了个眼色。

　　林初叶递到一半的手顿住。

　　她瞥了眼门口，果然看到正举起相机的记者，几乎在同一瞬，林初叶递出去的水半拐了个弯，脸上也换上茫然四望的神色，然后手中水杯很"无意"地撞上了刘知然后背。

　　温水洒下时，刘知然当下条件反射变了脸："哎，你怎么回事啊？不会看路的吗？"

　　说话间，她已回头，回头动作幅度过大，手一不小心拍落了林初叶手中的杯子，"哐啷"，杯子落地的声音一下吸引了众人的目光。

　　林初叶早已做低眉顺目状，谦卑且惶恐地连连道歉："对不起……"

　　刘知然意识到来人是林初叶时已来不及，闪光灯已亮起。

　　刘知然微微变了脸，变脸似的马上换了一副亲和面孔，想拉起林初叶的手，林初叶已瑟缩着避开了她的手，低低一声"对不起"后出去了。

　　林初叶没管身后的凌乱，直接下了楼。

　　已到下班时间，人群开始往外拥，马路上到处是人。

　　林初叶站在街头，看着往来的众人，回头看了眼华言大厦，从人来人往的入口看向高耸入云的顶楼，"华言大厦"几个字在夕阳下显得尤其醒目。

她不知道温席远还在不在上面。

她想上去找他，可想到他刚才的冷淡，又有些近乡情怯感。

人站在人来人往的街头有点茫然不知所归。

身边来来往往的人群里，有好奇声传入耳中："刘知然也塌房了？"

"塌什么房了？"

耳语声传入耳中时，林初叶目光稍顿。

她打开手机，在微博实时搜了下"刘知然"，很快就找到了刘知然的最新消息。

"当红小花刘知然耍大牌欺负新人"的新闻已上了各大娱乐新闻实时，配的视频选取得精准，正是刘知然面目狰狞拍掉林初叶水杯的时候和叱骂的时候。视频中低眉顺目的林初叶被垂下的头发挡住了大半张脸，露出的半张脸白皙漂亮，神色拘谨歉然，看着活脱脱的受气包。

评论区已有炸裂趋势，拼命控评的粉丝惹怒了路人。

林初叶并没有想要利用舆论，她以为刘知然真的只是想和她谈谈，没想到她这个时候还想着要小心机，大概是那次试镜给了她林初叶胸大无脑好利用的错觉。这次看合同悬了，想制造先机占据舆论制高点，塑造她被资源咖林初叶欺压的小白花形象，然后借舆论倒逼。

她庞大的粉丝基础和路人好感度让她丝毫不用担心没有舆论支持。

她的商业价值也让她有恃无恐。

林初叶直接锁了手机，没去管网上的纷扰。

天色已经渐渐暗了下来，街头的下班人群也越来越少。

林初叶仰头看向华言大厦顶楼，攥在掌心的手机紧了又松，松了又紧，手指无意识地缠搅在一起。

顶楼办公室。

温席远面无表情地坐在办公桌前。

黎锐胆战心惊地站在他面前，和他汇报："《半城风雨》女二号定的是林初叶。"

导演最终还是解读成了温席远不让他把潜规则做得太过。

意料之中的结果。

"但都没签合同。"黎锐又补充，"林初叶拦了下来。"说完，又忍不住看了眼温席远，法务部给刘知然的合同其实并不是真女一号合同。

温席远看了他一眼："知道了。你出去吧。"

黎锐忐忑地出去了。

温席远的目光移向桌上的座机，沉默了会儿，按下了艺人经纪公关部电话。

"把刘知然所有营销费用砍掉。"

对方"啊"了一声："为什么啊？"

温席远："没有为什么，不需要浪费钱去包装她。"

对方："可是她现在舆论遇到点小麻烦，估计得控个评。"

温席远："砍！"

"啪"的一声直接挂了电话，他又拨了黎锐的电话："让吴导来我办公室一趟！《半城风雨》那个。"

几分钟后，门外响起了敲门声。

黎锐的声音跟着传来："温总，吴导到了。"

音落时，门已被推开，吴导跟着黎锐进了屋。

温席远看向黎锐："你先出去吧。"

黎锐点了点头："好的。"

出去时顺道把门带上了。

吴导还是上次试镜时的谄媚模样："温总，您找我有什么事吗？"

温席远其实不太理解他的这种谄媚，他的能力不差，也有才华，不缺项目接，哪怕是想长期和华言保持合作，也该是把心思花在业务能力上，而不是奉承他。

"温总？"看温席远看着他不说话，吴导忐忑地叫了他一声。

温席远看着他："吴导，你这次女一号选角的标准是什么？"

吴导被问得有些茫然："演技和形象气质啊。"

温席远："说实话。"

吴导："主要是演技和形象气质。但也会综合考虑人气基础和作品，比如这次林初叶和刘知然，她们两个其实不相上下，从演技角度和人设贴合度方面，林初叶甚至会更胜一筹，但林初叶没有作品，也没有任何人气基础，从成片后的作品稳定性考虑，就会优先考虑刘知然。"

温席远稍稍加重了语气："说实话！"

吴导迟疑地看向温席远，有点摸不透温席远的意思。

温席远："需要我替你说吗？"

吴导："也是有一点参考了刘知然和您的关系，她是您的人，演技也撑得起这部戏，所以第一人选肯定是优先给自己人。"

温席远："第二人选呢？"

吴导："林初叶。"

温席远："所以，如果没有你以为的刘知然和我关系匪浅，吴导心目中的女一号人选是谁？"

吴导："林初叶。"

温席远："吴导难道不知道华言的选角原则吗？不看关系，不看后台，不看人气，只看演技和形象气质与人设的贴合度。"

吴导不敢吱声。

温席远："另外，刘知然不是什么我的人，她和我没有任何关系，我也不认识什么刘知然。"

吴导讶异地看他。

温席远："我没说明白吗？"

吴导赶紧摇头："没有，是我误会了。"

温席远："吴导，你是个有才华的导演，希望你别把才华浪费在错误的地方。再有类似情况发生，我们的合作只能到此结束。"

吴导："我明白了，谢谢温总。"

温席远："你先出去吧。"

吴导"嗯"了一声，先出去了。

温席远看着房门关上，看了眼电脑还在录着的摄像头，"啪"一声关了，头微微后仰靠在电脑椅上，沉默了会儿，旋着电脑椅转向落地窗外。

外面天色已黑，霓虹灯穿透的夜色里，依稀能看到细丝似的雨丝。

温席远想起稍早前在法务部门口遇到的林初叶，以及她怔然看他的样子。

他并不是怪林初叶不去争取，而是她的潜意识里，她还把他排除在她的未来之外。

不确定，才不敢依赖过深。

她没有签女二号合同在他的意料之内，甚至阻止刘知然签女一号也算是意料之内的事。

她可以不要女一号，但不会允许刘知然践踏他制定的规则。

刘知然这样公然打他的脸，她不可能不管。

在经历过第一次受骗的期待落空后，她对女一号已经无所谓，所以可以无所谓结果，但她不会让刘知然这样的人去祸害这么重要的角色。

温席远不知道林初叶是走了，还是还在公司。

他拿过手机，想给她打电话，翻出她的电话号码时，又压了下来，把手机收起，关电脑起身，拿过车钥匙，出了门。

电梯快到一楼时，温席远动作停顿了一下，最终把电梯按停在了一楼。

深冬的夜晚寒冷又刺骨，还隐隐夹着雨丝。

温席远刚出门就被寒风吹得皱了皱眉，然后抬眸时，看到了路灯下的长椅上坐着的林初叶。

她身上穿着深驼色的羊绒大衣，搭配同色系的围巾，人定地坐在铁艺长椅上，手紧紧攥着手机，手指缠搅在一起，正低头看着手中的手机，也不知道坐了多久，头发上都有了细小水珠，在灯光下折射出细小反光。

温席远偏开头，又转向她，脱下外套，走向她。

夹着体温的外套罩下来时，林初叶终于回神，本能地扭头，看到温席远时怔了怔。

"怎么一个人坐这儿？"他问。

林初叶："我想上去找你。"

温席远："怎么不上去？"

林初叶："我上不去。"

温席远："你可以给我打电话。"

林初叶沉默了会儿："不敢打。"

温席远也静默了会儿，抬手抱了抱她，而后放开，看向她："先去吃饭吧。"

林初叶点点头。

温席远："想吃什么？"

林初叶："我都可以。"

温席远点点头，和她去了附近商场。

正是饭点时间，转了一圈，几乎都满员了。

温席远看她："回去吃吧？"

林初叶点头："好。"

温席远在回去的路上就点好了外卖，回到家时刚好送到。

温席远把菜装摆进盘里，林初叶在一边帮忙。

吃饭时，两人都有些沉默。

林初叶的沉默里还带着一丝不知所措的拘谨。

温席远叹了口气，先打破了沉默："你今天去法务部签合同了？"

林初叶摇摇头："我没签。"说完又抬头看他，迟疑了会儿，"温席远，女一号你别给刘知然，她不值得。"

温席远点点头："我知道。"

林初叶点点头，也没再说话，沉默地吃着饭。

她今天食欲不太好，又在楼下吹了那么久冷风，没吃几口就慢慢停了下来。

温席远抬头看她："怎么不吃了？"

林初叶："我饱了，你先吃吧。"

温席远看她一眼，点点头。

林初叶放下筷子，没再说话，起身走向沙发。

温席远吃饭的动作也慢慢停了下来，扭头看林初叶。

她已经在沙发一角坐了下来，顺手拿过了一只抱枕，人抱着抱枕，头已转向窗外的霓虹，好看的侧脸沉静平和依旧。

温席远收回视线，静默了会儿，放下了筷子，倒了一杯温水走向她。

"喝点水吧。"他说。

"好。"林初叶伸手接过，轻声说，"谢谢。"

温席远没接话，在她身侧坐了下来，手中的水杯顺势搁在茶几上。

林初叶也慢吞吞地喝完了水，倾身把水杯放下，才慢慢坐直身子。

好一会儿，她才低低开口："温席远，对不起。"

温席远扭头看她："和我道什么歉？"

林初叶摇摇头，她也不知道。

"很多吧。"她说。

温席远："你没有对不起我什么，不用道歉。"

林初叶轻轻"嗯"了一声，抱紧了抱枕，交叉在抱枕前的白皙手指又慢慢交叉绞紧在了一起。

温席远看了眼她绞紧的手，看向她的脸。

林初叶低敛着眉眼，神色很平静，声音也很平静。

"其实那天你给我试镜机会的时候，我就有点想拒绝了。"

温席远："我知道。"

林初叶："一开始我接到这个剧的面试通知，他们告诉我那么多人投履历，只有我的被选上了，我觉得这可能代表了我的演技被认可了，才因此产生了期待。后来发现被骗后，那种难过其实只是期待落空的难过，那时对这个项目已经可有可无了。

"后来你给我试镜的机会，这是你直接给的，不是因为我出色才被选上的，我当时其实是想拒绝的。那天我刚知道你是华言的执行董事，我还没想明白我和你以后要怎么走，就不太想接受你的好，我怕以后还不起，可是我又怕你难过，就接受了下来。再到试镜的时候也一直很平常心，所以当时对于拿到什么角色并没有很在意，也就没有考虑到你的心情。"

她停顿了会儿，抱着的抱枕收紧了些："我这几年不靠演戏，每年的收入大概是税后两百多万，一直是过着小富即安的生活，没有很强烈的事业心，也没有想过大红大紫或者怎么样，所以对于接到什么角色，我一向是随遇而安，不会去过分强求。所以那天宣布我是女二号时，我其实没什么感觉，后来你和我说她抢走了我的机会时，可能因为它对我不重要，我也一直是君子报仇十年不晚的温吞个性，所以那一下我没什么实感，没能及时体会到你对我的心疼和委屈。我很抱歉。"

温席远看她："林初叶，我不是因为这个失望。"

"我知道。"林初叶说着抬眸看他，"温席远，你还想结婚吗？"

温席远看着她不动："林初叶，你认真的吗？"

林初叶点点头："嗯。"

温席远："可我不想结了。"

林初叶勉强扯了扯唇："没关系的。"

她放下抱枕，冲他笑了笑："那，我先回去了。"

温席远依然是不动的姿势看着她："好。"

林初叶微微点头，没再说话，起身，刚要转身时，一股强悍的力道突然从身后袭来，拽住了她的小臂，她被拽着转了个身，捽倒在沙发上，温席远欺身压住了她，恶狠狠地瞪着她。

林初叶也瞪向他，眼泪却"哗"一下就下来了。

她什么也没说，微微抬起身，有些发狠地咬住了他的肩膀。

但只一下，她就松开了齿关，舍不得咬疼他。

人还趴在他肩上，眼泪也还在不停地掉，也说不上为什么哭，就是心疼、委屈。

温席远的手捧着她的脸，将她稍稍拉离了他肩膀，看着她的眼神依然凶狠。

她在这种委屈里也忍不住回以狠狠瞪视的眼神。

眼神和眼神的凶狠碰撞，擦出更大火花。

他发狠低头吻她，像一头凶猛的野兽。

她也有些不管不顾，明明娇娇柔柔，连瞪他的眼神也湿漉漉、娇软得没有一丝杀气，体格和力气更是和他有着天差地别，却偏奶凶奶凶地想和他抢占主动权。

到最后时，已经不是谁先妥协的问题，温席远体格和力量上的巨大优势给了他绝对的掌控力。

不算大的空间，但椅背和沙发垫间的距离，成了他最好的刑场。

温席远把在林初叶身上练出来的技巧毫无保留地全用在了她身上，在逼供问题上，他的体格优势成了他最灵活的武器。

林初叶已经不记得他具体问了多少，只记得她的颈部动脉在他逼近的气息里，他嗓音嘶哑地问她，林初叶，你为什么每次都能放弃得这么干脆？

平日里看着无欲无求的温润男人，成了刑狱里最严峻冷冽的审讯师，却又在她可怜兮兮的委屈里慢慢温柔了下来。

等一切结束时，已是深夜。

早已就被温席远关上的自动窗帘阻隔了窗外所有夜色，林初叶也被榨干了最后一丝力气。

宣泄过后的理智回笼里，林初叶余下的只剩尴尬和不管不顾撩他的后悔，尤其她还被他抱在怀里。

之前有多失控，现在就有多抬不起头看他。

温席远比她好不到哪儿去，尴尬的沉默气氛提醒着彼此刚才的失控和疯狂。

许久，温席远轻咳着先开了口："我带你去清洗一下。"

林初叶想说不用，开口时嗓子都是哑的。

温席远把她的不能言说当成了默许。

人被抱进浴缸时，林初叶连抬头看他的勇气都没有。

开了浴霸的窄小空间温暖异常，却带了一丝热气上升的暧昧。

温席远给她放了热水。

林初叶轻轻推了推他，沙哑的嗓子终于找回了一丝声音。

"你先去外面吧……"

温席远没答话，也没出去，挤了沐浴液沉默地替她清洗身体上的汗腻，之后便是漫长且沉默的尴尬。

自始至终，两人视线都没对上过。

他取过浴袍给她裹严实后，终于有了他进浴室后的第一句话。

"对不起。"声线很低。

林初叶不知道他这声"对不起"是为这几天的冷淡，还是为刚才的不知节制。

她没应声，不是生气，只是尴尬得不知该怎么面对。

宣泄过后，早已不记得最初的情感爆发点是什么。

两个人本来就不是多放得开的人，全是仗着胸口那口气不管不顾了，理智一回笼，又回到了无脸面对。

温席远把她抱回了他的床上。

他也去洗了个澡。

他重新躺回床上时，两人还是沉默无言的状态。

林初叶拽着被子，背对着他，身体很累，却没睡着。

温席远也没睡，靠坐在床头上。

相对无言的沉默里，林初叶终于轻声开了口："我想先回去了。"

温席远看着她："林初叶，你还想再来一次吗？"

声音不大，也很平静，却提醒着她稍早前引起彼此失控的导火线。

林初叶没再吱声。

温席远在她身侧躺了下来，沉默了会儿，伸手揽过她。

林初叶被他揽着翻了个身，被迫看他。

刚被弄哭过的眼睛还湿漉漉的，眉梢带着点红。

"对不起。"他再次开口，声音很轻。

他的再次道歉让林初叶有些不知所措。

"是我的问题。"林初叶轻声开口，"对不起，温席远。我一向是，如果不打算接受一个人，我不会接受他对我的任何好，就像对周瑾辰一样。你说的是对的，那天我确实没有想好以后要不要和你走下去，我觉得婚姻绑定了我才有资格接受你给我的一切。"

温席远："我知道。"所以才生气。

林初叶抬头看："我不懂你理解不理解我之前纠结的点。我现在的收入水平已经可以过得很自由舒心了，但如果嫁给你们这种比较有钱的人家，要承担的责任、遵守的规矩可能会让我觉得束手束脚，但我又不是图你的钱和资源才和你结婚，到时如果过得不开心，这些钱啊资源啊都成不了我找平衡的点，我可能就会觉得，我图什么啊，我已经很有钱可以过得很好了，想找伴的话甚至可以自己包个小鲜肉，为什么要委屈自己去将就别人的家庭呢。所以我可能就要多权衡一下你值不值得。"

温席远："现在有结果了吗？"

"嗯。"她点点头，抬头看他，"这几天我想了很多。我们两个都属于不用考虑对方经济条件的了，对我来说，我觉得合心意可能就是最大的可遇不可求了，这么多年我也就只遇到你一个想结婚的，所以我想试试，你还，愿意试试吗？"

话到最后时，林初叶的声音已经带了丝小心翼翼，看着他的眼神也藏着丝他不太熟悉的小心翼翼，以及期待。

温席远看她："你想清楚了，林初叶。一旦领证，我不会轻易离婚。"

林初叶迟疑了下，还是点了点头："嗯。"

温席远："林初叶，你迟疑了。"

"我……"林初叶一时间不知道该怎么否认。

温席远："你知道刚才我为什么拒绝吗？"

林初叶摇头，她不知道。

温席远："因为你只是在讨好我。"

林初叶怔了一下。

"如果你是在我不理你之前提，我会毫不犹豫带你去领证。但你这个时候提，可能就带了点讨好的意味。"温席远看向她，"林初叶，我希望你的结婚是出于你自己的真实意愿，像在小阁楼一样。"

林初叶："我是啊。"

温席远微微摇头："不一定的，林初叶。你今天还没有思考时间，你现在的想法不一定客观。"

林初叶："我以为结婚这种事要一鼓作气的。我怕考虑多了我又退缩。"

温席远："如果真那么容易退缩，那说明这不是你真心想要的。"

温席远说着看向她："林初叶，你的经历和我不一样。你刚从桎梏中走出来，自由对你来说太可贵了。我没有你这方面的困扰，这个年纪的我，事业小有所成，公司运营平稳，我别的都不缺，只缺一个家，所以我清楚自己要什么。但你不一定，我不希望你后悔。"

林初叶有些茫然。

温席远："你先考虑清楚再说。"

林初叶迟疑地点头："那，我再想想。"

温席远："好。"

"那以后，"林初叶抬眸看他，"你想给我机会就给我吧，我帮你把戏演好。我觉得我的演技应该能让你给我的机会发挥一加一大于二的效果，不会愧对观众的。不适合的就不要给了，留给其他人吧。"

温席远点点头，说："好，到时还是先让你和她们竞争，你自己凭本事去拿。"

林初叶也点头："好。"

温席远笑了笑，张臂抱住了她。

第二天两人差不多同时醒的，一起洗漱完后来到了客厅，然后看到了沙发的狼藉，前一夜失控的记忆如潮水般涌入大脑，两人都不约而同地轻咳着转开了视线。

"你先去洗漱，我收拾一下。"温席远说。

"我……去做早餐吧，你收拾。"林初叶说，不太敢看沙发的狼藉，也没提醒刚才他们已经洗漱过了。

走到厨房门口，她又忍不住回头看他："对了，你想吃什么？"

温席远正在拆沙发套，抽空回头看了她一眼："都可以，你想吃什么就做什么。"

林初叶"嗯"了一声，又忍不住瞥了眼沙发，有点惨不忍睹，整套沙发差不多都让他们给毁了。

她默默转开了头。

夜色掩映下的疯狂，清醒时都没脸面对，现在青天白日看着更觉得尴尬万分。

林初叶拉开了冰箱门。

温席远家冰箱食材储备多，她看着却有点不知道该从何下手，又忍不住扭头看温席远："你还是说一下你想吃什么吧，我不太知道该做什么。"

温席远："要不你先过来帮忙，一会儿我再做。"

林初叶点点头："好。"

她走过去帮温席远拆沙发套。

过去以后，林初叶才发现这并不是什么明智的决定。

昨晚的记忆全被唤醒，林初叶作为被他掌控情绪和反应的一方，只觉得尴尬又丢脸。

"要不，我……我还是去做早餐吧。"

温席远瞥了她一眼："你不是不会做饭吗？"

"简单的早餐还是能做的。"林初叶低声说，瞥了眼沙发套，又默默转开了脸，"这个沙发要不还是换了吧？我给你换一套。"

想到以后每次过来都要看到这套沙发，然后提醒她昨晚的一切，林初叶就觉得难为情。

温席远看向她已经红透了的耳根："不能换。"

林初叶："都被糟蹋成这样了。"

温席远："保养一下就好。"

林初叶："……"

两人吃过早饭后，林初叶陪温席远去了趟公司，签下了《半城风雨》女一号的合同。

为避免以后的血雨腥风，温席远连女二号也没给刘知然。

经纪人得知刘知然的女一号没了后，当场就冲去了《半城风雨》制片室，找制片讨要说法。

制片也一脸为难，定刘知然为女一号的事也就试镜那天导演当场提了一嘴而已。后来温席远当场提出反对意见，大家回来开会商议的结果，女一号还是在林初叶和刘知然之间选，但最终结果是导演定。

导演昨天倒是把选角结果反馈到他这儿来了，他确实还是把刘知然定为女一号，林初叶为女二号，但名单刚发过来，向来不管剧组选角的执行董事办就突然来了电话，让暂时压下女一号的合同，别的都可以通知签合同了。

本来也没人通知刘知然签合同，但不知道刘知然的经纪人从哪儿得到的刘知然被选为女一号的消息，还得知演员合同都统一在法务部签，她们也就趁着去参加发布会时顺路去了趟法务部，估计是想先把合同给签了，但至于最后怎么没签也没人找他们要女一号合同，制片却是不知情的。

这会儿刘知然的经纪人突然过来要说法，制片人也是没想好措辞的。

彼时林初叶刚签完合同准备离开。

温席远在外面走廊等她。

为避免外人过度揣测，他没有陪她进去，只是站在外面的中庭广场处，背倚着护栏看向落地玻璃墙内的林初叶，看着她客气地和制片组自我介绍，然后在工作人员的招呼下坐下，等着工作人员把合同拿给她。

这份合同是留给她的，没有放到法务部去。

他前几天不干涉，放任导演误会和确定女一号、女二号名单，就是想看看林初叶最后会做出怎样的选择。

如果她最终还是选择了女二号，或者放弃，他会尊重她的决定，但相应的是，他也不会再去管谁来演这个女一号。

她不想要的东西，他无所谓谁捡了去。

如果她愿意要这个女一号，他心里欢喜，这不仅仅是因为他只想给她最好的，更是从商业角度考虑，林初叶的表现力和形象气质会给这部戏加分不少。

长期被打压的她根本没发现自己身上还藏着怎样的潜力和爆发力。

好在她最终还是接受了，尽管她接受的原因仅仅是因为不舍得他被打脸和失望。

他期待她惊艳世界。

看着落地玻璃墙内认真阅读合同的林初叶，温席远想。

然后就在林初叶拿起笔签下合同的那一瞬间，温席远看到刘知然的经纪人风风火火地闯进制片组办公室，一脸的愤愤不平。

那时林初叶已签下合同，搁下了笔。

温席远站在原地没动，依然是背倚护栏，两只手肘随意搭在护栏上的闲散姿势，平静地看向玻璃墙内冲制片发难的刘知然的经纪人。

制片显然应对这种问题的经验还不够，也可能是对内情了解不清，面对咄咄逼人的刘知然的经纪人，他显得有些力不从心。

刘知然的经纪人在制片人的气弱下越发气势逼人，然后在这样的强势下看到了一边拿着合同的林初叶，以及她在已经盖了章的合同上签下的名字，面色当下变了变，看着林初叶的眼神便带了种深锐的打量，神色里已经有了把林初叶当劲敌的警觉，但并不是刘知然那种掺着算计的若有所思。

显然是只知道林初叶是新人，其他情况并不清楚。

林初叶加盟公司的消息温席远还没让人公布出去，他还没想好怎么安置林初叶，是留在华言经纪部，还是转入青空娱乐，他还没问过林初叶。

现在的林初叶之于所有人只是个背景不明的纯新人。

星一这几年对她的雪藏，让网络上找不到任何与她有关的背景信息。

但偏偏这样一个不知打哪儿冒出来的纯新人撬掉了刘知然的女一号，刘知然的经纪人不可能不警觉，毕竟是戏路可能和刘知然重复的新人。

温席远保持着背倚护栏的闲适站姿，不动声色地观察着刘知然的经纪人和林初叶。

面对刘知然的经纪人审视且警觉的眼神，林初叶仅是回以一个客气的微笑，然后把签了字的合同递给了制片。

刘知然的经纪人到底是来讨要说法的，大概也是不了解刘知然暗地里那点小心眼，当下便朝制片表达了她的不满："张制片，为什么在女一号已经定下刘知然的情况下还换了人？"

她嗓门大，又夹着怒，声音从敞开的玻璃门传了出来。

这个问题除了温席远，谁也给不了她答案。

张制片回答不了，林初叶能回答但没人会信她。

温席远看了眼被问住的张制片，目光移向面色依旧平和也不打算掺和进去的林初叶，再看了眼气势逼人的刘知然的经纪人，在身前随意交叉着的两只手松了开来，他走向制片组办公室。

他什么也没说，只是平静地拿出手机，点开了段录音，按下了外放键。

"吴导，你这次女一号选角的标准是什么？"

"演技和形象气质啊。"

"说实话。"

"主要是演技和形象气质。但也会综合考虑……"

"说实话！"

"需要我替你说吗？"

"也是有一点参考了刘知然和您的关系，她是您的人，演技也撑得起这部戏，所以第一人选肯定是优先给自己人。"

"第二人选呢？"

"林初叶。"

"所以，如果没有你以为的刘知然和我关系匪浅，吴导心目中的女一号人选是谁？"

"林初叶。"

......

昨天办公室里吴导和温席远关于为什么选刘知然为女一号以及心目中的女一号人选是林初叶的对话被一字不落地放了出来。

刘知然的经纪人当下变了脸色，惊疑不定地看向温席远。

其他人也诧异地看向温席远。

林初叶依然神色平静，好像对他的出现和有这样的准备毫不意外，但在他朝她看过去时，她朝他露出了一个感激的笑。

温席远看向刘知然的经纪人："刘知然为什么会被选上女一号，又为什么会被放弃，杨经纪人最好找刘知然了解清楚。"

公司组织机构庞大，人员众多，温席远虽然不是每个项目都事事亲为，但对于各部门各关键位置上的人事情况，他了如指掌。

刘知然的经纪人还在惊疑中，对他的身份，以及他精准叫出自己姓氏和认出自己的惊疑。

"希望杨经纪人好好管好自己名下的艺人。机会谁都想要，但能不能拿到，靠的是真本事。"温席远说着看向张制片，"回头我让助理把录音和视频发给你，以后再有谁质疑这个结果，你看着办。"

说完，温席远的目光已穿过张制片，看向他身后的林初叶，以眼神询问她："走吗？"

林初叶回以一个"嗯"的眼神，眸中带笑。

温席远没再说什么，转身出了门。

林初叶看温席远走远，也客气地和在场的人道了声别，这才离开。

走到电梯口时，看到了在那里等她的温席远。

温席远看她走来，朝她伸出了手。

林初叶把手搭在了他手掌上，被他握住，收紧，然后按下电梯。

温席远带她回了他的办公室。

"刚才谢谢你。"办公室门关上，林初叶真心道谢。

温席远回头看她："就只有谢谢？"

林初叶不太放心地四下看了一眼。

"这里是办公室哎。"

温席远笑了下，放过了她，转身拿过桌上的电梯卡，朝她晃了晃："以后想来找我，直接刷卡上来。"

然后往前一步，把卡塞入她手中。

林初叶讶异地看他。

温席远也正看向她："另外你转入华言的消息还没对外公布，你看看你是要直接进华言，还是从青空娱乐开始？前者的话，可能在你以后试镜时会成为干扰导演选择的因素，他们看到的不一定是你这个人，而是华言背后的资源置换。后者就只能纯靠你个人能力去打动导演。"

林初叶迟疑了下："那，我想选青空娱乐，可以吗？"

温席远点点头："好。"又问她，"经纪人呢？你想跟谁？或者你想要冯珊珊的话，欢迎她跳槽。"

林初叶："回头我问问珊珊吧。"

温席远笑："好。"

林初叶也笑了笑，手中握着的卡片紧了又松，松了又紧，她抬头看他，叫了他一声："温席远。"

温席远："嗯？"

"谢谢你。"她说。

温席远看着她不动。

她看着他的眼神慢慢带了丝不好意思，又像鼓起极大的勇气，突然踮脚，纤细的手臂环过他的脖子，微微拉下他的头，唇朝他吻了上去。

温席远垂眸看她："不是说这是办公室吗？"

"反正，也是你的办公室。"

她咕哝，再次吻住了他，但没能主动太久，毫无技巧的吻技让温席远失了耐心，手掌往她后脑勺一托，当下反客为主，吮着她的唇深深吻了下去。

气息微乱时才稍稍放开了她。

"以后你可以试试分点心，学习一下男女这点事。"他抵着她唇轻语。

林初叶也回以轻语："好，你教我。"

温席远黑眸中染上了笑意，还想再吻下去时，门外响起了敲门声。

黎锐的声音跟着传来："温总。"

这次他学精了，不敢再像上次那样直接闯。

温席远瞥了眼门外，抬指替林初叶擦掉唇角被弄花的口红，这才放开了她，看向门口："请进。"

黎锐推门进来，很识趣地不去看温席远脖子以上："温董过来了。"

林初叶看到温席远神色当下淡了下来，心里有些困惑，却见他已淡应了声："知道了。"而后看向林初叶，"你晚点儿还要拍戏，先回剧组吧，我让黎锐送你。"

林初叶点点头："好。"

她跟着黎锐出去了，走到外间办公室时，与稍显老态的高胖男人擦肩而过。

对方看着六十岁左右，戴着一副金边眼镜，目光精锐。

林初叶打量他时他也不动声色地打量着林初叶，相互都没打招呼，只是擦身而过时的眼神打量。

她想到黎锐刚和温席远说"温董"，走到电梯间时，忍不住转身问黎锐："刚才那位是温总爸爸吗？"

黎锐点点头："对。"

顺手按下了电梯下行键。

但也只回了一个字，没再多说其他。

林初叶看着电梯门开，跟着黎锐一块走了进去，这才扭头问他："他现在也还在公司上班吗？"

"那倒没有。"黎锐摇头，"温总正式进驻公司以后就没让温董过来了。"

林初叶："温总什么时候正式进驻公司的？"

"大四吧。"黎锐仔细回忆了一下，"应该是他大四课业不多的时候就正式进驻公司了。不过在那之前其实公司也是他实际在掌控，他另外成立了一家公司全权控股华言，他是那家公司的实际控股人。那时他还要忙学习，就让温董在明面上管着公司，但温董和温总的管理理念可能不太合，所以温总进驻公司第一件事就强行让温董退了休，另外请了职业经理人代管公司，但幕后决策权还是在温总手上。"

说话间，电梯已到地下停车场。

黎锐和林初叶上了车，这才扭头问她："林小姐，是直接回剧组吗？"

刚才温席远让他送林初叶回去时给两人做了个介绍，但他也只知道林初叶叫林初叶而已。

林初叶点点头："对，送我到城外影视城就行。"

黎锐点点头，启动了引擎，车子慢慢驶了出去。

林初叶往窗外高耸入云的华言大厦看了一眼，看向黎锐专注开车的侧脸："黎锐，温总和温董感情怎么样啊？"

她记得刚才黎锐提到温董时，温席远的眼神和面色明显淡了下去。

黎锐也不知道是不想说还是不清楚，他摇头笑了笑："这我倒不清楚，你可能得问温总呢。"

林初叶也跟着笑了笑："也是。"又问他，"你进公司多少年了啊？"

黎锐："八年了。"

林初叶有些意外地看他，没想到他竟在华言这么久了。

"我大学毕业进的公司，是温总亲自招进来的，一直跟在温总身边做事。"黎锐笑着解释，"很多温总不方便出面的活动或者通知都是交给我代办的，我大概就是，温总和外界之间的一个传声筒吧。"

黎锐说完还忍不住笑了笑："所以大家看到我，都知道我代表的是温总。"

林初叶也笑了笑："难怪温总这么多年能这么安稳地待在幕后没被挖出来，你功不可没。"

黎锐笑："那也不是。主要还是温总不喜欢被打扰，他其实很多重要活动或者会议都会在现场，只是他一般都是以我助理的身份出席。"说着还抽空扭头冲林初叶笑笑，"说来你可能不知道，温总在人事部那边化了个名，挂职为我手下助理，所以大家偶尔看到他，都只当他是我的助理，或者是我派遣到其他部门的临时助理，反正对谁都是助理小温，也基本不搭话，行事太低调了，一般人也注意不到他。"

林初叶想到在宁市孟景弦他们剧组他被误认为场务的事，确实是他的行事风格。

"其实温总喜欢的一直都是简单、不被打扰的生活，但他对于华言，是属于临危受命、力挽狂澜的英雄一样的存在。他以一己之力将差点被肢解的华言扭转了乾坤，也自然而然只能扛下这份责任。但华言所处的行业注定无法像普通人那样过简单的生活，所以他只能选择他最方便行事的身份来做事，以此来规避不必要的麻烦。"黎锐解释道。

林初叶怔了怔，想到那次他从录制现场把她带走，在他办公室里，他对她说的，生活本来就是一个不断放弃自己又寻找自己的过程，我们总要在不断的选择和放弃中试错前行，没有绝对对或者错的路。我愿意放弃一部分的自己和你试试不同的人生，你能不能也试试，放下你的忐忑和不安，或许这样的选择没你想象的糟糕。

她那时并不太明白，他说的放弃一部分的自己是什么意思，现在想来，他要放弃的那部分，是他想躲在繁华后的清静。

她是演员，未来注定有一部分要在聚光灯下，他要和她走下去，不可能不被打扰。

他其实可以和周瑾辰一样，不给她任何曝光机会。他甚至什么也不用做就可以坐享其成，周瑾辰的长期打压已经让她基本失去翻身的机会了，再等两年合约到期，她估计也已经到了被这个圈子抛弃的年纪，她不用惦记着要报答冯珊珊的伯乐之恩，不用再想着自己这几年的努力有没有成效，可能那个时候已经能坦然地接受自己转换跑道的事实，专心在其他领域发展了。

但温席远知道她一定会有遗憾，所以在看到她被导演看中，机会已经在眼前又被周瑾辰掐灭时，他直接买下了于他并没有多大作用的青空娱乐，并一口气注资五千万把项目主控权从周瑾辰手中抢了回来，把这个她凭本事赢来的机会送还她手上。

他明知这样的机会只会与他想要的生活相背而行，却还是义无反顾地把舞台给了她。

甚至他当时阻止她参与恋综录制，明明不用曝光就可以阻止的方式很多，但他还是选择了最简单粗暴的处理方式，直接上台把她带走，提前把自己曝光在人前，这其实已经是另一种意义的妥协了吧？林初叶想。

"林小姐？"黎锐看她走神得厉害，忍不住叫了她一声。

林初叶回神，不好意思地冲他笑了笑，又忍不住问他："当年华言发生了什么啊？为什么是温总力挽狂澜？"

黎锐摇头："这个我倒不清楚。我进公司的时候，公司已经运营平稳了，就是听董事会的一些老人说的，但具体什么情况还不清楚，只知道温总那时候休学进的公司，后来公司稳定下来以后才回学校把学业完成的。反正挺传奇的一个人，那时的华言群狼环伺，谁都没想到他一个乳臭未干的毛头小子有这能力，这大概就是所谓的——"

黎锐顿了顿，又笑看向林初叶："天选之人吧。"

林初叶也跟着笑了笑，没接话，即使是天选之人，背后的努力和压力也不是常人能理解的。

"他应该是个很好的老板吧？"林初叶说。

黎锐点头："当然。看我就知道了，八年不挪窝，老板不好，我能干这么长？"

"而且，不只是我，就公司其他人，也大多是老员工。公司人员流动很小，除去能力不行、人品不行被辞退的，主动离开的很少。公司福利好，待遇好，竞争机制也公平，也给了大家足够的空间施展才华，所以大部分人都是跟着公司一起成长的，也信任公司。"黎锐说着又笑看了眼林初叶，"你看外面多少人削尖了脑袋想进来。"

林初叶笑着点头，没接话，确实是外人削尖了脑袋想进却摸不到边的存在。

她学生时代就知道温席远厉害，那时她被以作弊的理由取消培优奖学金评选资格，把名额给了第三名。老师怕她闹，各种对她晓之以理、动之以情的时候，在一边询问老师功课的他仅是回头淡淡看了眼众人，平静反问了句"第三名是不是校长的亲戚"，就让所有人噤了声。他神色和语气里的了然于心让所有人心惊，那根本就不是学生面对老师时该有的态度，不是傲慢无礼，而是谦逊平和下的不卑不亢，夹着掌控全局的游刃有余。

后来在她和他的接触和合作中，他同样表现出了这种谦逊平和下游刃有余的掌控力。她那时只觉他厉害和羡慕他，却不知道这样的能力是在群狼环伺下杀出血路才换来的。

只有十七岁的少年……

林初叶想象不出十七岁前的温席远是什么样的，她认识他的时候，他已经稳重从容如现在。

回到片场时，她的戏还没开始拍，她看到徐子扬正坐在导演机器旁看显示屏，便朝他走了过去。

导演也看到了林初叶，冲她露出一个笑："回来了。"

导演脾气不太好，对谁都没什么好脸色，唯独对林初叶，每次见到她都笑意盈盈。

林初叶对剧本人设的领悟和解读比他想象的精准，表演上的张力也让他惊艳，他没法不去喜欢这个经常一条过、不需要他花费太多时间讲解的女孩。

林初叶不知道导演心中所想，她除了是演员，还是个创作者，而且是在创作领域爬上了金字塔上层的经验作者，比较能理解别人笔下的人设的行为线和深层次心理原因，这本身就是她的专业，这也是她当初选择文字创作的另一个原因，可以让她在表演时从创作者的角度去更好地解读人物。

对于导演的友好，林初叶也回以一个淡淡的笑："嗯。"

然后她的目光转向一边的徐子扬，还没想好怎么开口时，徐子扬已经看穿她的犹豫，冲她露齿一笑："怎么了？"

林初叶有些不好意思："也没什么，就是想问问，你有没有温席远以前的照片？"

徐子扬有些意外地看着她："你要这个做什么？"

林初叶："就是想看看啊。"

"有点好奇他以前是什么样子的。"她又补充。

徐子扬挑眉："你不是对我们温总不感兴趣吗？"

林初叶轻轻咳了声，直接回避了他这个问题："你给不给嘛。"

故作凶巴巴的模样没能凶起来，沉静温淡的气质下反倒带了那么点娇俏灵动。

徐子扬差点没朝她举起手机，这样别扭的林初叶可不多见。

林初叶又加重语气催了他一句："编剧老师！"

"给！给！马上给！"徐子扬掏出手机翻找了起来。

徐子扬从已弃用的企鹅号空间翻出了他和温席远年少时的照片。

"喏，这里。"徐子扬把手机递给林初叶，"整个相册都是，往左滑就行了。"

林初叶接过手机。

屏幕上是被抓拍的球场上的温席远，单手接住了别人投过来的篮球，年轻帅气的脸上笑得得意且明媚。再往左滑，是赢了球的温席远，正单手高举着队旗冲人群中的少男少女挥舞，充满少年气的俊脸上满是意气风发的灿烂，毫无掩饰和遮掩，与林初叶认识他时，他赢球后表现的从容微笑不太一样。

"这是我们高一赢了学校篮球比赛时的照片。"徐子扬在一边解释,"那时的温席远是我们队长,打球可拼可帅了。学校里不少他的女友粉。"

林初叶认可地点头:"我见过他打球,是真的很帅。"

"不过我从没见他笑得这么灿烂过。"林初叶说。她认识的温席远从来都是沉敛稳重,连微笑也只是微微牵唇,从没有像照片这样放肆开怀地大笑过,隔着照片都能感受到他青春年少时的意气风发和快乐简单。

"我后来也没见过。"徐子扬也有些怀念地往手机看了眼,"压力大了,责任大了,又要在人前树立威信,总要逼自己沉稳下来嘛,没办法的事。"

林初叶点点头,继续往下翻,翻到一张温席远在学校舞台上唱歌的照片,单手握着话筒,头微微歪着,正微笑着看着台下。

林初叶讶异地看徐子扬:"温席远还会唱歌啊?"

以前在学校从没见他参加过任何文艺活动。

"当然。"徐子扬提到这个还颇有些得意,"他唱歌还特别好听,尤其是唱情歌的时候,那眼神搭配他的低音炮可绝了。"

林初叶有些意外。

"你可别不信。我们温总是个全才,运动细胞、文艺细胞、学习天赋、经商天赋,样样全能。他后来就是为了公司才不得不放弃了这些爱好。"

像是为了佐证他的说法,徐子扬往下滑到了一张温席远的骑马照:"这是我们高二寒假旅游,去西北军马场的旅游照,你看温席远骑马的飒爽劲儿,像第一次骑的人吗?"

林初叶看向手机,夕阳下,身穿浅色外套的少年正骑着匹高大的黑马从远处涉水而来,拽着缰绳的两只手沉稳有力,衣服被风吹得往后鼓胀,回头看被他远远甩在身后的人,帅气逼人,脸上还是那种意气飞扬的少年气,笑容灿若日光,眼神里像落了星光,纯粹且恣意。

林初叶突然就想起了那句"鲜衣怒马少年时"。

他还没过完他的少年时光,就被迫过上了成年人的生活。

"这大概是他最后一次笑得这么开怀了，回去后他家就出事了。"徐子扬看着照片中的温席远，也有些怀念。

林初叶看他："出什么事了啊？"

"公司被控洗钱，他爸妈被警方控制，当时他姐在高三复读，弟弟读初三，都在人生最重要的关卡。他姐和他弟对商业的东西也一窍不通，反倒是温席远自小接触公司业务，实习机会也多，所以最后他选择辍学，站了出来。当时公司董事会被公司元老串通和鼓动，说华言深陷洗钱风波对公司未来发展不好，要进行战略结构升级，想在原来基础上进行业务调整，把电影、电视剧、艺人经纪、广告等不同业务分拆出去，成立不同公司，以规避华言洗钱风波带来的影响，星一当时就是这么被拆了出去。"徐子扬说，"说到底还是温席远那个爹的问题，一个做生意的怀揣着一副菩萨心肠，别人说什么信什么，差点没把自己玩没。"

徐子扬说着看向林初叶："你见过温席远他爹没有？长得一副精明样，但实际上是随便谁都能坑的主，还刚愎自负不听劝。当年温席远他妈妈在公司盯着的时候一点事没有，但因为他姐高考失利，他妈妈觉得是自己过分在意工作忽略了他们姐弟的学习，就暂时回归了家庭，结果不到一年时间，他爹就被人设计、拆分，还失去了对公司的绝对控股权。"

徐子扬说到这个还来气，要不是温席远他爹，温席远家也不至于落得这么个情况。

林初叶想起稍早前见过的老人，确实长得一副精明的样子。

"华言刚陷入洗钱风波的时候，温席远他爸还没被警方控制，当时他就被所谓的亲信鼓动把公司业务分拆出去，以规避风险。当时说的是拆出去以后各分公司表面上各自独立经营，有自己独立的财务和董事会，但实际上另成立一家公司统一控股，这样既可以规避华言洗钱风波带来的负面影响，又可以把控股权继续掌握在华言手上。这么明显的圈套他还签了同意书，把绝对控股权弄丢了，还差点把自己和老婆整进牢里，家里也因此背上巨债，好好一个家马上就要散了，可想而知当时留给温席远的是多大的烂摊子。"徐子扬说着看向林初叶，"本来公司丢了也就丢了，他还能落得这个清静，但这不是丢公司的事，事关一家子的事，他不能不管。"

"反正他那时候是真的特别不容易，这一路走来都不容易，也没有个能帮他的人，他完全靠自己才走到今天。"徐子扬没有说他当时是怎么把这个烂摊子收拾妥当的，只是看着林初叶，"我其实不太清楚你和他到底是什么关系。但那次我拿着这个项目去找他增资的时候……"

林初叶有些意外："是你去找他的啊？"

徐子扬点点头："对啊，当时我和导演都选了你演女一号，但周瑾辰不同意，我们都没辙。我舍不得放弃你，就特地去找了温席远，大力举荐你，想让他增资，和他说了半天这个项目的前景，他半点兴趣都没有。"

他想起这个还忍不住笑了笑："结果，我刚拿出你和楼远航的照片，他发现我举荐的女一号原来是你，二话不说，收购了青空娱乐，增资五千万，并把你的试镜视频递到平台，借平台施压周瑾辰，才有了你这个女一号。"

林初叶不知道这其中还有这么多曲折，愣了愣，看向徐子扬。

徐子扬笑："别看我啊，看温总啊。"

林初叶也笑："谢谢你告诉我这些。"

"不客气。"徐子扬瞥了眼身后已经准备下戏的演员，又看向林初叶，"温席远对于他想要保护的人，从来都是不遗余力的。这么多年来，一直是他在保护和守护身边的亲人朋友。他其实……也挺孤独的。"

他说着，视线瞥向手机，手机还没锁屏，屏幕上还是那个鲜衣怒马的少年，神采飞扬，意气风发，眼神里还藏着少年时的光。

林初叶的视线也不由得看向屏幕上的少年温席远，目光许久没移开。

副导那边派人过来通知林初叶准备上戏。

徐子扬笑着推了推林初叶："你先去忙吧。"

林初叶点头："好。"

她又问他："能把你这些照片发给我吗？"

徐子扬点头："好啊，我一会儿发给你。"

林初叶今天的戏安排得不多，拍了两场便可以休息了。

楼远航今天不怎么在状态，NG 了好几次。

他有些不好意思，一下戏就来找林初叶道歉。

"没关系的。"林初叶笑着回他，"人都有状态不好的时候。我也经常这样。"

"谢谢林老师。"楼远航被安慰得越发不好意思，拿着剧本朝她走近了一步，"林老师我能和你对一下明天的戏吗？找找感觉，我怕明天又太耽误你时间了。"

林初叶点点头："可以啊。"转身找了个不影响现场收音的空地，两人便在那儿对起戏来。

不知道是不是没有导演盯着，楼远航状态放松了很多，几场戏对下来顺利了很多。

林初叶有些惊喜："你这个状态挺好的啊。"

楼远航被夸得有些羞涩："主要还是林老师你状态好，能带人入戏。"说完又看向她，"林老师，能请你吃个饭吗？这段时间一直在麻烦你，还不知道该怎么谢你。"

温席远一走进片场就看到楼远航嘴角含笑又略带不好意思地约林初叶吃饭的画面，眼神虽然没含任何暧昧，但却是满心期待的。

他看了眼林初叶。

林初叶还是像他熟知的那样，礼貌而客气地拒绝了他。

楼远航当下表现得有些失望和难过。

他一失望，林初叶就生出了些许内疚情绪。

温席远当下想起林初叶每次面对他的失望时，她表现出的妥协，手握成拳在嘴边轻咳了声。

林初叶循声抬头，看到朝她走来的温席远很是惊喜，起身走向他。

"你怎么过来了？"

"下午没什么事。"温席远看向她，"今天的戏拍完了吗？"

林初叶点点头："嗯，拍完了。"说着低头看了眼身上的戏服，"我先去换衣服。"

温席远点点头，说："好，我陪你过去。"又问她，"一会儿还有什么安排吗？"

林初叶摇摇头："没有。你呢？"

温席远："我也没有。"

林初叶点点头，走到化妆间，看到窗外夕阳，天色还早，一下就想起了温席远那张年少时的骑马照，忍不住回头看了他一眼。

今天外面冷，他穿了黑大衣，面容还是她熟悉的沉敛平静。

温席远看她盯着他，问："怎么了？"

林初叶摇摇头，又忍不住往窗外看了一眼，而后看向他："温席远，你想去骑马吗？"

温席远挑眉看她："怎么会突然问这个？"

林初叶："想看一看少年时的温席远。"

温席远笑："你看了什么？"

林初叶："你想不想去嘛？"

温席远："好。"

"那你等我会儿。"林初叶冲他晃了晃宽长的袖子，"我去换下来。"

温席远扫了眼她身上的古装戏服，已经是保暖的款式，也适合骑马。

"直接穿这个去吧。"他说。

林初叶不太放心："不太好吧？会不会泄露剧组造型啊？"

温席远笑了笑："谁认识你。"

"也是。"林初叶当下笑了，"反正你都不介意了，真泄露了损失的也是你。"

"放心，这次没签协议说不能泄露剧中造型。"温席远说，"而且定妆照都发出去了，你现在的造型就是定妆照造型，没有什么泄露不泄露的说法。"

温席远说着瞥了一眼旁边衣帽架挂着的戏服，有件深红色加绒披风斗篷，他伸手取了过来，给她披上。

"骑马风大。"他仔细而认真地替她系好系带，把她上下打量了一圈，确定裹严实了，这才满意地说，"好了，走吧。"

林初叶点点头："好。"

和温席远出去时遇到了也准备离开的徐子扬。

徐子扬当下挑眉："去哪儿呢？捎上我一个呗。"

林初叶回头看他："去骑马，编剧老师要一起吗？"

徐子扬眼眸当下都亮了起来："当然要去。"

骑马场就在影视城隔壁，圈了很大一片草场做了个骑马场，供拍戏和旅游休憩用。

冬天的草场已枯黄。

放眼望去，夕阳余晖下只余下满目枯槁，到处弥漫着深冬的萧瑟感。

马场上也没什么人。

林初叶和温席远、徐子扬去马厩挑马。

温席远在马厩前扫了眼，扭头看林初叶："会骑吗？"

林初叶点点头："嗯，几年前拍戏的时候专门学过。"

温席远："马术怎么样？"

林初叶："还不错。"又对他说，"我听说你马术也不错，要比一下吗？"

温席远看了她一眼，点点头，从马厩里挑了匹高大健壮的棕色马，回头看到林初叶也挑了匹和他这匹差不多个头的棕马，当下拧了拧眉。

"会不会太烈了？"

林初叶："没关系的，我会驾驭。"

温席远笑笑："好。"这才扭头看向正对着马厩头疼的徐子扬："你呢？挑好了吗？"

话音刚落，便见徐子扬回以一脸茫然："我不会挑啊。"说着视线又在温席远和林初叶挑中的马身上来回转了两圈，"你们也给我挑一个啊。

这玩意儿我看着哪个都一样。"

温席远："要烈性点还是温顺点？"

徐子扬："温顺的，要多温顺有多温顺的。"

温席远点点头，从马厩里给他挑了一匹黑马。

"这个？"

徐子扬看了一眼，看着是真温顺，当下点头："就它吧。"

而后跟着温席远和林初叶把马牵到外面跑场。

温席远和林初叶直接翻身上马，动作娴熟且自然。

徐子扬已经几年没骑，人一上马，看到马似乎不太高兴地来回踱步，还喷气，当场就有点慌，连连叫马场教练。

马场教练看他不像其他两人那样娴熟，也骑了马跟上前，教他怎么控制马的速度和缰绳。

什么时候该拉缰绳，什么时候该夹紧马腹，教练讲解得很仔细。

徐子扬却还是听得有点忐忑，马稍微动一下他就吓得连连收紧缰绳，让马停下来。

温席远回头看他："如果不会骑你就先下来，别摔了。"

"谁说我不会骑。"徐子扬紧张地抓着缰绳，"我就是太久没骑了，一下子有点不适应。"说完又冲两人挥手，"你们先走吧，不用管我，我很快就跟上。"

温席远："真能跟上？"

徐子扬："当然。"

温席远看向林初叶："走吧。"

手上的缰绳稍稍放松，双腿往马腹一夹，一声利落的"驾"后，马便冲了出去。

林初叶也跟上。

徐子扬心里一急，也跟着两脚往马腹用力一夹，很有气势地喊了声"驾"，马没动。

徐子扬又用力"驾"了一声，马一下子飞出去，徐子扬防备不及，吓得当下俯身抱紧马。

林初叶和温席远拉了拉缰绳回头看他。

徐子扬冲他们摆手："没事，没事，你们先走。"

林初叶和温席远互看了一眼，都没走，只是在原地等他。

马场指导骑着马上前让他放松脚，抓稳缰绳。

马速被控制了下来。

徐子扬刚要松口气，重新调整，夹着马腹又是一声"驾"，马又不动了，反而是低下头，慢悠悠地吃起草来。

徐子扬："……"

他又用力夹了夹马腹，"驾，驾"地连喊了几声，身下的高头大马纹丝没动，只是兀自吃着草。

徐子扬惊愕的视线对上温席远的："你怎么给我挑了匹这么懒的马？"

温席远瞥了他一眼："你不是要最温顺的吗？"说话间，已掉转马头，朝他骑了过来，在他马头前转了半圈，打量了会儿，腾出一只手替他扯了扯缰绳，马终于抬起头来。

"你再试一次，马腹别夹太紧。"

徐子扬试了试，马终于能跑起来，跑得不快，在徐子扬能接受的范围内。

他兴奋地回头冲温席远喊："可以了哎。"

温席远没理他，扯着缰绳骑向还在等他的林初叶。

林初叶还安静地骑在马背上，身姿笔挺，背对夕阳，正微笑着看他。

她头上还梳着戏里的闺阁少女发型没拆，大半的乌黑长发柔顺披在肩后，头上扎着简单的髻子，搭配白色发饰，略显空气感的齐眉刘海也柔顺地落在额前，搭配身上的加绒红裘披风，就这样眼眸含笑安静的模样，看起来温柔婉约又带着几分少女的灵动。

温席远骑马走向她："还要比一下吗？"

林初叶："当然。"

她也跟着掉转马头，和温席远并列，这才扭头看他："准备好了吗？"

温席远点头。

两人同时一声"驾",两匹深棕色大马当下几乎以相同的速度窜了出去。

本来优哉游哉骑着马的徐子扬被他们这种气氛感染，也夹紧马腹追了上去。追着追着，却又不由得慢慢停了下来，看向前面纵情驰骋的温席远和林初叶。

两个人显然都是骑马的高手，一直保持着并驾齐驱的速度。

倒不是为了争胜负，也没有不要命地往前冲，反而是不时扭头看向对方，对视的眼神里，一个红裘加身，眉眼带笑，神色间尽是欢喜和温柔；一个羊毛黑大衣，凌厉的脸部线条被夕阳温柔了下来，嘴角也带着浅浅的笑意，眼神柔得像能掐出水来。

徐子扬觉得这样的画面美得像幅画。

尤其在这样的冬日夕阳下，草场上。

他突然不想追上去打破这份美好，掏出手机，翻出相机，不停按着快门。

林初叶和温席远也没理会慢悠悠骑着马的徐子扬。

许久没体会过的轻松随着身下马匹越来越快的速度在四肢百骸流转。

冬日的寒风刮在脸上明明像刀子般割得生疼，但久违的畅快却在血液里鼓噪着，想要跑得更快，冲得更远，释放得更彻底。

他们也确实这么做了，谁都没有喊停，也没有放慢速度，只是看着彼此脸上渐渐漾开的笑意。

寒风吹得彼此头发已经凌乱，衣服也被吹得在空气中翻飞，谁都没管，只是纵情驰骋。

并驾齐驱的速度里，林初叶满心满眼都是温席远渐渐放松的眉眼。那是她从没见过的温席远，全然的放松和温柔。

在马匹窜上起伏的山头又冲下山谷后，两人终于慢慢停了下来。

林初叶放松了手中缰绳，任由身下坐骑随意地转着圈，在马头转到和温席远的马头相对时，又忍不住扯住缰绳叫停了马，看向对面的温席远。

夕阳已经落到半山腰，冬日的余晖全落在了温席远身后。

温席远也正轻松扯着缰绳，微微偏着头看她，黑眸中是一贯的温柔和专注。

山风已经开始变大，吹得两人头发和衣服翻飞。

林初叶腾出一只手拨开被吹挡到眼前的头发，又握紧缰绳控制不安分的坐骑，看向依然微笑着看她的温席远，心念一动，便冲他喊：

"温席远，我们结婚啊！"

风太大，她怕他听不清，还稍稍加大了音量。

温席远："林初叶，你想清楚了？"

林初叶重重点头："嗯。我想和你生孩子，养孩子。"话到最后时，又有些不好意思。

温席远眼中笑意更深，就在林初叶以为他又要拒绝时，他点了点头："好啊，我们明天就去领证。"

林初叶眉眼里瞬间都像落了星光："好啊。"

温席远看着她眉眼里的笑，骑马朝她走近了些，把手掌伸向她："过来。"

林初叶担心地看了一眼他腾出的马镫："可以吗？"

说是这么说，又有些心痒痒，于是把手搭在了温席远手上，一只脚也踏在了他的马镫上，温席远握住她的手，另一只手托住她的腰，稍稍一施力便让她借力坐了过来。

"还真可以哎。"

林初叶惊喜地回头看他，却撞入他眸色深浓的带笑眼眸。

她当下有些不好意思，想转开视线时，温席远已朝她低下头，吻住了她。

好不容易爬上山坡的徐子扬一抬头就看到夕阳下拥吻的两个人，尴尬得当下拽住了缰绳，但长长的一声"吁……"还是惊扰了吻得难分难舍的两个人。

他明显看到温席远动作一顿，而后把林初叶压入他怀中，回头看他。

徐子扬非常尴尬地冲他笑了笑："我好像来得不是时候，你们继续，我回去等你们。"说着就要掉转马头。

"不用了。"温席远高声冲他喊，扶林初叶坐正，扯着缰绳微微一拉，掉转马头骑向他。

经过他身边时，温席远拍了拍他的肩，往山洼处正悠闲吃草的马瞥了眼："剩下那匹马就拜托你了。"

徐子扬："……"

第十三章
婚后不接受分房睡

林初叶和温席远第二天就去领了结婚证，没有通知任何人，也没有任何准备，带了户口本就直接过去了。

填表、拍照、签字、领证，两人全程没有丝毫犹豫。

拿着大红本子从民政局出来的时候，林初叶还有种在做梦的不真实感。

她忍不住看了一眼温席远，温席远也正好偏头看她，眼神相撞，两人手上也还拿着各自的结婚证。

这种感觉很新奇。

她没有想过她真的和温席远结婚了。

而且不是按照大众意义的从恋爱到结婚的流程。

直接就从饮食男女跳到了合法夫妻。

但又隐隐觉得，她和温席远就该是这样的。

她不禁冲温席远笑了笑。

温席远也冲她笑了笑，问她："一会儿有什么打算？"

林初叶："要回去拍戏呢。"

温席远点点头："我送你回去。"

林初叶点头："好。"

已到中午时分，正是下班的点。

沿途经过的写字楼能看到三三两两成群下楼吃饭的年轻人，依稀还能看到手牵着手的年轻情侣。

温席远视线在他们牵着的手上停了停，扭头看向林初叶："我们，今天就这样了？"

林初叶眼眸对上他的："那，要不我们今天各翘一天班？"说完又有些苦恼，"可是全剧组都还在等我呢，请假太多会不会太耽误大家的进度？"

温席远看了她一眼，拿过手机，给刘永拨了个电话。

"你和大家说一声，今天全剧组放假。"

电话那头的人一愣："啊？为什么又放假？"

温席远："天气太冷了。"

刘永："……"

温席远："你通知下去就行。"

说完挂了电话，看向一边愣愣看他的林初叶："好了，你不用有心理负担了。这半天假就当发喜糖了。"

林初叶："……"

"那……我们一会儿怎么安排？"她问。对于结婚这种事，她没什么经验，也没做过攻略。

温席远也被问住，他对结婚的想象，同样只到领完结婚证。

"吃饭，看电影，然后，"温席远眉心拧了拧，看向她，"再去把你的东西搬回我那儿？"

林初叶一时没进入状态："哈？"

"我们结婚了，温太太。"温席远刻意强调了声"温太太"，"我记得我之前有说过，婚后我不接受分房睡。"

林初叶记得，她在小阁楼和他提结婚的时候，他当时提了两个条件，第一，不接受婚后分房睡；第二，不能去父留子。

但她当时想的是把他带回她的小出租屋同居，每天一起跑步，一起买菜，一起挤在小小的厨房里做饭，一起窝在客厅看电影。

那个小房子她住了好几年，里面有所有她对居家小夫妻的想象。

"可以先只搬一部分过去吗？"林初叶问，"我租的那个房子还有点舍不得退。"说完又有些不好意思，"其实我最开始想的是把你带回那里住的。我很喜欢那个小区的烟火气，那个时候想象的婚后生活都在那个小房子里。"

温席远微笑着看她："好。"

"或者，我们今晚回你那儿庆祝？"温席远又补充。

林初叶看着他的眼眸，瞬间带了丝雀跃和惊喜。

"真的？"

温席远点头："嗯。"

"那……"林初叶开心地看着他，"晚点看完电影我带你在那附近转转，然后我们再去买菜，回家自己做？"

温席远点头："好。"

林初叶："那你想请你家人朋友什么的吗？"

温席远："以后有的是机会，今天不用。"又问她，"你呢？有想邀请的人吗？"

林初叶摇头："今天不想。"

温席远笑："好，那我们谁都不请，今天就我们两个人过。"

林初叶也露出了笑："好啊。"

温席远在前面转弯掉转了车头，去了最近的商场。

"先吃点什么吗？"把车停稳，温席远扭头问她。

林初叶往车窗外看了一眼，她记得这里有个小吃一条街，汇聚了不少各地名小吃。

"去吃小吃吧？"林初叶转头看他，"不用坐餐厅里等上菜耽误时间。"

温席远点头："好。"

下车时，温席远的手很自然而然地牵住了她的手。

这已经不是温席远第一次牵她的手。

但他温暖宽厚的手掌包覆住她的手时，林初叶心跳还是微微漏跳了几拍，像在小阁楼那夜，小巷子里，夜深天冷，他一边接着电话，一边自然而然地握住她的手。

林初叶没有挣脱，安静地任由他牢牢握住她的手。

从停车场电梯出去，一楼就是小吃街。

下班的时间点，人不少。

林初叶没什么偶像包袱，也没粉丝，不怕被人拍。

她平时不太喜欢逛街，也很少逛街，更不用说是和异性一起。

算起来，这似乎还是她和温席远真正意义上的第一次约会。

因此，对林初叶而言，这种感觉很奇妙，连带着心情都跟着轻松雀跃起来。

"你想吃什么啊？"看着琳琅满目的小吃，林初叶又忍不住扭头看向温席远。

温席远："我不挑食，主要看你想吃什么。"

林初叶看了一眼还冒着热气和怪味的臭豆腐摊，又扭头看他："那来份臭豆腐？"

温席远点头："好啊。"

林初叶上前要了一份臭豆腐。

刚出炉的臭豆腐热辣滚烫还爆着酱汁，林初叶用竹扦穿起一块，转身就喂向温席远："你要试试吗？"

温席远头微微一低就一口咬下了竹扦上的臭豆腐，完全没有在大庭广众下吃小吃的不自在感。

林初叶也没有，只期待地看他："怎么样？"

"还不错。"温席远顺手拿起另一根竹扦，穿了一块喂到她嘴边，"你试试。"

林初叶小小咬了一口，麻辣鲜香的味道在唇齿间漫开时，她眼神里已带了丝惊喜。

"真的挺不错的哎。"

温席远很少看到她这副小女生模样，她对于喜欢和不喜欢的东西，表现向来都是淡淡的，很少有这种情绪明显的时候，心情也不免被她感染。

"还要再来一份吗？"他问。

林初叶赶紧摆手，说："一份够了，待会儿吃完都饱了，还想试试其他的呢。"

温席远笑："好。"

林初叶平时对吃没什么太大的渴望，今天不知道是不是因为温席远在身边，又是新婚，心情好，胃口也特别好。

这种第一次约会的奇妙心情延续到了看电影。

其实已经不算是两人第一次看电影了。

上次她和相亲男看动画片时，温席远也坐在后面，但那时她并不知道温席远也在，因此意义还是不太一样。

电影挑的是最近刚上映的剧情片，工作日的电影院没什么人，整个场次就只有林初叶和温席远两人，但两人都只是端端正正地坐着，认认真真地看电影。

彼此都不是黏糊腻歪的人，也还不太习惯情侣间在电影院这种公众场合自然而然的亲昵，尤其在明知放映室后有人的情况下，反而是一进入电影院就多少带了点职业病，偶尔头靠头的咬耳朵里，也只是相互讨论剧情，但对林初叶来说已是十分新奇且欢欣的体验。

恋爱也好，婚姻也好，她和温席远都是纯新手，连结婚也是心随意动，没有所谓的模板可参考，只能按照心里最舒适的状态跟着感觉走。

电影结束的时候，温席远才牵起林初叶的手一起出去。

没有过多言语，但都极有默契地去了地下超市，买了食材，这才一起回家。

回的是林初叶租住的小房子。

回到小区时已是下午六点多，正是小区最热闹的时候，到处是嬉闹玩耍的小孩和买菜归来的老人，或是下班的白领，或匆匆一人，或成双成对，依稀还夹着自行车的铃铛声。小区门口还能看到摆着菜摊的老人，到处是生活的气息，与温席远居住的高端小区里的车来车往完全不一样。

林初叶在这里住得久，很多大妈大婶已经认识她，看她进来，都纷纷"初叶，回来了？""初叶，好久没见你了"地热情和她打招呼，打完招呼后好奇的眼神就落在了她身侧的温席远身上。

"这位是？"其他人好奇时，已有心直口快的大妈先问出了口。

林初叶有点被问住，"老公"两个字叫着有点烫嘴，怎么都叫不出口，叫"男朋友"又好像不太对。

她正尴尬着要怎么介绍温席远时，已有大妈贴心地替她解了围："是你男朋友吧？小伙子人长得真不错啊，气质也好，初叶，你眼光可真好。"

林初叶也就顺势跟着微笑道谢："谢谢。"

温席远也客气地道了声谢："谢谢。"

并没有去澄清和解释。

两人在众人的恭喜和夸赞声中上了楼，回了家。

房子还是那天离开时的样子，收拾得纤尘不染，窗户也还紧闭着。

林初叶还没怎么从已经结婚的事实中适应过来，习惯性扭头招呼温席远："你先坐会儿，我去把窗户打开。"

温席远笑着看了她一眼，只轻轻应了声"好"便拎着菜进了厨房。

林初叶打开了客厅阳台的窗户后才朝厨房走去。

她的厨房格局和面积与小阁楼的差不多，两人一进厨房整个空间都显得逼仄起来。

这种逼仄感让林初叶一下就想起在小阁楼的生活，人也不由得跟着拘谨了几分。

反倒是温席远，一进屋就自来熟地取过她的围裙系上，然后利落地处理食材。

林初叶在一边看着他："需要我帮忙做什么吗？"

"先把芹菜择一下吧。"温席远说着，正要把芹菜递给她，他的手机便响了，是微信视频电话。

温席远两只手都没空，下巴直接往衣服口袋一点："先接个电话。"

"好。"林初叶拿起他的手机，看到"何鸣幽"三个字时又把手机屏幕转向了他，"何鸣幽。"

温席远："直接接。"

林初叶迟疑着按下接听键，把手机屏幕完全转向了温席远。

温席远抽空看了一眼手机屏幕。

"什么事？"

"就是想找你聊聊天……"何鸣幽说着，眼尖发现温席远身后的厨房背景不是他家，当下忘了自己要找他聊什么了，兴奋地问他，"舅舅，这不是你家哎，你现在谁家啊？"

这一喊就喊来了他妈妈温书宁。

温书宁也好奇地凑到手机前。

何鸣幽扭头和他妈妈确认："妈，是吧？这不是舅舅家。"

温书宁的注意力却全落在了温席远身上系着的女式围裙上："什么情况啊你？"看了眼周围的环境，视线移向温席远的脸，"这是谁家啊？"

温席远瞥了她一眼："我老婆家。"

温书宁："……"

何鸣幽："……"

林初叶："……"

三人目光不约而同地看向温席远。

林初叶站在镜头后，看不清温书宁和何鸣幽的反应，但从空气中突然的安静里可以想象视频那头的两人现在是怎样的震惊。

她想看一下，又觉得尴尬，微微瞪大的眼眸只能直愣愣地看着温席远。

温席远看了她一眼，看向屏幕里的母子俩。

何鸣幽直接夸张地瞪大了眼，张大了嘴。

温书宁比他好一些，只是一脸被震蒙地看着他。

只有温席远什么事也没发生般，平静地看着两人："还有什么事吗？没事我挂了。"

"等，等等……"温书宁好不容易找回了自己的声音，"你哪儿来的老婆？"

温席远："娶来的。"

温书宁："……"

何鸣幽直接兴奋了："舅舅，舅舅，是林老师吗？"

温席远偏不直接回他："你说呢？"

何鸣幽和温书宁互看了一眼，有点拿不准是或不是。

温书宁定了定心神："我说，这种事开不得玩笑的。"

温席远看了她一眼，视线移向桌上还搁着的结婚证，转身洗了个手，倾身拿过结婚证，也拿过了林初叶那本，朝镜头前的两人晃了晃。

"货真价实。"他说，"我结婚了。"

温书宁："……"竟然是真的。

她一时间不知道该作何反应，只是死死盯着手机屏幕前写着"结婚证"三个大字的大红本子，崭新的封面让她想问他是不是作假都问不出口。

何鸣幽反倒是更兴奋了，不断催着温席远："舅舅，你打开一下，我看看舅妈是谁。"

温席远看他："舅妈是谁和你有什么关系？"

何鸣幽："当然有啊，我舅妈哎。"

温书宁轻轻咳了声，试图端出长姐的架势来："什么时候结的婚，怎么也不告诉家里人一声？"

温席远："今天。现在不正和你说着吗？"

温书宁被噎了噎，又故意板着脸问他："弟妹是谁？"

温席远："你不觉得这样电话里介绍对你和她都不够尊重？"

温书宁："……"有这么讲究吗？

温席远："我会找个时间带她回家，正式让她和大家见个面，吃个饭。"

温书宁："温席远，我看你是故意在吊我胃口。"

"吊你几天胃口怎么了？"温席远淡淡道，"要不是你，我这结婚证需要拖到今天？"

温书宁瞬间想起那次让何鸣幽约林初叶到家里吃饭，半路上温席远把林初叶带走时对何鸣幽撂下的那句，让他回去告诉她说，他和舅妈去接表姨表姨夫。

"真是林老师?"她问,有些惊喜。

温席远不点头也不摇头:"好了,我要做饭了,挂了。"说完也不等温书宁和何鸣幽应,直接掐断了视频。

温书宁当场抓狂,想给林初叶打电话确认,又怕不是,还勾起了人家伤心事,纠结半天,眼巴巴地看向何鸣幽:"要不你给林老师发个视频,问问她在做什么?就说你想她了?"

何鸣幽连连点头,他同样被吊得不上不下,抓耳挠腮的,想高兴又怕高兴错了。

有了温书宁特许,他当场给林初叶拨了个电话过去。

林初叶刚帮温席远把手机收起便听到她手机响了,她拿起看了一眼,看到"何鸣幽"三个字时视线又转向温席远。

"又是何鸣幽。"她说,"要接吗?"

温席远把手伸向她:"我来吧。"

林初叶把手机放在他掌心。

温席远直接按下了接听,手机屏幕还朝着天花板。

何鸣幽不确定地叫了声:"林老师?"

温席远静默了会儿,回他:"找林老师做什么?"

"舅舅?"何鸣幽差点没发出土拨鼠尖叫,"舅舅,是你吧?"

一边紧张地看着他的温书宁也一下凑到手机前,却什么也看不到,也没听到对面的回答。

何鸣幽又叫了声:"舅舅?"

好一会儿,温席远慢吞吞的嗓音才从电话那头传了过来:"做什么?"

"耶?"拖着长长的尾音,何鸣幽当场尖叫着蹦上沙发,"你真和林老师在一起……林老师,不不不,舅……舅妈,我要看看舅妈。"

隔着手机屏幕都能感觉到他的兴奋和惊喜。

温席远看了一眼林初叶,确定她做好心理准备后,才把手机屏幕转向了林初叶。

何鸣幽再次兴奋地尖叫:"林老师……"喊完又赶紧改口,"呸呸呸,舅妈，对，舅妈。"

林初叶还不太适应这个称呼，微微笑着和他打了声招呼："何鸣幽。"

还是那个讲台上温婉随和的林老师。

温书宁也凑到了手机屏幕前，她和林初叶也只是一面之缘，还不熟，有些腼腆地和她打了声招呼："林老师。"

林初叶也不大自在地抬手和她打了个招呼："何鸣幽妈妈。"

彼此都还没能从新身份中适应过来。

温席远把手机屏幕面向自己："好了，人你也见过了，还有什么疑问吗？"

"没有，没有。"温书宁心满意足，直接朝温席远竖起了两个大拇指，"效率不错。"

温席远眼中带了笑意，瞥了她一眼没说话。

温书宁很识趣："好了，我就不打扰你和弟妹的二人世界了，有空记得带回家啊。"

"知道了。"温席远看向林初叶，以眼神询问她要不要告个别。

林初叶点点头。

温席远把手机摄像头转向她。

何鸣幽又兴奋了："舅妈，舅妈，等我有空了我要去北市找你玩。"

林初叶微笑："好啊。"说完看向神色微微有些腼腆但又难掩兴奋的温书宁，也不太知道该怎么打招呼，也就微笑着冲她点点头。

温书宁直接以大姑姐的身份招呼："初叶，你什么时候空了也和温席远回宁市住一阵，来家里坐坐咧。"

林初叶笑着点头："好啊。"

温书宁："那我先不打扰你们了，我们回头再聊。"

林初叶依然是微笑着点头："好的。"

温书宁即将挂断时，何鸣幽又急急冲上来冲她喊了一句："舅妈，你要记得哦。"

林初叶点头："好。"

看着对面挂了电话，她这才看向温席远。

他正在看她，眉眼里已带了笑，又隐隐有些无奈。

"这对母子就这样，一惊一乍，没大没小。"

林初叶笑："不会啊，他们这样很可爱，母子俩看着像朋友，这样的亲子关系挺好的。"

温席远看她："你喜欢这样？"

林初叶偏头想了想："应该蛮喜欢的吧。"

她说完又有些不好意思："其实我想象的生活是有个女儿，小小的，软软的，脸嘟嘟的，眼睛大大的，很乖巧，很可爱，别的我还没有想那么长远。"

温席远看了她一眼："我也想要个女儿。"

林初叶觉得讨论这个问题还是会有点不好意思，但又被勾得心痒痒。

"那，以后我们生一个试试？"

温席远笑着看她，点头："好啊。"

他看向她的眼神分外专注，黑眸里像能化出水来的柔软，林初叶被看得心脏怦怦乱跳，她不太扛得住，视线微微偏移向他手里还拿着的手机，伸手去取，眼睛没怎么敢直视他。

温席远看了她一眼，笑了笑，松开了手机。

林初叶把手机和结婚证拿去客厅，稍稍平复有点失序的心跳，又忍不住回头看温席远。

温席远也正看她。

看她看过来，他冲她晃了晃手中没择叶子的芹菜。

林初叶赶紧过去帮忙，但还是没怎么看温席远的眼睛。

他的眼神像是藏了磁铁，视线胶着里太容易让人沉沦和迷失。

晚餐在两人的通力合作下很快做完，菜品精致丰富，他们很温馨地吃了这顿饭，还喝了点小酒。

酒是林初叶酒柜里珍藏的红酒，冯珊珊送过来的，说是有机会一起小酌，但和冯珊珊没喝成，反倒成了她和温席远的新婚贺酒。

两人都没喝多少，只是象征性地各倒了一小杯，然后在这顿饭快结束时，温席远端起酒杯和她碰了一下。

"新婚快乐！"他说。

林初叶也微笑着和他碰了碰杯："新婚快乐！"

而后又在相视而笑的灼烫眼神里不大好意思地稍稍转开了视线。

吃完饭时天色已晚，外面还飘起了雨丝，两人只能待在屋子里。

她的客厅没有摆放常规沙发，只有一个大大的懒人沙发，底下铺着厚实绵软的榻榻米和垫子。

温席远并没有嫌弃陈设的简陋，反而在饭后很自在地靠着懒人沙发坐了下来，随手取过一本书翻了起来。

林初叶洗完澡出来便看到温席远怡然自得地在看书。

外面窗帘已经拉上，客厅也只开了一个暖色台灯，暖黄灯光下显得温馨异常。

"要看个电影吗？"林初叶问。

温席远点点头，把书放下。

林初叶打开投影仪，随便挑了一部电影，脱了鞋进了软垫，在温席远身侧坐了下来，关了落地灯。

温席远给她腾了个位置，让她也靠坐在懒人沙发上。

懒人沙发不大，温席远人又长得高大，两人一挤就变成了林初叶靠坐在他怀里的姿势，鼻息间都是她的发香和体香。

温席远不由得垂眸瞥了眼林初叶，她毫无所觉，只是认真地看着电影，人被他揽进怀里还毫无所觉，整个人蹭在了他身上。

温席远静默了会儿，看向她："林初叶？"

"嗯？"她困惑地抬头看他，一抬眸就撞入了他漆黑的眼眸中。

还是那种专注且温柔的眼神，却在她眼眸撞过来时有了波动，然后就在这种波动里，他身子稍稍一侧，低头吻住了她。

微凉的触感传来时，林初叶微微瞪大的眼眸看向了温席远，提醒他这是沙发。

"没关系。"温席远哑声回答，手掌托着她后颈，更深地压吻了下去。

"你别又毁了我的沙发。"她低声呢喃。

"我赔你。"

第二天林初叶醒来时，温席远已经起床了，床的一侧空空荡荡。

窗帘已被拉开，南向的太阳落在她铺成榻榻米的飘窗上，温暖又充满生气。

林初叶忍不住四下看了一眼，穿衣起身，在厨房看到了正在做早餐的温席远。

她棉拖的声音惊动了温席远。

温席远回头看她："醒了？"

他身上已换上了全新的家居服，昨天去超市买菜时顺道买的，到家后林初叶就放进了洗衣机和烘干机。

不是什么很时髦高端的款式，就简单的黑白纯棉拼色，但温席远的身材算得上是黄金比例，这样不起眼的家居服穿在他身上，也穿出了股闲适自若的休闲感。

也不知道是不是餍足了，今天的温席远看着格外神清气爽。

林初叶做不到温席远的坦然自如，在他朝她看过来时，和昨夜有关的记忆自然而然地在脑中浮现。她尴尬地稍稍偏开视线，轻咳着"嗯"了声，然后手往卫生间指了指："我先去洗漱。"走到一半又回过头来问他，"对了，你洗漱没有？"

温席远："还没有，我也是刚起。"

林初叶："那我去给你拿个牙刷和杯子，家里还有全新没开封的。"

温席远点点头："好。"

林初叶从储物柜翻出了个全新的漱口杯，和她那个是一对的，倒不是刻意买的情侣杯，就是当时觉得好看又只能配套买便买下来了。

她刚把新漱口杯和牙刷洗干净，温席远便过来了。

林初叶很自然地往旁边挪了挪，给他腾了个位置。

温席远也自然地在她身侧站定，拿过牙刷，挤了点牙膏，便刷起牙来。

林初叶同样在认真刷牙，一抬头就看到镜子里的两人。

她在前，温席远在她身后，两人以着差不多的频率在刷牙。

明明是再普通不过的画面，但平淡的生活里却像突然加入了调味剂，调出了浓郁温馨的味道来。

林初叶对婚姻生活的所有憧憬都是从再遇见温席远开始的。

哪怕在她刚回宁市那晚和冯珊珊开玩笑说可以先结婚，把这两年的空档期填过去了，那个时候的她对婚姻并没有任何想象，她没有认真想过她的生活里突然出现一个男人会是什么样子，也没有想过孩子要怎么来，她所有的计划里就只有一个结果：结婚，有孩子。

温席远的出现，让到达这个结果的过程变得清晰生动起来。

林初叶想起毕业聚会那天晚上，天台上被风吹合上的木门前，她茫然地回头看他，他看向她的眼眸，幽邃深远，宁静平和，瞳孔深处浓得化不开的墨色里像藏着万千言语，一下将她的目光吸住，然后就在这样的视线胶着下，他低头吻了她。

他就像她少女时的梦，这个梦里藏满了所有不敢和人说的甜蜜微酸与期待，想靠近又不敢靠近。

如今这个少女时的梦，落进了她的生活里。

林初叶还有点在梦里的不真实感，刷牙的动作不知不觉就慢了下来。

温席远的动作也同样慢了下来，看着镜子里眼神迷离、走神的林初叶，手掌稍稍碰了碰她的脑袋。

林初叶回神，不好意思地冲他笑了笑，继续刷牙。

温席远也笑了笑。

林初叶在思考的问题，在昨晚她睡下以后，他看着她的睡颜，也同样思考过。

他同样没想过有一天，他的人生会多了一个林初叶。

他已经不记得是什么时候开始关注到林初叶，他只记得高三开学那天林初叶的座位是空的，然后在班主任告诉所有人，"林初叶转学了"时，那一瞬，他的心里也一下空了下来，空落落的，落不到实处。

那一天，他萌生了退学的冲动。

明明不是因为林初叶重回的校园，却因为她的离开，萌生了离开的念头。

他开始怀念那个任何时候都沉静平和，看着乖巧安静却又坦然从容的女孩，但又只能逼自己放下。

不过是青春里的一个过客。

然后所有被压制的情感在毕业聚会再遇见她的那天晚上变得汹涌起来。

他吻了她。

但又最终错过了她。

在心如止水的这几年里，偶尔的想起也只余下淡淡的遗憾，但不会去想她现在哪儿，过得好不好，如果当年在一起了，他们会怎么样。

不打探，不假设，不设想，是他对青春执念的所有放下。

温席远以为他的生活会这么无波无澜地继续下去，他没想到还会遇见，更没想到，有一天，他和林初叶会亲密至此。

但他并不抗拒这样的亲密，不仅是不抗拒，甚至是欢欣和庆幸，还有隐隐的满足。

一种失而复得的满足感。

因为胸口这种激荡的情绪，温席远昨晚盯着沉睡的林初叶看了一夜，几乎没睡。

在这样的情绪感染下，温席远看这个温馨的小空间都有了家的实感。

"这个房子你住了多久了？"吃早餐的时候，温席远问林初叶。

"有四年了。"林初叶说，"我决定考研开始就租了下来，一直住这里。

后来我写东西赚了点小钱后，就和房东商量了一下，长租了下来，然后我就花了点钱把房子按照我的喜好装修了一下。现在这个房子都是我后来才装的。"

温席远看她："你自己装的？"

林初叶点点头："嗯，自己要长住嘛，就想住得舒服点，就参考了网上的一些装修方案，自己买了些材料回来重装了一遍。"

"都是很廉价的东西，值不了几个钱。"林初叶又补充，"主要还是想自己住得舒服点。"

温席远："合同还有几年？"

林初叶："还有两年呢。"

温席远："我能看看租房合同吗？"

林初叶讶异："啊？这你都要看吗？这个合同没什么坑，想退租的话提前一个月和房东说一声就可以了。房东是个很好的老太太，人很好，一直没涨我房租。"

温席远："没事，我就看看。"

林初叶点点头："那我一会儿去给你找找。"

温席远点头："好。"

饭后林初叶去找了租房合同给温席远。

租房合同很简单，就一页纸。当年她在网上找到的房子，直接联系的房东太太，没有经过什么中介，所以也不是什么复杂的租赁合同，就简单约定了双方的权利义务，写清楚房子的配套设施和解除合同的流程，再互相留个名字、身份证和电话就差不多了。

"合同真没什么问题的。"林初叶说，"就那么几个字。"

温席远点头："嗯。"

看了好一会儿，他才把租房合同还给她，看向她："后面你想住哪儿？"

林初叶有点犯难，住民宿于她肯定是最方便的，但温席远来回太辛苦了。

住温席远那儿的话，后面的戏每天早上六点就要开工了，再除掉化妆时间，她怕赶不及过去。

"要不这样，最近我们就先在你这儿住下，我安排个司机送你。这里刚好在剧组和公司中间，我们两个拍戏和上班都不耽误。"

林初叶迟疑地点头："我是没问题，但你这样会不会太委屈了？这里好小哦。"

温席远笑："我对住没那么讲究。"

他抬眸扫了眼四周："而且我喜欢这里。"

林初叶也跟着笑了："那也行。到时我努力演好点，争取每天早点下班，晚上和你一起散步。"

温席远笑："好。"

温席远帮林初叶收拾了些行李回他那儿，又收拾了些自己的行李送到林初叶这儿，处理好这些才送林初叶回剧组。

送她到片场门口，温席远便先回去了。

翘了一天班，他同样有工作要忙。

林初叶到片场时大家已经开工，看到她进来都相互客气地打了个招呼。

她昨天去登记结婚的事没有通知任何人，也没人知情。

导演像是已等她许久，看到她进来就冲她招了个手："初叶，你过来一下。"

林初叶困惑地走向他："导演，怎么了？"

"是这样，我有个导演朋友有个电影，本来片子都剪好了，就等着上映，结果女一号最近出了点事，暂时没法上了，现在着急换人重拍，你看能不能去帮他们个忙，去给他们补拍几天？戏份不是很多，不会耽误你太多时间。"导演看着她为难地说，"我那朋友挺好的一个人，戏也拍得好，我给他看了你的戏，他也很喜欢，希望你能去帮这个忙。"

林初叶想也没想就答应了下来："可以啊。您这边协调好就行。"

导演这边协调很快，第二天就确定好了补拍行程。

是个悬疑电影，女主只是个镶边角色，戏份不是很多，但很重要，安排了一周多时间补拍。

拍摄地点在松城。

林初叶两天后就要飞过去，冯珊珊陪她一块过去。

林初叶的合约已经从星一转出去，转入了青空娱乐。理论上冯珊珊已经不需要再管林初叶，但周瑾辰一直没发话，也没让冯珊珊回去，冯珊珊也就默认不知情，还跟在林初叶身边，但经纪人的工作她已经基本不敢干涉了，就纯当个助理。

"对了，我现在的经纪合约暂时归入青空娱乐，温席远还没给我安排经纪人，他问我是想从华言里调还是另外找，或者让你过来。"到机场时，林初叶想起前几天温席远和她说的经纪人的事，对冯珊珊说道，"我肯定是比较希望你能继续做我经纪人，但你在星一也不只我一个艺人，所以想先问问你的意思，要不要跟我一起去青空娱乐，重新开始？"

"当然是要跟着你啊。"冯珊珊想也没想，"要不然我现在在这里做什么。"

林初叶笑："好啊，刚好我们可以一起试试，没有周瑾辰的干涉，我们能走多远。看看你当年有没有看走眼。"说完朝冯珊珊伸出右手掌。

冯珊珊也大大方方地伸出手掌和她互击了个掌："那必须的。"

"不过怎么是去的青空娱乐啊？"冯珊珊不太了解内情，"不是华言吗？"

"去青空娱乐是我和温席远商量的结果。在华言的话可能确实会容易许多，很多导演、制片什么的都会卖华言面子，想着资源置换什么的，一看到是华言艺人就直接给了，青空娱乐的话可能就更看演员本身的能力和资质。反正我们两个也不是冲着大红大紫去的，就是证明一下自己眼光和能力而已，不如先从青空起步。"林初叶说，看冯珊珊还是有点蒙，又补充了一句，"温席远下买了青空娱乐，所以其实都是华言。"

冯珊珊张了张嘴："原来那个背后金主就是温席远啊。"

林初叶老实地点头："嗯，所以才有了后面的增资。"

冯珊珊："看来，他对你是真爱啊。"

"那也可能是，人家觉得我有投资价值呢。"林初叶说，"真爱"两个字让她有点不太好意思，还不太习惯去谈什么爱不爱的字眼。

她和温席远好像都不提这个字。

冯珊珊直接"哧"了声："这个圈子具有投资价值的女艺人多了去了，怎么没见他每个人都去买个公司捧。"

这个问题林初叶没法反驳。

她轻轻咳了声："那个，有个事我觉得得和你报备一下。"

冯珊珊："什么？"

林初叶："我结婚了。"

冯珊珊差点没被口中的奶茶给呛到，问："你说什么？"

林初叶看她，很认真地重复："我结婚了。"

冯珊珊："和温席远？"

林初叶点头："就剧组放假那天，我们去领了个证。"

冯珊珊："……"

领了个证。

还真云淡风轻。

这个证领得可比办了个婚礼分量大多了。

"你知不知道你领的是什么证？"冯珊珊瞥了眼周围的人来人往，要不是公众场合人多，她想对她尔康摇。

"那可是华言的半壁江山！"她已经很努力地压低声音了，语气里却还是难掩惊愕和兴奋。

林初叶只是奇怪地看了她一眼。

"你兴奋过头了，姐。"

"我和他不谈这个。"林初叶看了一眼机场大厅显示屏，确定了办理登机手续的柜台方向，这才转身往柜台走去。

剧组给她和冯珊珊定的头等舱。

这个点人也少，办理登机不用排队，很快就办好了登机手续。

过完安检的时候，冯珊珊还在林初叶和温席远领证的冲击中走不出来，看着还有点恍惚，随林初叶一起走进头等舱候机大厅时也没注意看路，一不小心就和对面出来的人撞上，她手里还端着新换上的瓶装奶茶，这一撞，奶茶就撞洒在了对方身上。惊呼声响起时，女人夹杂着怒气的声音也跟着响起："干什么啊？走路不看路的吗？"

林初叶原本已走进候机大厅，没留意到冯珊珊这边情况，听到动静才下意识地回头，看到冯珊珊边道歉边掏出纸巾要给对方擦干净，手还没碰到对方衣服就被她用力挥了开来："干什么呢？"

林初叶歉然上前："实在对不住，我朋友刚走路没注意，要不我陪你去洗手间清理一下吧。"

话音落下时才看清对方是许安然，她在拍的这部戏原本的女一号，也是星一在力捧的女艺人。

许安然也认出了她，脾气稍稍收敛了些。

"不用了。"她的脸依然很臭，面色也很冷淡，"以后走路注意点。"说完就走了。

冯珊珊懊恼地拍了下脑门，压低了声音："真是冤家路窄。"

林初叶看了她一眼，没接话。

冯珊珊说的冤家路窄不仅仅只是这次角色的问题。

当年林初叶在星一的戏全被周瑾辰置换给了许安然，这背后也少不了许安然和她经纪人的运作。

许安然家和周瑾辰家两家关系近，两人算是青梅竹马了，只是彼此没那个意思。周瑾辰追林初叶，许安然给他献策不少，其中就包括对林初叶的极限打压。对周瑾辰而言，多了个追林初叶的手段；对许安然而言，公司少了个竞争对手，资源能更往自己身上集中，自然是双赢的结果。

冯珊珊是知道这些内情的，但知道归知道，一个皇族，一个孤女，胳膊拧不过大腿，她也就只能睁一只眼闭一只眼，尽量不去和许安然及她的经纪人碰。

偏偏许安然的经纪人是个会来事的，有许安然这道王牌在，再加上周瑾辰对许安然明显的偏袒，对冯珊珊也是明里暗里各种打压讥讽，因此对于许安然和她的经纪人，冯珊珊向来是看不惯的。

林初叶这些年在公司的时间少，和许安然见面的机会不多。

哪怕同剧组偶尔遇上，许安然也是看不上她的，连正眼也不会给她，更没有说过话。

就连上次她试镜碾压她，被导演和编剧钦点为女一号，许安然也是不屑于和她对话的，那个时候的她大概并不认为自己会失去这个女一号。

后来开机前一夜的聚餐里，周瑾辰临时宣布她为女一号，许安然脸臭归臭，但在人前并没有失了分寸，虽不至于说恭喜，却也没发难，只是提前离了场，第二天就一声不吭地离开了剧组，并不屑于去为难她。

因此对于许安然，林初叶向来是无感的。

但偏偏以前在公司里都没机会遇上的两个人，今天却接二连三地遇到了。

上了飞机以后，林初叶才发现，她和许安然同个航班，还是并排的座位。

基于曾经的同公司情谊，落座时，林初叶还是客气地和她打了声招呼。

许安然还是星一一姐的范儿，仅是高冷地点了个头，看她的眼神，一如以前看洗脚婢的眼神。

林初叶没在意她的态度，系上安全带后便戴上了眼罩，打算补个眠，原以为许安然会像以前一样直接当她不存在，没想到飞机起飞平稳后，借着发飞机餐的空当，许安然破天荒地主动和她说了一句话："林初叶，这个机会你等很久了吧？"

"……"突然被问到的林初叶一脸不解地看向她。

许安然还是那副高冷不屑的模样："一个女一号算不了什么。大红靠命，有些人注定没红的命，再挣扎也没用，你别指望一个女一号就能让你大红大紫，做人还是谦虚点的好，一步一个脚印来。"

林初叶脸上的问号更深，最后还是礼貌地问她："我能请问一下，你想说什么吗？"

许安然瞥了她一眼，笑了："我觉得你太傲了。"

笑容完全没达眼底。

林初叶略沉吟了下，隐约明白了过来。

许安然是星一的一姐，又和周瑾辰关系不一般，大家习惯于踩高捧低，因此公司里的人对她都是极其追捧和奉承的。

对比她这种只是客气点个头的态度，在许安然看来确实过于高傲了。

"你是不是觉得，你赢了我拿下女一号，就很牛，很了不起？"许安然直接挑明了话，"还是觉得，你终于要扬眉吐气了？"

许安然说完笑了笑："别天真了，林初叶，演女一号的多了去了，但你看看红的能有几个？"

林初叶估计许安然是真的想多了，但并不想在这个问题上和她纠缠，于是努力让态度看起来谦逊些。

"我知道了，谢谢你，安然姐。"

但这样的态度并不能让许安然满意，习惯了被追捧和跪舔的她还习惯不了林初叶的"不够谦逊"，尤其是同公司里没有任何人气和知名度的小透明。

许安然当她是因为周瑾辰的锲而不舍才有这样的嚣张底气。

"你别以为周瑾辰对你不放手就是真爱，这不过是男人的征服欲在作祟罢了。"

林初叶谦逊地跟着点头："嗯，我知道的，谢谢你，安然姐。"

许安然有点一拳打在棉花上的感觉，有力无处使。

林初叶已指了指自己的眼罩，有些歉然："不好意思，我得先睡会儿，昨晚太累了。"

说完已拉上了眼罩，睡了过去。

许安然的脸当下又彻底冷了下来。

下飞机时，许安然大概是想让林初叶明白什么是差距，特意和她差不多的时间一起出去。

许安然粉丝多，刚到出站口，各种站姐和粉丝就朝她拥了上去，追着拍她，要签名。

而林初叶这边无人问津。

许安然浅笑盈盈地冲粉丝摆手，借着转头的机会朝林初叶看了一眼，眼神里分明写着："看到了吗？这就是差距。"

林初叶回以一个客气的微笑，从旁边无人处走了出去。

"许安然私服"的机场视频很快上了热搜。

镜头前的许安然被粉丝簇拥着走，看得出来人气很高。

林初叶作为被迫和她差不多并排走的路人，无人问津的她被陪衬成了绿叶。

许安然大概是要让她进一步认清现实，还让经纪人发到了星一公司群里。

潜水党们纷纷冒泡跟着夸。

——安然好漂亮。

——好多粉丝接机啊……

……

有人眼尖地看到了站她旁边的林初叶：那是林初叶吗？你们怎么一起了？

问的人还特地 @ 了林初叶。

林初叶这些公司群全是折叠屏蔽的，早忘了它们的存在，合约转入华言后也忘了退群的事，这会儿突然被圈，她本来是不知情的，但冯珊珊在群里，两人又刚在酒店入住下来，冯珊珊还在她房间，看到有人圈她，就顺便提醒了林初叶一句。提醒完，冯珊珊还忍不住吐槽："这许安然最近犯的什么病，那么多年瞧不上你，这会儿倒上赶着昭告天下，她人气比你高。"

林初叶拿过手机看了一眼，确实有人圈了她，都在好奇她怎么和许安然一起。

她们两个在星一里一个天一个地，是不太可能有同框机会的。

即使有，也是……

"林初叶是要给安然做替身吗？"有人已先替她做了回答，这已经是委婉说法了，就差没问是不是做助理了。

周瑾辰追她不是捧着追，而是极限打压式的追求，公司里的人都知道，所以林初叶被安排做什么没人会觉得奇怪。

林初叶解约的事没官宣，周瑾辰也压着没宣布，没人知道林初叶已不是星一艺人。

林初叶不想得罪人，这个节骨眼退群也容易给人发散空间，因此只是客气地回了个"不是"的表情包就没再理会。

目的达成的许安然也无所谓她回什么，群里一贯保持着她有亲和力却同时兼具高冷的范儿。

这个范儿的尺度她拿捏得很好，就是不轻易加入群聊，但偶尔一两句的回话里也是带上可爱表情包和语气助词，显得亲和可爱。

众人也继续追捧她，像过去一样，没人再在意林初叶。

冯珊珊被许安然和她经纪人的操作闹得有些无语，想起了这些年的憋屈。

"等着吧，风水轮流转。"看着手机里聊得正嗨的众人，冯珊珊轻喃了句。

林初叶正在收拾行李，没听清她在说什么，困惑地回头看她："什么？"

"没什么。"冯珊珊回头看她，放下手机，走向她，"需要我帮忙吗？"

"不用了。你早点回去休息就是最大的帮忙了。明天我们得早起。"

林初叶提醒，把最后一件衣服取出挂好，合上行李箱，竖起放好，看了眼表，已经十点多。

冯珊珊也瞥了眼时间："都这么晚了，你家那位，不给你打电话？"

林初叶一下子没反应过来。

"温席远，温总。"冯珊珊说，"你说我都陪你一整天了，也没见你们相互打个电话什么的。"

林初叶："我下飞机的时候有给他发信息告诉他我到了。"

"就这样？"冯珊珊挑眉，"新婚哎。你们这新婚还不如人家小别呢。新婚小夫妻不都恨不得二十四小时黏在一起的吗？"

林初叶："……"

她和温席远都不是黏对方的人，好像从重逢以来就很少打电话和发微信，都是想见面就直接过去找对方了。

而且今天去机场是温席远送她的，也才分别没几个小时，一路在赶飞机、补觉和剧组工作人员相互认识、看剧本的忙碌中度过，也没时间去想另一个人。

冯珊珊带了林初叶这么多年，很明白她一头扎进去的性子，做一件事专注一件事，一钻进去就会忘了别的事、别的人。

"好了，我不留在这里打扰你们小夫妻互诉衷肠了。"冯珊珊拍了拍她的肩，"男人还是得多盯着点，你不在他身边还不查岗，这不是让他在外面随便疯玩吗？"

林初叶觉得对温席远完全不需要有这方面的担忧。

冯珊珊一看林初叶的脸色就知道她在想什么。

"知人知面不知心啊。万一呢？"冯珊珊又忍不住语重心长地拍了拍她的肩，"对你男人上点心。"

林初叶"哦"了一声，上点心是应该的。

"好了，那我就不打扰你了。"冯珊珊很识趣地先行离开，关上房门前还不忘叮嘱林初叶一句，"记得打电话。"

林初叶："知道了，洗完澡就打。"

林初叶洗完澡出来时已是十一点，顺便洗了个头，吹了头发，再护肤，等上床时已经十一点半了。

林初叶拿过手机，看到手机屏幕的时间时又有点犹豫，这个点温席远估计已经睡了。

她怕电话打过去吵醒了他。

人就在这样的犹豫中钻进了被窝里，盯着温席远的手机号迟疑。

微信界面里还停留在她下午到松城时给他的信息上：我到松城了。

后面跟了一条他秒回的：好。

之后便没了任何信息。

他们两个的微信聊天界面几乎没有任何聊天记录。

是真的都没时间聊天。

林初叶盯着手机屏幕迟疑半晌，想了又想，还是试探性地给他发了一条信息过去：睡了吗？

信息刚发过去，手机便响了，是温席远打过来的电话，林初叶连忙接起。

"忙完了？"温席远低软的嗓音从电话那头传了过来，很温柔。

林初叶几乎可以想象他把手机贴在耳边时，嘴角微微带笑的模样。

她的嗓音也跟着低软了下来："嗯，刚忙完。"又问他，"你呢？忙完了吗？怎么这么晚还没睡啊？"

不知道是不是夜色太静谧，又在被窝里的缘故，她的嗓音都不自觉压低了下来。

温席远回以她的是同样压低了的温软嗓音："在等你电话。"

林初叶把手机往耳边压近了些："你可以打给我的啊。"

温席远："可是我想知道，你会不会给我打电话。"

林初叶："……"

明明是很普通平常的一句话，语气也低软依旧，林初叶心脏却一下柔软得一塌糊涂。

"以后我空了就找你。"她说。

电话那头嗓音似乎带了笑："好啊。"又问她，"在那边怎么样，还习惯吗？"

林初叶点点头："嗯，挺好的。今天导演亲自来接的机，和剧组的工作人员一起吃了个饭，大家人都挺不错的。"

剧组都是二三十岁的年轻人，不是什么知名团队，项目也不是什么大项目，就一个小成本电影，但从她接触的剧本和团队工作人员来看，都是冲着做好电影去的，能感受到大家骨子里的满腔热血和激情，是林初叶合作这么多团队里不曾有过的东西。

"整个团队都很年轻，很有活力，有种一腔孤勇追梦的热血感。"林初叶忍不住和他分享，"我也不知道该怎么形容，就有种很有生命力、很有冲劲的感觉，就为了同一个梦想凝聚到一起，一门心思想拍个好电影，而不是为了拍戏而拍戏的感觉。和他们在一起会忍不住被他们这种气氛感染。"

温席远能想象得出她的惊喜，她是真喜欢这种没那么多明争暗斗、相互推锅，纯粹拧着一股劲儿一起拍好电影、好剧的团队。

"那你先和他们合作几天看看，如果确实不错，到时你把导演介绍给我认识认识？"温席远说，"我也想认识这样的团队。"

林初叶笑："好啊。我先帮你考察考察。"

温席远也笑："好。"

他看了眼表："你是不是得先睡了？明天还得早起拍戏呢。"

"嗯，是得准备睡了。"林初叶声音有些遗憾，也有点舍不得挂，她稍稍把手机拿下，盯着手机屏幕上"温席远"三个字，想象他以温软声调和她说话的样子，又有些心动，忍不住问他，"能开个视频吗？我想……看看你。"

话到最后时还是有些不好意思。她在他面前虽然一向言论大胆，但遇到这种情感直白表达的时候，她多半时候还是会有些小矜持。

电话那头的温席远笑了笑："好啊。"

他把电话切换成了视频模式。

林初叶没好意思这样躺着和他视频，还是坐起了身，整理了下被睡乱的头发，这才看向镜头前的温席远。

他已经上床，正靠坐在床头上看着她。

轮廓分明的俊脸出现在镜头前时，林初叶忍不住冲他笑了笑，也还是有些不自在，明明生活里彼此什么样子都见过了，该做的不该做的也都做了，但深夜视频时眼神还是没怎么敢对上温席远的。

　　他的眼眸太过深邃，眼神太温柔，她有点招架不住。

　　"还是原来的行程安排吗？"温席远问她。

　　林初叶点点头："嗯，和原来一样，安排了九天拍摄。"

　　温席远点点头："好。"

　　林初叶并不知道他这声"好"是什么意思，他也没多说，和她有一搭没一搭地聊了会儿便挂了电话，各自睡去。

　　林初叶第二天就投入了紧张的拍摄当中。

　　整个团队很认真，和她那天感知的一样，整个团队年轻又热血，冲劲十足。虽是补拍，却要求很严格，每一场戏都磨得格外认真。

　　大概是理念相投，林初叶和大家磨合得意外顺利。

　　她的角色虽只是个镶边女主，但戏份重要，又是个现代悬疑电影，有不少追逐和动作戏，危险动作不少，拍起来挑战性极大，难度也高。

　　林初叶全程没有用替身，全是自己真身上阵。

　　最后一天的最后几场戏是飞车抓捕戏。

　　林初叶在电影里饰演的角色是个反差巨大的卧底女警，在最后一场戏里从温柔可人却怯懦胆小的哑女受害者变成坚毅女警。

　　这几场戏里，警方快赶来的时候，真凶为了逃窜，顾不得还拽着车门可怜兮兮地以眼神哀求他们带上她的白月光"哑女"的生死，强行将货车冲撞了出去。林初叶饰演的女一号被迫挂在车门上，被甩得七荤八素，一边要保证自身安全，一边要阻止真凶逃入热闹街区，同时还要维持温柔可人却带点小怯懦的哑女形象。在斗智斗勇的阻拦中，凶手的车撞上护栏，女一号被甩飞出去。真凶跌跌撞撞拉开车门想要逃时，被跌趴在地、一向以温柔无害形象示人的女一号制服。

　　现场先拍的货车撞上护栏后的那场戏。

女一号被摔趴在了地上，真凶跌跌撞撞拉开车门想要逃时，女一号强忍疼痛抬头看真凶，楚楚可怜的控诉眼神让真凶产生了片刻犹豫，上前与她告别，然后在决然抽身要离开时，腰上已经被顶了一支枪。上一秒还楚楚可怜的哑女不知何时摸出了枪，将枪口顶压在了他的腰间，而且完全变了个人似的，眼神坚毅且冷静，全无之前的怯懦可怜。

这场戏林初叶和对戏的演员都拍得很顺利，彼此情绪和人物状态切换得很自然，尤其林初叶人设的反转，以及反转后眼神里掺杂的情绪变化，一下子从一个菟丝花一样温柔可人、同时怯懦无能、满心满眼只有凶手只负责美美美的小孤女，变成了冷静得近乎残忍的女卧底，前后的反差对比让人太过入戏，以至于导演喊"卡"时，现场工作人员和群演都忍不住鼓起了掌。

众人的认可让林初叶有些感动，转身冲围观的群众演员鞠躬表示感谢，然后在抬头时，看到了人群中的温席远。

他不知道什么时候过来的，还是穿着他喜欢的黑色长款大衣，人就站在围观人群后，正隔着一段距离不远不近地看她，两只手掌也交叠着轻轻鼓掌。

看她看过来，他冲她露出一个笑，手掌一下一下地鼓得更用力，深邃的黑眸里满是笑意和赞赏。

林初叶也不禁回他一个浅浅的笑容，心情因为他的出现变得轻松雀跃起来，还有说不上的惊喜。

导演已吩咐工作人员转场准备下一场戏的拍摄，是女一号挂在疾驰的车门上被甩飞出去的戏，危险系数和难度系数都很大，导演组正在紧张准备。

演员可以短暂休息。

林初叶下了场，化妆师赶紧上前替她整理妆容和衣服。

林初叶静静站在原地让她们整理，眼神已转向人群，搜寻温席远的身影。

温席远已朝她走来，高大挺拔的身形和出众的气质在人群中显得格外出挑，修身的黑色长大衣穿在他身上像自带气场，走路都带了风。

"你怎么过来了？"温席远走到近前时，林初叶忍不住问他，娇软的嗓音里满心欢喜。

她语气里的欢喜让化妆师和其他工作人员忍不住朝温席远看了一眼，眼神都带着好奇和疑问。

温席远没在意周遭打量的眼神，只是在林初叶面前站定，看着她微笑道："工作忙完了，想来看看你。"

林初叶笑道："刚好，我一会儿是最后一场戏了，拍完了也可以休息。"

温席远笑着点头："嗯，我等你。"

看她头发上沾着的灰尘没有被拍干净，他又伸手替她拍了拍，问她："最后一场什么戏？"

林初叶："就一场在车上的戏。"

又怕他等得无聊，她补充道："很快的。"

温席远："没事，我不着急。"

林初叶点头"嗯"了声，又忍不住问他："你什么时候到的啊？我刚都没注意看外面。"

温席远："你刚准备拍那场戏的时候，怕影响你发挥，就没打扰你。"

林初叶："没关系的。以后你想过来提前和我说，我去接你。"

温席远笑："好。"

导演组那边已准备好，让大家就绪。

林初叶转头看温席远："我先去拍戏了，你先等我会儿。"

又转头冲一边的冯珊珊招呼，让她帮忙照顾一下温席远，这才去了导演那边。

温席远看冯珊珊手里拿着剧本飞页，就朝她伸出了手："冯小姐，能借我看看吗？"

冯珊珊点点头，把今天要拍的剧本飞页递给了温席远。

温席远看完，眉心就拧了起来，朝已经走远的林初叶看了一眼，看向冯珊珊："这么危险的戏，不用替身吗？"

这几天他和林初叶虽保持联系，但基于对项目保密原则，彼此并不太谈剧本的具体内容。

林初叶会说起每天拍戏的一些趣事，但并不会说起拍戏过程的辛苦和危险。

冯珊珊摇头："不用，所有的戏都是初叶亲自上阵。"

温席远眉心拧得更紧，担心地朝林初叶看了一眼。

导演已开拍，让停下来已不可能。

他把飞页还给冯珊珊，去了导演身边，跟着他一块看向镜头前。

导演奇怪地扭头看他一眼，却也顾不上理他，注意力全投入了前方疾驰而来的小货车和林初叶身上。

这一段戏吊了威亚还好，全程拍得很好。

最后一段是车子撞上护栏，林初叶飞出去的戏。

飞出去的那一下是吊着的威亚把人拉开的，也不知道是卡扣没扣稳还是卡扣本身出了问题，林初叶飞出去的那一瞬间，吊在林初叶身上的线突然脱落，林初叶以近乎抛物线的方式飞抛了出去。

温席远俊脸倏然变色，一把拨开人群便朝林初叶跑了过去。

现场所有人被惊得当下起身。

导演急急喊了"卡"，也跑了过去。

温席远很快跑到林初叶身边，她整个人被摔趴在地上一动不动。

"林初叶！"温席远急急叫了她一声，在她身前蹲了下来，手急忙伸向林初叶的肩膀。

俯趴着的林初叶稍稍动了一下，她摔得有点蒙，脑袋"嗡嗡"地响，隐约听到温席远的声音，很熟悉，又有点陌生，不是她熟悉的沉稳音调，隐隐带着些颤意。

那是她从没在他身上看到的沉稳平静以外的情绪，她听不太真切，努力挣扎抬头看他。

温席远轮廓分明的俊脸落入眼中，面容全无平日的风轻云淡，脸部线条紧绷得厉害，黑眸一瞬不瞬地盯着她，眼神里的惊惧同样是她陌生的。

她不由得冲他露出一个笑，想安抚他："我没事。"嗓音还有点摔蒙后的惊惧虚弱。

事情发生得太突然，她也有点反应不及，摔下来时本能地用双手护住了脸，还好摔在了路边的草坪上，威亚也没有吊得很高，除了摔得有点晕，浑身骨头被震得有点疼，别的应该没什么大问题，她想。

但温席远却没有被她虚弱的话语安抚到，黑眸依然死死盯着她，手落在她手臂上，微微用力，又松开，想把她抱起，又不敢抱。

"有没有哪里特别疼？"他嗓音很轻，有着他没有察觉的沙哑和软哄。

林初叶摇摇头："没有，你别担心。"

说着她用手肘撑着草地想起身。

温席远扶着她坐起，把她上下扫了一圈确定没有大伤后，突然倾身抱住了她，很紧。

林初叶动作一下定住，脑后是他温热的手掌，轻护着将她的脸紧紧压靠在他胸前，耳边是他一下一下跳得急沉的心跳声，她心里一下就柔软了下来。

"我没事。"她的嗓音也不禁软了下来，带着安抚，"就这么点高度，摔不坏的，你别担心。"

温席远没说话，只是将她抱紧了些，好一会儿，才看向她："我们先去医院检查一下。"

林初叶想说不用，但看到他俊脸的紧绷时，又怕他担心，于是顺从地点点头："好。"

导演已经赶上来，担心地在她身边蹲下："林初叶，你有没有怎么样？"

林初叶看向他："我没事，谢谢导演。"

"如果这条片还过不了，请个替身吧。"温席远说，没有看他，"我先送她去医院。"

导演连连点头："这条片过了的，拍得很好，你们不用担心，先去医院要紧。"

温席远终于回头看了他一眼，轻轻点了个头："谢谢。"

温席远亲自送林初叶去了医院，做了个全面检查。

还好，除了胳膊和腿有些破皮，别的没什么问题。

拿到检查结果时，林初叶明显看到温席远一直紧绷的俊脸稍稍放松了些，却还是不太放心地转身看她："还有没有哪里不舒服？"

林初叶摇头："没有了。"

"就刚摔下去的那一下有点蒙，浑身骨头震得有点疼而已，现在已经好了。"她说着，朝他晃了晃胳膊，"你看，没事了。我运气好，摔下去的地方不是水泥地，真没那么严重的，你别担心。"

温席远看了她一眼，什么也没说，只是朝她转过身，轻轻抱住了她。

抱得不重，但轻柔的动作里带了点劫后余生的松口气感。

林初叶突然想起他刚才蹲在她面前，黑眸死死盯着她，小心翼翼想抱她又不敢抱她的样子，心里柔软得一塌糊涂。

她也抬臂轻轻抱住了他。

温席远微微低下头，脸颊在她头顶亲昵地蹭了好一会儿后，终于放开了她，却也没说什么，只是有些怜惜地摸了摸她的头。

"先去吃饭吧。"

林初叶点头："好。"

她又对他说："今天杀青了，剧组安排了杀青宴，要一起过去吗？还是我们两个在外面吃就好？"

温席远："一起过去吧。"

林初叶点头。

两人到餐厅时大家已经陆续到了。

导演主创那一桌特地给林初叶留了座位。

看林初叶进来，导演便担心地迎了上来，问："检查结果怎么样？没事吧？"

林初叶微笑着摇头："没事，谢谢导演。"

导演松了口气，这才看向林初叶身边的温席远："这位是？"

没等林初叶介绍，温席远已朝他伸出了手："你好，我叫温席远。"

导演也客气地朝温席远伸出了手："你好，我叫程昊。"很识趣地没有去追问两人的关系。

林初叶和温席远没有刻意去挑明，但也没有刻意避讳在人前亲密。

戏终于杀青，工作暂告一段落，大家心里都高兴，这段时间合作得也很愉快，席上相互敬酒庆祝。

林初叶作为戏里的女一号，发挥比大家预想的还要完美，大家都感谢她过来救场，不免多敬了她几杯酒。

林初叶酒量不好，虽然只是浅喝了点，中途温席远还替她挡了不少，但散席时还是有了些微醺的感觉。

温席远叫了车，陪她一块回酒店。

林初叶还是和上次一样，走路没晃，看着没醉态，但眼神已经开始迷离。

温席远刚扶着她在沙发上坐下，她就抬手抱住了温席远的脖子，抬眸轻声问他："温席远，你今天是不是吓坏了？"

温席远看着她，点点头："嗯，吓坏了。"

"对不起啊。"她轻声道歉，"让你担心了，我以后多注意点。"

"好。"温席远也回以轻应，拉下她的手，"你先坐会儿，我去给你煮点醒酒茶。"

林初叶乖巧地点点头："好。"

漂亮的眼眸却还是直勾勾地看着他，眼神是上次她醉酒后的懵懂迷离。

温席远想起了那次，不由得一笑，弯身看入她的眼睛，轻声问她："林初叶，你还有事？"

她老实地点点头："嗯。"

温席远嗓音压得更低："什么事？"

她眼眸看着有些苦恼，又有些不好意思，而后又像鼓起极大的勇气，以温软的嗓音对他说："温席远，我好像越来越喜欢你了，怎么办？"

温席远的视线在她脸上定了定，轻声问她："就只有喜欢吗？"

林初叶摇头。

温席远："还有什么？"声线沙哑，带着诱哄。

她迷离的眼眸有些困惑，夹着些许矜持害羞。

人虽还醉着，但到底是不习惯把爱啊喜欢啊挂在嘴边的人，纠结半天没说出口。

温席远偏不想放过她："林初叶？"

她看了他一眼，话没说出口，手却已经捧住他的脸，朝他压了下去。

温席远眉目不动地看着她。

等不到他回应的她有些着急，舌尖稍显笨拙地想撬开他的唇进去。

"你张嘴……"她有些着急地咕哝，捧着他的脸的手已经没入他的发丝中，改为抱住了他的头。

温席远的脸稍稍后退了些，看着她的眼睛，轻声诱哄："你不说就不给你。"

"你不能这么欺负人。"她咕哝。

"你说了就不欺负你。"他嗓音已显沙哑，但还牢牢掌握着主控权，没让她成功入侵。

"别扭，我说不出口……"

她也异常苦恼，几次尝试无效后，干脆直接跪坐起了身，身高稍稍压低了俯身看着的温席远，手臂也搭在了温席远的肩上，手掌交叉落在他颈后，想再次尝试。

但还是不行。

温席远的定力异常强，只是静静看着她。

林初叶有些挫败，手慢慢松开，想要放弃时，后脑勺倏地一紧，人被温席远扣着后颈，反客为主地压吻了下来。

初始时还极具侵略性，慢慢又温柔了下来，熟练交缠的唇舌里带了丝勾引的甜腻，濡沫相交的暧昧里，他将她抱起，回了房间的大床。

背脊被压撞进床榻时，林初叶环搂住了温席远的脖子，在渐渐加深的吻里，她渐有抢回主动权之势。

那次在她家就想扑倒他的种子在心里生了根，借着酒劲蓬勃生长起来，从眼神到动作都显得蠢蠢欲动。

温席远看穿她的企图："想自己来？"

他故意放低的嗓音沙哑得像诱人的软糖，他身上的大衣在进屋时已经脱掉，松城气候没北市寒冷，他身上只穿了件深色衬衫，衬衫早在刚才的纠缠里被蹭开了几颗扣子，这样俯身看她的动作，领口被微微撑开，林初叶一抬眼就能看到他胸前结实的肌理，线条匀称好看，随着呼吸的若隐若现里到处透着男性荷尔蒙的诱惑。

林初叶不好意思承认，但喝醉酒的她行动力很强，哼哼唧唧地以行动做了回答。

温席远笑看她，任由她胡作非为。

但她的体能远远支撑不起她的野心，毫无章法的作乱直接让温席远的定力土崩瓦解。

第二天，林初叶是在宿醉的头痛中醒过来的，有昨天摔倒后带来的后续筋骨酸痛，但更多的是昨晚胡作非为后被教训的后遗症。

她一抬头就撞入温席远深邃平静的眼眸。

他不知道什么时候已经醒来，正单手支颐看着她，瞳孔还是深不见底的浓郁墨色，平和中又带着几分漫不经心，看着像在走神，又像在回味。

林初叶几乎在撞入他黑眸的瞬间就想起了昨夜。

她借酒行凶，把第一次他来她家时想做但没敢做的事全给做了。

她……

林初叶眼眸随着昨夜记忆的涌入微微瞪大，看向温席远。

温席远看着她："这次没断片了？"

林初叶："……"

她倒宁愿自己喝断片了，至少不用面对借着酒劲肆意妄为的自己，以及温席远明显的秋后算账。

"嗯？"看她不回答，温席远微微扬起了尾音。

林初叶默默偏开了脸，不想面对。

温席远："林初叶？"

"还是……有点断片的……"林初叶不得不回答，心虚得声音都不自觉低了下去。

温席远偏要刨根问底："哪些？"

林初叶的脸都快埋进臂弯里了。

"你别问了……"嗓音已经懊恼得像要哭出来。

温席远笑着看向她："敢做不敢当？"

林初叶："我喝醉了……"

温席远："但还是记得你做了什么。"

林初叶："我……"

"那还记得你说了什么吗？"他问。

林初叶动作微顿住。

"温席远，我好像越来越喜欢你了怎么办？"

万分认真地对他说的话一字不漏地蹿入林初叶脑中，她的脸颊也跟着发烫，酒精作用激起的勇气在清醒时荡然无存，还是不太习惯这种直白的情感表达。

"不记得了……"她嘟哝着否认，在不自在中，手已无意识地伸向太阳穴，宿醉后的脑袋有点疼。

手刚伸到一半就被拉了下来，温席远温热的手指代她轻轻按压在了太阳穴上。

"头很疼？"他嗓音已温软了下来，指腹下的动作也极其轻柔，一下一下极有技巧地替她按揉。

林初叶注意力跟着被带走，微微摇头："也没有，只是有一点点不舒服，一会儿就好。"

温席远眉心几不可察地拧了拧，落在她两边太阳穴上的手稍稍加了点力道替她按压，边问她："这样会舒服点吗？"

林初叶点头："嗯。"

温席远也点点头，指腹保持着刚才的节奏替她按压着，没再说话。

屋里一时有些安静。

林初叶忍不住抬眸看了他一眼。

温席远正低敛着眉眼，神色淡然，但淡然下又藏着她熟知的温柔。

她想起他刚才问她的还记得昨晚说了什么吗的事。

昨晚她借着酒劲说了些她平常不太说得出口的话，但他们的对话只进行到了一半就让她以行动来代替了，她没好意思承认，他也没再追问。

林初叶不知道他是遗憾还是认为她的答案不重要，从他现下淡然的神色看不出心中所想。

她性子向来内敛矜持，家里从小的教育也不是大大方方表达爱的，她能说出我们结婚，在一起这样的话，但喜欢啊，爱啊这些情感表达的字眼她总不大说得出口。

但对于温席远，她一直知道自己对他是怎样的感情。

那是从年少时的朦胧情愫延续到现在的喜欢，甚至是爱，只是这种喜欢随着相处和了解的日益加深变得越来越深越来越重而已。

他每一次不经意的呵护都让她怦然心动，而后是日渐加深的沦陷。

她想尝试着让他知道。

在这样的意念驱动下，看着他温柔低敛的眉眼，林初叶忍不住叫了他一声。

"温席远。"

温席远抬眸看她："嗯？"

"我还记得昨晚我说了什么。"她看着他说，"也……还有些话没说完。"

温席远看着她没动："什么？"

"就……"她还是有些不好意思，但又鼓起很大勇气，压下满心的不自在，"就是……每次只要看到你，或者听到你的声音，都会很开心，很欢喜，也很心动，我真的很喜欢很喜欢……你，也很爱很爱……"话到最后时还是有些磕磕绊绊、语无伦次。

林初叶觉得有点沮丧，看着他的眼睛已经带了些湿漉漉的对自己的恼意，到最后干脆以行动取代言语，上前抱住他。

"我不大说得出口。"她趴在他颈窝沮丧低语，"反正就是很喜欢很喜欢，很爱很爱这样的你。"

温席远把她抱紧了些。

"我知道。"他在她耳边低语。

很爱很爱，这样的字眼于他很陌生，可落在耳中，却又带了心脏过电的悸动。

他同样出生在一个不会把爱挂在嘴边的家庭，但他们把所有的在意和关心都付诸行动上了。

他承袭了这一习惯。

可偏偏对林初叶，他想知道自己在她心目中的分量。

他会诱哄着醉酒的林初叶，想从她口中听到她的在意和爱。

爱……

温席远垂眸看了眼还趴在他胸前的林初叶，把她抱紧了些。

林初叶在初始时的小别扭过后终于慢慢习惯了些，但从他胸前抬起头与他眼神相撞时还是有些许不好意思。

"今天怎么安排？"温席远问她。

林初叶："没想过呢。"

本来补拍已经结束，按照原计划，今天是要回去的。

但温席远飞了过来，也不用这么急着赶回去。

"那我们今天去外面随便逛逛，晚上再约温简和江承一起吃个饭？"温席远说，"温简和江承都在松城。"

林初叶点点头："好啊。"

温席远也笑："好。"

两人一起吃了个早餐，一起在外面逛了逛。

松城是温简的家乡，但对温席远而言是陌生的，他不在这座城市出生和长大。

温简妈妈当年不顾家人反对，嫁给了那时被所有人误认为不务正业的混混林景余。后来，她跟着林景余回了这座城市，生下了温简，但母女俩也只在这座城市生活了四年而已。温简是高三时为了高考才转学回的这座城市，但也只在这座城市待了不到一年。高考前夜突然出事，母女俩消失了十年。因此，对于这座被称为温简家乡的城市，温席远没怎么来过，也就她和江承婚礼的时候来过一次，匆匆参加了个婚礼，又匆匆离开。

温席远这次虽是为了林初叶过来的，但人都在这里了，不和温简说一声也说不过去。因此，下午时他给温简打了个电话，告诉她他在松城，约她吃个饭。

温简没想到温席远也在松城，感到很是惊喜，当下定了晚上吃饭。

她已从松城市禁毒支队调去了总队，现在和江承一个单位，但都还在松城。

温席远是知道她调去总队的事的，刚好他和林初叶就在温简单位附近，又差不多到下班时间，便和温简说去他们单位门口等她和江承。

今天温席远和林初叶出来逛是剧组的司机负责接送的。

司机把他们送到了温简单位门口，刚要停车时，一辆黑色轿车突然从侧后方驶来，车开得有些急，一下就和林初叶他们的车刮蹭上了。

司机脾气爆，当下拉下车窗冲对方骂："怎么开车的？转弯减速不知道吗？"

林初叶也下意识地看向对方。

对方刚好拉下车窗，男人冷峻好看的侧脸落入眼中时，林初叶诧异地叫了声："表哥？"

对方面无表情地朝她看了一眼，眼神是全然的陌生。

林初叶一愣，那不是她表哥傅远征。

虽然他长了一张和傅远征一模一样的脸。

原本还狂躁的司机看清对方脸后马上变了脸色，没再吱声，还默默把车窗拉了上来。

林初叶奇怪地看司机："你认识他？"

司机点点头："他是傅远行。"

林初叶皱眉，傅远征那个六岁后就没联系过的孪生弟弟？

司机以为她在困惑对方的身份，又解释道："他是陆知言背后的金主。"

林初叶："陆知言？"

司机："对，她是导演的朋友，听说涉事进去了。"

林初叶皱眉，媒体上并没有这方面的相关新闻报道。

"小道消息这么传的，官方还没证实。"司机小声解释，往对面已下车往里面走的傅远行看了眼，"不过傅远行会出现在这里，估计八九不离十了。"

林初叶不由得向傅远行看了眼。

傅远行已下车，正朝公安厅门口走去。

温简和江承刚好从里面走了出来。

温席远和司机道了声谢，和林初叶一块下车，一起朝温简和江承走去。

傅远行也走向了温简和江承。

林初叶和温席远走到三人近前时，她听到傅远行疑惑的声音："她已经走了？什么时候的事？"

而后看到江承点头："昨天。"

林初叶看到傅远行眉心拧出了个褶皱。

他往公安厅里看了眼，看向温简和江承："谢谢。"

温简冲他客气地微笑："没事。"

傅远行没再多言，转过身就要走，看到站在侧身后的林初叶和温席远，脚步略顿。

这种停顿并不是因为认出林初叶或者其他，仅仅是因为没想到身后还有旁人在。

林初叶知道他不认识她，她也不认识他。

傅远行六岁就被他妈妈带走了，从此和他们家再没有任何联系。

一个六岁的孩子不会对幼年时的家庭有多少印象，何况那个时候她也还小。但林初叶知道傅远征这些年是试图找过傅远行的。

母亲在他们幼时不负责任，他想知道那个和他一胎所生却因为父母感情破裂被迫分开的弟弟怎么样了、过得好不好。

但有没有找到林初叶不知道，她没有听傅远征提起过。

在这样巧合的情况下遇到傅远行，林初叶在犹豫要不要问他要个联系方式给傅远征。

她在这样的犹豫里冲对视的他露出了一个礼貌微笑，然后问他："你是傅远行吧？"而后在他凝过来的困惑眼神里解释，"不好意思，我叫林初叶，是傅远征的表妹。"

她又小心地问他："傅远征，你还有印象吗？和你长得一模一样的双胞胎哥哥。"

傅远行眼眸终于有了波动，却不是点头，只是疏离客气地回她："抱歉，不认识。"说完已绕过她和温席远，走了。

林初叶不由得回头朝他背影看了一眼，他已拉开车门上了车。车子驶离，丝毫不拖泥带水，看着是真不想和他们这边的亲戚有任何联系。

垂在身侧的手被轻轻握住。

林初叶扭头，温席远正担心地看着她。

林初叶冲他笑了笑："我没事。"

温简把林初叶和傅远行的互动全看在了眼中。

她拉着江承微笑上前。

"你们认识啊？"温简诧异地问。

林初叶不好意思地摇摇头："也不算认识。他是我一个表哥，但二十多年没见过了。"

温简了然地点头。

"他是遇到什么事了吗？"林初叶又担心地问她。

温简："也不是什么大事。就他老婆最近遇到了点麻烦，他作为家属过来处理一下而已。"

林初叶诧异："他老婆？"陆知言吗？

那为什么司机说是金主？而且她离开了也不通知他？

温简看出林初叶眼中的困惑，但也解答不了，只是微笑着点头："对。"说完视线在她和温席远自然交握的手上定了定，又移向两人的脸。

两人已经不是上次见面时的生疏客气，反而更像情侣间的亲密自然。

温席远瞥了她一眼："又在想什么呢？"

"嗯……"温简小心地看着他，"哥，你和嫂子感情突飞猛进啊。"

林初叶有些不好意思。

虽然不是第一次见家属了，但到底是第一次在家属面前表现亲密，人一不自在，被温席远握着的手就忍不住小幅度抽动，想抽回来，但没抽动，温席远将她的手握紧了些。

他看向温简："有意见？"

温简赶紧摇头："没有。我替你们高兴呢。"

就不知道什么时候能喝上两人的喜酒了。

这句话她没敢问出口。

江承看了眼表："先去吃饭吧。"

林初叶和温席远点头："好。"

吃饭的地方是江承和温简安排的。

江承是松城土生土长的，虽然近十年都在海外，但并不影响他对松城的熟悉。

"对了，你们什么时候来的松城？打算待多久啊？"人刚一落座，温简便问，"后面两天周末，方便的话我们可以一起到处逛逛。"

"明天就得回去了呢。"林初叶有些遗憾，"还得工作。"

温席远也开口："以后吧，有的是机会。"

温简也有些遗憾，但成年人的世界就这样了，各有各的忙法。

"你们什么时候空了也可以来北市看看。"林初叶笑着说，"我们现在都在北市，到时再一起吃吃逛逛。"

温简也笑："好啊。"

这顿饭大家吃得都很尽兴，久不见面，年龄又相近，相互间没什么代沟。

饭后，温简和江承带着温席远和林初叶在松城夜市景区逛了逛，夜深时才回去。

温简和江承送温席远和林初叶回酒店，下车时林初叶的手机响了。

温简趁林初叶接电话时，偷偷地问温席远："哥，你们打算什么时候结婚？"

温席远："结了。"

温简："……"

"那还办婚礼吗？"温简看了眼不远处接电话的林初叶，问他。

这个问题温席远和林初叶没有商量过，结婚是临时起意，连恋爱过程都省掉了，遑论其他。

林初叶最近也抽不出时间，拍完这个戏就要进组下个戏，一拍就是几个月，根本没时间忙其他的。

"再看吧。"温席远看了眼还在打电话的林初叶。他们两个都是习惯于简单生活方式的人，做事都是顺心而为，不会刻意去计划，就像结婚，想了，就去领证了，他估计林初叶就从没想过婚礼的问题。

温简点头，每个人对生活的体悟和要求不一样，节奏也不一样。

"不管怎样，恭喜你和嫂子啊。"温简真心为他高兴。她还以为温席远是奔着打一辈子光棍去的，没想到是个闪婚的主。

"谢谢。"温席远看了眼手一直搭在她肩上揽着她的江承，又看向她，"也恭喜你和妹夫。"

虽然祝福的话在两人婚礼上已经说过，但他看得出来，两人现在很幸福，幸福到不需要他这个当哥的特别叮嘱江承要好好对温简之类的话。

江承客气地道谢："谢谢。"

林初叶已打完电话回来："不好意思，工作有点事，耽搁了点时间。"

温简笑："没事。"

她看了眼表，已经快十二点，温席远和林初叶明天一早还要赶飞机，也不耽误两人的时间，和江承分别道了声别便先回去了。

林初叶和温席远回了酒店，也没空忙其他的，各自洗漱收拾了行李便早早睡下了。

第二天是八点的航班，两人订的是头等舱。

冯珊珊昨天已经先回去了，回程只有林初叶和温席远两个人。

这还是林初叶和温席远一起出行，虽然是回程，但对林初叶来说还是很新奇的体验，起床有人叫醒，出门有人帮推行李箱，办理登机手续有人全程操办，她什么也不用做，只负责跟在温席远身边就行，他办事太周到妥帖了。

这还是林初叶第一次出门不用只靠自己，这大概就是有男朋友或者老公的好处？

在飞机上坐下时，看着利落帮她放包的温席远，林初叶若有所思："突然觉得，我以前没谈恋爱亏大了。"

温席远垂眸看向她："怎么说？"

"谈恋爱的话出门有人帮忙扛行李啊。"林初叶看着他坐下，"我以前每次出门都是自己扛行李的，坐飞机还好，坐高铁的话，那么重一个箱子都是自己搬到行李架上，现在想想有点辛苦啊，有个男朋友就不一样了。"

温席远看向她："那你有没有想过，你一个人的时候可能只需要扛你自己的箱子，找个男朋友的话，你可能还得连他的箱子一起扛了？"

林初叶看他一眼，好像也是，不是每个男人做事都能像温席远一样妥帖周到，哪怕不是在扛行李这个问题上需要她出力，别的问题上也可能需要她包办。

"所以……"温席远瞥向她的脸，"让你轻松的重点不是谈恋爱，是人。"

林初叶也看他："那你怎么知道我找的不是像你这样的？"

温席远："真有这样的，你不早下手了？还轮得到我？"

林初叶："……"

温席远："不是吗？"

林初叶："当然不是。"

温席远："那是什么？"

林初叶："可能因为，他们都不是你？"

温席远看着她的眼眸带了笑，林初叶脸皮薄，脸颊当下又烫了起来，视线默默从他脸上偏开了些。

林初叶看向来来往往的旅客中，又看到了傅远行，以及他身边的年轻女孩，气质很纯净。

傅远行也看到了她，朝她看了一眼，但并没有打招呼。

林初叶也不好意思再打招呼，看着他们在她和温席远前排座位落座，傅远行和女孩全程没有任何交流。

直到飞机抵达北市，两人也一句话没说，眼神交流都没有，飞机停稳后便各自起身离开，但又保持着走在一起的频率。

取行李的时候，林初叶和温席远又看到了他们。

女孩的行李箱是傅远行帮忙拎出来的，他推给了她，一句话也没说，女孩也一句话没有地接过了行李箱，之后各自离去。

女孩独自一人上了出租车走了，傅远行也另外叫了车。

林初叶奇怪，和温席远对望了一眼，这两人看着别说是夫妻，连熟人都不像。

傅远行拉开出租车准备上车时，看到了离他不远的林初叶和温席远。

林初叶明显看到他动作一顿，而后他开了口："傅远征和他爸还好吗？"

林初叶有些意外，下意识地点头："嗯，他们都挺好的。"

傅远行点头，没再说话，弯身就要上车，林初叶叫住了他："等等。

那个，我能加你个微信吗？"

傅远行看她一眼，掏出手机，翻出微信二维码，手机屏幕伸向了林初叶。

林初叶也拿出手机扫了一下："谢谢。"

"不客气。"淡淡应完，傅远行已上车离去。

林初叶晚上回家时给傅远征打了一个电话，说遇到傅远行的事。

电话那头沉默了会儿，而后对她说："把他的联系方式发我。"

"好。"

林初叶挂了电话，给他发过去前还是在微信上礼貌地问了傅远行一声：傅远征表哥让我把你联系方式发给他，我能把你微信推过去吗？

微信那头隔了半个小时才回了信息过来：推吧。

林初叶有些意外，又有些高兴，很克制地敲下"好的"两个字，想发过去，又觉得这样显得生疏了，又改成"谢谢"，想想还是觉得不妥，又改成"谢谢表哥"，又怕突然叫"表哥"唐突了，有些犹豫不决。看温席远在一边懒人沙发靠坐着，正在看书，她就朝他坐过去了一些，把手机屏幕转向他，问他："你说，我就这样直接叫表哥，会不会太冒昧了？"

温席远朝她的手机看了眼，看向她："不会，就这么回吧。"

林初叶眼眸对上他的，有些犹豫。

傅远行看着不如傅远征重情意。他给她的感觉，面上虽然温和客气，甚至还有几分清雅出尘的仙气，但从短暂的接触看，他内里的分界感比谁都重，对谁都没感情。

"正因为如此，更需要你主动去打破这份边界感。"温席远说，"你这个表哥一看就是个对感情看得很淡的人，亲情、爱情都一样。你也不是指望他给予你什么回应，不过是基于事实存在的称呼而已。"

林初叶想想也是，很快给他回了个"谢谢表哥"，还附上了个可爱的表情包。

傅远行还是给她回了个"微笑"表情，没有任何多余的文字。

这个微笑表情如果是别人发，林初叶会觉得是一种"你开心就好"的嘲讽味儿，但放在傅远行身上，感觉上就是一个单纯的不让对方觉得尴尬的礼貌回应，没把她这声"表哥"放在心上，也无所谓她怎么称呼他，因为都不重要。

林初叶忍不住笑了笑，确实像他给她的感觉，面上保持客气，但不会把任何人放在心上。

温席远也看了眼她的手机，并不觉得意外。

林初叶掐熄了手机，看向温席远："感觉和你是一类人。"

"那我可差远了。"温席远手肘撑在懒人沙发上，偏头看了她一眼，"他这奔着修仙成佛去的，我顶多只能算个闲云野鹤。"

林初叶想到刚开始遇到他时，他住小木屋里无欲无求的样子，还真有那么点闲云野鹤的味儿。

她好奇地朝他凑近了些："是不是你们有钱人财富积累到一定程度就会看破红尘，觉得人生没意思了？"

温席远保持着单手支颐看她的姿势："你觉得我像是看破红尘的样子？"

林初叶摇头："现在不像了。"

被拉入红尘了。

温席远被她的眼神逗笑，说："你也没有钱到那个程度，怎么就看破红尘了？"

"我哪有看破红尘？"林初叶皱眉反思，"我明明一开始就很明确要找个人结婚生孩子的。"

温席远："你不想谈恋爱。"

林初叶："……"

温席远："你也不想要孩子爹。"

林初叶："……"

温席远："你也没谈过，也不存在被伤透心的可能。年纪轻轻的，怎么就只想过这种生活了？"

林初叶："……"

温席远："嗯？"

"因为……没遇到爱情啊，也觉得遇不到了啊。"林初叶说。

温席远："那为什么最后只选择了我？"

林初叶眼眸对上他的，他还是刚才手肘闲适撑在懒人沙发上，微微侧头看她的姿势。

她轻轻咳了声："你不要每次都逼我说肉麻话。"

话语又是含在唇齿间的咕哝。

温席远眼眸带了笑："不是你把话题带过来的吗？"

"我哪有，明明是瞎聊着瞎聊着你就给绕回来了。"林初叶身体压在懒人沙发上，朝他凑近了些，"那你呢？明知道我当时是这么想的，为什么还要答应？"

温席远看着她，没说话，眼眸里的深邃让林初叶一下有了想逃的冲动，心跳因为他的注视而"怦怦"加快，明知道自己在他这种眼神下毫无招架之力，却还是哪壶不开提了哪壶。

其实都是彼此心知肚明的答案。

林初叶有胆提问，却没胆去听答案。

温席远的眼神太过深邃太过专注，尤其在这样柔和的灯光下，她不太扛得住。

"我……先去把行李箱整理一下。"

她咕哝着后挪身体，还没来得及起身，人就被温席远拉住胳膊，微微一用力，她就被拉跌入绵软的懒人沙发中。他身体微微一侧身，手臂撑在她头侧，俯身看她："林初叶，你怎么就那么尿？"

"可能是……"林初叶微微瞪大的眼眸看入他眼中，"心脏不太好？"

温席远笑了笑，身体朝她稍稍俯低了些，又是那种静静看她不说话的姿势。

林初叶微微推了推他："你不要老是用这种眼神看我，你明知道我扛不住的。"

"多看几次就习惯了。"温席远嗓音压低了些，"你那时说让我陪你回北市住两年，是住这里吗？"

林初叶点点头："嗯。"

她抬眸往四周看了眼："你不觉得这套房子很有家的感觉吗？"

温席远四下看了眼，确实被她布置得很有小家的感觉，很温馨，适合小情侣。

"那生孩子前，我们先在这里多住一阵。"温席远说，"你养我。"

林初叶："好啊。"

她声音低，浅浅柔柔的嗓音像浸在了舒缓流动的水里。

"那我就养你到租约到期，还有两年，不能浪费了。"

温席远："可能不止两年。"

林初叶："哈？"

温席远手伸向他身后的书架抽屉，从里面取出了一份文件，而后把文件递给她。

林初叶看了眼，购房合同。

她诧异地看向温席远。

"你去松城那几天，我找房东聊了聊。"温席远说，"我也很喜欢这个房子。以后有孩子了，也可以偶尔带他回来住住，我想他一定也会很喜欢。"

林初叶鼻子一下有些酸，她什么也没说，微微起身抱住了他。

"你让我对生孩子更期待了。"她低声说，嗓音还有些压不下去的哽意。

她以前只是把结婚生孩子当成人生的一部分，过大部分都在过的人生而已，并没有具体去设想太多。

但温席远每一次都让这种悬在真空里的设想变得鲜明起来。

她想象了一下她和温席远孩子的长相，应该是个女孩，会融合她和温席远的五官特质，稍微长大一点会安静地牵着温席远的手，或乖巧地任由他抱坐在桌前看书识字，明明很寻常的画面，却因为这样的想象变得鲜活和期待起来。

"孩子不着急生。"温席远说，"我们还年轻。"

林初叶点点头，看向他："我觉得，我们的孩子以后一定会长得很好看。"

温席远笑着看她："像你吗？"

林初叶微微摇头："像你。而且肯定很乖巧。"

温席远看她："像你好点。"

像她的话应该会更加可爱，像他的话……

温席远无法想象一个长得像自己的女孩是什么样子，但看着林初叶，他想象一下五官和性子像林初叶的小小女孩，一向对孩子无感的他竟隐隐有些期待。

突然觉得，他并不介意这个时候有孩子。

可惜了，现在还不是时候。

他低头吻了吻她："找个时间，陪我回趟家，和家里人见个面？"

林初叶点点头："好啊。你来安排。"

两人既然已经结婚，林初叶并不觉得和他回去见他家人是什么不能接受的事。

就像他们当初决定结婚时，她想带他见她家人一样，现在她和温席远已经领证了，温席远肯定也是希望把她介绍给他家里人的。

"我需要准备什么吗？"林初叶还是有些忐忑的，"我没什么经验，也不知道你家会不会有一些习惯啊什么的。"

"什么都不用，交给我就好。"温席远说。

林初叶点点头："那大的你准备，我去买点礼物吧，第一次见面还是不能马虎了。"

温席远笑："真没关系，你人到就好，礼物我给你准备好。"

林初叶："感觉这样有点没诚意。要不，我们一起去挑礼物吧，你帮我参考一下，这样不容易出错。"

温席远笑："好。"

第十四章
见家长

　　林初叶逢年过节都会给外婆和舅舅舅妈送礼物，挑礼物还是有些心得的，但她家是普通家庭，又是给自家人送，自然没那么多讲究。

　　她对温席远的父母不了解，而且家境悬殊过大，林初叶还是有些不好把握尺度的。网上做了几天功课也不知道该送什么好，只能求助温席远。

　　两人抽空去了商场，温席远给她参考挑的礼物，没有买太贵重的，都是相对实用又有意义的礼物。

　　林初叶是周末跟温席远回的家。

　　林初叶原本觉得自己应该不会过于紧张，以为就像她上次带温席远和她舅舅舅妈一家吃饭时一样，轻轻松松就过去了，但随着车子驶入那片豪华别墅区时，林初叶的心脏还是微微提了起来，有些忐忑和对未知的惶恐。

　　温席远看出了她的紧张，借着等红灯的间隙握住了她的手。

　　林初叶的手有些冰，温席远握紧了些，看向她："没关系的，他们也只是普通人。"

　　林初叶冲他笑了笑："我没事，你不用担心。"

　　温席远也笑了笑，抬手揉了揉她的头，把车驶向那栋有着前后花园的大别墅。

　　温席远把车停在了院子的露天空地上。

　　院子占地面积很大，坐在车里就能看到对面的山景和大片湖景公园，还能看到公园里打太极和练歌的老人。

"这边离市区比较远，环境不错，空气质量也比较好，周围公园景区多，比较适合老人家居住，很多人是退休后搬过来的。"看林初叶对着外面好奇，温席远和她解释道。

"这里的环境看着确实很适合养老。"林初叶说，"就是去上班的话通勤时间会有点长。"

温席远点头："对，所以我们几个都不住家里。市区倒是也还有栋老宅，那边生活会方便些，但环境比不上这里，院子也小，满足不了我妈种菜的爱好，所以她和我爸就搬来这边住了。"

"种菜？"林初叶讶异地看他。

温席远点点头，转过身，手往不远处的菜地一指："喏，好好一个院子，全让她折腾成了菜地。"

林初叶循着温席远手指的方向看过去，还真是大片绿油油的菜地，品种还不少，豌豆、油麦菜、生菜、大白菜、大葱、蒜苗、芹菜……

这个和林初叶认知里的这个阶层的妈妈不太一样。

她认识的这个年纪这个阶层的妈妈都是像孟景弦妈妈那种，比较讲究体面，爱好也是钢琴、小提琴、歌剧这种比较文雅的，对一些普通人的爱好和兴趣不太看得上眼，还要明里暗里嫌弃一把，对门当户对的要求也高。

"你妈……爱好挺生活的。"看着满目绿油油的新鲜蔬菜，林初叶努力找形容词。

"她也就这几年才培养起来的爱好，毕竟什么大风大浪都经历过了，有些事看得也比别人明白些，现在年纪大了，反倒想要过点简单的生活。"温席远说，边解安全带，"我们先进去。"

林初叶点头，刚要解安全带，一道瘦小的身影便跟个猴子似的从客厅窜了出来，伴着一声欢快又拉长的"林老师"。

林初叶解安全带的动作一顿，下意识看向来人。

"何鸣幽？"她叫了他一声，有些意外。

虽然买礼物的时候林初叶一道准备了何鸣幽和他爸妈的礼物，但也只是想着先备上，没想到何鸣幽竟然也过来了。

"你什么时候来北市了？"林初叶诧异地问，又有些惊喜。许久没见，她还挺想念这个调皮过头的小朋友。

何鸣幽同样想念这个温柔漂亮的老师，一边笑嘻嘻地解释："刚刚来的。我和我妈一起过来的。"一边很自觉地上前替林初叶拉开了车门，"老师，您先下车。"

温席远瞥了他一眼："叫舅妈。"

"叫舅妈多老……"何鸣幽下意识地反驳，却在视线触及温席远眼神时马上乖乖改了口，"舅妈。"

林初叶笑着看他："没关系，你想怎么叫就怎么叫。"

说话间已下了车。

何鸣幽偷偷瞥了眼同样下了车的温席远："舅舅不让。"

温席远还站在车门前，又是淡淡一眼扫向他："不叫舅妈你想叫什么？"

何鸣幽很坚决地摇头："什么也不想叫，就叫舅妈。"说完还为了显示诚意，脆生生地冲林初叶喊了声，"舅妈。"喊完，还忍不住偷瞥一眼温席远看他的反应。

林初叶被他认尿的样子逗笑，配合地轻应了声："真乖。"

被夸了的何鸣幽不好意思地挠头笑了。

屋里的其他人也已循声出来，人不多，两女一男。

走在前面的是个五官气质很出众，看着很优雅有修养的中年女人，林初叶估摸着她就是温席远的妈妈了，她有点难以把她和这满园子的菜联系起来。

跟在她身侧的是五官轮廓和温席远有几分相似的年轻男人，眉宇间还带着股少年气，另一边是温书宁。

温书宁笑着朝林初叶走来，很是热情地和她打招呼："初叶，你们回来了。"而后指着身边的两人笑着介绍道，"我给你介绍一下，这是咱妈，这是弟弟，温慕远。"

林初叶对这种场面实在没什么经验，只能客气微笑地打招呼："你们好。"

干巴巴应得她自己都觉得尴尬。

温席远站在林初叶身边，握住了她的手，看向走到面前的优雅女人开口道："妈，这是林初叶，您儿媳妇。"

林初叶礼貌地冲她打了声招呼："阿姨好。"

温席远的妈妈陶锦蓉打量着林初叶，笑着纠正她："该叫妈了。"

林初叶不好意思地笑了笑，到底是第一次见面，还不太习惯这个称呼，但还是乖顺地改口叫了声"妈"。

这一声"妈"叫得陶锦蓉眉开眼笑，拉过她的手，一个厚厚的大红包就塞了进来，说是见面礼。

林初叶没经历过这样的阵仗，想抽回手，不敢要。

温书宁笑着看向她："初叶，你收着吧，这是习俗。我之前第一次正式见何鸣幽他爷爷奶奶也这样。"

温席远也低声对林初叶说："收下吧，第一次见面都这样。"

林初叶不得不收下红包，软声说："谢谢妈。"

这一声乖巧的"妈"喊得陶锦蓉又恨不得再给林初叶塞个大红包，越看林初叶越喜欢。

她就喜欢这种看着文静乖巧又知书达理的女孩。

林初叶和温席远刚到那会儿，她就在客厅里，透过落地窗看到林初叶，她就知道是她喜欢的气质和长相，但这种喜欢里又隐隐藏着担心。

她没想到温席远会结婚，而且是闪婚。

她做了温席远快三十年的妈，从没听说过他喜欢哪个女孩，和哪个女孩关系亲密，也没见他谈过一次恋爱，每次催婚都是回她不会结婚，然而就是这样一个让她操碎心却无可奈何的儿子，昨天突然通知她，他结婚了，要带新婚妻子回家吃个饭。

她当时的第一反应是惊吓大于欣喜。

毕竟在他去宁市前，她还专程找黎锐和徐子扬等人打探过，温席远没有女朋友，也没有任何有好感的女孩子，更没有处在暧昧中的女孩。就是在他去宁市一段时间后，她让温书宁旁敲侧击问他感情状况，温席远也是斩钉截铁地回答温书宁，没有女朋友，没有喜欢的人，不会结婚。

结果就是这三无回答才过去没多久，他突然告诉她，他结婚了！

不是突然交了个女朋友，而是多了一个妻子。

她在惊讶过后取而代之的是担心。

结婚不是小事，能让她这个对感情素来谨慎的儿子选择闪婚，她怕是这个女孩段位太高，温席远着了她的道儿。

陶锦蓉甚至忍不住去想，是不是对方搞了什么旁门左道的东西，才让温席远这么稀里糊涂地和她领了证，要不然以温席远的性子不至于会上当才是。

她在这样的担心里终于等到了今天，看到了这个可能让她儿子着道的女孩。

林初叶的模样和她猜测的出入有点大。

她以为会是妖媚款的狐狸精式女孩，结果不是，反倒有点过于乖了，沉静温和书卷气重，看着更像是会被骗的类型。

她也以为会是交际手腕高、擅撒娇和处理人际关系的交际花类型的女孩，但看林初叶的反应，反倒显得有些青涩拘谨。

她不由得瞥了眼温席远，她儿子看上去才是高段位那位，千年老狐狸那种，这样的女孩要真耍心机的话，根本玩不过她儿子。

温席远也瞥了她一眼。

这一眼瞥得陶锦蓉气势立马下去了几分，面对这个身为一家之主的儿子，她还是有些气弱的。

明明是她生、她养、她教出来的亲儿子，但十年的商场磨砺，硬生生把他的气场给提起来了，还后浪压过了前浪，气势也压了她一头。

陶锦蓉轻轻咳了声，努力端出一个母亲该有的气势："先进屋吧，外边冷。"

林初叶点头："好。"

何鸣幽马上蹦到林初叶面前，拉过她："林老师，走。"

温席远咳了声。

何鸣幽马上跟被烫到似的松开了林初叶的手，还很识趣地补上一句："舅妈，走了。"

狗腿的模样让一边的温慕远很是嫌弃地朝他比了个大拇指朝下的动作。

何鸣幽直接回他一个"你不怕啊？"的眼神。

温慕远偷偷瞥了眼温席远，他还真有点怕这个大哥。

温席远已经握住了林初叶的手，牵着她往屋里走，护犊子的模样让温慕远和陶锦蓉忍不住好奇地偷看两人，怎么看怎么恩爱，完全不是他们猜想的另一种可能：温席远为了逃避逼婚找的合约妻子。

但如果真是感情深厚，这感情发展也未免太快了点，一点征兆也没有。

他们连林初叶打哪儿冒出来的都不清楚，对两人关系的发展着实好奇，想问不敢问。一方面是都有些怕温席远，这个家唯一不怕温席远的也就温书宁而已，她不开口他们也只能憋着；另一方面也是和林初叶初次见面，还摸不准林初叶的性子，怕直接问了显得过分唐突，只好按捺住好奇，笑着招呼着进屋。

何鸣幽没有大人那么多弯弯绕绕的心思，他喜欢林初叶，就单纯想和她说说话，因此一个翻跟头翻进了屋里后，人马上蹦到了林初叶面前，挨着她坐下，扭头眼巴巴地问她："林老师，你是怎么突然变成我舅妈的啊？"

话音一落，一屋子人一下全看向了林初叶。

林初叶也一下被问住。

怎么突然变成的？

好像就是一起去骑了个马，然后她一时冲动就约温席远去结了个婚。

"就……"林初叶不知道她的答案对小孩子而言算不算惊世骇俗，"我问你舅舅要不要结婚，然后我们就去领证了。"

吃瓜众人："……"

好像回答了，又像没回。

温慕远性子比较直率，直接问她："嫂子，你和我哥求的婚？"

林初叶觉得过程确实如此，就点了点头："嗯。"

温慕远："他直接同意了？"

林初叶老实点头："嗯。"

"那……"温慕远想了想，"你们之前交往多久了？"

林初叶迟疑摇头："没有……正式交往过吧。"

温慕远："……"

陶锦蓉："……"

温书宁："……"

三人目光同时看向温席远。

温席远刚在林初叶身侧坐下，面色平静地扫了众人一眼："有问题？"

当然有问题。

三人眼神里透露着同样的信息，正常人哪里会把婚结得这么草率。

可看着两人的相处，又没觉得有问题，又像哪里有问题。

明明还有闪婚夫妻间的生疏客气，又藏着老夫老妻的蜜里调油。

"你们两个，真勇士。"最终，温慕远只能默默朝两人竖起两个大拇指。

林初叶尴尬地笑了笑，她和温席远好像确实有点不走寻常路。

何鸣幽还是听得很苦恼："可是为什么不是舅舅问你要不要结婚？不都是男人求婚的嘛。"

林初叶真没想过这个问题。

她想和温席远结婚，就去问他了，没有想那么多。

她不知道直接告诉他是因为自己想结婚会不会太颠覆小朋友的认知。

而且温席远家人会不会多想啊？

林初叶迟疑地看了眼众人，却见大家的视线全集中在了温席远身上。

"就是啊，你一个大男人，怎么能让女孩子求婚？"温席远的妈妈陶锦蓉先发难。

"对啊，哥，求婚这种事怎么能让嫂子来呢？"温慕远跟上。

温书宁跟着点头："嗯，要是你姐夫当初敢让我向他求婚，他这辈子都甭想娶我。"

林初叶发现风向好像不太对，似乎全家人都把矛头指向了温席远，下意识替他解释道："这个不怪他的，是我想结婚，所以我就问他了。"

众人："……"

陶锦蓉狐疑地看向温席远。

林初叶想结婚，他就同意了。

她这个当妈的都催了多少次婚了，他连糊弄她都懒得糊弄，每次都直接回她五个字，"我不会结婚"，干脆直接。

现在他这脸打得可真响亮。

林初叶发现众人眼神还是不太对，担心地看向众人："怎么了吗？"

温书宁笑着安抚她："没事。"看向温席远时又换了个神色，"就是有人以前喜欢死鸭子嘴硬，号称不婚主义，结果这才过去几天啊，就被打脸了。"

林初叶诧异地去看温席远。

温席远："我怎么不记得我有说过我是不婚主义？"

"有女朋友了吗？没有。打算什么时候找？不找。不打算结婚了？不结。"温书宁学着他上次在宁市机场的样子，把他那天的话复述了一遍，说完还凉凉瞥了温席远一眼，"这才过去几天啊？"

何鸣幽举手佐证："我也听到了。"

温席远瞥了眼母子俩："事物是变化发展的。没学过中学政治？"

"反正怎么样都是你有理呗。"温书宁点着头，瞥向他，"你就老实交代，惦记咱弟妹多久了呗？"

这个问题过于简单直接，林初叶都有点不好意思。

温席远直接偏头瞥向温书宁："和你有什么关系吗？"

温书宁被噎着，她转向林初叶："初叶，你看，这人嘴就是甜不了，嫁给这样的人，辛苦你了。"

林初叶尴尬地笑笑："没事。"

温书宁："以后他要是敢欺负你，或者也像对我们这样说话气你，或者是敢做什么对不起你的事，你尽管和我们说，嫁进来了就是一家人，我们帮你出气，千万别不好意思，我们也忍他很久了。"

温席远妈妈也在一边接话道："对，他要是有什么做得不好的，就和家里说，都是一家人，别委屈自己。"

林初叶微笑着点头："好。"

温席远瞥了温书宁和他妈妈一眼："你们别给我作妖就行。"

温书宁回以他一个撇嘴。

虽然大家嘴上不客气，但看得出来一家人感情很好，也没什么架子。

温书宁是全家人的气氛担当，大概是怕林初叶第一次来不习惯，特地带着何鸣幽从宁市回来。

有何鸣幽在，一家人的气氛轻松许多。

何鸣幽说起话来没遮没拦，没心没肺，但喜欢林初叶，喜欢缠着林初叶问东问西，从老师为什么不教他们了又问到了她和他舅舅是怎么认识的。

"我们是高中同学。"

林初叶也没有把何鸣幽当小孩子看待，他问什么她就答什么。

答案一出，一边帮忙准备晚餐的温书宁便"哦……"地拉长了声音，瞥向温席远，原来还真是早就惦记上了的。

难怪会闪婚。

温席远还在客厅陪林初叶坐着，不理她的揶揄，只是看着耐心陪何鸣幽聊天的林初叶。

她面对小孩时温柔十足，也耐心十足。

何鸣幽没留意到他舅舅在看他，还是觉得林初叶主动求婚的事吃亏了，很认真地建议林初叶："林老师，我跟你说，下次你再结婚的话，要换男的求婚了，不能每次都你来。"

话音刚落，身后便传来温席远平平静静的嗓音："何鸣幽！"

意识到说错话的何鸣幽努力找补："我就是觉得舅舅你应该先和舅妈求婚，你是男人。"

温席远平静地扫了眼众人，而后看向何鸣幽："谁告诉你一定得男人先求婚？"

何鸣幽："电视里都这么演的。"

温席远："少看电视，多读书。"

何鸣幽："书里也是这么写的。"

"而且我爸爸和我妈妈结婚就是我爸爸求的婚。"何鸣幽补充。

温席远："所以你妈才生出了你这么个榆木疙瘩。"

何鸣幽不服气："我明明很聪明。"

温席远看他："2 的倍数学会了吗？"

何鸣幽马上闭了嘴。

温席远直接走向林初叶，拉起她："去逛逛？"

林初叶点点头："好啊。"

何鸣幽也兴奋地跟着起身："等等我。"

温席远一眼扫过："没让你跟着。"

何鸣幽眼巴巴地看着林初叶。

林初叶面对犯错的何鸣幽能狠下心不管他的哀求，面对不犯错的他，她就不太行，忍不住看向温席远替他说话："把何鸣幽带上吧，小朋友在家憋坏了。"

温席远转头看向温慕远，手向何鸣幽一指："你带他出去逛逛。"

正玩游戏玩得兴起的温慕远："……"

温席远已不管两人什么反应，拉过林初叶，出了门。

门外下了阶梯就是湖景公园，下午时分，正是公园最热闹的时候，多是在锻炼的老人。

"还习惯吗？"温席远问她。

林初叶知道他在问他家的家庭氛围。

她点点头："嗯，你们家里人都很好。"

是真的好，都很照顾她的情绪，也很热情。

温席远笑了笑，并没有多说什么。

林初叶想起之前在公司遇到他爸的事，困惑地问他："对了，你爸呢？他没在家吗？"

她明显看到温席远的笑容淡了下来。

"他参加了个钓鱼协会，这几天组团去外地旅游和钓鱼，没赶得及回来。"

他嗓音很平和，但这种平和和对其他人的包容不太一样，隐约夹着些许不想多谈的冷淡意味。

林初叶迟疑了一下，抱住了他的手臂，轻声问他："你和你爸感情不好？"

"也算不上什么好不好吧。"温席远看着她，"亲父子能有多大仇，就各有各的想法，多少有点理念不合，在一起难免会发生点摩擦，所以能不见就不见吧。"

林初叶点点头，她不是当事人，不知道两人具体是什么情况，也不好劝，只是握住了他的手："嗯，不想见就不见吧。"

温席远看着她："如果说，是我故意把他支出去，不让你们见面，你会介意吗？"

林初叶摇摇头："不会啊。和家人见面本来就应该开开心心的，如果会影响心情，那还不如不见。"

温席远笑笑，抬手抱住了她。

"等我处理好了和他的关系，我再安排你们见个面。"温席远说。

林初叶点点头："好。"

两人在公园里散了会儿步，直到温书宁打电话过来让他们回去吃饭，他们才往回走。

没想到两人刚到门口就遇到了温席远的爸爸。

他站在家里的电梯口，手里推着行李箱，拎着钓鱼套装，刚从外面回来。

人还是林初叶那天在温席远办公室遇到的样子，眼神精明又冷漠。

他大概也没料到家里还有客人，脚步明显一滞，视线从温席远脸上慢慢移到了他身侧的林初叶脸上，不动声色地打量她。

林初叶明显感觉到温席远周身气场冷淡了下来。

屋里其他人神色也各有各的微妙。

温席远妈妈轻咳着上前接过他的行李箱和钓鱼套装："不是说还要过几天才回来吗？怎么突然回来了？"

"没什么意思就回来了。"温席远爸爸的目光直接看向林初叶，"这女孩是谁啊？家里来客人了怎么也没人告诉我一声？"

从神态到眼神，整个架势看着是很传统古板的大家长。

林初叶一下有点分不清他是故意端出大家长的架势还是一贯如此。

"这是我大嫂。"温慕远也迎上前来介绍，人还是笑嘻嘻的，介绍完还指着他爸温启明给林初叶介绍："这是爸。"

林初叶对这个端着大家长架势、初次见面的男人还是没办法直接叫"爸"。

"叔叔好。"她客气地打了声招呼。

温启明还是那副居高临下打量她的模样："我见过你。"

态度算不得多傲慢，但也算不上礼貌。

这种不礼貌和周瑾辰父亲、孟景弦母亲那种看不起人的傲慢不一样，纯粹是一种大家长式看晚辈时端着的姿态。

温席远已冷了脸，稍稍往前一步，挡住了温启明打量林初叶的眼神，手也无声握住了她的手。

温启明脸色顿时沉了下来："你什么态度？有像你这么对待自己多爹的吗？"

温席远看他："有像你这么做长辈的吗？晚辈和你打招呼，你就这态度？你的教养呢？"

"我……"温启明被噎着，"那你们结婚也没人通知我啊，这个家还有谁记得我这个当爹的。"

"好了好了，别一见面就又吵上了。"陶锦蓉赶紧上来劝阻，"初叶第一次回家，你们这样让她多难受。"说完还歉然朝林初叶笑笑："初叶，你别放在心上。温席远他爸就这样，不会说话，习惯就好。"

温慕远也打圆场："嫂子，你别管我爸，他每天跟喝醉酒似的，见谁掉谁。"

林初叶尴尬地笑笑："没事的。"

温书宁也放下手中的活上来，安抚地冲林初叶笑笑后便转向温启明，直接推着他往房里走："差不多得了，别每次一回来就把家里搞得鸡犬不宁的，您再这样我真让我妈和您离婚了。"

温启明气怒："你们一个个长大了都翅膀硬了是吧？都开始嫌我没用了是吧？也不想想你们是怎么长大的，从小到大你们吃的用的我亏待过你们吗？让你们吃过半点苦吗？现在一个个长大了都开始嫌弃老子了……"

"知道了知道了，从小到大您最辛苦，这个家都靠您，我们很感激。"温书宁嘴上应着，把他推到房门口，"好了，您先好好进去换个衣服梳洗一下，别每次一回来就把这个家搞成低气压，明明您不在的时候一家人都好好的。"

后半句又惹怒了温启明。

"又是我的错了是吧？"温启明说着，手指向了温席远，"他就没问题？要不是他先摆脸色我会和他闹？是，现在这个家他最辛苦，最有能耐，我老了，你们……"

"还有完没完！"陶锦蓉突然暴喝了声。

温启明当下闭了嘴。

温书宁推了推他："好了，赶紧去梳洗一下。"

说完，她"啪"一声替他把房门关上，而后扭头无奈地冲林初叶吐吐舌头，压低声音说："老人家不服老，非得强调自己一家之主的地位，你别理他，这个家他做不了主。"

林初叶笑笑表示自己不在意，又忍不住担心地扭头看温席远。

温席远面色依然很淡，没有因为温启明的话而生气或者伤心难过，却也没有刚才面对其他家人时的闲适放松。

她忍不住握紧了他的手，无声安抚。

温席远低头看她一眼，冲她笑笑。

林初叶也冲他笑笑，把他的手握紧了些。

温书宁看着两人，有些心疼，又有些欣慰，欣慰于温席远终于找到个喜欢且理解他、懂得心疼他的女孩。

他这些年的不容易她全看在眼里，一家人其实都是能理解且心疼他的，就是爸爸，明明也是心疼温席远的，但不知道是不是表达方式有问题还是放不下以前的荣光，每次一见面就把气氛弄得剑拔弩张，父子俩的感情在一次次的对抗和剑拔弩张中变得越来越淡。

温启明在短暂回房后又从房间出来了，人已经换了一套衣服，却还是摆着张臭脸。

温书宁怕他又找温席远发难，招呼他去厨房帮忙。

陶锦蓉和温席远一样，都喜欢自己折腾美食。

她自从退休后就辞退了家里的做饭阿姨，自己种菜自己做饭，拍做饭视频，都快混成美食达人了。

温启明心不甘情不愿地过去帮忙。

温书宁偷偷冲林初叶使眼色，让她先带温席远出去散散心。

林初叶看向温席远，说："我还没好好看过你家，我们去外面院子转转？"

温席远看她一眼，点点头，与她一块去了后院。

后院也被温席远妈妈开辟出了一块菜地，还有一片花园，正开着花。

林初叶有些惊喜地奔向花园："你妈真的很爱田园生活啊。"

温席远看着她在花前弯下腰，点点头："嗯，她退休后空闲时间多，就爱折腾这些花花草草和做饭。"

林初叶回头笑着看他："难怪你也爱做饭，原来是遗传你妈啊。"

温席远嘴角勾了勾，微微笑了笑算是回应，又很快收起。

林初叶看了他一眼，笑容也慢慢收起，站直身，看向他："你不开心啊？"

"要不，我们先回去？"她轻声问，伸手拉住了他的手。

温席远看向她，笑笑："没什么开心不开心的，只是觉得，对不住你。本来想让你来家里开开心心吃个饭，和大家见个面，认识一下，结果……"他摇头笑笑，没再说下去。

林初叶当初知道他家经济条件选择放弃结婚并离开，就是不想面对复杂的家庭关系，不想面对他们这些所谓的有钱人对她们这些普通家庭来的人的优越感和指手画脚。他的父亲每一个反应都踩在了林初叶的雷点上。

他现在的生活是被迫选择的结果，知道这个适应过程的痛苦。在一起之前，他希望她能放弃一部分的自己，陪他一起适应全新的生活。但真的面对这样的糟心关系时，他并不希望林初叶也被迫去适应她不喜欢的生活。

她和他一样，都习惯于简单自由的生活，不喜欢被复杂的人和关系影响心情。

对于外人他能处理，但自己的父亲，再怎么样都连着血脉亲情，不是放着不理就不存在的。

"没关系的，我没在意这个。"林初叶指腹摩挲着他的手掌，仰头看他，"你不用担心我，谁家还没点糟心事啊。人要结婚的话，哪可能事事顺心如意的。我都有心理准备的。"

温席远看向她，她也正看他，如画一般的沉静眉眼温柔且坚定，眼眸清澈而坦然，就这么微微仰着头，动也不动地看他。

夕阳余晖在她身后晕出一圈淡而温柔的秋冬色。

林初叶又冲他笑了笑："你放心吧，我不会因为这点小事就跑的。那天……"

她停顿了下，又看向他，以一贯的轻软语气对他说："我提结婚虽然是一时起意，但也是经过深思熟虑的。结婚之前黎锐和编剧老师都和我提过一些你家之前的情况，我对你和你爸的关系也是了解一些的，是在知道你们家庭关系的前提下才决定和你结婚。虽然和初衷有点相悖，但我知道自己在选择什么。"

　　说完，她不好意思地笑笑："我那天和你说想看看少年的温席远是认真的，虽然我知道你现在已经强大到不需要任何人，甚至可以保护任何你想保护的人了，但我还是想陪着你，想变强大一点，然后在你累的时候，想休息的时候，可以一起试试简单点的生活，就像在小阁楼那样，你什么都不用管，我来养你。"

　　温席远盯着她看了好一会儿，突然张臂，抱住了她。

　　他什么也没说，只是轻轻抱着她，用他习惯的抱婴儿般的保护姿态，一手托着她后脑勺，一手压贴着她背，将她轻轻搂在怀里。

　　林初叶也反手抱住了他。

　　好一会儿，温席远才放开了她，看向她："林初叶，你这次可要说话算话。"

　　林初叶重重点头："嗯。"

　　认真承诺的模样让温席远笑了笑，抬手摸了摸她的头。

　　何鸣幽在这时从后门蹦了出来，冲两人喊："舅舅，舅妈，吃饭了。"

　　两人回去时，餐桌已摆好了菜，其他人正忙着盛饭和盛汤，看两人回来赶紧招呼着落座。

　　温启明已经在餐桌前坐了下来，看到两人时瞥了眼便又转开了视线，看着还是有些别扭。

　　林初叶像没注意到一般，微笑着冲他打了声招呼："叔叔。"

　　温启明终于正眼看向林初叶："你叫什么名字？"

　　不算礼貌的态度让温席远忍不住睨了他一眼，就要开口时，林初叶压住了他的手，阻止了他，微笑冲温启明道："我叫林初叶。"

温启明："多大了？哪里人？做什么的？家里都还有些什么人？他们都做什么的？"

温席远直接先开了口："你查户口呢？"

他语气平静，面色也很平静，却压着股不怒而威的气势。

温启明不甘示弱地回应："我和我儿媳妇聊天关你什么事？"

话音一落，温书宁和陶锦蓉都忍不住对视了一眼，这就儿媳妇了？

林初叶也因为"儿媳妇"三个字愣了愣，抬眸看他。

温启明的视线也已转向她，面色倒是比面对温席远时和缓了些，但面上还是那副睥睨傲娇的大家长姿态。

温席远不惯他："你也知道这是你儿媳妇，不是你下属啊？"

温启明被噎着，半晌说不出话。

林初叶微笑打圆场："没关系的。"又笑着看向温启明，"我现在是个演员，二十六岁，算是宁市人吧。家里有外婆、舅舅、舅妈和表哥。"

"演员？"温启明有些意外地看着她，"我没见过你。"

温书宁觉得这话听着不是很中听，怕林初叶多想，赶紧打圆场："您才看过几个剧啊，线上那么多演员您都叫得出名字不成？"

温席远面色已经不太好。

林初叶轻轻握着他的手，冲温启明微笑："前几年忙着读书，所以确实还没拍过什么戏。"

"难怪了。"温启明说着又打量了眼林初叶，"不过你既然已经嫁进来了，家里也不缺吃穿，没必要这么辛苦，这戏拍不拍无所谓。"

温席远"啪"一声扔下筷子，看向他："你有完没完？"

温启明冷不丁被吓了一跳。

"我只是提个建议而已。"

温席远："我的人不需要你来安排，你管好自己就好。"

温启明："好啊，那周一你让我回公司上班。"

温席远："公司没你的位置。"

温启明："那也是我的公司。"

温席远："你觉得你还有资格说是你的公司吗？"

温启明再度被噎着。

温书宁有些受不了地看着温启明："我说爸，您都一大把年纪了，安心退休在家钓钓鱼打打球不行吗？为什么就非得去祸祸公司？"

"我怎么就祸祸了？"温启明不满地看温书宁，"我也是为了公司好，要不是他独断专行，一直拦着不让我进公司，公司何止现在的规模？"

"大哥不拦着您，一家人早跟着您喝西北风了。"温慕远也有些受不了，"爸，我不否认您这几年看中的项目确实也有一些好项目，但大部分就是烂片，投下去亏得底裤都不带剩的。公司在大哥手上发展得很好，投什么不投什么大哥他有自己的判断，您就别瞎掺和了行不行？"

"我没要和他争公司决策权。"温启明很郑重地强调，"我只是希望，我推荐给他的那些项目，他也能客观判断，而不是全部一票否决，这让我多难做人。"

温慕远："您看看您丢给大哥的都是什么项目，全是关系户，也就交情和您攀得好，剧本没一个能看的。"

"一千个读者眼中就有一千个哈姆雷特呢。我看你就是戴有色眼镜，看不上我那些老搭档。"温启明说着看向众人，"他们以前也是做过大项目挣过大钱的，只是时运不济下去了而已。但人的运气本来就是起起伏伏的，就像我，像你哥，你真以为是你哥多厉害呢，他就是运气好赶上好时机……"

"啪"的一声，筷子落桌的声音响起，打断了温启明的滔滔不绝。

众人诧异地看向林初叶。

筷子是她撂下的。

林初叶面容很平静，眼眸正直直看着温启明："叔叔，您真觉得一个人单靠运气，能把公司经营成现在的口碑和规模？"

温启明："我……"

林初叶："我不知道您这算不算是好了伤疤忘了疼。当年您公司被您祸害成什么样子，您未成年的儿子是怎样被迫辍学接下这一重担，把差点被分食干净的公司拯救回来，并做到现在的业内第一，您都忘了吗？还是您觉得，这是每天烧个香拜个佛就能做到的？"

温启明："……"

林初叶："我知道，作为晚辈，作为第一次上门的儿媳妇，我这样说您很不合适，可是我作为一个旁观者，我看不得您这样否定自己儿子。您是从来就没有认可过自己孩子的努力和成绩，还是您怕夸了他们会骄傲，所以习惯性以控制和打压的方式来否定他们所有的成绩？

"再说这个项目的问题，您到底是真的看到了项目的前景，还是觉得帮不上您那些老伙计丢脸了，所以想借着和儿子的对抗来成全您的面子？

"任何一个懂得为儿女考虑的父母，在了解儿女的不容易后，都是想方设法给他们扫清障碍，解除后顾之忧，但是您呢？您在做什么，是嫌您儿子不够辛苦不够累，要给他多添点堵是吗？"

温启明大概没想到看着温婉柔弱的林初叶会开口撑他，看着她，半晌说不出话。

温慕远和温书宁也是半晌没回过神，看着林初叶直发愣。

只有温席远面色平静依旧，眉目不动地看着温启明。

"我……他……"温启明还在试图组织语言，半天憋不出一句话，干脆朝林初叶瞪眼，"哎，你说你个女孩子懂不懂规矩，哪有第一次见面就撑公公的？"

"那您觉得您像话吗？"温慕远也忍不住撑他，"我倒觉得嫂子说轻了。"

"可不是。"温书宁也没好气，"儿媳妇第一次上门您就没完没了，您尊重您儿子和儿媳妇了吗？"

"我……"温启明想反驳，又找不到话来反驳。

林初叶趁机给他台阶下："对不起，叔叔，是我莽撞了。如果有说得不对的地方您别放在心上，我给您道歉。"说完朝他举起茶。

温软的态度让温启明反倒不好发作了，暗暗瞪了林初叶一眼，端起茶杯一饮而尽。

"好了好了，赶紧吃饭，菜都凉了。"温书宁也趁机把话题带过，省得温启明继续不依不饶。

温席远看了眼温启明，他显然还憋着一肚子话，只是话头已经被带了过去，他找不到切入点。

但温席远很清楚，这不会是结束。

一顿还算和谐的晚餐后，温启明果然叫住了温席远："你和我去一趟书房。"

温席远知道温启明找他什么事，无非是要他恢复他在公司的职位，好有机会一展拳脚。

了解温启明的人都知道他耳根子软，爱面子，好听奉承话，吹捧一下就把对方当过命交情的兄弟，好哄也好骗，所以他那些所谓的老搭档、老伙计，项目通不过华言评估时，就爱来找他走绿色通道。

那些人都是和温启明打交道多年的人精，他那点小心思太好拿捏了，按着他的喜好吹捧一番，再把项目前景一吹，温启明就飘得没边了，不管能不能做到全一口气应承了下来，让那些人觉得，项目进华言是铁板钉钉的事了。

前几年温席远还要忙学业时对温启明还是睁一只眼闭一只眼的，如果他有能力且愿意听取公司同事的意见也就算了，偏偏温启明本事不大却对自己谜之自信，刚愎自负听不进任何人的意见，明明是肉眼可见的大烂片他非被忽悠得坚信是绝世好片，自己人的意见他永远瞧不上却对外人的话奉为圭臬，而且做事一意孤行，只要是他决定的事，任何人都没更改的可能。他底下人没办法，只能求助黎锐，再由黎锐转达温席远，最后都是温席远出面强行中断了这些项目。

父子俩的矛盾就是在温启明的一言堂决定和温席远的强制取消中一点点积累起来的。

后来温席远毕业，入驻公司以后，就彻底停了温启明的所有职务，让他没机会再擅自决定项目的生死，这也成了父子俩关系恶化的导火索。

温启明要强了半辈子，也风光了一阵，心里对自己一直是很自豪骄傲的。鼎盛时突然栽了大跟头，这于他而言是奇耻大辱，因此他迫切想要东山再起，想重回巅峰证明自己。温席远这一停相当于直接掐断了他重回巅峰的路，他自然是不能接受的。

温席远其实是能理解他的这种想重回荣光的心理的，甚至也给过不少机会让他尝试，但他性格弊端太明显，前半辈子靠爹，之后又有妻子在一旁盯着，所以风光了一阵，但现在的大环境确实不是他这种性子能驾驭的。在资本搅局的时代，他太容易沦为别人手中的棋子了。

因此，对于温启明一次次想要重回公司或者开绿灯推项目的要求，温席远都是一口否决的。

温席远知道，温启明心里还憋着一口气，偏偏温启明拉不下面子和他平等沟通和交流。在温启明眼里，他是父亲，而温席远只是儿子，他走过的路、经历过的事远比温席远多，温席远作为儿子是没资格教他怎么为人处世的。

这一次也一样，温启明想和他进书房谈，不会是想和他认真沟通，只是顾忌着林初叶不好吵架，才想闭门谈，但谈论的结果最终也只是争吵。温席远并不想继续这种无意义的交流，因此拒绝了他："如果还是为了回公司的事，没必要。你丢过来的项目，项目评估部会有专业的评审意见，真有那么好，他们不会错过，你放心好了。"

"已经被打回来了，都是些什么人啊。我在自己的公司就不能有一点自主权了吗？"温启明压着怒火问。这是他不能忍的，华言是他曾经的心血，但现在，他没有一点话语权。

温席远看向他："我也说了，如果你真那么看好那个项目，你就以你名下的公司冠名出品试试，它一样能证明你的眼光。"

温启明："没有华言品牌托底，它发行不出去。"

温席远："华言不会给烂片作保。"

温启明："你说你怎么就没点市场眼光？你还总说我独断专行，听不进别人意见，你还不是？那么多业内老前辈都看好的项目，每次你自己看不上就全盘否定，你真觉得你的眼光就代表市场了？"

又绕回了原点。

温席远不想和他吵："不是我否掉的项目，有意见你找项目评估部去。"

温启明："……"

温席远已转向林初叶："回去吗？"

林初叶点点头。

温席远看向其他人："我和初叶先回去了，有空再回来看你们。"

其他人都是点头的点头，叮嘱的叮嘱，热情地起身相送。

唯有温启明当下又冷了脸。

"你们总说他辛苦，我不知道体谅他。你们也看到了，他的辛苦是我造成的吗？要不是他什么都要抓在手里不肯放权，至于这么辛苦吗？"

他话音一落，温书宁和温慕远同时变了脸，不约而同急叫了声"爸"，想阻止他继续胡言乱语下去。

温启明却已又动了气："我说错了吗？是我让他这么辛苦的吗？你们总让我多理解他，总说他当年为了这个家怎么怎么样，多么多么不容易，是我逼他接下的烂摊子吗？没人逼他，是他上赶着找的事……"

"爸！"温慕远想阻止，已经来不及。

林初叶担心地看向温席远。

温席远面色已淡了下来。

他平静地看向温启明："没有人逼我，是我不自量力而已。"

说完，他拉过林初叶，走了。

温慕远气急地瞪着温启明："您听听您说的是人话吗？如果不是大哥，指不定您现在还在哪个牢里蹲着。"

说完，他已追了出去。

温书宁也不想再看到温启明："爸，您越来越过分了！"说完也急急追了出去。

陶锦蓉直接一把推开温启明："以后你自己过吧，别回来了，这个家里的一切都是我儿子给的，和你没关系。"

她也跟着追了出去。

温席远和林初叶已经上车，三人到门口时，车子已经驶离。

林初叶从后视镜里看到了追出来的三人，她担心地扭头看了眼温席远。

温席远面容依然是平静的，一种近乎面无表情的平静。

他没有看她，只是平静地直视前方的路况。

天色已黑，马路上已霓虹一片，车水马龙里是独属于夜色的静谧与温柔。

"下去走走吗？"林初叶轻声问他，这个时候任何言语的安慰都是苍白无力的。

当一个人放弃学业、放弃前途、放弃所有生活，以一己之力扛下整个家，并将整个家牢牢护在身后，最后只换来一句"没人逼你这么做"时，这种打击是毁灭性的，一句话就可以抹杀掉他过去十年所有的努力和付出，让这一切显得可笑和没有意义。

温席远扭头看了她一眼，点点头。

他把车停在了江边。

下车时，林初叶主动握住了温席远的手，十指紧紧相扣着。

八九点的时间，江边公园里正热闹着，有散步的老人和带小孩的父母，还有穿着巨型熊猫玩偶卖气球的。

林初叶视线从熊猫玩偶人身上扫过，看向身侧的温席远。

温席远面色依然平静而疏淡，没说话，只是安静地看着前方。

林初叶也没说话，只是握紧了他的手。公园里有个儿童乐园，林初叶扭头看他："去坐过山车吗？"

夜色下的眼眸晶亮而充满期待，看着跃跃欲试。

温席远看她一眼，笑着问她："小孩子的玩具你也要尝试？"

林初叶："哪有分什么成人和小孩的，以后等我们有女儿了，也得带她去坐的。就当提前适应嘛。"

温席远笑着看她一眼，点点头："好。"

去买票时，售票员看到是两个成年人，还纳闷地确认了一遍："就两张？"说完，还忍不住探头往两人脚边看了眼。

林初叶微笑："对，就两张。"说完掏出手机扫了码，接过售票员递过来的票。

过山车是公园里专门给儿童设计的，位置不算特别大，两人坐进去都快把座位塞满了。

系上安全带时，林初叶不由得和温席远互看了眼，都明知道有点滑稽，却也没下来，还是跟着摇铃体验了一把儿童过山车。

也不算多惊险刺激的项目，远远比不上游乐园。

"可惜这附近没有游乐园。"从过山车下来，林初叶有些遗憾地四下看了看。

温席远看着她："改天你有空了陪你去。"

林初叶点点头："好啊。"

温席远笑笑，却没再多言，只是陪她在一边的长椅上坐下，目光已转向江边苍茫夜色，依旧是那副平静而疏淡的神色。

温席远不是会把情绪写在脸上的人，但林初叶知道，温席远是不开心的。

她握了握他的手，在他看过来时又微笑着问他："我想去买个冰激凌，你想吃吗？"

温席远往热闹的小广场看了眼："好啊。"

"那你等我会儿。"林初叶跑向小广场的便利店。

温席远看着她走进便利店，这才把视线移开。

等了一会儿，却没见林初叶回来，只看到个穿着熊猫玩偶的人略显笨拙地朝他走来。

温席远微微皱眉，看向便利店，又看向人群，视线从熊猫玩偶身上扫过时，只看了她一眼便转开了，转到中途时又慢慢转回来，落在她手里拿着的那根冰激凌上。

他视线在冰激凌上顿了顿，移向熊猫玩偶的脸。

熊猫玩偶在他面前停了下来，很高，很壮。

温席远盯着她看了会儿，站了起身，伸手掀开了她的头套，里面果然是林初叶。

林初叶冲他微微一笑，有些不好意思。

"我知道你可能不太开心，我想抱抱你，但我不够高壮，不能像你抱我那样整个抱住你，所以想换个大点的身体。"

她说完，上前抱住了他。

她像他安慰她时那样，整个抱住了他，然后在他耳边轻声说："没关系的，你还有我呢。"

林初叶明显感觉到温席远身体微微一僵，而后他稍稍拉开了她，黑眸动也不动地定定看着她。

夜色下的眼眸黑亮得灼人。

林初叶有些担心："你……"

话没说完，他突然朝她俯下头，重重吻住了她。

激烈且热切。

林初叶能感觉到他强烈的情绪起伏，他吻得深重且急切，又夹杂着不知名的温柔。

林初叶也抱紧了他，也不管两人还在公园中，热切地和他拥吻。

长发在他掌下已被揉乱，唇舌也被吻得发麻，彼此气息都慢慢变得粗重凌乱时，温席远的吻终于慢慢温柔了下来，直至慢慢停下，但手臂依然紧紧箍在她身上，额头也还轻贴着她的额头。

两人气息都有些喘，鼻息交融的四目相对里，能清楚听到彼此略显粗重的喘息，提醒着刚才的激烈拥吻。

"林初叶。"温席远终于开口，声线喑哑低沉。

"谢谢你。"他说。

林初叶被他黑眸里的灼热盯得有些不好意思："我也没做什么。"

温席远："我没事，也没那么脆弱，而且气头上的话而已，你不用担心我。"

林初叶轻轻点头："嗯。"

她又对他说："以后你要有什么不开心的，和我说，虽然我不太会哄人开心，但我可以陪你去做任何你想做的事。"

温席远笑："好。"

夜色下，他嘴角漾开的笑容很浅，却像黑夜里突然破开的亮色，耀眼且炫目。

林初叶被炫得有些出神，忍不住又微微踮起脚，吻上了他的唇。

温席远扣在她后颈上的手再次收紧，反客为主地压吻了下去。

这份热情从公园延续到了家里。

两人回到温席远的家，从玄关脱了外套便再次拥吻在了一起，一路拥吻纠缠着回了房间，一夜毫无保留却又酣畅淋漓的放纵。

第二天林初叶是被阳光叫醒的。

冬日的暖阳从阳台斜射而入，照得满室生香。

温席远已经不在房间。

林初叶摸过手机看时间，看到了三条微信加好友信息。

——初叶，我是姐姐温书宁。

——初叶，我是妈。

——大嫂，我是温慕远。

三个人申请加好友的时间并不一样，是她和温席远离开后陆续发过来的，看着像是不约而同申请的加友信息。

手机还有几个陌生号码的未接来电，也是昨晚打的。

为避免影响拍戏现场收音，她的手机一直调成静音模式。昨晚从温席远家别墅离开后，林初叶就没看过手机，没注意到这些信息。

她赶紧点了"通过"，然后一一回复了信息，解释和道歉。

温书宁最先回复了信息过来：没关系。

而后直接给林初叶打了个电话。

"温席远没事吧？"她担心地问，"昨晚你们走后，我给他打电话没接。"

"他没事的。"林初叶赶紧安抚，"昨晚可能和我一样，手机静音了没注意到。我昨晚和他在一块的，也没听到他手机响。"

"那就好。"温书宁稍稍松了口气，"我爸这人平时就是嘴贱，说话不过大脑，有时说话真的挺伤人的，我们每次都是气愤又无奈。"

这话林初叶不好接话，不是她亲爸，也不是没任何关系的外人，她不好当着温书宁的面和她一起批判她父亲，但对于温启明，她心里是有气的。

气他不懂心疼自己儿子。

一个年仅十七岁，在家里突遭变故时以一己之力撑起整个家和公司的儿子，一个用十年辛苦换来全家平顺富足的儿子，他不知道心疼和体谅就算了，还要奚落没人逼他这么做，他的辛苦是他自找的。想到他昨晚那番话，林初叶喉咙就有些哽，满满都是对温席远的心疼。

温书宁没有意识到林初叶这边的情绪变化，忍不住和她叨叨整个来龙去脉："爸他其实就是不服老。本来都安静有好一阵了，最近几个月他一个所谓的好兄弟拿着一个号称武侠巨制的本子给他，就又开始作起来了，非坚信是具有划时代意义的开创性电影。其实就一个中国武侠背景里加入西方奇幻元素的本子，不伦不类不说，剧情还写得稀巴烂，项目预算还高，明眼人都看得出来是他所谓的好兄弟拿来骗他的洗钱烂片，偏他自己像被猪油蒙了心，谁劝都不听。"

"他一直这样吗？"林初叶轻声问。

"嗯，就是一固执老头，他认定的事十头牛都拉不回来，非得自己撞了南墙，还要把墙拆了继续往前走，哪怕心里知道自己错了，嘴上也要犟到底。在他眼里，外人永远是对的，自己人永远是错的。"温书宁叹了口气，"反正摊上这么个爹也挺愁人的，尤其是温席远，管理这么大个公司已经很累了，还有这么个爹给他扯后腿，和他对抗……"

"反正，以后我们也尽量拦着我爸一点。但就是温席远这边……"温书宁声音顿了顿，"就麻烦你多陪着他点，他这人有什么开心的不开心的都不会和家里人说，什么事都习惯了自己扛，也怪让人心疼的。"

　　林初叶笑笑："我知道的，你不用担心。"

　　温书宁也笑笑："那就好。"

　　又拉拉杂杂地叮嘱了些有的没的，这才挂了电话。

　　林初叶起身，不意外地看到在厨房忙碌的温席远。

　　温席远家厨房是开放式的，干净敞亮，收拾得很整洁。

　　房间里开了暖气，温席远身上只穿了一套深色的家居服，正在煎鸡蛋，人就站在灶具前，右手握着锅铲，娴熟地将鸡蛋翻面。

　　他人长得高，身材比例好，仪态也好，宽肩窄腰大长腿的，就这么安静地站在锃亮整洁的灶具前，光背影就赏心悦目得像在拍厨具广告。

　　桌上也已经摆好了部分烧好的早餐，香喷喷的，还冒着热气。

　　林初叶忍不住朝温席远走去。

　　"刺啦刺啦"的油滋声吸走了林初叶的脚步声，温席远没发现林初叶的靠近，只是认真地煎着蛋。

　　林初叶从背后一把抱住了温席远，而后探头看向锅里冒着香气的鸡蛋："好香。"

　　温席远似乎并不意外她的突然出现，微微偏过头看她："醒了？"

　　林初叶点点头："嗯。"又轻声抗议，"你都不叫醒我。"

　　"我看你睡得太沉了，不忍心叫醒你。"温席远关了煤气，看她还在仰头看他，低头在她唇上吻了一下，"快去洗漱，吃饭了。"

　　林初叶捂住被他吻过的唇："没刷牙呢。"

　　温席远笑："没关系，我不介意。"而后拍了拍她的头，"快去。"

　　林初叶点点头："好。"

　　她洗漱完出来时，温席远已经做好了早餐。

　　营养很均衡，味道还很赞。

　　温席远在做饭上的天赋和耐心让林初叶很是羡慕。

　　"以后我也花点时间学做饭。"林初叶边喝着粥边忍不住说，"你有空就指导我一下。"

温席远笑着看向她："你不喜欢下厨，没必要学。"

"其实主要还是懒，也不是真的不喜欢。"林初叶强调，"我每天最喜欢看的就是各种美食博主的各种做菜视频，尤其喜欢睡前看，边看边馋，恨不得马上爬起来动手试试，但一想到要出去买菜，要切，有一些可能还要腌制，要醒面，就不能一口气做完，中间要等，我一看这么麻烦就蔫了。"

她说着不无遗憾地抬头看他："你说，要是这些美食博主是我家人多好，每天不用动手还能解馋。"

温席远笑着看她："所以啊，你的重点只是吃，不是真心想做。"

林初叶："都一样的嘛，自己动手，丰衣足食。"

温席远："以后你想吃哪个，告诉我，我给你做。"

林初叶有些惊喜："真的？"

"那我喜欢的可多了。"她拿出手机，翻出收藏的各类做菜视频，"你看，这个，榨菜肉丝面，荷包蛋焖面，西葫芦丝，腌黄瓜，葱花饼，米粒花卷，蒜蓉蒸排骨，酸汤水饺，凉拌粉丝，葱油焖鸡，姜葱鸡，盐焗鸡，鱼香肉丝……"

她手指往下一扒拉，下面还有一大串，她收藏的视频里全是美食。

林初叶随便点开了一个："你看，每个看着都好有食欲，都想试试。"

温席远看着她跃跃欲试的样子："那以后，我们每天做一道，就按照你收藏的这些视频教程来，我来做，你给我打下手？"

"真的？"林初叶很是惊喜。

温席远微笑着点头，喜欢看她因高兴而熠熠生辉的脸。

"那我以后每天争取早点收工。"林初叶已经忍不住开始计划，"不过剧组距离家里还挺远，要不我去买个车吧。拍完戏我就自己开车回来，这样不用你往返那么远来接我，也不用特地安排司机等我了，时间自由点。"

温席远不太放心："我似乎没怎么见你开过车，这么远的路……"

"我只是开得少，但我会开的。"林初叶安抚他，"只是以前用到车的机会不多，我才没买。"

温席远："一会儿回剧组你开给我看看。"

林初叶点头："好。"

回剧组的路上，温席远把驾驶座交给了林初叶。

林初叶虽然不常开车，但人冷静，胆子也大，车开得特别好，很稳当，完全超出温席远的预期。

"看不出来你还挺会开车。"车子在片场门外停妥时，温席远打量着林初叶。

"基本生存技能嘛。"林初叶说，"不过主要还是以前拍的戏里有开车镜头，就去考了驾照。"

温席远了然："晚上我来接你，我们去看看车。"

林初叶点头："好。"

晚上，温席远下班后亲自去接林初叶。

两人一起吃了个饭才去4S店（汽车销售服务店）看车。

林初叶原本的计划是买个安全性能差不多的代步车就可以了，不用买太贵的。

但温席远对车子性能要求高，还是带她去了比较名贵的4S店。

林初叶虽然会开车，但对车没什么研究。

她对什么名牌包和名车豪车都没太大兴趣，平时也没这个需求，也就不会特意去关注，就连要买什么车也是早上决定要买车以后才临时上网恶补的，但都是参照的二十来万的性价比车来考虑的，看的也都是这个价位区间的车。

温席远一把她带到名贵4S店，她就有点无从下手，尤其温席远问她喜欢哪款的时候。

"我不会挑。"林初叶老实地回他，是真的不会，她顶多只能挑个颜值。

"那就先从颜值入手。"温席远说，"主要是喜欢。"

从颜值入手，林初叶容易挑。

她没有选择困难症，喜欢什么不喜欢什么全凭第一眼感觉，不会去纵向横向对比太多，没一会儿就挑了几辆看着入眼的。

温席远陪她去试驾，最终挑中了其中安全性能最高的那辆。

付钱时，林初叶习惯性掏自己的卡，也没想那么多，直接就把卡递了出去。

温席远也递了卡。

两人的银行卡是同时递到销售面前的。

林初叶婚后没有和温席远就财产问题特别交流过，温席远倒是给过她几张卡，用他的话说是工资上交，但林初叶是不爱管钱也不擅长管钱的，因此温席远虽然把卡强塞给了她，她却没用过也没查过里面有多少钱，平时是婚前怎么花婚后还是怎么来，都是用自己的钱。

她从没花过别人的钱，也不习惯花别人的钱，现在和温席远虽然成了合法夫妻，彼此之间已经不分你的我的了，但林初叶心理上一下子还是有点适应不过来，尤其这是笔大数额的开销，因此把自己的卡往销售面前推了推。

"刷我的吧，都一样的。"林初叶说着看向温席远，"反正你的钱也是我的钱，刷谁的没区别。"

"不一样。这是我送我老婆的礼物。"温席远把林初叶的卡推了回去，把自己的卡递给了销售，"刷这个。"

林初叶有些愣神，不是因为礼物，而是第一次听他说"我老婆"三个字，这种感觉很奇妙，又有点小羞涩，人一害羞就忍不住假装没有受影响，轻咳着"哦"了声，假装没事人一样转开视线。

温席远被林初叶的反应逗笑，明明是言论大胆、常常语出惊人的人，偏在涉及情感表达方面就各种别扭不自在。

周瑾辰一进门就看到林初叶红着脸小心转开视线的模样，以及温席远温柔地看着她的样子，她脸上那种少女式的娇羞是他从来没有见过的，哪怕是在他初认识她的二十岁，那样一个还属于不谙世事的懵懂年纪里，她也不曾对他露出过这样的娇羞神色。

这样的事实让他心脏又刺了一下，尤其在看到两人亲密交握的手时，心脏刺痛的感觉一点点在蔓延。

哪怕早在恋综开录现场，温席远突然出现，强行中断林初叶的合约的时候，他就猜到两人关系不简单，但那时的林初叶眼神里对温席远还有疏离和克制，他还能说服自己，那只是温席远的一厢情愿。

面对那样一个油盐不进的林初叶，温席远不过是另一个周瑾辰而已。

可是现在的林初叶，满心满眼都是她面前的男人，眼神也带了光，娇羞甜蜜如热恋中的少女。

这样的一幕刺痛了周瑾辰的眼睛，连带着神色都冷沉了下来。

他自己没意识到情绪都写在了脸上，上前招呼他的销售发现他脸色不好看，忍不住担心地叫了他一声："先生，您没事吧？"

视线也不由得跟着他直直盯着的温席远和林初叶望去。

空气里异样的波动让林初叶和温席远下意识地扭头，看到了站在销售大厅门口的周瑾辰。

林初叶嘴角的笑容微微收起，但还是客气地冲他点了个头，算是打过招呼。

周瑾辰面无表情地撇开了头，看向销售："最新的车是哪款？"说完已经走向车展位。

他骨子里的骄傲，哪怕知道温席远是华言的幕后执行董事，也还是拉不下脸和他套近乎拉关系。

温席远无所谓他，只是看着他走远，而后看向林初叶："他还骚扰过你吗？"

林初叶摇摇头："没有。"

想起他和她道歉让她回公司那次，他不仅不骚扰，甚至对她是讨好的，一种与他骨子里的骄傲相反的讨好。

温席远不由得往周瑾辰看了眼，他追林初叶追得轰轰烈烈，追不到时又极具耐心地熬着她，现在看着也像放弃得干干脆脆，这不像偏执的人会做出来的事。

他没忘记恋综开录现场，周瑾辰看他时那种看同类的眼神，大概和这几年追不上林初叶他不着急的心理一样。林初叶生活简单，交际圈子也简单，周瑾辰对林初叶的生活和圈子了如指掌，知道她油盐不进也没有劲敌出现，所以可以慢慢耗着林初叶不着急。这种表面上看着的放弃也是一样，他在林初叶身上的获得的挫败让他对林初叶产生了错误判断，误以为她不会接受任何男人。

"怎么了？"看温席远神色若有所思，林初叶困惑地问他。

"没什么。"温席远看向她，"新车还要两个多月才能提，这段时间还是先给你安排个司机吧。"

林初叶点点头，她没买过车，以为新车都是一周左右就能提的，没想到要这么久。

"要不换辆便宜的吧？"林初叶说，"这样不用麻烦司机。"

"这是他的工作。"温席远说，"你也要给别人一点就业机会。"

林初叶："……"好像也是。

温席远没再多言，他倒不是真觉得林初叶需要司机，家里车库也还有别的闲置车，林初叶要开的话随时能用，他只是不太放心周瑾辰，毕竟还在同一个剧组里，安排个身手不错的司机在林初叶身边他放心些。

这背后的考量温席远没和林初叶说，看销售拿着发票过来便和林初叶先过去了。

周瑾辰在两人离开后才将视线转向两人的背影，也没了看车的心思，草草应付销售几句就走了。

温席远安排的司机第二天就到岗了，看着四十多岁，不是很高，但身手很矫健利落，做起事来雷厉风行，人也健谈。接触一天下来，林初叶对他印象很好，就是觉得他一天到晚只等她一个人有点浪费他的时间，因此都是让他在她拍戏时想干什么就去，差不多到她下班的点时再回来接她就好。

因着被导演安排去救场程昊的电影女一号的事，林初叶拍戏的行程也被耽误了。重回剧组以后，就进入了异常忙碌的拍摄。

但这样的忙碌里也等来了好消息。

她参与补拍的电影在后期加班加点的剪辑后，成片已经送审，还拿到了电影公映许可证，上映日期也敲定了下来，上映那天刚好是林初叶这部戏杀青的日子。

导演程昊还第一时间打电话给她，通知了她这个好消息，并和她约下一部戏。

他很喜欢林初叶的形象和表演，以及她演戏的态度，因此虽明知道林初叶没有任何票房号召力，却还是想约她演他下一部电影的女一号，剧本也已经筹备得差不多了。

林初叶应承了下来，她有些高兴，不知道是自己努力被导演认可带来的，还是人生中第一部女一号电影就要上映了带来的，或是两者兼而有之。这是她从未体会过的快乐，一整天的心情都因为这个好消息变得轻松雀跃起来，又有些忍不住和温席远分享。因此戏一拍完，她就让司机送她去华言。

温席远还没下班，她想去他公司给他一个惊喜。

司机把林初叶送到了华言大厦门口。

林初叶让司机先回去后就下了车。

还没到下班时间，华言大厦门口也没什么人。

林初叶本想直接走进去，看到大门口左侧有家创意DIY（手工）蛋糕店，想了想又先进了蛋糕店。

"您好，请问是要买蛋糕还是DIY蛋糕呢？"人刚一进店，女店员便微笑迎了上来。

林初叶正看着店面展示墙上的蛋糕款式和照片，视线从情侣牵手的背影图案上扫过时便停了下来，转头问店员："DIY这款蛋糕的话，半个小时够吗？"说着指了指墙上的情侣牵手背影图。

店员抬头朝她手指的方向看了眼，点点头："够了的，我们有刚出炉的蛋糕胚。"

林初叶点头："那就 DIY 这款吧。"

林初叶以自己和温席远的背影剪影 DIY 了一款情侣蛋糕。

她从小就是个心灵手巧的人，也学过绘画，虽然是第一次 DIY，但做出来的成品意外的不错，蛋糕上的她和温席远的背影还有几分相似。

成品做好时，店员忍不住惊叹了一声，其他正在做蛋糕的顾客也好奇地凑过来围观。

但相较于对林初叶蛋糕的兴趣，有人对林初叶本人更感兴趣。

夸了句"好看"后，一张名片就朝林初叶递了过来："你好，我是华言艺人经纪部的经纪总监秦正，不知道小姐有没有兴趣做艺人？"

林初叶有些诧异地看着他，对方是个看起来三十左右的年轻男人，很高，长得端正条顺，气质温和。

看林初叶只是诧异地看他没说话，秦正微笑地解释："你别误会，我只是觉得你的形象气质很适合做演员，刚好我们公司有艺人经纪方面的业务，所以想邀请你加入我们艺人团队试试，不知道你有没有兴趣演戏呢？"说着手还朝身后指了指，"我们公司就在隔壁，华言影视，你应该听说过，国内数一数二的知名影视公司，正规大公司，不是什么黑作坊，你不用担心。"

林初叶笑了笑："谢谢你，不过不用了。"

"为什么？"秦正皱眉，"我们公司签约条件很宽松，条件都可以谈，你可以先试试看。"

"真的不用了，谢谢。"林初叶还是微笑地拒绝，拎着做好的蛋糕去前台结账。

秦正犹不放弃地跟在林初叶身后："方便加你个微信吗？你可以先回去考虑一下，考虑清楚了再给我信息。"

"我已经签约了。"林初叶歉然，转向店员："多少钱？"

店员报了个数。

林初叶扫码付了款，看秦正还在盯着她愣神，似乎对她已签约的事还在惊诧中。

她客气地冲他颔了个首便先出去了，直接刷卡进了华言大厦。电梯间也还有别的人在，林初叶也就没进专属电梯，跟着人群一起进了员工电梯，转身时，她看到走进大厅的秦正。

秦正也看到了她，诧异从眼中掠过时，林初叶看到他拔腿就冲，似乎要追上来，但已经来不及了。

林初叶觉得今天遇到的事有点奇妙。

先是程昊通知她电影拿到了上映许可证并确定了上映日期，而后约她参演他的下一部电影，之后便是被华言的艺人总监看上，想签她进华言，所有好事突然全凑到一起来了，莫名就有了一种时来运转的轻飘感。

林初叶本就轻松的心情因为这接二连三的好事都变得雀跃起来。

她到温席远办公室时，黎锐也在外间办公区，本来想替她通知温席远。

林初叶冲他比了个"嘘"的噤声手势，拎着蛋糕，小心翼翼地推开了温席远办公室的门。

温席远似乎正在休息，人靠坐在办公椅上，背对门口。

林初叶放轻脚步朝他走了过去。

办公室里铺着厚厚的地毯，地毯吸走了她所有的脚步声。

林初叶把蛋糕轻放在办公桌上，绕到温席远面前，他果然是睡着了。

头微微仰靠在办公椅上，睡颜平静，耳朵里塞着耳塞，手里拿着一份文件。

林初叶看了眼，是份股权转让协议。

转让人是温启明。

林初叶眉心不由得拧起，担心地看向温席远。

温席远虽然睡着，但面容平静依旧，只是眼眶下微微的青黑泄露了他的疲惫。

林初叶似乎还从没见过他疲惫的样子。

清醒时的他任何时候都是精神奕奕、从容不迫的，但管理着这么大一个企业，背后又有这个爹拖后腿，哪有不累的。

林初叶不由得在他面前半蹲了下来，看向他安静的睡颜。

和温席远在一起这么久，她从没机会这样安静地打量过他。

温席远体力好精力也好，晚上的时候多半是她先累睡过去，早上她醒来的时候温席远却已经起来了，她没见过温席远这样不设防的样子。

她一直知道温席远长得好看，集合了骨相美和皮相美的所有优点，骨骼是西式的窄长立体起伏，皮相却是东方的含蓄深邃，脸部轮廓线条紧实流畅却棱角分明，下颌线条分明，眉眼深邃，眉骨和眼窝如雕塑般的比例落差让他在看人时有种混合着深情的矛盾凌厉感，鼻梁高挺，嘴唇也是恰到好处的厚薄适中。

是一张百看不腻甚至越看越心动的建模脸，甚至有点秀色可餐。

林初叶不由得朝温席远凑近了些，静静打量他。

许是她的凑近让落在他眼中的光影发生了变化。

温席远突然睁眼。

两人眼神不经意撞上。

林初叶冲他微微一笑："你醒了？"

温席远似乎还有点乍醒时的不真切感，眉心微微拧起："林初叶？"

林初叶还是微微笑着："嗯，是我。"

温席远也露出了笑："怎么突然过来了？"

"想给你个惊喜。"林初叶轻声说。人还是保持着半弯下身看他的姿势，脸也和他靠得近，说话时能清晰感觉到彼此交融的鼻息。

温席远手掌搭在了她后颈上，将她拉近了些。

"来多久了？"他嗓音也压低下来。

故意压低的嗓音和那双天生深情的眼眸，让林初叶有点扛不住了。

"刚到一会儿。"她轻声回应，"会不会打扰你休息？"

"不会。"温席远说，"我很惊喜。"

哑声说完，唇也跟着压上了她的唇，人也慢慢起身，把座椅让给了她，变成她坐着，他弯身吻她的姿势。

林初叶本来就不是自控力多强的人，尤其面对的还是吻技越来越好的温席远，她很快就在他渐渐加深的吻技下沦陷，十指穿入他浓密的黑发，抱着他与他缠吻。

温席远也被她勾得有些失控，扔开手中拿着的文件，腾出一只手扣在她的腰上，越发深重地吻她。

好一会儿，温席远的吻才慢慢温柔下来，直至慢慢停下，彼此的气息已经乱得不行。

温席远看着她被吻肿的唇，望向她的眼睛："怎么会突然想要给我惊喜了？有好消息？"

被情欲晕染过的嗓音沙哑异常，却又分外性感诱人。

林初叶偷偷看了眼他被揉皱的西装和衬衫，小心地转开视线，看向他的眼睛，轻轻点头："嗯。我补拍的那个电影拿到上映许可证了，上映日期也确定了。"

温席远眉眼瞬间带了笑："恭喜林大演员。"

林初叶微微推了推他："你别糗我。程昊和我约了他下部电影，预计七月开机，刚好拍完公司那个戏，我答应了。"

温席远："好事。这个程昊肚子里有点东西，挺有才华的。"

林初叶点头："嗯，他和我说了下那个故事，是个反映社会热点的剧情电影，我觉得挺有现实意义的，就接了下来。"

温席远："哪个公司出品和发行，他们确定了吗？"

林初叶摇头："好像还没有找到投资方，毕竟现在这个电影也还没出成绩，不知道扑爆。所以他们打算如果到时没人投资的话就自己团队里凑，我和他们说了我也投一部分，不要片酬。他们挺高兴的，答应了。"

温席远看着她："介意我也投一部分吗？"

林初叶笑："当然不介意啊，不过也得先问过程昊，毕竟是他的项目。"

温席远点头："好，我让黎锐去接洽，我暂时不出面。"

林初叶点头："都可以。"

温席远笑笑，低头在她额头上轻啄了一下，这才放开了她。

转身时，温席远看到掉落在地的股权转让协议，视线微微一顿。

林初叶也看到了，也看到了温席远的目光停滞。

"你爸还没消停啊？"林初叶问，过去捡起那份股权转让书，递给温席远。

温席远点点头："他对这个项目势在必得，跟中了邪似的。他是公司的第二股东，现在闹着说不给他项目做主权的话就把名下股权转让出去，脱离华言自立门户。"

林初叶皱眉："如果他股权转出去了，对公司影响大吗？"

温席远："看他把股权转让给谁，如果落在第三股东手上，加上我爸手中的比例，他会成为第一股东，公司的绝对控股权会落在他手上。但眼下的情况，老头子正往人家圈套钻。"

林初叶："啊？"

温席远："这次找他合作项目的男人叫马涛，是他以前的助理。知道我爸爱听奉承话，挺能溜须拍马，每一句话都说到他心坎上，因此很受他器重。当年要不是突然出事，我爸甚至想着以后挣钱了和他平分江山。我接手公司后，把他清出去了。他这几年在外面也混出了些成绩，爆过一个电影，但之后就沉寂了下来，这十年来和我爸的联系没断过，最近才拿着项目来找他，怂恿他以华言名义参投。"

"马涛？"林初叶微微皱眉，总觉得这个名字有点耳熟。

温席远看着她："你认识？"

林初叶摇头："没有，只是觉得这名字好像有点耳熟。"

温席远："他后来做了导演，他爆的那个电影有一阵挺有存在感，那一阵网络上到处是他的大名。"

林初叶若有所思："难怪了。"

"那他和第三股东有什么关系啊？"林初叶问。

温席远："明面上没关系。只是先是马涛怂恿他投资项目，他和我闹，现在又把股权转让给第三股东，这逻辑链一顺下来，很难不怀疑他又进了别人的圈套。"

林初叶担心地看了眼股权转让书，还好只是提请，没有正式签字。

"公司还没召开股东大会，半数以上通过的话就会同意转让。"温席远解释，长吁了口气。

林初叶看着他："你和叔叔谈过吗？"

温席远："他现在哪里还听得进劝，已经被吹捧得早忘了自己是谁了。"

他说话时面色已经淡了下来，手中的协议已经被揉得有些发皱。

林初叶看了眼被他揉得发皱的协议书，看向他："要不回头我找他聊聊看？毕竟我对他来说还算是外人，对我不至于像对你们那样抗拒。"

温席远看向她："你没必要去受他的气。我会处理。"

林初叶："我觉得他也不是老眼昏花到分不清轻重缓急，可能只是借此逼你的手段而已。你也别太担心了。"

"就怕他玩脱。"温席远语气已经不太好，"人菜瘾还大。"

林初叶认可地点点头，从他手中抽出那份协议："好了，你先别生气，船到桥头自然直。"

她转身拎过放在桌上的蛋糕："听说吃甜点心情会变好，我刚在楼下看到有个 DIY 蛋糕店，就进去做了个蛋糕，你也尝尝？"

温席远看向蛋糕，视线在蛋糕上牵手的情侣背影定了定，看向林初叶。

林初叶有些不好意思："我参照我们两个的背影做的，还行吧？"

温席远点点头："很像。"

林初叶笑："我也觉得好像还行。"

她把蛋糕放下，打开，给他切了一份，直接用勺子舀了一口，喂到他嘴边："你尝尝看。"

温席远一口吃了下去："味道不错。"

林初叶眼睛里瞬间像落了星光："是吧，我感觉应该不差。"

温席远也拿过叉子喂了她一口。

林初叶很惊喜："这个奶油好香，里面的芋泥也好吃。"

温席远看她一脸满足的样子，也露出了笑容，又喂了她一口。

林初叶一口咬下，也喂了温席远一口，看他脸上的笑意恢复如常，心稍安。

视线收回时，她瞥了眼桌上的转让协议书，若有所思。

第十五章
谁是卧底

林初叶这两天下戏早，下了班就忍不住过来陪温席远，顺便给他带些小茶点。

这天林初叶刚出电梯就遇到了温启明，看到他正往温席远办公室去，估计又是去找温席远谈事。

"叔叔。"林初叶礼貌地叫住了他。

温启明困惑地回头，看到她时明显一愣，而后又习惯性地端起长辈的架子："你怎么过来了？"

"我今天下戏早，没什么事，就过来了。"林初叶走向他，往他手里拿着的文件看了眼，又看向温席远的办公室，"您是要找温席远吗？"

温启明看了她一眼，没说话，但神色已经告诉了她答案。

林初叶微微抿唇，看向他："叔叔，我能和您聊聊吗？"

温启明："如果你是和他们一样，劝我放弃这个项目，那就没有聊的必要。"

林初叶微微摇头："没有，我觉得这个项目前景很好，说不定我可以帮您说服温席远试试。"

温启明狐疑地看着她。

林初叶微笑道："我是认真的。"

温启明盯着林初叶看了许久，终于点点头。

黎锐刚好从外面进来，看到两人时诧异了下。林初叶把手中拎着的茶点递给黎锐："黎特助，麻烦你帮我把这个给温总，就说我和温董去楼下坐坐，晚点再上来。"

黎锐接过茶点："好的。不过温总开会去了，估计得晚点才回来。"

这话也不知道是不是故意说给温启明听的，说完时林初叶看到他有意无意地瞥了眼温启明。

林初叶微笑："没关系。"

说完，她转向温启明："叔叔，我们去楼下坐坐吧？"

温启明点点头。

林初叶和温启明去了华言楼下的茶餐厅。

"你要怎么去说服我儿子？"人一坐下，温启明便开门见山地问林初叶，"我儿子可比我固执多了。"

林初叶看着他："我能先看一下您的项目吗？"

温启明把策划案递给了她。

"你行不行啊？"他不太放心，"这个圈子还是看点资历的，你人也不红，也没作品，别人凭什么会听你的？"

"别人不听我的，您儿子听我的就好了啊。"林初叶接过策划案，认真地看了会儿，看向他，"叔叔，您就为了这个项目闹得要把股权转让出去啊？"

温启明别扭地轻咳了声："那只是策略，我没真要转让股权。只要他愿意过会，一点事都不会有。"

林初叶："可是您一个策略，焦头烂额的却是您儿子，您就一点也不心疼吗？"

温启明："那怎么不见他心疼我这个爸？就两三个亿投资的事，成了败了又怎样，我是亏不起吗？那万一赌赢了呢？这可是名留影史的好事，华言虽然好剧好电影不少，但缺一个含金量高的作品，你说它要是出一个奥斯卡作品，这是多大的荣誉，对华言影响力得多大，我这不是想让他也省点心吗？"

温启明说着取过林初叶手中的策划案："这就按着奥斯卡评委口味写的剧本，奔着冲奖去的，难得遇到这样的好本子，有机会赌一把，为什么不赌呢？"

林初叶小心地看着他："马导也是冲着奥斯卡去的？"

温启明："可不是。他为了这个项目准备了多少年，研究了多少奥斯卡电影才写出这么个剧本，别人都想着挣快钱的时候，他潜心打磨剧本，一个剧本写了四五年。你们这些年轻人一个个都变浮躁了，包括温席远也是，全掉钱眼里去了，一个个就只看到钱，有几个人能做到马导这样？这种态度不应该支持吗？"

林初叶顺着他的话头认可地点头："工作态度确实值得推崇。"

"可不是……"温启明掏出手机，翻出视频短片，递给林初叶，"你看看人家，夜以继日地开会讨论，打磨剧本，哪个不是认真写故事，哪像你们现在的年轻人，全想着赚快钱，没一个沉得下心去好好打磨作品的。"

"叔叔，我觉得您这不客观。虽然现在确实有一些人是奔着赚快钱去的，但您儿子不是这样的人，他对作品质量的要求已经是严格到近乎严苛了，华言做出来的作品口碑大家也都是有目共睹的。"林初叶忍不住纠正他，"您不要老是这样打压自己的儿子。"

温启明有些意外地看着她："我发现你这小丫头还挺有意思，每次我一说他的不是你就和我急，跟护犊子似的。"

林初叶："因为您就是说话不客观啊。就像您现在这样满怀热忱地推这个项目，最后成功做出来了，所有人都夸这个项目做得好，您爸爸突然一盆冷水泼下来，对您说，这谁做不出来，有什么好值得高兴的，您不心塞吗？"

她说完语气又软了下来："我们做孩子的偶尔也想得到爸爸妈妈的表扬和认可的。哪怕你们假装高兴地夸我们一句，做得很棒，但我觉得这里还可以再改进一下，我们心里也会很高兴，然后想做得更好。但像您这样，就只会冷冰冰来一句，这有什么难的，怎么还做成这个样子，就好像不管我们怎么努力，都做不好，久而久之，我们也会被打击到的啊，您说是不是？"

温启明瞥了她一眼："矫情。"

"可被夸奖就是会很受用啊。"林初叶拿过他的手机，"你看大家都这么认真，你们要是能把这个片子拍出来的话肯定很有时代意义。"

温启明眉眼马上带了笑："看不出来，你一小姑娘还是挺识货。"

林初叶又接口："我觉得大家就是穷折腾，摆拍的，做出来就是个烂片。"

温启明马上变了脸，刚要开口，林初叶已先他一步开口："您看，我一夸它好，您马上很高兴。我一说它不好，您马上不开心了。大家都一样的，谁不想被表扬、被鼓励啊，您说是不是？"

温启明被噎住。

林初叶把嗓音放软了下来："而且您看，我这还只是假设呢，您就心塞了。那您想，当年您和阿姨被设计拘留，公司和家里一下子失去了主心骨，温席远才多大点啊，就被迫站出来扛起整个公司和家的责任，把差点被肢解的公司给救了回来，这十年来一天也不敢放松，兢兢业业地扛起整个公司整个家的责任，一直到现在都不敢松懈，全家人也在他的庇护下才有现在的富足安稳生活，结果您来一句，他自找的，没人逼他，换您您不会难过吗？"

温启明朝她瞪眼："你不是说要帮我说服他接受这个项目吗？怎么又教育起我来了？"

"看着呢，看着呢，这不是随便聊就聊到了嘛。"林初叶软声安抚，没再多言，看向手机屏幕，视频中站在投影屏幕前的男人落入眼中时，她不由得微微皱眉。

温启明正看着她，一下就注意到了她的细微反应："怎么了？"

林初叶把手机屏幕转向他，指着站在投影屏幕前的男人问他："这是马涛导演吗？"

温启明看了眼手机屏幕，点点头："是他，怎么了？"

林初叶摇摇头："没有，就觉得他很认真。"说着还违心地吹捧了他一句，"叔叔，您看人眼光真准。"

温启明果然是吃这套的："是吧，他们都说我被猪油蒙了心，轻信外人。我在这个圈子摸爬滚打几十年，走过的桥比你们走过的路还长，什么样的人没见过，我会分不出谁是好人谁是坏人吗？而且马涛和我认识十几年了，他还是我给拉拔起来才有的今天，人家是懂得感恩，好项目才会想到我，哪是像他们想的那样，那么多弯弯绕绕的心思。"

林初叶认可地点头："嗯嗯。"

她把手机递还给温启明："那要不这样，叔叔您一会儿把这个视频发我，我负责帮您说服温席远。您那个股权转让的事就先放一放，如果我说服不了温席远，您再推动，好吧？"

"那个事放不了。股东大会时间已经确定下来了，通知都发出去了。"温启明说着手一摆，"不过你放心吧，就走个过场而已，要百分之五十以上股东同意才能转让成功，不会有这么多人同意的。"

林初叶："……"

温启明看着她："你就先和他说一下，他应该会听你的话。这么多年我也没见他和哪个女孩子走近过，既然愿意和你结婚，肯定是心里很喜欢你的，你的话他会听。"

林初叶觉得自己的脾气有点压不住了："叔叔，您有没有想过，如果真有超过百分之五十的人同意呢？"

温启明瞪她："你真当我傻啊，我肯定是提前打过招呼了才敢这么干。而且老尹跟了我多年，这么多年对公司一直是兢兢业业忠心得很，他都和我说了，不会真要我的股权，就是帮我个忙而已。不过这事你先别和温席远说，省得他又把项目拦下来。"

林初叶："……"老尹是华言的第三股东。

温启明神色和缓下来，变得有些别扭："你说的那些我都明白，我也是心疼我儿子才想着给他搞个大的，把公司地位稳固下来，这样他也能轻松点。我那天就是脾气急了，一时嘴快。"

林初叶："那您道歉啊。"

温启明："哪有老子给儿子道歉的。"

林初叶真的有点忍不住了，一把拿起他桌上的策划案，站起身："叔叔，这个我帮您解决。但股权转让的事您必须想办法在股东大会前解决，而且您得道歉。"

温启明有些讶异地看着她，没有笑脸的林初叶显得有些严肃。

人明明还是沉静温和的模样，却无端带了股气势，与他认知里娇娇弱弱没什么脾气的女孩不太一样。

他一时间不知道该怎么接话。

林初叶平静地看着他："叔叔？"

温启明也站起身："行吧，你要是能说服我儿子投资这个项目，我和其他人打个招呼，取消股东大会。"

林初叶没点头也没摇头："解决好了我联系您。我先走了。"说完客气地朝他颔了个首。

林初叶刚走出门，就看到了匆匆赶来的温席远。

温席远刚开完会回到办公室，看到了林初叶留给他的茶点，从黎锐那儿知道林初叶和他爸遇上，一起到楼下约下午茶的事，担心她被刁难，于是匆匆赶了下来。

他也看到了林初叶，明显松了口气，走向她："没事吧？"

林初叶摇摇头："没事。"

她又问他："你下班了吗？"

温席远点点头："嗯。"

林初叶："那我们先回去吧。"

温席远点点头，看了眼屋里也正看着他的温启明。

他没上前打招呼，温启明也没出来。

林初叶看他："要过去打个招呼吗？"

温席远摇头："不用了。"

他揽过她："先回去吧。"

林初叶轻轻点头，与他一块离开。

透过店面的落地玻璃，林初叶看到温启明还在看着温席远，眼神似乎带着些许难言的复杂情绪。

林初叶忍不住看了他一眼。

温启明倔傲地转开视线，重新坐了下来。

林初叶忍不住看向温席远。

温席远面色很淡，眼睛自始至终没看向店里。

林初叶稍稍握住他的手，轻声说："我刚发现一件事……"

温席远看向她："什么事？"

林初叶："我怀疑，是周瑾辰在幕后推动这个事。"

温席远脚步微微一顿，看向林初叶："怎么说？"

"我昨天不是说对马涛这个名字耳熟吗？然后我刚从你爸手机上看到了马涛的视频，我好像在周瑾辰那儿见过他。"林初叶看向温席远，"具体什么时候不太想得起来了，我可能要先问一下珊珊姐，她经常在公司，和周瑾辰接触也多，她应该会知道。"

温席远微微拧眉，温启明这种被老朋友洗脑投资影视项目进而逼宫他的事已经不是一次两次了，马涛这个项目他也早在半年前就开始预热了。马涛与温启明的关系温席远也是一直知道的，因此温启明突然把这个项目提上日程，他并没有想其他，只当是这个项目剧本和策划案出来了，温启明老毛病又犯了而已，但从时间上……

林初叶看温席远眉心越拧越紧，担心地问他："怎么了？"

温席远微微摇头："没什么。我只是想起来，他开始积极推进这个项目确实是最近一两个月的事。"

"那时间也对得上了。"林初叶若有所思，"周瑾辰从来就不是吃亏的人，他追不到我，拿着合同拿捏了我五年都没放手，你在这个剧和我的经纪合约上同时摆了他一道，他居然就这么轻轻揭过去了，这不太符合他的性子。"

温席远看向她。他不是没提防过周瑾辰，就是现在，他安排在林初叶身边的司机也是提防周瑾辰对林初叶不利的。

经历过公司内部选角导演联合周瑾辰欺骗林初叶的事情后，公司也彻查过，并以儆效尤将袁纲的事件在全公司发布了通知和处罚结果。

而在商业层面的较量上，周瑾辰的实力小得让他甚至不用担心周瑾辰能兴起什么风浪。

"我会让人查清楚。"温席远说。

林初叶点头："我也和珊珊姐确认一下。"

"不过我觉得叔叔应该不知道这件事。"林初叶又补充，"我刚和他聊了一下，他就是被马涛画的饼给诱惑到了，才一门心思要把这个项目做出来。"

温席远："我知道。这种勾结外人陷害公司和家人的事他还做不出来，就是蠢而已，被人利用而不自知。"

林初叶点点头，想到他刚才说的股权转让的事："对了，他说股权转让只是个策略，要半数以上的人通过才会转让成功。他都和其他股东打过招呼了，包括第三股东也只是答应他帮个忙而已。"

她说完还是觉得有点不可思议，无法想象一个人怎么能天真到这个地步，还是自信？

不过倒是能理解华言当年为什么会差点毁在他手上了。

她反倒不能理解，这么天真和盲目自信的人，怎么能把华言经营成那个规模。

"严格来说，公司算是爷爷创办的。"似是看出林初叶眼中的困惑，温席远解释，"我爸是有点小能力的，但这个能力主要表现在社交上，所以当时公司的发行是他在跑，确实给公司的发展带来了很大助力。他也因此膨胀起来，认为公司能有今天都是他的功劳，慢慢就听不进别人意见了，一直活在爷爷的光环下，也有点渴望被认可，所以对于别人的吹捧也很受用，但容易轻信他人的毛病是一直有的，所以爷爷一直不敢放权让他去管理公司，反而是培养了我妈帮忙打理公司。"

那个时候公司有温席远爷爷坐镇，温启明在大方向上没什么决策权，一直只能做他擅长的发行，所以公司发展得很顺利。

温席远十四岁时，他爷爷去世，公司也就交给了温启明打理。刚开始时有陶锦蓉在一旁看着，还能稍稍看得住他，但那时赶上温书宁高考失利，温慕远成绩也不理想，陶锦蓉担心过分专注事业会耽误几个孩子的学业，选择了暂时回归家庭。没想到就放手那么一两年，温启明就着了别人的道，公司差点被侵吞。

温席远的爷爷其实很早以前就意识到温启明性格刚愎自负、易轻信他人的毛病，知道公司不能交到他手上。因此，在培养儿媳妇打理公司的同时，也把注意力放在了身为长孙的温席远身上。

就年纪而言，温席远不是家里的老大，上面还有一个温书宁顶着，但老人家思想老旧，总想着女孩长大后是要出嫁的，因此一门心思培养长孙，想着等他大学毕业后直接把公司交到他手上。只可惜老人家没能等到他大学毕业就走了，只能先交给儿子。而老人家的担心没有错，温启明没有作为一个公司决策者的能力，只是他大概也没想到，公司在温启明手上会以那么快的速度土崩瓦解。

偏温启明是个不长记性的，擅长的他不想干，只想着从哪里跌倒就从哪里爬起。别人吹捧他两句，他就把人当交心兄弟的毛病半点没改。他想着下属对他忠心耿耿，却不知道自己在别人眼中是多大一块肥肉，而且叼到嘴毫不费劲。

想到他说和其他股东打过招呼，温席远忍不住摇头笑了笑，这种口头打招呼，反水是分分钟的事。

"那现在怎么办啊？"林初叶有些担心，"你要不要先想个办法阻止一下？这种事怎么能拿去赌啊。"

温席远："阻止不了了。董事会已经通过了决议，股东大会只能如期召开。"

"那……"林初叶有些着急。

温席远温声安抚她："你别担心，我心里自有打算。至于周瑾辰是不是真的在幕后推动，我会调查清楚。"

林初叶迟疑地点头，但哪可能真的不担心。

晚上回去时，林初叶加了温启明的微信，让他把马涛的视频和微信名片发给她。

温启明相信她能说服温席远，很爽快地就把马涛的视频和微信名片发给了她。

林初叶点开了他发过来的马涛的微信名片，头像和名字都是陌生的。

她试着点进他的朋友圈。

但朋友圈对陌生人不开放。

林初叶没有加他微信。

第二天去片场时，林初叶原本是要找冯珊珊打听马涛，但没见到冯珊珊，反倒是看到周瑾辰一个人坐在边上玩手机，看起来像对周遭也不在意。

林初叶就站在他身侧不远，她小口小口地喝水，动作迟疑，而后像想到什么般，偷偷朝周瑾辰的手机瞥了一眼。

她偷瞥的小动作不出意外地被周瑾辰发现。

周瑾辰抬头睨了她一眼："看什么？"

林初叶和往常一样，平静且淡定地摇头："没什么。"说完却还是往他手机屏幕上瞥了眼。

周瑾辰直接把正开着游戏界面的手机屏幕转向她："游戏，会不会？"

林初叶依然平静地摇头："不会。"

周瑾辰嗤笑了声："就知道你们这种好学生是不会玩游戏的。"

林初叶看了他一眼："谁说我不会？"说完一把拿过他的手机，看向他的手机屏幕。

周瑾辰似乎有些意外于她的举动，愣了愣。

林初叶已经看向他的手机屏幕，面色依然是沉静认真的。

手机屏幕还停留在游戏界面，林初叶似乎不知道他玩的是什么游戏，瞪着手机屏幕，半晌没动。

她这样认真又无从下手的样子让周瑾辰觉得可爱，嘴上却还是忍不住嗤笑了声："就说你不会还不服气。"

林初叶看了他一眼，没说话，手指在手机屏幕上胡乱点。

周瑾辰起初还在看着她胡乱点着的手机屏幕，看着看着，视线就慢慢转向林初叶的脸，有些出神，脸上的嗤笑也慢慢收起。他没说话，只是静默地看着林初叶。

温席远一走进片场大门就看到了这一幕，面色一下淡了下来，目光移向拿着手机的林初叶。

周瑾辰看到朝他们走来的温席远，注意力也转向温席远，嘴角勾起冷笑："温总今天怎么有空过来了？"

见状，林初叶手指飞快操作，退出游戏界面，点进周瑾辰的微信界面，不意外地在第一页的聊天界面就看到了马涛的微信头像。

林初叶趁机迅速点开他和马涛的聊天界面，匆匆扫了眼又赶紧退了出来，操作着手机重新回到游戏界面。

她从来没有做过这种偷窥别人信息的事，尤其还是在当事人的眼皮底下，心跳有点快，手也有些抖，好在面部表情还能管理到位。她佯装讶异地转头看向温席远，借此掩饰心里的慌乱。

温席远看了她一眼，看向她拿着的手机，而后看向周瑾辰。

"来看我的人。"他平静地开口。

一句话成功地让周瑾辰冷了脸。

林初叶歉然把手机递还给周瑾辰。

周瑾辰睨了她一眼："怕什么？"却还是一把捞过了自己的手机。

林初叶歉然笑了笑，没搭话，而后转向温席远："你怎么过来了？"

"来这边有点事。"温席远看向她，"今天不用拍戏吗？"

"拍呢。刚下戏，歇会儿。"林初叶看导演助理已经在招手让演员准备，又对温席远说，"我先过去了。"

温席远点点头，没说话。

周瑾辰看着林初叶走远，有些故意地朝温席远抛起手机，又接住，这才看向他："我和林初叶认识了六年，从她大三认识到现在。"

温席远看他："然后呢？"

周瑾辰："不管你和她现在什么关系，我和她之间都有着任何人介入不了的六年，也取代不了。"

温席远瞥了他一眼："确实无人能取代。毕竟能几年如一日地骚扰同一个人，这世上也找不出第二个了。"

周瑾辰："……"

温席远："我不是林初叶，没有她那样的好脾气。你要再骚扰她，我会直接报警。"

周瑾辰冷笑了一声："你说是骚扰就是骚扰了？你代表的又是哪国的法律？追人可不犯法。"

"追人确实不犯法，但在对方明确拒绝的情况下还持续冒犯就是骚扰。"温席远转向他，"法律只是底线，但在法律之上还有道德和良知。如果周总仅仅只是以不违法来要求自己，那和人渣没什么分别。"

"你……"

"真心喜欢一个人会希望她快乐，但周总显然不是。望周总别玷污了喜欢二字，你不配。"

温席远没再搭理周瑾辰，走向不远处的徐子扬，看向场上拍戏的林初叶。

徐子扬从刚才进来就留意到他，也看到他和周瑾辰在交谈，虽然不知道两人说了什么，但看周瑾辰的脸色黑得跟锅底似的，忍不住用手肘朝温席远撞了撞："周瑾辰又作妖了？"

温席远看了他一眼，没说话，然后又看向场上。

徐子扬觉得温席远不太对劲，周身弥漫着一股低气压。

"发生什么事了？"他忍不住问。

"没事。"和以往一样，温席远不想多交流的话题，都是以淡淡两个字打发人。

徐子扬撇撇嘴，好在早已习惯这样的温席远，也不追问，只是好奇地扭头朝周瑾辰看了看。

周瑾辰还冷着脸，人已转向场上的林初叶，又是用那种近乎出神却又恍惚的眼神在看着林初叶。

那眼神里的专注让徐子扬也不由得往场上的林初叶看了眼。

不得不说，林初叶长得真的有点招眼。

尤其穿上古装的她，仪态气质格外出众，一颦一笑都抓人眼球。

她不是那种性子大开大合的人，更多时候是沉静温柔的，恬淡又不失年轻女孩的娇俏感，在戏里尤其出挑。

难怪周瑾辰想私藏，不肯给她露脸的机会。

温席远也注意到了周瑾辰的眼神，表情再次冷淡下来。

林初叶下戏时，周瑾辰先迎了上去，给林初叶递了一瓶水。

不知道是真的良心发现还是听从了别人的建议，周瑾辰自从上次道歉以后，面对林初叶时戾气收了很多，不再动不动就跳脚。

林初叶客气地拒绝了他，没有接水。

其实，无论是以前喜欢跳脚的他，还是现在脾气缓和的他，林初叶的态度从来没有变过，一直都是客气有礼但又疏离的。

只是大概因为周瑾辰对林初叶的态度没有了以前那种盛气凌人，反而如同普通朋友般闲聊，甚至带了点坏学生故意撩好学生的味道，两人这样走在一起，温席远莫名就有了点刺眼的感觉。

他没有上前，只是坐在原地看着两人。

周瑾辰没有像以前那样因为林初叶的拒绝而冷脸，只是无所谓地笑笑，配合着林初叶的步伐，有一搭没一搭地找着话题。

林初叶面对暴躁的周瑾辰是应对自如的，但面对突然变得谦和的周瑾辰，她有点没经验。

骨子里的教养让她不会先发制人地讽刺或者斥责一个表现谦和的人，因而面对周瑾辰有一搭没一搭的话题，林初叶也只能和以前一样，客气地保持距离。

好在温席远坐得不远，她一眼看到了他，也从不在外人面前刻意掩饰自己看到温席远时的惊喜和兴奋，拎着裙摆，迈着小碎步朝温席远走来。

"你还没回去啊？"她问，满心满眼都是温席远，像恋爱中的小姑娘。

这一阵彼此工作都忙，温席远很少来探班，虽然刚才看到时已经惊喜过了，但之前经历过下戏后他已经走了的失落，乍然看到他还在，林初叶还是有些惊喜的，而且全展现在了脸上。

她这雀跃的模样连徐子扬都忍不住侧头看了她一眼，而后看向温席远。

他明显看到温席远周遭的低气压消散了些。

"嗯，今天不忙。"温席远回答。

温席远也不避讳现场这么多工作人员，站起身，抬手替她整理头发，问她："拍完了吗？"

林初叶点头："嗯，今天的拍完了。"

温席远："现在回家吗？"

林初叶点点头："好啊。"

徐子扬对"回家"两个字万分震惊。

两人结婚的消息除了家人，林初叶也就告诉了冯珊珊而已，她和徐子扬不熟，自然不会特意告知他。

温席远和徐子扬熟归熟，但徐子扬不问，他也不会特地跟徐子扬说"我结婚了"，毕竟也没到摆酒发请帖的时候。

那天马场林初叶的求婚徐子扬没听到。

不过徐子扬虽然震惊，却不是八卦的性子，也不好奇，尤其现场还那么多人。在这个圈子里混的最擅长的就是看场合说话，适时保持沉默，私下再问。

周瑾辰离得远听不清两人在说什么，却能看得到两人眼神里的亲昵，面色再次变得难看起来。但这种难看在看到林初叶转身看过来时，变脸一样退去，他冲她勉强笑了笑，之后视线便一直追随着林初叶远去的背影。

温席远看着周瑾辰眼神里的专注，不得不承认，在合约拿捏林初叶失效以后，周瑾辰面对林初叶确实改变了许多。

温席远并不喜欢他的这种改变。

一个习惯性暴跳如雷的周瑾辰和一个学会了收敛脾气变得谦和的周瑾辰，后者更具威胁性。

尤其这个周瑾辰，在他和林初叶缺失的八年时间里，有六年时间是他在填补，虽然只是一个并不受欢迎的存在。

回到车里时，林初叶明显感觉到温席远有心事。

"是遇到什么事了吗？"她担心地问他。

温席远微微摇头："没事。"

林初叶想起偷看周瑾辰手机的事："对了，我之前拿周瑾辰的手机看了下，他确实认识马涛，而且他们很熟。"

温席远依然只是轻轻点了点头："嗯。"

看着对这个问题并不是很热切。

林初叶很快察觉到了问题，看向他："你好像不太高兴？"

温席远看着她，没说话。

林初叶脸上的笑容也慢慢收起，轻轻叫了他一声："温席远？"

温席远看着她，突然朝她倾身，左手掌扣在她后颈上，人朝她重重吻了下去。

林初叶被这突然的一吻闹得有点蒙，僵直着身子。

温席远狠狠吻着，舌头长驱直入。

发狠的力道让林初叶想起她在他家的那夜，她问他还要不要结婚，他说不想结了，她勉力微笑地和他道别，他突然拽着她倒在沙发上，人也发狠地欺压上来。

同样的粗暴和莽猛。

那时林初叶心里也有了委屈，也就小兽一般不管不顾地和他撕扯。

现在她有点蒙，没有很快进入状态，舌头被吻得有些发麻，下意识想推开他，却刺激到了温席远。

他的手掌收得更紧，将她紧紧压抵在椅背上，吻得越发深切，伴着渐渐粗重的喘息。

林初叶的理智很快被带得抽离，人也下意识地抱住了他。在无意识的回应中，她隐约感觉到温席远的躁动和剧烈的情绪起伏被慢慢安抚，吻慢慢变得深切绵长，直至缱绻地停下。

温席远没有马上抽离，依然额头抵着她的额头轻轻喘息，好一会儿，才低声开口。

"我确实不太高兴。"他的声音还很沙哑低沉，却已平稳，丝毫没有因为承认这样的情绪有任何的别扭或者不自在。

林初叶有些讶异地看着他。

"因为周瑾辰吗？"她轻声问。

"嗯。"温席远很坦然。

林初叶的心脏因为他这声"嗯"微微提起。

"为什么啊？"她问，压低的嗓音已经带了点小心翼翼的期待。

"不想看到你和他在一起的样子。"他用手摩挲着她的脸颊，"你是我的。"

林初叶："……"

她的心因为这句话而紧张跳动着，她已经是最不会表达情感的了，温席远在她看来更是。

她理解这种表达感情的别扭。

因此她从来没有期待温席远会对她说出"爱""喜欢"之类的字眼，更不用说这样霸道的言论，以至于她一下子有点不知道该怎么反应，微微瞪大的眼眸在温席远的俊脸上来回睇着。

"你……"她迟疑着开口，"这算是吃醋了吗？"

"是，我吃醋了。"

温席远回答得坦然。

林初叶再次失去了反应能力，圆溜溜的眼珠子在转动一圈后，她所有的语言能力最后汇聚成了一个"哦"字。

　　温席远黑眸里似乎掠过了笑意，很淡。

　　他没有说话，只是这样额头贴额头地看着她。

　　林初叶被看得有些不好意思。

　　"我又没喜欢他。"她近乎呢喃地咕哝一声。

　　"那我呢？"他问。

　　"我……"林初叶也抬眸看他，"你不要老是这样引诱我。那我呢？"她把他的话原封不动地送还给他，还直勾勾地看着他。

　　他轻咳着没说话。

　　林初叶不想放过他，轻轻扯了扯他的袖口，提醒他。

　　温席远看了她一眼，直接一侧头，吻住了她，温柔且缱绻。

　　好一会儿，这个吻才停下。他看着她的黑眸里盈满柔软情意，话没说出口，但眼神里和动作里已全是答案。

　　林初叶的眼神对上他的眼神，又在这种对视中不由得相视一笑，而后各自转开视线。

　　林初叶轻咳着稍稍坐直身，转开话题："对了，你周三中午有空吗？"

　　温席远眉心微微一拧，看向她。

　　"那天下午股东大会，怕是抽不出时间。怎么了？"

　　"周三下午就股东大会了啊？"林初叶讶异，"这么快吗？"

　　温席远点点头："对，别的会议还能推，这个怕是不行。"说完又看向她，"是有什么事吗？能推到会议后吗？"

　　"其实也没什么事，就是想约你一起吃个饭而已。"林初叶说，"不过股东大会比较重要，你先忙，开完会了我们再吃。"

　　温席远明显不信："真没事？"

　　林初叶认真地点头："是真的没事。"

　　温席远的视线在她脸上停了会儿，倒没再追问下去。他启动了引擎，叮嘱她："如果有急事，你可以先找司机老刘或者徐子扬，他们人都不错，细心，也信得过，不用担心什么。"

林初叶点点头："好。"

她确实是有事找温席远的。

她在周瑾辰和马涛的微信聊天记录里看到两人约周三中午一起吃饭。她本打算和温席远一起过去看看，也不一定非要听到什么有用信息，但拍一个两人的同框照是有必要的。

股权转让的事，温席远让她别担心，林初叶是相信他有能力解决的，但即便解决了股权问题，本质问题还是没解决，项目不给通过，温启明还是会拿着这个项目找温席远麻烦，所以林初叶想从马涛和周瑾辰这边入手，让温启明打消做项目的念头。

但股东大会也凑巧在周三，温席远是万万不能离开公司的。

林初叶知道和温席远说了缘由的话，他一定会想办法抽身陪她过去，但这样会影响他开会，所以不如不提。

找徐子扬也是一样的。

原本林初叶还觉得可去可不去，但华言股东大会在周三下午，周瑾辰和马涛也刚好约的周三中午，这时间确实过于巧合。

因此周二晚上，林初叶去找了徐子扬，想让他陪她一起去吃个饭。

徐子扬二话不说爽快答应了下来。

周瑾辰和马涛微信里没说在哪里吃饭，只说老地方见。

第二天林初叶让司机开着车跟踪周瑾辰。

路上的时候，温启明给林初叶打来电话，问她和温席远聊过没有，温席远到底是什么态度。

电话里，温启明语气着急，不知道是怕下午的股东大会出状况，还是担心逼宫不成。

"聊过了，但他现在也在犹豫呢。"林初叶想起股东大会，也有些放心不下，试探性地问，"叔叔，您打过招呼的那些股东靠不靠得住啊？不会有什么问题吧？"

"有什么靠不住的？都是我还在公司时提拔的，没有我哪有他们今天，都对我感激着呢。"提到这个，温启明又信心满满，也不知道是真自信，还是借此让自己不胆虚。

林初叶假装很意外："啊？居然都是您提拔的啊？都有谁啊？"

温启明嘴上没有秘密，噼里啪啦说了一串名字。

林初叶怕记漏，还拿出纸和笔把名单写了下来。

徐子扬就坐在她旁边，对她的一通操作有些莫名，但看她在通话中，也不好问，只是困惑地看着她。

报完名单的温启明又忍不住催林初叶快点，还问她能不能在股东大会前说服温席远。

"我要是能说服他投资这个项目，您有能力取消股东大会吗？"林初叶问。

温启明果然被问住："都说了只是走个过场而已，花不了多少时间。"

"你这拖着，下午股东大会都结束了。我儿子一看股权没转让成功，更没可能接这个项目了。现在就这么点窗口期了，你倒是搞快点。"温启明说着又忍不住着急，"你要是没能力搞定他的话，早点说，我现在去找他谈，说不定还能有点效果。"

"您别去打扰他。"林初叶阻止他，"我在开会前给您结果。"

温启明："行，那你快点。"

林初叶挂了电话，看着小本子上记着的名字出了会儿神，拿着手机拍了一张照片。

徐子扬困惑地对名单看了眼："这是什么啊？"

"温席远他爸那群据说和他有过命交情的下属。"

林初叶打开微信，把名单照片发给了温席远，又发去一条信息：刚你爸给我打电话，我问他要了那些答应不投同意票的名单，你看看对你有没有用。

温席远正在办公室忙，看到名单时目光一顿，而后笑了笑，给林初叶回了信息：非常有用，谢谢。

林初叶看到他的信息时也不由得笑了笑，按熄了手机，抬头时看到徐子扬还在好奇地看她。

"温席远他爸又作妖了？"他问。

林初叶点点头："被他以前一个下属画的饼诱惑了，觉得是有希望拿奥斯卡的好剧本，非坚持要做出来。"

徐子扬笑了下："谁啊？这么牛？"

林初叶笑笑："一会儿你就知道了。"说完看了眼前方周瑾辰的车。

司机很有技巧地和周瑾辰的车保持距离。

正是中午高峰期，路上车多，司机开的又是临时租的车，并不容易被发现。

周瑾辰自己开车过去的，特地去的热门商圈。

在周瑾辰进餐厅后，林初叶和徐子扬才进去，出门前特地伪装了一下，换了个短发的假发套，戴上帽子，穿上不常穿的羽绒服和雪地靴，造型和风格与她平时的样子大相径庭。

徐子扬昨天去理了个清爽的短发，把留了一年多的长发剪了，胡子也刮干净了，完全是变了个人的样子，根本不需要特别变装。

中午用餐高峰期，正是人最多的时候。

周瑾辰和马涛大概是没提前预约包厢，马涛人已到，坐在角落的卡座里，看周瑾辰过来，还笑着起身勾着他的肩拉着他入座，看得出来很熟。

林初叶直接拿出手机把这一幕拍了下来。

有服务员上前招呼，问有没有预订。

"没有。"林初叶微笑着回答，淡定地放下手机，四下看了眼，问服务员，"可以随便坐吧？"

"当然，桌上扫码点餐即可。"服务员微笑着招呼，看着像要为他们引路。

林初叶阻止了她："我们自己来吧，谢谢啊。"

说完，和徐子扬往周瑾辰和马涛的方向走去，在马涛与周瑾辰的隔壁卡座坐下。

林初叶坐在与周瑾辰一椅背之隔的空座上。

为了保障客人的私人空间，椅背做得高。林初叶一坐下，全身只露出了头上毛线帽的三分之一。

她直接开了录音笔，偷偷把笔塞到夹缝里，而后拿起手机扫码点餐。

餐厅虽有些嘈杂，但坐得近，周瑾辰和马涛嗓门也大，还是能听到两人在谈什么。

刚开始两人还是有一搭没一搭地聊生活和工作上的烦恼，周瑾辰话题一转，就问到了马涛那个项目的情况。

"我看悬。"马涛声音听着有点惆怅，"温启明在公司没话语权，公司项目部也过不去，反正就卡着了。"

"不是和尹总打过招呼了吗？"周瑾辰看了眼表，"只要能帮他拿到公司的绝对控股权，以后只要是你的项目，无论好坏，一律给你过。"

马涛："这不是还没结果吗？谁知道会不会有什么变动。"

周瑾辰："放心吧，我和尹总聊过了，他和那几个股东都打过招呼了，不会有问题。"

林初叶和徐子扬对视一眼，有些担心。

徐子扬安抚地冲她笑笑，用口型安抚她："相信温席远。"

林初叶点点头，那头的马涛已经接过了话："温董也打过招呼。"

周瑾辰笑了下："温启明是挟恩图报，尹新龙是拿利益交换，就像给你的承诺一样，这背后的油水可不小，你说他们会听谁的？"

马涛大概是在这个圈子混久了，看惯了各种变数，还是有些犹疑："我看温董信誓旦旦，尹总只是帮忙。他们两个感情深，可能他真就只是帮他个忙也说不定。"

周瑾辰笑了笑："你太小瞧尹新龙的野心了，白送到手的股份谁不要？"

马涛似被说服，短暂沉默后，轻笑了声："也就你能想得出这种损招。"

周瑾辰："你还不如说是温启明蠢。"

马涛："也是，他不蠢，我也不能跟他十几年不散啊。这个圈子要建立点人脉太难了，能像他这样不计回报地提供资源的人不多了，本来还指望着有他帮帮忙给我把项目过了，可惜这么蠢的多生了个精明儿子，对公司管理太严格了，完全不给关系户活路。我要是能找到投资方还能扒着他不放吗？可惜温启明也没机会染指公司，一点做主权也没有。"

说完，马涛又叹了口气："本来我还想着他是华言的人，不说要够到华言的主流资源，给点小汤小水也行啊。有华言作保，至少能保证有个不错的发行渠道。"

林初叶和徐子扬的眼神再次对上。

徐子扬有些无言，摇头笑笑。

周瑾辰显然不太喜欢听到马涛这样吹捧华言，语气当下不太好了："华言就有这么牛？花无百日红，人无千日好，他家鼎盛了这么多年，没落是迟早的事。"

"是是。"马涛附和，又有些困惑，"你和华言……是不是有什么恩怨？似乎每次我一提华言你就不太高兴，而且这个控股权的事，在谁手上和我们又有什么关系？他们公司有一整套管理完善的运行机制，其实谁控股都影响不到什么。"

周瑾辰："怎么没影响？只要尹新龙拿到公司决策权，以后你们的项目不用过会直接过。现在这位能给你？"

"也是。"马涛笑，"所以我这不也可着劲儿哄着温启明吗？"

"不过话说回来，他们公司股权这么一转，对你和公司好像也没什么好处啊。"这是马涛不理解的。

这个计划是周瑾辰提供的，帮他促成了温启明和尹新龙的谈判。

其实这个谈判也不难。

温启明很爱社交，一个人在家待不住，被温席远强制退休在家后，他闲得发慌，三不五时约着他们这些所谓的老下属、老兄弟喝茶聊天，大家维持着表面上的信任和亲近。但都是成年人了，各有各的野心和家累，也没那么深的情感，能凝聚到一块靠的不过是利益。

但大家熟了这么多年，没人动过股权的心思。

经历过温席远当年雷厉风行整肃公司的人都知道，温席远低调归低调，但不如表面看着好说话，他最擅长的，就是让所有人放松警惕，再来个一网打尽。

那时温席远刚接替他爸进公司，没人瞧得上他，年轻，没经验，能掀起多大的风浪。温席远表面上也如大家猜想的那样，唯唯诺诺，别人说什么就答应什么，没半点主见，看着就是一个掌管公司印章的工具人。

因而没人把他放在眼里。

公司各部门该拆分还是拆分，他也配合着签字盖章，看着比温启明还好糊弄。

就是这样的温席远让所有人放松了警惕。

没人知道他私下里买通了负责办理全新控股公司业务的助理，把所有材料偷梁换柱，还延后通知了其他人。

等大家反应过来时，华言确实顺利完成了拆分，拆分出来的所有子公司也确实如他们给温启明画的饼那样，由新公司全资控股，只是那个原本该由几人联合控股新公司的绝对控股人变成了温席远。他以全新公司全资控股华言的方式，把拆分出去的华言再次整合起来，收归到了掌下。

拿到公司绝对控股权的温席远也不装了，哪些该移交法办，哪些该追究法律责任，哪些该追讨欠款，哪些该清出去，温席远处理得毫不留情。短短两个月，人人自危，就怕查到自己头上，被辞退反而是最轻的处罚。

马涛就是这个时候被清出去的。

尹新龙留是留下来了，但大概因为经历过这样一番血雨腥风的大换血，这十年来很老实，没敢动过别的心思。

这次是周瑾辰怂恿的马涛，给他献的计策，让温启明以股权逼温席远通过。毕竟和两三个亿的投资额比，温启明手上的股权值钱多了。

马涛不是华言的人，在华言也没有股权，不怕被温席远清算，因此就和温启明提了一下，没想到温启明竟真的上心了，主动去找尹新龙商量，让尹新龙配合他演一出戏。

主动送上门的股权，尹新龙自然没有不要的道理，等尘埃落定，他成了最大股东，哪还需要怕谁。

于是尹新龙欣然答应。

整个事件里，他们三个可以说是获利方，但周瑾辰不是。他不是华言公司的股东，不管股权怎么变更，或者马涛的项目成不成，对周瑾辰都没有好处。

这是马涛想不通的。

周瑾辰并没有解答的意思，只是笑着道："你是我兄弟，我帮下我兄弟怎么了？谁让我没这个实力和资本呢，只能帮你找好下家了。"

"你想帮兄弟我信，但以前也没见你这么积极啊。"马涛到底是混了几十年的，"你和他有仇？"

周瑾辰只沉默了会儿，便坦然承认："对，有仇。"

马涛意外："什么仇？"

周瑾辰："夺妻之仇，算吗？"

马涛："……"

林初叶："……"

徐子扬直接冲林初叶比了个大拇指："红颜祸水。"

林初叶："……"关她什么事。

这时，她的手机响起。

林初叶看了眼手机屏幕，是温启明打过来的。

林初叶捂着手机半遮着脸走了出去。

去外面接电话。

电话刚一接通，温启明气急的声音就从电话那头传来："王八蛋，全答应得好好的，现在全反水了。"

林初叶心里一"咯噔"："叔叔，您在说什么？什么反水？"

温启明："就那个股权转让，我和尹新龙说得好好的，只是走个过场，其他人也都打过招呼了，都投反对票，结果现在都投了通过票。"

林初叶："那现在什么结果？"

温启明急得都快哭了："股东大会一致同意通过股权转让协议。"

林初叶："……"

"那温席远呢？"她急声问，"他现在哪儿？有没有怎么样？"

温启明："还在会议室。我气不过先出来的。"

林初叶："……"

"他现在能接电话吗？您把电话给他。"林初叶边问，边走向司机。

温启明："会议室不能接电话，他没出来接不了电话。"说完又着急地问她，"怎么办啊？"

林初叶的脾气一下全上来了："这会儿知道问我怎么办了？之前那么多人，好说歹说劝过您多少次，您哪次听进去了？出事了知道急了，急有用吗？"

温启明："哎，你……"

"冲我发脾气也没用，凉拌！"

林初叶直接撂了电话，心慌意乱。

她试图给温席远打电话，电话是通的，却没人接。

林初叶改而给徐子扬打电话，让他拿录音笔出来，她有急事得先回公司一趟。

徐子扬很快拿了录音笔从餐厅出来。

"发生什么事了，怎么突然要走？"

林初叶："刚温席远他爸给我打电话，说他打过招呼的那些人反水，股权真转让给了尹新龙。我现在联系不上温席远，想去他公司一趟，看看到底是什么情况。"

"他疯了吧。"徐子扬差点爆粗口。

524

"同一个坑他还能掉进去两次，他……"徐子扬一时间不知道该怎么骂，"脑子有坑吧。"

"就是脑子有坑。"林初叶边说边拉开车门，"我先让刘哥送我回公司，要不你自己打车回去？"

徐子扬想也没想："我和你一起去公司。"

林初叶点点头："也行。"

她和徐子扬上了车。

车子驶离时经过餐厅的落地窗。

周瑾辰和马涛就坐在窗前，林初叶车窗还没来得及关上，车子从窗边经过时周瑾辰本能地往窗外看了眼。看到车里的林初叶时，他视线一顿，眉心微微皱起，神色有些困惑。

林初叶也看到了他，神色未动，只是任由车窗缓缓合上。她扯下线帽和头套，一头长发也披散下来。

林初叶边抬手梳理头发，边吩咐司机开快点，另一只手掏出手机，试着给黎锐打电话，但他的电话也没人接，估计还在会议室里。

林初叶改而给温启明打过去："他们在几楼开会？"

"五十楼会议室。"温启明说。

"知道了。"林初叶挂了电话，手紧握着手机，有些焦灼。

徐子扬安抚她："放心吧，不会有事的。温席远有应对能力。"

林初叶轻轻点头。理智上她也觉得温席远不可能这么轻易进圈套，但温启明的慌神也带慌了她，毕竟温席远只是人不是神，不可能事事考虑周全，她就怕有意外。

好在吃饭的地方离华言不算太远，没多久便到了。

林初叶直接让司机把车开进地下停车场，从负一楼搭乘专属电梯到了五十楼的会议室。

人刚一出电梯，转了个弯就看到在走廊里着急地来回踱步的温启明。

他的左手边是灯火通明的会议室，即使隔着厚厚的透明玻璃墙，也能感受到里面紧绷的气氛。

林初叶一眼看到站在会议长桌前的温席远。

他穿着剪裁得体的黑色西装，里面只穿了一件简单的白色衬衫，站在长桌一头，两条手臂随意撑在桌上，正平静地看着其他人。

身上的白衬衫因为他微微俯身的动作被撑出一道错落的褶痕。

俊脸是平静的，但扫向众人的眼神却凌厉且深锐。

林初叶忍不住看了眼众人，一个个神色凝重，噤若寒蝉。

她的视线从众人脸上移回温席远身上时，温席远已站直身，目光收回时看到了站在玻璃墙外的林初叶，目光微顿，黑眸中锐意褪尽。

他没错过她眼中的焦灼与担忧，给了她一个安抚的眼神，而后看向黎锐，冲黎锐使了个眼色。

正坐在笔记本电脑前的黎锐抬头，看到玻璃墙外的林初叶，了然地起身，拉开会议室的门走出来。

温启明急急迎上前，想进去。

黎锐拦住他："抱歉，温董，您现在不能进去。"

温启明气急："卖的是我的股权，我是当事人，我怎么就不能在现场？"

黎锐："温董，股东大会已经通过了您的股权转让决议，现在是竞购环节，不管最后谁购得您的股份，都和您没关系了。您现在已经不是公司股东，无权参加公司股东大会。"

温启明："不是，我……"

黎锐转向林初叶，微笑着冲她招手："林小姐。"

林初叶迟疑地上前。

黎锐："你跟我进来吧。"

林初叶点点头，又担心徐子扬落单，回头看了眼徐子扬。

徐子扬冲她笑了笑，摆手让她进去，不用管他。

温启明拉住黎锐："我儿媳妇也不是公司股东，她都能进去，我怎么就不能进去了？"

"林小姐是温总的法定妻子，原则上也能算作公司股东。"黎锐歉然道。

徐子扬意外地看了眼林初叶，又看了眼会议室里的温席远，似乎不觉得意外了。

林初叶随黎锐一块进了会议室。

她一进去，众人的视线顿时全落在了她身上，眼神里全是诧异。

但没有人给他们解惑。

温席远没介绍，黎锐也只是冲大家微笑着点点头，公事公办地引领林初叶到一个空座上坐下。

那是温席远的座位。

林初叶坐下时，众人惊诧的视线再次落在林初叶身上。

林初叶面对众人投来的异样眼神，仅是礼貌地笑笑，而后将视线转向站在长桌前的温席远。

温席远也在看她。

两人视线相撞时，温席远的黑眸里掠过暖色，虽没说话，但林初叶在他眼神里看到了"别担心"三个字。

她也不由得冲他笑笑。

温席远也笑笑。

两人静默无声的眼神交流再度让会议室里的人诧异，众人面面相觑间都藏着打探。

——她是谁？

——和温总什么关系？

无人知晓。

众人更在意的是眼下的僵局怎么破。

林初叶正对面的尹新龙开口把话题引回了正题："温董在会议刚开始时就明确提出了，把他的股权转让给我，我是他的指定受让人，不存在什么优先购买权的问题。"

"你放屁。"在门外偷听的温启明控制不住脾气，直直闯进来，"我们明明商量好的，只是做戏给我儿子看，让他同意我手上的项目就成，根本没有什么股权转让的事。"

尹新龙看向他："温董，可您儿子也没同意您手上的项目不是？而且股东决议不是儿戏，股权转让是大家表决通过的。"

"他们明明说好投反对票的，根本不可能有通过这一说。"温启明暴怒，一个个点名。

被点到名的股东都或歉然或冷漠地转开脸。

林初叶有点搞不清眼下的情况。

她记得不久前温启明在电话里告诉她，股东大会一致通过了股权转让协议的。按照温启明和尹新龙的计划，尹新龙是温启明指定的受让人，通过股权转让决议就意味着股权归入尹新龙名下了。

现在似乎还没出结果？

"温总把会议流程拆分成了两部分，先由股东大会表决通过股权转让决议，决议通过后，才进入竞购环节。"似是看出林初叶的困惑，黎锐压低声音在她耳边低声解释，"会议刚开始温董确实提出了把股权转让给尹总，温总说要按照公司章程，先由股东投票表决，超半数通过股权转让协议再作定夺。表决结果出来，超半数同意了温董股权转让。尹总站起来和大家表示感谢的时候，温总才站出来说要全额收购温董的股权。"

于是才有了现在的剑拔弩张。

不过，说是剑拔弩张，不如说温席远掌控了全局。

林初叶不由得看了眼温席远，温席远正平静地看着温启明。

温启明已经气得理智全无，看没人回他，又直接点名："张成，你说啊，为什么明明答应得好好的，却在关键时刻背刺我？"

叫张成的男人没回他。

温启明又去点第二个，被点到的男人也没回他。

温启明又去点第三个，同样得不到回应。他一着急，又习惯性把矛头转向温席远："你不是那么聪明吗？不是一直告诉我这是圈套？为什么明知是圈套你还要往里钻，你知不知道……"

林初叶听不下去，直接起身打断他："股东大会是他一个人能决定开或不开的吗？都什么时候了，除了怪别人，您还能做什么？为什么大家都背刺您，因为大家都把您当傻子，都想利用您把您儿子拉下马，好分食华言这块大蛋糕。"

众人诧异地看向林初叶。

温席远也看向林初叶，丝毫不觉得意外。

林初叶也看向众人，举了举录音笔："我今天刚好听到些东西，尹总到底适不适合做公司的决策者，大家自行判断吧。"

说完，她"啪"的一声按下播放键，周瑾辰和马涛的对话顿时传出来：

"不是和尹总打过招呼了吗？只要能帮他拿到公司的绝对控股权，以后只要是你的项目，无论好坏，一律给你过。"

"这不是还没结果吗？谁知道会不会有什么变动。"

"放心吧，我和尹总聊过了，他和那几个股东都打过招呼了，不会有问题。"

"温董也打过招呼。"

"温启明是挟恩图报，尹新龙是拿利益交换，就像给你的承诺一样，这背后的油水可不小，你说他们会听谁的？"

……

"也就你能想得出这种损招。"

"你还不如说是温启明蠢。"

"也是，他不蠢，我也不能跟他十几年不散啊……"

……

现场一下哗然。

尹新龙脸色难看，也不顾现场这么多人，就要抢林初叶手中的录音笔。

温席远眸色一冷，一把扣住他伸向林初叶的手。

尹新龙疼得皱眉。

温启明气红了眼，上前就要拎尹新龙的衣领揍他，被旁边的张成拉开。

"温董，已成既定事实，现在说什么、做什么都晚了。"张成劝着，像带着几分歉疚。

此时，尹新龙已彻底撕下伪善的面具，挣扎着想把手抽回来，对温席远道："就算录音里说的是事实，又能怎样？现在木已成舟，温启明的股权已经属于我……"

"谁说木已成舟了？"温席远淡声打断他，声音不大，却将所有人的注意力吸引了过来。

温席远没看众人，一把扔开尹新龙的手，转身"啪"一声在笔记本电脑键盘上一按。

他身后偌大的投影幕布上，《公司章程》几个大字被打在了幕布上。

下面跟着几行小字。

第四节 股份转让

第28条，经股东同意转让的股权，在同等条件下，其他股东有优先购买权。两个以上股东主张行使优先购买权的，若其中一人为原股东家属，即使对方为指定受让方，依然享有最优先购买权。

温席远扫了眼众人："这是十年前公司股东会议修改通过的公司章程，在座各位大部分应该有参与过那次会议，表决通过也是你们投下的赞成票，都还有印象吧？"

众人面面相觑，而后争相点头，原本还凝重的脸上已经有了松口气的迹象，除了背刺温启明的那几人。

尹新龙面色一下变得煞白。

温席远直直地看向他："尹总，我记得当年您是最积极促成这个条款改动的股东之一，您不会忘了这个事吧？"

尹新龙面色死白，紧抿着唇说不出话。

他确实忘了，还忘得很彻底。

公司章程多是制式模板，没有人会刻意去阅读了解公司章程。

但温席远提醒了他，华言在十年前确实改动过一次公司章程。

当年公司两个大股东合谋差点把温启明弄进牢里。在温启明被拘留、华言群龙无首的时候，温席远以代理董事的身份进来，但那时的他太年少，表现得也卑微懦弱无主见，没有人把他放在心上，只是公司签章还在他手上，其他人也只能先哄着他。

　　当时拆分华言的另一个策略就是先把公司章程给改了。那时华言的公司章程就规定了股东之间的股权转让同样需经过股东大会超半数的股东同意，他们改动这个条款不成才去动了另一个，把"两个以上股东主张行使优先购买权时需先协商，协商不成再按照出资比例来决定"简单粗暴地改成了"同等条件下原股东家属优先购买"。

　　那时温启明虽然还是公司最大股东，但比例和其他人拉得不大。其他两大股东在条款改动后结成了儿女亲家，算是家属，这个条款一改，两家股东一整合，股份就反超了温启明，因此趁着华言群龙无首时促成了这个章程修改协议，尹新龙便是其中的推动者之一，温席远也顺水推舟地促成了这个事。

　　但谁也没想到，温席远促成这个事之前，已经偷梁换柱成立了新公司全资控股华言，华言被新公司全资控股，那两大股东还没机会完成股权整合就被踢出了局，还被以职务侵占罪送进了监狱，至今还在牢里蹲着。

　　十年的时间，尹新龙已经不记得这个小插曲，他没想到当年一时的跟风会给自己埋下这么大一个隐患。

　　在他和温启明的计划里，他是温启明股权的指定受让方，甚至不用竞价，不用考虑出资比例就可以顺利吃下温启明这笔股份，就差那么一点点，就那么一点点而已……

　　他脸色灰败下来。

　　同样面色惨白的还有那几个反水的股东。

　　谁都没想到还会出现变数。

　　在温席远主张先通过股东表决，半数同意温启明的股权转让时，谁都没想到温席远还和他们玩了个文字游戏。

　　大家表决同意的只是温启明的股权转让，而不是股权转让给尹新龙。

这就给了温席远操作的空间。

显然，就像当年故意促成那次《公司章程》修改一样，这次的股东大会也是温席远顺水推舟故意促成的。

温启明太蠢，这么高份额的股权留在他手上就像个不定时炸弹。

甚至可能是，温席远故意利用这次会议钓鱼，谁对公司忠心，谁有二心，一目了然。

如若不然，怎么会这么凑巧，全部一起背刺温启明，让这场股权转让的决议通过了，温启明也就刚好找了一半人而已。

但答案已经不重要。

温席远平静地扫向他们："按照公司法规定，公司章程对股权转让另有规定的，从其规定。身为温启明家属，我个人主张全额收购他的个人股权。有问题吗？"

众人先是沉默，而后是整齐划一地鼓起掌来。

"没问题。"

会议室里响起此起彼伏的回应，带着热切且松了口气的释然。

除了各藏心思的几人，没人愿意把公司交给一个以公司利益换取个人利益的尹新龙，大家本来就对他的能力有疑虑，林初叶带来的录音让大家对现在的结果毫无异议，甚至是热切拥护，有种历劫归来的后怕。

温启明更是如此，峰回路转的结局让他整个人如同虚脱般瘫坐下来。

温席远瞥了他一眼，看向众人："还有谁有异议吗？"

没有。

大家都摇头。

温席远点点头："散会！"

紧绷的气氛一下散去，除了面色灰白的那几人，其他人都谈笑着走出会议室，临走时还不忘好奇地偷瞄几眼林初叶。

被她的美貌和气质惊艳，也好奇她和温席远的关系。

但从她和温席远同样平静的脸上什么也看不出来。

林初叶还坐着没动，目光已经转向温席远，冲他露出了笑容。

温席远也冲她笑了笑，合上笔记本电脑，走向她。

从玻璃墙外经过的众人看到温席远在林初叶面前停下，骶骨微抵着桌面，靠立在会议桌前，手伸向林初叶的额头，指腹亲昵地抚着她的额角。

他背对玻璃墙，大家看不到他的神色，只看到他动作里的温柔，以及林初叶微微仰头冲他微笑的样子，很亲昵。

温启明还虚脱在会议室里没走，眼神复杂地看了眼对面的两人。

林初叶额头有些细汗，不知道是暖气烘烤出来的，还是被刚才的剑拔弩张给惊出来的。

温席远在给她抹汗。

他刚才就看到了她额角的细汗。

"很热吗？"他问。

林初叶微微摇头："没有。"

温席远笑："被吓到了？"

林初叶老实地点头："嗯。"

华言是他守护下来的江山，她真怕第二次毁在温启明的手上。

她视线一转，落在不远处还瘫坐在椅子上的温启明身上，想了想，起身把录音笔递给温启明："叔叔，这里边的录音还没放完，您抽空听一下吧。马涛是真心把您当朋友，真心想做项目，还是只图您的钱和资源，您自己判断吧。"

温启明接过录音笔，半晌，嗫嚅着："谢谢。"

林初叶有些意外地看了他一眼，但还是轻声回了句："不客气。"

温席远自始至终没有看温启明，也没说话，看林初叶的视线转向他，才问她："走吗？"

林初叶点点头："嗯。"

温席远和她一块出去，走到会议室门口时，温启明突然叫住他。

温席远脚步停下，但没回头，只是冷淡地问："有什么事吗？"

"对不起。"

迟缓的三个字从身后传来时，林初叶看到温席远喉结剧烈滚动了一下，他的脸微微往旁边偏开了些。

林初叶轻轻握住他的手。

温席远也握紧她的手，但一句话没说，牵着她走了。

透明玻璃墙的倒影里，林初叶看到温启明还在怔怔地看着温席远，全无平日的冷厉倨傲。

温席远脸上是一如往常的平和淡然，但在他喉结的上下滚动中，林初叶还是能清楚地感知到他情绪的起伏。

她再次握紧了他的手。

温席远安抚地冲她笑了笑。

两人没回办公室，而是搭乘电梯去了地下车库。

上了车，温席远并没有马上把车开出去，而是静默了一会儿，看向前方。

"他从不会道歉。"温席远声音很轻，"这还是我第一次，听到他说'对不起'三个字。"

说完，他忍不住摇头笑了笑，看向林初叶。

"林初叶，谢谢你。"

他看来的目光太专注，也太炽烈，林初叶被他看得脸颊微烫。

"和我没什么关系啊，我没做什么。"她说。温启明的道歉不是单纯因为那段录音，而是今天会议上的一系列逆转，他自认把他当恩人的股东和尹新龙的背刺让他的自信一下子崩塌，马涛和周瑾辰的讨论只是加剧了这种认知。

温席远没说话，胸口那口气轻轻呼出时，他倾身抱住了她。

一种抱婴儿式的轻柔，很轻，又很紧，他将脸颊轻轻贴在她的发顶上，静静抱着她不说话。

第十六章
我爱你/

温席远没想到林初叶会出现。

他看着玻璃墙外她匆匆赶来的焦灼身影，那一瞬，压在心头的沉郁一下消散。

心情因为她的出现而变得阳光起来。

无关乎她带来的录音让尹新龙的口碑形势发生逆转，就是在那样失望透顶的氛围里突然看到她，就像在阴霾下看到破空而来的阳光，有种久违的平和感。

自小养成的沉静性子，让她身上自带一股让人心境平和的气质。

他喜欢她无条件站在他身边的样子。

不需要过多言语，只需一个眼神就好。

她就那样温柔而坚定地站在他身侧，陪他一起应对这些肮脏的交易。

今天的股东大会确实在他的计划之中。

就像尹新龙几个人猜测的那般，目的很简单，趁机收回温启明的股权，同时筛出哪些人对公司忠心，哪些人包藏祸心。

至于温启明，早在他决定以股权来逼他妥协时，他就已经不重要。

不管这场股东大会能不能打醒温启明，会不会让温启明继续纠缠他开绿灯投资拍片，都已经不重要。

他要的不过是，借他的手肃清公司的蛀虫。

十年的安逸早让他们淡忘了当年的血雨腥风，资本的涌入已经让某些人蠢蠢欲动。

他们已经不满足于这种按部就班的领工资和拿分红的挣钱方式，快钱和名利的刺激让某些人开始眼馋，内外勾连，总想着买通这个买通那个，因此他总要找机会再整顿一次，只是温启明误打误撞把机会送到了面前而已。

他甚至不需要刻意去整理名单，会议前林初叶发给他的名单让他提前在心里有了数。

如果是遵循温启明约定投的反对票，他不会追究。

很可惜，没人能抓住这唯一的机会。

表决结果揭晓时，温席远不否认，他是失望的。

温启明自认为有恩于人，在利益面前，不值一提。

温席远年少时曾有个江湖梦想，他向往过武侠世界里的江湖侠义，一群志趣相投的义士，不问年龄，不问来处，不问归途，凭着一腔热血凝聚到一块，为着同一个目标全力以赴。

长大以后，他清楚地知道这不现实，尤其是身处名利场，却还是心存小小希冀。

他极尽所能地在待遇上不亏待任何一个心存梦想的人，对大部分员工而言，他们在华言都干得很开心。

偏偏是那些在金字塔顶端的人抵不过这贪欲。

财富已经满足不了他们的欲望，他们需要权和利来榨取更多的附加价值，因此选择摈弃仁义道德，放手一搏。

他不喜欢这样的人性，却不得不去面对这样的丑陋。

这么多年来，大概因为年少时那个早已被安置一角的江湖梦想，温席远觉得自己就像被生活割裂成了两个人：一个是这栋大厦里，狠厉果决没有丝毫感情的机器人；一个是小阁楼里，活在尘世外怡然自得的自己。

他很庆幸，先在小阁楼遇见的林初叶，同样怡然自在、随遇而安、自得其乐的林初叶。

也很庆幸，在这个圈子再遇见的林初叶，依然还是那个小阁楼里的林初叶，不求名、不图利、不在意外面纷扰，只是按部就班地做着自己喜欢的事，过着自己的小日子。

要何其有幸，才能遇到一个与自己同频率的人，她能读懂你所有的悲欢，也能理解你所有的喜恶。

温席远把林初叶抱紧了些，却并未说话。

林初叶能明显感觉到他心绪的渐渐平和。

她轻轻扯了扯他的衣服："你不用回办公室了吗？要不要先把工作处理完啊？"

"不用，黎锐知道该怎么做。"温席远放开她，"那天你约我说，开完会一起去吃饭，现在去？"

林初叶点头："好啊。"

"你想吃什么？我请你。"她说，"就当是庆祝……温总劫后余生？"

"好啊。"温席远笑，"那就……"

他视线穿过她身后的摩天大楼，微顿，而后看向她："那就请我吃顿大餐，最贵、最奢侈的。"

林初叶看他："温总这样狮子大开口不太好吧？"

温席远回以一笑："不是温太太说要请客吗？"

林初叶被他逗乐，很爽快地点了点头："好吧，今天心情好，我就请温总吃最贵、最奢侈的大餐。"

温席远笑着点头："好。"

北市最贵最奢侈的大餐在云顶餐厅。

繁华街区的高层餐厅，几乎高耸入云，从环境到餐点都是极致舒适的体验。

林初叶只来过一次。

不用提前订位，但需要是 VIP（高级会员）客户才能进。

林初叶没有 VIP 卡，搭乘电梯到店门口时，她才看向温席远，也不说话，就这么无辜地看他。

温席远笑着看她："看我做什么？"

林初叶："我没 VIP。"说完，手伸向他，"卡。"

温席远看她一眼，并不意外她主动要卡，也不意外她知道他有卡。

他们能轻易从对方的眼神和话语里猜出对方的心思。

他掏出钱包，从里面取出一张 VIP 黑金卡，递给她。

服务员给他们安排了个靠窗的座位。

餐厅内部环境静谧清幽。

外面已是霓虹闪烁，但餐厅里严格控制人流量。

这个点用餐的人并不多。

座位上有个偌大的显示屏，正在随机播放这个时间点的娱乐播报。

林初叶刚一坐下就看到屏幕上的导演程昊，"咦"了一声。

温席远也下意识朝显示屏看了眼，程昊正在接受电影专访。

他的新片即将上线，是正常的宣传采访。

这段采访刚好是问到女一号的，主持人让他介绍女一号林初叶的情况。

对大众而言，女一号林初叶是一个极其陌生的名字。

网络上甚至找不到太多与她相关的信息和照片。

"其实，林初叶是我一个导演朋友推荐过来救场的。"镜头前，面对主持人的好奇，程昊耐心地解答，"她当时在我朋友剧组里拍戏，最开始试镜的是他戏里的一个小配角，但试镜的表现太亮眼了，我朋友和编剧老师当时就眼前一亮，让她试了女一号。她的形象气质和演技都非常贴合女一号，他们惊喜得不行，力荐她演了那部戏的女一号。"

"之后我朋友就经常在我面前夸她，说她很有灵气，可塑性强，想多约她几部戏。刚好那阵子我们的项目也出了点问题，女一号的戏份需要重拍。我朋友就建议我用她试试，给我发了她的试镜视频。我看着觉得还不错，当时也没多少时间了，就让我朋友帮忙约了她。"

大概也还是新人的缘故，程昊身上带着初生牛犊不怕虎的气势，说话比较直接和真诚。说到这里时，他声音停了停："她很爽快地就答应下来，第二天直接飞了过来。说实话，在那之前我并没有抱很大期待，毕竟她还是个新人演员，就觉得能顺利拍完就行了。

"但开拍后，我发现，她的专业性远远超出我的预期，对剧本和人设的解读很到位。人虽然长得娇娇弱弱的，但特别能吃苦，性子也好，很安静，不浮躁，人也谦虚，大家都很喜欢她，合作也很愉快。

"至于她在电影里的表现，我觉得大家可以期待一下，我个人认为是不会让大家失望的。"

程昊说完，忍不住笑了笑，没有对林初叶在电影里的表现费太多口舌去夸赞，省得把大家的期望值拉得太高。

温席远的视线从显示屏移向林初叶，打量着她。

林初叶正喝着茶，被他打量得有些莫名。

"怎么了？"她轻声问。她并没有因为程昊的夸赞而兴奋或者其他，还是沉静平和的模样。

"没什么。"温席远说，"只是突然有点庆幸，我下手早。"

"明明是我先下的手。"林初叶软着嗓子咕哝，说话间眼眸已看向他，"你什么时候下手过？"

温席远："我不来找你，你怎么会有第二次下手机会？"

林初叶闻言一笑："好像也是哦。"

温席远看着她眼中的笑意，也冲她笑笑，朝她凑近了些，拉起她桌上的左手，指腹轻轻抚过她的无名指。

"林初叶，"他轻声叫她，"你也给我一次下手的机会。"

林初叶有些蒙："哈？"

温席远没说话，将她的左手掌平搭在他的手掌上，他的手中不知道什么时候多了一枚钻戒。

钻戒造型精致，显然是经过精心打造的，而且准备已久。

林初叶怔住，看向他。

温席远也看着她，以她在小阁楼里对他说话时的温软语气对她说："林初叶，我们结婚啊。"

林初叶鼻子有些酸，热意在往眼眶涌，可能是从没期待过，突然来临时，有点被惊喜到。

在眼中泛起的泪花里，她冲他露出笑："好啊。"

温席远也微笑，专注且认真地把钻戒推入她的无名指。

而后，他向她伸出左手，同时递给她的，还有一枚同款男戒。

林初叶也万分珍重地替他把戒指戴上。

服务员推着一束大红玫瑰走近。

温席远拿起花，倾身单手抱住林初叶，在她耳边轻声说："我知道你可能不太喜欢这种仪式，我也不太擅长，但我们可以一起学习着尝试一下。"

说完，他把手中的大捧玫瑰塞入她怀中。

"新婚快乐。"他说。虽然已不算新婚，但爱她不分哪一天。

玫瑰很大束，很鲜艳，林初叶抱着花，人像是落进了花丛里，更显得脸小和娇艳。

她不是没收到过花，但可能送花的人不是喜欢的人，所以收到花的心情也不一样。

她喜欢温席远给她这样的惊喜。

温席远一向不是浪漫的人，她也不是，所以她对这些普通情侣间很稀松平常的仪式感从没有过期待和想象。

"谢谢。"她看着他的眼眸晶灿得像落入了星光，"我很喜欢这样的惊喜。"

除了"爱你""喜欢你"这样直接表达情感的字眼，她从不吝惜表达自己的真实感受，和在宁市初遇时一样。

温席远不由得微笑，再次倾身抱了抱她。

他喜欢看她眼中熠熠生辉，对外人的夸赞她总是平静以待，偏对他，一点小小的惊喜就能让她高兴得像个孩子。

花是他提前准备的。

在来餐厅的路上，他抽空在网上选的花，不为别的，就是单纯想看她开心的样子。

求婚却是温席远的临时起意。

就像林初叶在马场和他说结婚时一样，想了，就说了，做了。

心随意动。

戒指是早已准备好的，一直带在身边。

他没想过这么仓促求婚，至少不是在这个并不算特殊的日子。

但看着林初叶静着沉静好看的眼眸，用她独有的软哝嗓音和他讨论谁先下手的问题时，求婚就变成了自然而然的事。

他唯一遗憾的是，现在不是在家里。

不能像在小阁楼那样，在那样眼神对眼神的鼻息交融里，肆无忌惮。

林初叶的喜悦心情在随后几天的剧组生活里延续下来。

身边的人明显感觉到了她的好心情。

有人刷到程昊的采访，以为她是因为新电影要上映而兴奋。

这段时间朝夕相处下来，大家都很喜欢林初叶，她沉静随和，不骄不躁。看到她，大家忍不住和她说恭喜。

林初叶明白大家误会了什么，但也不好澄清，而且新电影要上映确实是喜事，也就大大方方接受了大家的恭喜。

有些性子大刺刺的人，已经开始调侃她，苟富贵，勿相忘，红了别忘记他们这些穷同事。

林初叶一笑而过，没想那么多。

这个电影不是热门 IP，电影从主创班底到宣传都是很透明的水平，发行也一般，上映首日排片很低，网上偶尔出现的新片归类里，都是把它归类到电影院一日游类型。

林初叶当初答应谢导出演这个电影纯粹是因为感激。

谢导为了争取她出演现在的女一号不惜辞导一事让她很感动，多少有点知遇之恩的味道。

　　所以他请求她帮忙，她毫不考虑就答应下来。哪怕只是出演一个没什么戏份的小角色，她也不会拒绝，更何况是个电影女一号。

　　与其说是谢导请求她帮忙，不如说是谢导在帮她，给她推荐工作机会。

　　因而她心底对谢导的这份感激更深。在电影剧组里遇到的程昊和团队同样让她心存感激，他们对电影的认真和对新人的友好让她感觉温暖，所以对这部电影，不管是不是她出演，她都希望最终成绩能对得起程昊他们整个团队的努力。

　　对于片方安排的路演，林初叶也都是积极配合的，还特地在社交平台开通了个人账号，虽然她个人没有任何号召力。

　　这部电影的成败会直接影响到程昊下部作品的投资，因此程昊对这部影片极其看重，就连上次的采访也是花了许多心思和人脉联系下来的，但其实关注的人不多。没人认识程昊，也没人认识林初叶，没人对不认识的陌生人作品感兴趣。

　　林初叶能明显感觉到程昊的焦虑，忍不住和温席远商量，让他评估一下程昊在筹备的新片，看能不能参投试试，还把剧本递给温席远。

　　温席远只花了一晚上就决定参投，而且是主投。

　　他甚至不需要等程昊新片看上映效果就决定了。

　　温席远告诉她决定主投的时候，两人正在家里，刚一起做完饭。

　　林初叶有些意外，又有些担心：“这样会不会有点冒险？”

　　“华言项目投资主要还是看中项目本身的潜力。”温席远说，“当然，导演团队递过来的项目，也会重点看看导演以前的片子，他的导片能力会影响最后的成片效果。”

　　林初叶：“那你还决定得这么草率。”

　　温席远看着她：“你作保的人，我放心。”

　　林初叶：“……”

"你这是在把我往祸国殃民的妖妃上推呢。"她咕哝，"你这样没原则，公司会被我祸祸没的。"

说话间，林初叶圆亮的眼眸看着他，轻轻咬着筷子，显得颇为苦恼。

温席远被她故作苦恼的样子逗笑："那说明你段位高，为了你，我甘做昏君。"

林初叶也被他逗笑，但笑闹归笑闹，她没真昏头。

"我只是说他对电影的态度认真，但导片能力，说实话，我不是很确定。他作品毕竟还少，我的经验也比较浅，市场判断力还是比较差的，你还是要客观判断一下。"

"我是看过他的片子和剧本才做的决定，你和他的组合也值得我冒这个险。"温席远也收起了戏谑，"而且这也不是我一个人决定的，据我所知，项目评估部也过了项目。"

林初叶有些惊喜："真的？"

温席远点头："嗯，你把剧本给我的时候，我同步匿名给项目评估部发了一份。现在估计是在走内部流程，你可以等等看。"

几天后，林初叶新剧杀青这天，果然收到了程昊电影项目过了华言影视的消息。

是程昊亲自打电话告诉她的好消息。

华言项目部那边效率奇高，出结果后马上约他去公司签合约。

电话里的程昊像中了彩票，他的电影零点就要上映了，大概也是怕新电影表现不理想，上映后华言会反悔，所以华言一约他就赶紧过去签了约。

他签完合同就忍不住把这一消息告诉了林初叶，她是他选定的女一号，他觉这有点双喜临门的味道，值得和她分享。

但这对林初叶而言，更像是三喜临门。

新剧杀青，新片上映，新电影拉到了投资。

而这所有的好运，似乎都是从遇见温席远开始的。

他把她赢得的演戏机会从周瑾辰手上夺回，重新送回她手上以后，她的好运似乎开始了多米诺骨牌效应。

他的出现，让她的人生突然从黯淡无光变得璀璨起来。

晚上杀青宴时，大家笑闹着让女一号林初叶发表一下杀青感言，林初叶看着站在人群中微笑看着她的温席远时，不知怎的，眼泪一下就下来了。

她想起了这几年，从满腔热忱到一次次被通知取消合约，从自信满满到自我怀疑，一个人站在陌生的街头，看着往来车辆，茫然不知所措。或是一个人孤零零地坐在剧组化妆间，看着众人穿梭忙碌，身上明明还穿着剧组戏服，上一秒还在认真为新角色准备着，下一秒就突然被通知说，她不行，演不出这个角色的味道，换掉。她不知道自己怎么会一夕之间变得那么差劲了。

她的自我怀疑与厌弃是从那个时候一点点累积起来的，后来又在明白是周瑾辰的背后操纵后与自己达成了和解，另寻出路。

她在新出路上走得很好，但对于旧途，她总归有遗憾。

温席远的出现，让这份遗憾获得了圆满。

无关乎红不红，谢导也好，程昊也好，他们的肯定让那个曾经被打击得体无完肤的二十一岁的林初叶重新认可了自己。

众人被林初叶突然的眼泪吓到，起哄声慢慢停下，担心地看着她。

林初叶有些不好意思："对不起，我……我只是……"

情绪上的起伏让她没办法平静表达。

温席远走向她，也不管现场还有这么多人在，张臂轻轻抱住了她，无声安抚。

林初叶的思绪终于平静了下来，她仰头感激地冲他笑了笑，而后握住了他的手，看向众人："不好意思，我……就是突然想到了一些旧事。"

她的声音顿了顿，眼眸微微敛起，又看向众人："我觉得我特别幸运，能有幸遇到谢导，遇到徐子扬老师，以及……"

林初叶转向温席远，她没说话，只是冲他笑了笑，而后上前抱住了他，很紧。

"谢谢。"她在他怀中说，声音很轻，又很重，没有过多煽情，但又装满了她所有的情绪起伏。

温席远没说话，只是紧紧抱住了她。

徐子扬带头鼓掌起哄，还吹起了口哨。

众人也跟着鼓掌起哄。

林初叶的感谢很稀松平常，感谢导演、感谢编剧、感谢所有工作人员是大部分人的面上客套话，但了解林初叶过往的人都知道，这份感谢背后的分量。

她是周瑾辰亲手打压下去的，整个星一无人不知，所以当初谢导和徐子扬的力挺对她弥足珍贵。

但对温席远的感激是他们不解的。

在场的大多是不清楚温席远情况的，只知道他会三不五时地来探班林初叶，体贴得像恋人，但面对众人对两人关系的疑惑也只是淡淡地以"助理"两个字回应，但又从不避讳与林初叶在公众场合的亲昵。

哪怕是现在，两人亲密相拥的身体，以及彼此眼神里的依赖与宠溺，都在告诉所有人两人关系的亲昵。

不刻意强调，也不刻意避讳，林初叶和温席远都心照不宣地以彼此最舒适的状态出现在人前。

大家也习惯了他们这样的相处，早已把温席远当家属般看待，也都笑闹着鼓掌。

因着心里这份卸下重任后的放松和高兴，这场杀青宴笑闹到了深夜。快到零点的时候，大家相互吆喝着要去电影院包场支持林初叶的首部电影，一个个兴致高昂，是真心为林初叶高兴，也全都去了电影院。到了那边才知道，温席远已提前包好了场。

在电影院里，林初叶和温席远意外地遇到了温书宁、陶锦蓉和温慕远，连温启明和何鸣幽也都在。

温启明看到两人有些别扭，轻咳着转开了脸。

何鸣幽还精神奕奕，一声"林老师"后就朝林初叶扑了过去，快扑到林初叶面前时被温席远拎住了，看向众人："你们怎么在这儿？"

"当然是来支持我弟妹的新电影啊。"温书宁笑着接过话，说完已看向了林初叶，冲她笑喊，"初叶，恭喜啊。"

她手里还拎着一束花和一个大蛋糕，说话间已上前将东西递给了她："本来是想等你们回家再庆祝的，但知道温席远已经包了场，所以就决定直接在电影院庆祝了。"

林初叶鼻子有些酸。

"谢谢……姐。"林初叶真心道谢，声音有点哽，第一次叫"姐"，也还有一点点不习惯。

温书宁却因为这一声"姐"乐开了花："都是一家人，谢什么呢。"

温慕远也嬉笑着上前恭喜，一声"嫂子"叫得自然又响亮。

陶锦蓉也上前祝贺，她也不是那种会很直接表达情感的婆婆，不像温书宁那么能说，只是微笑着对林初叶道了声"恭喜"，话虽少，但眉眼间的笑容是真诚的。

"谢谢妈。"有了前面的那声"姐"，林初叶这声"妈"已经叫得很自然。

温启明在一边神色还是有些尴尬和别扭，人没怎么敢看温席远，但还是真诚地对林初叶道了声"恭喜"，林初叶也客气地回了声"谢谢"，得到回应的温启明嘴巴当下又有点管不住了，很豪迈地对林初叶说："以后你新剧新电影要是上了，记得提前和家里说。咱家别的不多，钱和宣发渠道还是不少的，一定能把你捧得大红大紫。"

话音一落，温慕远重重咳了声："爸，这要您操心？这不是还有大哥在的吗？而且嫂子哪需要人捧。"

温席远直接瞥了温启明一眼："又闲不住了？"

"我……"温启明被噎了噎，不知道是不是被前一阵股东大会的事给教老实了，他早已没了之前大家长式的高高在上与跋扈，最近也彻底消停了，每天就钓钓鱼、打打球，没再去给温席远找事，这会儿面对温席远也尿了下来。

"我这不是以为她需要嘛。"连回嘴都变成了小声咕哝。

温席远："她不需要，我谢谢你。"

林初叶看了眼老实得跟只猫似的温启明，微笑着对他道了声谢："谢谢……爸。"迟疑了下，她还是叫了一声"爸"，"不过我不用了，您别给我折腾这个。"

不做个人营销是她和温席远达成的共识，拍戏只是她的工作，她和温席远都不希望被拍戏以外的其他东西影响生活。

温启明被她这一声"爸"叫得一下有些呆滞，反应过来时老脸更别扭了，但还是冲林初叶道："都是一家人，说什么谢。反正以后，你有什么需要尽管和家里说，嫁进我们家就是我们家的人了，不能受委屈。"

林初叶微笑："好。"

围观了半晌的何鸣幽看终于轮到自己说话了，也有模有样地朝林初叶作了个揖："恭喜林老师。"恭喜完又兴奋地补了一句，"我还从没在银幕上看过林老师呢。"

话刚完，他脑袋就挨了他妈一记轻拍："会不会说话啊你。"

何鸣幽委屈地揉着脑袋："我就是没见过嘛……"

温席远瞥了他一眼，纠正："叫舅妈。"

何鸣幽不想叫，但还是迫于温席远的压力乖乖改口叫了声"舅妈"，看电影快开场，喊完又催促着赶紧进去，早已是迫不及待。

何鸣幽特地挑了个挨着林初叶的座位坐，电影开场后时不时就凑到林初叶身边问她一句"林老师，你还要多久才出来""林老师，那个是你吗""林老师，你怎么还不出来啊"……

到林初叶终于出场时，何鸣幽兴奋得直接尖叫，失控地抱住林初叶的手臂："林老师林老师，你来了，你来了……"

温席远瞥了他一眼。

何鸣幽马上撒了手，端端正正地坐好，眼睛盯着银幕，这一看就忘了走神。

林初叶角色的出场把整个剧情带入佳境，之后便是全程的高能和反转。

所有人都被影片剧情吸引，林初叶也是。

这是她第一次和亲近的人一起看自己演的片子，刚开始的时候她还有一点点尴尬和不自在，但这样的不自在随着剧情的推进被冲散，人整个沉浸在影片中。

影片质量远远超出预期。

无论是剧本还是导演拍摄，或是演员演绎与后期剪辑，或是背景配乐，每一个都远远超出了预期。

影片散场时，大家还有些意犹未尽，回过味以后便忍不住冲林初叶鼓掌，是真的惊艳。

无论是她在影片里的出场还是演技，都值得"惊艳"二字。

谢导和剧组其他人也在同一个大厅观看，影片结束时都忍不住起身和林初叶说"恭喜"。片子最终能拿到多少票房大家不好估算，但以他们专业的眼光来说，这片子口碑不会差，乐观一点的，甚至觉得会爆口碑，爆女一号，林初叶在里面的表现太亮眼了。

林初叶反倒显得平常心一些。

她同样觉得这个片子口碑不会差，那天她看到剧本时就知道不会太差，成片效果还远在剧本之上，但别的不好说，每个片子有每个片子的命运。

第二天林初叶就忘了电影的事，也没去关注网络。

她的剧已杀青，新剧要到下个月底才进组，这期间有二十多天的空档休息。

"要不，我们去度假？"早上两人在讨论这二十多天怎么过时，温席远突然提议。

林初叶眼眸对上他的，也有些跃跃欲试："你走得开？"

"当然。"温席远说，"老板有随时给自己放假的权利。"

林初叶狐疑地看着他，他不像是不负责任的老板。

温席远被她怀疑的小模样逗笑，伸手捏了捏她的脸："行程早根据你的安排好了，未来二十多天我休假。"

林初叶眼眸也跟着一亮。

"那，"她声音微微一顿，看着他，"一会儿就走？"

温席远："好。"

"我们先回趟宁市，再去看看我爸妈，然后我们再出去？"

温席远点头："好。"

两人都是行动派，吃完饭收拾了行李，订了机票，当天下午就去了机场。

温书宁和何鸣幽也是要赶回宁市的，听说两人去宁市，当下也改了航班，与两人一道回去。

何鸣幽还处在昨晚电影很好看的冲击中，一整天没机会碰手机和他的小伙伴分享。人一上飞机，好不容易可以短暂从他妈手上拿到手机，当下冲群里的小伙伴喊："家人们，家人们，听我说，我给你们推荐个电影，一定要去看，真的超级超级好看的，是我老师演的，不骗你们，以后我给你们要签名。"

拼命安利的模样让林初叶忍不住笑着看了他一眼。

何鸣幽已放下手机，缠上林初叶："林老师，你给我签个名吧，不不，多签几个，我拿去卖了换钱，我们五五分。"

温席远就坐在林初叶身侧，淡淡瞥了他一眼："舅妈。"

何鸣幽从善如流地叫了声"舅妈"："行不行啊，舅妈？"

林初叶笑着看向他："数得清吗你？"

何鸣幽："当然数得清，我数学很好的。"说完，便见温席远朝他看了一眼。

何鸣幽马上想起在小阁楼被温席远辅导的2的倍数问题，当下心虚地闭了嘴，却还是忍不住哀求着林初叶。

林初叶："你先把数学学好，我们再商量怎么挣钱。"

何鸣幽嘴当下瘪了下去，他觉得挣钱和数学好不好没关系。他早想好了，一手交签名一手扫码，他不会数数但他会收钱啊。

"林老师……"他可怜巴巴地叫了林初叶一声，"要不，你先给我一个签名也行。"他可以模仿的。

温席远一眼扫了过去："何鸣幽，要让我发现你像找假舅舅那样，卖舅妈假签名，我扒了你的皮。"

何鸣幽不敢再吱声。

后座突然传来一声嗤笑，很轻，但林初叶和温席远还是听到了，不由得朝声音方向看了眼。

对方也懒洋洋地朝他们看了眼，又转开了视线。

没想到是许安然。

林初叶发现，她和许安然还是有些缘分的，竟然在飞机上不期而遇了两次。

周瑾辰意外地也在，就坐在许安然旁边。

看两人看过来，也朝林初叶看了眼，面色很冷淡。

前晚的杀青宴周瑾辰全程在现场。

他目睹了林初叶的百感交集，也看到了温席远上前抱住她，她看向温席远时眼神里的感激和依赖。

那一瞬，他说不上自己是什么心情。

林初叶是被他亲手打压下去的，他完全能理解她在新剧杀青时的复杂心情。

在过去几年里，他从没觉得这样极限打压一个林初叶有什么不对。

林初叶是他手中的艺人，她的前途被拿捏在他手上，她根本没有反抗的资本。

但凡她能清楚地认识到这一点，顺着他一点，根本不会有被打压一事。

所以这一切在他看来不过是林初叶自讨苦吃。

他一直在给她机会，门一直为她敞开着，只是她自己不愿握住而已。

所以对林初叶，他从来没有过愧疚，只有生气，气她的不识好歹。

可是看着在戏里、在台上眼睛带光的林初叶，他又有些迷茫。

那是他一直渴求，却求而不得的林初叶。

软的不行，硬的她不吃。

他就像《西游记》里的赛太岁，明明已将喜爱的人放到了眼皮底下看着，却碰不到，吃不得。

林初叶虽然没有金圣宫娘娘的五彩霞衣，但法律就是她最好的武器。

她不会像他以前追求的其他女孩那样，半推半就地就从了。他稍微有一点越界，她二话不说直接报警。

周瑾辰狂躁归狂躁，但大部分时候还是清醒的，他的身份、职业和社会地位让他不敢冒这个险。那次被拘留的经历就像那件五彩霞衣，被刺痛的感受太过深刻，让他不敢轻易挑战。

在这样的束手束脚中，他眼睁睁地看着她对另一个男人笑靥如花，以及那声不知道是戏谑还是真实的"舅妈"。

但周瑾辰轻举妄动不了。

犯法的事他不能做，为了一个林初叶去坐牢不值得。

擦边的事他做不成。

华言那次的股东大会没能按照他预期的结局走，尹新龙和那几个反水的股东被华言以"人走股留"的方式剔除了股东资格，一个没留下。

温席远不仅没被扳倒，反而把公司掌控得更牢。

反而是他，一向发展平稳的公司最近开始陷入水深火热，合作项目开始频频被抽资，向来听话的公司股东和董事会也开始对他的决策不满，以公司产品结构过于单一和没有头部作品为由，不断向他施压要进行公司结构调整，甚至有人提出要换公司一把手，开一次会闹一次。

现在的周瑾辰内外交困，无暇他顾。

周瑾辰丝毫不怀疑，这其中有温席远的手笔。

当年他让人频频把林初叶换掉，现在的温席远也让人频频从他的项目抽资。

他试图让人削弱温席远在华言的影响力，温席远现在在削弱他在星一的影响力。

他正在以其人之道，还治其人之身。

在他审视温席远的时间里，温席远也在看他，相互交锋的眼神里，温席远始终是平静且游刃有余的。

周瑾辰被他看得怒气横生却又无力反击，一张脸冷成了极地。

许安然则是一贯的不屑，她不认识温席远，但对林初叶，她一向是看不上的。

现在听到小朋友在讨论签名问题，她只觉得好笑。

这种好笑不仅表现在刚才的嗤笑里，连斜睨她的眼神都是一种笑她白日做梦的不屑。

林初叶没忽略许安然眼中的嗤笑。

她没理会，只是客气地笑了笑，看向温席远："对了，我和叶欣说了我们回宁市的事，她约我们晚上一起吃个饭，去吗？"

温席远点点头："去吧。"

"好。"林初叶点头应了声，又看向温书宁，问他们晚上的安排。

"他晚上还有课，得送他去补习班。"温书宁指了指瞬间苦脸的何鸣幽，"你们有安排就先忙你们的，不用管我们，改天再来家里吃饭。"

林初叶点点头："好。"

她给叶欣回了个信息，这才把手机关机。

飞机滑行起飞，看着外面的蓝天白云，林初叶有种当初回宁市时的放松和惬意。

她是真心喜欢宁市生活的，不用在意事业，不问前程，就是踏实过着自己的小日子。

心境还是一样的心境，唯一不一样的是，那时她独自一人回去，还在思考要不要先找个男人结婚生子，把那两年的合同空档期给填满。如果男人人还可以，就走大部分人在走的人生，一起努力经营自己的小家庭，然后波澜不惊地把日子过下去；如果人不行，就只要孩子不要爹了。

没想到现在她是真带了个男人回去，还是个自己喜欢的，不用想着婚后分房睡，也不用考虑要不要去父留子。

好像有点幸运。

她不由得侧头看了眼温席远。

温席远正在看她，看她看过来，问她："怎么了？"

"没什么。"林初叶微微摇头，朝他挨近了些，主动抱住了他的手臂，"只是觉得人生的际遇有时候挺奇妙的。"

温席远笑，垂眸看她："我吗？"

林初叶也正仰着头看他，认真地点头："嗯。"

温席远笑了笑，手掌抚着她的头发，没说话。

周瑾辰和许安然就坐在两人斜后面，一抬头就看到两人相视而笑的样子，周瑾辰被刺激得心里越发苦涩，脸越来越冷。

许安然是越发不屑。

飞机落地时，几人也是差不多同时下的飞机。

林初叶和温席远走在前面，周瑾辰和许安然走在后面，谁也没有主动搭腔。

取行李时，温席远和周瑾辰站在行李传送带前，一人一边，一个面容平静一个冷着脸，谁也没说话。

林初叶和温书宁、何鸣幽站在一边等温席远。

许安然也站在一边，面容始终冷淡不屑。

下了飞机的何鸣幽拿到了手机，早已在手机上和小伙伴聊开，边聊边兴奋地拽着林初叶的手喊："林老师，林老师，我同学他们也去看电影了，他们都说很好看，你快给我个签名，他们都找我要签名呢。"

许安然闻声瞥了眼两人，还是那种冷淡斜人的眼神，也不知道是不是一个人待着无聊了，她难得主动地开口和林初叶搭讪："哎，原来你新电影上了啊，恭喜啊。什么片子啊？回头我也去瞅瞅。"

相较于她施舍的神色和语气，林初叶只是平静地笑笑："谢谢啊。"

许安然却像来了兴致："片名是什么？你在里面演的什么？戏份重吗？改天空了我也去电影院贡献一下票房，支持一下呗。"说着又像是想起什么似的，懊恼地拍了下脑袋，"瞧我这记性，我这两天行程忙，怕是也抽不出时间。过两天再去的话，你这片子应该不会电影院一日游就下了吧？"

说话间，看周瑾辰已取了行李走来，她又微微拉高声音问他："周瑾辰，一般没什么人气的新人演员电影，是不是都比较容易电影院一日游啊？"

温席远也刚取了行李过来，闻声看了她一眼。

许安然没注意到，注意力全落在已经走到近前的周瑾辰身上。

周瑾辰冷淡地看她一眼，没接话，径直往外面走。

许安然也不着急追上去，回头睨向林初叶："回头我让助理给你买个票，支持你一下。"

温席远已走到林初叶身前，看向许安然："许小姐既然要支持，只买个票未免小气了点。"

"那就包个场呗，才几个钱啊。"许安然说着就给助理发语音信息："那谁，你帮我查一下，林初叶今天上映的那个电影叫什么，给我包个场。"吩咐完，还瞥了眼温席远，问林初叶："你助理？"

林初叶微笑："我老公。"

许安然了然地点头："事业没什么起色的话，早点结婚也是好事。"说完冷淡地笑笑，又很快收起，人已踩着高跟鞋，朝周瑾辰追了上去。

林初叶也笑了笑，与温席远一块往外走。

温席远看着许安然的背影，若有所思："她以前也这么对你？"

"那倒没有。"林初叶摇头，"以前基本没交集的，就最近赢了她的女一号后才这样。"

温席远看了她一眼，摇头笑了笑。

出去的通道人很多，密密麻麻的两边挤满了人。

林初叶本来和许安然是拉开些距离的，被人群一挤又走到了一块。

场外应该有不少站姐和许安然的粉丝，都是年轻的男孩女孩，看到许安然出来时人群有了骚动。

但这样的骚动在看到跟随许安然一起出来的林初叶时更甚。

不知道谁先举起了相机，其他人也争相跟着举起手机，相互窃窃私语和确认，满脸兴奋和惊喜，之后人群就失去了控制，争相朝两人拥来。

许安然是见惯了这种场面的，微笑着和大家挥手打招呼，边示意大家别挤，别影响到别人。没想到，人群直直从她面前跑过，跑向了林初叶。

"林初叶，你能给我签个名吗？我好喜欢你的《绝地反杀》。"冲在最前面的女生紧张且兴奋地开口，给林初叶递上马克笔。

其他人也兴奋地向林初叶那边挤："我也要，我也要。"

许安然的笑容一下僵住。

原本走在前面的周瑾辰也倏然停下脚步，不可置信地回头看林初叶。

林初叶也被这突然的阵仗吓到，脚步生生顿住。

温席远扶住了她，伸臂将冲过来的人群微微格挡开。

女孩已将拔了笔盖的马克笔塞入林初叶手中，一个本子也递了上来："我真的好喜欢你，你给我签个名可以吗？"

"……"林初叶尴尬地笑着，被推着有些蒙地接过本子签了字。

接着是第二本，第三本……

本子一个接一个递上来，有些人直接抬起胳膊，指着袖子上的空白处朝林初叶伸过来。

温席远眉心拧成了个结，一边看向不断拥来的人群，一边伸手将人格挡开，护着林初叶往外走。

何鸣幽就跟在身后，目瞪口呆地看着这一幕。

温书宁也在，视线从林初叶身上转向兴奋拥向她的男男女女，一个个要么高举着手机，要么高举着签名本，惊喜得跟捡到宝似的。

她视线移向一边几乎无人问津的许安然。

许安然脸色难堪且尴尬，又困惑不解，面色难看地看着林初叶。

旁边的周瑾辰也眼神复杂地看着有些不知所措却依然温柔耐心地安抚拥过来的粉丝的林初叶。

周瑾辰从没怀疑过林初叶会火。

她只是被他按住了而已。

林初叶已经被围拢得顾不上周遭，一边给递过来的本子签名，一边致歉，总算在温席远的护送下从围拢的人群中突围出来，上了车。

车门关上时，看着车窗外还热情拥来的人群，林初叶还有些蒙，心跳也有些快。第一次经历这种阵仗，她有点不知所措。

温席远已经掏出手机打开了微博，果不其然在微博高位热搜上看到了"林初叶"三个字，一起上热搜的还有她正在上映的这部《绝地反杀》电影，以及两个"绝地反杀女主"和"绝地反杀 口碑炸裂"的热搜词条。

温席远点进了和林初叶有关的词条，都是好评，要么夸颜值，要么夸演技，要么好奇林初叶是谁。程昊前几天的采访也被挖了出来，还有稍早前有人发的看到林初叶在机场候机的照片。

网络对于横空出世的新人都是宽容且友好的。

林初叶也把手机开了机，通知短信一条接一条地进来，二十多个未接来电，有程昊的，也有冯珊珊的。

微信也被各种祝贺信息塞满了。

冯珊珊已经快疯了，长段的语音微信发过来，兴奋地夹着尖叫："林初叶，你要爆了！"

程昊也兴奋地发来了语音信息，电影市场表现远远超出预期，几乎场场满座，口碑也在不断发酵，好几个热搜都是自然上去的，电影院已经在紧急加大排片。

林初叶是新面孔，但人长得有记忆点又有观众缘，电影里的造型和演技也惊艳，网络上几乎没有任何她的相关信息，观众在惊艳和好奇心驱使下，一下就把她的热度刷上去了，连带着把她多年前演过的那两个小角色也挖了出来。

机场被堵纯粹是巧合。有人拍到了她的候机照，推测出了航班号，因此被守在机场的站姐和职业粉丝撞上了。路人粉估计也有一些，但应该还不多，目前片子还处于口碑发酵初期。

温席远很快冷静下来，给黎锐打电话："你和品牌部、公关部对接一下，做好和林初叶相关的舆情监控，省得有人趁机下黑。"

"好。"电话那头的黎锐很利落地应承下来。

作为这个圈子的一员，他同样关注到了林初叶和这个电影的热度。

温席远挂了电话，看向似乎还处于茫然无措中的林初叶。

林初叶正大睁着眼睛愣愣地看着他，回不过神来的样子让温席远有些忍俊不禁，抬手抚弄她的长发。

"怎么办，林初叶？你好像要红了。"

林初叶僵直的眼珠终于有了反应，眼眸对上他的："好像有点不习惯，怎么办？"

温席远眸中染上笑意："没关系，我陪你一起习惯。"

林初叶眼中也瞬间被笑意盈满："好。"

林初叶在短暂的不习惯后，很快适应下来。

除了机场的特殊情况，网络上的火爆一时半会儿还延续不到生活中来。

但各种采访邀约开始接踵而来。

温席远亲自替林初叶把关，筛掉了大部分采访，只保留了一个比较权威的媒体采访。

采访约在了宁市，两人度假之余接受了采访。

采访结束的时候，林初叶终于有空把欠叶欣的这顿饭给补上了。

约饭的地方是叶欣挑的，是本地一家比较有特色的餐厅。

叶欣先去，林初叶和温席远忙完工作才过去，没想着刚到餐厅就遇到了同在约饭的几个高中同学，还是上次约饭的那拨。

大家都没想到还能在宁市再遇林初叶和温席远，而且是牵着手一块进来的林初叶和温席远，众人当下"咦？"地拖长了嗓音起哄。

"你们两个？"班长先开了口，视线落在林初叶和温席远交握的手上，"我记得上次吃饭的时候，有人看着不太熟啊，现在什么情况？"说完还夸张地挑了挑眉。

林初叶这才注意到被温席远紧握的手——这段时间两人已经有点习惯成自然，也没留意到牵没牵手的事。

众人的起哄让她有些不好意思，但没挣开，反而握紧了些，坦然看向众人。

"我们，结婚了。"她说。

现场当下一片噼里啪啦的杯盘碰撞声。

"真的假的？"

"不是，你们什么时候走到一起的？"

"你们两个不是不熟吗？"

……

七嘴八舌的讨论里，众人惊诧万分。

两人学生时代虽然是班里两大学神，平时也常一起被老师找，一起负责一些学习方面的小活动，或是一起去外地参加一些比赛什么的，但两人那会儿都不是爱玩也不是话多的人，除了合作上的一些必要的交流，他们几乎就没见两人有过别的交流，连放学都很少一块走。

课间时大家爱在走廊嬉笑打闹，两人虽也会在走廊远眺和放松，但那个时候的他们就是各站一边，互不交流。

看着是真不熟。

就是高中毕业那次聚餐，林初叶回来，一一和大家打招呼时，还会寒暄几句，但对温席远，她也只是客气地点个头，微笑一下而已，之后两人各坐在长桌一头，全程没说过一句话。

"老实交代，你们两个那会儿是不是就已经偷偷看对眼了？"为首的班长率先起哄，"就假装不熟是吧？"

林初叶轻轻咳了声，眼神飘忽，不好意思直视其他人。

温席远自始至终只是微笑着看着林初叶，也没说话。

撬不出答案的班长另换了个问法："你们两个，谁追的谁？"

"我。"

"我。"

这次没有回避，两人几乎是同时开口。

林初叶和温席远互看了眼，众人已经开始故意拖着长长的"哟——"声，揶揄地看着两人。

"是我追的她。"温席远松开握着林初叶的手，改而揽住了她的肩，先开了口。

维护林初叶的姿态再次换来众人长长的"哟——"声。

"温席远你不厚道啊，原来那么早就惦记我们初叶妹妹了。"班长起哄，"毕业聚会结束那天早上，你急急追出去，不会就是去追的我们初叶妹妹吧？"

温席远："是啊，有问题？"

他答得太坦然，众人一下被噎住。

"不是，我就随口这么一说，你还真早就惦记上了啊。"班长先反应过来，"你这藏得也太深了点，我那会儿几乎每天和你同进同出，还同桌，怎么就没发现半点苗头。"说完还忍不住扭头看其他人，"你们有看出来吗？"

其他人都跟着摇头："没看出来。"

班长的视线再次转向温席远："老实交代，到底什么时候开始喜欢我们初叶妹妹的？"

众人顿时看向两人。

林初叶还被温席远揽在身侧，人还是不太习惯这样被众人调侃，只微微笑着，眼神飘忽，没有迎视其他人，也没看温席远。

她人本就长得娇小，这样小鸟依人地站在温席远身侧，整个人显得分外娇羞可人。

温席远并没有让大家如愿，轻轻咳了声，转开了话题："大家先点餐吧，这顿我和初叶请，就当提前请大家喝喜酒，随便点，别客气。"

"温席远，你在故意转移话题。"班长笑着调侃，和众人一道拉开椅子入座，还不忘看向林初叶，"初叶妹妹，你就不好奇吗？"

"初叶妹妹"是学生时代大家对林初叶的调侃。

林初叶也不让大家如愿："不好奇。"虽然这个问题她还没和温席远讨论过。

温席远瞥了眼班长："她的好奇会有人满足。"

"咦……我的鸡皮疙瘩……"班长故意搓揉着手臂，与众人一同笑闹，但笑闹归笑闹，他还是率先朝温席远和林初叶举起了杯，"恭喜啊。"

其他人也跟着一起祝贺，是真的为两人高兴。

温席远和林初叶也举起酒杯："谢谢。"

这次聚餐很愉快，聊以前，聊生活，也聊工作。

一聊起工作，有人就想起上次聚餐钟树凯说温席远是场务的事，其实大部分人是不大相信的，看温席远的气度不像，但具体做什么也没人知道。

"哎，你们两个现在做什么工作啊？"有人先问出了口。

"就做一些企划方面的工作。"温席远委婉道。

"初叶呢？上次好像听你说什么剧组的，你不会去演戏了吧？"

林初叶尴尬地笑笑："算是吧。"

上一次钟树凯故意说温席远在剧组做场务，她就顺势借这个话给温席远解了个围。

"演过什么啊？我去搜来看看。"

"我也去看看，好多年没看过电影和电视剧了。"

"我也好久没看电影了，最近新上了个电影据说不错，我朋友圈好多人在推荐。"

"是不是那个什么《绝地反杀》，我朋友圈也好多人看了，都在疯狂推荐，据说很好看。"

"对对，就那个，我朋友圈也被这个电影刷屏了，全员演技在线，好多人夸，正打算找个时间去看看。"

……

众人已七嘴八舌地讨论起来，多是直男，平时除了打游戏就约着出来喝酒唱歌，也不太关注娱乐圈那点事。讨论完，又想起还在聊着林初叶的事，抬头看林初叶和温席远："你们拍戏的，是不是会认识很多大明星啊，比如像那什么刘知然的？"

"一般也不太认识的。"林初叶委婉地回答。

大家当她在遗憾，也笑着宽慰道："没关系的，等你以后大红大紫了，有的是认识大明星的机会。"

林初叶微笑着点头："嗯。"

"什么大明星？我有认识的人啊。"

钟树凯吊儿郎当的嗓音在这时插入，人和上次一样，姗姗来迟，一到桌前就看到了同在席上的温席远，那股子吊儿郎当的劲也跟着起来了："呀，大学霸都不用上班的吗？工作日也有空飞宁市，最近又在哪个剧组混啊？"

原本和谐的气氛再次因他的阴阳怪气变得微妙起来。

旁边有人偷偷拉钟树凯，让他少说两句，但拉不住。

话只听了一半的钟树凯上头了："你们不是要认识什么大明星吗？找我啊，我和薛柠熟，薛柠在影视公司工作，就那什么华言，业内数一数二的大公司，什么大明星不认识啊。"说着，还故意看温席远："大学霸你做场务的话可以找薛柠给你介绍啊。她那公司剧组可比你那些小剧组强多了，酬劳也高。"

温席远微笑着看了他一眼："谢谢，我会考虑。"

没能激怒温席远的钟树凯吃了个软钉子，脸色不太好。

林初叶也没再像上次那样替温席远出头，那时她误以为他落魄中，怕钟树凯的话刺伤他的自尊，所以忍不住想给他撑面子。现在知道他的实际情况后，林初叶知道，温席远不需要这些虚的东西，因而也没理钟树凯，只是旁若无人地替温席远夹了块他爱吃的蒜蓉排骨，放入他碗中，而后眼巴巴劝他："这个排骨还不错，你试试。"

在温席远那儿碰了软钉子的钟树凯把注意力转向了林初叶，讪笑："林初叶，你这要好好发展下去说不定以后能成为大明星，什么优秀男人没有，你看上他什么啊？"

林初叶抬头看他："很多啊。比如说，长得帅，身材好，智商高，情商高，学习能力强，自律，谦和，包容，有责任心……"

温席远看了林初叶一眼，她神色很认真，还在掰着手指头数："最重要的是品性好，不小家子气，也不会和人计较。"

她已经说得很委婉。

钟树凯还是听出了弦外之音，脸色更不好，但不好发作。

班长趁机把话题带过去，笑着打圆场："初叶妹妹，你这是情人眼里出西施啊，我们温席远在你眼中还真是哪儿哪儿都好啊。"

林初叶："对啊，就是哪儿都很好啊。"

众人笑着起哄。

温席远也笑着看了她一眼。

林初叶面对众人笑闹还能淡定以对，被温席远这似笑非笑的一眼看过来，就有了那么点不好意思，轻咳着端起杯子喝饮料。

晚餐还是在比较轻松愉悦的气氛下结束。

钟树凯大概还是想炫一下他和薛柠的关系，对准备离开的林初叶和温席远道："哎，你们不是要认识什么大明星、大导演、大剧组吗？我让薛柠给你们介绍介绍呗，好歹同学一场，相互拉拔一下。"

林初叶微笑着拒绝："不用了，谢谢。"

"客气啥。"钟树凯豪迈地挥手，掏出手机就拨了薛柠的微信视频。

薛柠秒接："干什么？"

林初叶："……"

钟树凯已吊儿郎当地看向手机屏幕："当然是有事啊。"

薛柠："说。"

钟树凯："你不是在那什么华言工作吗？你给林初叶和咱班以前的大学霸引荐引荐呗。"说着把手机屏幕转向林初叶和温席远。

薛柠："……"

林初叶尴尬地冲薛柠挥手打了个招呼："嗨。"

温席远则是平静地扫了她一眼。

薛柠觉得脖子有点凉，笑容僵了起来。

钟树凯催促道："怎么样？以你在公司的地位，塞一两个人多大点事对吧？"

林初叶笑着打圆场："不用了，谢谢啊。"又看向其他人，"我们就先回去了，有空再聚。"

她又冲视频里的薛柠挥挥手告别，这才和温席远出去。人刚走到门口，一个年轻女孩便紧张又怯生生地挡住了林初叶："林老师，你能给我签个名吗？"

屋里其他人隔得远，餐厅也吵，听不清女孩在说什么，只看到女孩满眼兴奋和紧张地看着林初叶，而后把一个本子和一支笔递给林初叶，都互相奇怪地看了眼。

钟树凯还在和薛柠视频。

薛柠看人已走，直接冲钟树凯破口大骂："钟树凯你个王八蛋，专程给老娘送人头来了，我要丢了工作，老娘找你拼命。"

钟树凯不解，皱眉："送什么人头？不就让你给当年的大学霸介绍介绍工作，这有什么……"

"介你个大头鬼，人家需要我介绍工作吗？"薛柠直接打断，"那是我老板。"

钟树凯："……"

薛柠直接撂了电话。

其他人也听见了，诧异地互看了眼，不由得看向门口的温席远。

他就站在林初叶身侧，替她格挡开来来往往的人群，在陌生女孩把本子递过来时，先替林初叶接了下来，扫了眼，这才交给林初叶，面容始终平静，但举手投足间的气度和从容不是普通人能有的。

其实大家早在学生时代就察觉到温席远和他们是不太一样的，因而在惊诧过后又很快释然，那确实才是他们认识的温席远。

班长还惦记着刚才讨论的看电影的事，高声招呼："走啦，去看电影了。"说话间已拿出手机，打开软件准备买票，却又在看到《绝地反杀》海报上的林初叶时动作狠狠一顿，而后放大图片，在看到主演栏里的"林初叶"三个字时一声"我去"脱口而出。

众人诧异地看着他。

班长直接把手机屏幕转向其他人。

林初叶把签完名的本子递还给女孩。

女孩惊喜地接过，不忘和林初叶表达她的喜欢："谢谢谢谢……我真的好喜欢你演的《绝地反杀》，演得太棒了。"

林初叶也不由得微笑："谢谢。"心情也因为演技得到认可而高兴。

其他同学也已从里面出来，看到林初叶时都纷纷朝林初叶竖起大拇指。

班长直接拿着屏幕上的海报冲林初叶晃了晃，也朝她竖起大拇指。

虽没有过多言语，但意思已很明显。

林初叶有些感动："谢谢。"

温席远也微笑地道谢。

班长抬手在温席远的肩上重重拍了一下，笑道："好好保护我们初叶妹妹。"

温席远微笑："我会的。"

他知道林初叶一定会红，但没想到，她一部戏爆红。

仅仅是一个机会，甚至只是一个大众眼中不起眼的捡漏机会，她的光芒就开始藏不住。

光芒四射，用来形容现在的林初叶再贴切不过。

对突如其来的成名，林初叶一直表现得平静且淡然。

她甚至不会过分关注关于自己的新闻，也无所谓自己的大众形象怎么样，平时她什么样子，现在也依然是什么样子。

饭后，两人是一起散步回去的。

他们回宁市后还是住回了小阁楼里，吃饭的地方距离小阁楼不远。

散步回到家时，还不到九点。

两人刚回到小阁楼院门口，林初叶外婆就给林初叶发来了微信视频。

"初叶啊，外婆在电视上看到你了。这是你吧？"

电话那头的老人家格外兴奋，戴着一副老花眼镜，八十多岁近九十岁的人了，却兴奋得像个孩子。说完还颤颤巍巍地把手机摄像头转向电视，智能手机用得还不太利索，镜头前的电视画面摇摇晃晃，但从摇晃的镜头里，林初叶还是看清了电视机里的画面。

电视里正在介绍最近爆火的《绝地反杀》电影，播放的是电影的预告画面，画面里有她，之后便切到了她刚完成的一段采访画面。

林初叶记得年前回来时，外婆曾问过她怎么没在电视上看到她的事，还让她如果上电视了也和她说一声，省得她每次找老半天都没找到她。她只当老人家随口说说而已，没想到老人家是真的每天在电视上找她，鼻子一时有些酸。

"是的，外婆，电视上那个是我。"林初叶压下鼻内的酸涩，笑着回她。

和温席远回来的当天晚上，她就和温席远去看过她外婆，这两天也会抽空过去看她，但因为她上的是电影而不是电视剧，当时也没什么电视采访，老人家又是抗拒去电影院的，因此也没想起要提醒她外婆。

得到她承认，外婆很高兴："是吧？我也说是你，刚才你隔壁三舅妈说你上电视了我还不敢相信。我们家叶叶有出息了，终于能上电视了。"

老人家对上电视没什么概念，在她的观念里，能上电视的人都是顶级厉害的了，但"终于"两个字，可能在林初叶十八岁成为演员时，她就等到了现在。

她没有和林初叶说过这些。

林初叶也以为她不懂，不在意。

她鼻子越发酸涩。

视频那头的老人家还在高兴絮叨："真好啊，外婆还能在电视上看到我们叶叶。"

说话间，人已戴着老花眼镜凑到了电视机前，大睁着眼睛仔细看，不错过电视上的每一帧画面。

林初叶情绪没控制住，眼泪"哗"一下落下。

温席远刚推开院子门，伸手抱了抱她，手掌抚着她的头。

林初叶扭头冲他笑了笑："我没事。"

回到屋里，温席远开了电视，把电视调到和林初叶外婆同频道上。

老人家还不太会用智能手机，镜头晃来晃去的，但人正兴奋着，指着电视上的林初叶问东问西。

林初叶也耐心地陪她外婆闲聊，老人家问什么，她就答什么。

这几年她在外面读书和工作，能回来陪她的时间并不多。

温席远也坐在沙发上，静静看着电视机前接受访谈的林初叶。

这次访谈是他陪她去录的，那天在台下已经看过一次了，但这次在电视上看，感觉还是不太一样。

这虽然是林初叶第一次接受媒体采访，但她还是一贯的淡定从容，说起话来不疾不徐、应对自如，丝毫没有初次面对镜头的紧张和怯场。

她沉静的性子和爱读书的习惯让她在面对媒体的刁钻问题时有足够的应对能力，每一句话都言之有物，谈吐有深度，梗也多，整个访谈氛围很轻松和谐。

看着镜头前从容应对的林初叶，温席远突然就想起了那句话，"腹有诗书气自华"，不由得扭头看向林初叶。

林初叶在耐心地陪外婆聊天，注意力没怎么在电视上，手却是无意识伸向了桌上的保温杯。

杯里没水。

温席远比她先一步取过了保温杯，起身替她倒了一杯温水，递给她，又拿过桌上的水果进厨房切洗。

他端着切好的果盘从厨房出来时，电视访谈已经快到尾声，正在播放最后一个问题。

"有喜欢的人吗？"

温席远看到刚挂了微信视频的林初叶动作一顿，偷偷瞥了他一眼，却在触及他视线时又赶紧将视线移开，人直挺挺地坐着，红晕已经从耳朵开始泛起。

温席远好笑地看了她一眼，转向电视机。

电视机里的林初叶明显朝台下看了他一眼。

那时的他也在看她。

她的眼睛里带着笑意，而后很坚定地点了点头："有。"

主持人似乎对她的干脆直接感到意外，又带着探听八卦的好奇，微笑着问她："他是个什么样的人？"

"一个……"林初叶的声音停了停，又看向镜头，"会把人宠成小女孩的男人。"说完后有些不好意思，"他是个特别坚韧、理智、成熟但又很温柔的男人，从不会要求我做什么、不做什么，会在我低谷时牵引着我走出低谷，基本上我能想到的优点他都有。"

主持人笑道："完美男人？"

林初叶点头："对我来说，他是。"

温席远笑着看向林初叶。

林初叶轻轻咳了咳，转过头，拿过遥控器关了电视。

"那个，商业互捧嘛。"

温席远搁下果盘，两手撑在她身后的沙发背上，俯身看着她："哦？只是商业互捧？"

林初叶被困在了他臂弯和沙发之间。

她跪坐起身，眼眸对上他的。

温席远保持着俯身看她的姿势："嗯？"

"不是。"林初叶轻应，手臂还搭在他的脖子上，"你就是有这么好。"

"我觉得，我上辈子拯救的肯定不只是银河系。"她低喃，朝他凑近了些，"所以这辈子才这么幸运，遇到了你。"

温席远闻到她身上有淡淡的酒味，刚才聚餐时她也喝了点小酒。

他看入她的眼睛，嗓音低下来："林初叶，你这次没喝醉吧？"

林初叶摇头："没有。"

"即使有，也不会断片。"

温席远嗓音压得更低："所以，以前也没有断过片？"

林初叶老实地点头："嗯。"

温席远轻笑，也朝她凑近了些，看着她清明的眼眸。

她有没有喝醉，他分辨得出来。

他知道林初叶没醉。

他想起她刚才在聚餐上，夸他的那些话语。

她从不吝于在人前表达她对他的认知和感受。

"林初叶，你这样，以后被打脸了可怎么办？"他轻轻问道。

"那你就努力保持住，别让我打脸。"她的嗓音也跟着他低了下来。

温席远轻笑："好啊。"又问她，"有个问题，你就不好奇？"

林初叶一时有些蒙："什么问题？"

温席远："他们刚才好奇的问题。"

"你就老实交代，到底是从什么时候开始惦记的我们初叶妹妹？"班长的话很自然地在脑中浮现。

林初叶的视线在他脸上睃着，点点头："好奇。"又问他，"什么时候啊？"

"具体什么时候不记得了。但在你被剥夺奖学金资格的时候，我很心疼。"他说。

林初叶："所以那天你是故意去的办公室？"

温席远点点头："嗯。"

林初叶眼眶有些湿，她把他抱紧了些，额头轻轻抵上了他的额头。

"林初叶。"他轻轻叫她的名字。

"嗯？"林初叶抬眸看他。

他正在看她，神色很认真，手里举着一条钻戒项链。

"我一直在想，你和我求了两次婚，我是不是也得求回来。可是戒指我们已经有了，只能用这个替代了。"

他说完，倾身，仔细而认真地替她把戒指项链系上，这才看向她。

"林初叶。"他再次叫她的名字，神色同样专注认真。

林初叶困惑地看着他。

"我爱你。"他说。

林初叶眼泪一下就出来了，她以为自己不会习惯这种煽情的画面，可当温席远用柔软低沉的嗓音徐徐对她说出这三个字时，她的心一下柔软得一塌糊涂，情绪根本绷不住。

"我也是。"她说，"很爱很爱你。"

温席远微笑，而后低头，吻住了她。

他曾在年少时遇见一个少女，藏进了他心底最柔软的角落。

他喜欢她，全世界都不知道。

经年后再遇见，少年时的梦成了他最想守护的光。

－ 正文完 －

番外一
她的盖世英雄

　　林初叶和温席远在旅行结束后重新回到北市。

　　电影的口碑和热度还在发酵，林初叶的人气也还在急剧上升，她虽没有花钱营销，但关于她的讨论和热度不断，几乎常驻在各大网络社交平台的热榜上。

　　网友们也极尽所能地想要对她的过去进行考古，但除了多年前拍过的几部女 N 号角色，她的过去干净得像一张白纸，唯一能扒出来的就是她985 名校理科硕士毕业。

　　学霸的光环和过去作品里的精湛演技让她的路人好感度进一步上升，各种剧本邀约、综艺邀约和采访邀约不断，商务也跟着找上了门。

　　因为她是从大电影爆出来的新人，找上门的商务资源也都是定位高端的品牌。

　　冯珊珊之前还没有带过流量艺人的经验，能接触到的资源都有限，温席远担心她相关的经验不足，另给她配了一个团队处理林初叶爆火后的商务对接，而温席远自己则全权接管了林初叶的经纪事务，所有的邀约都要先过他的手，由他亲自给林初叶筛选和把关，以免团队错误的规划影响林初叶的发展。

　　而在剧本的选择上，温席远更是慎之又慎。

　　他不希望林初叶被低质量剧消耗了灵气。

570

林初叶是很放心温席远的选剧眼光的。

这么多年来，他看中的剧要么是爆口碑，要么是爆热度，要么就是爆奖。

经过他手的剧就没有一个被骂烂片的，因此有温席远亲自帮她把关，她很放心。

林初叶在度假结束后便投入了新剧的拍摄。

新剧的拍摄地也还是在北市，但拍摄地点离家里还是有一段距离的，有时要拍夜戏来回没那么方便，因而林初叶在拍摄基地附近另租了一套房子暂住，偶尔她回家住，偶尔温席远来她这里住，两人倒是没因此而分开过，一直到临近新剧杀青的时候，温席远因为出差，两人才被迫分开了几天。

今天是新剧拍摄的最后一场戏，林初叶和往常一样以近乎完美的表现完成了拍摄。

她人虽红了，但对待作品的态度一如往常认真。

她刚下戏，导演和制片便朝林初叶竖起大拇指："演得非常棒。"

"谢谢。"林初叶微笑地道谢。

"恭喜新戏杀青。"冯珊珊抱着花上前，微笑着向她道贺。

"谢谢。"

林初叶也微笑着接过花。

"晚上有什么安排？"冯珊珊问，"一起庆祝一下吗？"

"我还说先给初叶安排一场杀青宴，她非坚持说不用。"

制片人在一边笑着接过话。今天只是林初叶的戏份杀青，剧组里其他人还有戏份没拍完，全剧杀青还要几天。

林初叶笑着看向他："这样太耽误大家的工作进度了，反正所有人杀青后也会有杀青宴，我到时再参加就好，不用这么麻烦。"

"也行，到时一定要来。"制片也笑着说道。

林初叶比了个"OK"的手势，又配合剧组拍了些杀青的宣传剧照和花絮，这才随冯珊珊一道往外走。

"晚上有什么安排？"

一走出摄影棚，冯珊珊便扭头问她，继续刚才的话题："需要陪你去庆祝不？"

"不用啦。"林初叶笑着拒绝，"你先放松一下，不用管我。"

冯珊珊一眼就看出林初叶想干什么："去找你老公啊？"

林初叶被这声"老公"揶揄得脸颊有些红，但还是爽快地点了点头："对啊，几天没见，有点想他。"

说话间，人刚好抬头，没想到一下撞入一双带笑的黑眸中。

林初叶："……"

本应在千里之外的温席远不知道什么时候已经回来，正站在人群外微笑着看她。

"你……"林初叶想问他怎么回来了，但一想起刚才说的想他了，又有点小害羞。

温席远已经冲她张开双臂，隔着人群。

林初叶也不由得冲他露出一个笑，和冯珊珊道了声别后，小跑向他。

人刚走到近前便被温席远整个抱起来，转了半个圈。

"你什么时候回来的？"林初叶分外惊喜，"不是说还要在那边待几天吗？"

"工作提前结束，就提前回来了。"温席远长指撩开她因为小跑而落在脸颊上的头发，看向她，"拍完了？"

林初叶点点头："嗯，拍完了。"

温席远："那打算怎么庆祝？"

林初叶偏头想了想："想回家，想吃你做的饭。"

温席远俊脸露出浅笑："好。"

两人回去的路上顺道去超市买了食材。

温席远挑的都是林初叶爱吃的。

回到家，两人便一起进了厨房，温席远掌厨，林初叶则在一边给他打下手。

她很喜欢这种平淡的小温馨，一种有了家的感觉。

温席远是知道她喜欢这样的，所以这几个月只要她要拍戏回不了家，他就会抽空去剧组陪她，一起逛个超市、买个菜、做个饭、散个步什么的。这些在大部分人眼里再普通不过的小事，在林初叶那儿都成了值得珍藏的小确幸。

那些出入高端餐厅、灯红酒绿、万人簇拥追捧的生活对她反而没什么吸引力。

所以她现在虽然红了，但她的生活方式、生活习惯并没有什么改变。

红了对她唯一的好处就是她有了更多的工作机会，越来越多的好本子被递了过来，而她也有了更多的选择。

关于这个，温席远想到了前两天收到的一个青春电影的本子。

"对了，新亚传媒递了个青春电影的本子过来，班底还不错。"把最后一道菜端上餐桌时，温席远对林初叶说道。

林初叶好奇地看向他："青春电影？本子质量怎么样啊？"

"今天刚递过来，我还没时间看。"温席远说，"是程前和许子玲搭档的作品，两人都是这几年蹿起来的新生代编剧和导演，擅长做青春电影，国内外横扫了几个大奖，我觉得应该是个不错的机会。"

林初叶点点头："好啊，那回头我也看看本子。"

温席远笑了笑："好。"

饭后，两人和往常一样先去散步，散步回来才各自洗澡。

温席远洗完澡时林初叶还没出来。

温席远想起吃饭时和林初叶提起的那个青春电影，便趁着现在有空闲，把剧本拿了出来，人刚看了会儿，电话便响了。

温席远放下剧本，转身接电话。

林初叶洗完澡出来时，看温席远在接电话，就没出声打扰他，一边擦着湿发，一边放轻脚步，在他身侧的沙发上坐了下来。

温席远很顺手地接过了她手中的干发巾，有一下没一下地替她擦拭头发，俊脸平静，注意力还在电话上。

林初叶任由他搓揉，她的注意力早已被他摊开的剧本吸引，想起他吃饭时提起的那个青春电影，好奇地拿了过来。

"全世界都不知道"几个大字落入眼中时，林初叶动作微微一顿。

温席远看了她一眼。

林初叶背脊微微挺直，面上镇静地把剧本翻回到封面页，看到了上面标注的一行字，"原著：叶初"，林初叶默默把剧本合上，放下，坐正了回去。

温席远已经挂了电话，看向她："怎么了？"

"这主角年龄定位太小了，我感觉我不合适。"林初叶说，"推了吧。"

"年龄不是问题。你本来就长得显小，换个妆造完全符合人设定位。"温席远说着拿起剧本，瞥了她一眼，"我怎么看你有点心虚？"

林初叶："……"

她哪里心虚了。

温席远垂眸看了眼手中的剧本，视线从封面的"原著：叶初"扫过时，微微顿住，看向林初叶。

林初叶背脊挺得更直，手虚抓着湿发："我去吹一下头发。"说着就要起身，但刚起到一半便被温席远重新拉坐了下来。

"我给你吹。"

温席远说完，人已经拿过吹风机，细心地替她吹了起来。

林初叶趁机拿过剧本，越看越心虚。

这剧本几乎是一比一还原了原著小说，尤其是那些化用了她亲身经历的小事件。

温席远看了眼她压在剧本上心虚屈起的细指，那有一下没一下敲击纸页的小动作看着像在想什么应对策略，他不由得朝剧本封面处扫了眼，若有所思。

头发吹完的时候，林初叶已经合上剧本对他说："接这么小年龄定位的角色，我总有种老黄瓜刷绿漆的心虚感，要不我们还是推了吧。"

"我看看内容。"温席远伸手拿过剧本。

林初叶的手伸了伸，想拿回来，又心虚，手指伸到半空又默默收了回来。

温席远瞥了她一眼："你心虚什么？"

林初叶："我……我哪有……"

温席远看了眼封面上的文字，又看向她："叶初，初叶，这名字和你挺像。"

林初叶："……"

温席远："我记得你之前说过，你这几年有写书。"

林初叶："……"

好半天，她才忍不住咕哝了句："你记性别这么好好不好。"

她确实有和他说过，他当时想看来着，她觉得有拿他做过原型写，还挺尴尬的，就没好意思让他看。

他了解她的性子，也就没强行要看。

这一阵她一直忙于拍戏，也没时间忙其他，也就没在他面前写过东西，这个话题他也没再提起过。

林初叶也没想到她之前卖出的这个版权会这么凑巧地递到她手上。

影视开发进度的事她并不了解，没人联系她说过进度。

而且当时也不是卖给新亚传媒的，估计是被转卖过去的，她不了解，只是没想到兜兜转转本子会被递到当事人手上。

林初叶想到温席远真看了剧本后的反应，她有点生无可恋。

但她也不好再抢回来，温席远已经翻看了起来，她拿走显得有点过于欲盖弥彰。

林初叶甚至生出了要不要色诱温席远好让他放下剧本的荒唐想法。

人在要与不要间徘徊时，温席远已经看过了小半本剧本。

他若有所思地抬头看她："我怎么觉得，这男一号像在写我？"

林初叶："……"

"可能是……编剧写得太好，你自我代入了？"她小心地觑着他的神色，说道。

温席远似笑非笑地看了她一眼："我怎么觉得更像是有人拿我当了原型？"

"怎么可能？"林初叶下意识地否认，"你想多了。"

温席远又是淡淡一眼扫过来："你又不是原著作者，你怎么知道没有？"

"我……"林初叶噎了噎。

温席远若有所思地翻着书页，黑眸还是直勾勾地看着她："我倒是第一次知道，原来我在她心里是驾着七彩祥云般的盖世英雄。"

林初叶默默转开了头："那……那只是艺术加工……"

温席远似笑非笑地瞥了她一眼："你又知道了？"

"……"

林初叶辩驳不下去，温席远这分明是已经确定了是她。

别说笔名一看就很像她，里面的故事简直就是她和他的青春，只是故事是以她的视角在写，呈现的也是她慢慢喜欢上他却因害怕耽误彼此学业而压抑着不敢让他知道的过程，就是一个有些卑微的女孩面对陌生环境的彷徨和一些不公待遇时被默默守护的感动。

故事里把他们天台初吻那段写了进去。

故事里的她以为那会是他们的开始，却没想到是结束。

那时她并不知道温席远为什么不来找她，也舍不得毁掉他的人设，所以在故事里给他安排了一个迫不得已的转折，而她当时面临着她爸妈生病的巨额医药费和家里再无别的劳动力的现实窘境，也清楚认识到自己的家里就是个无底洞，看不到任何希望，和温席远在一起就是拖累他，因此也放弃了联系他。

故事里的她也签下了那份经纪合约，也遇到了"周瑾辰"，也被那份合约困了十年，也依然没能如愿换回自己的爸妈。

但在那个故事里，林初叶给自己画了一个很美好的未来。

在她被困在那份合约里出不来的时候，温席远就像多年前那样，在她遇到不公待遇时，他像踩着七彩祥云出现的盖世英雄，牵引着她从困境中走了出来。

这点倒是一不小心契合了现实，她算是误打误撞地预言了这一切。

只是故事里的温席远并不是什么隐形大佬，仅仅只是一名优秀的律师。

他带她打赢了那场解约官司，她终于可以自由地追求她的新人生，而他也开始进入他人生的新阶段。

她和他终究是过客，匆匆相遇，短暂相交，又慢慢渐行渐远。

她在给自己画的美好未来里，终究只敢涉及自己的事业与自由，她没敢再去肖想与他的共同未来。

温席远也跳着翻完了大部分内容，剧本重新合上时，他已经看向她，黑眸中带着淡淡的怜惜。

他的眼神让林初叶鼻子发酸，有点想哭。

温席远什么也没说，只是伸手揉了揉她的头发，很轻柔、很怜惜的一个动作。

林初叶有些不好意思："那个书……其实也是虚构为主，主要还是剧情需要。"

她那时就一心想着挣钱，也没想过有一天会被温席远看到，他就不是看这类青春小说的人。

这是她最遗憾也最有感触写得最真情实感的故事，因而便选择了这样去写，只是没想到这个故事也打动了读者，打动了影视方，更没想到有一天她会红，这个故事还凑巧被递到了她和温席远的手上。

她是不太喜欢被打扰的，因此写作这个事，除了一些合作上的对接，她并没有和任何人透露，也不参与任何需要露脸或露声音的活动，没有人知道"叶初"是她。

温席远没有去反驳她，只是顺着她的话点点头，手掌有一下没一下地轻揉着她的头，轻声问她："那几年很辛苦吧？"

短短一句话，却一下勾出了林初叶的眼泪。

其实这么多年来，她已经不太有辛苦不辛苦的概念了，就是要活着，要努力而已。

但温席远温柔轻浅的一句话，却一下勾起了这么多年深埋的委屈和无助，她的眼泪有点止不住。

温席远轻轻抱住了她。

"都过去了。"他嗓音清浅沙哑，带着淡淡的怜惜。

"嗯。"林初叶轻轻点头，抬起头看他，冲他露出一个笑，"我没事。"

温席远也冲她笑笑。

她的眼角还挂着泪，温席远抬起手，轻轻替她擦拭掉，而后看入她的眼睛，轻声对她说："以后我努力做你的盖世英雄，有事我陪你一起扛，谁也不能再欺负我的小姑娘。"

林初叶被他的话勾得鼻子又有些发酸，又有点不好意思。

"我也陪你一起扛。"她说。

温席远笑了笑。

"好。"他说。

而后，他慢慢俯下头，轻轻吻住了她，很温柔，又怜惜。

林初叶隐隐有种自己是被她捧在手心里的珍宝的感觉。

这种被珍爱的感觉让她有点想哭。

独自一个人在这个圈子摸爬滚打了这么久，每个人都能踩她一脚，恣意拿捏，她已经快不知道被人珍爱是什么感觉了。

她忍不住抱紧温席远，用力地回吻他。

温席远的吻也渐渐加重。

恣意纠缠间，林初叶喘息着哑声对他说："温席远，其实你已经是我的盖世英雄了。"

当年她在学校遭受不公待遇时挺身而出的他，她被骗去参加恋综时匆匆赶来将她护在身后的他，以及强势将她从周瑾辰的十年合约中解脱出来的他，还有每一个陪着她拍戏、为她洗手作羹汤、陪她一起散步一起感受家的温暖的他，都是她的盖世英雄。

她很感激，此生能遇到他。

温席远深深看了她一眼，低哑的一声"你也是"后，再一次深深吻住了她。

番外二

从此往后，她的人生皆为坦途

林初叶和温席远商量后，最终决定接下这个电影。

得知林初叶愿意接下这个电影，制片那边很高兴，特地约了林初叶吃饭，温席远陪她一块过去。

因为温席远平时低调，几乎没以华言执行董事的身份在公开场合露过面，制片只当他是林初叶的助理，并没有很在意他。

席上，资方定下的男一号也一起过来吃饭。

看到男一号的那一眼，林初叶心里便忍不住打了个鼓，不知道是不是心理上的先入为主，对方无论是身高颜值还是气质，都不符合她对书里男主的想象。

温席远只是淡淡看了对方一眼，他认得，是资方最近强捧的一个新人，人长得一般，资质也一般，甚至有些流里流气的油腻，但背景深厚，资方一直在斥巨资强捧，一出道就喂各种男主资源，作品拍了不少，但拿得出手的没几个，只是靠着公司不间断的营销，也算是有点知名度，有一群死忠粉。

大概是被公司和粉丝捧惯了，真当自己是个腕，对方不太看得上林初叶这种刚蹿起来的新人，因而姗姗来迟不说，面对资方热情地给他介绍林初叶是新戏的女一号以及林初叶的客气打招呼，他只是斜着眼冷冷淡淡地把林初叶从头到脚打量了一眼便在助理拉开的椅子上坐了下来，掏出手机开始玩游戏，连招呼也不打，眼神里的鄙夷和嫌弃很明显。

他的经纪人也差不多德行，像是没看到林初叶和温席远般，只热情地和在场的制片、导演和编剧打了个招呼，便拉开椅子在一旁坐了下来。

资方一时间也有些尴尬，但大概也是习惯了对方的德行，一边周到伺候着，一边和林初叶微笑解释道："贺轩昨晚拍了一晚上的夜戏，今天又连着拍了一天，一下戏就赶紧过来了，还是太辛苦了。"

林初叶嘴唇勉强动了动，没有说话。

温席远直接朝打游戏的男人看了眼："贺先生就是你们找的男一号？"

"对。"制片点头，"贺轩的形象气质很符合我们的男主人设……"

"这位林小姐可不太适合女一号吧。"打游戏的男人在这时接过话，抽空朝林初叶看了眼，而后看向制片，"胡制片，我好像有说过，要么用我的人，要么女一号人气不能比我差，但你们现在找的……"

贺轩说着又朝林初叶打量了眼，人已经毫不给面子地看向了制片："胡制片，我说过了，我不会给任何人当血包。"

林初叶和温席远嘴角几乎是以着相同的弧度冷淡勾起。

"胡制片。"

"胡制片。"

两人异口同声开口，说完又互看了眼。温席远握了握她的手，人已看向制片："他不能演男一号。"

制片只当温席远是林初叶的助理，他没想到一个小小的助理竟然敢对他做要求，面色当场不太好。

"咱这里不兴让小助理指手画脚。"制片说道，"这里没你什么事，吃你的饭。"

林初叶看不得别人对温席远吆五喝六的，下意识地握住了温席远的手，就要为他说话，温席远已经反手握住了她的手，很平静地看着制片道："一个不会尊重人的人，他不可能理解得了人设内核。"

"而且他的身高、气质、演技和对工作的态度，也不符合男主人设。"林初叶补充道。

打游戏的男人慢悠悠抬头朝温席远和林初叶瞥了眼，嘴角轻蔑地勾了勾，放下手机："行呗，你们行，你们上啊。"而后转身看向制片，"胡制片，你找的人好大的排场，我可伺候不起，这片我不演了。"

经纪人也站起身对制片道："胡制片，你也知道的，找我们贺轩的本子不少，而且都是大IP，你们这是什么啊，小说名字连听都没听说过，作者更是不知道哪个犄角旮旯冒出来的。要不是看在编剧和导演的分上，这种本子我们连看都不会看。"

"那是那是，贺轩愿意接演男一号是我们的福气。"制片赶紧赔笑安抚，"他们不能代表我们，你们别放心上，这事怪我，没有提前沟通好。"

"那就等你沟通好再来找我吧。"

贺轩说完，头也不回地走了。

身后的经纪人和一众助理也赶紧跟上。

制片头疼地拍了拍额，一边朝助理使眼色让她赶紧跟上去把人安抚好，一边忍不住回头冲林初叶道："林小姐，我是看中你的演技才想邀请你过来出演女一号，但是你要知道，你的人气虽然在上升，但没红到能扛票房的地步，你太把自己当根葱了……"

话到最后时，他已是口不择言。

"那就中止合作。"

"那就中止合作。"

林初叶和温席远又是异口同声地开口。

"不是，我不是这个意思。"制片又赶紧赔礼补救道，"我就是让这个事闹得一个头两个大，林小姐你别放在心上。我也和你交个底，我也好，导演也好，编剧也好，我们都是属意你来出演这个女一号的。"

制片说着，指了指也在现场的导演和编剧，两人都礼貌地冲林初叶点了个头。

制片又继续道："但是呢，男一号是投资方指定的，我们这个片子就是定男选女，所以男一号就非贺轩不可，否则投资方会撤资。贺轩是为了推自己女朋友才接的这个片子，但他女朋友的形象气质实在和剧本人设差太远了，我们也是争取了好久才争取到自己找女一号的权利。这个片子对你来说也是个机会，所以你就别和他杠了，反正也就拍几个月，忍一忍也就过去了。"

"这不是我忍不忍的问题。"林初叶看向制片，"是他根本不适合男一号。我可以不演这个女一号，但这个男一号一定不能给他，否则还不如不拍。"

制片忍不住笑了声："林小姐，你哪儿来的权利要求项目不拍就不拍？"

林初叶被噎了噎。

她确实没这个权利，故事虽然是她的，但版权已经授权出去了，她无权干涉项目开发。

"那我不演了。"林初叶说完，不理会制片和导演、编剧等一众人错愕的眼神，拉起温席远转身就要走。

温席远反手拉住她的手，看向制片："这个小说版权在你手上？"

制片没想到温席远突然这么一问，微微愣住，而后点点头："对啊。有问题吗？"

"没事。"

温席远说完，拉着林初叶走了。

"还好吧？"

人一到外面，温席远便不由得担心地看向林初叶。

林初叶点点头："没事。"

"真没事？"温席远停下脚步，双臂圈搂住她的腰，垂眸看向她，轻声问道。

林初叶很肯定地点点头，仰头看向他："真的没事。"

"我本来就不是很想接这个电影。"她抿了抿唇，眼眸再次看向他，"我觉得这个故事就是我和你的故事。我不希望是我和别人来演这个故事，我的男主角有且只能有一个。"

温席远黑眸中漾开浅浅的笑意："刚好，我也不希望你和别人来演这个故事。"

"是吧？"林初叶眼中也漾开了笑，"所以我倒不觉得放弃这个角色有什么遗憾。唯一遗憾的就是这个故事可能要被糟蹋了，不明白资方怎么会选了这么个男一号。"

"大概是亲儿子吧。"温席远摸了摸她的头，"没关系，我们把他换掉，不能让这样的人把好作品给祸祸了。"

林初叶笑："这又不是你投资的电影，哪能你说了算啊。"而后又抱住他的手臂，劝他，"没关系啦，本来当时把版权授权出去的时候就没敢指望能有多好的班底，现在能找到程前和许子玲来拍已经很幸运了，其他的不能强求，反正我们不看就行。"

温席远笑笑，并没有说什么，只是轻抚着她的头发，看着她道："你回头把合同发我一下。"

林初叶点点头："好啊。"

人依然抱着他，有点舍不得放手。

冬日的太阳暖洋洋地洒在身上，这样有他在身边的感觉很好。

温席远也松松垮垮地搂着她，任由她腻在身上。

她的身后就是商场。

商场一楼的门口是婚纱店，各式婚纱陈列在模特身上，看着炫目而耀眼。

"林初叶，"看着那一袭袭曳地的洁白婚纱，温席远轻轻叫了她一声，"我们办个婚礼吧。"

"啊？"林初叶讶异地抬头看他。

温席远也垂眸看着她。

"我们办个婚礼吧。"他重复刚才的话，"办一场你和我的婚礼。"

林初叶只想了不到一秒，就很爽快地点了个头："好啊。"

她眼睛里因为对婚礼的想象而有了星光。

温席远黑眸中也带了笑："那就我来安排，你配合我？"

林初叶点点头："好。"

温席远是行动力极强且办事效率极高的人。

他很快便投入婚礼的筹备中。

他想给林初叶一场完美的婚礼，一场值得两个人回味一生的婚礼，因此在婚礼的筹备上，温席远是慎之又慎。从婚策公司的选择到婚礼风格的选择，再到婚礼时间地点的选择、宾客的宴请和安排等，每一个细节他都考虑得巨细靡遗。

林初叶基本不用太操心婚礼的事。

温席远几乎把婚礼的每一个细节都考虑到了，基本她能想到的问题温席远都能想到，而且两人的审美一致，温席远定下的每一个小细节都能让她惊喜万分。用冯珊珊的话说，她只需要安心做个新娘子就好了，别的用不到她操心。

林初叶本就不是爱操心的人，有温席远一手操办，她也乐得轻松。

胡制片那边在暗示过女主角可以是任何人，唯独男主不能换后，在晾了林初叶一阵后又巴巴找了过来。

资方那边愿意捧贺轩，却是不愿意买一送一捧一个他们看不上的女演员，也看中了林初叶急剧上升的人气，希望她能出演女一号。

林初叶想也没想便拒绝了，她不想再接触任何和这个项目有关的信息。

另一边，温席远也从林初叶那里拿到了她当初授权的合同。

第二天，温席远就约了胡制片见面，他是以华言执行董事的身份约的胡制片。

胡制片这边很是意外，精心打扮了一番才去赴约，没想到刚一走进包厢便看到了坐在桌前的温席远，脚步当下一顿，本能后撤一步抬头看包厢名字。

"胡制片，你没走错地方。"

温席远淡声开口，嗓音不大，但不怒而威的气场一下让胡制片的笑容当场就尴尬了起来。

"温……温总？"他连招呼声都变得磕磕绊绊。

温席远轻轻点了点头："坐吧，胡制片。"

"好的，谢谢温总。"胡制片尬笑着拉开椅子坐下，"那天实在对不住，我没想到您就是华言影视的……"

"胡制片，我约你不是聊过去。"温席远淡声打断了他，看向他，"胡制片，《全世界都不知道》是新亚传媒出品吧？"

胡制片被问得有些莫名，但还是点点头："嗯，对。"

温席远："这本书最初版权在飞亚，你离开飞亚，把这本书带去了新亚。"

"是这样的，飞亚因为经营不善倒闭了，项目留在飞亚根本就开不出来，我比较看好这个项目，就把它带去了新亚。"胡制片笑着解释，"这不一到新亚，程前和许子玲就看中了这个项目，项目推进都挺顺利的。"

温席远："谁给你的权利把项目带走？"

胡制片被问愣住。

温席远把合同轻扔在了桌上："合同明确规定，乙方虽有权向任何第三方有偿或者无偿授权、转让授权作品之电影、电视剧等版权，但乙方如基于合作转授权其他第三方，须书面通知甲方，也就是作者方，并提供相应的合作声明文件。胡制片联系过甲方吗？"

"这个我……"胡制片一下有些慌，"联系过甲方了。"

他不认为这算多大的事，对方只是个不知名的小作者，现在项目遇到这么好的班底，以她的名气来说已经是大赚，到时给她一份声明补签个字就能解决的事儿，他也不是没处理过类似的情况。

温席远只是冷淡地勾了勾唇："胡制片，你在撒谎。"

胡制片："……"

他忐忑地看向温席远，对方明显是有备而来。

温席远："按照合同规定，乙方如果在合同期内违反合同有关转授权的规定，甲方有权单方面终止合同。"

"……"胡制片一下有些慌。

温席远看向他："胡制片，我可以给你提供一个解决办法。"

胡制片不由得看向温席远。

"把项目主控权交给华言。"温席远说，"当然，我们的投资金额只会多不会少，我不会动导演和编剧团队。"

"可是……"胡制片为难地皱眉，这不是他个人能解决的问题，也得公司愿意放手才行。

"我给你一周时间考虑。"温席远已站起身，"要么把项目主控权交给我，项目按原计划推进，但故事结局和选角我要全盘推翻；要么我们单方面终止授权合同，项目开发到此为止，胡制片个人承担所有损失。"

温席远话里的强硬让胡制片心里一片不安，温席远分明是已经笃定原著作者不会签下这份转授权声明。

"你……你和原作者是什么关系？"胡制片迟疑地问道。

"她是我老婆。"

温席远说完，人已转身离去，独留下胡制片呆愣在原地。

胡制片不到一周便将考虑结果反馈给了温席远，他接受华言投资主控的建议。

接到胡制片电话时，温席远正在陪林初叶量尺寸定制婚纱。林初叶看到了他手机来电时的"胡制片"三个字，忍不住问了一句："他怎么还找你啊？"

她只当是胡制片还在缠着她演女一号。

他这一阵的电话已经多到从她这里打到了冯珊珊那儿。

温席远想等合同签订下来再告诉她这一消息，因而对她笑笑道："就一点小事，不用理会。"

林初叶也笑笑，点点头，并没有放在心上，她是相信温席远的处理能力的。

她和温席远的婚礼也将在两个月后在宁市盛大举办。

婚礼选择在宁市举办是林初叶和温席远共同决定的，一来这里是林初叶和温席远初识和重逢的城市，彼此对这座城市都有感情；二来两人的家人朋友也大多在这座城市，能抽空过来见证两人的幸福。

林初叶是从外婆家出嫁的。

婚礼前夜，林初叶外婆拉着林初叶的手絮絮叨叨了一晚上。

她这辈子还能有机会亲自送她出嫁，老人家很欣慰，眼泪从拉着林初叶坐下开始就没停过。

林初叶也有点被这种氛围感动得泪目。

她其实从没想过她会有举办婚礼的一天。

在她对婚姻的计划里，就是简单领个证而已，甚至在这场计划里，她的婚姻连爱情都不会有，就是搭伙生个孩子而已。

但是她遇到了温席远。

他给了她爱情，也给了她一个家。

有了温席远，之前心心念念想要一个自己孩子的事似乎也变得不是那么迫切和重要了。

第二天婚礼上，林初叶的表哥傅远征作为林初叶的娘家人代表，亲自把林初叶的手交到了温席远的手上。

"初叶我就交给你了。"看着眼前这个从林初叶穿着婚纱出现那一刻便任由一双黑眸温柔胶着在她身上的峻挺男人，傅远征对温席远轻声道，"她年纪虽不大，但这一路走得并不算平顺，希望你能好好待她，别让她再受委屈。"

温席远认真地看着他，轻轻地点头："我会的。"

其实昨晚傅远征已经特地找他聊过。

这是两人第一次坐下来聊，他们聊了很多很多。

他告诉他林初叶这一路走来的不容易，她和父母缘分浅，已经没有父母可以依靠，她又是不爱麻烦他们的性子，为了不让他们担心，对于她自己的事，她也向来只报喜不报忧。

他希望他能好好待她，别让她再受委屈。

她是即使受了委屈也会把委屈藏在心里，眼露微笑从容面对的性子。

温席远的视线已经从傅远征身上移往他身侧的林初叶。

她身着一袭雪白的曳地婚纱，温柔又好看，正看着他，眼眶发红，他能清楚地看到她的眼泪在眼眶里打转。

温席远冲她露出一个笑，紧紧握住了傅远征慎重交到他手心的林初叶的手。

林初叶也冲他露出一个笑，眼眶里打转的眼泪更甚。

温席远抬起手轻轻替她擦掉。

"太煽情了。"林初叶不大好意思地道，"有点控制不住眼泪。"

"没关系，我也有点。"

温席远微笑，一边细细给她将眼角的泪擦干，这才牵着她的手，一起走向前面的舞台中央。

前面铺设的红毯宽长而平坦。

他希望有他陪着的这一程，从此往后，她的人生皆为坦途。

番外三
一家三口

林初叶和温席远的婚礼在亲朋好友的祝福声中圆满结束。

两人的婚房选了当初他们重逢的那套小阁楼。

傅远征和许曼把这套小阁楼当作新婚礼物送给了林初叶。

重新回到这座充满回忆的小阁楼，看着除了贴上大红囍字和气球的房间，林初叶隐约有种恍如昨日的感觉。

温席远洗漱完，一回到房间就看到也已洗漱完的林初叶正坐在床上，托腮打量着房间。

"看什么，这么出神？"温席远在她面前蹲下，与她视线平齐，问道。

"就看房间啊。"林初叶看向他，"当初离开的时候还以为永远不会再回来了呢，没想到不仅回来了，还把你给拐回来了。"

当时她就是在这个房子里想把他拐走的。

温席远微微笑了笑："胡说，明明是我拐的你。"

"也不知道当初是谁说话不算话。"温席远补充道，隐隐有种秋后算账的意思。

"那人家这不是落差太大，不敢要了嘛。"林初叶咕哝，又捧起他的脸，很认真地看着他的脸，好一会儿才轻声对他说，"温席远，谢谢你没有放弃我。"

温席远黑眸中的笑意更深："也谢谢你没有放弃我。"

林初叶也露出了笑，俯下身，与他亲昵地额头贴额头："这么好的你，可惜了，要被一个二流子给糟蹋了。"

早知道当时就留着那本书的版权了。

温席远知道她说的是贺轩，这一阵她虽然没再提起过这个项目，但她有找律师咨询过关于版权回收的问题。

"林初叶，"温席远轻轻叫了她一声，"闭上眼睛。"

林初叶眼睛困惑地对上他的："怎么了？"

温席远："送你一份新婚礼物。"

"好啊。"

林初叶依言闭上眼睛，温席远从床头柜抽屉拿出一份合同，塞入她手中。

纸质微微硌手的触感传来时，林初叶睁开眼，低头看了眼手里的合同。"《全世界都不知道》版权转让协议"几个大字落入眼中时，林初叶诧异地看向温席远。

"我把项目收回来了。"温席远说，"以后这个项目就交给你来主控，故事要怎么改、选什么角，你来决定。"

"……"林初叶鼻子一酸，眼泪差点没掉出来。

她倾身紧紧抱住了他。

"谢谢你，温席远。"她哽咽道谢，"我真的……好爱你。"

这还是她第一次这么大胆直接地表达她的爱。

温席远也将她抱紧了些。

"我也是。"他在她耳边道，嗓音沙哑，"很爱很爱你。"

说完，他微微放开了她，垂眸看着她，像看不够般，好一会儿才慢慢吻上了她，怜惜又温柔。

婚礼后，林初叶和温席远度完蜜月才各自回到工作中。

因为林初叶的事业正处于急剧上升期，温席远和林初叶商量过后，决定先不着急要孩子，两人也想再过几年的二人世界。

但生孩子一直在林初叶的人生规划中。

她想有个自己的孩子，一个融合了她和温席远特质的孩子。

为了腾出时间生孩子，林初叶接下来的行程安排得满满当当，几乎是不停地无缝进组，有的在本地拍，有的要飞往外地，但无论在哪儿，温席远都会抽空陪她，两人并没有因为工作性质而变得聚少离多，反而是越来越亲密。

月底时，林初叶终于将最后一个戏拍完，飞回了北市。

温席远因为要监制一个电影项目，暂时去了宁市，要在那边剧组常驻一段时间。

林初叶回到家的时候，温席远还没回来，还在剧组那边。

她已经有两三天没见温席远，对他分外想念，人只在家里待了半个小时，洗漱完便又收拾行李出了门。

刚到楼下，林初叶就遇到了来找她的冯珊珊。

"不是刚回来吗？"冯珊珊讶异地看向她，"又要去哪儿？"

林初叶："去生孩子。"

冯珊珊："……"

林初叶已朝她挥手再见，上了车。

冯珊珊反应过来，急声问她："那你打算什么时候回来？"

林初叶："怀上孩子就回来吧。"想了想又道，"也可能等生完孩子再回来。"

冯珊珊："……"有这么轻巧吗？

林初叶再次冲她挥挥手："走了。有事电话联系。"

等冯珊珊反应过来时，车子已经不见了踪影。

林初叶飞的最晚一趟航班，她没有提前告诉温席远她回宁市，下了飞机，上了车快到小阁楼的时候她才给温席远打了电话。

温席远从剧组回到家，刚洗漱完，正要给林初叶打电话，没想到她的电话先打了过来。

"忙完了？"温席远问，声线还是一贯的平稳低沉，夜色下还带着丝诱人的沙哑。

林初叶轻轻"嗯"了一声，不过两三天没见，她已经迫不及待想见到他。

"今天这么早？"温席远问，人已经在桌前坐了下来，"回北市了吗？我记得你后面应该没什么行程了。"

"嗯，回来了。"林初叶说，"后面放大假了。"

温席远点头："那就先在家好好休息。我忙完这一阵就回去。"

"可是……"林初叶声音听着有点苦恼。

温席远嗓音低软下来："可是什么？"

"想你了怎么办？"林初叶轻声说。

温席远笑，嗓音低软下来："那我明晚回去找你？"

"那也不用……"林初叶轻声说，人已经在小阁楼前站定，抬手按了下门铃。

门铃声响起时，温席远困惑地拧了拧眉，走向门口，拉开了房门，一眼看到门口拿着手机冲他浅笑盈盈的林初叶。

"我现在闲下来了，你可以让我飞过来陪你的啊。"林初叶说，对着手机，也对着温席远，带笑的眼眸却是看向他的。

温席远也笑："我怕你连轴转太辛苦。"

说话间，人已掐断了电话，把手伸向林初叶。

林初叶把手搭在他手上，肌肤刚一相触，人便被他拉拽进了屋里。

房门关上时，林初叶就被他推抵在门板上，吻也朝她落了下来。

"怎么突然过来了？也不提前说一声，我好去接你。"低哑诱人的嗓音伴着微喘的气息落在她鼻息间，温席远边轻吻她边问。

林初叶也热情地与他回吻，边喘息着边咕哝回他："提前通知了怎么知道你会不会金屋藏娇。"

温席远轻笑："本来不会，现在大概真会了。"

"好啊。"林初叶也轻笑，踮起脚吻他，"我给你藏。"

这一主动就点燃了彼此间的火焰。

两人纠缠着从客厅回到了房间，温席远从抽屉里拿出安全套的时候，林初叶压住了他的手。

"温席远，我们要个孩子吧。"

她看着他的眼睛，喘息着轻声说道。

温席远黑眸对上她的，而后轻轻点头："好。"

他再次俯身，吻住了她。

这一吻就彻底放纵了开来。

一夜恣意。

接下来的半个月，林初叶和温席远像回到了蜜月期，每天的日子蜜里调油般，轻松又惬意。

第十六天的时候，林初叶和温席远一起散步路过药店的时候，温席远突然皱眉问了林初叶一句："这个月大姨妈来了吗？"

林初叶皱眉想了想，看向温席远："好像推迟一天了。"说话间，眼眸已经对上了温席远的黑眸。

林初叶的心脏因为可能的原因而剧烈跳动起来。

"我们去买盒验孕棒。"温席远说。

林初叶轻轻点头："好。"

回到家的时候，林初叶便进了洗手间。

验孕结果，两条杠，阳性。

林初叶和温席远的视线慢慢从手中的验孕棒移向对方的眼睛，眼神里都藏着不可置信的巨大惊喜。

"我们现在去医院。"

温席远最先反应过来，当机立断做决定。

林初叶点点头："好。"

两人直接去医院挂急诊，检测结果确实是怀孕了。

"恭喜，怀孕了。"

听着医生的恭喜声，林初叶眼泪差点就涌了出来。

她有种在做梦的感觉。

从医生诊室出来的时候，她眼眶还是湿湿润润的，一种喜极而泣的惊喜。

温席远轻轻抱住了她，好一会儿才放开了她。

"温席远，你要做爸爸了呢。"林初叶说，这种感觉很奇妙，鼻子还酸酸涩涩的，有点感动得想哭。

温席远轻轻"嗯"了声。

"你也要做妈妈了。"他的嗓音异常沙哑。

原来期待一个小生命的感觉是这么奇妙。

"明天我把工作安排一下，我们就在宁市养胎。"温席远说。

林初叶点点头："好。"

第二天温席远便将工作安排了下去，之后便安心陪林初叶在宁市养胎。

这里是她的娘家，也有先进的医疗条件，她留在宁市，他更放心一些。

虽然两人还是新手爸妈，没什么经验，但两人都是学习能力极强的人，而且也早早做过准备，早就提前开始做功课，因此生活并没有因为怀孕而陷入兵荒马乱。

温席远第二天就给林初叶请了营养师，每天该吃什么、不能吃什么，让营养师根据林初叶的身体情况调配和采买食材，做饭的事他亲自来，林初叶爱吃他做的饭。

在家里他对林初叶也看得紧，任何家务都不让她碰，就是把衣服扔进洗衣机这种小活也禁止了。

他还特地让人在家里装了一张特制的发廊洗发躺椅，亲自给林初叶洗头，生怕她出什么意外。

家里也添置了一堆母婴类书籍。

温席远每天的功课就是陪林初叶学习各类母婴知识，再根据别人的指导和经验一一比对林初叶的情况，稍有不同就咨询家庭医生，每一步比林初叶还小心谨慎。

甚至，温席远还加了各类母婴微信群，每天看着群里同期孕妇相互交流经验，再去比对林初叶的情况。

林初叶觉得，如果男人可以怀孕的话，他大概都要替她把孩子怀了。

一个多月的时候，林初叶开始有了妊娠反应，孕吐比较厉害，吃什么吐什么。

她人本来就长得瘦，几次孕吐下来，体重也跟着掉了几斤。

一向沉稳的温席远也有些慌了手脚，虽然看群里也有说孕早期会掉体重，但总不大放心。这天晚上看林初叶刚吃点东西下去又差点把胆汁都给吐了出来，温席远连夜给温书宁打了电话：

"你怀何鸣幽的时候，孕吐严重吗？有掉体重吗？"

温书宁："……"

她忍不住拿下手机瞥了眼时间："温席远，你梦游了？"

温席远："你告诉我有没有就行。"

温书宁："何鸣幽都十二岁了，我哪里还记得十几年前的事，你大半夜问这个做什么？"

温席远："初叶怀孕了。"

温书宁："……"

温席远："她最近妊娠反应有点严重，体重一直在掉。你怀过孩子，有没有什么办法能让她好受些？"

温书宁："……"

这个她还真没经验，每个人体质不一样，她怀何鸣幽的时候连孕吐都少，吃嘛嘛香，体重也长得快。

"温书宁？"等不到她回应，温席远又叫了她一声。

温书宁终于反应过来，差点发出土拨鼠叫："你说弟妹怀孕了？"

温席远："嗯。"

温书宁："你们没睡吧？我现在就过去看弟妹。"

温席远："……"

温书宁半个小时后便拎着大包小包和何鸣幽过来了，一进门就弟妹长弟妹短叫个不停，脸上的喜意藏也藏不住。

何鸣幽也一脸惊奇地盯着林初叶的肚子："林老师有小宝宝了啊？哇，那小宝宝生出来肯定好漂亮。"

温席远担心他毛手毛脚的不小心撞到林初叶，拎着他的衣领将他拉离了林初叶身边。

何鸣幽也不在意，人已经盯着新老师幻想起小宝宝的绝色容颜来。

温书宁相较于电话里的一惊一乍，这会儿沉稳了许多，以过来人的身份拉着林初叶叮嘱了一堆要注意的事，说得头头是道。

温席远焦虑的心也因此踏实不少。

林初叶外婆和舅舅家也都知道了她怀孕的事，很是为她高兴，不时抽空过来看她。

许曼也是过来人，店里又离他们住的地方近，她不时让厨房炖了营养餐送过来给林初叶和温席远。

林初叶的妊娠反应在进入孕中期时终于停了下来，她的体重也开始稳定回升。

温席远悬了许久的心也终于安定了不少。

接下来的孕期林初叶过得很平顺，每一次产检都是绿灯通行，肚子里的小宝宝发育得很好，似乎很爱和爸爸妈妈互动，每次温席远凑近林初叶的肚皮时，小家伙就踢动得很欢，让林初叶感觉很是奇妙。

孕四十周的时候，小家伙还没有任何动静。

温席远又不免开始担心焦虑起来。

自从林初叶怀孕，他便一直处于莫名的担心焦虑中，生怕林初叶出状况，尤其临近生产期的时候。

好在医生安排催产的前一天，一直没动静的小家伙终于有了动静。

温席远早已做了万全的准备，在林初叶有发动迹象的时候就把她送去了医院。

进入医院的当天晚上，林初叶便被推进产房，温席远也跟着进去陪产。

那是温席远这辈子最难熬的时光。

相较于对新生命的期待，他更担心林初叶在生产过程中出意外。

好在林初叶骨盆条件好，又常年坚持锻炼，她的产程没有持续太久，林初叶很快就顺利产下了一个女婴。

一个长得像她又像温席远的漂亮女宝宝。

孩子顺利出生的那一刻，温席远喉咙有些哽，但什么也没有说，只是握紧了林初叶的手，俯下身，轻轻抱住了她。

林初叶微笑着安抚他："我没事。"

"嗯。"温席远轻应，嗓音沙哑得不像话，握着她的手掌还有些轻颤，虚脱了般。

林初叶也不由得握紧了他的手。

回到病房的时候，小宝宝已经被送到了妈妈身边。

病房里围满了人，林初叶家的，温席远家的，从林初叶进产房开始，就全赶过来了，都在产房门口焦急地等待。

如今看到母女平安，所有人悬着的心也终于安了下来。

温席远没空招呼他们，只是坐在病床前，握着林初叶的手，看着林初叶，以及她怀里几乎与她一模一样的小脸，胸口像被什么东西冲撞着，满满胀胀的，很感动。

林初叶也忍不住盯着怀里的小丫头看个不停。

"我们的女儿呢！"看着看着，她又忍不住抬头看向温席远，轻声说道。

感觉还是很奇妙。

温席远轻轻点头，哑声开口："嗯，我们的女儿。"

说完，人看向她，怜惜地伸手揉了揉她的头。

"辛苦了。"他说。

林初叶被他眼神里的怜惜看得有些不太好意思，又忍不住冲他微微笑笑："没事，不辛苦。"

温席远也笑笑，目光一直胶着在她脸上，不曾离去。

很庆幸，他终究没有错过她。

窗外晨光正好，时光也正好。